O CORAÇÃO DO CAÇADOR

OUTRAS OBRAS DE CHLOE GONG

PRAZERES VIOLENTOS
FINAIS VIOLENTOS
A DAMA DO DESTINO

CHLOE GONG

O CORAÇÃO DO CAÇADOR

ASSASSINO. COBAIA. TRAIDOR.

TRADUÇÃO DE
BEATRIZ GUTERMAN

ALTA BOOKS
GRUPO EDITORIAL
Rio de Janeiro, 2024

O Coração do Caçador

Copyright © 2024 ALTA NOVEL

ALTA NOVEL é um selo da EDITORA ALTA BOOKS do Grupo Editorial Alta Books (Starlin Alta e Consultoria Ltda.)

Copyright © 2023 CHLOE GONG

ISBN: 978-85-508-2328-7

Translated from original Foul Heart Huntsman. Copyright © 2023 by Chloe Gong. ISBN 978-1-665-90561-9. This translation is published and sold by arrangement with Triada US, the owner of all rights to publish and sell the same. PORTUGUESE language edition published by Starlin Alta Editora e Consultoria Ltda., Copyright © 2024 by Starlin Alta Editora e Consultoria Ltda.

Impresso no Brasil — 1ª Edição, 2024 — Edição revisada conforme o Acordo Ortográfico da Língua Portuguesa de 2009.

Dados Internacionais de Catalogação na Publicação (CIP)
(Câmara Brasileira do Livro, SP, Brasil)

Gong, Chloe
O coração do caçador / Chloe Gong. -- Rio de Janeiro : Alta Books, 2024.

ISBN 978-85-508-2328-7

1. Ficção chinesa I. Título.

24-194236 CDD-895.13

Índices para catálogo sistemático:

1. Ficção : Literatura chinesa 895.13

Eliane de Freitas Leite - Bibliotecária - CRB 8/8415

Produção Editorial: Grupo Editorial Alta Books
Diretor Editorial: Anderson Vieira
Vendas Governamentais: Cristiane Mutüs
Gerência Comercial: Claudio Lima
Gerência Marketing: Andréa Guatiello

Coordenadora Editorial: Illysabelle Trajano
Produtoras da Obra: Beatriz de Assis & Viviane Corrêa
Tradução: Beatriz Guterman
Copidesque: Sara Orofino
Revisão: Ellen Andrade
Diagramação: Joyce Matos

ALTA BOOKS
GRUPO EDITORIAL

Rua Viúva Cláudio, 291 — Bairro Industrial do Jacaré
CEP: 20.970-031 — Rio de Janeiro (RJ)
Tels.: (21) 3278-8069 / 3278-8419
www.altabooks.com.br — altabooks@altabooks.com.br
Ouvidoria: ouvidoria@altabooks.com.br

Editora **afiliada à:**

Para Tashie Bhuiyan,

cujo impacto é realmente incomparável.

Se em algum momento — e este momento pode estar próximo — você encontrar em algum jovem rosto o poder da atração, então conhecerá as feridas invisíveis que as insistentes flechas do amor provocam.

— SHAKESPEARE, *COMO GOSTAIS*

PRÓLOGO
NOVEMBRO DE 1931

A maneira mais fácil de desaparecer era nunca sumir completamente, sempre se deixar prestes a ser capturado, reagindo a qualquer movimento em um instante. Era difícil cair em uma armadilha quando se havia jogado a isca. Era difícil ser pego desprevenido quando se havia colocado todas as peças no tabuleiro.

Alisa Montagova serviu-se de uma xícara de chá, levantando o olhar para a porta do restaurante. A proprietária fechara as venezianas para afastar o frio. Ficavam abertas nos meses de maior calor, e as folhas de bambu que cresciam sob o peitoril lançavam sombras suaves nos clientes que se encontravam ali para reuniões ou para beber com amantes. Aquele era um distrito relativamente pequeno, um lugar contraditório a oeste de Xangai. Grande o suficiente para acomodar o pessoal da cidade que fazia negócios aqui e ali — o que significava que Alisa não chamava nenhuma atenção ao andar pelas ruas —, mas não tão caótico a ponto de ser impossível para ela encontrar um restaurante vazio no fim da tarde, acomodando-se em uma mesa de canto quando o relógio bateu 16h.

Alisa era muito boa em desaparecer. Estivera praticando desde a infância, quando ficava à espreita pela casa para bisbilhotar, ou se enfurnava em lugares secretos por toda Xangai. Isso acabou se tornando um desafio pessoal: juntar vários pedacinhos de informações de diferentes lugares até conseguir formar notícias correspondentes, sentindo-se astuta por ter tanto conhecimento. Não fazia sentido se aproximar depois que as conversas já haviam começado. Precisava estar três passos adiante. Estar dentro do armário antes mesmo que dois de seus primos distantes começassem a discutir na cozinha. Pendurar-se nas vigas no momento em que a cafetina do bordel estivesse nos fundos, falando mal dos clientes para as garotas. Era só assim que Alisa se sentia em casa na própria cidade. Para desaparecer com sucesso, precisava *misturar-se* ao ambiente, entender seu ritmo e seus motivos em vez de se esconder, na esperança de que não fosse vista como uma intrusa inadequada. Era assim que ia de distrito a distrito enquanto uma unidade inteira de Nacionalistas a perseguia, sempre confiante de que nunca chegariam nem perto de vê-la, porque Alisa conseguia prever sua chegada e fugir. Já havia feito isso duas vezes. E se a próxima unidade se apressasse, haveria uma terceira na hora seguinte.

— Vai comer alguma coisa, *xiǎo gūniáng*?

Alisa soprou o chá quente. Era uma maravilha tocar na xícara de cerâmica depois de seus dedos despidos terem ficado dormentes na caminhada até ali. Nunca havia usado luvas na vida, e não começaria agora. Suas mãos gostavam de ficar livres e sem amarras.

— A senhora teria aquele prato que vai pepino? — perguntou. Ela balançou os dedos, tamborilando no copo. — Com aqueles pedacinhos fofos? E alho?

A dona franziu o cenho, tentando entender o que Alisa queria dizer. Um segundo depois, sua expressão se iluminou e ela girou nos calcanhares.

— Ah, já sei que prato a senhorita quer. Trago em um minuto.

— *Xiè xiè!*

Alisa relaxou no assento de madeira, enganchando os tornozelos nas pernas do banco. Assim que a proprietária entrou na cozinha, o restaurante ficou em silêncio novamente, salvo pelo tilintar dos sinos dos ventos presos à entrada. Na semana anterior, houve uma leve pancada de neve, e apesar de já ter passado, o frio da estação permanecera. Isso fazia com que os residentes destas bandas abaixassem as cabeças e voltassem o olhar para o chão, no intuito de manter as orelhas quentes, indo de destino a destino sem dar muita atenção ao seu entorno. No começo da manhã, Alisa avistou o batedor no momento em que ele chegou ao centro do distrito e entrou em uma livraria. Ou melhor, do segundo andar de uma casa de chá, percebera algo estranho na maneira como ele caminhava e, assim que o homem saiu, Alisa abandonara a casa de chá e também perambulou até a livraria, onde lhe disseram que ele estava procurando por uma garota com características similares às dela.

Era tão fácil enganar os Nacionalistas quando agiam dessa forma. Deveriam, pelo menos, enviar a filial secreta atrás dela. Mas a última informação que Alisa tivera através das transmissões de rádio codificadas, foi que a filial secreta dos Nacionalistas estava uma bagunça: um dos treinadores desertara para os inimigos Comunistas, um de seus melhores agentes recebera uma lavagem cerebral, e outra agente estava trancada em um lugar seguro depois de ter sido exposta. Estava complicado para eles. Não que as coisas estivessem muito melhores para o lado dela. Ainda não tinha certeza se havia sido considerada desaparecida, ou se os Comunistas estavam tão acostumados com seus sumiços que confiavam que ela estava resolvendo algo em algum lugar.

— Muito bem, aqui está. *Pāi huánggua*. Se não estiver apimentado o bastante, me avise, certo?

Os pepinos brilhavam com óleo de gergelim e pedaços reluzentes de pimenta-vermelha. A proprietária colocou a cumbuca em frente a Alisa, e ficou perplexa quando a cliente juntou algumas notas e as colocou no bolso de seu avental, antes que pudesse se afastar.

— Só queria acertar a conta antes — disse ela, relaxada.

Para o caso de precisar fugir em meio à refeição.

Pelo jeito, Celia não havia informado ao seu superior a respeito do frasco em seu bolso. Caso contrário, ele já teria entrado em contato, exigindo a devolução. Mais cedo ou mais tarde, seu próprio lado ficaria sabendo que ela estava com o último frasco daquela mistura química diferente de qualquer outra no mundo. Uma que transformava quem a bebia em um supersoldado imortal, que não dormia, que era forte o bastante para lançar um oponente a vários metros de distância e podia ser atingido no peito por uma bala sem qualquer consequência notável. Quando isso acontecesse, esse jogo de sumir, o qual jogava para a própria diversão, teria de acabar. Teria de fugir de ambos os partidos — e fugir de verdade, se enviassem a filial secreta atrás dela —, porque nunca entregaria uma arma capaz de ditar completamente a direção da guerra civil.

Os olhos de Alisa voltaram-se para a entrada do restaurante novamente enquanto a proprietária voltava para trás do balcão. Ela mastigou um pedaço de pepino. Do outro lado da porta, a rua continuava quieta, exceto por um sino de bicicleta esporádico tilintando para avisar quando um ciclista passava. O primeiro sinal de alerta para o qual Alisa sempre se atentava eram gritos que vinham dos moradores ao redor. Os soldados nunca se importavam se chutavam as plantas ou empurravam carrinhos. Talvez fosse desnecessário esperar por aquele exato momento em que estivessem se aproximando até começar a se mover, mas era engraçado atingir a moral dos Nacionalistas ao esperar ficar quase ao alcance deles. Na primeira vez, ela havia acenado para eles conforme fugia para dentro da floresta. Na segunda, mostrara a língua enquanto o carro dava a partida.

Chomp chomp chomp. O pepino estava mesmo delicioso.

Os sinos dos ventos retiniram contra uma rajada de ar. Alisa tomou outro gole de chá.

Então, sem alarde, Jiemin — seu antigo colega de trabalho e o atual chefe da unidade que a perseguia — entrou pela porta, percorrendo e analisando o restaurante com o olhar até voltar a atenção para Alisa, que estava no canto.

Ela não se levantou.

— Senhorita Montagova, a senhorita me deu muito trabalho.

Jiemin sentou-se à mesa, escolhendo o banco ao lado dela como se aquele fosse um encontro planejado. Alisa empurrou o prato de pepino para mais perto dele, oferecendo o par de *kuàizi*. Ele não estava uniformizado e também não trouxera reforços. Tanto em postura como em vestimenta, sua aparência era a mesma de todas as manhãs, quando Alisa entrava no departamento deles da Imprensa Turquesa comendo *baozi* enquanto Jiemin não prestava nenhuma atenção ao que acontecia fora de sua mesa da recepção, pois estava muito concentrado em algum livro. Tendo o conhecimento que tinha agora, ela se perguntava se aquilo não passava de parte da sua atuação.

— Vocês são muito lentos — respondeu Alisa. — Já faz mais de um mês que estou fugindo com este frasco. Uma unidade de respeito deveria me alcançar ao menos uma vez por semana.

Alisa ficou verdadeiramente surpresa por, em pouco mais de um mês, apenas os Nacionalistas terem ido atrás dela. A Senhora Hong havia criado essa arma para os japoneses, mas desde que seu filho, Orion, a desmascarou e Rosalind destruiu a única remessa bem-sucedida, não houve nenhuma notícia sobre uma possível reposição entre os rumores da equipe de inteligência. Os Comunistas estavam observando os movimentos da Senhora Hong tão de perto quanto os Nacionalistas: ela fora vista pela última vez próximo à Manchúria, respondendo aos japoneses. Talvez lhe faltasse algum recurso. Talvez estivesse apenas ocupada com Orion por enquanto, a memória dele apagada para que ela pudesse usar sua força aprimorada como quisesse, até que mais soldados condicionados fossem criados.

— Não somos lentos. — Jiemin aceitou o par de *kuàizi*, pegando um pedaço de pepino. — Nos movemos em uma velocidade completamente normal. É que é fácil para um único indivíduo fugir de uma unidade inteira já que fazemos uma algazarra bem grande antes de nos aproximarmos.

Alisa franziu a testa.

— Desculpe, mas esse feito é dificilmente alcançável por um indivíduo qualquer. Não se trata só de números.

Parecendo estar bem pensativo, Jiemin devolveu o par de *kuàizi* para Alisa.

— Mas eu consegui te pegar sozinho.

— E ainda assim não pode me levar.

A proprietária apareceu para repor a água quente do bule e serviu uma xícara para Jiemin. Apesar de observá-los com curiosidade, ela não disse nada antes de voltar para os fundos.

— Não estou tentando te levar — disse Jiemin quando a proprietária desapareceu. — Sabe por que estou aqui.

A resposta de Alisa foi imediata:

— Não vai conseguir o que quer.

— Senhorita Montagova — insistiu Jiemin, abaixando o tom. — Não podemos permitir que uma arma como essa viaje livremente. Talvez pense que está ajudando Lang Shalin, mas não vamos conseguir recuperar Hong Liwen. Não podemos manter isso por perto na esperança de que possa recuperá-lo.

— Então você falou com Rosalind.

Alisa voltou a comer o pepino. Não estava fazendo uma pergunta. Estava confirmando que Rosalind deve ter dito a Jiemin que ainda existia um frasco. Até onde ela sabia, esse era o único motivo pelo qual os Nacionalistas sabiam que deveriam persegui-la, enquanto os outros partidos brincavam de adivinhação com as informações que tinham.

— Vai ser inútil derrotar as forças traidoras da Senhora Hong se esse frasco cair em mãos erradas — continuou Jiemin, fingindo não ter escutado o comentário.

Alisa bateu os *kuàizi* na mesa.

— Pelo que eu sei — começou, o tom de voz frio —, as mãos dos Nacionalistas também *são* as erradas.

Jiemin a encarou. Alisa não recuou. Era quase impossível intimidar Alisa Montagova, já que ela possuía um nível de presunção que se inflava até o céu. Qualquer um que tentasse, estava perdendo o próprio tempo.

Depois de um momento, Jiemin foi o primeiro a desviar o olhar, franzindo o cenho. Parecia refletir sobre algo. Segundos depois, ele colocou a mão no bolso do casaco e tirou uma adaga embainhada, oferecendo-a para ela.

— Está coberta de veneno? — perguntou Alisa, cautelosa.

— É algo que espero que faça a senhorita mudar de ideia. Lembre-se, Senhorita Montagova: eu vim sozinho.

Alisa pegou a adaga. Retirou a bainha. Apesar da baixa iluminação do restaurante e de a tarde pairar em um cinza frio e desbotado, o metal da lâmina produzia seu próprio brilho. Era lindamente trabalhada, com uma linha fina e oca no meio, que abria caminho para a ponta afiada de maneira cruel. E no cabo...

Alisa passou o polegar na gravura. Um pequeno suspiro de surpresa escapou de seus lábios. Perguntou-se se poderia ter lido errado o único carácter em mandarim entalhado no metal, mas o 蔡 continuava igual não importava o quanto encarasse o dourado brilhante.

Aquela arma era uma relíquia de família. E certamente não uma a qual Jiemin pertencesse.

Certo?

— Por Deus — disse Alisa —, por favor, me diga que você não era secretamente um Cai esse tempo todo.

Jiemin olhou para a xícara. Havia relaxado a testa.

— O quê? Eu... *não*. Meu sobrenome é Lin, se quer saber. — Ele afastou a xícara, optando por renunciar ao chá lamacento. — Mas a senhorita sabe a quem essa adaga pertence, não é?

Alisa achava que podia fazer uma ótima suposição. E achava que era seguro supor por que Jiemin estava mostrando isso a ela. A dona original daquela adaga não era espalhafatosa o suficiente para usá-la como um sinal. Não... Jiemin já a possuía e estava expondo-a para provar seu argumento.

Alisa inspirou com fraqueza, pressionando o polegar com força na gravura. É claro que suspeitara. Havia tido um vislumbre deles em Zhouzhuang naquele abril fatídico. Sabia exatamente para onde deveria ir se quisesse uma confirmação de que o irmão e a namorada estavam vivos e escondidos. Mas ficara com muito medo de descobrir o oposto — apesar de saber que Roma era o único a ter as informações necessárias para pagar as contas dela todo mês, apesar de Celia e Benedikt escorregarem de vez em quando e falarem dos dois no presente —, então ela se manteve afastada, vivendo em uma felicidade esperançosa.

Essa...

Essa era a primeira vez que havia tido uma confirmação real. Eles estavam *vivos*.

Alisa enfiou a adaga de volta na bainha, piscando para afastar a onda de emoções que fazia seus olhos arderem, antes que Jiemin pudesse ver. Era melhor que ele tivesse considerado as consequências de lhe contar isso, ou Alisa não seria gentil com ele por ter colocado tudo em risco.

— Direi isto uma única vez — declarou Alisa, fungando —: não importa para quem trabalhe em segredo, você segue sendo um Nacionalista. Mesmo que *eles* confiem em você, não vou deixar que este frasco chegue perto de questões políticas. — Ela se levantou. Então, com cortesia, empurrou o prato para Jiemin. — *Engolirei* este frasco de vidro inteiro antes de deixar você pegá-lo. Traga suas tropas até mim e o arranque de meu estômago... só assim irá consegui-lo. Agora, por favor, aproveite o resto do *huánggua* por minha conta.

Alisa saiu andando.

— Ei! — gritou Jiemin. — Pelo menos devolva a adaga.

— Agora ela é minha — disse, sem se virar. Apertou-a com força na mão, um sorriso surgindo nos lábios. — Se não gostou da ideia, vá reclamar com a minha cunhada.

Ela saiu do restaurante, guardando a adaga no casaco. No momento em que o primeiro floco de neve caiu em seu nariz, sinalizando a tempestade que chegava, Alisa partiu para o próximo distrito, desaparecendo novamente até que fosse necessária.

1
JANEIRO DE 1932

Uma camada de gelo cobria a janela do quarto de Rosalind Lang, criando uma forma bizarra que se assemelhava a um coração partido — do tipo anatômico, com artérias cortadas ao meio estendendo-se até os cantos. Porém, as bordas estavam começando a derreter, descongelando no primeiro dia de sol que viam havia algum tempo, a condensação formando rios que pingavam pelo vidro.

Rosalind observava a rua abaixo. Não sabia como esperavam que ela saísse sem causar um alvoroço. A mídia vinha sendo implacável havia semanas, com diferentes jornais reunindo-se em frente ao edifício dela na esperança de ser o primeiro a conseguir uma foto recente da Dama do Destino. Ela não saíra do apartamento desde que fora liberada do hospital sob ordens de repouso, dependendo de sua senhoria, Lao Lao, para fazer compras e trazer notícias do mundo lá fora. Não precisou do repouso. Assim que as balas foram retiradas, seu corpo curou-se em uma velocidade sobrenatural, voltando a funcionar normalmente. Se tivesse escolha, Rosalind não estaria sem fazer nada, mas seus superiores foram bem claros quanto à necessidade de ficar na surdina. Naquele dia, finalmente fora convocada para uma reunião a fim de discutir os próximos passos. Os jornais haviam revelado sua identidade completa nas manchetes: Lang Shalin, antiga dançarina Escarlate, tornou-se uma assassina Nacionalista. Ao contrário do que a cidade pensava, ela não faleceu, só estava causando desordem e assassinando comerciantes no litoral havia quatro anos.

Com o rosto de Destino exposto para todos, ela não podia voltar às suas missões como antigamente. Naquelas últimas semanas, estivera andando de um lado para o outro em seu quarto, sem parar, criando planos e descartando-os, porque sabia que a impediriam de colocá-los em ação. Já havia cometido o erro de contar a Jiemin que o último frasco da Senhora Hong estava com Alisa. Fora uma demonstração de confiança enquanto implorava que fossem atrás de Orion, mas, mesmo assim, não conseguira nada além de fazer com que os Nacionalistas perseguissem Alisa. Rosalind não cederia a última carta que tinha na manga.

Posso te ajudar a recuperá-lo.
Me encontre em Zhouzhuang.
— JM.

O bilhete estava amassado acima da mesa. De tanto que ela o dobrou e o desdobrou, as palavras agora estavam quase ilegíveis, mas não importava. Já fazia tempo que memorizara as três linhas. Noite após noite, quando encarava as paredes inexpressivamente no que era sua versão de descanso, o bilhete surgia em sua mente a cada vez que piscava. Sem ter o sono como escape, não havia nada que Rosalind Lang pudesse fazer dentro daquelas quatro paredes além de pensar, pensar e pensar.

Como chegaria a Zhouzhuang sem desobedecer diretamente às ordens dos Nacionalistas? Por mais frustrada que estivesse, ainda respondia a eles, e não podia se rebelar com tanta imprudência. Além disso, e se fosse uma armadilha? E se fosse para o interior e se deparasse com um beco sem saída? Nem sabia o que *JM* significava. Não conhecia ninguém com essas iniciais. Uma enfermeira do hospital escrevera o bilhete depois de receber a mensagem por telefone. A ligação podia ter sido feita por qualquer um. As notícias sobre sua identidade já haviam sido reveladas naquele momento. A única coisa que alguém precisava fazer era localizar em qual hospital estavam retirando as balas de Destino e pedir para que a mensagem fosse transmitida. Diabos, talvez fosse simplesmente um repórter querendo encontrá-la para uma exclusiva.

Ainda assim... era melhor do que nada. Os Nacionalistas deixaram claro que haviam desistido de Orion Hong. *Ele é um fardo. Só o que podemos fazer é tentar eliminá-lo.*

— Ele é um dos nossos melhores agentes! — gritara Rosalind para as costas de Jiemin, que se afastava depois de visitá-la com instruções para que ela não agisse. — Como pode dizer que não há absolutamente nada a ser feito?

Ele parou na soleira e balançou a cabeça com pesar.

— Mesmo que, de alguma forma, o tirássemos fisicamente das garras da mãe, sua mente foi alterada para obedecer a todas as ordens dela. E se a mente dele sempre estará sob a influência dela, nunca mais poderemos confiar nele. Será mais fácil se você fingir que Hong Liwen faleceu em combate.

Uma parte traidora de Rosalind queria que Dao Feng ainda estivesse ali. Ele não diria para ela não agir. Traçaria um plano para resgatarem Orion. Porém, seu treinador havia trocado de lado — ou melhor, estivera do lado oposto aquele tempo todo. Sempre se perguntaria se Dao Feng realmente se importara com ela e Orion como seus discípulos.

— Droga — murmurou Rosalind baixinho.

Não tinha certeza de com quem estava falando. Talvez com Dao Feng. Ou com o universo, por colocá-la naquele papel.

Na rua lá embaixo, um carro começou a estacionar junto aos jornalistas, agitando o interesse da multidão. Uma garota saiu do banco do passageiro, com um tule rosa esvoaçando, entrou no prédio com a própria chave e bateu a porta antes que qualquer repórter pudesse segui-la. Segundos depois, o som de saltos batendo contra os degraus da escada exterior podia ser ouvido, e a porta do apartamento também se abriu.

— *Săozi*, é melhor já estar pronta.

Rosalind não estava pronta.

— Não precisa continuar me chamando assim. Te dou total permissão para desafiar os termos culturais de respeito ao falso parentesco e usar meu nome.

Phoebe apareceu na porta do quarto e colocou uma das mãos no quadril. Em claro contraste à falta de arrumação de Rosalind, Phoebe usava um vestido cor--de-rosa com uma amarração complexa de laços na frente; uma partícula de cor que, de repente, surgia na paisagem monocromática. Ela observou a cena diante dela — Rosalind sentada na beirada da mesa bagunçada, o cabelo caindo pelas costas e as pernas despidas — e deu um passo à frente imediatamente.

— Essa camisa é do meu irmão? — questionou Phoebe.

— Talvez — respondeu Rosalind na defensiva. O tecido branco e macio chegava até suas coxas, e ela o puxou, mas duvidava que Phoebe se importasse se ela estava aderindo ao recato. — Você está muito adiantada. Achei que Silas tinha dito que viria às 15h.

Phoebe foi até a cômoda e pegou um *qipao*. Quando o jogou, Rosalind mal teve um segundo para pegar a trouxa de seda antes que Phoebe também lhe jogasse um colar, montando um visual completo da maneira mais caótica possível.

— Não pode ficar largada por aí com as roupas do meu irmão justo hoje. Vá se trocar.

— Eu *ia* me arrumar — insistiu Rosalind.

Ela balançou o *qipao* para abrir o tecido. Apesar de ter se levantado, não pôde deixar de desviar o olhar para a mesa outra vez, para o bilhete que estava ao lado de sua pilha de livros. A camisa estava quente sobre seus ombros. Fazia com que se sentisse segura de um jeito que suas roupas eram incapazes de fazer, como se Orion ainda estivesse ali, dando vida ao apartamento.

Sentia falta dele. Muita. Enquanto ele estivera ali, considerara-o uma completa peste, reclamara na cara dele que ele estava destruindo seu espaço, e tudo o que ele havia feito fora sorrir em resposta, esforçando-se para lhe trazer comida e afagar seu cabelo enquanto ela estava ocupada escrevendo alguma coisa.

Agora que ele *não* estava ali, Rosalind sentia-se completamente fora do eixo. Por mais falso que o casamento tivesse sido, Orion Hong havia se moldado a ela como um novo membro de seu corpo. A separação não era algo com a qual ela um dia se acostumaria: era uma ferida invisível, que se recusava a fechar como as que tinha na pele, e o dano havia sido entalhado na parte mais profunda de seu coração. Se abrisse as costelas para olhar o órgão, seria capaz de indicar o local exato... finalmente um ferimento que não estava se curando em alta velocidade. Se não o salvasse, em algum momento sangraria até morrer.

Rosalind tirou os olhos da mesa. Sentia um pinicar horrível atrás deles, e a última coisa de que precisava era começar a chorar.

— Vá se trocar — motivou Phoebe novamente, com mais gentileza desta vez. — Se quisermos resgatá-lo, você precisa receber a tarefa.

— Sim — concordou Rosalind, sem força de vontade. — Tenho que receber a tarefa.

O problema era que semanas haviam se passado e os Nacionalistas não haviam virado o disco em relação à Orion. Pelo que sabia, essa reunião a colocaria em uma missão completamente diferente — diriam que Jiemin agora seria seu treinador permanente, e então lhe atribuiriam alguma tarefa bobinha, como perseguir um político problemático. E depois disso? Rosalind teria que partir? Teria que desistir de ajudar a cidade e ir atrás de uma pista maluca no interior?

Ela faria isso. Essa era a parte mais preocupante. Por muito tempo, seu único desejo fora continuar a consertar Xangai, mas o foco que antes tinha estava vacilando, afrouxando seu poder e permitindo que ela se afastasse. Queria amar algo além da cidade, queria o amor que fora totalmente dela por aquele sopro de segundo. Tendo que escolher entre os dois, tinha suas suspeitas na direção de qual correria.

Porém, esse pensamento a aterrorizava. Então, vinha sendo boazinha durante as últimas semanas, esperando em vez de simplesmente se rebelar. Seus superiores ainda tinham uma chance de fazer as coisas da maneira correta. Se agissem de acordo, talvez Rosalind não precisasse ir embora sozinha. Não é como se tivesse feito um bom trabalho no passado, quando fizera isso da última vez. Seu histórico era péssimo, na verdade.

De repente, uma buzina alta soou do lado de fora da janela: era Silas Wu, ficando impaciente no banco do motorista.

Phoebe lançou-lhe um olhar para que ela se apressasse.

— Mais cinco minutos — prometeu, correndo para o banheiro.

Rosalind se trocou com rapidez. Muito tempo havia se passado desde a última vez que fizera um penteado, e quase deixou o grampo cair quando enfiou o metal em uma das pequenas tranças, prendendo a ponta atrás da orelha. Phoebe esperava na porta da frente quando ela apareceu. A garota abriu um sorriso largo, batendo palminhas de aprovação.

— Preciso te alertar: saiu um novo artigo — informou Phoebe enquanto Rosalind trancava a porta.

— *Mais um*? — Rosalind xingou baixinho, guardando a chave. — O que mais podem descobrir? Só estou nesse mundo há 24 anos.

E só envelhecera de verdade por dezenove deles, antes de desaparecer do mapa e começar a viver como uma lenda obscura. Até dois meses antes, as pessoas não sabiam se Destino era mesmo uma pessoa ou apenas algo que os Nacionalistas haviam inventado para assustar seus inimigos.

— Você fez inimizade com o dono de um restaurante em 1926. Ele estava com todo um discurso preparado, cheio de difamações sobre você e como não respeita cadeiras. Pelo jeito, você atirou uma delas e a quebrou.

Rosalind fez uma careta.

— Na verdade, foi a minha prima.

— Ele também contou que você chamou o chapéu dele de feio.

— Certo. *Isso* fui eu.

O único motivo para esse escândalo midiático ter crescido tanto era porque Rosalind Lang não fora uma pessoa qualquer antes: a identidade de Destino ter vazado não vinha apenas com o choque de uma garota comum ter um experimento inexplicável correndo pelas veias. Quando a Sociedade Escarlate ainda existia, qualquer coluna de fofocas que quisesse ofender sua prima, Juliette Cai, geralmente arrastava junto o nome de Rosalind. A cidade já a conhecia. Já haviam construído uma imagem viva de Lang Shalin: uma das filhas da elite gângster de Xangai que pereceu com o resto daquele sistema. Vê-la ressurgindo como uma assassina de políticos era absurdo, era como amontoar argila em uma crosta de farinha e chamar isso de *dumpling*.

— Mas enfim… — disse Phoebe. Pararam em frente à porta do prédio. Rosalind podia escutar o burburinho de conversa, repórteres murmurando uns com os outros, especulando sobre quando ela apareceria. — Estão loucos por novas informações, considerando como estão dispostos a procurar num passado distante. O país todo está esperando para ter um vislumbre da Dama do Destino.

— Terão que esperar mais. — Rosalind empurrou a maçaneta para baixo. — A Dama do Destino não está no momento.

Os flashes cegantes surgiram imediatamente. Os gritos vieram no segundo seguinte, vozes exigentes vindas de todas as direções.

— *Olhe para cá, por favor! Lang Shalin, olhe para cá!*

Com semanas de preparação para este momento, Rosalind manteve a cabeça baixa, seguindo em frente na calçada. Era uma distância curta até a beira da estrada, onde o carro de Silas aguardava. Só precisavam passar direto pela multidão.

Ela estava indo bem. Até que:

— Lang Shalin, qual é a sua opinião sobre Hong Liwen ter sido avistado na Manchúria?

A cabeça de Rosalind se levantou com tudo. Ela procurou a voz que havia feito a pergunta, mas os flashes invadiram seus olhos imediatamente, deixando apenas manchas em seu campo de visão.

— O quê? O que disse?

— Você não precisa receber informações de um repórter — interrompeu Phoebe, pegando o cotovelo de Rosalind. — Vamos.

Mas Rosalind havia parado, e os repórteres apressaram-se para aproveitar a oportunidade. Haviam se tornado famintos, deixados ali no relento por tempo demais. Apesar de o sol estar brilhando hoje, o tempo estivera chuvoso e nublado nos dias anteriores, e em algumas tardes chovera granizo. Mesmo assim eles não desistiram, animados demais com a ideia de ser o primeiro a levar uma foto para o chefe.

— Olhe para cá!

— Para esse lado! Para esse lado!

— Dama do Destino, mostre seus talentos!

De repente, algo afiado veio voando na direção de Rosalind e arranhou sua bochecha, antes de cair com um baque alto na calçada atrás dela. Ela levou a mão rapidamente ao rosto com um arquejo involuntário, cobrindo o machucado dolorido. Quando abaixou os dedos, viu sangue.

Sentiu uma raiva visceral e lívida. Quem ousava *jogar* algo nela? Já podia sentir a pele do rosto se regenerando, curando-se em frente às câmeras, cada momento capturado sob um flash. Era isso o que queriam, não era? Transformá-la em parte de um espetáculo, colocá-la sob um microscópio para ser avaliada nas folhas dos jornais.

Aqueles malditos repórteres haviam se esquecido de que ela era uma *assassina*, que só tinham tanta curiosidade sobre Destino porque ela costumava ser uma sombra aterrorizando a noite, matando pessoas com o mero sopro de um veneno.

Lentamente, Rosalind limpou o resto do sangue do rosto. Mudara de ideia. A Dama do Destino estava ali no fim das contas.

Ela avançou.

— *Ei!* — gritou Phoebe.

Pouco antes de Rosalind conseguir tocar no jornalista mais próximo, Phoebe se esforçou para puxá-la para trás, seu corpo pequeno saindo do chão com a força para manter os braços de Rosalind abaixados. O repórter gritou de medo. Alguns dos que estavam ao redor dele deram um passo para trás. Outros ficaram ainda mais animados, gritando para que ela fosse na direção deles.

— Você não quer mesmo fazer isso, *sǎozi* — falou Phoebe com dificuldade.

— Me solte — disse Rosalind entredentes. — Orion me deixaria acabar com eles.

— E é por isso que estou sendo a irmãzinha responsável. Não me faça chorar para que se sinta mal.

— Phoebe, me *solte*...

Phoebe arfou. Quando uma segunda pedra foi arremessada na direção delas, Phoebe pegou-a diretamente no ar antes mesmo de Rosalind perceber sua presença, e então jogou-a de volta para os repórteres. A multidão reclamou, movendo-se para proteger as câmeras.

— Sorte sua que eu jogava softball. — Phoebe lhe deu um empurrão. — Anda, anda!

Rosalind desistiu de sua missão de começar uma pancadaria. Bufando, abriu caminho pelo resto da multidão aos empurrões, finalmente chegando ao carro de Silas e abrindo a porta traseira. Sentou-se no banco atrás dele, a postura inteira emburrada.

Phoebe chegou pelo outro lado, deixando-se cair no banco do passageiro e fechando a porta.

— Então, poderíamos ter nos saído muito melhor.

Silas se virou para dar uma olhada no banco traseiro, observando Rosalind com preocupação. Enquanto isso, os jornalistas já se aproximavam do carro, tirando os bloquinhos de notas dos bolsos para descrever os eventos que haviam se desdobrado na presença deles.

— O que aconteceu?

— Só dirija, por favor — respondeu Rosalind com rispidez. Usou o dorso da mão para pressionar os olhos. Quando passou a palma pelo rosto, viu que a bochecha já estava curada. — Só dirija.

No banco da frente, Silas e Phoebe trocaram um olhar, discutindo uma resposta em silêncio. Porém, antes que Silas pudesse girar o volante, houve uma pancada repentina em sua janela, e ele recuou de medo, os óculos deslizando pelo nariz.

— Vai! — ordenou Rosalind. O repórter apontou a câmera para o espaço em que a janela estava levemente aberta. — Depressa!

Silas pisou no acelerador. Phoebe inclinou-se para ajeitar seus óculos antes que eles batessem por conta de sua visão obscurecida. Rosalind observou seu prédio desaparecer de vista, deixando os jornalistas para trás.

Mesmo depois dos gritos desaparecerem, ela não ousou soltar o imenso suspiro que se formava em seus pulmões. Rosalind simplesmente ajeitou-se no banco para encarar adiante outra vez, os ombros tensos e a postura encolhida.

O veículo se sacudiu ao passar por uma lombada na estrada e adentrar um trânsito mais pesado. Enquanto Silas e Phoebe voltavam a conversar, Rosalind silenciosamente esticou a mão até o outro lado do banco traseiro, deixando-a pairar naquele espaço vazio. Então abaixou a mão sobre o nada.

2

O quartel-general local do Kuomintang estava agitado, com soldados de guarda para proteger as entradas. Um deles soltou um muxoxo quando Rosalind se aproximou demais da porta, e ela olhou por cima do ombro enquanto se afastava, igualmente irritada com a presença deles.

O quartel estivera inquieto desde que o General Hong fora exposto por conduzir suas atividades como *hanjian* dentro daquelas mesmas paredes, ao convocar o filho e executar nele uma lavagem cerebral sob as ordens da esposa. Se permitiram que algo assim acontecesse ali, o que mais poderia ter passado por debaixo dos panos? Por isso estavam tentando remediar o problema, colocando olhos em todos os cantos. Não que fosse adiantar muito.

Silas guiava o caminho de Rosalind pelo prédio. Ele conhecia a planta do local melhor do que ela, considerando as raras vezes que fora até ali. Enquanto isso, Phoebe aguardava do outro lado dos portões, barrada de entrar no complexo sem documentos oficiais. Considerando a bronca que dera no soldado da entrada, era óbvio que ela suspeitava que a estavam impedindo de passar apenas por causa de seu sobrenome.

— Por mais irritantes que os jornalistas sejam, eles estão certos — dizia Silas, resumindo para Rosalind as informações que estivera recebendo da inteligência. — Uma unidade viu Liwen na Manchúria.

— Só viram? — insistiu Rosalind. — Eles não vão fazer nada?

— Não. Mas mesmo que resolvessem agir, no momento em que se organizassem a Senhora Hong já teria ido embora faz tempo.

Era necessário utilizar as filiais secretas no caso de Orion, mas os Nacionalistas não viam sentido naquela missão. Até porque, considerando as habilidades que Orion possuía, uma missão dessas poderia acabar com o resto dos agentes secretos que tinham, e a filial já estava extremamente pequena naqueles dias.

— Precisam me enviar. — Ela puxou um fio solto da luva. — Sou a única que conseguiria.

Silas lhe lançou um olhar nervoso enquanto andavam, mas não discutiu. Estava cansado demais para discutir e, além disso, já havia escutado aquilo várias vezes enquanto Rosalind esperava para sair do período de *"fique na surdina enquanto decidimos o que fazer"*, forçado pelo Kuomintang. Ainda assim, não era como se Silas e Phoebe tivessem alguma ideia melhor. Orion sempre fora a autoridade despreocupada e apaziguadora entre os dois. Sem ele, ambos levavam suas personalidades ao extremo, o que não costumava ajudar em nada. Não que Rosalind os culpasse. Phoebe praticamente subia pelas paredes de tanta agitação o tempo todo; Silas sumia da face da terra por horas enquanto se enfiava na busca por Sacerdote, missão à qual ainda estava muito dedicado.

— Vou te deixar por aqui — disse Silas. — Acho que será o General Yan que falará com você.

Pararam em frente a um longo corredor, o piso de linóleo tão polido que Rosalind conseguia enxergar o próprio reflexo nele. Algo no quartel-general fazia com que se lembrasse da Imprensa Turquesa. A filial de Xangai do jornal havia sido fechada quando o diretor da Turquesa foi preso sob denúncias de conspiração, colocando a nação em perigo, assim como alguns funcionários que Rosalind e Orion descobriram estar envolvidos no esquema dos experimentos químicos. Mas ela duvidava que todos fossem ser punidos devidamente. O governo do Kuomintang queria estabelecer medidas protetivas. Mas, considerando as tensões na cidade, não exageraria a ponto de arriscar irritar o Império Japonês. A filial secreta havia se esforçado muito para expor a Turquesa perante a justiça, só para no final a culpa cair em uma traidora *hanjian* chinesa: a mãe de Orion.

— Ele é nosso novo treinador? — perguntou Rosalind.

Silas balançou a cabeça.

— O General Yan participa mais do setor administrativo do que da filial secreta. Jiemin é quem continua a cuidar das nossas missões.

Então onde ele está?, pensou Rosalind. Sentiu um arrepio de nervosismo no estômago. Agora que ela finalmente fora convocada, o mínimo que Jiemin poderia fazer depois de a deixarem esperando por semanas era organizar uma reunião de verdade.

— Você vai ficar por perto? — perguntou a Silas.

Ele segurava um saco com fitas que precisava rebobinar e apagar nas máquinas do quartel. De acordo com os resmungos de Phoebe durante as longas tardes em que Silas desaparecia e ela ia atrás de Rosalind para ter companhia, aquele era o principal meio de comunicação dele com Sacerdote. Apesar de Rosalind não acreditar que uma assassina Comunista anônima pudesse fazer grandes coisas para solucionar seu dilema, Silas fixou-se na aparição heroica de Sacerdote no Armazém 34, insistindo que essa poderia ser uma maneira de salvar Orion.

— Vou estar no andar de cima se precisar de mim, *săozi*.

Rosalind franziu o cenho.

— Por que também está me chamando assim agora?

O garoto abriu um sorriso acanhado, já se afastando.

— Costume. Fico perto de Feiyi tempo demais.

O que simplesmente significava que falavam dela pelas costas o suficiente para o costume ter sido repassado. Pelo menos fofocavam com respeito.

Quando Silas desapareceu, Rosalind cruzou os braços e encostou-se na parede. Havia várias portas ao longo do corredor, a maioria fechada, abafando o som de murmúrios e reuniões que aconteciam lá dentro. Uma, porém, fora deixada entreaberta. Rosalind esperou mais alguns minutos. Quando pareceu que ninguém se apressaria a buscá-la, andou em direção àquela porta, enfiando o nariz na abertura. Provavelmente não se importariam. Se houvesse algo confidencial ali, pelo menos três soldados estariam postados.

— Olá? — chamou ela, incerta.

Deu um leve empurrão para que a porta se abrisse mais. Era apenas uma sala de reuniões vazia, com uma grande mesa situada no centro e várias caixas empilhadas nos cantos. A luz do sol entrava pelas janelas, margeando os quadros de avisos nas paredes e as lousas reunidas em torno da mesa. Todos os assuntos recentes da cidade estavam expostos nos quadros: recortes de jornais e telegramas encharcados presos lado a lado, retratos de políticos e papéis com rabiscos em caneta vermelha ocupando os espaços vazios.

Um dos quadros de aviso prendeu seu olhar, porque estava mais vazio do que os outros. Rosalind desviou-se de uma das caixas no chão e foi até ele. Por um momento, não entendeu por que aquele quadro chamara sua atenção, até que se aproximou e reconheceu o rosto em um cartaz no centro.

Sua curiosidade esvaneceu-se. Uma onda de raiva veio à tona.

PROCURADO, estava escrito, POR CRIMES CONTRA A NAÇÃO.

Rosalind arrancou o cartaz de Dao Feng na hora e o amassou, apagando seu retrato falado de vista. Torcia para que o encontrassem e o punissem. Torcia para que nunca o encontrassem, para que ele sumisse na noite e desaparecesse para sempre. Céus… ambas as possibilidades eram insuportáveis.

Ela *confiara* nele. Era isso o que continuava a assombrá-la. Sempre que pensava que alguém estava pronto para permanecer em sua vida, que se importavam o suficiente para ficar, era como se estivessem planejando, na verdade, o contrário. Ao menos não foi escolha de Orion ser levado. Dao Feng escolhera abandoná-la — a havia treinado e permitido que ela confiasse nele como treinador, mas estava mentindo o tempo todo.

Rosalind amassou o cartaz com mais força. Sentiu uma vontade irracional de morder o papel e despedaçá-lo com os dentes.

— Lang Shalin.

Merde. Com um sobressalto, Rosalind se virou e largou o pedaço amassado de papel discretamente, fingindo que não fora ela a arrancá-lo do quadro. Um jovem assistente espiava dentro da sala de reuniões, franzindo o cenho diante de sua presença.

Ele usou o polegar para indicar o corredor.

— Estão te esperando.

Rosalind assentiu. Seu sangue ainda estava fervendo. Não disse nada enquanto seguia o assistente para fora da sala e de volta ao corredor, passando por três portas, até que ele bateu na de um dos escritórios e gesticulou para que ela fosse em frente.

— Obrigada — resmungou baixinho.

Ela girou a maçaneta e entrou no escritório. Havia tanta luz solar entrando pela janela de quatro folhas que ela quase recuou, semicerrando os olhos para aguentar o ataque. Um homem estava em frente à janela, olhando diretamente para a aurora dourada sem se incomodar. Supunha que era o General Yan, considerando que ele vestia o uniforme dos Nacionalistas e estava em pé atrás de uma mesa de mogno.

Ele se virou ao ouvi-la entrar, abriu um sorriso paternalista e se inclinou sobre a mesa para estender a mão.

— É um prazer conhecê-la de verdade, Lang Shalin. Terá de me perdoar por ser nessas circunstâncias.

Rosalind não disse nada enquanto também se inclinava para apertar a mão dele. Seu primeiro instinto foi vasculhar a memória para lembrar se já havia encontrado o General Yan na mansão Escarlate antes, mas por que se dar ao trabalho? Não é como se seu passado fosse ser útil ali. Não que já tivesse sido útil para alguma coisa, além de dar vida a essa ideia que todos pareciam ter dela.

— Onde está Jiemin? — perguntou Rosalind. — Pensei que seria ele a me encontrar.

— Não está na cidade no momento — respondeu o General Yan.

Ele se sentou na cadeira, então gesticulou para que Rosalind fizesse o mesmo. Ela não queria se sentar. Queria que essa reunião fosse rápida, e depois queria agir, queria parar de ficar sentada esperando o perigo passar.

Mas já que Rosalind estava tentando não causar problemas no quartel-general, sentou-se. Começou a remexer as mãos no colo, abrindo e fechando-as uma em cima da outra.

— Entendo. — Os olhos dela se voltaram para os papéis que estavam sobre a mesa do General Yan. O que estava escrito ali? *Conta de aposentadoria?* — Odeio ter que deixar sua agenda ainda mais ocupada com tarefas da filial secreta. Imagino que tenha vários outros assuntos importantes a tratar. Enquanto estamos em guerra.

O General Yan não respondeu à provocação vaga. Recostou-se na cadeira, observando-a atentamente enquanto a sala caía no silêncio, salvo pelo tique-taque do relógio e pelo fungar do assistente que esperava na soleira da porta.

— Tivemos notícias do seu pai ontem.

Rosalind se empertigou, atenta, a coluna rígida.

— O que foi que disse?

— Ele entrou em contato para aprovar o que temos em mente para o seu futuro. E para comunicar que, se quiser acessar suas contas bancárias, precisará voltar para casa e pegar a assinatura dele. Segundo ele, você não tem respondido às cartas.

Rosalind não estava entendendo. Contas bancárias? A assinatura do pai? O que tudo isso tinha a ver com sua próxima missão...?

Seus olhos se voltaram para os papéis outra vez. A compreensão veio como um tapa em seu rosto, uma dor aguda que, por um momento, fez sua visão ficar completamente branca como um flash.

— Vocês estão me dispensando.

O General Yan não disse nada para contrariar aquela conclusão. Ele folheou os papéis enquanto Rosalind piscava rapidamente para se recuperar, as mãos apertando as laterais da cadeira com tanta força que sentia as unhas prestes a se quebrarem.

— Como podem...

— Não foi uma decisão fácil — interrompeu seu superior. — Fez um ótimo trabalho, Lang Shalin. Mas Destino não pode voltar a trabalhar já que o país inteiro conhece sua identidade. Os inimigos que fez durante sua carreira rastreariam todos os seus movimentos. Você não conseguiria se disfarçar, ou se misturar.

— Sou uma *assassina* — protestou Rosalind. — Não preciso me disfarçar se não for colocada em outra operação de longo prazo como a Turquesa!

— E o que vai fazer quando for reconhecida antes de dispersar seu veneno? Quando for fotografada enquanto persegue um alvo? Você estaria arriscando expor a filial secreta inteira a todo momento. Em primeiro lugar, devemos proteger nossa integridade.

A garganta de Rosalind estava se fechando. Sua circulação estagnou, a velocidade do sangue diminuindo até parar. Talvez sua hora tivesse chegado. A imortalidade estava vindo prestar as contas, todo aquele tempo roubado que vinha se acumulando desde o dia em que deveria ter morrido. Em segundos, Rosalind cairia morta no tapete daquele escritório, seu propósito e sua vida levados de uma só vez.

— Não podem — disse, baixo. De alguma forma, sua voz continuou uniforme. — Não podem fazer isso comigo. O que eu devo fazer em vez disso?

Estava dependendo apenas das informações dos Nacionalistas a fim de determinar para onde a mãe de Orion o levava a cada dia, arrastando-o como se fosse uma arminha de brinquedo. Sem elas, ficaria completamente desinformada.

O General Yan empurrou a pilha de papéis em sua direção.

— Viver uma vida boa. Pagaremos seu fundo de aposentadoria, é claro. Sei que a filial secreta lidava com dinheiro vivo, mas preferimos estabelecer transferências mensais, então, sem dúvidas, você vai precisar pedir ao seu pai…

Apesar de o homem continuar falando, Rosalind só ouvia um leve resmungo em seus ouvidos. Havia sido exposta involuntariamente e, ainda assim, decidiram descartá-la como punição, jogando-a para debaixo do tapete como se nunca tivesse existido.

Meu Deus. Presumia-se que sempre soubera que era assim que operavam, não é? Caso se metesse em problemas, os Nacionalistas deixariam que ela os resolvesse sozinha. Se fizesse qualquer coisa que não estivesse de acordo com os objetivos deles, não seria mais necessária ali.

O General Yan havia parado de falar. Parecia estar esperando algum tipo de resposta. Rosalind nem sabia o que ele tinha dito por último.

— E quanto ao resto da filial secreta que vocês não estão protegendo? — perguntou. — E quanto a Hong Liwen, que está no interior, à mercê de uma *hanjian*?

Lentamente, o General apoiou os cotovelos na mesa. A sensação de sua inspeção foi pesada, como se ele estivesse expondo-a só com o olhar e pudesse interpretar todos os desejos egoístas que havia naquelas palavras.

Vá atrás dele, queria gritar ela. *Você serve para o quê, se não vai nos ajudar?*

— Shalin, você está *dispensada* da última missão. — O General juntou os dedos. Havia uma grande preocupação em seus olhos. — Ele era apenas seu esposo de mentira, afinal. Sei que sente uma profunda responsabilidade, e por isso, lhe agradecemos, mas não há necessidade de levar as consequências da Maré Alta tão a sério.

Por um momento, Rosalind não entendeu o que o General Yan queria dizer. Como podia não levar as consequências da Maré Alta a sério? Aquela missão consumira sua vida nos últimos meses. A segurança da cidade dependera daquela missão.

Então Rosalind quase riu, porque não podia acreditar que o argumento dele era de que ela não deveria se importar tanto, já que Orion fora apenas seu esposo de mentira. Talvez o casamento tenha sido falso, mas a devoção dele a ela era real. Ela culpava os outros por abandoná-la, mas parecia que isso era tudo o que era capaz de fazer também. Dar-lhes as costas. Sair correndo. Fugir.

— Eu me recuso — sussurrou Rosalind. Sua voz tremeu, mal discernível para ela mesma, muito menos para o comandante. — Ele me amava, e eu o abandonei.

O General Yan suspirou do outro lado da mesa, chegando ao limite da paciência. Enquanto isso, Rosalind tentava acalmar o tremor em seu peito. Certamente algo poderia ser feito. Certa vez, Dao Feng lhe dissera que se ela decidisse algo, ninguém poderia forçá-la a recuar. Se queriam aposentá-la, Rosalind tinha que resistir.

— Mais alguma coisa, Lang Shalin? — perguntou o General. — Se não, você pode passar na administração. Também pode voltar amanhã, se preferir. Imagino que será melhor para a sua saúde.

Fale alguma coisa. Agora. Resista. Sua garganta queimou em frustração. Os dedos coçaram com o desconforto de sua pele ficando apertada demais para o próprio corpo.

— Eu...

Ela não conseguia fazer isso.

Em vez de discutir, Rosalind Lang levantou-se de um salto e saiu da sala, lutando para afastar o ardor das lágrimas.

3

Ela desprezava tudo.

Os Nacionalistas em seus escritórios. O clima frio, a temperatura caindo com o sol que se punha lá fora. A guerra que permeava a estação de rádio tocando ao fundo.

Os imperialistas, por simplesmente existirem em seu campo de visão.

É claro que não tinha o mesmo nível de desprezo por todas essas coisas, mas, de qualquer forma, estava irritada o suficiente para ficar furiosa com tudo ao mesmo tempo. Ela enfiou um garfo na fatia de bolo, mordendo o chantili com tanta raiva que bateu os dentes. Naquele momento, Silas voltou à mesa, trazendo sachês de açúcar para o café de Phoebe.

Haviam ido a um café perto do Bund, conhecido por ter uma banda de jazz ao vivo. Na opinião de Rosalind, levá-la para se acalmar em outro lugar antes de voltarem ao apartamento fora uma boa ação de Silas e Phoebe. Mas quando ouviu o trombone, só conseguiu pensar que o músico, sem dúvidas, havia sido demitido de um salão de danças por sua falta de ritmo, antes de conseguir aquele emprego.

Rosalind mastigou o bolo. O sininho acima da porta de vidro tocava a cada poucos minutos, fazendo com que uma nova onda de ar frio entrasse. Do lado de fora, uma luz vermelha irradiava do letreiro, uma fiação neon em inglês que declarava que aquele café servia a melhor sobremesa de Xangai.

— Isso faz tão mal para a saúde — sussurrou Silas enquanto se sentava, dando os sachês de açúcar para Phoebe.

— Então por que pegou eles para mim? — retrucou Phoebe, também abaixando o tom de voz.

Ela rasgou um dos sachês e derramou cada grânulo de cristal na bebida.

— Não me culpe pela sua compulsão por doces. Só estou avisa…

— Se vai ficar me repreendendo, era melhor se recusar a pegar os sachês…

— *Por que* vocês estão sussurrando? — interrompeu Rosalind em um tom de voz normal.

Silas e Phoebe congelaram, expressões iguais de culpa tomando conta de seus rostos, como se tivessem sido pegos com as mãos sob a camisa um do outro. Rosalind quase sorriu, achando aquilo realmente divertido, mas o instinto que teve depois foi se virar para o lado à procura do olhar de Orion, e então percebeu mais uma vez que ele não estava ali.

— Sabe — disse Rosalind, antes que Silas ou Phoebe pudessem se recuperar, e pegou o casaco no assento ao lado —, pensando melhor, acho que tomar um ar pode ajudar a clarear minha mente.

— Vou com você — disse Phoebe imediatamente.

— Não, por favor. — Rosalind colocou o casaco. — Preciso de silêncio para pensar a respeito da situação.

— Mas estamos aqui para te ajudar — reclamou Silas. — Três cabeças pensam melhor do que uma.

Sem dúvidas, ele estava certo. Rosalind deveria ter tirado o casaco, se sentado, e exposto seus pensamentos vulneráveis e dolorosos à mesa para que Phoebe e Silas a ajudassem a lidar com eles. Então, ela conseguiria encontrar o melhor jeito de seguir em frente, e seria uma boa amiga.

Mas claramente seu destino era ser um acidente de trem descarrilhado, porque Rosalind apenas abriu um sorriso tenso e disse:

— Não, é sério. Preciso dar uma volta. Fiquem aqui e terminem as bebidas. Vou ficar ótima.

Já havia passado pelas portas antes que pudessem continuar a discutir. Qual era o sentido de ficar ali, uma vela tristonha se intrometendo no encontro a dois? Se Rosalind havia sobrevivido todos esses anos contando só consigo mesma, claramente estava fazendo algo certo.

Os postes de luz zumbiram levemente acima de sua cabeça, cada lâmpada a gás iluminando seu caminho conforme ela acelerava o passo. Sentiu-se melhor no momento em que saiu do café, longe dos olhares gentis e preocupados de Phoebe e Silas. Mesmo ao trazer o casaco junto ao peito, lutando contra o frio que fazia sua respiração ficar visível no inverno de janeiro, ela preferia o vento cortante ao café quente e suas risadas felizes.

Rosalind desviou da rua Nanquim. Seus pés a levaram mais para o interior da cidade, para longe do calçadão e da brisa do mar. Perambulou sem rumo por caminhos menos conhecidos, onde as lojas já haviam começado a fechar e apenas um ou dois riquixás passavam, caminhando e caminhando apenas para ter algo a fazer enquanto a noite caía.

Quando passou pelo primeiro homem vestido em uma jaqueta preta, não achou que houvesse nada de errado.

Quando apenas um minuto depois, passou por um segundo homem vestido da mesma maneira e com uma tatuagem no pescoço, começou a pensar que algo poderia estar errado.

Rosalind não se deu ao trabalho de disfarçar a desconfiança. Virou-se imediatamente, monitorando para onde o segundo homem estava indo. Ao mesmo tempo, ele havia se virado para olhar por cima do ombro.

Os olhos dos dois se encontraram.

Não havia dúvidas: ela percebera sua presença, e ele havia registrado sua percepção.

Em um instante ele levantou o braço para fazer um sinal. Sombras se agitaram nas vielas, revelando mais três homens que aguardavam. Ela estava numa rua sem saída. Havia uma igreja à sua esquerda. Uma loja de instrumentos à direita. Ambas já haviam fechado, e nenhum dos prédios residenciais nas laterais parecia ser de fácil acesso. De alguma forma, haviam organizado uma emboscada ao seu redor. Todas as saídas estavam bloqueadas.

Rosalind girou lentamente nos calcanhares, observando quantos homens eram.

— Se alguém estiver escondido embaixo de um carro — disse ela —, agora é uma boa hora para sair.

Sua voz saiu firme, mas voltou com um pouco de eco, batendo nos becos e ricocheteando com mais força do que ela expressara.

— Lamentamos pela falta de educação, Dama do Destino — disse um dos homens escondido nas sombras. Ele segurava um pé de cabra. — Se soubéssemos antes quem você era, teríamos te chamado para um chá. Mas como isso é tudo o que pudemos arranjar em tão pouco tempo, um encontro na rua vai ter que bastar.

Os dois homens por quem ela passara estavam colocando as mãos dentro da jaqueta. Ao retirarem-nas, elas continham pistolas com silenciadores no cano. Rosalind revirou a mente para tentar identificar seus rostos, mas não conseguiu se lembrar deles.

— O que querem? — perguntou secamente. — Um resgate?

O quarto homem, que estava mais distante, segurava uma grande fraca. E foi ele quem avançou em sua direção primeiro, provocado por aquela simples pergunta, e gritando:

— Vingança. Pelo meu irmão.

Ah. Então essas eram as repercussões de seus antigos alvos, vindo prestar contas depois de Destino passar anos fazendo trabalho sujo, escondida atrás de um pseudônimo. Perguntou-se o que o irmão dele havia feito para ter ido parar em uma das listas que entregaram à Destino. Se era considerado um comerciante criminoso ou se fora punido por se vender para os imperialistas.

Rosalind desviou do rápido ataque. Sem precisar pensar, puxou um dos grampos de cabelo, deixando o metal deslizar na parte de trás dos dedos por um momento para segurá-lo com firmeza, e então arrastou a ponta afiada no rosto do homem conforme ele recuava. Ele grunhiu.

Apesar de o homem tentar atacá-la novamente, os outros começaram a se mover. Tiros soaram na noite. Uma, duas, três vezes. Duas balas atingiram o asfalto, espalhando areia e cascalho. A última atingiu seu ombro.

Tā mā de, pensou. *Estou farta de levar tiros...*

O homem que foi atingido pelo grampo envenenado caiu no chão, seus membros tremendo. Rosalind se agachou e roubou sua faca, apertando o próprio ombro com a mão livre. Por um instante, foi tomada por uma dor entorpecente, sua visão ficando branca. Ela respirou fundo. Cambaleou para frente. Segundos depois, pôde sentir fisicamente seu músculo voltando ao lugar, se regenerando e expulsando o maldito objeto. Assim que retirou a mão do ombro, um *tlim* agudo atingiu a calçada. A bala saiu rolando até cair em um bueiro.

— Por que seriam tão *tolos*... — Rosalind se endireitou, a mandíbula doendo graças à força com que a cerrava — a ponto de ir atrás de uma assassina imortal?

O homem com o pé de cabra correu em sua direção. Rosalind jogou a faca que havia roubado. Errou — e por muito —, mas a lâmina voadora havia sido só uma distração. Estava testando a direção do vento, observando a faca se levantar com a brisa e cair com um baque sem graça no chão. Antes que o homem pudesse abaixar o pé de cabra e causar-lhe mais ferimentos ao surrá-la, Rosalind tirou uma pequena bolsinha de pó presa à sua perna e a sacudiu com vontade ao vento, fazendo partículas voarem diretamente no rosto de seu agressor. Ele arquejou. Depois arquejou outra vez, de repente ficando sem fôlego.

Outro tiro soou alto, raspando o braço dela.

Ai, essa doeu.

Os dois homens armados haviam mantido distância. Isso com certeza deixava a mira deles ruim, porque Rosalind não conseguia entender por que outro motivo não atiravam na cabeça dela e a matavam de uma vez, por que não explodiam os miolos dela, acabando com qualquer chance de cura. Seus outros colegas justiceiros já estavam mortos.

— Parem — disse Rosalind sem emoção. Seu braço doía. Seu corpo doía. — Não vão sair ganhando.

Um dos homens abriu fogo de novo. Desta vez, ele mirou diretamente em seu peito. A bala afundou em seu coração, que já latejava, ferido e vermelho. Passara as últimas semanas trancada, sob ordens para ficar sentada esperando enquanto aqueles que a odiavam a cercavam como abutres, e para *quê*? Seu coração já estava doendo bem antes desses tiros. E continuaria doendo mesmo depois da bala ser expulsa de seu corpo e cair com a mesma ênfase de uma lágrima com o formato da morte.

Rosalind pôs a mão sobre o peito. Traçou suavemente com o dedo o buraco que foi aberto em seu *qipao*, o tecido chamuscado e encharcado de sangue. Abaixo, a ferida pulsava. Tornava-se vívida com o vermelho, tingindo sua roupa.

— Tudo bem — disse. Rosalind colocou a mão no bolso. Começou a caminhar na direção dos dois homens restantes em passos lentos, a postura mudando. — Pelos velhos tempos, já que se recusam a me deixar em paz.

Ela tirou a moeda do bolso.

Um segundo se passou. Tempo suficiente para que os agressores entendessem o que era o objeto. Quando o dedão dela tocou a borda da moeda, jogando-a para cima, o homem da esquerda se virou e saiu correndo. O da direita, porém, permaneceu por mais um segundo.

Antes que a moeda terminasse de rodopiar no ar, ele finalmente girou nos calcanhares, abandonando a missão.

Agora era tarde demais.

Agora Rosalind queria sangue.

Ela correu atrás deles, sem se importar em olhar de que lado a moeda havia caído. Uma voz em sua mente lhe dizia para parar, para recuar antes que fosse tarde demais e ela voltasse àquela escuridão que pensara que havia abandonado. Mas nem sua autoconsciência pôde lhe impedir de dar um puxão no colarinho do homem quando o alcançou, não pôde ser barulhenta o suficiente para segurar o braço de Rosalind quando ela o fez parar e enfiou um grampo no pescoço dele.

Ele ofegou em busca de ar. Ela arrancou o grampo.

E o homem caiu.

Rosalind sentiu um soluço subir por sua garganta. O desprezo se moveu como lodo por seu corpo, entupindo suas veias como um veneno de fabricação própria. Ela deveria ser melhor do que isso. Deveria ser superior a essa cidade, superior à raiva sem sentido de seus becos.

Já chega, disse a voz em sua mente. Soava terrivelmente familiar. Terrivelmente similar a Dao Feng. *Respire fundo. Você não é assim.*

Pouco depois de se tornar Destino, Rosalind era como um explosivo incontrolável, tão destrutivo quanto o que atingiu Zhabei e matou sua prima. Ela estava desesperada para responder pelo que fizera, então queria consertar as coisas causando o mesmo tipo de dano, acertando as contas na outra direção. Mas era inexperiente na época, fraca para uma assassina e péssima quando se tratava de alvos. Fora Dao Feng quem sentiu o impacto mais forte de sua raiva, um amortecedor inabalável para suas birras, a mão que a empurrou na direção da curva de aprendizagem e para longe de ser alguém terrível sem nenhum motivo.

Mas Dao Feng não estava mais ali. E depois daqueles anos de sucesso, Rosalind podia ser terrivelmente desprezível se quisesse. Se tivesse intenção de causar danos reais, quem a pararia? Quem naquela enorme cidade tinha o poder de afrontá-la?

Já chega.

Com o corpo inteiro tremendo, Rosalind se afastou dos próprios pensamentos. Mesmo que ninguém estivesse por perto para testemunhar os últimos minutos, não demoraria até que alguém aparecesse. Rosalind apressou-se a tirar o corpo da rua, arrastando-o até um beco.

Rosalind Lang abandonou a cena. Olhou entorno da nova rua em que fora parar, flexionando os dedos nas laterais do corpo. Foi fácil se livrar da mancha de sangue em sua mão. Quando parou ao lado da calçada, seus braços ficaram presos naquela posição: uma das mãos enfiada na curva interna do cotovelo, a palma pressionando o azul suave que indicava onde suas veias corriam.

O antigo laboratório dos Rosas Brancas agigantava-se adiante. O laboratório de Lourens, onde ela fora ressuscitada.

Meu Deus… de toda Xangai, como fora parar justo ali?

Aproximou-se mais do edifício. As janelas haviam sido tapadas com ripas de madeira e as salas estavam abandonadas. Depois da revolução, a maioria dos estabelecimentos que estavam sob o controle dos Rosas Brancas ou foram assumidos pelos Nacionalistas ou deixados em estados similares àquele: presos em debates sobre quem era o dono da propriedade. Havia muita papelada envolvida quando se tratava de tomar posse de algo que pertencera a uma sociedade extinta que estivera no comando com base em conexões e medo.

— Maldito seja — disse ela, baixo.

Aproximou-se do vidro coberto por jornais. Muitos pareciam novos, como se alguém fosse até ali e retocasse a cobertura, colocando uma nova camada com frequência, para o caso de algum moleque passar e resolver quebrar as janelas.

Sentiu o sangue queimar. Não era mais de raiva, eram as lembranças. A sensação de ser refeita pinicava a dobra de seu cotovelo, a fazia se lembrar da facilidade com que quase escapara daquele mundo, antes de ser congelada naquele estado final.

Rosalind soltou a respiração. Sua visão ficou embaçada com a névoa do sopro de ar quente. Quando clareou, seus olhos se fixaram na impressão dos artigos à sua frente, iluminados pelos postes de luz a menos de um metro de distância.

OS OCIDENTAIS NÃO SÃO NOSSOS INIMIGOS!

DEVEMOS NOS UNIR CONTRA O IMPÉRIO JAPONÊS!

Propaganda política clássica. A cada passagem de ano e a cada mudança radical nas lutas estrangeiras, o governo nacional não conseguia determinar quem eram seus inimigos, e nem os jornais locais. A maioria das fachadas de lojas daquela rua continham cartazes pedindo que os chineses auxiliassem os ocidentais em sua luta contra os japoneses. Mesmo no escuro, Rosalind conseguia ler os caracteres vermelhos em negrito impressos em ofensiva. Provavelmente fora a mesma pessoa ou empresa a colar todos eles. A rua seguinte teria uma crença diferente. E haveria uma terceira opinião uma quadra adiante.

Rosalind parou. Virou-se outra vez para os artigos, olhando mais para baixo. Não foi exatamente o conteúdo que chamou sua atenção. A maioria tinha a mesma intenção: clamar por ações contra a ofensiva japonesa, atribuir atrocidades e ataques a possíveis culpados.

O que prendeu sua atenção foi a quantidade de manchetes relacionadas àquele assunto. O pânico dos cidadãos estava crescendo. Já que trabalhava tão próxima ao governo, Rosalind ficava alienada aos sentimentos do povo comum. Não havia percebido que era tão profundo.

Um descuido de sua parte. E uma oportunidade.

— *O que precisamos* — leu em voz alta em um dos jornais colados à janela — *é aumentar nosso moral. Como chineses, devemos sacudir a poeira e nos reerguer, ou seremos conquistados até o fim da década.*

Os Nacionalistas não iam enviá-la atrás de Orion porque sua identidade havia sido exposta e era muito fácil reconhecê-la como Destino. Tudo bem.

Rosalind mostraria a eles exatamente o quanto a Dama do Destino poderia ser fácil de reconhecer.

4

A parte mais estranha do intervalo entre duas missões era o trabalho ocioso, e cada vez que se sentava para vigiar a mesa da recepção da estação de comunicação, Celia Lang se perguntava por que não podiam simplesmente contratar alguém de fora para o serviço.

Mas supunha que seria bem fácil torturar um civil até ele confessar uma localização ultrassecreta. Talvez pudessem falar que o edifício tinha outra função. De fora, a estação de comunicação tinha a fachada de uma clínica especializada. Só precisariam manter segredo sobre assuntos confidenciais na frente de um funcionário terceirizado.

Celia suspirou. Mas, de qualquer forma, não era como se tivesse algo melhor para fazer entre missões. Seria a santa secretária, então.

Ela pegou uma caneta. Girou-a nos dedos. O alto escalão do partido que trabalhava ali havia lhe dado um jaleco branco para usar por cima do vestido, garantindo que ela estivesse bem disfarçada para qualquer um que subisse as escadas por acidente. Não acontecia com frequência — a maioria das pessoas que entrava na estação de comunicação sabia o que queria e falava a palavra-chave ao se apresentar.

Estava sendo um dia entediante. Celia suspirou, então se levantou.

A estação de comunicação estava localizada ao norte de Xangai, numa rua em que passavam muitos pedestres. A cozinha estava extremamente barulhenta quando se aproximou, e ela passou alguns minutos intrigada, procurando de onde vinha o som antes de localizar a janela que havia sido deixada entreaberta. Fechou-a, abafando o som dos ambulantes e das crianças gritando. Já eram quase 17h. Era a hora de maior tumulto, enquanto reflexos laranjas começavam a queimar as calçadas.

Celia colocou a chaleira no fogo. Pegou uma lata de folhas de chá, e esperou em frente à mesa enquanto a água fervia.

Essa vinha sendo sua rotina há semanas. Haviam completado a elaboração dos mapas em Taicang. O estúdio fotográfico fora fechado sob o pretexto de ter falido. Depois de terem completado o treinamento, Millie e Audrey haviam sido alocadas em novas missões que realmente precisavam de espiãs. Enquanto isso, Oliver estava em um intervalo entre missões assim como Celia, já que eram parceiros. De qualquer forma, não o via desde que se despediram após o interrogatório, depois de entregarem os mapas e os relatórios. Quando os Comunistas não precisavam dele em campo, ele trabalhava nos bastidores e, segundo os rumores, toda a sua atenção estava voltada em ser o treinador de Sacerdote. No último mês de outubro, ele havia praticamente admitido desempenhar esse papel, apesar de ter se recusado a dar qualquer detalhe concreto a Celia.

Ela serviu a água na xícara de chá. Quando devolveu o bule ao fogão, acabou largando-o com muita força, criando um som metálico alto. *Droga, Oliver.* Era a cara dele sumir sem deixar nem mesmo um bilhete. Como se o resto do mundo fosse menos importante do que a missão e ele pudesse decidir quando trazê-los de volta à sua vida.

Celia estava tão concentrada em levar o chá até a sala que não olhou para cima quando viu, pelo canto do olho, alguém de pé em frente à mesa da recepção. A prioridade agora era apoiar a xícara em algum lugar.

— Olá — cumprimentou. — Só um momento...

A xícara encontrou a mesa. Ela se virou para o visitante.

E no mesmo momento derramou o chá.

— Querida — disse Oliver —, não precisa ficar tão nervosa ao me ver.

Celia se apressou a pegar um lenço de papel, jogando-o sobre o líquido derramado antes que se espalhasse mais e manchasse os documentos. Metade do conteúdo da xícara havia caído antes que a levantasse. Felizmente a maioria dos documentos oficiais estavam distantes.

Merde. Era como se o tivesse conjurado apenas com a força do pensamento. Bem, estivera pensando nele constantemente até que fumaça saísse de seus ouvidos, então, pelas estatísticas, fazia sentindo que em um daqueles momentos ele, de fato, aparecesse.

— Levei um susto — resmungou. Começou a falar em francês, com medo de que um dos superiores pudesse ouvi-la dentro do escritório. — O que está fazendo aqui? Não tenho notícias suas há semanas, e então você aparece do nada? Ah, qual é o seu problema?

Oliver inclinou a cabeça. Seu cabelo havia crescido, ondulando-se ao redor das orelhas de forma que o fazia se parecer com o irmão mais novo de maneira perturbadora. Não era só o cabelo — ele também usava um terno ocidental. O primeiro instinto de Celia foi pensar que ele havia acabado de voltar de algum lugar onde tentava passar despercebido, um traje adequado para uma visita às Concessões. Mas Oliver Hong era o primogênito de uma família de elite. Aquela era a sua aparência desde a infância. O único motivo de ela estar acostumada ao que acreditava serem suas vestes comuns era porque faziam missões secretas em zonas rurais com muita frequência.

— Você parece brava — comentou Oliver, simplesmente.

Sua resposta em francês veio com a mesma rapidez, a troca fácil típica de alguém que havia crescido em Paris. Era exatamente isso que os pais em Xangai esperavam quando enviavam seus filhos ao exterior, todos nos círculos da elite desesperados para aguentar a invasão estrangeira ao competirem uns com os outros em quantas línguas sua prole sabia falar.

— Sabe, Oliver… — Celia bateu a mão na mesa, inclinando-se para frente — é *bem* difícil me deixar irritada, mas, de alguma forma, você é ótimo nisso.

Um sorriso muito fraco se insinua nos lábios dele.

— Senti intensamente a sua falta.

O coração de Celia vacilou. Seu maldito parceiro de missão era impossível. Havia declarado seu amor por ela, não encontrara nenhum momento oportuno para conversarem a respeito, e desaparecera da face da terra. E não era como se *ela* pudesse ligar para ele. Foi ele quem sumiu enquanto ela ficava no mesmo lugar, dia após dia, sentada na mesa da recepção, girando os polegares.

— Que pena. — Bufando, ela se sentou na cadeira, pegou uma pilha aleatória de papéis e começou a organizá-la. — Não senti nem um pouco a sua.

Mentiras. Um monte de mentiras.

Oliver franziu a testa.

— Celia — chamou ele.

Ela largou os papéis.

— Acha que as pessoas devem simplesmente definhar enquanto esperam que você entre em contato? É essa a consideração que tem por seus colegas?

— *Celia* — repetiu ele. — Não entendo. Eu sempre me escondo entre as missões. O risco de eu ser rastreado nesta cidade é gigantesco.

— Sim… bem…

Isso foi antes de o que quer que esteja acontecendo entre nós se tornar tão desconcertante.

Não podia falar isso em voz alta. Talvez Oliver soubesse em que ela estava pensando quando Celia deixou o silêncio se estender.

Ele alisou as mangas. Estava segurando uma pasta em sua outra mão, algo que ela não havia notado antes.

— Não fique brava, querida — disse Oliver. — Por favor?

Ela franziu os lábios. Encarou-o zangada. Mas não conseguiu sustentar a expressão por mais de alguns segundos e cedeu, o olhar tornando-se gentil.

— Está bem. Por que está aqui?

— Fico muito feliz por ter perguntado. — Ele colocou a pasta sobre a mesa. — Temos uma nova tarefa.

Celia não estava esperando por isso. Geralmente eram convocados juntos para serem atualizados sobre a próxima missão.

— E contaram para você primeiro?

— Queriam que eu lhe trouxesse os detalhes. Provavelmente para tentar diminuir a probabilidade de você recusar a tarefa.

Isso estava começando a soar preocupante.

— E por que eu recusaria?

— Sendo bem sincero, acho que estão te usando. — Oliver abriu a pasta e retirou um grande cartaz. Apesar de ser um desenho, ela reconheceu o alvo imediatamente: Rosalind. — Essa é nossa missão.

TURNÊ NACIONAL DA DAMA DO DESTINO

Isso não fazia nenhum sentindo. Primeiro os Nacionalistas a colocaram de castigo. Agora a estavam usando como propaganda política?

— Sua irmã — confirmou Oliver.

Celia não achava que estava imaginando a hesitação em sua voz. O próprio irmão dele estava em algum lugar fora da cidade, com a memória apagada e sendo usado como arma.

— Duvido que ela tenha concordado em sair em uma turnê nacional. Rosalind despreza a política.

Ele olhou por cima da mesa, roubou uma caneta e arrancou a tampa.

— Na verdade, supondo que nossa informação esteja correta, ela se voluntariou. Sabia que o Kuomintang estava prestes a aposentá-la? Vazaram a identidade dela para a imprensa quando as notícias sobre Orion se espalharam, e usaram isso como desculpa para afastá-la de sua posição antes que causasse problemas demais.

Conheça a personagem infame sobre a qual só se ouviram histórias, dizia a descrição no cartaz.

— Então o que é *isso*? — perguntou Celia, demorando a entender a informação.

Não via Rosalind havia duas semanas. Era difícil demais entrar e sair de seu apartamento tarde da noite, quando os repórteres não estavam atentos. A imprensa já começara a bradar que Rosalind Lang estava viva e havia sobrevivido à queda do domínio das organizações. A última coisa de que Celia precisava era que os jornalistas também a reconhecessem, e a comparassem com antigas fotos dos Escarlates, de quando ela ainda usava a identidade de Kathleen. Se as colunas dos jornais declarassem que Kathleen Lang estava viva, isso atrapalharia o *seu* trabalho.

— É uma tática — respondeu Oliver, circulando os locais da turnê. — Sua irmã lhes ofereceu algo irresistível. Agora eles têm uma narrativa principal. Uma assassina chinesa que dizimava imperialistas e traidores. Aumenta o moral em tempos de guerra.

Celia cruzou os braços. Encarou o desenho da irmã.

— Ainda nem estamos em guerra — murmurou. — Uma internacional, quero dizer. Não acho que a guerra civil ganharia muito com essa narrativa.

Além disso, Rosalind não se orgulhava de seu trabalho. Não o via como um dever glorioso. Naqueles últimos anos, tudo o que estivera fazendo era punir a si mesma. Então, ao se voluntariar para uma turnê nacional…

As peças se encaixaram.

— Ah — disse Celia, e olhou para cima. Oliver já a estava observando. — Ela está usando isso como uma oportunidade para ir atrás de Orion.

Ele assentiu.

— E para a nossa sorte: enquanto os Nacionalistas abandonaram Orion, nosso comando central o quer em segurança. O que significa que nossa missão é seguir Rosalind até que ela o encontre, e depois sequestrá-lo.

Meu Deus. Celia realmente estava considerando dizer não.

— Tem certeza de que não há esquemas menos arriscados? — Ela apertou os braços em volta do corpo. — Já não recuperamos o homem do hospital? Aquele em quem injetaram o primeiro teste bem-sucedido da invenção da sua mãe?

Havia escutado tudo isso de outras bocas, já que não estava na cidade quando os eventos aconteceram. Foi Alisa quem levara o homem para um lugar seguro quando Orion, sofrendo de uma lavagem cerebral, injetou a mistura nele. Porém, ela sumiu do mapa depois disso. Aquele último homem foi a única cobaia que sobreviveu. Todos antes dele não aguentaram, e foram abandonados nas ruas e classificados como vítimas dos assassinatos químicos, até que a cidade percebeu que aquele não era um assassino em série comum, e sim um experimento científico brutal. Todos os frascos dessa mistura eficaz de aprimoramento que foram criados depois haviam sido destruídos pelas mãos de Rosalind — exceto por aquele que Alisa Montagova estava escondendo em algum lugar no interior.

— Você ainda não soube? — Oliver baixou a caneta. — Ele foi assassinado pouco tempo depois de o salvarmos. Envenenado. Trabalho dos Nacionalistas, é claro.

Celia fez uma careta.

— Quem eles enviariam se a Destino está fora de serviço?

— Poderia ser qualquer um. Há muitos assassinos nesta cidade que usam veneno.

Os Nacionalistas preferiam eliminar recursos a deixar que os Comunistas ficassem com eles. Os Comunistas estavam dispostos a ir ao fim do mundo atrás de recursos, se isso significasse ter uma vantagem no campo de batalha. Enquanto isso, seus inimigos estrangeiros se infiltravam cada vez mais no país.

— Isso é tão absurdo — murmurou Celia, olhando para o cartaz de Rosalind de novo. — Será que eles acham que temos algum tipo de vantagem? Que temos uma probabilidade maior de controlar nossos irmãos?

No passado, era difícil para os espiões Comunistas ficarem de olho em Destino, já que ela era uma entidade secreta. Mesmo que soubessem que era Rosalind Lang, o resto da cidade presumia que ela estava morta, o que significava que as informações sobre Destino circulavam, mas sobre Rosalind, não. Com sua identidade exposta, não havia como escapar da enxurrada de informações. Também não havia como Celia sair dessa, já que costumava alegar que Rosalind havia desaparecido e se negava a entrar em contato, mas agora... bem, seus superiores saberiam quando ela estivesse mentindo.

— Tenho certeza de que há menos chances de sua irmã te machucar se acabarmos num conflito — respondeu Oliver, direto como sempre. — Orion, por outro lado... ficou bem feliz em me dar um soco *antes mesmo* de nossa mãe apagar sua mente.

— Pare com isso. — Ela descruzou os braços, colocando as mãos na cintura. — Oliver... não é possível que esteja bem com essa situação.

Se fosse somente para seguir Rosalind, Celia poderia aguentar. Dependendo de como as coisas se desenrolassem, talvez até fosse bom observá-la e protegê-la, não que ela precisasse. A questão se transformaria completamente quando o passo seguinte fosse capturar o irmão de Oliver, para seja lá quais fossem as intenções que o comando central tivesse.

Por um momento, Oliver não respondeu, o olhar preso no cartaz. Quando olhou para cima, sua expressão estava inescrutável.

— Não importa — disse ele. — Pediram para partirmos o mais rápido possível, para que cheguemos à segunda parada da turnê antes dela. Está pronta? O carro está esperando lá embaixo.

Desejava que ele conversasse com ela. Oliver havia agido por tanto tempo com a compreensão de que o sigilo era a linha tênue entre a vida ou a morte, que Celia se perguntava se ele sabia que tinha *permissão* para conversar com ela.

— Preciso fazer uma mala — disse Celia. — Pode me levar ao esconderijo primeiro?

— Claro.

Celia colocou a placa de VOLTO EM DEZ MINUTOS! Não voltaria tão cedo, mas a troca de agentes naquelas estações de comunicação era frequente. Outra pessoa já apareceria na hora seguinte.

— Como é aquele ditado sobre irmãos? — resmungou, acenando para Oliver e gesticulando para que se apressassem. O sol logo iria se pôr. O disfarce da noite caía para que os agentes buscassem seus equipamentos de batalha e voltassem ao campo de espionagem. — Não podemos escolher àqueles que precisamos perseguir pelas fronteiras das províncias.

5

Phoebe Hong não era uma grande fã de sua casa atualmente, o que não era surpresa para ninguém.

As vozes reverberavam muito alto nos corredores. Os quartos começaram a desenvolver um cheiro rançoso, não importava o quanto ela abrisse as janelas para arejá-los, como se os tapetes estivessem percebendo que eram pouco usados e tivessem começado a definhar por conta própria. Antes, ela amava a maneira como os lustres reluziam ao máximo. Uma de suas memórias mais antigas, bem antes de partir para Londres, era de quando sua mãe a colocou em um vestido cintilante, e ela rodopiou sem parar sob as luzes, girando tão rápido que tudo se misturou em brilhos e borrões.

Agora os corredores estavam tão vazios que Phoebe tinha medo de ir à cozinha à noite pegar um copo d'água, voltando a ser uma criança com pavor de encontrar algum monstro espreitando nos cantos escuros. Havia tantos quartos ali e apenas dois estavam ocupados.

Não demoraria muito até que alguém aparecesse para tomar posse da casa. Seu pai estava preso. A mãe havia traído a nação. O irmão mais velho trabalhava abertamente para a facção inimiga, e o irmão do meio nem sequer era ele mesmo. Mais cedo ou mais tarde, o governo encontraria uma desculpa para apreender todas as propriedades sob o sobrenome Hong em nome da segurança nacional. Pelo jeito, ela e Ah Dou deveriam aproveitar o pouco tempo que ainda tinham naquele grande espaço.

— Estou saindo! — gritou.

O mordomo idoso espanava um vaso no hall de entrada. Passava bastante tempo espanando ultimamente — talvez porque não tivesse coisa melhor para fazer. Phoebe comia na rua, passava quase o dia todo andando por aquela grande cidade, e voltava só quando a noite caía e ela precisava de um lugar para dormir. Às vezes, sentia-se quase culpada por deixar Ah Dou encarar aquele silêncio sozinho. Até a última criada que restara havia partido. O que antes era uma equipe de empregados completa, havia se tornado apenas um homem de barba branca que trazia um fluxo constante de chá da cozinha.

— Não volte muito tarde — respondeu Ah Dou com gentileza.

Phoebe fechou a porta atrás de si. Silas a esperava na garagem. Durante o tempo que levara para se aprontar, ele já havia estacionado e saído do carro. Estava com as mãos nos bolsos da calça. Sua postura inteira estava descontraída, os tornozelos cruzados, apoiando-se no capô dianteiro e encarando o vazio.

— Faz tempo que está esperando?

Silas pulou ao som de sua voz, os olhos voltando-se em sua direção. Não era comum vê-lo distraído. A atenção era uma das características mais distintas de Silas.

— Não muito.

O rubor em seu nariz dizia o contrário. Phoebe parou na frente dele, então se inclinou para dar um peteleco em sua bochecha.

— Você podia ficar no quentinho do seu carro, e preferiu ficar aqui fora? Está congelando.

A temperatura vinha despencando nos últimos dias. Normalmente, o jardim estaria perfumado, as roseiras e as magnólias balançando ao vento e cumprimentando cada visitante que chegasse à garagem. Naquele dia, porém, só havia o cheiro do *frio* e a ameaça de neve, que poderia cair do céu a qualquer momento.

Silas abriu um sorriso fraco. Ele desceu do capô e andou em direção à porta do motorista.

— Precisava tomar um ar. Está pronta?

Phoebe abriu a porta do passageiro. Fez uma careta. Havia uma sacola com fitas de gravações ocupando o assento.

— Está preocupado com algo?

— Além de Rosalind ter se colocado em turnê para ir atrás de Orion sozinha? Só o de sempre.

Ainda era estranho ouvir alguém se referindo a ela como Rosalind. Durante o período em que a conheceram, a esposa de mentira de Orion usara o nome Janie Mead. Até que aconteceram as prisões na Turquesa, e apesar de o governo ter apreendido os imperialistas que contribuíram para uma conspiração que matou diversas pessoas no território chinês, Orion fora levado como principal autor do crime, e a verdadeira identidade de Rosalind fora exposta.

— Não sei. Você parece um pouco mais sério do que o normal.

Phoebe colocou a sacola no banco traseiro. Sabia de onde vinham aquelas fitas. Tentou manter a expressão neutra.

— Pareço? — Silas já estava girando a chave, o tom de voz também soando distraído. — Estou bolando planos. Não gosto que Rosalind assuma toda a responsabilidade de agir.

Já haviam tido essa conversa várias vezes desde que a notícia da turnê de Rosalind veio a público, mas não chegavam a lugar nenhum. Esse sentimento desesperador de inutilidade entre eles foi ainda pior quando Rosalind estava em prisão domiciliar, porque Phoebe e Silas *não* estavam, e deveriam ter várias cartas nas mangas. Mas o que poderiam fazer além de esperar e reclamar? Aquilo não era um passeio para entrarem escondidos em um bar. Silas e Phoebe não eram crianças planejando uma pegadinha para Orion enquanto os três viviam em Londres.

Se qualquer um ali cometesse um erro, o resultado seria uma guerra internacional.

Phoebe se sentou no banco do passageiro. A viagem até a Concessão Internacional, onde assistiriam a um filme, seria curta. À primeira vista, estavam fazendo um passeio comum, o qual Silas havia sugerido para que pudessem espairecer e parar de pensar no problema de Orion. Na realidade, Phoebe sabia que Silas ia deixar uma correspondência no trabalho sob o codinome de Pastor: um agente triplo publicamente associado aos Nacionalistas, que fingia ter desertado aos Comunistas enquanto repassava de volta aos Nacionalistas as informações que adquiria. Ele não havia lhe dito muito sobre seus extensos esforços em expor a identidade de Sacerdote. Mas havia uma carta endereçada àquele alvo esperando em seu bolso.

Phoebe sabia disso porque *ela* era Sacerdote.

— Preciso te contar uma coisa — disse ele, pegando a estrada. — Hoje conseguimos uma confirmação de que Oliver é o treinador de Sacerdote.

O carro passou por uma lombada. Phoebe congelou. Era como se ele tivesse adivinhado a direção de seus pensamentos, mas ela sabia que Silas não desconfiava dela. Só estava compartilhando essa informação porque estava preocupado com a conexão entre ela e Oliver.

Se ele desconfiasse dela por um único segundo, não estariam tendo essa conversa. Nos últimos meses, Silas havia ficado obcecado com sua tentativa de encontrar Sacerdote. Antes de tudo dar tão errado, isso era apenas sua tarefa. Uma missão — uma parte de seu trabalho que ele conseguia deixar de lado durante os momentos de folga.

— Por que está me contando isso? — perguntou Phoebe com um toque de hostilidade na voz.

Talvez tenham discutido repetidas vezes sobre a incapacidade que possuíam para salvar Orion, mas do que mais discordavam era sobre o plano tolo de Silas para enfrentar essa questão. Depois que seu melhor amigo, e irmão dela, foi sequestrado, ele decidira que tinha um único caminho para solucionar o problema: Sacerdote. Agora ele passava todos os minutos de seu dia caçando essa misteriosa assassina. Ela detestava isso. Não porque ele estivesse chegando perto de descobrir sua identidade secreta, mas porque Silas não parecia ele mesmo ultimamente.

Ele lhe lançou um olhar rápido. Sua expressão permaneceu calma mesmo enquanto Phoebe se enfurecia, mas sua atenção logo se voltou à estrada quando o sinal ficou vermelho.

— Sei que não acredita em mim, mas Sacerdote deve ter algum interesse nisso. Lembra-se do que Rosalind disse?

— Sim. — Phoebe bufou. — Eu me lembro.

Sacerdote havia aparecido no conflito final no Armazém 34. Matara todos os soldados que estavam lá e deixara Rosalind e Orion em paz, apesar de ela ser Comunista e eles, Nacionalistas. Em vez de garantir baixas importantes na guerra civil, ela desaparecera nas sombras.

Para Silas, descobrir quem era Sacerdote significava encontrar e recrutar uma entidade poderosa que poderia salvar Orion sozinha.

Se ele ao menos soubesse que não era tão fácil assim. Que, às vezes, assassinas misteriosas escondiam suas identidades sob dez camadas de segurança, não por serem guerreiras invencíveis, mas porque haviam se juntado ao outro lado apenas para proteger irmãos mais velhos que insistiam em trabalhar na filial secreta dos Nacionalistas.

De qualquer forma, agora Phoebe havia perdido Orion.

Que bela assassina caçula superprotetora ela era.

— Não sei por que você é tão contrária a esse plano — disse Silas.

A luz havia ficado verde. Ele pisou no acelerador.

— Sou contrária — Phoebe ouviu o ruído das fitas caindo umas sobre as outras no banco traseiro — porque você está colocando muita confiança em uma agente da qual não sabe *nada* a respeito. Em uma inimiga que tem todos os motivos para te matar se você escorregar e deixar transparecer a quem de fato é leal.

— Ela não vai fazer isso — respondeu Silas imediatamente.

Phoebe sentiu sua raiva aumentar. *Ela* sabia que ela e Sacerdote eram uma só. Mas Silas, *não*. O que Sacerdote tinha para merecer essa fé inabalável?

— Acabei de me lembrar que preciso tirar as medidas para um vestido — disse Phoebe de repente. — Pode me deixar descer?

Silas piscou.

— O quê?

— Aqui — insistiu com um gesto da mão. — A loja é na próxima rua, mas é mão única. Então pode me deixar aqui.

Algo maravilhoso a respeito de Silas era que ele quase nunca discutia. Ou talvez isso fosse horrível, já que ele concordava tão rápido com qualquer coisa que Phoebe dizia, que ela nunca sabia o que realmente se passava em sua cabeça. A única coisa na qual ela não conseguia fazê-lo ceder era em relação à Sacerdote.

Silas parou o carro, aproximando-se da calçada. Phoebe inspirou com força. Ficaram sentados por um momento, o som do motor diminuindo.

— Não citei Oliver para te irritar — disse Silas. Ele havia interpretado mal a reação dela. — A questão é: se pudermos usar tudo o que estiver à nossa disposição, poderemos ajudar Orion.

Coloque um irmão contra o outro. Deixe a irmã mais nova no meio. Esses haviam sido os últimos quatro anos de sua vida, e Phoebe estava exausta de sua própria família ser o epicentro de uma guerra.

— Não é...

Virou-se para Silas, parando de falar de tão frustrada. Os olhos dele estavam arregalados, o castanho-escuro profundo atrás dos óculos pesados, uma barreira que afastava a onda de ansiedade que ela devia ter imaginado. Sem pensar, ela esticou a mão para ajeitar os óculos dele, empurrando-os nariz acima em um gesto familiar.

Sua mão permaneceu ali. Não tinha certeza do que estava fazendo. Havia começado a sentir uma leveza no peito.

Phoebe fechou a mão em punho, afastando o braço.

— Eu te ligo — disse ela. — Obrigada pela carona.

Antes que Silas pudesse dizer qualquer palavra de apoio ou protesto, ela saiu depressa do carro.

Localizado em uma igrejinha na Concessão Francesa, o orfanato se tornara o esconderijo de Dao Feng. Por causa disso, também se tornara sua central de comunicação, e já que Dao Feng havia sido alocado como seu segundo treinador após desertar oficialmente para os Comunistas, era lá que Phoebe estava indo encontrá-lo. Oliver se despedira dela havia alguns dias, para dar início a uma nova missão. Ele atribuíra todos os seus deveres a Dao Feng.

Os sapatos de Phoebe batiam alto pelo caminho, que contornava o prédio da igreja e chegava ao quintal.

— Precisamos despistá-lo.

Dao Feng ergueu os olhos de onde estava sentado. Tinha um chapéu de palha na cabeça e um par de luvas nas mãos. Havia uma tora de madeira entre suas pernas, e ele usava um canivete para entalhar o que devia ser um dragão. Até agora mais parecia ser um lagarto de jardim.

Ela parou, franzindo a testa antes que Dao Feng pudesse responder.

— E você não está com frio?

— Já encarei elementos muito mais cruéis do que o frio — respondeu ele. As mangas de sua camisa estavam dobradas nos bíceps. Não se parecia nem um pouco com um agente secreto de alto escalão, e sim com uma estrela de cinema aposentada que se isolou na casa de veraneio. — Quem vamos despistar?

— Você *sabe* quem. — As saias de Phoebe esvoaçaram quando ela bateu o pé. — Silas. Wu Xielian. Pastor. *Mágico.*

A menção ao segundo codinome dele pareceu assustar as árvores. Elas espalharam uma camada fina de gelo no chão, todo o sereno que havia caído durante a noite e congelado pela manhã. Diamantes pontilhavam o gramado do quintal, acomodando-se enquanto o vento atingia o balanço de pneu pendurado no tronco de árvore mais próximo. Ninguém entre os Nacionalistas tinha conhecimento do codinome Comunista de Silas após sua falsa deserção. Era uma forma de garantir que ele não fosse capturado como um agente triplo se suspeitassem dele.

Aqueles que sabiam eram Comunistas. Como Phoebe.

— Para quê? — perguntou Dao Feng com calma. — Da última vez que nos falamos, você disse que ele não estava nem perto de descobrir a verdade.

— Mas está cada vez mais próximo. — A cada correspondência que Sacerdote precisava responder para fingir que não havia nada de errado. A cada vez que Phoebe tinha que ouvi-lo juntar o que ele achava serem pistas: a voz feminina nas gravações, as marcas de arranhão nas malas, a demora para respondê-lo. — Precisamos tirá-lo das nossas patentes, privá-lo de sua comunicação com Sacerdote. De um jeito natural, para que não pense que Sacerdote desconfiava dele.

— Hong Feiyi — disse Dao Feng. Ele deu um peteleco em um pedaço de serragem. — Quer que o comando central descubra que ele ainda é um Nacionalista? Porque é assim que fará com que eles coloquem um atirador de elite mirando a cabeça dele.

— Não necessariamente…

— Que desculpa dará para restringir o acesso dele à Sacerdote? Tirando as suspeitas a respeito da lealdade dele. Vamos lá.

A boca de Phoebe se abriu, pronta para discutir. Segundos depois, fechou-se de novo, porque ela não tinha uma resposta. O comando central precisava receber explicações para as decisões tomadas pelos agentes. Estavam em guerra, não havia espaço para erros, ou o partido inteiro seria destruído.

Phoebe apertou a ponte do nariz. Oliver, seu irmão mais velho, escolheu sua lealdade com base no que acreditava. Quatro anos antes, pouco tempo depois de abandonar a família, Oliver ofereceu a ela a chance de se juntar a ele, e Phoebe foi facilmente convencida, pois gostava da ideia de receber as informações do outro lado ao se *tornar* o outro lado. Era um jeito brilhante de estar um passo à frente, de impedir que ferissem Orion ao participar das linhas inimigas observando se havia mísseis vindo na direção dele. Naquela época, ela impediu dois atentados contra a vida dele ao simplesmente mudar as ordens que eram enviadas até a linha de comando. Oliver mantinha a identidade dela protegida. Ninguém suspeitava de nenhum jogo sujo de membros secretos da família.

Em algumas noites, Phoebe se perguntava por que participava de um jogo tão complicado quando teria sido muito mais fácil se sentar e deixar o irmão cuidar de si mesmo. Certamente ele era inteligente o bastante para escapar de atentados contra sua vida, pois nem todo assassino era tão bom quanto ela. Mas, na verdade, seu trabalho começou porque ela sentia falta da mãe, e porque a última promessa que Phoebe fizera foi um juramento infantil de que cuidaria de Orion. E, de alguma forma, já que o destino gostava de rir da cara dela, fora sua própria mãe quem ressuscitara da suposta morte e causara o maior dos males a Orion.

De repente, ela balançou os braços nas laterais do corpo, cheia de uma energia inquieta. Então não havia o que fazer. Nada além de Phoebe — de *Sacerdote* — fazer tudo o que era capaz para evitar ser capturada.

— E se eu simplesmente contar a ele?

O canivete de Dao Feng parou. Ele quase decepou a cauda do lagarto de jardim.

— Repita o que disse. Acho que entendi errado.

— Passei todo esse tempo escondendo minha identidade de Silas enquanto ele me investiga por causa dos Nacionalistas — explicou. — E se eu contar a ele? E se eu pedir para ele desistir da busca?

Outra rajada de vento espalhou mais gelo na grama. Dao Feng colocou sua pequena faca de trinchar no chão. Ele entrelaçou os dedos, depois apoiou os braços nos joelhos.

— Então tenho uma pergunta como resposta — disse, tranquilo. — Você confia piamente que ele desafiaria tudo para, em vez disso, te seguir?

Não.

A resposta veio rápido. Phoebe estremeceu, muito teimosa para pronunciar a palavra que estava em sua língua. Mas realmente, não — não podia alegar que ele a seguiria, pois se já tinha problemas para convencê-lo a se afastar da investigação de Sacerdote, então quem lhe garantiria que ele a escutaria quando ela lhe explicasse seus motivos? Enquanto houvesse o mínimo risco de Silas entregá-la para os Nacionalistas depois que ela admitisse a verdade, não poderia fazê-lo.

— Acho que sim — disse Phoebe sem convicção.

— "*Acho que sim*" não é o mesmo que um "*sim*" firme — respondeu Dao Feng. — Confie em mim, Hong Feiyi. Sei que é difícil manter as pessoas no escuro, mas isso as exime da necessidade de tomar decisões difíceis. E na maioria das vezes, você não vai gostar dessas decisões.

O treinador voltou a dar atenção ao entalhamento de madeira. Ela se perguntou se ele estava pensando em Rosalind e Orion. Duas de suas responsabilidades, as quais ele abandonou quando sua identidade começou a ser revelada. Será que algum deles o denunciaria por ser um agente duplo? Era difícil saber. A lealdade era algo complicado. Nada impedia o próprio Dao Feng de denunciar Silas aos Comunistas. Eles não precisavam esperar que o comando central descobrisse, pelo contrário, eram Comunistas ruins por não denunciarem que havia um espião com eles. Mas os seres humanos eram mais complicados do que as alianças políticas pareciam ser na teoria. As pessoas se protegiam de formas que não faziam sentido, e se atinham a crenças maiores até mesmo enquanto cometiam pequenas infrações pelo caminho.

— Então tenho que continuar o enganando.

— Querida. — Dao Feng se reclinou. Acima, no galho da árvore, um pássaro piou sob o sol fraco do dia. — No grande esquema dessa guerra em que lutamos, isso poderia ser bem pior.

— Sim — concordou Phoebe. — Poderia ser pior. Meu irmão poderia estar sabe lá Deus onde, sem que eu pudesse fazer alguma coisa para ajudá-lo, enquanto estou sendo perseguida por todos os lados por um amigo que acha que eu posso.

A expressão de Dao Feng mudou. Ele finalmente largou a tora de madeira que estava entre suas pernas, deixando-a rolar pela grama, a serragem e o pó salpicando novamente o jardim.

— Como está indo sua última missão?

Ela franziu o cenho. Será que ele estava tentando mudar de assunto?

— Chegamos num impasse, mas ainda estou procurando — respondeu Phoebe mesmo assim. — Talvez ele tenha ouvido falar que os amigos foram assassinados e fugiu.

— Deixe isso parado, então. — Dao Feng tamborilou os dedos nos joelhos. — Tenho uma sugestão.

Rapidamente, Phoebe abaixou-se no chão, sentando-se ao lado do treinador como se ele fosse lhe contar uma historinha para dormir. Algo em seu tom despertou seu interesse imediato. Não parecia que aquilo seria a atribuição oficial de uma tarefa. Parecia algo misterioso.

— Se vai me contar que ordenaram que Oliver seguisse Orion, já estou sabendo — disse Phoebe. — Talvez fosse uma boa ideia se eu os seguisse...?

Dao Feng balançou a cabeça.

— Não, Feiyi. O que mais você pode fazer que Oliver já não esteja fazendo? Em vez disso, há outro caminho a seguir.

Phoebe já estava claramente curiosa, mas agora estava quase a ponto de explodir.

— Pelo que me lembro — prosseguiu Dao Feng —, sua mãe foi recrutada para os primeiros experimentos do Kuomintang porque já havia feito trabalhos similares. Ela liderou a equipe, e então, quando o alto escalão do Kuomintang cortou seus recursos, fez a tentativa seguinte em Orion. Na sua opinião, o que isso significa?

— Ela não tinha medo de que a substância falhasse — respondeu Phoebe sem dificuldades.

— Exato. — Um pássaro pousou ao lado de Dao Feng. Ele lhe lançou um pedaço de grama e a criatura saiu voando. — Por quê? Quanto ela havia avançado? O que mais está escondido por trás disso?

Phoebe finalmente entendeu. Se Oliver estava atrás de Orion, só restava um único caminho importante a seguir.

— Você quer que eu investigue a minha mãe.

— Sei que trabalha mais com alvos do que com investigações, muito menos de passados históricos, mas acho que você consegue. — Dao Feng parou. — Deixe que as pessoas vejam o necessário quando começar a procurar. Descubra o que elas estão escondendo quando baixarem a guarda. Vai se sair bem.

Phoebe abriu um sorriso animado. Ela não era uma agente investigativa, é claro, mas fazer as pessoas baixarem as guardas era sua principal especialidade. Fizera uso disso a vida toda, aproveitando-se da maneira como o mundo a via desde o momento em que nascera.

— É. Vou me sair bem — repetiu.

Dao Feng assentiu.

— Faça uma pesquisa sobre o passado de sua mãe, veja o que aparece — continuou. — Mesmo que seu irmão mais velho tenha sucesso, receio que não seja tão fácil reverter algo estranho dentro da mente. Mas se em algum momento você sentir que é demais...

— Não — interrompeu Phoebe. — Aceito a missão.

6

O inverno transforma a Manchúria em gelo durante o dia e num ártico durante a noite. O vento do horizonte distante sopra nas planícies. As montanhas tremem, disparando pedaços de geada que se encrustaram ali e formando um casulo de gelo sobre o mundo. O calor é um luxo que não será oferecido aos soldados acampados ali. A base militar construída pelos japoneses é cruel, seca. Se não mantiverem os pés em movimento, o solo captura sua presa. Abre uma rachadura e engole um soldado para se alimentar.

Pelo menos a maioria deles não está são o suficiente para reclamar. No momento em que pensam em protestar sobre as condições repugnantes, um comando químico silencioso é posicionado, apagando as palavras antes que possam sair de suas línguas. Ele mantém os soldados leais. Dóceis aos seus líderes. Nem todo soldado precisou receber essa solução, mas já que a ciência existe, pode muito bem ser usada à vontade.

Uma traidora se esforçou demais para ter de ouvir argumentos contrários.

Dentro da base militar, ela é uma das poucas que precisa se aquecer, um cobertor puído jogado em seus ombros. A instalação não é grande, construída para vigilância e sem boas capacidades de ataque. Seu perímetro fica dentro de uma colina, e a colina dentro de um vale. Quando o estrondo de um trovão se move pelas nuvens, seu eco reverbera dez vezes mais, ressoando continuamente. A cada hora a temperatura cai ainda mais, mas ela não demonstra estar incomodada. Mesmo com a geada adentrando suas costelas e subindo até seu coração, ela não demonstrará desconforto, ou os embaixadores a considerarão fraca, tirarão seu investimento e escolherão outro foco de interesse.

Fora do escritório, escuta-se um estrondo indicando movimento. A traidora ainda não se mexe, observando a lousa que cobre a parede. Há muito pouco pronto. Ela está extremamente atrasada. Pediram que a mistura ficasse pronta antes que o inverno relasse os dedos nas correntes dos tanques. Ela prometeu que conseguiria. Havia mostrado suas pesquisas, apontado para duas misturas diferentes que se provaram possíveis (apesar de falhas) e alegara que o resultado perfeito vinha da junção total das duas. Só precisava da proporção correta. Fácil.

Passos entram pela porta. Ela não se vira. Os pássaros que invadiram o perímetro da base se amontoam na janela como testemunhas, colocando as cabecinhas contra o vidro. Talvez sangue seja derramado. Talvez esse seja o momento em que ela será punida, tendo contado demais com a misericórdia deles. Caso se livrassem dela, quem ficaria sabendo?

— Disse que acabaria no máximo esta semana.

O senhor Akiyama é um dos três embaixadores com quem ela tem mantido contato. É um homem quieto, com pouca paciência para bobagens. De acordo com as fotos em sua carteira, ele tem dois filhos que mal aprenderam a andar, mas nunca os cita durante as conversas. Ele franze a testa diante de atitudes deselegantes e nunca se atrasa para compromissos. Quando foi convocado para este país, "embaixador" era um termo vago para o seu cargo. Outras pessoas talvez o chamassem de "oficial do governo". Ou um "diplomata", em uma missão para avaliar relações e determinar metas futuras para um império que precisa de recursos. Apesar dessas outras definições, um título que definitivamente não pode ser usado é "comandante do exército". Embora os soldados ali operem sob seu comando, ele não será responsabilizado por seu império se algo der errado. Insistirão que ele estava agindo individualmente. Qualquer pessoa interrogada colocará o indicador em frente aos lábios; qualquer pessoa que tentar achar evidências terá que vasculhar intensamente debaixo da mesa, sob disfarces e mais disfarces.

Devagar, a traidora retira o cobertor dos ombros e dobra-o ao meio. E então o dobra mais uma vez. Os pássaros a observam, formando uma fila apertada.

— Existem muitas variáveis nesta invenção. Preciso de mais tempo.

Os dias têm sido longos, mas as noites têm sido mais longas ainda — quando as unidades param a fim de fazer o registro de seu progresso. Em um certo dia, eles deverão entrar em Xangai e esperar um sinal dos superiores. Em um certo dia, prosseguirão com ou sem ela, e se for a última opção, então ela é inútil, e não vai tirar absolutamente nenhuma vantagem desse acordo.

— Quanto tempo? — pergunta o senhor Akiyama diretamente.

Tempo o suficiente para produzir e juntar as duas partes outra vez. A primeira parte da mistura fornece força — essa é fácil. Ela a inventou separadamente a princípio, mas não dura muito, pois começa a consumir o corpo que está ocupando se não houver novas doses. Em uma guerra, quase não há tempo para examinar os soldados com frequência, como se faria em uma enfermaria.

— Mais uma semana — decide, rápido.

Talvez não seja o suficiente. Terá que criar muitas coisas do zero. Naquele breve momento antes da evacuação do Armazém 34, ela dera as costas para sua invenção bem-sucedida a fim de garantir transporte, e a assassina que os Nacionalistas chamam de Destino havia destruído tudo. Suas pesquisas. Seu progresso.

— É tempo demais.

Ela joga o cobertor dobrado na mesa. Sua paciência vacila, encontrando um obstáculo. A segunda parte da mistura é muito mais difícil de se produzir — é para *isso* que precisa de tempo. Uma ciência completamente nova... mas que enfim conseguirá equilibrar sua invenção que provê força, alterando um corpo para que seja eterno e não se consuma sem novas doses. Ela fornecerá a habilidade de curar qualquer ferida, de nunca precisar dormir. Pausará as células em todos os seus estados e congelará o corpo em sua forma atual. Quando seus colegas em Cambridge ouviram essa proposta hipotética, chamaram de imortalidade, mas isso não é totalmente verdade. Um soldado ainda poderia levar um tiro na cabeça e ter os miolos estourados, sem possibilidade de recuperação. A imortalidade verdadeira era algo reservado aos deuses. Ela não precisa brincar de Deus. Só precisa de algo tão irrevogavelmente poderoso que os japoneses a veriam como uma.

— Eu tinha *conseguido* — diz ela, entredentes. — Eu lhe disse que tinha conseguido quando ainda estávamos usando a Turquesa como intermediária. — Antes de a Turquesa ser exposta. Antes de seu marido ser preso e seu filho tentar fugir dela. — O produto final estava pronto. A proporção havia funcionado. Sabemos que é possível, sabemos que pode funcionar... só tenho que conseguir de novo, e isso leva *tempo.*

Silêncio.

Os pássaros bicam o vidro. Imploram para entrar. A cada palavra insegura da traidora, sua respiração forma nuvens em frente a ela.

— Não vai valer a pena? — continua, quando só recebe silêncio como resposta. — Pense no que está ao nosso alcance. Estes soldados são mais fortes do que qualquer homem na terra. Podem se curar de qualquer ferida. Não precisam dormir. Que outra vantagem nessa futura guerra se comparará a isso? Depois que tiver a substância, quem levará algo melhor para os seus superiores?

O senhor Akiyama pensa a respeito. Ele se vira para olhar pela janela, e todos os pássaros fogem ao mesmo tempo, voando na noite. Durante o período em que tem trabalhado com ele, ela nunca viu a raiva cruzar sua expressão. Apenas uma neutralidade cuidadosamente medida, às vezes um cenho franzido. Mas nunca é tarde demais para que a ira venha à tona. Isso é algo necessário de se lembrar sobre os homens: os mais traiçoeiros sabem como esconder o mau humor, então não é sábio presumir que a ausência da raiva resulta em gentileza.

— Muito bem — responde ele, sem nenhuma mudança de expressão. — Mais uma semana.

Orion.

Na extremidade mais distante da base militar, uma voz sussurra dentro do quarto do soldado. Ele acorda sobressaltado, pulando do colchão fino e mal se segurando antes de atingir o chão de concreto. Poucos itens ocupam o quarto além dele. Seu uniforme. Suas armas. Poeira, cobrindo as paredes e seu universo como uma cortina sobre seus olhos.

Orion, Orion, sou eu. Sou eu.

Uma dor terrível aperta sua cabeça. Não há mais ninguém no quarto com ele, ninguém a quem ele possa atribuir essa voz que o acorda de uma noite sem sonhos. Ela está apenas em sua mente, chamando-o por um nome que não lhe pertence.

— Vá embora — sussurra.

O concreto que toca sua pele está tão frio que chega a doer. O piso bate com o som de seu próprio coração revelador, enterrado a sete palmos de profundidade.

Orion, por favor, por favor...

Ele cobre rapidamente as orelhas e grita.

7

A primeira parada da turnê era em Xangai, porque os abutres midiáticos locais eram os mais importantes.

E os mais cruéis.

— Lang Shalin, que diabos você começou aqui?

Jiemin abriu caminho até o camarim. Do lado de fora, a algazarra estava ficando incontrolável, o hall do hotel superlotado. Cada vez que a porta se abria havia mais agitação, e ainda assim Jiemin conseguia parecer entediado quando se aproximou, dispensando com a mão um assistente que tentou lhe dar um panfleto com a programação.

— Que gentileza sua aparecer — respondeu Rosalind, imitando sua indiferença. Estava em frente à pequena pia que ficava no canto, esfregando uma mancha na palma da mão. Já havia fechado a torneira e a água escorria pelas laterais. — Estava me perguntando onde você tinha ido parar. Não conseguiu encontrar Alisa por aí, não é?

Jiemin franziu o cenho. Ele desviou de outra assistente que corria com vários formulários embaixo do braço — algum funcionário do hotel queria um fotógrafo próprio no evento, e agora um grupo de assistentes estava no canto discutindo se haviam permitido que ele se sentasse na primeira fileira. Era uma questão importante. Os Nacionalistas haviam escolhido um local na rua Bubbling Well, um hotel que era exatamente onde os membros da alta sociedade costumavam se encontrar.

Quando Rosalind espiou o hall, viu que parte da elite aguardava. Era fácil distinguir os homens de terno e as mulheres de *qipao* entre os repórteres que se amontoavam perto do pódio. Apesar de não serem os alvos principais dessa turnê, haveria muito interesse entre o povo. Rosalind contava com isso. O interesse deles a tornava indispensável. O interesse deles a colocava nos jornais de uma forma que causaria um escândalo se seus empregadores tentassem escondê-la com uma aposentaria e comprassem seu silêncio.

— Imagine como fiquei surpreso quando me trouxeram de volta e colocaram você como minha responsabilidade novamente — disse Jiemin.

— Ah, é? — Rosalind usou os dedos molhados para afastar uma mecha de cabelo. — E seria porque você pediu para que me tirassem de serviço?

— Não tive nada a ver com isso.

Quando também trabalhava disfarçado na Turquesa, Jiemin sempre aparentava estar levemente distraído, o que, com certeza, era um bom jeito de evitar parecer uma ameaça. Agora Rosalind via que essa característica não era uma fachada: ele estava sempre assim, mesmo uniformizado e em uma posição muito acima do que se esperava de alguém na sua idade.

— De qualquer forma… — Rosalind pigarreou, foi até o espelho da penteadeira e tirou o excesso de pó do nariz. — Não preciso de um treinador para isso. Pode ficar tranquilo.

— Claro que precisa de um treinador — retrucou Jiemin. — Não é possível que realmente acredite que está fazendo um serviço público, Dama do Destino. Esses jornalistas acabarão com você se tiverem a oportunidade.

— Sei *bem* disso.

O camarim de repente ficou em silêncio. A voz dela reverberou em um eco, o tom alto interrompendo o resto do burburinho. A paciência dentro dela estava fina como papel ultimamente, sempre a uma dobra errada de se tornar um amassado disforme. Sua raiva clamava para se tornar perigosa, implorava para ser liberada com a mais simples provocação.

Uma das assistentes pigarreou.

— Vamos…

— Acha — interrompeu Rosalind — que sou tola a ponto de pensar que qualquer pessoa ali *gosta* de mim? O maior desejo deles é me ver destruída, para que possam bater uma foto que acompanhe a manchete: "O que Finalmente Mata uma Garota Imortal?"

Ela conseguia ver o próprio reflexo pelo canto do olho. Quando Rosalind se virou para olhar, cada palavra dura estava evidentemente escrita em sua expressão. Ao mesmo tempo, mal se reconheceu e se viu com mais nitidez do que nunca. Não era boba o suficiente para acreditar que poderia ter o amor do mundo, mas era o bastante para ficar e desejá-lo mesmo assim.

— Não é uma manchete muito criativa — caçoou Jiemin.

O relógio anunciou 15h. Soava rapidamente no compasso do coração latente dela, cada badalada ecoando com força em suas costelas.

— Não importa muito o que escrevam, não é? — Rosalind tentou aplacar a raiva. — Até que eu morra, continuo imortal e superior à vida… superior a cada um de vocês, Nacionalistas. Se eu disser para entrarem na fila e dar uma palavrinha comigo, então os repórteres farão exatamente isso e me deixarão falar.

Uma batida soou à porta. Um assistente colocou a cabeça dentro do camarim, olhou e se deparou com a situação tensa, então sussurrou:

— Estamos prontos.

Rosalind o ignorou. Assim como Jiemin. Em silêncio, apenas se encararam.

— Você mudou, Lang Shalin — disse Jiemin por fim.

O assistente pigarreou novamente. O microfone causou interferência do lado de fora.

— Não mudei — disse Rosalind. — Sempre fui assim. Simplesmente esqueci quem eu era por um tempo.

Esbarrou nele ao passar, saindo pela porta e entrando no hall. O assistente a guiou para fora, o braço estendido para mostrar o caminho. O som zunia ao seu redor como ruído branco. Uma luz amarela suave caía em todas as direções, irradiando dos lustres padronizados no teto alto e das luminárias de cristal em formato de flores nos cantos da sala. As grandes vigas de apoio que iam até o chão eram feitas de mármore polido e alocadas em uma ordem perfeitamente alinhada, bloqueando partes da multidão. Até que Rosalind passou por eles e foi para trás do pódio, percebendo que tudo era muito mais gigantesco do que tinha estimado. Apesar de haver um grande piano decorativo no meio do hall, o lugar estava completamente abarrotado em todos os lados por grupos de pessoas.

Um flash piscou. Rosalind ajeitou o *qipao*.

— Obrigada por virem — disse. Sua voz retumbou no microfone, chiando nos alto-falantes por um momento até voltar ao normal. — Foi necessário um esforço tremendo para estar aqui diante de vocês hoje, mas apelei várias vezes para as autoridades para que fosse assim. Melhor isso do que me esconder atrás de janelas que alguns de vocês tentaram escalar.

Algumas risadas se espalharam pelo grupo. O sorriso dela aumentou. Ali estava outra coisa da qual Rosalind Lang havia se esquecido: ela era uma artista nata. Antes de ser espiã, fora uma dançarina. Antes de ser assassina, tinha o palco nas mãos.

— Dama do Destino, por que está sob o controle deles? — gritou alguém.

Rosalind olhou na direção da voz. Não sabia quem havia perguntado, mas o murmúrio de aprovação nas primeiras fileiras significava que isso não importava: a pergunta era de todos.

— Escute com atenção — dissera o General Yan quando concordara com o plano dela. — Aceitamos sua proposta pelo bem-estar da nação. Mas, para que dê certo, há algumas regras que precisa seguir.

— Muito bem — respondera Rosalind com calma.

Não se importava de contar uma ou outra mentira. Não se importava com nada contanto que a enviassem na turnê.

— O mais importante — o General Yan inclinou-se na mesa — é o seguinte: você se voluntariou para ser a Dama do Destino. Esqueça que um dia ficou doente. Vamos tirar Lourens Van Dijk da narrativa. Você se tornou agente do Kuomintang e aceitou essas habilidades.

Rosalind assentira. Escutou o resto da lista de tópicos a decorar e mudar. Eliminou o que disseram para eliminar e adotou as mentiras que queriam contar. Apesar de sempre ter considerado Destino parte de si, agora Destino estava sendo apresentada ao mundo como uma identidade secreta qualquer, criada com um propósito e designada a um objetivo final.

O microfone chiou novamente quando Rosalind o ajustou. Ela se inclinou para perto dele.

— Controle? — repetiu. — Deixe-me esclarecer como meu trabalho começou...

Todos ficaram extasiados com sua história. As perguntas não paravam de chegar. Em certo momento, Rosalind sentiu uma presença atrás dela, e soube que Jiemin chegara para sinalizar o fim daquela sessão e encontrar uma oportunidade de livrá-la dos repórteres. Obviamente, eles não ficaram felizes em deixá-la ir. Pediram sua opinião sobre a cidade e sobre os estrangeiros. Perguntaram quanta verdade havia na ruína da Sociedade Escarlate e no fim dos Rosas Brancas. Nada do que saiu de sua boca foi totalmente verdade. Mas nada também poderia ser considerado uma mentira completa. Era apenas uma história, construída com pedaços fragmentados.

Rosalind apontou para mais um repórter.

— E quanto a Hong Liwen?

O hall ficou mais agitado. Suas mãos apertaram o pódio.

Jiemin pigarreou.

— Acho que já é hora de encerrarmos...

— A mídia já ouviu dezenas de fontes diferentes, mas sei que ele é inocente — respondeu Rosalind. — Na verdade, o motivo de ele sequer estar perto das forças imperialistas é somente porque a traidora da mãe dele o sequestrou. A Senhora Hong o usou como experimento para uma mistura que auxiliará a invasão japonesa, e eu ainda possuo o último frasco...

O som do microfone dela foi cortado. Jiemin a pegou pelo ombro e a afastou do pódio, gesticulando rapidamente para que os assistentes afastassem os repórteres que avançavam entusiasmados.

— O que pensa que está fazendo? — questionou Jiemin baixinho. Rosalind mal ouviu as palavras. Ele atravessou o hall com ela em uma velocidade ímpar, abrindo caminho entre as pessoas e indo em direção às portas da frente. — Você disse que deu o último frasco para Alisa Montagova.

— E dei.

Rosalind falou apenas isso. Não perdeu tempo parecendo presunçosa, não empinou o nariz. Uma única semente havia sido plantada. Agora precisava brotar antes que ela pudesse se parabenizar.

Jiemin a olhou rapidamente. Era difícil interpretar sua expressão.

Eles deixaram o hotel e foram recebidos por mais uma onda de flashes e uma rajada do vento invernal. Rosalind recuou, mas Jiemin puxou seu ombro com grosseria e a empurrou para o carro que estava aguardando. Segundos depois, Jiemin entrou pelo outro lado. O motorista olhou para trás, e ao ver que estava com os passageiros, se afastou da calçada.

— O que quer que esteja tentando — disse Jiemin lenta e cuidadosamente —, está brincando com fogo. Não está mais em uma missão.

Rosalind seguiu em silêncio. O que poderia dizer para se defender, de qualquer forma? Sua motivação estava bem clara.

Depois de alguns segundos, Jiemin pareceu perceber que lhe dar uma bronca não só era um tempo perdido, mas vergonhoso para os dois. Os Nacionalistas não cancelariam a turnê porque sabiam como ela podia ser útil. Qualquer ameaça que ele fizesse seria vazia. Qualquer promessa que Rosalind fizesse, mentira. O carro virou na rua Seymour.

— Deve tomar muito cuidado — concluiu ele, por fim. — Viajaremos em dois dias. Vou te acompanhar na jornada.

— Tudo bem — respondeu Rosalind.

Ela voltou o olhar para a janela. Xangai brilhava com a luz da tarde, montes de granizo sujo se acumulavam em alguns cantos e sacos de lixo pesados transbordavam empilhados sobre outros. Cada fachada de loja parecia piscar de brincadeira sob a névoa dourada; ambulantes protegiam-se sob o toldo das barracas quando a ventania era fria demais, soprando as palmas das mãos para que os dedos voltassem a se mover no inverno da cidade.

Rosalind contraiu as próprias mãos sobre o colo, escondendo-as na saia do *qipao*. Se seu plano funcionasse, em algum momento enquanto estivesse no interior, a Senhora Hong iria atrás dela acompanhada de Orion.

E então Rosalind o sequestraria de volta e o levaria para onde ele pertencia.

8

Pode escolher seu quarto primeiro.

Oliver abriu a porta enquanto falava, a chave da suíte da estalagem balançando em seus dedos. Quando Celia entrou, o carpete fez um barulho peculiar de algo se quebrando — e ela não pisou com muita força, já que estava tendo o cuidado de não fazer barulho demais no corredor. A aurora mal havia surgido no horizonte. Queriam se acomodar antes que a cidade começasse a se agitar com o movimento... e antes que a turnê de Rosalind chegasse. Misturar-se era imprescindível quando se tratava de perseguir alguém com sucesso. Se os Nacionalistas descobrissem que dois Comunistas estavam seguindo seus movimentos, Celia e Oliver acabariam com um tiro entre os olhos antes que pudessem piscar, e as relações fraternas que tinham com seus agentes mais importantes que se danassem.

— Oliver — disse Celia secamente, fechando a porta atrás de si —, só tem um quarto.

— O que foi? Não gosta de fingir que tem escolha?

Ele jogou a mala sobre a mesa. Adotavam a mesma rotina sempre que estavam naquele tipo de missão: entrando e saindo de diferentes cidades para seguir um alvo. Alugavam a suíte mais barata em uma estalagem decaída, o que geralmente significava que só tinha um quarto. Celia ficava com a cama. Oliver insistia que amava dormir no carpete duro da sala, que era um favor que ela lhe fazia. Em vez de admitir que seu senso de cavalheirismo lhe daria um ataque do coração se ela sugerisse que revezassem a cama, ele alegava que o piso melhorava sua postura e ajudava a musculatura de suas costas.

Celia deu de ombros. Quando sua mala se moveu para baixo e para cima com o gesto, Oliver apressou-se a estender a mão e pegá-la, colocando-a na mesa também.

— Acho — disse ela, cedendo — que vou escolher este.

Ela entrou no quarto, fazendo um rápido registro. Era um espaço pequeno feito uma caixa, com quase nenhum espaço de cada lado da pequena cama. No canto, havia uma mesa de madeira com uma luminária conectada à tomada. Acendeu a luz. Então fechou bem as cortinas e estremeceu.

— Vou rondar o perímetro antes de o dia começar — gritou Oliver. Estava fazendo barulho na sala, realocando os móveis em uma disposição mais segura. — Algo me pareceu estranho no caminho até aqui.

Celia sentira a mesma coisa. Quando se era um espião, acabava criando-se um sexto sentido, acionado pelo mais leve sinal de alerta. Sentira que estava sendo observada enquanto entravam ali. E apesar de Celia ter prestado atenção aos arredores, os olhos examinando o limite florestal próximo e procurando movimento na manhã nebulosa, não achou nada.

Uma luz alaranjada atravessou as cortinas. A alvorada, erguendo-se no céu.

— Quer que eu te acompanhe? — perguntou Celia, voltando à sala.

Raramente problemas surgiam tão cedo em uma missão. Porém, quando a missão era viajar, só iam reunir informações. Chegavam a conclusões a respeito de unidades de soldados ou passavam mensagens para outros agentes com quem precisavam estabelecer contato, mas não podiam ir até a cidade. Tudo era possível em uma missão em que estavam diretamente na mira dos Nacionalistas. Talvez já tivessem alocado pessoas ali, preparadas para a chegada de Rosalind. Talvez fosse tarde demais.

Oliver balançou a cabeça.

— Fique aqui. Duvido que seja alguma coisa.

— Tudo bem. — Ela foi até a cômoda. Havia mais lençóis na primeira gaveta. Toalhas na segunda. — Farei uma busca por escutas. — Pegou um dos lençóis cheio de mofo. — Mas ficarei chocada se tiverem conseguido colocar equipamentos aqui, quando nem se tem roupa de cama limpa.

— Ai, não diga uma coisa dessas, querida. — Enquanto isso, Oliver tirava um segundo cachecol da mala. Não estava tão frio ali quanto a temperatura congelante e abaixo de zero de Xangai, mas era o suficiente para se agasalhar bem. — Não quero pensar em dormir no mofo.

Celia jogou o lençol no chão.

— Então está sem sorte.

— Nenhum está limpo?

Ela tirou outro lençol. E mais um.

— Por acaso sou do tipo que mentiria sobre lençóis mofados, Oliver?

— Sei que você tem um toque mágico. Invoque um limpo.

— Infelizmente, minha mágica tem limites. — Ela tirou o último lençol. Havia uma montanha deles no chão, a cômoda estava vazia. — Todos eles foram roídos por traças de alguma maneira.

Oliver soltou um suspiro dramático. Ele colocou um chapéu, tanto para se proteger do frio quanto para esconder o rosto.

— Preciso implorar muito para você me convidar para a cama em vez disso?

Celia piscou. Virou-se lentamente.

Espere aí, o que foi *que ele acabou de perguntar?*

O silêncio se prolongou. Ela precisava dizer algo. Precisava dizer algo naquele exato momento.

— Eu... vou conferir se há alguma escuta ali.

Celia foi em direção ao banheiro rapidamente, então bateu a porta atrás de si.

QUAL É O SEU PROBLEMA?, berrou seu reflexo.

Não sei!, gesticulou ela com a boca.

AQUELA FOI A SUA CHANCE DE CONVERSAR COM ELE.

— Tenha cuidado — falou Oliver do lado de fora. Seu tom de voz estava totalmente normal, sem nenhum indício de preocupação em relação ao comportamento dela. Ele estava brincando, no fim das contas, daquela sua maneira sarcástica. Não havia motivo para acreditar em outra coisa. — Volto logo.

A porta principal se fechou com sua saída. A suíte ficou em silêncio. E Celia estava discutindo consigo mesma no espelho.

Bufando, saiu batendo o pé do banheiro, sentindo-se completamente ridícula. Passara semanas ansiosa por causa do silêncio dele, e na primeira oportunidade que teve para arrancar palavras dele, virou-se na outra direção. O problema era que, mesmo que encontrasse força de vontade para exigir uma resposta, o que diria? Na verdade, Oliver havia dito tudo o que precisava. Agora era a vez dela.

Celia chutou o amontoado de lençóis.

Como ela poderia aceitar isso? Crescera convencida de que o amor a ignoraria. Como se fosse uma grande mão no céu contando seus favoritos, até que, ao chegar nela, faria uma careta e a cobriria com uma manta da invisibilidade. Em vez disso... em vez disso, era ela quem estava se cobrindo com aquela manta, correndo atrás de desculpas para se manter confortável. Passara anos esforçando-se para ignorar aquilo que tentava florescer entre eles, então por que Oliver tinha que continuar *provocando...*?

Tap-tap-tap-tap.

Celia congelou, o pé parando em meio a outro chute. Ficou tão perdida dentro da própria mente que só naquele momento ouviu o som que vinha do quarto.

No mesmo instante, colocou a mão na fenda do *qipao* e tirou a pistola. Talvez devesse começar a andar com adagas, porque se precisasse atirar, faria barulho. Mas de qualquer forma, se precisasse lutar com uma faca, só acabaria atingindo a si mesma.

O mais silenciosa possível, Celia esgueirou-se pela curva da parede e entrou no quarto. Estava mais claro do que antes. O sol estava mais alto. De onde aquele som viera? Será que era Oliver rastreando o perímetro?

Celia esperou e ficou escutando. Apesar de o som não surgir novamente, sua atenção se fixou na janela. Quando puxara as cortinas, a janela sem dúvidas estava fechada.

Então por que agora o tecido ondulava, deixando uma brisa leve entrar?

Ela deu um passo à frente. Outro.

Diante de seus olhos, uma pequena mão surgiu no quarto, tateando a parede.

O coração de Celia veio à boca, mas ela não perdeu tempo com o grito que se alojou em sua língua. Com um movimento rápido, correu até a janela e pegou a mão, puxando o intruso para o quarto. Estava apontando a pistola para a pessoa quando ela parou aos seus pés.

— *Ai!* — Alisa Montagova olhou para cima, o cabelo emaranhado em volta do rosto. Ela abriu um sorriso acanhado. — Olá.

— Ai, meu Deus. — Celia jogou a arma para longe rapidamente, então se apressou a ajudar Alisa a se levantar. Quando a garota estava de pé outra vez, ela apalpou seus braços, certificando-se de que não havia nada quebrado. — Você me assustou para *dedéu*!

— Desculpe. — Alisa fez uma careta, massageando o ombro. — Estava tentando entrar discretamente, não achei que me ouviria abrir o trinco.

Celia franziu o cenho.

— A porta da frente é normal demais para você?

— Sim. — Com a destreza de um gato, Alisa se afastou de Celia, soltando-se de seu aperto e saltitando pela sala. — Não vou ficar aqui por muito tempo... o Kuomintang continua atrás de mim. Só precisava de um momento a sós com você enquanto Oliver não estivesse.

É claro que fora Alisa quem os estivera observando enquanto entravam na estalagem. Alisa e seu olhar assustadoramente penetrante.

— Qual é o seu problema com Oliver? — perguntou Celia, sem conseguir conter o leve vacilo na voz.

Acontecera a mesma coisa naquela noite de outubro. Alisa estivera prestes a lhe dar algo. Celia não sabia na época, mas depois Rosalind lhe contou que era o último frasco da Senhora Hong: a mistura química com a qual ela matou civis até aperfeiçoar. Quando Alisa viu Oliver na casa, girou nos calcanhares e saiu correndo. Celia não a vira desde então.

Alisa cruzou os braços. Torceu os lábios que agora estavam praticamente brancos graças ao frio lá fora.

— Não é um problema com ele — respondeu. — Ele é leal. Pensando bem, estou cuidando para que ele não precise tomar uma decisão difícil.

Celia refletiu sobre a resposta. Tirou o edredom da cama e, sem esperar por consentimento, colocou-o sobre a cabeça de Alisa para aquecê-la.

— Eu e você não somos leais, Alisa? — perguntou ela em voz baixa.

Alisa deixou o cobertor se aconchegar em sua cabeça. Seus olhos castanho-escuros se arregalaram, as mãos segurando a coberta.

— Tenho que relatar uma informação, mas você não pode repassá-la — sussurrou Alisa. — Nem aos seus superiores. Ou... sei lá... não pode repassar para ninguém, nem para Oliver.

— Tecnicamente, eu sou *sua* superiora — rebateu Celia. — Continuo tendo o direito de decidir o que fazer com qualquer informação que me passar.

— Sim, mas não estou te contando porque é minha superior. — Alisa se entrelaçou mais fundo ao edredom. — Estou te contando porque é irmã de Rosalind. São questões diferentes.

Então o assunto era esse. Celia sentiu a respiração ficar presa na garganta.

— Me conte.

— Acho que estão preparando uma emboscada para ela.

Cambaleando, Alisa correu até a janela, espiando o jardim. As cortinas foram deixadas bagunçadas, com um feixe que fazia entrar a luz solar no quarto cinza. Aquela estalagem ficava localizada em uma parte mais afastada da cidade, cercada pela floresta de um lado e por uma vista panorâmica bem cultivada do outro. O dono da estalagem havia plantado brotos de bambu que emolduravam os corredores de pedra. Também cavara um pequeno lago na terra, a água servindo de bebedouro para os pássaros que voavam próximo às flores de lótus.

— Não sei quando será — continuou Alisa. — Não vou além do norte de Nanquim quando viajo... o que, eu sei, já é bem ao sul. Mas os boatos correm mais rápido pelas cidades grandes do que nos distritos. Enquanto os jornais de Xangai estiverem constantemente escrevendo sobre a traição da Senhora Hong, o povo também procurará por ela.

— A Senhora Hong foi vista — adivinhou Celia —, não foi?

Alisa deu as costas para a janela.

— Xeretei nossos próprios boatos semana passada. Alguns de nossos esconderijos em Nanquim ainda recebem relatórios clandestinos. Houve uma mobilização na região de Xantum. A Senhora Hong está seguindo para o sul, e rápido. Deve ter visto a rota da turnê de Rosalind e decidido interceptá-la, principalmente depois da primeira parada, quando ela falou mais do que devia e mentiu sobre estar com o frasco.

Rosalind fez o quê?

A cabeça de Celia estava começando a doer. Não conseguia acompanhar os jornais rápido o bastante enquanto viajava.

— Não acho que os Nacionalistas já estejam sabendo que a Senhora Hong deixou a Manchúria. Para eles, é difícil identificar quais são as suas unidades e quais são as de soldados hipnotizados, vestidos com uniformes do Kuomintang — continuou Alisa. — Mas... mas nosso lado deverá saber logo. Passamos tempo o suficiente observando-os para percebermos a diferença.

Um baque soou acima. Foi aleatório, apenas outros hóspedes acordando, mas Celia ficou tensa mesmo assim. Precisavam concluir aquela conversa. Oliver voltaria a qualquer momento.

— Sabe qual é a minha missão no momento, não é? — perguntou Celia. — *Devemos* querer que a Senhora Hong vá atrás de Rosalind. É assim que vamos conseguir pegar Orion.

— Eu sei. Percebi que esse também era o desejo de Rosalind no momento em que vi o cartaz da turnê. — Alisa bateu o pé no chão. O eco foi alto, como o de tiros, como o de um martelo anunciando sentenças de morte após sentenças de morte. — De qualquer forma, só queria te alertar. Porque se a instrução vier do comando central... — Uma pausa. — E se ordenarem que Oliver recupere o irmão, sem se importar que Rosalind fique no meio do fogo cruzado?

Celia recuou.

— Não está insinuando que Oliver *mataria* Rosalind para atingir nossos objetivos, está?

— Eu definitivamente *não* disse isso. — Alisa suspirou. Baixou os ombros e o cobertor caiu, amontoando-se em um semicírculo no chão. — Só estou dizendo que estamos em guerra, e não quero que seja pega de surpresa. Se fosse minha irmã, eu iria querer levantar os escudos com antecedência. Tenha cuidado. O batalhão pode chegar a qualquer dia.

Alisa correu até a janela novamente, subindo no peitoril, e se virou.

— Vou ficar por perto. Grite se precisar de mim...

— Espere.

Celia foi até a sala por um momento e trouxe a mala para o quarto. De um bolso lateral, tirou uma bugiganga que comprara antes de deixarem a cidade: um boizinho cuja franja loira cobria os olhos. O animal fizera com que se lembrasse de Alisa, então ficou com ele esperando pelo momento em que se reencontrassem.

— Para você — disse Celia, colocando-o na mão de Alisa. — Feliz aniversário atrasado.

Alisa abriu um sorriso largo e segurou o boi contra a luz.

— Não tenho mais acompanhado o calendário ocidental. É uma graça.

— Parece um pouco com você, não acha?

Alisa bufou, mas sua expressão era de alegria.

— Vou guardá-lo para sempre. Te vejo em breve.

Ela pulou do peitoril e desapareceu. O painel de vidro balançou com o movimento. Um pássaro começou a cantar do lado de fora. Um coral logo o acompanhou.

Celia fechou a janela discretamente, então pegou o edredom caído e o jogou de volta na cama. Apanhou a pistola e acionou a trava do gatilho. Quando tentou enfiá-la na mala por segurança, a arma escorregou de sua mão, caindo no carpete com um baque leve. Celia suspirou. A aparência dela era horrível. Assim como seria a de facas em sua mala. E de escutas, garrafas de veneno ou qualquer coisa de que precisavam nessa guerra.

Droga. Sempre soubera que aquele dia chegaria: quando ficaria claro que ela e Rosalind estavam trabalhando para lados diferentes. Só não achou que ficaria tão complicado. Uma irmã inimiga que estava muito empenhada em se colocar em perigo. Um parceiro de missão que parecia estar completamente distante, não importava o quanto ela quisesse confiar nele.

Oliver voltou à suíte naquele momento. Quando se aproximou da entrada do quarto e a viu, parou na hora.

— Querida?

Celia olhou para cima. Sentiu o coração se contorcer.

— Sim?

Ele franziu o cenho.

— Por que sua arma não está guardada?

Por um momento, pensou em lhe contar a verdade. *Alisa apareceu aqui. Ela acha que haverá uma emboscada a qualquer instante. Pode me jurar que não vai machucar a minha irmã? Faria isso por mim?*

Talvez fosse por esse motivo que Oliver preferisse manter o que sabia em segredo, mantê-la no escuro em vez de lhe contar quais eram suas ordens. Deixaria que os papéis se invertessem — que fosse ela ali se perguntando se deveria pedir a opinião dele, e se fechando no minuto seguinte. Era muito pior imaginar que não teria seu desejo atendido. Em vez disso, os deixaria pairando na incerteza para sempre, naquele espaço onde não era nem escolhida nem rejeitada. Se nunca perguntasse, não teria que encarar a possibilidade de receber uma resposta terrível.

Celia ajoelhou-se para recolher a arma, quebrando o contato visual com Oliver.

Fora seu pai quem lhe ensinara aquela lição. Houve tantos momentos durante sua infância em que teria sido melhor se tivesse feito menos perguntas. Estaria carregando uma quantidade bem menor de cicatrizes no coração se tivesse escrito a própria narrativa e a seguido à risca. Em vez disso, se exasperou pela sala de estar naquele primeiro mês em Xangai, desacostumada com os sons e as paisagens depois de tanto tempo em Paris, sem nada melhor a fazer além de cercar o pai o dia todo. Queria pressioná-lo até fazê-lo explodir, como se isso fosse fazê-lo reconsiderar se *realmente* era necessário que ela assumisse a identidade de Kathleen. Por que estavam fingindo que um irmão diferente perecera em Paris? Será que achavam que seus parentes eram tão insensíveis que preferiam acreditar que aquela sempre fora a aparência de Kathleen, em vez de aceitar que o único filho homem da família Lang havia se tornado uma filha?

Celia insistira. Continuara a insistir.

— Queria que escutasse o que estou dizendo — dissera ela finalmente. — Não se importa com os meus sentimentos...?

— Não, não me importo! — interrompera seu pai. — Não devia ter tanto a dizer, para começo de conversa. *Eu* queria que você voltasse a ser como era quando nasceu, mas pelo jeito essa não é uma opção, é?

Celia recuara, tão chocada que não sabia como reagir. Não até mais tarde naquela noite, quando contou sobre a conversa para Rosalind enquanto estavam aconchegadas na cama e os soluços começaram, bolhas insuportáveis de dor flutuando do seu estômago até sua garganta.

— Ele não sabe o que diz — bradou Rosalind impetuosamente, abraçando-a. — Eu te amo assim. Eu te amo como você é.

Fingir ser Kathleen durante aqueles anos na Sociedade Escarlate foi uma concessão. Era seguro. Mantinha-a protegida. Mas depois daquele dia com o pai, a cada vez que pensasse em suas circunstâncias, sempre sentiria um pedaço de seu interior ser corroído por causa da questão. Havia desejado demais, e em vez de acreditar piamente que seu pai só estava cuidando dela, tinha a plena certeza de que aquela era a única opção que ele permitiria, que se Kathleen tivesse sobrevivido — se sua irmã nunca tivesse falecido em Paris e deixado sua identidade para ser assumida —, então era Celia quem teria de morrer.

— Querida.

Celia foi arrancada de seus pensamentos, piscando para retomar a atenção. Não estava mais lá. Havia muito se livrara da Sociedade Escarlate e, como consequência, da necessidade de se proteger de seu julgamento.

— Só estava trocando-a de lugar, não se preocupe.

Ela finalmente colocou a pistola na mala. Oliver havia entrado no quarto com uma certa fragrância, o cheiro frio do inverno e um odor metálico. Ela se levantou devagar, observando-o e interpretando sua conduta.

— Nada de preocupante no perímetro?

— Parece que está tudo limpo. Mas...

No momento em que Celia ficou na mesma altura que ele outra vez, Oliver segurou seu queixo. O toque foi afável — tão casual quanto uma esbarrada no ombro se estivesse tentando se desviar dela no corredor —, mas os olhos dele estavam estreitos. Desconfiados.

— Tem certeza de que está tudo bem? — perguntou.

A respiração de Celia ficou presa no pulmão. Só precisava perguntar. Porém, e depois, o que aconteceria? No cenário que temia, ele seria diretamente oposto a ela. No cenário que desejava, ele a escolheria e talvez jogasse tudo para o alto, talvez agisse contra o que acreditava pelo bem *dela*, e como ela podia exigir isso de alguém?

Precisava deixar a situação se desdobrar naturalmente. Precisava salvar a irmã sem entrar no caminho dele.

— Celia — incitou Oliver.

— Sim — respondeu ela com firmeza. — Nunca estive melhor.

9

Quando conseguir a assinatura nestes documentos, podemos mandar alguém ao banco no seu lugar — disse Jiemin, folheando os formulários de transferência. — Sinto muito pelo inconveniente. Não pareceu certo enviar um assistente para fazer essa parte.

— Sem problemas — respondeu Rosalind ironicamente. Estava sentada no banco do passageiro enquanto Jiemin fazia uma verdadeira orquestra de sons ao retirar os papéis dos envelopes em seu colo. Partiriam naquele dia. Havia uma fileira de veículos militares estacionados atrás deles, os motores desligados para esperar que Rosalind cumprisse sua tarefa antes que pudessem deixar os limites da cidade. — De qualquer forma, ele provavelmente não assinaria nada que um assistente lhe trouxesse.

Sendo sincera, Rosalind também não tinha certeza de que ele assinaria os formulários ao levá-los pessoalmente. Não via o pai havia quase um ano, e a última vez fora uma completa coincidência, já que não sabia que ele estaria presente em um evento no qual trabalharia disfarçada. Antes de as manchetes dos jornais revelarem que ela estava viva, o resto de Xangai acreditava que o senhor Lang estava de luto pela morte de todos os filhos. Porém, o pai dela sempre soubera que ela e Celia estavam na cidade. O caso era que nenhuma das duas queria ter qualquer envolvimento com ele, e na profissão de agentes secretas, renegar o próprio pai era uma tarefa bem fácil.

Até que, de repente, os chefes do governo de Rosalind exigiram escrituras oficiais de contabilidade fora da filial secreta, e precisavam que suas contas bancárias deixassem de ser controladas por seu guardião e passassem para ela.

— Dez páginas — disse Jiemin, passando a pilha para ela. — Ele precisa rubricar todas elas também. É um banco britânico. São chatos com essas coisas.

— Certo, certo, eu sei.

Rosalind se apressou a sair do carro. Continuou resmungando enquanto cruzava uma pequena distância pelo caminho de pedra e, já familiarizada com os arredores, empurrou o grande portão de madeira que dava para um dos edifícios. Não vinha aqui havia muito tempo. Tecnicamente, aquela era a residência de sua avó, mas seu pai estava morando ali desde que os Escarlates se juntaram aos Nacionalistas, tendo escolhido se distanciar dos negócios da família. Era irmão da senhora Cai: ela provavelmente quis afastá-lo quando os Escarlates começaram a perder o controle, e seu pai — um homem conhecido por escolher o caminho mais fácil — obedeceu-lhe com prazer.

Rosalind entrou no pátio. A residência de sua avó com certeza não era simples. A família Lang já fazia parte da elite quando sua tia se casou com Lorde Cai. Porém, não havia como compará-los com uma família que possuía o poder da realeza, tão ligada à economia da cidade que marés subiam e baixavam ao seu comando. Sob aquela grande sombra, qualquer Lang naquela mansão sempre seria um adereço esquecido.

Devíamos ter continuado aqui, pensou Rosalind. Ela levantou a cabeça e seus olhos observaram o prédio de quatro andares de apartamentos. Não teria sido uma vida ruim. Se nunca tivessem colocado os pés na mansão da família Cai, talvez Rosalind tivesse se tornado uma pessoa completamente diferente. Talvez não vivesse com o arrependimento pendendo de seu corpo como uma segunda sombra, talvez não estivesse imortalmente congelada na última condição em que aquela casa a deixou.

Com um suspiro de frustração, Rosalind enfim bateu à porta. Uma criada logo a abriu, os olhos já arregalados. Estivera no hall de entrada, aguardando. A presença de Rosalind era esperada.

— *Xiăojiě* — sussurrou. — É mesmo a senhorita.

Rosalind afinou os lábios na melhor tentativa de um sorriso educado.

— Posso entrar?

A criada abriu espaço rapidamente, conduzindo-a para dentro. Os papéis farfalharam na mão de Rosalind. Sempre se lembrara da casa de sua avó como um lugar aconchegante, mas não parecia ser mais assim. O teto estava lascado e o carpete, desgastado. Havia um som distinto de goteira à distância, ou talvez viesse de dentro das paredes pintadas de marrom, de algum cano que vazava. Supunha que o prédio estava envelhecendo. Assim como acontecia com a maioria das coisas.

A maioria, mas não todas.

— Por aqui, *xiăojiě* — disse a criada, apontando adiante para as portas duplas.

Aquele era o escritório do pai. O que ele fazia ali todos os dias ninguém sabia. Considerando a quantidade de trabalho que Rosalind assumira quando a Sociedade Escarlate ainda estava na ativa, ela deveria ter sido chamada de senhor Lang. Respondera tantas de suas cartas. Equilibrara tantas de suas contas.

Ela apertou os papéis com mais força.

Assentindo para a criada, Rosalind empurrou as portas sem se dar ao trabalho de bater.

— Quase pensei que não viesse — disse seu pai, sentado à escrivaninha escrevendo algo.

O escritório estava muito mais quente do que o restante da residência, com uma lareira acesa ao lado da mesa. Rosalind começou a mexer no punho da manga esquerda, dobrando um pouco do tecido e abrindo espaço para respirar.

— Por que não? — respondeu. — Eu disse que viria.

O senhor Lang olhou para cima. A caneta parou de se mover. A idade o havia alcançado — ela podia ver isso claramente. Tivera um brevíssimo vislumbre dele no evento Nacionalista antes de sair correndo de lá, fingindo que nunca haviam se visto e ignorando todas as cartas que ele enviara a ela depois do ocorrido. Agora que estavam cara a cara, podia enxergar cada ruga, cada mecha grisalha nova, o peso abaixo de seus olhos e o cansaço que fazia as laterais de seu rosto sucumbirem.

— Não respondeu uma única carta, Shalin. Só soube que estava *viva* por meio da rede de informações dos Nacionalistas.

Era um pouco tarde para demonstrar preocupação paternal. Antes da revolução que causara sua suposta morte, ele só falava com ela se precisasse de alguma coisa. Como se desse a mínima se ela estava viva. Como se sua vida não ficasse mais fácil com todos os seus filhos dados como mortos, pois assim suas ações não afetariam sua posição na sociedade e nada do que fizessem traria consequências ao seu lugar junto à família Cai.

— Nunca as recebi — disse Rosalind, seca.

— Nunca as recebeu? — repetiu o pai dela. Ele abriu a gaveta da mesa. Pegou vários papéis pautados, cartas, e as jogou sobre a mesa, um gradiente de tinta azul e preta a encarando. — Isso prova o contrário.

Rosalind reconheceu a caligrafia no mesmo momento. Aquelas cartas não eram de seu pai. Eram as respostas que ele recebera.

— Ele estava *respondendo* ao senhor?

Ela colocou os formulários de transferência na escrivaninha com um baque, e pegou a primeira carta de Dao Feng da pilha. Rosalind folheou papel atrás de papel, examinando frases aleatórias. Não parou para lê-las com atenção — todas pareciam carregar o mesmo sentimento.

Agradecemos a preocupação, mas Shalin receberá todos os cuidados nos alojamentos do Kuomintang.

Entre em contato comigo se precisar de algo... Ela ficará melhor ao se afastar da vida antiga...

Asseguro-lhe de que não há por que pedir para que ela retorne.

Ela está bem... O trabalho a mantém ocupada...

A respiração de Rosalind pareceu se tornar rarefeita em seus pulmões. Todas aquelas respostas eram muito mais gentis do que as dela teriam sido. Dao Feng deu informações sobre seu progresso como um pai faria, preocupado com sua saúde e bem-estar apesar de as cartas do senhor Lang possuírem um tom de exigência, de quem não se importava nem um pouco com o que ela estava fazendo como agente.

Rosalind parou na última carta. Estava amarelada nas bordas. Era mais antiga, datada de dois anos antes.

Ela vai até o fim para fazer o que é certo. Tenho muito orgulho dela. Acho que o senhor também teria.

Antes de perceber o que estava fazendo, Rosalind já havia jogado a carta na lareira. Achou que tirar aquelas palavras de sua vista lhe traria satisfação, mas o arrependimento veio assim que o papel começou a queimar, chamuscando o centro antes de o vermelho intenso se abrir para transformar tudo em cinzas. O rodapé do papel foi a última parte a ser destruída. Ela sentiu o impulso de enfiar a mão no fogo e salvar o que fosse possível enquanto a assinatura de Dao Feng ainda estava ali, mas era tarde demais. Ela assistiu ao nome dele desaparecer.

— Com licença — disse Rosalind, já saindo do escritório. — Preciso usar o banheiro.

Virou em um corredor. As mãos tremiam. Aquele comportamento era tão típico da parte dela. Era só alguma coisa cair em suas mãos que ela se voltava para o fogo sem nem pensar. Por mais que tivesse sofrido com a traição de Dao Feng, aquelas palavras eram sinceras. Não havia outro motivo para ele escrever ao pai dela, para mantê-lo satisfeito sem que o peso recaísse sobre ela.

Mas pensar nisso não fez com que se sentisse nem um pouco melhor. Pelo contrário, sentiu-se bem pior ao saber que seu treinador a *amara* — que se importara com ela o suficiente para escrever aquelas cartas e ser sincero, mas que ainda assim fora embora. O que mais era preciso, então? Que esperança tinha qualquer outro amor no mundo de dar certo?

Rosalind entrou no banheiro quase cambaleando. Inspirou e expirou irregularmente.

— Acalme-se — sussurrou para si mesma. — Qual é o seu problema?

Seu coração martelava no peito. Era como um tambor de guerra, anunciando um ataque que ainda estava a quilômetros de distância. A casa rangeu ao seu redor. Ela pulsava no mesmo ritmo das câmeras dos repórteres, cliques rápidos ecoando pelas paredes como se fossem venezianas. Podia sentir os olhos deles espiando-a por debaixo das portas e encostados nas janelas como fantasmas invisíveis. Observando e aguardando, na esperança de encontrar um único detalhe que pudessem transformar em uma comoção. Eles a pegariam chorando por causa do treinador e a acusariam de também ter traído a nação.

Rosalind se inclinou sobre a pia. Quando tentou respirar, acabou regurgitando. Uma. Duas vezes. Nada saía. Seu estômago se revirou. As mãos tremeram.

As escápulas se arrepiaram e fizeram um suor frio escorrer por suas costas. Tudo isso eram sensações fantasmas — não havia por que passar mal. Seu corpo simplesmente sabia que havia algo de errado e queria expulsar aquele pânico intenso de alguma forma, mas o veneno não era uma doença em seu corpo, era uma exaustão em sua mente.

Ela estava tão brava. Tão *triste*.

Ela baixou a testa quente contra o braço enquanto o apoiava na beirada da pia. Lentamente, seu coração parou de bradar o grito de guerra. Sua pulsação ficou mais fraca, silenciosa como um pássaro sem asas.

Ficar daquela maneira para sempre era tentador. Ela poderia redirecionar o curso de sua vida, dobrar o tempo para que ele andasse para trás e ela pudesse crescer nessa casa. Caso ficasse imortalmente congelada dessa forma, ninguém se importaria em incomodá-la. Destino nunca existiria.

Uma batida soou na porta do banheiro.

— *Xiǎojiě?* Precisa de alguma coisa?

Rosalind se ajeitou imediatamente. A voz da criada atravessou suas lamúrias como se um interruptor tivesse sido ligado. Imaginou a si mesma da porta, assistindo-a angustiada e patética na pia, e seu desespero se transformou em raiva, que se transformou em incentivo. Havia um peso grande demais em seus ombros para que pudesse desejar outra vida. Se não fosse Destino, nunca teria conseguido a competência necessária para recuperar Orion. Ele dependia dela, e ela o salvaria.

Rosalind esfregou uma das mãos nos olhos. Em um instante, estava normal novamente. Andou até a porta e a abriu. Do lado de fora, a criada estava com o punho levantado, preparada para bater outra vez.

— Estou bem. Com licença.

A criada assentiu e deu um passo para o lado, deixando Rosalind voltar pelo corredor. De repente, essa visita pareceu um exagero, um teatro criado por falsidades pelas quais ninguém se interessava. Não era como se o banco fosse perceber se ela forjasse a assinatura dele. Não era como se o pai fosse reclamar no caso de entrarem em contato para a transferência de controle. Afinal, ele havia apenas lhe escrito cartas reclamando que ela deveria voltar para casa. Nunca chegou a pensar em se levantar e ir encontrá-la ele mesmo.

Quando Rosalind entrou no escritório novamente, seu pai estava folheando os formulários de transferência.

— Peço desculpas — disse ela. — Estou com uma alergia.

Ele olhou para cima rapidamente.

— Você é alérgica a frutos do mar, não é?

Essa alergia era de Kathleen. Mas Rosalind não esperava nada além de uma confusão totalmente arbitrária.

— Também — mentiu. — Não vou mais desperdiçar o seu tempo. Seria ótimo se pudesse me ceder o controle das minhas contas oficiais.

— Shalin, em uma sociedade adequada, uma jovem mulher não deve controlar as próprias contas.

— Em uma sociedade adequada, meu trabalho também não seria matar pessoas, mas acho que não podemos ser exigentes em tempos como esses.

Seu pai a olhou com tristeza. Rosalind não sentiu um pingo de culpa. Era vítima disso havia anos: não existia pena em relação à sua saúde, apenas preocupação e medo em relação às suas ações. Lang Shalin: carregaria o nome dele aonde quer que fosse, e seu pai nunca a deixava se esquecer disso.

— Pelo contrário, eu lhe dei outra escolha várias vezes. — Ele chegou à última página do formulário. — Não há necessidade de fazer o que faz. E agora olha o que causou. Seu rosto está estampado em todos os jornais em um raio de cem quilômetros.

Os punhos de Rosalind se fecharam embaixo das mangas. Antes que pudesse soltar uma resposta horrível, a criada entrou escritório, carregando uma bandeja de chá. Isso deu a Rosalind um segundo para se recompor, balançando a cabeça quando uma xícara lhe foi oferecida. A criada seguiu em frente e colocou a bandeja na mesa.

— O que prefere que eu faça? — perguntou Rosalind. — Que eu seja aquela que lhe traga o chá a cada batida do relógio? Que essa seja a parte mais animada do meu dia?

— Não seja intencionalmente jocosa, Shalin.

— Pare de me chamar assim. — A exigência saiu automaticamente.

O pai dela estreitou os olhos.

— Devo lhe chamar de Destino, então?

Queria que ele o fizesse. Assim ela ficaria completamente livre, desatada do passado e da dor.

— Sim, deve. — Rosalind avançou. Talvez devesse ter agido com mais inteligência, fingido algum tipo de piedade para poder apaziguá-lo, mas não conseguia encontrar energia em si mesma para isso. — Irá assinar os papéis?

O senhor Lang se recostou na cadeira. Era resposta o suficiente. Rosalind recolheu os formulários, segurando-os junto ao peito. Era responsável por si mesma; sempre fora responsável por si mesma. De qualquer forma, já sabia como forjar a assinatura dele.

— Shalin, exijo que...

— Lang Shalin está morta. Peço que não entre mais em contato. — A voz dela tremeu, mas ela culpou o movimento que fez, o balanço da bainha e o ruído do casaco quando se virou e foi em direção à porta. — Além disso, ninguém mais responderá às suas cartas.

A casa sibilou algo que se pareceu com um "adeus". Um "já vai tarde" do corredor, ao expulsar algo que já não era mais bem-vindo.

— *Adieu.*

Quando nossos agentes deixam a cidade, tudo começa a se agitar.

Já havia um tempo que se estava chegando a um ponto de ruptura, o sentimento do povo crescendo cada vez mais na direção de um grito colossal. Cada filial secreta começa a se erguer sob esse peso, peças surgindo no interior do país para colocar todas as pontas soltas em ordem, mas não é necessário que um agente lhe dê essa informação. Pergunte a qualquer pessoa na rua. Pergunte à senhora idosa que fica em casa regando as plantas. Pergunte ao garotinho que dá a mão à tia quando ela o leva até os portões do liceu.

Atacaram a Manchúria primeiro. Atacarão Xangai em seguida, engolirão a cidade litorânea uma vez que já lhes foi dado lei e terra. O império além do mar é pequeno. E em uma era de expansão, alegarão que a invasão deverá ser feita em autodefesa, que é uma necessidade enquanto seu povo tem fome, uma população com bocas a alimentar e pés a fincar na terra.

Não é assim que sempre funciona? O povo deles são pessoais reais.

Nosso povo não é.

Deixe que se passe uma década e talvez haja uma troca de lados. Deixe que se passe um século e talvez a dinâmica de poder mude.

Mas aqui, agora — o pior começa.

Escolheram pressionar Xangai, então Xangai os pressiona de volta. Esta é uma cidade com uma artéria aberta arrancada de seu centro, alimentando-se do vazamento em vez de perder sangue. Por muito tempo, navios entraram ali, o comércio se acumulando nos píeres que agem como enxerto para uma ferida. Os bancos e hotéis, com suas grandes cúpulas, bloqueiam a margem do rio como tumores. Um automóvel bate em uma barragem; um riquixá grita seu preço. O poder estrangeiro brilha e se amontoa sob o holofote dourado, mas que valor tem sem o corpo feroz onde cresce? Eles pressionam, e manifestantes lotam as ruas. Pressionam, e Xangai tira os produtos japoneses das prateleiras, já que os comerciantes também sabem lutar, usando o mesmo icor principal que atraiu esses navios a fim de tirar o ar de seus pulmões.

Protestos surgem acima e abaixo no país, mas a cidade que sente tudo bem embaixo da pele emite uma fúria diferente. Em setembro, a Manchúria é conquistada no norte. Então, em janeiro, há uma prontidão volátil avançando rapidamente ao longo do Rio Suzhou, e ameaçando Hongkou, onde o Império Japonês colocou a maioria de seus residentes. A cada vez que pressionam, há um protesto. Lojas se fecham. Moradores japoneses voltam para casa. Não é o suficiente. Não vai acabar até que um lado ceda.

Atinja-me, grita a cidade. *Eu lhe desafio. Mostrarei do que sou capaz. Expulsarei todos vocês.*

Então eles o fazem.

Eles o fazem.

O calendário mostra o dia 18 de janeiro. Em Zhabei, uma cena está se desdobrando diretamente nas ruas, às vistas de qualquer pessoa que quiser observar, e se parece muito óbvio, é porque foi encomendado. *Ouvi dizer que há monges desfilando*, transmitem os sussurros. *Alguém disse que estavam entoando gritos de guerra. Outra pessoa disse que estavam gritando que o Japão deveria governar a Ásia inteira.*

As pessoas se juntam nas ruas. Um esbarrão merece um empurrão, não merece? Um berro exige um grito de guerra, não exige? Se os japoneses ocuparão esta cidade e pedir que ela seja engolida, então o povo dali também pode avançar, acender as tochas e mostrar sua determinação. Se serão engolidos, que eles sufoquem.

Não podem me ter, diz Xangai. *Eu não fui feita para ser controlada.*

Os chineses espancam um monge até a morte. Ferem mais dois. Horas mais tarde, o distrito de Hongkou se agita com sua própria multidão — japoneses — que marcham até uma fábrica chinesa em retaliação. Os japoneses a incendeiam, fazendo com que duas pessoas queimem até a morte.

Xangai conseguiu manter a guerra civil longe de suas fronteiras, afastou sua própria luta dos estrangeiros. A guerra internacional é uma questão completamente diferente.

Os japoneses conseguem uma desculpa, assim como fizeram quando os trilhos do trem explodiram na Manchúria. O cônsul geral vai até o prefeito de Xangai e pede a prisão do grupo que matou o monge, pede o fim do boicote aos seus artigos e produtos.

— Isso se chama justiça. Controle sua cidade.

Os sussurros correm. Os boatos e as verdades se entrelaçam nas sombras. O prefeito reflete sobre a melhor maneira de atender às demandas, e a guerra fica à espreita quando ele dá a resposta errada. Navios cruzadores e contratorpedeiros sobem o rio. Os fuzileiros navais desembarcam na Concessão Internacional.

— O que está acontecendo? — murmuram as ruas. — O que causou tudo isso?

— Não ficou sabendo? — sussurram outros de volta. — O império fez uma ameaça. *Vocês têm dez dias para cumprirem nossas demandas. Ou sofrerão as consequências.*

10

Por que estamos indo para o sul?

A pergunta de Rosalind interrompeu uma hora de silêncio. Jiemin pareceu se assustar ao volante, como se tivesse se esquecido de que ela estava sentada ao seu lado.

— O quê?

Já se passara três dias e três paradas da turnê. Depois da cena de Rosalind em Xangai, Jiemin estava monitorando as respostas dela com atenção, pronto para afastar o microfone a qualquer momento, caso ela começasse a falar sobre Orion. Até então, ela aderira às respostas de sempre — gostava de criticar o conceito de imperialismo, por isso, estava longe de ser um trabalho tortuoso. As paradas localizadas entre as áreas mais populosas não atraíam grupos tão grandes, então ela pensava bem sobre a quantidade de vezes em que irritava Jiemin, para o caso de ele cancelar a turnê completamente. Apenas dois ou três repórteres apareceram em cada parada, escrevendo para os jornais de seus distritos. O resto das pessoas geralmente eram moradores ou aldeões que compareciam por pura curiosidade.

— Sul — repetiu ela, apontando para a janela. A posição do sol no céu naquele horário indicava a ela a direção do destino deles. — Já estamos viajando há algum tempo. Primeiro pensei que você só estava tentando evitar o trânsito, mas esse com certeza não é o caminho para a nossa próxima parada.

Os Nacionalistas haviam definido uma rota a noroeste. Apesar dos cartazes anunciarem uma turnê *nacional* para causar impacto, a verdade era que aquela era basicamente uma turnê regional, focada nas áreas rurais que mais recebiam as notícias de Xangai. De qualquer forma, as pessoas não se importariam muito com a Dama do Destino se eles se aproximassem demais de outras cidades grandes. Talvez tenham ouvido falar dela, mas a guerra avançava de forma diferente em cada canto do país, alterava a maneira com que os jornais se referiam aos seus heróis. Os principais alvos de Rosalind estavam por perto. Ou o que poderia ser considerado "perto" em um país tão grande.

— É só uma pequena mudança de planos — respondeu Jiemin. Ele tirou uma das mãos do volante e apoiou o cotovelo na janela. Seus dedos batucaram o vidro, acusando um sinal de nervosismo que seu rosto não demonstrava. — Vamos descansar na próxima cidade e continuar a turnê, não se preocupe.

— Qual cidade? — perguntou Rosalind. — A próxima parada deveria ser bem nos limites de Nantong.

E já que Nantong era uma cidade pequena — se comparada à Xangai, pelo menos —, seria o próximo lugar em que ela se rebelaria. Teria atraído uma multidão. Teria atraído agências de notícias que espalhariam cada vez mais suas alegações.

— Vamos viajar mais um pouco, até estarmos próximos de Suzhou — respondeu Jiemin.

Interessante, pensou Rosalind. Ele não respondera à pergunta.

Ela se virou para trás, olhando pelo para-brisa traseiro. O banco do passageiro roncou abaixo dela, o motor do carro exausto com o movimento diário. Para o crédito dos Nacionalistas, eles não estavam deixando *ela* exausta. Jiemin sempre dirigia lentamente porque eram uma procissão de cinco carros. O carro dele sempre era seguido por quatro veículos militares imensos, lotados de soldados que faziam a segurança em todas as paradas. Cada trajeto da viagem levava cerca de três horas a partir do momento em que saíam pela manhã. Rosalind suspeitava que o percurso seria mais rápido em circunstâncias normais, mas Jiemin só dirigia pelas estradas mais sinuosas, os olhos se voltando para o espelho retrovisor a cada poucos minutos, atento a problemas. Quando chegavam ao destino, Rosalind ganhava um quarto particular na melhor hospedaria da cidade, e era deixada em paz para ler ou preparar venenos em frente à lareira crepitante, até que precisassem dela no começo da noite.

— Estamos sendo perseguidos ou algo assim? — perguntou ela.

— É claro que não. — O olhar dele permaneceu na estrada. — Não seja ridícula.

— Por que isso seria ridículo? A turnê é um evento público. Somos um alvo constante para ataques.

Havia soldados protegendo o trajeto deles, afinal. Apesar de Rosalind não ter visto motivos para cutucar o vespeiro e mencionar os Comunistas durante as perguntas da imprensa, alguns jornalistas perguntaram mesmo assim. Atingi-la com um carro enquanto viajavam e eliminar uma figura da propaganda Nacionalista seria simplesmente um bom ato de guerra.

— Bom, não haverá nenhum ataque. — Como sempre, Jiemin continuava com seu tom monótono. — Então, relaxe. Poderia se sentar direito?

Devagar, Rosalind se ajeitou a fim de olhar para frente. Como Xangai ficava na costa mais a leste do país, só restavam duas opções quando se viajava para fora da cidade: noroeste ou sudoeste. A rota da turnê começava ao norte e seguia até chegarem a Nantong, bem no afluente do Rio Yangtzé. Estavam praticamente acompanhando o curso do rio, seguindo a oeste até Nanquim, virando ao sul até Hangzhou, e então a leste até voltarem para casa, fazendo uma volta ao redor do lago Tai. Rosalind estivera fazendo cálculos quando traçou o caminho proposto no mapa. Se seu primeiro plano para fazer a Senhora Hong sair da toca não funcionasse, o segundo plano era desaparecer alguns dias antes do fim da expedição, quando estivessem perto de Suzhou. Afinal, Zhouzhuang era perto dali, e ela supunha que, àquela altura, estaria desesperada o suficiente para confiar em um bilhete anônimo.

Porém, agora...

Se iriam para Suzhou *agora*, estavam indo no caminho completamente oposto. O que aconteceu com o plano original de seguirem para o norte?

— Percebi que você estava sussurrando algo para um dos soldados na última parada — disse Rosalind com cuidado. — E por mais que ele tenha te olhado com segundas intenções, duvido que estivessem apenas marcando um encontro. Se não estamos sendo perseguidos... por acaso estamos evitando alguma coisa?

Que informação você recebeu?, era o que ela realmente estava se perguntando. *Será que a inteligência viu a Senhora Hong vindo nos atacar?*

— Lang Shalin — disse Jiemin num tom seco. — Talvez eu ache que Suzhou é bonita nesta época do ano. Não precisa haver um motivo para fazermos a turnê na direção oposta.

— Acha que sou uma criança que vai cair nessas mentiras? — retrucou Rosalind. — Sou mais *velha* que você. Pelo menos cinco anos.

Jiemin a olhou de soslaio.

— Achei que era um ano só.

— Estou congelada no tempo.

— Então não conta. Você ainda tem 19 anos.

Rosalind jogou as mãos para cima.

— Está bem claro que você está mentindo sobre a sua motivação neste exato momento, então... — A ideia lhe ocorreu como o lampejo de um relâmpago. Suzhou. Zhouzhuang. Aquela carta que Jiemin escrevera quando os dois trabalhavam juntos na Turquesa. — Espere um momento. *Você* é JM?

Jiemin franziu o cenho.

— O quê?

— JM — repetiu Rosalind. — A pessoa que me deixou aquele bilhete. *Posso te ajudar a recuperá-lo. Me encontre em Zhouzhuang.*

E no mesmo instante Jiemin ficou pálido.

— *Quem* te enviou isso? — questionou.

Que tipo de reação era aquela? Ele parecia, ao mesmo tempo, entender e não entender sobre o que ela estava falando.

— Se eu soubesse, não estaria te perguntando, não é? — disse Rosalind com raiva.

Ainda parecia que alguém havia pisado no pé de Jiemin. Ele olhou por cima do volante, atento à curva adiante. Não falou novamente até que o carro estivesse triturando cascalho, que sumia conforme seguiam.

— Você disse que JM te chamou para ir até Zhouzhuang? — Ele passou para o inglês. — *J* de "jocosa" e *M* de "montanha"?

Agora ela não queria confirmar, porque tinha acabado de deixar Jiemin muito atento àquela localização. Em vez disso, Rosalind não respondeu diretamente. Ia fazê-lo provar do próprio veneno.

— Que parte da história você não entendeu?

— A parte em que esse bilhete sequer existe. — Jiemin balançou a cabeça. — De qualquer jeito, não sou eu. Juro.

Mas ele claramente tinha algum envolvimento.

— Por que ficou tão alterado?

— Fiquei surpreso ao ouvi-la mencionar Zhouzhuang. — A expressão de Jiemin havia se estabilizado, voltando ao humor entediado de sempre. — Tenho amigos lá. É bem pequena.

— Você não estava surpreso — insistiu Rosalind. — Parecia assustado.

— Talvez eu esteja assustado com o fato de você possuir algo assim. A quem aquele bilhete se referia, Lang Shalin? A Liwen?

Rosalind ficou em silêncio. Se dissesse mais uma palavra, receberia a mesma lengalenga que já ouvira de Jiemin. Orion era uma causa perdida. Orion nunca voltaria. Orion era um traidor da nação e, mesmo que o Kuomintang o encontrasse, a missão não seria para resgatá-lo, e sim para assassiná-lo. Jiemin a havia encurralado para dar fim àquela conversa, e sabia disso.

— Não é da sua conta — resmungou Rosalind, recostando-se no banco. Cruzou os braços. — Eu não...

De repente, Jiemin brecou. O veículo inteiro guinchou, e Rosalind mal conseguiu se segurar para não ser jogada contra o para-brisa. *Que diabos?* Aquilo era um exagero até mesmo para ele...

— Fique aqui — ordenou ele, abrindo a porta.

Rosalind piscou. Ah, então aquilo não foi por causa dela? Talvez ela estivesse ficando egocêntrica. Rosalind também saiu do carro o mais rápido que pôde.

— Pensei que tinha dito que não estávamos sendo seguidos.

— Pensei que eu tinha dito para *ficar* lá.

Jiemin havia parado a dois passos de distância, olhando ao longe com preocupação.

— Não me diga o que fazer.

Rosalind tirou um grampo do cabelo. Também observou o entorno, acompanhando a linha de visão de Jiemin enquanto o resto da comitiva estacionava. Não estavam mais viajando por um trajeto totalmente pavimentado, mas sim por uma estrada de terra quase batida, seguindo ao longo de um campo cercado por arame farpado. Duas linhas paralelas na grama congelada marcavam o caminho, o suficiente para acomodar as quatro rodas do veículo e ainda deixar uma relva de gramado no meio. A grama fazia cócegas nas panturrilhas de Rosalind, folhas congeladas roçando sua meia-calça.

O vento atingiu suas bochechas. Ela estremeceu.

— Se vai ficar aí exposta — disse Jiemin, irritado —, ao menos cubra a cabeça. Não quero ter que explicar ao alto-comando que você levou um tiro.

Rosalind colocou, obediente, os braços sobre a cabeça. Não estava muito preocupada. A maioria das pessoas não era muito boa em mirar na cabeça a longas distâncias, e para realmente matá-la, precisariam atirar à queima-roupa e feri-la em um nível do qual não conseguiria se curar. Dali até a fileira de árvores ao longe, só conseguia ver um espaço aberto.

— Por que está preocupado…?

Rosalind parou no meio da pergunta, descobrindo a resposta sozinha. Apenas três veículos haviam estacionado atrás deles. Faltava um. Jiemin devia ter percebido pelo espelho retrovisor e os fizera parar.

Será que a Senhora Hong já estava ali? Rosalind havia esperado que ela aparecesse em uma das paradas da turnê — não em algum lugar no meio do trajeto. A Senhora Hong sempre se moveria com um grande número de soldados porque seu poder vinha deles, então como poderia tê-los encontrado enquanto viajavam entre paradas, especialmente quando Jiemin vinha seguindo uma nova direção há horas…?

Um quarto veículo apareceu.

Jiemin sacou a pistola. Nos outros veículos, os reforços deles também saíram, as mãos nos quadris, segurando as armas.

Então o veículo se aproximou, parou, e um dos motoristas de rosto familiar colocou a cabeça para fora da janela.

— Desculpem, desculpem! — gritou de longe. — Eu só estava ajudando um casal da cidade que se perdeu. Está tudo limpo.

Os outros soldados resmungaram, claramente irritados com a confusão. Jiemin, por outro lado, guardou a pistola com um simples aceno sério da cabeça. Ele gesticulou para que Rosalind voltasse para o carro.

Lentamente, ela abaixou os braços, os olhos se estreitando. Mesmo depois de Jiemin voltar ao banco do motorista, fechar a porta e ligar o motor para que seguissem viagem, Rosalind permaneceu ali.

Que tipo de casal da cidade iria parar ali?

— Lang Shalin — chamou ele, abaixando o vidro da janela. — Vamos.

Rosalind assentiu. Percorreu o horizonte com seu olhar mais uma vez, então finalmente entrou no carro.

Com um suspiro de alívio, Celia se recostou no banco do passageiro, observando o soldado se afastar. Estavam estacionados sob a sombra de uma árvore grande, tendo encostado para fingir confusão sobre qual caminho seguir, quando o soldado os abordou.

Posso ajudá-los com alguma coisa? Percebi que estavam nos acompanhando bem de perto.

Estamos um pouco perdidos, mentira Celia. Forçou o sotaque xangainês o máximo que pôde, dando uma batidinha no braço de Oliver. *O pobrezinho não sabe seguir mapas. Pode nos indicar o norte?*

— Oliver — chamou.

Só com aquela palavra ela conseguiu expressar toda a sua reprimenda.

— Certo, certo, eu sei. — Ele abriu a porta do motorista, usando o pé para escancará-la. — Tudo bem, você fica com o volante. *Talvez* eu tenha o hábito de seguir muito de perto.

11

Desde que o pai foi preso, Phoebe se mantivera longe de seu escritório, pensando que ele talvez pudesse sentir a presença dela ali, mesmo atrás das grades, sob a vigilância do Kuomintang. De qualquer forma, não tinha motivo para entrar em seu escritório. Até porque não se importava com o trabalho administrativo que ele fazia ali.

Até agora.

Phoebe deu um passo à frente, esperando que a poeira se acomodasse ao seu redor. Ah Dou havia parado de limpá-lo. Qual era o sentido se não sabiam quando o General Hong seria solto — *se* um dia seria solto? Contando com a pequena chance de que o Kuomintang decidisse liberá-lo, ele não voltaria àquela casa, e certamente não voltaria à vida que tinha antes. Havia uma contagem regressiva de quanto tempo Phoebe e Ah Dou conseguiriam permanecer ali sem serem perturbados.

Então precisava fazer uma boa busca.

Com as mãos segurando as saias, ela subiu a escada estreita dois degraus por vez. A grande espiral dava a volta no escritório e os degraus acabavam no nível dos olhos, até se transformarem em uma plataforma elevada. Estantes alinhavam as paredes assim que a plataforma começava, curvando-se ao longo da espiral e subindo até alcançar o teto alto com uma redoma de vidro. Alguns daqueles livros já estavam ali antes mesmo de Phoebe nascer. Ela nunca se preocupou em perguntar sobre o conteúdo. Aquele era o escritório do pai: qualquer garota normal presumiria que eram livros didáticos chatos ou inventários contábeis.

Era quase surpreendente. Nos anos finais da traição dos pais, ela e Orion já eram agentes completamente treinados. Como não haviam percebido o que estava acontecendo? Supunha que não podia colocar muito da culpa em Orion — seu irmão estivera sob o controle químico desde o princípio, então mesmo que tenha feito alguma pergunta, talvez seu pai tivesse simplesmente lhe dito para deixar de lado. Phoebe, porém… Qual era a sua desculpa?

Ela passou o dedo por uma das lombadas, uma coleção de poesias com folhas desenhadas nas bordas. Apesar de Dao Feng tê-la enviado para investigar sua mãe, essa não seria uma busca tradicional. Ela não precisaria localizar nada, mentir para entrar em campo, ultrapassar perseguidores que tentassem afastá-la de descobertas importantes.

Não, tudo o que precisava era olhar para o seu interior e encarar o que estivera esperando bem debaixo de seu nariz aquele tempo todo. Passara quatro anos trabalhando para uma facção que se opunha diretamente a Orion, e se achava muito esperta por isso, e para *quê*?

Em um acesso de raiva, Phoebe bateu em uma das estantes. Isso não fez com que se sentisse nem um pouco melhor, apenas machucou a mão.

A coisa mais importante é proteger sua família, dissera sua mãe naquela última vez em que visitou Londres, quando elas estavam caminhando juntas pelo parque em seu passeio rotineiro de mãe e filha. *Não se meta em problemas tentando descobrir o que deve fazer neste mundo. No fim das contas, todo trabalho é o mesmo, mas você só tem uma família.*

Aquelas palavras foram o exato motivo pelo qual Phoebe se tornara Sacerdote. Aquelas palavras voltavam à sua mente cada vez que treinava sua mira na testa de um alvo e atirava sem hesitar, espalhando sangue e miolos rosados e carnudos no ar.

Phoebe Hong, a grande protetora.

Céus, não conseguia nem proteger sua identidade secreta de Silas. Era tão estúpido de sua parte achar que poderia continuar com aquilo para sempre.

— *Xiǎojiě*, onde a senhorita se meteu?

Phoebe se inclinou sobre o corrimão. Só havia um guarda-corpo e o espaço aberto abaixo dele, então tomou cuidado para não escorregar e cair da plataforma.

— Estou aqui, Ah Dou — disse, aumentando o tom de voz. — No escritório de *Bàba*!

Os chinelos pesados do mordomo estalaram pelo corredor do segundo andar. Ele entrou, as mãos nas costas, esticando o pescoço com uma careta para procurar Phoebe, que estava parada acima dele.

— O almoço ficará pronto em meia hora.

— Ótimo — respondeu Phoebe animada.

Teve o cuidado de soar tranquila. Apesar de Ah Dou ser ótimo em manter a boca fechada em relação ao que acontecia na casa, não queria que ele desconfiasse do que ela estava fazendo ali. Para o resto do mundo, Phoebe não parecia ser nada além de uma garota fútil. Ela gostava disso. Fazia com que se sentisse no controle de si mesma. Do quanto estava expondo e cedendo.

Apesar de ter sido dispensado com educação, Ah Dou continuou onde estava. Ele pigarreou.

— Feiyi, está procurando alguma coisa?

— Só estou explorando — respondeu Phoebe. Vasculhou a mente atrás de uma desculpa. — Percebi que não sei muito sobre meus pais, o que é bem chocante.

Ah Dou não disse nada em resposta. O silêncio se estendeu. Enquanto Phoebe voltava a olhar as lombadas, quase pensou que o mordomo havia saído. Então, de maneira gentil, ele falou:

— Se sente saudades, *xiǎojiě*, pode sempre me perguntar sobre eles.

A mão de Phoebe parou de percorrer a prateleira. Ela *poderia* perguntar diretamente a ele. Ah Dou havia começado a trabalhar para a família assim que seu pai herdara aquela mansão. Ele estivera ali desde antes de seus pais se casarem, três anos antes do nascimento de Oliver. Mesmo que Ah Dou não soubesse das partes complicadas conforme aconteciam — como a traição —, ele ainda *era* uma boa fonte.

— É só que... — Phoebe se virou da estante, indo com tudo ao se apoiar no corrimão — sinto que agora minha visão de mundo é completamente falsa. Meus pais não eram quem diziam ser. Meus pais são mentirosos e... — apesar de estar exagerando na desculpa por causa de Ah Dou, a dor em sua voz não era falsa, a tristeza cravando uma unha afiada em seu interior — não sei como lidar com o fato de que ainda sinto falta deles. Quero olhar para o passado e entender como perdi todos os sinais. Quero saber o quanto foi real.

Foi sua mãe quem a ensinou a mirar. Foi seu pai quem permitiu que ela tivesse grandes ambições. E para que tudo isso? Se Orion fora sequestrado para ser usado, será que a Senhora Hong iria atrás de Phoebe em seguida e também injetaria uma mistura na filha, para manipulá-la em benefício próprio?

E se a Senhora Hong não viesse... se na verdade nem se importasse o suficiente para vir... será que isso era ainda pior?

Quando Phoebe olhou para baixo, Ah Dou parecia terrivelmente triste.

— Acho que, sobre isso, não posso ajudar muito — disse ele. — Mas eles te amavam. É claro que amavam. As pessoas são capazes de fazer coisas horríveis e guardarem o amor no coração ao mesmo tempo. Essa é a complexidade da humanidade. — Ah Dou ajeitou as mangas, então apontou o dedo para cima. — Seu pai guardava os álbuns de fotografias na última prateleira. Estão escondidos atrás do quadro de medalhas. Com sorte, haverá algo ali que prove o que digo. Almoço em meia hora. Não belisque nada até lá.

Ele saiu do escritório. O olhar de Phoebe foi até a última fileira, então apressou-se pela escada em espiral, segurando as saias novamente.

— Atrás do quadro de medalhas — repetiu em um murmúrio, procurando o limite da plataforma. Precisava prestar atenção onde pisava. A redoma de vidro estava logo acima dela, e se levasse um tombo daquela altura sem dúvidas quebraria o pescoço. — A-há.

Ali estava. Phoebe se ergueu na ponta dos pés, pegando o quadro de medalhas pelas beiradas e tirando-o da prateleira. Era mais pesado do que esperava, a moldura retangular inclinando-se perigosamente. As medalhas balançaram nos ganchos. Do lado esquerdo, uma delas caiu.

— *Tā mā de...*

Phoebe se moveu em um instante, ajeitando-se para segurar o quadro pela base com uma das mãos e estendendo a outra para pegar a medalha antes que caísse da plataforma e se estilhaçasse. Ela suspirou de alívio. Colocou o quadro no chão.

Exatamente como Ah Dou dissera, havia uma pilha de álbuns atrás do quadro, cobertos por uma camada fina de poeira. Os braços de Phoebe doeram um pouco quando foi pegá-los, sentindo uma pontada depois do resgate, mas a ignorou.

— Ao trabalho.

12

Rosalind estava ficando cada vez mais desconfiada.

Suzhou era rodeada de pisciculturas e campos, aldeias localizadas em volta de lagos e distritos com canais. Jiemin havia praticamente dirigido em círculos antes de chegarem ao próximo município, deixando as rodas do carro enlameadas. Talvez a explicação fosse que estava sendo cuidadoso, mas agora Rosalind estava em frente a um pódio, respondendo perguntas, e apesar de o evento não ter chegado ao fim, seu superior estava indo embora, pois algo na lateral da praça da cidade chamara sua atenção. Foi bizarro. Supervisionar as respostas dela havia se tornado sua missão pessoal. Será que ele não tinha medo de que ela começasse a mencionar assuntos proibidos novamente? Ainda faltavam pelo menos dez minutos de perguntas.

— ... mobilização?

Rosalind se sobressaltou.

— Desculpe. — O microfone chiou com a interferência. Ela procurou a pessoa que estivera falando em meio ao grupo, então percebeu que nem a havia notado para começo de conversa. Apesar de ainda não estar escurecendo, devia passar um pouco das 16h, o céu estava cinza e carregado, sinalizando que cairia um temporal. Havia uma certa névoa cobrindo a praça da cidade. — Pode repetir a pergunta?

A turnê seguia uma nova direção, uma que evitava os locais principais. Se Jiemin achava que ela não perceberia, estava bem enganado. Poderiam ter apenas atravessado Suzhou. Em vez disso, se aproximaram o máximo possível do lago Tai, contornando-o de norte a sul como uma meia-lua.

— Não, é claro que não há ameaças à nossa segurança no momento — respondeu Rosalind, depois que o espectador repetiu a pergunta. Ela ainda estava procurando por Jiemin. Ele havia desaparecido. — Além disso, pode ter certeza de que o Kuomintang elimina as ameaças antes mesmo que você fique sabendo delas. Próxima pergunta.

Várias mãos se levantaram. Por menores que os distritos fossem, o público aumentava a cada parada.

— Pode nos mostrar seus poderes?

Rosalind mal conseguiu se conter antes de revirar os olhos.

— Infelizmente, a não ser que queira que eu suje todo esse pódio de sangue, terei de me recusar a fazer isso.

O homem ao fundo não ficou satisfeito com aquela resposta.

— Ah, por favor! Quase não há registros da imortal Dama do Destino em ação.

— Não vejo qual é a relevância desse pedido.

— Precisa compreender a curiosidade das pessoas. Como vamos saber que isso não é um esquema inventado pelos Nacionalistas?

— Se acredita nisso, então... — Rosalind parou de repente.

Enquanto procurava por Jiemin, viu um movimento do outro lado da praça. Apenas um vislumbre, que desapareceu atrás da casa de chá à direita.

Orion. Era Orion espiando na esquina.

De uma vez, sem hesitar nem por um segundo, Rosalind se afastou do pódio, pulando do palco. Os repórteres gritaram, curiosos; o povo da cidade levantou as sobrancelhas, perplexos com essa reviravolta. Ela não deu nenhuma atenção a eles. Virou bruscamente no meio da multidão para deixar claro que não atacaria o homem que fizera a pergunta absurda, afastando-se do público e correndo até a casa de chá no fim da praça.

— Orion! — gritou. Rosalind parou na esquina. A viela estava vazia. *Não.* — Orion! Sei que está aí!

— O *que* está acontecendo?

Alguém pegou seu ombro e a forçou a virar. Ela ficou cara a cara com Jiemin.

— Eu o vi — disse ela. — Orion. Ele está aqui.

Primeiro, uma onda de perplexidade cruzou a expressão de Jiemin. Então: *pena.*

— Você provavelmente me viu — disse ele. — Eu estava vasculhando o perímetro.

Ele achava que era sua imaginação. Que ela estava enganada.

Rosalind puxou o ombro de sua mão. Atrás dele, outros soldados do Kuomintang encerravam o evento, acenando para que os presentes se dispersassem.

— Ele vestia algo completamente diferente. Estava de preto. *Eu o vi.*

Antes que Jiemin pudesse dar outra desculpa, ela se virou e desceu a viela correndo. Não sabia para onde estava indo, nem exatamente pelo que procurava. Virou à esquerda e observou o entorno, inspirou com dificuldade e entrou em um beco mais estreito, olhando em cada janela pela qual passava. Ela o havia visto. Sabia que vira *algo.*

Rosalind continuou correndo. Continuou procurando. Quase esbarrou em dezenas de cidadãos que cuidavam da própria vida, mas não pôde deixar de continuar, mesmo quando se afastou tanto da praça, que percebeu que estava em uma busca inútil. Ela finalmente parou na esquina da próxima grande rua com que se deparou. Sua pulsação estava tão forte que a sentia nos dentes, cada vibração latejando desde o pescoço até chegar diretamente na boca.

— Maldição — sussurrou para si mesma. — *Maldição*...

Um carro estacionou à sua frente. A porta se abriu pelo lado de dentro: Jiemin, escancarando-a e abrindo espaço no banco traseiro.

— Entre. Agora.

Rosalind soltou o ar, derrotada. Apesar de sentir vontade de enfiar os calcanhares no chão e se recusar a se mover, ela entrou no carro, os punhos cerrados à sua frente. Ela sempre entrava. Não era esse o problema?

Ao seu lado, Jiemin não disse nada. Foi uma viagem curta. Quando o carro parou em frente à hospedaria, Rosalind desceu, cada dobra de seus membros coçando.

Ela bateu a porta.

— O evento de hoje acabou, certo?

— Sim — respondeu Jiemin. Ele seguiu em seu encalço enquanto ela entrava no lobby, subindo os dois lances de escada que levavam até seu quarto. — Mas quero dar uma palavrinha com você.

— O quê? — esbravejou Rosalind.

Ela empurrou a porta para abri-la, arrancou as luvas e se livrou do casaco. Mesmo o quarto não sendo bem insulado e vestindo um *qipao* de mangas curtas, mal sentia frio. Seus ossos podiam muito bem ser constituídos por atiçadores de lareira, queimando-a ao mero contato.

Jiemin segurou a porta antes que batesse em sua cara. Fez uma careta, entrando no quarto e fechando-a com cuidado.

— Se precisar se afastar dessa turnê por um tempo...

— Não preciso me afastar — sibilou Rosalind, virando-se. — Preciso saber o que diabos esteve te preocupando nos últimos dias, e se tem a ver com o fato de Orion ter *aparecido*.

O vento uivou do lado de fora, estremecendo as vidraças. Haviam voltado para a hospedaria bem na hora: a chuva começou a cair em um instante, tamborilando em *staccato* no telhado. Algo começava a fazer sentido ali. Centenas de explicações para como ela poderia ter visto Orion passavam por sua cabeça, e metade delas eram sobre como ele precisava de ajuda e ela não podia fazer absolutamente nada para salvá-lo.

— Acho que você entendeu mal. — Jiemin, ainda com aquela careta, foi até a mesa da cozinha adjacente e se apoiou nela. — Tudo bem. Sim. Recebemos avisos da filial secreta sobre sua turnê. Não tem nada a ver com Hong Liwen. Recebemos um alerta dizendo que os Comunistas estão tentando interrompê-la.

O quê?

— Por qual motivo? — questionou Rosalind.

Jiemin deu de ombros. O gesto pareceu casual demais para o problema em questão.

— Ainda não sabemos. Nossos espiões estão trabalhando duro para descobrir. Até agora, tudo o que pudemos concluir é que eles enviaram agentes, então estamos em alerta máximo, alterando nossas rotas para diminuir as chances de uma sabotagem. É só isso. Eu juro.

— Você jura — repetiu Rosalind, bufando em escárnio. — Você praticamente admitiu que nossas redes de informações não estão funcionando muito bem. A Senhora Hong está por perto. Precisamos aproveitar essa oportunidade.

— É bem improvável — insistiu Jiemin. — Ela está avançando com uma força militar. Qualquer conflito conosco seria considerado um incidente internacional.

— Doméstico.

Jiemin parou, chocado pela correção rápida.

— Como disse?

Rosalind examinou as mãos, andando pelo quarto em um pequeno círculo. O inverno sempre deixava suas palmas secas e os nós dos dedos rachados, mas agora sua pele estava perfeitamente intacta. Não parecia certo.

— Ela está colaborando com os japoneses, e vai lhes dar sua pesquisa em troca de recursos e dinheiro, mas, tecnicamente, seria um incidente doméstico. Ela é uma agente do Kuomintang que se rebelou. Seria um conflito interno.

— Um conflito interno que é a intenção de outro país. Sendo assim, um incidente internacional.

— Não, seria impossível provar isso — retrucou Rosalind. — O império poderia negar durante todo o conflito. Ela nunca foi uma agente dos japoneses. Sempre serviu aos próprios interesses, indo aonde sua pesquisa a levava. Não é diferente de quando uma milícia dá um golpe em seu chefe militar, porque alguém se ofereceu para comprar sua lealdade. Doméstico.

E quando o golpe tivesse sucesso, a Senhora Hong seria recompensada, e teria os recursos necessários para continuar experimentando em nome da pesquisa. De certo modo, isso era fácil de compreender. Tudo o que fazia contra o próprio país, era a favor de si mesma. A coincidência era que o Império Japonês também se beneficiava de seu trabalho, e a Senhora Hong não se importava de ajudá-los a causar mal.

Jiemin pareceu desistir de discutir com ela. Colocou as mãos nos bolsos da calça, ainda apoiado na mesa. A chuva continuava a cair. Escutaram seu barulho por um longo momento.

— Não estamos mais na era de gângsteres e chefes militares, Lang Shalin — disse Jiemin. — Esse é o governo nacional. Por favor, deixe que os generais e os tenentes cuidem dos planos de ação. Você é uma única agente. Tem uma única missão, e não é a Senhora Hong.

Claro. Generais e tenentes. Como se não tivessem sido eles quem criaram o cenário em que estavam. Haviam demitido o General Hong da primeira vez. Falhado em encontrar a Senhora Hong, mesmo sabendo que ela estava armada com o ressentimento de ter seu projeto cancelado.

— Como posso fazer isso? — perguntou, tensa. — No momento, o plano de ação deles é ignorá-la e torcer para que desapareça.

— No momento, o plano de ação deles é ficar de olho no império que a financia. Temos problemas maiores do que uma única mulher.

Quando Jiemin jogou a cabeça para trás, esticando o pescoço e deixando o penteado com gel se desfazer, pareceu ter a idade apropriada pela primeira vez. Dezoito anos e já lidava com decisões de cunho nacional. Dezoito anos e já tinha poder sobre o destino de centenas de milhares.

Ele se afastou da mesa. O cabelo voltou para o lugar.

Rosalind fechou as mãos em punhos. Ela parou de andar em círculos, rondando o limite da cozinha.

— Você deveria descansar — disse Jiemin, indo em direção à porta. — Começaremos cedo amanhã...

— Está subestimando ela. — As palavras interromperam Jiemin logo antes de ele alcançar a maçaneta. — Tem de saber disso. Não está lidando com um membro rico qualquer da elite, que se tornou *hanjian* para conseguir mais dinheiro. Ela está trabalhando com um tipo de ciência que você nem conseguiria imaginar.

Rosalind esticou a mão para o cepo de facas que estava na bancada da cozinha.

Jiemin se virou rapidamente, a tempo de vê-la retirar a mais afiada e pressionar a lâmina contra o braço.

— Lang Shalin, o que está...

— Já testemunhou meus poderes antes?

Ela fez um corte que ia da dobra do cotovelo até o interior do pulso. O sangue jorrou rapidamente, atingindo sua palma, escorrendo por seus dedos abertos e pingando no chão. A dor veio segundos depois — aguda e lancinante —, mas, àquela altura, Rosalind já havia se preparado o suficiente para não reagir.

Apesar dos olhos de Jiemin se arregalarem, ele não disse nada. Seus lábios se afinaram e sua postura se enrijeceu.

— Pelo jeito, não — respondeu por ele. — Então olhe. Vou te mostrar. Mais alguns segundos e... ah, que bom. O sangramento parou. — Devolveu a faca para a bancada, depois passou a mão na dobra do cotovelo para limpar um pouco do sangue. — Todas as minhas feridas começam se regenerar de dentro para fora. Se algo ficar preso mais profundamente, no músculo ou próximo ao osso, a ferida não vai se curar até expelir todos os destroços, então a pele é a última coisa a ficar inteira. E bem enquanto digo isso...

Ela esticou o braço. O corte havia sumido. Como se nunca tivesse estado ali.

— Estava prestando atenção no tempo? — perguntou ela.

— Menos de um minuto — respondeu Jiemin, a expressão impassível novamente.

— Atire em um soldado que tenha essas habilidades, e ele vai se curar com essa rapidez. — Rosalind foi até a pia e posicionou o braço sob a torneira. — Dê um golpe que deveria ter sido fatal, e antes que possa se afastar, ele já terá se recuperado. Aquela *única mulher* tem o poder de começar um conflito hostil em larga escala. Se não tirar o Orion dela e impedi-la de fazer mais experimentos, ela poderia arruinar o governo só para provar que é capaz. E então? Qual é o sentido de se preparar para uma luta contra os japoneses no campo de batalha, se ela já tiver assassinado todos antes de você conseguir levantar as armas?

Rosalind fechou a torneira. A água parou de correr, girando pelo ralo, marrom como se fosse lama. O braço dela estava limpo de novo.

Jiemin suspirou, esfregando as mãos no rosto. A chuva caía.

— Tudo bem — disse ele, por fim. — Tudo bem. Vou falar com o alto-comando. Podemos criar um plano melhor. — Abriu a porta. — Enquanto isso, *por favor*, tente não ser sequestrada pelos Comunistas até o fim da turnê. Encontre-me amanhã de manhã no corredor para nossa próxima parada.

Jiemin saiu do quarto. Quando Rosalind ficou sozinha novamente, foi até a janela, observando o cinza opaco. Tudo parecia igual. Os prédios baixos, as fachadas das lojas. O céu pesado e lacrimoso, a rua escorregadia e pavimentada. Sentia falta de Xangai. Tudo fora da cidade parecia lânguido a essas horas, porque as luzes se apagavam muito cedo. Apesar de Xangai às vezes ser ofuscante, seu coração pulsava com a eletricidade, não importava a que horas da noite.

Rosalind colocou uma das mãos sobre a boca. Ainda restava um pouquinho de sangue na ponta do dedo. Ela o ignorou.

Será que *havia* se enganado? Mesmo que fosse uma ilusão de ótica, vira alguém espiando na esquina. Era impossível que estivesse tão perdida em pensamentos a ponto de começar a conjurar Orion do nada.

Um calafrio percorreu sua coluna. Virou-se de repente, afastando-se da janela. O que o motorista do contingente deles dissera? *Eu só estava ajudando um casal da cidade que se perdeu.*

— *Mon Dieu.*

Quem tinha a aparência quase idêntica à de Orion? Meu Deus. Ela não podia acreditar que não havia pensado nisso até agora. Especialmente quando Jiemin *acabara* de dizer que os Comunistas estavam se intrometendo na turnê.

No canto, Rosalind viu um telefone conectado à parede. Apressou-se até ele, tirou-o do gancho e discou o número do quartel-general.

— Pode me transferir? — perguntou, quando a chamada foi aceita. — Para o Pastor.

— Quem está falando?

Rosalind hesitou. Não fazia muito sentido usar codinomes agora. Não quando seu rosto estava exposto em cartazes por toda a cidade.

— Destino — respondeu ela mesmo assim.

O clique foi imediato. Após alguns toques, Silas atendeu, a voz rouca.

— *Wéi?*

Rosalind franziu o cenho, olhando para o relógio.

— Estava dormindo? São cinco da tarde.

— Por que estou sendo julgado por minha rotina de sono? — Um ruído ecoou do outro lado da linha... provavelmente Silas arrumando o fio do telefone. Os dois passaram a falar em um inglês rápido, o que não protegia o conteúdo da conversa por completo, mas tornava tudo mais complicado se espiões estivessem escutando. — Vou a reuniões secretas tarde da noite. Não há nada de errado em descansar antes.

Rosalind não saberia dizer. O descanso havia se tornado um conceito desconhecido para ela.

— Tem alguma informação sobre Oliver estar em campo?

Um segundo se passou do outro lado. Rosalind não perdeu tempo em fazer uma introdução antes da pergunta, então Silas precisou de um momento para entender o que ela perguntara.

— Não estou sabendo de nenhuma missão específica. E acredite, tenho pesquisado sobre Oliver com afinco. Por quê?

— Acho que ele está me seguindo. — Rosalind parou de falar. *Um casal que se perdeu.* Apesar de ter certeza de que Celia também estava por perto, deixou a irmã fora disso. Não havia motivo para envolvê-la ou arriscar que uma informação sobre sua presença vazasse para os Nacionalistas. — Acho que ele também está atrás de Orion.

Silas levou outro momento para pensar no assunto. Rosalind já havia notado essa característica dele: nunca refletia em excesso — ele compreendia os fatos e chegava a uma conclusão, depois a expressava precisamente.

— Ele deve saber — disse Silas em voz alta, deduzindo o mesmo que Rosalind. — Quando você encontrar Orion, ele vai atacar.

Rosalind reprimiu um xingamento.

— Não posso deixar que faça isso. Você não pode dar algumas ordens na filial secreta? Fazer com que os Comunistas recuem?

— Não sou importante o suficiente para isso. Oliver toma a maior parte das próprias decisões.

Droga. Rosalind não sabia o que fazer. Ele e Celia com certeza apareceriam, mas se seria para o bem ou para o mal...

— Tudo bem. Vou dar um jeito — decidiu.

Silas soltou um murmúrio estranho.

— O que isso significa?

Que ela precisava se preparar. Nunca machucaria a própria irmã, mas faria o que fosse necessário quando a situação surgisse.

— Se vão lutar comigo por ele, vou atacá-los de volta.

Celia voltou para a estalagem uma hora depois do encontro de Rosalind com a imprensa acabar. Entrou junto com outro grupo, agindo naturalmente ao mexer na manga da blusa e parecer distraída, para que ninguém se perguntasse por que ela andava tão próxima a eles. A recepcionista na mesa da frente não percebeu sua entrada. Ótimo. Silenciosamente, ela se separou do grupo na escadaria e subiu até o último andar.

Dentro do quarto, Oliver estava brincando com um pedaço de barbante. Ele não se virou assim que ela passou pela porta, mas as pernas da cadeira rangeram contra o piso, fazendo com que o corpo dele a encarasse.

— Estava começando a me preocupar.

— Não quis ir quando não tivesse ninguém lá — respondeu Celia. Ela tirou o casaco. Pedacinhos de gelo haviam grudado na gola. — Cidade pequena, o escritório de serviço telegráfico é ainda menor.

Quando o evento de Rosalind acabou e os Nacionalistas a apressaram para que fosse embora, Celia e Oliver sinalizaram um para o outro de seus esconderijos, antes de Oliver deixar o local e Celia ir enviar um telegrama para o comando central, mandando notícias sobre o progresso da missão. Oliver já a aguardava havia algum tempo.

— Então a correspondência foi enviada? — perguntou Oliver.

— É claro. Mandei informações de para onde iremos em seguida. — Celia respirou fundo, aliviada por ter retornado. Talvez o conceito de segurança fosse uma mera ilusão na vida deles. De qualquer jeito, as portas trancadas e as cortinas bem fechadas, uma vela tremeluzindo para iluminá-los e Oliver sentado de vigia no canto, já estava bom o suficiente. — O que estava fazendo?

Oliver apontou para trás. Um vestido estava pendurado em outra cadeira.

— Terminei de costurar a bainha há meia hora.

— Estou falando disso. — Ela apontou para o pedaço de barbante que ele ainda balançava para frente e para trás.

— Ah. — Em um instante, Oliver havia amarrado o barbante no braço da cadeira, fazendo um laço de nó firme. — Treinando uma técnica de prisão com uma das mãos. Impressionante, não é?

Celia pegou um copo na cozinha. Encheu-o de água.

— Você fez um laço bonito, Oliver. Quem quer que esteja tentando prender, vai se soltar em cerca de dez segundos.

— É só um método temporário. Não precisa ser tão exigente, querida.

Ele se levantou e foi até a bancada também, apoiando os cotovelos no granito. Por um longo minuto, ela e Oliver ficaram escutando os barulhos da estalagem e a noite lá fora, onde os grilos cantavam. A chuva havia parado. Oliver, por fim, quebrou a calmaria.

— Ela estava gritando por Orion.

Celia tomou outro gole d'água.

— É fácil de confundir — respondeu, a voz baixa.

— Não pensei que ela fosse me ver. Eu estava bem longe.

Enquanto isso, Celia estivera no terceiro andar de um edifício com vista para a praça. A princípio, ela se levantou rapidamente quando Rosalind se enfiou na multidão, parando de vigiar graças a uma preocupação pessoal. Quando percebeu que sua irmã não havia avistado perigo, e sim confundido duas pessoas, Celia se forçou a se abaixar atrás de uma janela, para o caso de os Nacionalistas começarem a procurar ao redor e encontrá-la.

— Fique feliz por ela ter te *confundido* e não ter *gritado* seu nome — disse Celia. — O Kuomintang pode ignorar a imaginação fértil dela. Ficarão bem menos propensos a ignorar uma confirmação da nossa presença.

Oliver cruzou os braços. Apoiou-se mais no granito, baixando a cabeça antes de levantá-la rapidamente.

— Com que frequência falava com sua irmã depois que ela começou a tarefa na Turquesa?

Celia quase derrubou o copo d'água.

— Por que quer saber?

— Só estou curioso. — Oliver endireitou a postura, e então voltou para a cadeira. — Não precisa ficar tão preocupada.

A voz de Alisa ecoou em sua mente. *E se ordenarem que Oliver recupere o irmão, sem se importar que Rosalind fique no meio do fogo cruzado?* Era uma pergunta justa. E Celia odiava isso. Eles já haviam criado um plano, e o encontro com Rosalind naquele dia confirmava que certamente funcionaria quando a hora chegasse. Se Orion aparecesse, estaria vestindo um uniforme Nacionalista, assim como as forças disfarçadas da Senhora Hong. Sendo assim, seria fácil vestir Oliver exatamente como ele e causar confusão, o que também significava que as atenções não estariam em Orion, e Celia conseguiria capturá-lo.

— Não posso te ajudar com informações em relação ao tempo que ela passou na Turquesa. — Lentamente, Celia também atravessou o quarto. Escolheu permanecer de pé, o braço roçando nas cortinas. — Tudo o que ela me contava era sobre assuntos pessoais. Não sobre trabalho.

— Ótimo — disse Oliver. — É exatamente sobre isso que estou me perguntando.

— Sobre os assuntos pessoais dela?

Ele hesitou por um segundo. Oliver pegou o vestido que estava pendurado na outra cadeira, preparado para ela, e alisou o tecido com os dedos.

— Ela está apaixonada por Orion?

Esse tipo de pergunta era algo totalmente inesperado. Celia com certeza não estava atualizada naquele assunto. Ela não sabia nem que Rosalind e Orion haviam se infiltrado na Turquesa fingindo estar casados. Por mais próximas que ela e Rosalind fossem, era natural que algumas informações fossem ignoradas já que ficavam sem se ver por mais de meses.

— Eu... — Celia tentou achar uma resposta. — Não sei. Não pensei em fazer essa pergunta em nossas cartas.

— Mas isso não é algo que se precise perguntar diretamente. Deve ter transparecido na forma como ela falou dele. Nas coisas que mencionou.

— Não sei. De verdade. Pode acreditar ou não.

— Certo, certo. — Oliver levantou as sobrancelhas. — Não precisa me bater. Não estou tentando ser irritante de propósito.

— Hum. — Celia tomou outro gole d'água. Deixou a conversa terminar, então olhou pela janela. Quando pareceu não ver nada de interessante na rua lá fora, virou-se novamente. — Certo, por que está perguntando essas coisas sobre Rosalind?

— Só estou curioso — repetiu Oliver. — Quando encontrarmos com ela... será bom termos essa informação.

Quando se encontrarem no meio de um conflito. Quando a batalha explodir em volta deles.

— Bom, pelo bem dela, espero que não esteja apaixonada — murmurou Celia. — Isso só tornaria as coisas muito mais complicadas.

— Pelo bem de Orion, espero que ela esteja — rebateu ele. — Talvez isso o salve quando não houver mais opções.

Celia parou. Digeriu as palavras. Ele havia soado completamente direto, mas ela o conhecia bem o suficiente para ouvir o tremor no final, um sinal de que a verdade havia transparecido apesar do grande esforço de Oliver.

— E queremos isso? — perguntou ela com cuidado. — Que Orion se salve?

O comando central queria usá-lo como uma vantagem. O comando central os enviara atrás de Orion Hong para garantir um recurso, seja para utilizá-lo ou para destruí-lo de acordo com sua vontade. Se Oliver se opusesse, estaria se opondo a eles.

— O primeiro passo é salvá-lo de minha mãe — respondeu Oliver sem emoção. — Todo o resto vem depois.

— Mas então *o que* acontecerá depois? — insistiu Celia. — Digamos que a gente consiga tirá-lo dela quando ele aparecer. E se o único jeito de salvá-lo for devolvendo-o aos Nacionalistas?

Oliver ficou em silêncio por um momento. De repente, levantou-se e esticou bem os braços.

— Que tal pensarmos nisso quando o momento chegar? — Ele passou por ela, roçando em seu ombro. — É hora do jantar. Está com vontade do quê?

Celia reprimiu um suspiro. Bem quando pensou que estava conseguindo fazê-lo entender.

— *Dumplings*. É sua vez de ir comprá-los.

13

Na primeira vez em que Silas falou com a agente Sacerdote, pareceu-lhe um tipo de alucinação.

Não porque não podia crer que havia entrado em contato com ela, ou algo dentro desses aspectos técnicos. Pouco a pouco, viera conquistando a confiança dos Comunistas e eles falavam em recrutá-lo de verdade, então Silas sabia que a oportunidade estava por vir. Eles haviam conversado sobre onde ele se encaixaria, se os espiões precisavam de mãos extras para fazer o trabalho sujo... o que, apesar de terem usado palavras bonitas e evitado falar diretamente, significava mais assassinos. Silas se apoiara naquilo o máximo possível. Perguntou sobre tutoria. Confirmou que possuía as habilidades necessárias e só precisava de alguém especializado no funcionamento do partido para ensiná-lo o necessário.

Quando os Nacionalistas lhe ordenaram que trabalhasse como agente triplo, as instruções foram claras. Não importava quanto tempo ficasse disfarçado, precisava demonstrar progresso ou o colocariam em algo mais útil. Silas achava que estava fazendo um ótimo progresso. Primeiro, a aprovação para testá-lo com os espiões. Então, as fitas de Sacerdote que vinham com tarefas a realizar e pessoas dentro do círculo Comunista com quem falar.

Enquanto Orion e Rosalind ainda trabalhavam na Turquesa, Silas conseguira um telefonema. Era o passo seguinte mais lógico. Oficialmente nomear-se à função.

— Estou confirmando que aceito a proposta do comando central. — Foi como ele começara a ligação. — Agirei sob suas ordens, se me aceitar.

— Isso é um pouco atrevido da sua parte.

A voz dela soava ainda mais feminina fora das fitas. A tecnologia de camuflagem não funcionava tão bem quando tudo o que havia entre eles era uma linha telefônica.

— Desculpe? — perguntou Silas.

Ele achou que havia dito algo errado. Ou que alguém no partido o trocara de posição, e ele estava prestes a perder o contato com Sacerdote. Em uma crise de pânico, apoiou o cotovelo na porta da cabine telefônica e quase caiu para fora quando a porta começou a se mover.

— Geralmente é preciso me cortejar um pouco mais antes que eu deixe alguém agir sob mim. — Um segundo se passou. — Foi uma piada. Essa era a deixa para você rir.

Silas, enquanto isso, se apressava a se ajeitar e fechar a porta novamente, prendendo o fio do telefone em volta do pulso. Ele digeriu as palavras.

— Eu... o quê?

Então, do outro lado da linha, foi Sacerdote quem riu. Era um som inexplicável. Silas escutara a voz dela por meses enquanto os dois trocavam fitas gravadas em pontos de entrega pela cidade, mas não aquilo. Não reações espontâneas, um vai e vem de respostas que num segundo apagou de sua mente a ideia de uma assassina misteriosa e a substituiu por uma garota. Uma garota risonha e extraordinária.

Então, manteve a mesma opinião: a conversa parecera uma alucinação.

As fitas soaram diferentes depois daquilo. Assim como as poucas cartas. Havia algo que o fazia se sentir praticamente *elétrico* quando se comunicava com Sacerdote, mas desde o Armazém 34, ela se tornara estranhamente quieta.

Silas levantou a pedra. Embaixo dela, o buraco ainda continha a mesma fita que colocara ali havia três dias. Também deixara uma carta em um local mais seguro, atrás de uma caixa de correio em um cinema na Concessão Internacional. Não obtivera resposta.

Ela estava demorando cada vez mais. As respostas também estavam ficando cada vez mais vagas.

Franzindo o cenho, Silas ajeitou os óculos no nariz, então se levantou, limpando a sujeira dos joelhos. Saiu do cemitério, a respiração visível à sua frente. A calçada estava escorregadia naquela manhã, e seus pais lhe avisaram para que tomasse cuidado ao caminhar. Não que o aviso tenha servido para alguma coisa até que ele realmente quase escorregou ao sair do carro. Estava mais alerta agora, os sapatos polidos pisando na calçada com cautela. Algumas lojas naquela área ainda tinham decorações de Natal nas janelas por causa das festividades do mês anterior, mas a maior parte da cidade não dava importância para os feriados ocidentais. Ele pulou por cima de um festão prateado que alguém havia arrancado e jogado na rua. A última das lojas retiraria as decorações antes do fim de janeiro, jogando-as no lixo para brilharem em meio à comida podre e bitucas queimadas de cigarro.

A casa de Orion ficava ali perto. O que tornou a ação de Silas voltar para o carro e ir até lá praticamente um hábito: estava acostumado a procurar o melhor amigo em um estalar de dedos. Orion, porém, não estava mais lá. Estava no interior, e quando Silas chegou em sua casa, foi a companhia de Phoebe que buscou. Ele gostava de agir como se ela precisasse dele. Gostava de se imaginar como um ajudante constante, uma rede sempre esperando lá embaixo para pegá-la caso caísse.

A verdade era que *ele* precisava dela. Se não houvesse nada dependente dele a todos os momentos, era capaz de se tornar cinzas e pó.

— Feiyi?

Ele agradeceu Ah Dou na porta. Conhecia a casa da família Hong tão bem quanto a sua própria: o lustre no saguão principal e os vasos no hall de entrada, ambos espanados e polidos pelo menos duas vezes antes do fim do dia. Apesar de ter existido uma época em que ele se perguntara o porquê de quadros tão caros desaparecerem das paredes, foi preciso apenas dar uma olhada nas contas desajustadas, que o General Hong havia esquecido de guardar, para chegar à resposta.

— Feiyi — chamou ele outra vez.

— Estou aqui!

Silas entrou no quarto dela. Ela estava cercada por álbuns de fotografia, sentada no meio da cama, a saia fazendo volume. Estava vestida de amarelo. Como uma margarida florescendo no cobertor azul-claro.

— O que está fazendo?

— Me entregando a um pouco de nostalgia — respondeu Phoebe. Ela gesticulou para que ele se aproximasse. — Venha ver. Eu era tão fofa.

Silas foi até lá obedientemente. Quando olhou para a foto que ela estava segurando, viu uma página em preto e branco na qual havia uma Phoebe bem mais nova, vestindo uma camisola enorme e com a grama do jardim batendo nos joelhos.

Um sorriso surgiu em seu rosto.

— Eu me lembro de quando você era assim.

— Lembra? — Phoebe se aproximou mais da foto. — Minhas bochechas eram tão gordinhas.

— Como devem ser em uma garota de 6 anos. — Silas deu uma olhada no resto dos álbuns ao seu redor. Muitos estavam abertos em imagens dos pais dela. Cada uma continha pequenas descrições abaixo. Os locais e anos em que foram tiradas. — De onde veio tudo isso?

Phoebe deu de ombros. Ela colocou na cama o álbum que estava segurando e pegou outro.

— Do escritório do meu pai. Como ele já escondeu tanto de mim, imaginei que eu podia muito bem dar uma olhada no que falta. Minha mãe fez o favor de anotar todas as informações de que preciso. Os primeiros passos de Oliver. O primeiro dente de Orion. O primeiro vômito de Phoebe.

Silas fez uma careta.

Os olhos de Phoebe se levantaram, os lábios se curvando.

— A última parte foi uma piada.

— Espero mesmo que sim.

Em Londres, Silas costumava passar horas a fio tendo as conversas mais fúteis com Orion. Sentavam-se no escritório ao mais tardar da noite, as cabeças inclinadas para o teto, os livros abertos com a desculpa de terminarem as tarefas. Sua amizade inabalável com Orion foi o que o manteve são. Orion falava sobre a família. Silas falava sobre a sua própria. A diferença, infelizmente, era que Silas sentia cada vez mais saudades da sua com o passar dos anos, mas Orion começara a notar que algo não estava certo com a dele.

Enquanto Phoebe continuava a folhear as fotografias, Silas escolheu um álbum aleatório. Abriu-o em uma foto de casamento: a Senhora Hong, vestida com um *qipao* vermelho de noiva.

— Minha mãe não é como a sua — dissera Orion certa vez. As estrelas brilhavam forte naquela noite. Era fácil encontrar as constelações. — Ela se importa comigo como se houvesse um propósito final. Como se eu não pudesse falhar, senão uma pontuação será marcada contra mim em um quadro que não consigo ver.

— Tenho certeza de que está imaginando — respondera Silas. — Faz mais sentido que seja isso, e não uma realidade.

Orion havia murmurado.

— Acho que tem razão — concordou simplesmente.

— Qual é essa? — perguntou Phoebe no presente.

— Uma da sua mãe — respondeu Silas. — É um pouco estranho que ela tenha a sua idade nesta foto. Sinto que não consigo olhar diretamente para ela.

Phoebe abriu um sorriso largo.

— Não fique com vergonha. A beleza é coisa de família.

Ele se esforçou para não enrubescer. Falhou. Bufando, Silas seguiu folheando o álbum e avançou até uma foto da Senhora Hong com uma criança no colo. Não era Oliver. Estava escrito 1909 embaixo. Tinha de ser Orion.

Com o passar dos anos, Silas havia se perguntado se talvez não fosse por Orion que estava apaixonado. Talvez Phoebe fosse apenas uma substituta até que Silas conseguisse digerir as minúcias de cada sentimento que o habitava. Ele certamente se preocupava o suficiente com o melhor amigo para garantir o bem-estar de sua saúde, felicidade e de seus sentimentos. Faria mais sentido, já que ele sabia tudo o que se podia saber sobre Orion. Phoebe, por outro lado... bem, ele também sabia bastante sobre ela, mas sempre havia *algo* a seu respeito que parecia um pouco mais difícil de se alcançar.

Porém, quanto mais refletia sobre essa possibilidade, mais ele sabia que não era a verdade. Por mais que tivesse a capacidade de se apaixonar por Orion — apesar do fato de ele ser uma maldita peste —, sua atitude em relação ao amigo era aquela de uma família. Queria lhe oferecer ajuda até o fim dos tempos. Via Orion como uma de suas pessoas favoritas, aquela que aplacava o poço vazio que se abria dentro de Silas de vez em quando.

Uma mão se fechou em seu cotovelo. Silas sobressaltou-se, assustado, mas Phoebe nem reagiu ao seu pulo constrangedor, mais preocupada em se aproximar para ver a foto na qual ele havia aberto.

— O que é *isso*?

Orion não era Phoebe. Orion era um alívio.

Phoebe era... Ele nem sabia como descrevê-la. Uma supernova em eterna expansão. Um furacão que alterava mundos e os refazia.

— Acho que é seu irmão quando era criança.

Ela pegou a fotografia. Um dos cantos estava borrado graças a um movimento realizado na hora do registro, porque mesmo que a família Hong tivesse dinheiro para ter uma câmera a fim de registrar essas imagens, não era fácil congelar o mundo móvel em um filme, especialmente uma criança que está chutando.

Phoebe permaneceu quieta por um momento. Parecia ter percebido algo — só ficava em silêncio assim quando havia alguma coisa que não queria dizer em voz alta. Do lado de fora, no corredor, Ah Dou fazia barulho ao caminhar de um lado para o outro, passando pano no chão.

— Phoebe — chamou Silas. O nome dela parecia ilícito em sua língua quando ele o pronunciava em inglês. — O que foi?

Ela levantou a cabeça de súbito. Os aneizinhos em seu cabelo se moveram por seus ombros.

— Só estou pensando que queria poder mostrar isso a ele — respondeu ela.

Phoebe deixou o álbum se fechar sobre o colo, as páginas se unindo uma após a outra. Ela levantou o joelho e o álbum se juntou ao restante espalhado em sua cama.

Silas pensou em Sacerdote novamente. Se pelo menos conseguisse *encontrá-la*, então poderiam ajudar Orion, e Phoebe não estaria sentada assim, triste.

— Pode mostrar quando ele voltar.

— Cuidado — respondeu Phoebe. Ela cutucou seu braço, e ele sentiu o toque percorrer desde seu cotovelo até a coluna. — Não faça promessas que não pode cumprir.

Um *tap-tap-tap* veio da janela. Quando Silas se virou para olhar, encontrou um galho de árvore batendo contra o vidro, e a camada de gelo que cobria a casca aguçava o som. Ele foi até lá no mesmo instante, assumindo a responsabilidade de abrir a janela e arrancar o galho, jogando o pedaço quebrado nos jardins. Phoebe estava certa. Não havia sentido em fazer promessas vazias. Ou em ficar desejando algo como se fosse se tornar realidade.

— Quer vir comigo? — perguntou Silas de repente, fechando a janela. — Tenho uma pista.

Phoebe ficou de joelhos.

— Como assim?

— De Sacerdote. — Silas sentiu a necessidade de se apressar a explicar. Phoebe não gostava de sua caçada a Sacerdote, porque achava que ele estava perdendo tempo. Ela não parecia entender o quanto ele estava *perto* de encontrar respostas. Ele podia praticamente ver o horizonte ao seu alcance, só precisava se esforçar ao máximo para chegar lá. — Na noite passada, ouvi todas as fitas que tenho dela. Duas vezes. Finalmente consegui uma informação.

— Silas…

— Não, é sério, é promissor. — Ele colocou a mão no bolso rapidamente, tirando um dos rabiscos que havia feito. — Em uma das fitas mais recentes, ouvi uma interrupção breve ao fundo. Não consegui descobrir o que era, até ouvir de novo e perceber uma música.

Apesar de Phoebe pegar o papel rasurado, não aparentou estar muito impressionada com a lista.

— Sacerdote grava todas as suas mensagens em uma estação de rádio — concluiu Silas. — Alguém abriu uma porta na hora errada. Ou na hora certa, suponho. Se ela precisa ir a uma locação para usar o equipamento, alguém deve tê-la visto. Alguém real, com quem posso falar e arrancar informações.

— E já pensou em como parecerá suspeito quando você começar a ir em todas as estações de rádio e perguntar se viram uma assassina? — respondeu Phoebe. Devolveu o papel para as mãos dele. — Já parou para pensar que a estação inteira provavelmente é um esconderijo dos Comunistas? E que assim que enfiar o nariz lá e ela ficar sabendo, o fato de que você é um espião será exposto? Meu *Deus*, Silas, use a cabeça.

Silas recuou.

A expressão de Phoebe cedeu.

— Espere, desculpe, eu não quis…

— Eu tenho outra ideia — interrompeu ele. — Mas não tenho certeza se vai querer ouvir.

Houve um instante em que o tempo ficou suspenso, quando Silas quase teve esperanças de que Phoebe ficaria entusiasmada, um segundo prolongado em que a maré poderia ter seguido qualquer direção, e ele talvez ganhasse a Phoebe que aceitava qualquer plano maluco deles. Mas quando ela simplesmente suspirou,

Silas recebeu sua resposta. Muito bem, Phoebe considerava seu trabalho inútil. Porém, ele depositava suas esperanças nele. Talvez ela acreditasse quando ele trouxesse provas de seu progresso.

— Silas…

— Tenho que ir. — Ele se virou. Não sabia que era capaz de fazer isso com Phoebe até fazê-lo. — Te vejo amanhã?

Antes que Phoebe conseguisse responder, Silas se apressou até a saída. Não importava o quanto parecesse tolo, ele estava decidido a colocar os próximos passos em ação.

Phoebe tirou o telefone do gancho. Esperou alguém atender.

— É Sacerdote — disse, apertando a ponte do nariz. — Fechem a operação na Mei Tons e abandonem o local imediatamente. O Kuomintang nos descobriu.

14

No meio da noite, um telefone diferente ecoa em meio à base improvisada. Enquanto um alerta ressoou apenas dentro da cidade, mais cedo naquele dia, este se alonga para fora dela, transmitido por um reprodutor mais estranho e contendo uma premonição. O *ring ring* ecoa e estala, cada segundo pulsante preenchido pela estática, cada palavra iminente rastejando por debaixo das fronteiras de Xangai em vez de por cima, escondendo-se de olhares curiosos.

— Alô?

A traidora atende. Ela usa o inglês, já que podem ser líderes militares na linha de comando, conferindo o progresso da mistura. Ao menos o plano deles está se saindo melhor do que o estado penoso que enfrentam na Manchúria. As montanhas protegem seus movimentos ao sul; as montanhas vigiam sua velocidade frenética, vestindo a milícia com fantasias de faz de conta, armando-os com equipamentos cuja necessidade ela detesta, porque já *deveria* ter lhes dado algo melhor a esse ponto.

— Tenho um negócio a te oferecer — diz a voz do outro lado, sem desperdiçar nem um segundo.

Ela escuta.

Cinco minutos depois, desliga.

É assim que se encontra quando o senhor Akiyama entra pela porta. Ele faz as rondas a esta hora, desejando ver os relatórios de progresso antes de se retirar para dormir. Avançarão novamente amanhã, o mais cedo possível. As sombras das montanhas são hostis para traidores, e cada segundo passado aqui é mais um em que o gelo queima seus dedos e murmura insultos por sua coluna.

— Tenho que deixar meu filho ir — anuncia ela com franqueza.

O senhor Akiyama franze o cenho.

— Não entendi.

— Ele não tem mais utilidade aqui. Há outro propósito para ele, assim poderemos conseguir algo melhor em troca. Isso aceleraria meus experimentos drasticamente.

— Ainda não entendi qual é o problema. Deixe-o ir, então.

— O problema é que ele é meu *filho*. Não quero deixá-lo ir. — Há um tremor em sua voz. Uma demonstração rara de emoção. — Ele deveria viajar comigo. Ao meu lado.

O senhor Akiyama balança a cabeça. Ele pega a caixa remanescente na base militar temporária, conferindo pela última vez se não deixaram nada para trás. Não podem perder tempo quando a aurora chegar. As acomodações são sempre temporárias. Até começarem a invasão de verdade, não podem ser vigiados pelas forças governamentais daquele país. Seria muito complicado.

— Deixe-o ir — aconselha ele outra vez, já do lado de fora da porta quando acrescenta: — E não se esqueça: a senhora é uma cientista, não uma mãe.

As montanhas se atêm àquelas palavras como se fossem ouro. Suas sombras se apressam, rindo, agigantando-se sobre a traidora e gargalhando de suas tragédias. *Vê o que testemunhamos?*, perguntam. *Não vê como jogamos sujo?*

Ela pega a bolsa a fim de partir. O arrependimento é um sentimento reservado para os fracos. Não há necessidade dele por aqui.

15

Pelo menos, seguir em direção ao sul significava que passariam menos frio.

Rosalind soprou as mãos sem luvas, tentando espalhar calor pelos dedos congelados. Optara por sair sem aquela camada extra de roupas, pois a imagem saía melhor nas fotografias. Ainda assim, mesmo sendo possível aguentar a temperatura, sentia dor toda vez que o vento a atingia.

— Estamos nos posicionando em volta do perímetro — disse Jiemin ao seu lado, as mãos atrás das costas.

Também não usava luvas, mas o frio não parecia incomodá-lo. Havia uma escuta em volta de sua orelha, a qual ele dava uma batidinha sempre que tentava se comunicar com outros soldados. A julgar pela quantidade de vezes que Jiemin balançara aquela coisa, Rosalind suspeitava que os Nacionalistas não possuíam uma tecnologia experimental muito boa. Era mais fácil gritarem através dos jardins da casa de chá.

Mas pensando bem, Rosalind supunha que aquilo não seria muito eficaz se os soldados vissem algo suspeito na multidão e precisassem emitir um alerta.

— Certo — disse Rosalind.

Jiemin lançou-lhe um olhar de desconfiança.

— E sem sair correndo dessa vez. Tive uma trabalheira para convencer os repórteres a não te descreverem como uma lunática.

— Devia tê-los deixado fazer isso.

— O alto-comando não teria gostado.

— Ninguém pensou em agradá-*los* quando...

O olhar de alerta de Jiemin se intensificou. Rosalind se interrompeu, mordendo a língua. Ele já estava distraído com a escuta de qualquer forma, prestando atenção por um instante, até que se virou e disse:

— Então confira os uniformes. Os nossos são...

Ele marchou na direção oposta, a voz tornando-se distante. Enquanto isso, Rosalind permaneceu onde estava, alisando a manga do casaco. Ela esfregou uma das mãos na outra novamente. O clima melhoraria quando deixassem os arredores de Suzhou, onde haveria menos corpos d'água trazendo uma frieza úmida pelo ar. Talvez também fosse necessário sugerir que passassem a fazer essas entrevistas durante o dia, e não no fim da tarde. O pôr do sol estava iminente, o céu pintado de laranja e rosa.

— Estamos prontos para recebê-la, Dama do Destino.

O homem no palco gesticulou para que ela subisse. Rosalind mal conseguiu reprimir a careta, abrindo um sorriso no lugar.

Destino. É só Destino... meu Deus, de onde essa Dama *surgiu?*

— Obrigada — disse Rosalind. Ela subiu no pódio. O público chegava até os limites dos jardins, amontoados na calçada. Sinos dos ventos retiniam na casa de chá atrás dela. Uma câmera disparou na primeira fileira. — Espero...

Rosalind parou de repente, o olhar se demorando em um ponto da plateia. Jiemin deve ter pensado que ela causaria outra cena, pois acenou de onde estava, gesticulando para que continuasse.

Será que ninguém viu o objeto metálico que rolava aos pés deles?

Rosalind subiu na ponta dos pés, tentando discernir que forma tinha. O objeto parou no meio do público. Mesmo assim, ninguém se moveu, a atenção fixa na imagem à frente deles: ela, no palco.

Aquilo parecia uma maldita granada.

Ela se jogou na direção do microfone.

— *Todos se afastem...*

O mundo se transformou em fumaça.

Rosalind se engasgou com a própria respiração. Por instinto, colocou um braço na frente do rosto enquanto recuava, assustada com o barulho. Não foi fogo o que irrompeu da granada, e sim nuvens opacas, encobrindo todo o seu entorno de uma vez só e impossibilitando que visse além das próprias mãos. Com raiva, tentou afastar a fumaça. O povo estava gritando — de medo, não de dor, mas era difícil distinguir.

— Lang Shalin! Vamos recuar!

Era a voz de Jiemin. Ela não fazia ideia de onde ele estava.

— Recuar do *quê?* — gritou Rosalind de volta.

Sentiu sua garganta arranhar com a tosse. Se os Comunistas estavam por trás daquilo, era algo completamente diferente do estilo normal de ataque do partido inimigo. *Bombas de fumaça?*

Uma rajada de vento soprou, desobstruindo algumas partes dos jardins por um instante. A turnê só havia trazido cerca de dez soldados, que aguardavam no perímetro por segurança. Agora parecia haver mais de vinte.

E estavam lutando uns contra os outros.

De repente, Rosalind se abaixou atrás do pódio para se proteger. Permitiu-se uma brecha mínima para que pudesse enxergar. A fumaça estava baixa, irritando seu nariz.

Aqueles não são nossos soldados, pensou. Cada parte dessa descoberta flutuou ao seu alcance mais devagar, da mesma forma que sonhos diminuem a velocidade da corrida de uma pessoa. Então, de repente, a única conclusão possível surgiu de uma só vez, como se ela tivesse acordado subitamente e estivesse correndo feito louca.

Havia soldados fantasiados no local. O que significava...

Quando Orion surgiu em meio à fumaça, tinha uma faca nas mãos.

Merde...

Ela segurou o pódio com mais força, os nós dos dedos ficando brancos. A mãe dele vinha logo atrás, os ombros eretos e o casaco branco esvoaçando ao vento. Naquele momento, a semelhança dos dois não poderia ser mais clara. Talvez fossem suas expressões: o rosto determinado da Senhora Hong e o olhar vazio de Orion. Talvez fosse a sincronia daquela aparição, ambos surgindo em meio à fumaça como deuses nascidos do caos.

Rosalind não conseguiu se mover. Havia planejado seus passos, embebido cada um de seus grampos com sedativo e se preparado para capturar Orion quando ele chegasse. Mas agora, com ele à sua frente, permaneceu paralisada atrás do pódio.

Ele vestia um uniforme do Kuomintang. As mangas eram esquisitas. Os distintivos, falsos. Mesmo que o disfarce enganasse alguém, aquele olhar vazio certamente o denunciaria.

Um soldado avançou em Orion. Ele esfaqueou o combatente e o jogou de lado como se não fosse nada. O sangue escorreu e formou uma poça na grama. Transformou o verde num vermelho brilhante. Enquanto a fumaça se dissipava em pequenas quantidades a cada rajada de vento, ainda havia opacidade o suficiente para causar confusão, fazendo com que distâncias curtas parecessem longas, e distâncias longas parecessem curtas.

Orion deu três passos à frente. Examinou os jardins.

Quando avistou Rosalind, o coração dela foi parar na boca do estômago. Ela não tinha medo *dele*, mas tinha pavor de não conseguir recuperá-lo, de que ele tivesse sido levado para muito longe, a ponto de não ser mais possível alcançá-lo. Em seus planos, imaginara que resgatar Orion seria tão simples quanto encará-lo nos olhos e convencê-lo a partir com ela.

A julgar pelas circunstâncias presentes, aquilo provavelmente não aconteceria.

— Certo, certo — murmurou Rosalind. — Você já conseguiu fazê-lo te ouvir uma vez. Vai conseguir de novo... *Meu Deus!*

O último grito veio quando Orion pulou no palco subitamente. Em um momento, ele mantinha uma distância considerável e, no seguinte, sua mão se fechava no ombro dela. De repente, o palco parecia estar a quilômetros de distância, engolido por nuvens de fumaça e escondido atrás de céus acinzentados.

Por dentro, Rosalind sabia que aquele era um momento perigoso. Ele podia destruí-la. *Estava* em posição de ataque, mas o coração ferido dela só conseguia repetir: *Ah, ele está aqui.*

Ah, ele está... prestes a esfaqueá-la.

Rosalind arfou, libertando o ombro das mãos dele e evitando o corte de sua lâmina por um fio. Quando inspirou, sentiu um cheiro acre no ar, como se estivessem queimando borracha perto dali. Antes que pudesse pensar demais nas circunstâncias em que se encontrava, chutou os tornozelos de Orion para que caísse. Ele só cambaleou por um momento. Mesmo assim, foi o suficiente para que Rosalind rolasse pelo chão e se afastasse, parando no fim do palco e se levantando. A fumaça atingiu seus olhos em cheio. Pensou ter escutado Jiemin gritar seu nome.

Rosalind estendeu uma das mãos, como se fosse ser o suficiente para afastar Orion.

— Sei que não se lembra de nada — começou ela com cuidado, a voz rouca. — Sei que tudo isso deve ser muito confuso.

Algo transpareceu na expressão de Orion. Algo que sumiu tão rápido quanto surgiu.

— Onde está o frasco? — perguntou ele.

— Me escuta. — Rosalind recuou, equilibrando-se bem na beirada do palco. Os olhos dela foram para a esquerda, mantendo a mãe dele em seu campo de visão. A Senhora Hong observava a cena. Não havia outros soldados por perto. — Orion, me escuta.

— Pare de me chamar assim.

Rosalind congelou. Havia uma raiva misturada àquela ordem — ou melhor, uma raiva que dava voz à frustração, afiando suas palavras e tirando-as daquele tom monótono.

Certo. Ela podia usar aquilo.

Orion avançou e Rosalind fingiu ficar parada antes de pular para a esquerda, deixando a lâmina sibilar no ar. Quando o metal capturou a luz, refletiu um roxo fraco.

— É o seu nome. — Ela arfou. — Orion. Hong Liwen.

A lâmina girou novamente. Desta vez, Rosalind não foi rápida o suficiente. Sentiu o contato da faca abrindo um corte superficial na maçã de seu rosto.

— Me dê — exigiu Orion — o frasco.

Sua bochecha ardia horrores. Uma gota vermelha começou a escorrer em câmera lenta por seu rosto, como uma lágrima da cor errada. Quando levantou a mão para limpá-la, o sangue estava grudento em sua mão.

A lágrima crescia cada vez mais. É claro. Aquele brilho arroxeado na lâmina era veneno. A Senhora Hong era esperta o suficiente para não chegar com uma arma qualquer — precisava ser algo que realmente funcionasse nela.

Em seu golpe seguinte, Orion atacou para cima, a lâmina arqueando a partir da axila. Em vez de se afastar, Rosalind segurou o pulso dele com toda a sua força, evitando por pouco ser atingida no peito. Antes que ele pudesse se recuperar e empurrá-la com mais força, ela o chutou, o salto do sapato retinindo ao bater em uma das insígnias de seu uniforme.

O chute não pareceu afetá-lo muito. De qualquer forma, era apenas uma distração para que Rosalind pudesse agarrar um punhado de seu cabelo e se jogar em cima de seus ombros, apertando sua garganta com o braço.

— Sabe quem eu sou? — questionou ela. — Você me chamava de Rosalind. Disse que queria me chamar de Rosalind.

Orion a jogou de cima do próprio corpo.

Mesmo que Rosalind pudesse ter rolado no chão para absorver o impacto, o choque foi tão grande que ela caiu de cara, mal conseguindo colocar os cotovelos na frente do rosto para proteger o nariz antes de atingir o palco. Ela arfou. Tudo bem. Talvez provocá-lo não estivesse funcionando.

— Você não é ninguém.

— *Como é que é?* — Uma onda irracional de raiva anulou a dor do baque. — Eu sou sua *esposa*.

A faca surgiu novamente. Orion tentou esfaqueá-la. Rosalind segurou seu pulso outra vez, mas apenas depois da ponta da lâmina ter perfurado sua garganta. Permaneceram naquele impasse por três, cinco, dez segundos. Ela podia sentir a pulsação dele martelando onde sua pele fazia contato com a dela, latejando com tanta rapidez que ela não conseguia diferenciá-la de um grito de guerra contínuo.

A força total de Rosalind estava prestes a se esgotar. O pequeno rastro de sangue que já escorria da ponta da faca não estancaria tão cedo. A Senhora Hong havia feito o mesmo com as balas que atirara em Rosalind no Armazém 34, provavelmente usara o mesmo veneno. Um ferimento letal daquela faca a mataria. Ela não se curaria.

— Orion, me escute. — Rosalind arquejou. — É impossível que já esteja tão perdido. Seja lá em que te forçaram a acreditar, ainda dá para acordar. Orion, *por favor*.

Um arrepio percorreu sua coluna. Suas palavras saíram trêmulas. Ela estava tentando convencer a si mesma tanto quanto a ele: aquilo não podia ser permanente. *Não podia*.

A mão de Rosalind enfraqueceu. Embora o passo seguinte seria que Orion mergulhasse a faca exatamente onde estava posicionada, bem no meio da garganta dela, a mão dele de repente guinou para o lado, um vislumbre de hesitação tomando conta de sua expressão. A lâmina se enterrou... mas em seu ombro.

Antes que ele pudesse arrancá-la e tentar de novo, um saco apareceu em volta de sua cabeça.

Celia não conseguia ver nada em meio à fumaça.

Tossiu fracamente onde estava, à espreita, afastando os fios de fumaça do rosto. A maior parte do caos acontecia nos jardins da casa de chá, e Celia havia se posto em um dos cantos para evitar ser avistada. Estavam preparados. Estiveram preparados em todas as paradas pelas quais passaram — simplesmente ocorreu que, finalmente, o caos irrompera.

— Meu Deus — murmurou Celia.

A Senhora Hong havia mesmo aparecido? A gritaria sugeria que sim. Assim como a bomba de fumaça que rolou pelo chão e interrompeu o evento de Rosalind, obscurecendo a tarde alaranjada e transformando tudo num nevoeiro impenetrável.

Celia avançou, virando a esquina. Oliver estava localizado no segundo andar do prédio ao lado da casa de chá. Havia uma escada que descia pela janela e uma rota de fuga rápida para os jardins, no caso de um ataque. Ele era a distração, e ela, a agente que deveria improvisar a melhor maneira de capturar o alvo e roubá-lo de seus dois adversários. Não havia como bolar um plano mais específico. Seguiriam a maré.

Celia se engasgou com uma tosse. Mas como capturaria o irmão de Oliver em meio a tudo *aquilo*?

— Onde diabos você se meteu? — sibilou em voz alta.

Pelo canto do olho, viu um movimento alguns passos à sua frente. Sem tempo a perder, Celia recuou, o ombro batendo em uma árvore que poderia ser usada como esconderijo. Não havia sinal de Orion Hong, mas aquele *era* um uniforme verdadeiro. Quando a figura nas fumaças gritou, levantando os braços e dizendo para os soldados avançarem, Celia o identificou como o novo treinador de Rosalind.

Merda. Ela colocou a mão na manga da blusa e tirou uma faca, só por precaução. Lin Jiemin — eles enviaram uma pasta contendo informações sobre ele, detalhando desde sua educação militar precoce até a transição para o serviço secreto. Celia analisou a cena novamente, esperando por outra rajada de vento. Um barulho alto veio do lado norte dos jardins. E então um grito.

Rosalind.

Jiemin avançou.

— Lang Shalin! — berrou ele. — Você me escutou? Recuar! Agora!

Espere, espere...

— Querida. — Bem quando ia se mexer, uma mão se fechou em seu ombro, uma leve respiração roçando sua orelha. Apenas pressentiu que era Oliver, pois ele estava a uma velocidade muito rápida para que pudesse confirmar. Ele a segurou somente a tempo de conseguir sibilar: — *Orion está com ela. Vá pegá-lo* — antes de voltar a se mover.

Ela se virou imediatamente, misturando-se ainda mais à fumaça. Um grupo de soldados estava perseguindo Oliver, sendo levados para longe.

Mas Jiemin ainda estava indo na direção certa.

Celia tirou o casaco. Depois o chapéu.

— Jiemin! — gritou ela em meio à fumaça. O cabelo se desenrolou em suas costas, meio preso e meio solto.

Celia havia pensado no plano deles dezenas de vezes. Na verdade, na maior parte do tempo que passaram na estrada, ela ficou calculando como diabos deteria alguém que fora transformado num super-humano, como poderia pegá-lo desprevenido, a não ser atirando nele até que caísse.

Um movimento surgiu à frente. Jiemin se virou, confuso, tentando localizar o que soava como outra Rosalind.

Celia não contara essa parte para Oliver. Sabia que ele faria a pergunta à qual não queria responder: se ela estava de fato melhorando o plano deles ou planejando ajudar Rosalind indiretamente. Se estava mesmo trabalhando com o objetivo final de assegurar um recurso para eles, ou se sua única preocupação era garantir que os soldados não machucassem sua irmã.

Celia levantou a gola do *qipao*.

— Estou aqui! — gritou para Jiemin, recuando. — Estou aqui!

16

Rosalind arquejou em busca de ar, jogando-se de lado. Meio segundo: foi o tempo que se permitiu parar, antes de se levantar com esforço, a mão estancando o sangue que escorria do ombro.

A alguns passos de distância, Orion se desvencilhou de quem o havia atacado e retirou o saco da cabeça. Alisa estremeceu quando caiu de costas no chão, rolando para sair do caminho.

— Alisa, vá embora! — ordenou Rosalind de imediato. — É perigoso.

— Sim, eu *sei* — disse Alisa, a voz cheia de rebeldia. — É por isso que cheguei para te ajudar.

— *Alisa.*

Orion, no estado hostil em que se encontrava, olhou de uma para a outra. Assim que digerisse a intromissão, atacaria novamente. O ombro de Rosalind não estava se curando. Cada segundo que ela desperdiçava, era outro gorgolejo de sangue que corria até a superfície envenenada e vazava por seu braço. Também não podia retirar a lâmina, porque mantê-la ali era o que estancava a maior parte do fluxo sanguíneo.

— Acha que consegue vencer esta briga? — sibilou Alisa. — Estava a dois segundos de ser esfaqueada bem na…

Clique. A atenção de Rosalind se voltou para a fumaça. Não tinha se esquecido de que a Senhora Hong esperava ali, mas estava torcendo para que alguém começasse a lutar com ela ou que a levasse para longe. Em vez disso, a mãe de Orion estava calma, ao lado de uma cadeira de jardim virada, apontando uma arma com o gatilho destravado. Pelo jeito, estava ficando cansada da discussão.

— *Allez* — disse a Orion.

Ande logo.

Orion começou a andar. O ombro de Rosalind latejou.

— *Arrêtez* — retrucou Alisa, colocando a mão dentro da manga. Não estava falando com Orion. Havia se virado para a Senhora Hong. — É isso o que procura?

Quando Alisa pegou o frasco, seu líquido verde fluorescente praticamente brilhava com a promessa de seu poder. O crepúsculo que caía acariciou o vidro, roçou em sua excentricidade e se afastou.

Uma onda de confusão tomou a expressão de Orion. Enquanto isso, a Senhora Hong abaixou a arma. Aquele era o único frasco restante de seus experimentos finais: uma mistura da imortalidade de Rosalind com a força de Orion. Aquele que Orion, sob o efeito da lavagem cerebral, havia testado por toda a cidade até chegarem à fórmula final. Aquele que Rosalind havia dado para que Alisa protegesse no caso de ser útil para reverter o que quer que tenha sido feito com Orion. Antes, Rosalind ainda tinha esperanças de que poderiam retirar a força dele, fazer com que fosse uma pessoa qualquer andando pelas ruas sem o poder de alterar o destino de uma guerra. Agora, a memória dele era um assunto totalmente diferente, e tendo ou não o frasco, por onde deveriam começar?

— Alisa, não — sussurrou Rosalind. Devagar, estendeu a mão para seu cabelo e retirou um grampo. — Não será o suficiente para ela.

Uma série de tiros ecoou pelos jardins. A fumaça, porém, ainda se provava espessa demais para se atirar com precisão, então os sons desapareciam pouco antes de atingirem o lado em que estavam.

— É para isso que veio, não é? — continuou Alisa. — Ou não teria sido tão rápida.

A expressão da Senhora Hong se tornou fria. Rosalind estava prestando mais atenção em Orion, cujo olhar estava fixo no frasco. Ele havia recebido ordens para pegá-lo. Agora, aquela que lhe dera tal comando também estava aguardando. Mesmo com o estado mental alterado, Rosalind achava que conseguia interpretá-lo: ele não sabia o que fazer.

— Senhorita Montagova — disse a Senhora Hong —, me dê isso. Se eu tiver que forçá-la a me entregar, não vai gostar das consequências.

Desta vez, Alisa não retrucou. Virou-se um pouco para a direita e seus olhos encontraram os de Rosalind. *Desculpe, Janie,* disse, apenas movendo a boca. Então, ordenou:

— Pegue ele.

Rosalind recuou.

— O quê?

Alisa jogou o frasco no chão. O vidro rachou ao meio, partindo o frasco exatamente em dois e derramando a mistura. Apesar de a fumaça girar ao redor deles, o ar estava claro o suficiente para que vissem o líquido verde penetrar a grama e desaparecer no solo marrom.

Por um momento, Rosalind só conseguiu ficar boquiaberta de tanto choque, sem conseguir acreditar que Alisa havia destruído a principal isca delas. Estava tudo perdido. O que usariam para atraí-lo agora?

Pegue ele.

Mas se ela fosse rápida o bastante, não precisariam de outras iscas.

Rosalind atacou antes que sua chance desaparecesse. O grampo estava frio em sua mão. Sabia que seria necessário se abaixar para evitar a defensiva imediata de Orion; sabia que precisava fingir que iria para a esquerda, um dos braços surgindo atrás dele e envolvendo seu pescoço.

O momento para gentilezas havia passado.

— Boa noite — murmurou.

Ela enfiou o grampo em seu pescoço. Entrou com dificuldade, resistindo à sua força como se o próprio ato de ferir Orion repelisse sua mão. Antes que conseguisse terminar de golpeá-lo, ele pegou seu braço e a jogou por cima do ombro, o movimento tão rápido que Rosalind voou pelos jardins e bateu contra um tronco de árvore.

A cabeça dela girou. Suspeitava que aquele barulho horrível fora sua clavícula quebrando.

— *Por ali!*

Rosalind resmungou, tentando se apoiar nos cotovelos. O ombro continuava a pingar sangue. A clavícula gritava de dor enquanto um pedaço alcançava o outro, tentando se emendar. Naquele único movimento, havia sido arremessada para tão longe do palco que não conseguia mais ver além da fumaça. Apesar de sua visão estar embaçada enquanto tentava ficar de pé, o barulho ecoava bem pelos jardins, e ela ouviu o comando da Senhora Hong em alto e bom som:

— Entre em contato a respeito da troca. Aceitaremos os termos.

Uma troca?

— Por aqui! Por aqui! — Isso veio da outra direção.

Nacionalistas. Mais cedo ou mais tarde, Jiemin a encontraria, e ela precisava resolver isso antes que ele pudesse interferir. Com um gemido de dor, Rosalind conseguiu se levantar, o ombro queimando e latejando, e as bochechas coradas de esforço e ódio.

— Que tipo de veneno colocou aqui? — murmurou, apertando o ombro com força.

A clavícula parecia ter se curado. Girar o braço já não doía, mas um simples roçar da ponta do casaco incomodava a lâmina que estava em seu ombro.

Rosalind se virou. De repente, uma pessoa surgiu da fumaça, parando imediatamente à sua frente. Em choque, as duas se encararam, esperando um pouco para o caso de a cena ser uma mera ilusão.

— Não — disse Rosalind como uma forma de saudação. — Não vai roubá-lo.

Celia ficou embasbacada.

— Acalme-se. Não é isso que estou fazendo. — Ela gesticulou para o ombro de Rosalind. — Quer que eu tire a faca?

Rosalind balançou a cabeça.

— Está envenenada. Se tirar, vou sangrar até a morte.

— Vai ter que levar um ponto.

— Ah, mas é *claro, mèimei*... como eu pude me esquecer de dar um ponto no corte no meio da batalha?

Celia franziu o cenho para ela, e Rosalind resistiu à vontade de mostrar-lhe a língua. Estavam tendo aquela conversa enquanto, ao fundo, homens lutavam e, provavelmente, facas se chocavam na fumaça. Alguém esbarraria nelas a qualquer instante se continuassem ali.

— O que está fazendo aqui? — perguntou Rosalind.

Em vez de responder, Celia se aproximou rapidamente, puxando o casaco de Rosalind. Mal teve tempo de lançar um olhar irritado para a irmã antes de Celia começar a baixar suas mangas.

— Me dê isso.

— Como é?

Celia pegou o casaco. A confusão de Rosalind superou a desconfiança.

— Vá — disse a irmã. — Eu cuido de tudo aqui. O hospital mais próximo fica em Zhouzhuang. Te encontro lá.

Zhouzhuang. Lá estava aquele nome *novamente*.

— Como sabe que o...

Celia se virou e desapareceu.

— Espere, o que vai fazer com meu casaco? — berrou Rosalind.

Esperou um segundo. Celia não voltaria. Bufando, foi na direção do palco, os braços agora expostos em mangas curtas. Bem quando começava a se perguntar se estava indo na direção certa, Rosalind se chocou contra outra pessoa na fumaça espessa.

— Desculpa, desculpa — sibilou Alisa, esticando o braço rapidamente para ajudá-la a se equilibrar. — Venha, sei como podemos sair daqui.

— Não vou embora sem...

— Orion está desmaiado ali no chão. Seu veneno fez efeito.

— Sedativo — corrigiu Rosalind.

Seguindo para onde Alisa apontava, ela afastou a fumaça freneticamente com as mãos até conseguir chegar ao palco, xingando baixinho. Orion estava deitado de lado. Sua cabeça estirada na grama. O grampo dela ainda estava em seu ombro.

— Ah, querido — sussurrou.

Rosalind retirou o grampo. Ele não moveu nem um músculo. Se ignorasse os bramidos de guerra nos jardins, Orion pareceria bastante normal diante dela, como se aquela fosse apenas outra tarde no sofá do apartamento, folheando arquivos juntos, até ele dizer que iria apenas descansar os olhos por um minuto e cair no sono em seu colo.

— *Rosalind! Prepare-se!*

Rosalind se virou. Pensara que Alisa estava bem atrás dela, mas agora sua voz vinha de outro lugar, ecoando dentre a fumaça. Onde ela estava?

— Alisa?

E onde estava *a mãe* de Orion? Sua melhor arma havia sido largada ali, enfraquecida e sem proteção. Como ela pôde deixar que isso acontecesse?

Rosalind jogou o grampo para longe. Tirou outro do cabelo, aquele realmente coberto de veneno, apertando-o a ponto de doer. Parte da fumaça havia esvanecido o suficiente para que visse silhuetas. Algum tipo de instinto fez Rosalind ter certeza de que a Senhora Hong era uma delas, abandonando o local.

Ela hesitou. Não sabia qual plano de ação seguir. Deixar Orion ali poderia significar expô-lo ao perigo. Deixar a Senhora Hong escapar significava a derrota do próprio país.

O que eu faço?, pensou, desesperada. *O que eu faço o que eu faço o que eu faço o que eu...*

De repente, como se realmente houvesse uma voz ribombando pelos jardins, Rosalind escutou Dao Feng em seu ouvido, todos os seus treinamentos surgindo em sua mente e repetidos ao vento. Ela se lembrou dos primeiros dias de seu trabalho, dos cenários inventados por Dao Feng e do passo a passo quando conversavam sobre todas as piores possibilidades que poderiam surgir durante um assassinato, e como ela deveria se safar delas.

Ainda assim, todos aqueles ensinamentos passaram por sua mente sem se fincar, cada acontecimento incapaz de ser utilizado no presente. Em vez disso, a única lembrança que se desvencilhou das outras foi uma que nem mesmo lhe fora dita diretamente. A fala de seu antigo treinador que de repente gritou mais alto foi: *Ela vai até o fim para fazer o que é certo. Tenho muito orgulho dela.*

Rosalind avançou.

— Ei!

Alguém agarrou um punhado de seu cabelo.

— Minha nossa! — exclamou Rosalind na hora, parando de repente. — Alisa, qual é o seu problema?

— Desculpe, desculpe, entrei em pânico. — Alisa a soltou rápido. Ela examinou as mãos, fungando de desgosto, então pareceu se dar por satisfeita quando se certificou de que não se alfinetara por acidente em algum grampo envenenado. — O que está fazendo? *Vamos.*

— A Senhora Hong está prestes a escapar...

— Que escape — disse Alisa. — Seus Nacionalistas vão nos atacar, se não tirarmos Orion daqui logo. É isso o que quer?

Era o que menos queria. Com uma ofensa discreta, e infelizmente tendo que admitir que Alisa Montagova estava certa, Rosalind se abaixou para ajudar a levantar Orion, ainda inconsciente, resmungando para que Alisa a ajudasse também.

— Por aqui — instruiu Alisa quando conseguiram colocar Orion entre as duas, indicando a fumaça com a cabeça.

— O quê? — chiou Rosalind.

— Eu tenho um carro. *Vamos.*

Alisa não esperou que Rosalind terminasse de digerir o comando: puxou Orion pelo outro lado com força e começou a arrastá-los para frente. Três passos fumaça adentro revelaram um pequeno carro de passeio, o motor ligado e os pneus acima da cerca baixa do jardim, fazendo com que todo o lado norte dela caísse.

— Você passou por cima? — sibilou Rosalind.

Alisa lhe lançou um olhar irritado.

— Eu não estava enxergando *nada.*

Ela abriu a porta traseira. Em conjunto, empurraram Orion para o banco.

— Ele desmaiou pouco após lutar com você — relatou Alisa com cuidado, afastando os apoios de cabeça para conseguir mais espaço. — Ouvi a Senhora Hong dizer aos soldados para o deixarem ali. Orion, quero dizer. Era como se ela estivesse tentando abandonar a cena assim que ele falhou.

Aquilo não fazia sentido. A mãe dele deveria estar planejando algo. Assim que Alisa terminou de ajustar o banco traseiro, Rosalind também entrou e estendeu a mão para Orion, equilibrando o joelho no banco de couro. Ela pegou seu maxilar, virando-o para si. Era ele. Desde o arco de sua sobrancelha até a pinta atrás da orelha, aquele era Orion... não era um sósia feito para enganá-la. Ainda assim...

— Tem algo errado. — Rosalind engoliu em seco. — Mas podemos descobrir o que é depois.

— Que tal...?

Alisa parou de falar, inclinando a cabeça em direção a uma nova onda de gritos. Apesar de a Senhora Hong supostamente ter abandonado o local, muitos de seus soldados permaneciam lá, lutando contra o lado de Rosalind. Um tiro estourou na fumaça e ambas estremeceram. A noite estava cada vez mais escura. Era impossível ver o que a bala atingira.

— Vou com você — decidiu Rosalind com firmeza.

A prioridade dela era Orion. A questão mais importante naquele momento era tirá-lo dali.

— Tudo bem — disse Alisa, já andando. — Entre.

Rosalind se apressou para o banco de trás, o coração pulsando com uma cacofonia no peito. Enquanto isso, Alisa foi para o banco do motorista com tanta rapidez que bateu a porta com metade de seu cabelo ainda do lado de fora.

— Ai, merda. — Ela puxou o cabelo pela porta.

— Olha o palavreado.

Alisa revirou os olhos.

— Você se acha tão engraçadinha. — Ela deu a marcha à ré, depois pisou com tudo no acelerador. — Segure firme.

O carro guinchou, afastando-se dos jardins. Por um momento, pareciam estar suspensas, pairando na fumaça com aquele mesmo vazio opaco cercando-as por todos os lados. Então, Alisa resmungou mais xingamentos e deu uma guinada no volante, colocando-as na rua e subindo violentamente na calçada.

Em questão de minutos, Rosalind havia abandonado a turnê... e o Kuomintang por completo.

17

Uma floresta densa passava como um borrão pelas janelas, as árvores consumindo tudo à medida que elas adentravam a área rural. Deixaram a cena há apenas alguns instantes, e logo depois saíram da cidade, mas Rosalind não sentia que haviam escapado.

O fato de Alisa não ser… uma boa motorista, não ajudava. Na terceira vez que Rosalind foi jogada para o lado no banco traseiro, percebeu com certa convicção que Alisa, na verdade, não sabia dirigir.

— Tenho boas e más notícias — disse Rosalind, recuperando-se da lombada alta e olhando pelo para-brisa traseiro. Contanto que não batessem, supunha que não precisava se preocupar.

— Primeiro as boas — disse Alisa do banco da frente.

— Estou sangrando em um ritmo bem constante, então só devo morrer daqui a mais ou menos meia hora.

Alisa se virou de imediato. Rosalind gritou, a mão voando para segurar o banco enquanto o carro quase saía da estrada de terra. Sua vida passou diante dos olhos.

— Desculpa! — Alisa retomou o controle do volante. — Essa foi a notícia *boa*?

— A notícia ruim é que estamos sendo seguidas.

— O quê? Mas não tem nenhum carro…

Alisa semicerrou os olhos para o retrovisor. Rosalind percebeu o momento em que Alisa também os avistou: cinco, talvez seis soldados. Correndo. Deviam ter sido aprimorados pelos experimentos da Senhora Hong de um jeito ou de outro, pois seria impossível manter o ritmo do carro de outra forma. E eles estavam mantendo um ritmo bem próximo.

— Ah, só pode ser piada.

— Não acho que façam piadas. Conseguimos despistá-los?

Alisa balançou a cabeça.

— Aqui não. Só podemos seguir adiante.

As árvores eram densas demais de ambos os lados da estrada de terra. A única alternativa era também ir a pé, e definitivamente não tinham como superar a velocidades dos soldados, ainda mais com Orion desmaiado.

Rosalind se aproximou dele. Tinha medo de que ele despertasse quando tocasse seu rosto, então cada um de seus movimentos insignificantes eram cuidadosos como se estivesse lidando com um animal selvagem. Havia diversos hematomas em seu pescoço e seus ombros. Uma quantidade grande demais para que tenham sido causados por seu único grampo e, além disso, ela havia alfinetado o músculo para evitar feri-lo. Aqueles machucados eram mais antigos. Seu dedo traçou o contorno das manchas roxas, a respiração presa nos pulmões. Ela podia sentir o batimento cardíaco dele vibrando sob sua pele, suave e selvagem.

A mãe continuava a fazer experimentos nele. Foi tudo o que Rosalind conseguiu concluir em um acesso de fúria, mas que *sentido* aquilo fazia? A Senhora Hong estivera presente no local. Poderia ter dado instruções sem problemas, ordenado que seus soldados pegassem Orion assim que ele desmaiou com o sedativo. Em vez disso, desaparecera em meio à fumaça, sem deixar ninguém para lutar com Rosalind, e a maior batalha que enfrentara foi contra o Kuomintang, em uma parte totalmente diferente dos jardins. Agora havia soldados correndo atrás delas, mas por que enviar pessoas após o ocorrido? Por que deixar que elas o levassem para começo de conversa?

— O distrito mais próximo — começou Rosalind — é Zhouzhuang?

O carro deu uma freada novamente. Os olhos de Alisa se voltaram depressa para o espelho retrovisor, encontrando os de Rosalind antes que pudesse evitar. Foi rápido demais para que pudesse ter certeza, mas Rosalind podia jurar que viu surpresa na expressão de Alisa.

— Não, fica um pouco mais longe. Por quê?

— Celia disse que o hospital mais próximo fica lá.

— *Celia?*

— Ah, você não a viu na fumaça?

Alisa tirou uma das mãos do volante para apertar a ponte do nariz. Começaram a guinar para a esquerda.

— De que diabos ela está falando? Não tem nenhum hospital em Zhouzhuang.

Rosalind franziu o cenho.

— Não acho que ela esteja tentando me matar. Teve essa oportunidade durante os dezenove anos em que moramos juntas, e enquanto estivemos em partidos inimigos por cinco anos.

O carro guinou ainda mais. Percebendo que dirigia na diagonal, Alisa rapidamente ajustou o volante de novo, a atenção voltando-se para os perseguidores.

— Diga-me de uma vez — disse ela. — Precisa de atendimento médico imediato?

Rosalind hesitou.

— Não.

— Senhorita Lang.

— Não. Já disse que vou ficar bem.

Por meia hora. Isso se o veneno não a derrubasse antes.

Era como se Alisa tivesse escutado aquele acréscimo silencioso. Ela levantou a sobrancelha pelo espelho e Rosalind a encarou de volta.

— Vamos parar — decidiu Alisa. — Celia provavelmente sabe mais do que eu.

— O quê?! — exclamou Rosalind. — Irão nos alcançar assim que pararmos.

— Não vai me fazer mudar de ideia. Não vai valer de nada se acabar morta.

— Não vou morrer.

— Já *viu* o quanto está sangrando?

— *Sim*, Alisa, considerando que é meu próprio sangue, é claro que já vi

O carro ficou em silêncio. Seu tom de voz era cortante como uma lâmina, carregado com todo o pânico que havia em seu estômago. Alisa estremeceu, levantando os ombros até as orelhas. Rosalind sentiu a língua ficar grossa em sua boca.

— Espere, desculpe — apressou-se a dizer, abaixando o tom. Passara a maior parte da vida treinando para ser uma dançarina, e ainda assim parecia andar pelo mundo com pés horrendamente desastrados, pisando nos dedos de cada pessoa por quem passava. — Não quis falar assim.

— Não tem problema. — Seu tom de voz parecia realmente combinar com a resposta, esquecendo o assunto sem nenhum traço de ressentimento. — Mas precisa admitir que estou certa. Não podemos continuar dirigindo para sempre. É mais provável que fiquemos sem combustível antes desses soldados se cansarem.

Outra lombada na estrada fez o carro voar por um breve segundo. Rosalind apertou o braço de Orlon com mais força, um nó se formando na garganta. Se Jiemin estava relacionado ao bilhete de *JM*, parar em Zhouzhuang não acabaria bem. Talvez houvesse uma emboscada à espera. Ela estaria voltando diretamente para as mãos dos Nacionalistas.

Mas Alisa tinha razão — qual era a alternativa? O banco traseiro tinha um fedor metálico. Ela mantinha o ombro o mais imóvel possível, e mesmo com a lâmina estancando a ferida, o sangue fluía sem parar dos dois lados.

— Vá mais rápido — disse Rosalind. — Estão nos alcançando.

— O motor não foi feito para ir mais rápido do que isso — murmurou Alisa. Na curva adiante, ela virou com tudo à direita, então pisou com mais força no acelerador. Dessa vez, quando seu olhar se voltou para o retrovisor, ela só inspecionou os perseguidores por um momento antes de baixá-los para Orion. — Será que não seria bom amarrá-lo?

— O quê? — Rosalind fechou a mão no braço de Orion, segurando-o firme contra o balanço do carro. — Por que faríamos isso?

— Foi ele quem te esfaqueou.

— Não é necessário.

Algo havia passado por ele. Fosse uma lembrança ou não, mudara a direção de seu ataque, mesmo que ele não tenha conseguido parar completamente.

— Não vou nem fingir que entendo — murmurou Alisa. O pôr do sol havia quase desaparecido no horizonte. Ficaria escuro em alguns minutos, o que não era uma boa notícia, considerando que não havia postes de luz nas estradas rurais. — A saída para Zhouzhuang está chegando.

Rosalind se virou para investigar o para-brisa traseiro novamente.

— No momento em que pararmos, dou cerca de vinte segundos até nos alcançarem.

— Então é bom sermos rápidas. — Alisa desviou para a esquerda rapidamente. De repente, estava em uma estrada asfaltada, dirigindo em direção ao conjunto de portões de uma cidade, as luzes brilhando em sua base. — Você os mantém afastados e eu atiro.

Rosalind piscou.

— Não aprendeu luta corporal?

— Por favor, senhorita Lang. — Alisa começou a pisar no freio. — Os recursos do meu partido são escassos. Os agentes secretos vão a campo sem treinamento. Ou com quaisquer habilidades que já possuam.

— *Disso* eu sabia. — Rosalind se remexeu no assento, aproximando-se da porta para se preparar. — Só pensei que, por causa do jeito que você cresceu...

— As organizações se desfizeram quando eu tinha *13 anos*.

— Certo, certo. — O carro derrapou no cascalho, juntando-se a dois veículos estacionados em frente ao portão. — Engano meu.

Ao mesmo tempo, Rosalind e Alisa se lançaram na noite, encontrando a rajada cruel do vento. As portas bateram. Orion permaneceu lá dentro, inconsciente. Com a luz ao redor do portão, era mais difícil enxergar os movimentos que vinham das árvores, mas Rosalind sabia que eles se aproximavam.

Alisa subiu em cima do carro. A arma fez um clique quando o gatilho de segurança foi destravado.

— Lá vêm eles.

Mais rápido do que Rosalind poderia ter imaginado, os soldados chegaram.

— Espero não me arrepender disso.

Rosalind arrancou a faca do ombro para ter uma arma, então a usou no primeiro soldado que avançou nela. Virou-se para o próximo na mesma hora, seguindo em frente depois de um golpe profundo. Os tiros de Alisa soavam terrivelmente alto. Apesar de Rosalind estremecer com o receio de que chamassem a atenção dos cidadãos de Zhouzhuang, não havia tempo para pensar no assunto: três novos soldados a cercaram de uma vez. E embora Rosalind tenha mirado bem quando deu o próximo golpe, seu joelho falhou quando girou, fazendo-a perder o equilíbrio. A faca escorregou para o cascalho. Ela estava de mãos vazias.

Rosalind podia ignorar a dor, afastar o ferimento no ombro para o fundo da mente. Mas não podia ignorar a rápida perda de sangue agora que havia retirado a lâmina, a visão girando cada vez mais rápido. Manchas brancas pairavam à sua frente. Agigantavam-se.

Quando o soldado a segurou, mal teve tempo de inspirar antes de ele tentar arrastá-la. Suas ordens devem ter sido para levar os alvos vivos, ou então não haveria resistência alguma. Os soldados não estavam tentando matá-los; estavam tentando capturá-los.

— *Meu Deus.*

Rosalind chutou. Não adiantou nada. Cravou os calcanhares no chão. Ainda nada.

— Rosalind, faça alguma coisa! — gritou Alisa. Com um puxão, ela foi retirada de cima do carro e jogada no cascalho. — Estou sem munição!

— Estou — retrucou Rosalind em meio a fios de cabelo — tentando!

— Tente com mais afinco!

— Alisa, isso não ajuda em *nada*!

Rosalind finalmente se soltou, alfinetando o último grampo no pulso do soldado. Mesmo depois daquela liberdade momentânea, outro a capturou em um instante, a mão forte como ferro em seu braço. Ela chiou, contando os oponentes. Ninguém fora atrás de Orion no carro. Por que ninguém estava indo atrás de Orion no carro?

Rosalind nunca conseguiria se livrar deles. Qualquer que fosse a intenção da Senhora Hong ao enviar aqueles soldados atrás deles, seu desejo devia ter sido que Rosalind fosse capturada. Estava tudo acabado.

Então, de repente, um som de tiro irrompeu na noite. Rosalind girou rápido, ainda se debatendo em protesto, os olhos procurando Alisa. O soldado que segurava Alisa estava caído no chão, uma bala em sua testa.

— Como fez isso?

Alisa olhou para cima, assustada.

— Não fui eu.

— O quê? Quem mais...

A noite ganhou vida com movimentos agitados. Antes que Rosalind pudesse gritar de medo, outra pessoa apareceu, pulando no soldado que a segurava e cortando sua garganta. Uma mulher — vestida de preto com um tecido cobrindo seu rosto. Assim que ela começou a se mover, jogou algo para o lado, e então um homem apareceu também, pegando a faca que ela passara para ele. Ele estava vestido da mesma maneira.

E era rápido como ela, dando dois tiros para enfraquecer outro soldado antes de esfaqueá-lo na costela.

Quem são essas pessoas?

Rosalind teve dificuldade para se equilibrar. Retirou o grampo do corpo no chão para manter o último soldado afastado, mas a mulher cuidou do problema antes que ela pudesse fazer qualquer coisa. Apesar de o soldado conseguir lhe dar um soco, a mulher tirou sua atenção ao receber o ataque enquanto o homem dava o golpe final nas costas do soldado. Ele caiu.

A noite finalmente suspirou.

Os dois estranhos trocaram um olhar. Viraram-se.

Rosalind levantou a mão para apertar o ombro. No silêncio que se seguiu, ela tentava se manter alerta apesar de estar quase desmaiando, porque se o propósito daquele resgate era interceptar o alvo no carro e levá-lo com eles...

Alisa soltou um grito. Rosalind enrijeceu, mas quando Alisa avançou correndo e se jogou no estranho, ela percebeu que o som não foi de medo, e sim de completa felicidade.

— Meu Deus — disse o homem. Ele envolveu Alisa com firmeza, abraçando-a. — Meu Deus, Alisa, como você cresceu.

Ele falava russo. E sua voz soava... familiar.

Rosalind se virou lentamente para a mulher.

Merda.

Ela estava vendo fantasmas.

A mulher retirou o tecido do rosto.

— *Biǎojiě* — disse Juliette Cai com um sorriso largo. — Não está me reconhecendo?

Rosalind soltou o ombro, perdendo toda a sensação dos dedos. Antes que pudesse responder qualquer coisa, desabou no chão.

18

A fumaça estava começando a se dissipar. Celia estivera brincando por algum tempo, imitando a voz de Rosalind para fazer Jiemin andar em círculos. Apesar de estar no lado sul dos jardins, acabara de ouvir o barulho de pneus, e então os ecos altos de Nacionalistas gritando ordens uns para os outros. Alguém abandonara o local. Ou Rosalind ou a Senhora Hong haviam fugido.

Celia se encostou numa árvore, pensando em qual seria seu próximo passo. Mesmo vestindo o casaco da irmã, de perto, ela e Rosalind não se pareciam tanto assim, não da forma como Oliver era praticamente idêntico a Orion. Se fosse rápida, havia uma possibilidade de os Nacionalistas a seguirem e continuarem a pensar que, de longe, ela era Destino, dando tempo para que sua irmã fugisse. Havia abrigos naquela cidade. De acordo com o mapa que pegara durante o evento, um deles ficava ali perto. Mas então sua própria missão...

Grandes nuvens de fumaça se dissiparam com uma nova rajada de vento. Por um instante, Celia avistou Oliver à frente, preso em uma luta com soldados que pareciam Nacionalistas. Era difícil distinguir. O combate inteiro era uma briga entre soldados Nacionalistas verdadeiros e os que usavam fantasias do partido. Poderia ser qualquer um dos lados.

Celia hesitou. Não podia esperar que a fumaça se dispersasse para descobrir. Fazer isso seria uma maneira rápida de morrer.

Assim que Oliver terminou de desarmar um pequeno grupo de soldados, Celia avançou e pegou seu pulso.

— Vamos embora.

Oliver piscou duas vezes. A primeira foi de surpresa; a segunda, porque algo apareceu atrás do ombro dela.

— Abaixe — ordenou, e ela obedeceu instintivamente, indo ao chão enquanto Oliver jogava a jaqueta no soldado que corria na direção deles.

No momento em que a visão do oponente fora tapada, ele pegou o cotovelo de Celia e os retirou da tensão da batalha.

— Onde está Orion?

— Pois é, falando nisso...

A cerca estava totalmente estirada. Alguém havia entrado nos jardins com um carro, então dado à ré sem se importar se atropelaria algo. Aquelas marcas de pneu não se pareciam com as dos veículos militares que a Senhora Hong devia ter usado para invadir o local. Pareciam com a de um carro de passeio usado para fugir.

— *Por ali!* — berrou um soldado atrás deles.

Celia conteve um suspiro. Os Nacionalistas haviam praticamente limpado toda a cena em meio aos últimos fios de fumaça. O que restavam eram corpos de ambos os lados, caídos no gramado, ou soldados da Senhora Hong aprisionados. Talvez os planos do Kuomintang fosse levá-los à sua base para tentar extrair informações, mas ela duvidava que qualquer um daqueles homens tivesse alguma parte de suas mentes intacta o suficiente para dizer algo de valor.

— Corra.

Oliver não hesitou. Mas se virou para trás, confuso, dando mais uma olhada nas marcas de pneu antes de darem a volta e entrarem na rua além da casa de chá.

— Continue — disse ele, como se estivessem mantendo uma conversa educada enquanto comiam um lanchinho.

— Rosalind está com ele. — Celia bufou. Ela não tinha certeza, mas podia apostar que sim. — Considerando que seguirá minhas instruções, sei para onde estão indo.

Celia olhou para trás. Os Nacionalistas estavam organizando a perseguição muito mais rápido do que ela esperava. Primeiro precisavam resolver isso, depois poderiam se preocupar em encontrar Rosalind.

— Por aqui — disse Oliver, percebendo o mesmo e gesticulando para a esquerda.

Rapidamente, fizeram um desvio por uma rua lateral. Celia avistou uma porta que dava para um pavilhão e correu até lá, fechando a entrada atrás deles bem quando alguns soldados passavam.

— *Confirmando a informação. Espalhem-se e procurem...*

— *... os agentes Hong Lifu e Lang Selin estão no local...*

Oliver e Celia congelaram ao mesmo tempo, os olhares se encontrando em choque. Não havia motivo para já terem sido identificados. De longe, tudo o que o Kuomintang podia ver — considerando o único contexto que tinham — era Orion e Rosalind.

— Isso não faz nenhum sentido — murmurou Oliver. — Sou igualzinho ao meu irmão. Não nos viram juntos em nenhum momento. Como saberiam?

Não era só isso, estavam chamando-a de Kathleen outra vez. Durante todo o seu período como agente, havia sido identificada pelos inimigos Nacionalistas apenas como Xiliya — *Celia*, uma transliteração para o mandarim que se espalhou entre os círculos de espiões como um codinome. O tipo de espionagem que ela fazia demandava trocar de codinomes vezes demais para se ter um único identificando-a, então era natural que ela e Oliver usassem os nomes verdadeiros em campo. E já que ela nunca escolheu um novo nome em mandarim para si mesma, ficara com o ocidentalizado.

Imaginou que, agora que a identidade de Rosalind havia sido exposta ao público, as informações estavam começando a circular. O rosto da irmã estava estampado nas capas dos jornais, então era só uma questão de tempo até que Celia se juntasse a ela, até que as pessoas nos cargos mais altos da cadeia de comando dos Nacionalistas reconhecessem suas fotos e montassem o quebra-cabeças, percebendo que a Xiliya que conheciam costumava ser a Lang Selin da cidade. Acreditariam que sua verdadeira identidade era Kathleen Lang, e que Celia Lang era a identidade que adotara — quando, na verdade, era o contrário.

Mas como haviam percebido a troca entre *Rosalind* e Celia tão rápido, a não ser que já suspeitassem que Oliver e Celia apareceriam? Com certeza não fora Rosalind quem lhes dera o alerta, considerando que nem mesmo ela sabia que Celia estaria ali, então...

Celia mordeu o lábio com força demais. Sentiu o gosto metálico na boca.

— É melhor acharmos uma rota de fuga o mais rápido possível — sussurrou. — Pelo jeito, não estamos mais enganando ninguém.

Oliver semicerrou os olhos para a parede do pavilhão.

— Talvez seja melhor acharmos um abrigo primeiro. O esconderijo não é ali?

Celia seguiu o olhar dele. O prédio ficava a três casas de distância e era um pouco mais alto do que os outros edifícios da quadra. A janela voltada para o leste era visível dali, refletindo o brilho da lua baixa.

— É — respondeu Celia. Os soldados ainda gritavam perto o suficiente para as vozes ecoarem de volta, apesar de ser um som fraco. Seria uma manobra difícil, mas ela conseguia traçar o caminho exato até a casa, mesmo de seu ponto de vista inferior. — Podemos escalar até lá. Será mais discreto do que ir pela rua.

— Foi exatamente o que pensei. Vamos.

Oliver subiu no topo da parede, então estendeu a mão para baixo. Quando Celia se esforçou para fazer o mesmo, seus sapatos não a ajudaram a se equilibrar nem um pouco. Ela deu um gritinho, quase caindo de cima da parede, até que Oliver passou uma das mãos em volta de sua cintura para segurá-la.

Celia congelou. Havia recuperado o equilíbrio, mas agora estava desorientada por outro motivo.

— Você está bem?

Ela assentiu. Não confiava em si mesma o suficiente para falar. O prédio à esquerda possuía uma pequena beirada na lateral, que eles usariam para pular, e ela se concentrou nisso.

— Vá primeiro — sussurrou ele.

— Certo. — Celia se levantou, trêmula, prestando atenção nas vozes dos soldados abaixo. — Se eu cair e me espatifar no beco, não grite.

— *Não* diga isso — repreendeu Oliver.

— Tarde demais.

Sem conseguir conter um estremecimento, Celia pulou, segurando em um cano enquanto apoiava o pé na beirada. Oliver a seguiu logo depois, sem nenhum problema. Eles circularam as paredes externas, um pé em frente ao outro na beirada precária, então repetiram o processo até o próximo edifício. Aquilo devia ser uma pensão. Quando Celia se aproximou de uma janela e passou por ela, ouviu roncos do lado de dentro.

— *Ali!*

Ela congelou, a mão ainda segurando a parte de cima do caixilho da janela. O grito viera de baixo, do outro lado do prédio. Segundos depois, um tiro ecoou na noite. Ela não ousou olhar. Se tivessem sido avistados...

— *Alarme falso! Continuem!*

Ela soltou o ar. Ao seu lado. Oliver também expirou.

— Estamos quase lá — sussurrou ele. — Como vamos passar pela janela?

— Parece que só tem uma trava por dentro — respondeu, segurando-se na parede exterior novamente. O sapato dela ainda ameaçava escorregar, mas ela estava atenta, certificando-se de que cada ponto de apoio estava seguro e sem riscos de deslizar antes de apoiar seu peso. — Você tem algo fino para enfiarmos entre as vidraças?

— Eu apalparia meus bolsos, mas acho melhor não soltar a parede. — Oliver parou. — E os grampos no seu cabelo?

— Eu não uso... — Celia se calou. Estava prestes a dizer que não tinha nenhum, mas havia três grampos saindo de seu cabelo, colocados ali para imitar Rosalind. O fato de Oliver tê-los notado a surpreendeu. — Pode funcionar. Me ajuda?

O mais discretamente possível, pularam no edifício do restaurante, pairando logo abaixo da janela em que entrariam. Sons de passos se aproximavam cada vez mais, e quando ela olhou para baixo, viu um soldado inspecionando a viela. Estava de costas para eles, indo na direção oposta.

Mas era um beco sem saída. Ele se viraria assim que chegasse na parede.

— *Putain.*

— *Mon Dieu, surveille ton langage.*

— Fique vigiando — retrucou Celia. — Rápido!

Oliver a levantou rapidamente, colocando-a na altura da janela. Levou alguns segundos tateando até que Celia conseguisse enfiar o grampo, mas era curto *demais* para atingir a trava com facilidade. Ela o empurrou contra a vidraça. Levantou o grampo. Repetiu o movimento.

— Outro soldado entrou no beco...

— Consegui! — declarou Celia, a trava se abrindo. — Vamos.

Ela empurrou a janela, as dobradiças rangendo com exagero. Sua intenção era pular sobre o parapeito com destreza, mas praticamente se jogou, caindo com tudo nas tábuas do chão. Oliver também entrou, abaixando-se assim que os soldados se viraram para continuar a busca.

Alguns minutos se passaram. Parecia que haviam deixado o beco.

O esconderijo rangeu em uma saudação. A noite era um cobertor de segurança, mas também era um disfarce a mais para o perigo. Qualquer coisa poderia pegá-los desprevenidos.

Celia se apoiou no cotovelo com cuidado. Entraram em algum tipo de saleta. Havia algumas caixas empilhadas à esquerda, mas, fora isso, o espaço estava empoeirado e desocupado, dando para uma porta aberta.

— Tudo aqui deveria estar vazio — disse ela, levemente sem fôlego.

Oliver se levantou.

— Não custa nada nos certificarmos.

Entraram no corredor escuro, esperando alguma reação a cada passo que davam. O esconderijo não era grande: era uma residência desocupada acima do restaurante, então o único acesso era pelas escadas da cozinha nos fundos, que davam para o corredor. Este, então, se dividia em dois quartos, um de cada lado. Celia deu uma olhada nas escadas, escutando. Não havia portas ou barreiras separando-os do restaurante. Podia ouvir os soldados andando do lado de fora.

— Os quartos vão um pouco além do restaurante em si — comentou Oliver em voz baixa, como se conversasse mais consigo mesmo do que se tivesse a intenção de falar em voz alta.

— Talvez uma passagem secreta? — sugeriu Celia. — Para outra saída.

Não parecia haver outra saída além das escadas, a não ser que quisessem usar uma janela de novo. Oliver entrou no segundo quarto sem dizer nada. Celia foi atrás dele, deixando os olhos se ajustarem ao ambiente mais escuro. Como o luar quase não entrava pela janela pequena, mal podia distinguir o que eram as formas no canto. Até que Oliver começou a explorar, chutando as lonas que cobriam os móveis, e ouviram o clique de algo metálico.

— Humm — murmurou simplesmente.

Celia espirrou.

— Silêncio, querida.

— Desculpe — disse ela, fanha. — Espere um momento, vou enfiar algo no nariz. O que foi aquele barulho?

Oliver retirou as lonas. Uma cômoda. Um espelho. Nada que fosse minimamente útil — nenhum rádio ou telefones conectados à parede.

— Não sei bem. Ainda está ouvindo?

Ele remexeu nas lonas, tentando recriar o que fizera para causar o clique metálico. Tudo o que conseguiu foi levantar mais poeira, e Celia apertou o nariz para evitar espirrar novamente. Um rangido reverberou pelo piso. As cortinas da janela estavam dobradas em cima, um tecido de cor clara que juntava teias de aranha nas laterais.

— Não ouço nada.

Celia se aproximou mais dos móveis. A madeira barata e a tinta verde-sálvia que descascava pareciam não ter sido tocadas há anos, colocadas ali e esquecidas. Como se fossem peças decorativas de outra época e não peças verdadeiras e úteis. Celia usou o pé para cutucar o canto da base do espelho, tentando empurrá-lo contra a parede.

Ele arranhou a borda do tapete. E o clique veio de novo.

Ah.

— É o chão — disse Celia. — Tem algo embaixo do tapete.

Oliver se mexeu imediatamente, tirando os móveis de cima do tapete. Agora que os olhos de Celia haviam se acostumado com a escuridão, ela conseguia ver as estampas no tapete amarelo à medida que cada pedaço era desobstruído, as bordas chegando a ocupar metade do quarto. A beirada estava desbotada, assim como as espirais simétricas e os detalhes florais, mas ainda assim parecia algo tirado diretamente da Dinastia Qing.

Celia pegou uma ponta. Oliver segurou a outra. Embaixo, havia uma argola presa a um painel no chão, um pouco maior do que a janela pela qual entraram.

— Bem, não é uma saída. — Oliver levantou a escotilha. O espaço interior era minúsculo, provavelmente feito para guardar mantimentos. Fosse a intenção original ou não, também serviria para guardar fugitivos caso o abrigo fosse invadido. — Mas é um esconderijo.

Ele deixou o painel se fechar. A argola metálica fez mais um clique.

— Olhamos o abrigo inteiro — disse Celia. — Acho que não temos como entrar em contato com o comando central daqui.

Oliver soltou um murmúrio contemplativo. Ele foi até a janela, olhando para a rua.

— Vamos dar uma olhada no restaurante — decidiu. — Se não houver telefone... acho que podemos esperar até tudo estar limpo lá fora.

19

Algo frio roçava seu rosto. Um tecido, acompanhado de uma mão gentil que a tocava e tirava seu cabelo do caminho.

Os olhos de Rosalind se abriram. Seu corpo espasmou, então congelou, desesperado para entender onde estava. Ela estava deitada em um sofá. Os dedos tocaram um material áspero embaixo de si. Se conseguia ver um teto logo acima, então estava em uma casa, e se estava em uma casa...

Rosalind se virou a fim de olhar para o lado. Levantou os olhos daquela mão, seguindo até a pessoa à qual estava conectada. Talvez tenha desmaiado pela hemorragia mais cedo, mas, se não estivesse sangrando por conta do buraco em seu ombro, teria desmaiado de qualquer forma, de puro choque.

— Acordou mais cedo do que eu esperava — disse Juliette, concentrada em afastar uma mecha de cabelo do pescoço de Rosalind. — Não se mexa demais, dei os melhores pontos que pude, mas, segundo Roma, parece que tentei fazer uma arte abstrata no seu ombro.

Rosalind não conseguia falar. Sua prima estava morta. Havia até um túmulo com seu nome, visitado todo ano por enlutados, no aniversário de uma explosão que dizimou uma rua inteira em Zhabei.

— Obrigada — sussurrou Rosalind, porque não sabia o que mais deveria falar. Por onde começar?

Estremecendo, apoiou-se no cotovelo, olhando ao redor. Estavam em uma sala de estar, com uma lareira na parede e uma grande cornija curvando-se sobre a pedra.

— Tenho alguns antídotos por aqui, mas não consegui identificar qual veneno cobria aquela faca — continuou Juliette. — É melhor deixar que ele saia do seu sistema naturalmente, em vez de arriscarmos piorar ainda mais o ferimento. Você vai se curar quando sair, certo? Então poderemos retirar os pontos. Ah, e eu deixei a faca ali.

Quando Rosalind simplesmente a encarou em silêncio, Juliette gesticulou para a mesa na lateral da sala, onde estava a faca envenenada que mencionara, o metal limpo e brilhando. Sua prima estava conversando muito descontraidamente, como se aquela fosse só mais uma visita noturna comum. Como se Rosalind a estivesse encarando em choque porque queria um boletim médico, e não porque, da última vez em que ouvira falar dela, Juliette estava *morta*.

De repente, Rosalind se empertigou, os pontos repuxando.

— Cadê Orion?

— No quarto. Não se preocupe — respondeu Juliette imediatamente. — Ele ainda está apagado. Talvez continue assim por um tempo. Alisa está dando uma olhada nele a cada dez minutos.

Aquela era a própria definição de impossível. Juliette e Roma haviam ressurgido das cinzas. E com atos tão heroicos, num momento tão exato, que Rosalind era até capaz de acreditar que estavam aguardando...

Espere um instante.

— Você *sabia* que iríamos aparecer?

O lábio de Juliette se curvou.

— Jiemin me enviou um alerta. No momento em que você fugiu do local, ele supôs que estaria a caminho. A propósito, ele não está muito feliz com você.

Rosalind devia ter escutado errado. Jiemin — seu treinador temporário, o Nacionalista — havia entrado em contato com *Juliette* para avisar que ela estava a caminho? Mas...

— Ele é mais meu agente do que um Nacionalista — explicou Juliette ao ver a confusão em sua expressão. — Enquanto for mais leal a nós, ele recebe as informações necessárias para fazer seu trabalho principal.

— Isso é... — Rosalind não completou a frase, sem saber qual adjetivo estava procurando.

Queridos chefes, escrevera Jiemin naquele envelope endereçado a Zhouzhuang. Então, no carro, quando ela lhe perguntara sobre *JM*...

Ah. *Ah*, como não percebeu antes?

— *Posso te ajudar a recuperá-lo* — citou Rosalind. — Foi você. Já estava esperando que eu viesse te encontrar.

Juliette Montagova. De volta dos mortos e trazendo uma solução.

— Eu precisava ser vaga. Cada correspondência enviada à cidade é um risco de ser pega. — Juliette estendeu a mão, dando uma leve cutucada no pulso de Rosalind. — Mas eu sabia que você acharia o caminho até aqui.

A casa estava iluminada à luz de velas. Devia ser tarde, quase de manhã. Havia uma cozinha adjacente à esquerda, com duas sombras sentadas à mesa. Alisa e Roma Montagov, passando algo de um para o outro. Rosalind estava contornando sua descrença novamente, a incompreensão tão espessa que parecia pingar feito melaço de sua pele. Agora, ela já havia inspecionado todos os aspectos de seus arredores, então não havia outro lugar para onde olhar além de Juliette, que estava dobrando o pano que usara para limpá-la.

— *Biǎojiě* — disse Juliette depois de um tempo, interrompendo o silêncio. — Você está me olhando como se eu tivesse um terceiro braço.

Rosalind não conseguiu se impedir. O termo "*biǎojiě*" nem era mais correto.

— Porque você parece tão... velha.

As sobrancelhas de Juliette se arquearam.

— Não, espere, não foi isso o que eu quis dizer — corrigiu-se Rosalind depressa. De repente, sentiu que *ela* possuía um terceiro braço, e que ele estava se debatendo por todos os lados, causando um alarde. — É só que você está diferente, e eu não a vi ficar assim. É claro que Celia também está diferente. Eu sou a única que não está, então parece que todos mudaram drasticamente...

— Rosalind. — O tom de voz de Juliette foi gentil. Ela abaixou o pano. — Está tudo bem. Eu entendo. Vinte e quatro é praticamente a idade de aposentadoria em Xangai.

Rosalind se recostou. Ela colocou o punho sobre a testa. Primeiro, não conseguia encontrar uma palavra para falar; agora, não conseguia calar a boca. E mesmo que a prima estivesse fazendo uma piada, Rosalind se sentiu péssima.

— Eu costumava ter modos bem melhores do que esses — murmurou. Ela passou a mão pelo rosto. Antes que pudesse impedir, havia lágrimas se acumulando em seus olhos. — Mas aí você *morreu*.

— Ah, Deus... — Juliette se jogou no sofá, acomodando-se ao lado dela. Havia se trocado desde o breve encontro que tiveram do lado de fora, tirando as roupas pretas e colocando um vestido branco. Não era bem um *qipao*, da mesma forma que o de Rosalind era; o decote era maior e as mangas mais esvoaçantes. — Desculpe. Desculpe ter feito isso com você.

Rosalind enxugou os olhos. Por que sua prima estava se desculpando com *ela*? Era Rosalind quem tinha que se desculpar. Fora ela quem passara cinco anos muito longos desejando poder fazê-lo, desejando poder abrir uma porta para o além a fim de conseguir alguma chance de implorar por perdão. Talvez tenha sido isso o que a surpreendeu tanto: que durante aquele tempo todo, nem houvera *necessidade* de ir atrás do além...

— Pare com isso. — Rosalind fungou. Ela nunca fora do tipo que chorava, e agora seus olhos estavam vazando como torneiras. — Você morreu por culpa minha.

— Do que diabos está falando? — Juliette deu um empurrão nela. Ela esquecera o quanto sua prima era indelicada, e o lembrete fez com que algumas das lágrimas reaparecessem quando os pontos reclamaram. — A culpa foi minha. Quando fugimos — Juliette olhou por cima do ombro de Rosalind, encarando a cozinha —, eu sabia o que estávamos escolhendo. A nós mesmos, acima de tudo, e apesar de atitudes egoístas serem horríveis, o fiz mesmo assim. Deixei você para trás. Deveria me culpar por isso.

— Como culpar uma garota morta? — perguntou Rosalind baixinho.

Era uma pergunta sincera. Ela estava tão aliviada por sua prima estar ao seu lado, que não conseguia colocar em palavras. Quando Rosalind fechou os dedos ao redor do pulso de Juliette, ela sentiu a carne firme e o sangue quente, pulsando de maneira constante.

Mas para a cidade, Juliette estava morta. E nunca retornaria a Xangai, nunca retornaria para *casa*, e aquele era um assunto pelo qual Rosalind tinha grande responsabilidade. Não havia culpa ali. Não quando aquilo foi a consequência de Rosalind tê-la traído cruelmente.

— Se estamos falando de egoísmo, então eu fui mil vezes pior — continuou Rosalind. Ela mal conseguiu disfarçar o tremor em sua voz. — Eu arranquei pela cidade como uma bala que atravessou um corpo, causando danos por onde passava.

O passado tremeluziu entre elas. Dimitri liderando seus homens. Aqueles últimos dias em Xangai, antes de a revolução chegar. Aqueles últimos dias antes da explosão, quente e incontrolável, marcando o momento que pôs um fim ao domínio das organizações.

— Aquele *mil vezes pior* não foi culpa sua — rebateu Juliette. — Você foi usada, Rosalind. O que é o amor se seus cuidados não são retribuídos? Não importa o quanto o escolha com todo o coração.

Rosalind olhou para as mãos.

— Sim — concordou. O passado tartamudeou, perdeu a cor. E em seu lugar, ela pensou em Orion, preenchendo as rachaduras. — Agora sei disso.

As lágrimas começaram a cair de novo. Anos e anos delas, querendo escapar desesperadamente.

— Espere, espere… eu tenho um lenço.

Juliette tirou um quadrado de tecido de debaixo da mesa. Parecia ser o disfarce preto que ela usara para cobrir o rosto. Rosalind o pegou mesmo assim e usou para secar as marcas nas bochechas.

— Desculpe — choramingou.

Não sabia exatamente pelo quê. Uma desculpa por sujar o lenço, ou uma desculpa geral, que queria alcançar todos os seus malfeitos.

Ela afastou o lenço e encarou as manchas que deixara.

— A única razão para eu ter ido embora tão rápido naquela noite — disse, o abrigo de Zhabei se materializando diante de seus olhos —, foi porque eu não queria que você me visse chorar. — Ela podia sentir que Juliette a observava com atenção. — E depois que você partiu, percebi que aquela seria sua última lembrança de mim. Eu te abandonando... nem um único adeus, somente a decisão de que nunca mais nos veríamos.

— Há quanto tempo carrega esse sentimento? — sussurrou Juliette. Os olhos também marejados. — Não tinha como você prever o que aconteceria.

— Se eu não tivesse cometido tantos erros, nem aquela conversa nem os eventos na cidade teriam acontecido — rebateu Rosalind. — Eu te traí...

— E eu te perdoei — interrompeu Juliette, estendendo as mãos para segurar os ombros de Rosalind — há muito tempo. Mesmo que eu *tivesse* morrido, você cometeu um erro, então precisava se reerguer e viver por mim. O que mais há para ser feito? Você pretende viver arrependida para sempre?

Rosalind inspirou com dificuldade. Depois, inspirou novamente.

— Vai me fazer começar a chorar de novo — sussurrou ela.

Juliette riu, jogando os braços ao redor dela em um abraço apertado. Quando Rosalind abraçou a prima e exalou, pareceu que estava respirando de forma diferente pela primeira vez em cinco anos.

20

Ai!

Alisa tentou puxar o pulso de volta. Seu irmão lhe lançou um olhar severo, apertando-o com mais força.

— Não seja tão bebezona — disse ele, levando o cotonete até a ferida novamente.

— Na minha opinião, tenho o caráter de uma criança sensata — respondeu Alisa, seca.

Estavam sentados à mesa da cozinha de Roma, o braço dela esticado sobre o jogo americano como se estivesse preparado para uma cirurgia. Ela havia se arranhado gravemente durante o conflito, na saída de Zhouzhuang. Suas palmas estavam em um tom vivo de vermelho, e apesar de tentar esconder os danos, alguns dos cortes mais profundos em seus braços precisavam ser limpos. Tentou ao máximo insistir que ficaria bem, que já sofrera coisa pior quando se jogou de uma janela certa vez. Depois que Roma saíra para ver se não havia mais perseguidores na cidade, ele voltara para dizer que estavam a salvo, trazendo com ele uma garrafa enorme de bebida.

Para ser usada como desinfetante. Roma não achou muito engraçado quando Alisa abriu a boca e gesticulou para que ele derramasse uma dose. Mal conseguiu arrancar uma risadinha dele — só um muxoxo e instruções para que se sentasse imediatamente, para que ele pudesse inspecionar os ferimentos.

— Como isso foi acontecer? Chegamos lá tão rápido — murmurou Roma. Ele torceu o nariz, aproximando-se para observar o ferimento próximo ao seu cotovelo, depois de limpar seu antebraço. — Por Deus, Alisa, tem um pedaço de cascalho inteiro aí dentro.

Alisa se inclinou para ver também. Aquela parte de seu braço *estava* doendo um pouco mais do que o resto do corpo.

— Espreme que ele sai.

— *O quê?* Não. Vou tirar com uma faca. Juliette?

— Na primeira gaveta! — gritou Juliette da sala, já escutando a conversa dos dois.

Enquanto isso, Rosalind havia ido até o quarto observar Orion.

— Os canivetes?

— Hum… — Houve um momento de silêncio. Então, um ruído enquanto Juliette se movia, abrindo os armários da sala. — Não tenho certeza se peguei eles de volta.

— Você os emprestou?

Juliette murmurou algo baixinho. Alisa só conseguiu escutar as palavras "não é minha culpa", mas Roma obviamente havia escutado a frase inteira, fazendo uma careta logo em seguida e optando por não continuar o assunto. Ele abriu a primeira gaveta. Os olhos de Alisa seguiram o movimento, então deslizaram pelas outras gavetas e mais acima, avaliando a cozinha inteira. Seu bolso pinicou. Em algum momento, precisava guardar o objeto que carregava, e parecia ser uma boa opção deixá-lo com o irmão, que estava escondido do resto do mundo.

O único problema era que aquela casa era aconchegante demais. Tudo era organizado e limpo. Quando a aurora chegasse, haveria luz do sol e corredores bem iluminados. Nenhum bom esconderijo à vista. Eca. Não era para eles serem antigos gângsteres?

— Lá vamos nós — disse Roma, tirando uma faca da gaveta.

Alisa recuou.

— Está pretendendo abater um boi?

— Quanto drama. Um boi quebraria essa faca.

— Roma.

— Me dê o braço, Alisochka.

Temerosa, Alisa esticou o braço. Observou o irmão mais velho levar a ponta da lâmina até o corte, e então torcer o pulso apenas o bastante para tirar o pedaço de cascalho. Sua mão era extremamente firme — ela mal sentiu a faca. Aquilo não deveria ser uma surpresa para ela, mas era e não era, assim como era e não era estranho que os dois tenham voltado à normalidade com tanta facilidade mesmo depois de cinco anos separados.

Na verdade, Alisa sempre soubera que ele estava bem. Ele pagava as contas dela. Deixou sinais por todos os lados, desde a assinatura de uma revista com tópicos educacionais obscuros que aparecia na porta dela, até os presentes misteriosos e anônimos que recebia a cada Ano Novo Lunar e que lembravam o gosto do irmão. De qualquer forma, teria sido bom ter uma confirmação de que não estava apenas o imaginando por toda parte, de que estava certa ao juntar aquelas pistas, e que não tinha exagerado em sua confiança de sempre e passado a alucinar.

Roma resmungou baixinho, pegando o cotonete outra vez e passando mais desinfetante nos arranhões. Ele costumava fazer esse som sempre que refletia sobre alguma questão trivial — como quando escolhia entre comer um *baozi* de carne ou de legumes. Questões importantes vinham acompanhadas do silêncio completo. Se ela cutucasse sua costela e conseguisse fazê-lo resmungar, isso sempre significava que o problema não era *tão* ruim.

Ele havia mudado tanto com o passar dos anos, mas parecia não ter mudado nada.

Alisa não conseguia mais se segurar. Finalmente, sentiu-se incomodada o suficiente para perguntar:

— Por que nunca entrou em contato?

Ao mesmo tempo, Roma também suspirou, questionando:

— Então, por que nunca foi a Moscou?

Piscaram um para o outro. Enquanto Alisa ficou imóvel para que o desinfetante secasse em seus cortes, Roma se afastou e apoiou os cotovelos nas pernas, cada sinal de confusão claro em seu cenho. Sempre possuíram as mesmas expressões, mas pintadas em tons diferentes.

— Como eu faria isso? — retrucou Roma primeiro. — Você trabalha para os *Comunistas*. Nenhum outro grupo da cidade é tão vigiado nesse momento. Se assino meu nome em uma carta para você e um espião Nacionalista a encontra, assino minha própria pena de morte. Se envio um mensageiro e ele é interceptado e interrogado, minha localização é exposta.

— Eu *sei* disso — resmungou Alisa. A racionalidade ainda era o que prevalecia em sua mente. Mas sua onda repentina de irritação não dava espaço para essa racionalidade, assim como era o caso com a maioria das emoções. — Ainda assim...

Alisa não terminou de falar, sem saber qual alternativa poderia oferecer. Além disso, não era o rancor que rolava por sua língua e salgava suas palavras. Era apenas o tipo indistinto de solidão que vinha depois de passar tantos anos sozinha, alerta e independente, e se esforçando muito para seguir em frente, mas sem saber exatamente para onde seguia. Depois da revolução, ela havia feito quatorze, quinze, dezesseis anos — cada ano passado na expectativa de que algo grandioso surgiria no horizonte, se ela conseguisse *apenas* aguardar mais um ano, se apenas continuasse a fazer seu trabalho sem falhar e esperasse pela recompensa no final. Pensara que a melhor coisa a fazer era se manter firme. Conseguir um lugar na cidade de qualquer jeito. Porque, na verdade...

— Eu te vi naquele dia — disse Alisa baixinho. — Celia me trouxe aqui em abril, depois da revolução, e eu te vi com Juliette naquele barco. Só podia ser você, mas eu fiquei quieta, Roma. Fiquei quieta. — Uma mecha de cabelo caiu sobre seus olhos. — Não podia continuar dependendo de você a vida toda, e não aguentaria se tivesse perdido completamente a cabeça. Então, voltei para Xangai e imaginei que você estava por aqui. Voltei para Xangai e nunca fui embora, porque, se eu fosse, como diabos você me encontraria quando retornasse?

Ela levantou o olhar. Na outra cadeira, Roma permaneceu completamente imóvel por um longo momento. Então, seu peito todo estremeceu com sua inspiração.

— Eu teria te achado em qualquer lugar. — Ele estendeu a mão, segurou aquela mecha de cabelo e a colocou atrás de sua orelha. — Pelo mundo inteiro e abaixo dele também. Não importa o quanto se esconda bem. Não importa aonde vá. Sempre vou te achar. Entendeu?

Alisa se engasgou com o nó que se formou em sua garganta. Apesar de sorrir, a expressão dela de repente estava marejada, as lágrimas ameaçando escorrer de seus olhos.

— Se eu tivesse ido a Moscou, você teria entrado em contato antes?

— Sim. É claro que *sim*. Benedikt e Marshall já sabem há anos. O único motivo de não poderem dizer nada para você é porque essa é uma informação perigosa dentro dos limites da cidade. — Roma fez uma careta. — Nunca voltaremos, Alisa. Pelo menos não para ficar. Não sei onde era o meu lar, mas não é mais lá. Mas não queria influenciar a sua decisão de onde *você* precisava estar.

Mais dois segundos e Alisa começaria a chorar. Ela fez a única coisa possível para impedir que isso acontecesse: apontou o dedo indicador e cutucou as costelas do irmão com força.

— Ai! — exclamou Roma, dando um pulo.

Ela ficou animada no mesmo instante.

— Preciso ir ao toalete — declarou Alisa.

Ele gesticulou para que ela saísse.

— Fica no fim do corredor, sua peste.

Alisa saiu correndo. Passou por Juliette na sala, cujos olhos se levantaram da mesa para lhe oferecer uma piscadela amigável, antes de desaparecer no corredor e entrar no toalete, fechando a porta atrás de si.

Não foi até lá para usar o toalete. Observou o espaço pequeno, abriu o armário acima da pia e cheirou os vários medicamentos que ali estavam. Hum. Era muito vazio. Muito fácil de achar.

Alisa fechou a porta do armário e se virou, explorando o resto do toalete. Havia uma banheira no canto, limpinha por dentro e com decorações ornamentais no interior. Movendo-se depressa, inspecionou o seu entorno, agachando-se para examinar o espaço onde a banheira encontrava a parede, as saliências de porcelana esmaltada descascando um pouco da tinta verde.

Enfiou o dedo no buraco entre as saliências e o balançou. Não havia muito espaço para movimentação contra a parede, já que a banheira era pesada demais. Perfeito.

Olhando para a porta, a fim de se certificar de que permanecia fechada, ela pegou o último frasco da Senhora Hong — o verdadeiro, não o que havia duplicado e quebrado — e o escondeu atrás da banheira.

A manhã tocava o rosto de Rosalind com estranheza, brilhando com o sol baixo. Assim como era estranha a quietude de se sentar no canal sem nada para fazer além de esperar, escutando os pássaros cantarem e sentindo o cimento quente sob suas pernas. Enquanto ela estava inconsciente, Juliette deve tê-la levado de uma ponta de Zhouzhuang à outra, pois ali parecia ser o fim do distrito, considerando o grande lago à distância.

Rosalind olhou para cima. Estremeceu um pouco com a brisa, mas fora isso, permaneceu sentada, balançando os pés. A casa ficava bem ao lado do canal, onde a correnteza da água avançava, carregando folhas secas e galhos. Já a estava observando havia algum tempo, o que não era uma distração tão ruim enquanto ela girava os polegares na esperança de que Orion acordasse. Seu sedativo era forte. Na maioria das vezes, o efeito só passava depois de um dia, talvez mais. Não tinha motivo para ficar parada ao lado dele, esperando ansiosa.

— Tenho que te alertar de uma coisa — dissera Rosalind quando estava com Juliette na entrada do quarto.

Orion havia sido colocado na cama. O rosto dele estava pálido. O uniforme militar estava rasgado e ensanguentado, uma manga arregaçada desleixadamente.

— Ele está sendo controlado, não é?

Rosalind piscou.

— Como sabia?

A prima dela cruzou os braços, as mãos desaparecendo nas dobras do corpete.

— Os jornais disseram que vocês dois expuseram um esquema que envolvia o Império Japonês conduzindo experimentos em Xangai. Concluí que, se Hong Liwen de repente foi considerado um traidor nacional, talvez não tenha sido por vontade própria. — Juliette deu de ombros. — Mas meu palpite não foi por acaso. Alguns experimentos parecidos aconteceram aqui também.

— Aqui? — repetiu Rosalind. — Em Zhouzhuang?

Juliette hesitou.

— Acho que é mais correto dizer que as cobaias fugiram até aqui. Os experimentos aconteceram em outro local. Foram feitos por Lourens.

O cotovelo de Rosalind começou a queimar com a simples menção ao nome do cientista. Por que Lourens estava em todo lugar que ela ia? Por que ele estava em todo lugar, mas, ao mesmo tempo, não podia ser encontrado em lugar nenhum?

— Os incidentes daqui já foram resolvidos, não se preocupe — continuou Juliette. — Mas enquanto eram um problema, Roma e eu conseguimos um agente neutralizante. Ele consegue libertar os indivíduos desse condicionamento.

Rosalind se virou com tanta rapidez que criou uma brisa no corredor.

— Isso poderia consertar Orion.

— Poderia — confirmou Juliette. — É melhor esperarmos até que acorde antes de usarmos nele, caso algo dê errado e seu corpo responda mal. Mas já está tudo preparado. Foi por causa do agente neutralizante que te chamei aqui. *Posso te ajudar a recuperá-lo.* Recuperá-lo de si mesmo.

Rosalind se permitiu suspirar, arrancando uma vinha que crescia entre as rachaduras no cimento. Assim que Orion acordasse, tudo seria resolvido. Conseguiriam recuperá-lo. Ele voltaria para si mesmo.

Então, o som de vidro se quebrando ecoou de dentro da casa. Rosalind se virou, os olhos voltando-se para a porta da frente.

— *Acho que temos um problema!*

A voz era de Alisa. Será que Orion já tinha acordado?

Rosalind ficou de pé, correndo de volta até a casa. Derrapou no meio da sala, o suor frio escorrendo pelas costas. Algo já estava acontecendo. A luz no fim do corredor estava acesa, e Juliette remexia no armário acima da pia.

— Roma! — gritou. — Seringa!

— Vou pegar! — disse Roma da cozinha. — Alisa, mantenha-o…

Do lado de fora do quarto, Alisa caiu no corredor com um resmungo. Ela ficou no chão, parecendo irritada.

— Eu *não* serei jogada de um lado para o outro como uma boneca de pano. Rosalind, você cuida dele.

Orion sem dúvidas estava acordado. Rosalind passou correndo por Alisa e entrou no quarto com cautela, as mãos para cima. Havia um vaso a seus pés, quebrado em três partes. Orion estava de pé no meio do quarto. Seus olhos — apesar de arregalados, observando a casa, confusos a respeito de como viera parar ali — ainda estavam vazios.

Todas as armas haviam sido removidas dele. Certamente não poderia causar muito dano.

— Ainda está atrás de um frasco que não existe mais? — perguntou Rosalind com calma, como se fosse uma conversa comum. — Ou aquelas ordens tinham prazo de validade?

Orion franziu o cenho. Não parecia entender o sarcasmo. Ou talvez compreendesse, e estava lutando consigo mesmo para encontrar uma resposta.

— O frasco... — repetiu ele.

Os olhos de Rosalind se voltaram para o lençol que havia sido jogado no chão. Antes que Orion decidisse atacar novamente, ela o pegou e o jogou sobre ele.

De repente, Juliette apareceu na porta. Enquanto Orion entrava em ação, puxando o lençol com força, ela correu, passando diretamente por ele e indo até a janela para puxar um pedaço de corda para dentro. Ela lançou a corda, que chicoteou na direção dos braços dele, desenrolando-se como uma serpente até uma ponta prender seu pulso com firmeza. Algum tipo de tecnologia magnética causou um clique alto.

— Talvez devêssemos ter feito isso enquanto você dormia — murmurou Juliette.

Ela sacou a pistola. Orion lançou-se na direção dela para se defender.

Rosalind avançou.

— Espere, espere, não machuque ele...

— Ele vai ficar bem — disse Juliette.

Ela olhou para cima, o movimento quase imperceptível. Quando Rosalind se virou, viu que Roma também estava no quarto, e algo pequeno brilhava em sua mão. Num piscar de olhos, ele pressionou o objeto no pescoço de Orion.

Roma removeu a seringa.

Orion caiu de joelhos.

— *Orion*! — Rosalind se jogou no chão, colocando-se na linha de visão dele.

— Tenha cuidado. Os efeitos podem não ter passado completamente ainda — alertou Juliette.

Rosalind não se importava. Segurou o braço dele, vasculhando com desespero sua expressão. Quando Orion voltou a olhar para cima, ela quase chorou de alívio ao ver seus olhos cheios de vida novamente.

Porém, Orion sussurrou:

— Quem é você?

21

Já fazia meses que Phoebe não aparecia na escola, de forma que nem sabia mais se estava matriculada. É claro que, quando o liceu viu os rostos de seus pais expostos como traidores nacionais na primeira página dos jornais, o conselho teria apagado discretamente seu nome dos registros escolares.

— Certo, achei sua matrícula. Pode entrar.

Phoebe deu um pulinho. Ela aproximou a pasta de seu peito, uma fileira de lacinhos de seu vestido farfalhando com o movimento.

— Nossa, é sério?

O segurança franziu o cenho. Ele estava em pé dentro da guarita, apoiado na janela para encará-la.

— Há algum problema...

— Não! Problema nenhum! — Phoebe passou pela entrada de pedestres rapidamente, acenando para o segurança antes que ele saísse da guarita e se oferecesse para acompanhá-la. — Obrigada pela gentileza. Peço desculpas por não chegar antes de os portões fecharem. Não vai se repetir!

Era meio-dia e o sol brilhava no ápice do céu, lançando uma luz ofuscante no dia frio. Se ela realmente tivesse aparecido para ir à aula, estaria mais do que atrasada; já teria perdido metade das aulas. Sua frequência na chamada devia estar *péssima*.

Phoebe contornou os prédios de salas de aula, mantendo-se perto da cerca que delimitava o perímetro do liceu. Heras cresciam nas barras de metal, parecendo cordas que se uniam umas às outras.

Estavam em horário de aula, então não havia ninguém por perto enquanto Phoebe andava pelo terreno. Ela passou por montinhos recolhidos de neve, e subiu os degraus que davam para a biblioteca. O ambiente se tornou mais quente, o aquecedor no canto fazendo um ruído em seu esforço para funcionar. A luz entrava pelos vitrais, lançando sombras rosadas e esverdeadas no piso do foyer. Phoebe se apressou até a mesa da recepção, apertando a campainha várias vezes.

— Sossegue o facho, pelo amor de Deus — respondeu a bibliotecária. A voz dela vinha da sala que ficava atrás da mesa, onde uma porta era mantida aberta por uma pilha de livros.

— Impossível. Ele está agitado demais.

A bibliotecária espiou da porta, parecendo um tanto intrigada. Seu cabelo grisalho estava preso em um coque no topo da cabeça, com uma pena saindo do meio. Havia um colar de pérolas ao redor do pescoço.

— Que resposta estranha — comentou. — A senhorita não deveria estar em aula?

Phoebe sorriu com primor.

— Tenho permissão especial para fazer uma pesquisa. Estou atrás de um livro.

Ela deslizou a pasta sobre a mesa e a abriu. Dentro, havia a metade inferior de uma fotografia, tirada de um dos álbuns mais antigos do escritório de seu pai. Phoebe havia cortado a outra parte. Não queria que a bibliotecária reconhecesse o rosto sorridente de sua mãe e ficasse desconfiada quanto aos motivos de Phoebe estar procurando um livro que a Senhora Hong possuíra.

Para falar a verdade, ela ficara feliz de poder cortar a maior parte da foto. Sua mãe parecia tão jovem. Quanto mais Phoebe olhava, mais estranha se sentia, atingida por um sentimento de nostalgia de algo que ela mesma nunca vivenciou. Se alguém perguntasse, ela teria dito que sua mãe era feliz quando a família Hong ainda estava unida. Que as coisas só haviam mudado depois que sua família começou a ruir — que os dias felizes foram mesmo felizes, e Phoebe não estava enganada ao guardá-los tão vividamente na memória. Ainda preservava esses momentos no coração com muito carinho. Ela e a mãe sempre estavam rindo juntas de piadas que os garotos não entendiam, sempre saíam juntas para passear sozinhas pela vizinhança à noite.

Porém, ao folhear aqueles álbuns, se deparou com uma mãe completamente diferente. Às vezes, via a Senhora Hong com rugas nos olhos, rindo ao ser capturada pela câmera, a imagem borrada por completo. Estava descontraída de uma forma que Phoebe nunca vira em sua infância, uma pessoa muito diferente da mãe que conhecera. Em algum momento ao longo de sua vida, a felicidade dela desvaneceu, deixando outra pessoa em seu lugar. Phoebe se convencera de que sua mãe se tornara capaz de fazer essas coisas tão terríveis durante os anos em que estiveram separadas, que ela nunca poderia ter percebido essa possibilidade quando estavam a um oceano de distância, mas talvez, na verdade, a mãe tivesse sido assim durante toda a sua vida. Talvez Phoebe sempre tenha estado próxima da traidora, e aquela mulher risonha e borrada já desaparecera havia muito quando Phoebe veio ao mundo.

— Aqui — disse Phoebe. — É esse.

A bibliotecária pegou a fotografia. A Senhora Hong segurava o livro em questão enquanto descansava no sofá da sala, a barriga de grávida visível acima dele. Oliver logo nasceria, ou seja, aquela foto fora tirada no fim de 1905.

Será que o problema foi o mundo?, perguntou-se ela. Será que todos negligenciaram sua mãe vezes demais, levando-a ao limite? Phoebe achava que podia compreender isso. Por mais que seus irmãos estivessem sofrendo consequências piores, causadas pela infâmia de cada um deles, ela sabia como era ser tratada como alguém descartável, como apenas uma agregada da família por causa da imagem exterior que representava.

Ou será que nós fomos o problema? Ela engoliu em seco, empurrando a fotografia para frente. *Será que nós não fomos o suficiente para você? Para mantê-la por perto?*

— Está procurando esse livro aqui? — perguntou a bibliotecária.

Uma onda de alerta percorreu a coluna de Phoebe. Não gostou da dúvida no tom de voz da senhora.

— Isso.

— Qual é a natureza desse projeto?

Phoebe não se permitiu entrar em pânico. Enrolou uma mecha de cabelo no dedo. No segundo seguinte, seu olhar mudou completamente, tomado pela irritação.

— Ah, nem me fale. Tenho que descobrir a origem dessas imagens. É uma tarefa de historiografia.

A explicação pareceu funcionar. A careta da bibliotecária estava mais voltada para a imagem do que para Phoebe.

— Posso estar enganada, mas creio que ele faça parte de uma coleção. Está vendo o logotipo na parte de baixo?

Ela deu uma batidinha na foto. Phoebe se inclinou, semicerrando os olhos, e apesar de estar borrado e ser quase impossível enxergar, conseguiu visualizar um símbolo na lombada do livro.

— Achei.

— Isso significa que faz parte dos arquivos do Kuomintang. Só um momento.

A bibliotecária voltou para a sala dos fundos. Phoebe xingou em silêncio, porque esperava encontrar o livro ali e ter um vislumbre de onde o trabalho de sua mãe começara. Se essa linha de investigação fracassasse, ela tinha poucos caminhos a seguir. Não havia muitas outras pistas esperando de forma conveniente no fundo das fotografias antigas de seu pai. Na maior parte do tempo, era só o rosto de Phoebe tomando conta do quadro inteiro.

— Ele pertence a uma coleção que está guardada na Biblioteca Leste de Xangai — explicou a bibliotecária ao retornar. — Porém, o Kuomintang a guarda a sete chaves.

— Na Biblioteca Leste de Xangai — repetiu Phoebe. Não conseguiu esconder o choque. A área que cercava a Biblioteca Leste de Xangai, ou Biblioteca *Dōng Fāng* para os chineses e Biblioteca *Oriental* para os estrangeiros mais irritantes, havia sido um local de intensas batalhas durante a revolução. Os Rosas Brancas de Zhabei lutaram a noite toda para manter o controle do território, até perderem-no para os trabalhadores pela manhã. — A administração ainda é da Commercial Press, não é? Me surpreende que os Nacionalistas não tenham fechado o prédio inteiro por medo de eles espalharem a doutrina Comunista.

No fim das contas, depois que os Nacionalistas desfizeram a aliança com os Comunistas, prenderam vários funcionários da Commercial Press para reprimir o movimento Comunista. Aqueles que expunham suas crenças ou foram exilados ou se esconderam rapidamente em Xangai.

A bibliotecária a encarou, desgostosa.

— Tenho certeza de que qualquer pessoa sensata entenderia que uma biblioteca deve continuar de pé, apesar do partido no comando.

Phoebe deu de ombros. Aceitou a reprimenda.

— Sabe com quem posso conversar para encontrá-lo?

— Ah, querida. — A bibliotecária se sentou na cadeira, organizando as pilhas de papéis ao seu lado. — Como eu disse: a sete chaves. Faz anos que os Nacionalistas não deixam ninguém entrar. Os bibliotecários de lá odeiam isso.

— Está me dizendo que a coleção é mantida em uma sala de acesso restrito? — Com certeza parecia suspeito. Também parecia ser exatamente o que Phoebe procurava. — Está trancada há *quantos* anos?

A bibliotecária franziu o cenho.

— O prédio só ficou pronto em 1924. Não faz muito tempo. Levaram os arquivos para lá na mesma época em que a biblioteca foi inaugurada, e trancaram a sala pouco tempo depois.

As datas batiam. Seu pai foi investigado em 1927. Se a papelada foi o que quase a fez ser capturada, sua mãe deve ter entrado em contato com os japoneses alguns anos antes, a fim de começar a trabalhar para eles. O que significava que "pouco tempo depois" de 1924 foi exatamente quando os Nacionalistas cancelaram seus experimentos e trancaram seus materiais de pesquisa.

— A biblioteca não é aberta ao público? — insistiu Phoebe. — Tenho certeza de que se eu pedir...

A bibliotecária já balançava a cabeça.

— Acha que pode simplesmente *pedir* para abrirem uma tranca colocada por Nacionalistas? Se quiser entrar, precisará encontrar um Nacionalista.

— Dao Feng! — gritou Phoebe, escancarando a porta dos fundos da igreja que dava para o pátio do orfanato. — Dao Feng!

O treinador olhou para cima, pois estava juntando folhas. A irmã Su estava mesmo colocando-o para trabalhar. Também havia uma escada e uma lata de tinta ao redor, como se antes ele estivesse retocando o exterior da igreja.

— Qual é o problema? — perguntou ele com calma.

Phoebe parou abruptamente na frente dele. Algumas das folhas saíram voando de seus montinhos.

— Quem cancelou os experimentos da minha mãe?

Dao Feng limpou o suor da testa lentamente, pensando na pergunta. Desta vez, ele também não usava um casaco, apesar do frio de arrepiar.

— Ninguém em particular. Foi uma decisão dos superiores e que foi aprovada por todos.

— Certo, certo, então... — Por causa da agitação que sentia, Phoebe praticamente começara a tremer conforme tentava acompanhar a velocidade dos próprios pensamentos. — Quem foi o responsável por se livrar das pesquisas? Ela deve ter enviado suas descobertas enquanto ainda trabalhava para o Kuomintang. Imagino que tenham sido confiscadas.

— Deixe-me pensar. — Dao Feng soltou um muxoxo e gesticulou para que ela se afastasse da pilha de folhas, juntando as bordas com o rastelo para ajeitar o círculo novamente. — Se me lembro bem, os materiais confidenciais foram queimados e destruídos. Eliminar a possibilidade de perigo também significava eliminar o conhecimento que possuíam. O que é uma pena, porque se tivéssemos guardado alguma coisa, seria muito útil agora.

— Mas e se restou alguma coisa? — perguntou Phoebe.

Dao Feng parou. Colocou o rastelo no chão.

— O que você encontrou?

— Há uma sala na Biblioteca Leste de Xangai que foi trancada pelos Nacionalistas. — Ela balançou as mãos, tentando afastar o excesso de energia. — Sabe o que tem lá dentro?

— Claro. Livros raros. Não me diga que é *isso* o que te deixou tão animada.

— Há uma fotografia da minha mãe lendo um desses livros... não é possível que seja uma coincidência.

— Se houver algo dela que os Nacionalistas confiscaram, só pode ser porque emprestaram a ela inicialmente. Não guardariam suas descobertas. O risco seria alto demais.

— Sim, *mas*... — Phoebe deu um pulo para frente. Dao Feng fez uma careta quando ela fez as folhas voarem novamente. — Minha mãe gostava muito de fazer anotações. Talvez eles não *soubessem* que ela deixou descobertas ali.

Um sino começou a soar dentro da igreja. As crianças saíram do edifício para brincar no pátio. Um grupo correu diretamente até Dao Feng e pulou nos montes de folhas, mas ele mal se importou. Por fim, ele começava a parecer convencido.

— Certo — disse Dao Feng. Ele lançou um olhar severo para as crianças risonhas, mas as deixou continuar.

— Aprova os próximos passos?

Phoebe conteve o sorriso quando Nunu saiu do meio da pilha e lhe ofereceu um punhado delas. Phoebe aceitou as folhas secas. A garotinha fugiu, rindo.

— Aprovo, Feiyi. Mas é bom se apressar. — Dao Feng pareceu pensar bem nas próximas palavras. As nuvens da tarde se aproximavam, cobrindo a luz do sol. — Recebemos uma informação ontem, dizendo que sua mãe apareceu. Nossos olhos em campo ainda não nos atualizaram do ocorrido, mas o primeiro relato sugere que Liwen desapareceu.

Phoebe precisou de um momento para digerir as palavras de seu treinador. Orion desapareceu. O que significava que ele não estava mais com a mãe deles, porque os agentes Comunistas nunca tiveram problemas para seguir a milícia da Senhora Hong. O grupo dela era forte porque era grande, mas ser grande também significava que não podiam se esconder. Essa deveria ser uma boa notícia, porém, Dao Feng não parecia feliz.

— Ele... ainda está vivo, certo? — perguntou Phoebe, um nó se formando no estômago.

— Acredito que sim — respondeu ele, e Phoebe conseguiu soltar o ar. O treinador prosseguiu: — A nossa preocupação é que... bem, tudo se desdobrou com muita facilidade da parte da Senhora Hong. Os soldados da turnê de Shalin responderam ao ver Liwen, mas a Senhora Hong não enviou mais homens depois que os primeiros foram derrotados. Seu irmão mais velho estava lá, mas com certeza não foi ele quem a impediu.

— Talvez minha mãe simplesmente esteja fraca — sugeriu. — Não deve ser fácil reunir aliados enquanto foge.

— Feiyi, ela está mais forte do que nunca — corrigiu ele. — Está se refugiando em bases militares japonesas, e se comunica com os generais do mais alto escalão. Talvez ela não tenha a mistura pronta para alterar os soldados com o mesmo processo de cura de Destino, mas pode continuar a aprimorá-los com a força e o controle mental que usou em Liwen.

Então algo estava sendo planejado. Talvez sua mãe tivesse entregado Orion de propósito. Talvez simplesmente não precisasse mais dele. Esse caso inteiro estava causando uma dor de cabeça em Phoebe. Ela precisava entrar logo em contato com Oliver por conta própria, mas, enquanto isso, tudo o que podia fazer era repetir várias vezes para si mesma que ele conseguiria se manter seguro na missão, ou então acabaria tão preocupada que ficaria paralisada.

Phoebe se empertigou, jogando os aneizinhos em seu cabelo para trás.

— Se é só isso, vou retomar a investigação. Acho que a biblioteca terá informações promissoras.

— Pode seguir, então. Talvez consiga uma chave, se invadir o quartel-general.

Phoebe desdenhou. Em um segundo, parou de usar o tom de voz de agente e voltou a falar como Phoebe Hong.

— Está brincando? Vou entrar naquela sala como manda o manual.

22

Quem é você?

Rosalind podia sentir todos a observando. Preocupação e confusão preencheram o quarto, todos os pares de olhos fixos na cena. *Quem é você?* Ele não estava mais sob o controle da mãe, e mesmo assim não se lembrava de Rosalind. Ela deveria ter esperado que a Senhora Hong não fosse facilitar tanto as coisas.

Ela procurou algo para dizer. Qualquer coisa. Antes houvera uma hostilidade contundente, mas agora Orion a encarava como um filhotinho chutado, parecendo completamente perdido. Talvez houvesse alguma forma de recuperar sua memória. Talvez ela só precisasse dizer alguma palavrinha mágica para acender algo em sua mente, e ele se lembraria de tudo o que estava acontecendo, de todas as vezes em que lutou contra o que o condicionamento químico o induzira a fazer.

Mas para tudo isso começar, provavelmente deveria responder à sua primeira pergunta.

— Eu... eu sou...

Sua parceira de missão? Sua esposa?

— Sou sua amiga — decidiu Rosalind suavemente.

Foi a resposta mais verdadeira que pôde encontrar. Não importava o que mais existia no nó em sua garganta e em seu estômago revirado, o cuidado, a consideração e a amizade eram o que envolviam sua mão com firmeza, e quando ela estendeu a palma para ajudar Orion a se erguer, foi isso o que ofereceu.

Ele se levantou. A esperança preencheu os vazios no peito dela.

— Lembra-se do seu nome? — perguntou Alisa da soleira, esfregando a testa e fazendo uma careta por causa do golpe que levara.

— Meu nome — repetiu Orion. — Meu...

Os olhos dele se reviraram de repente. Antes mesmo que Rosalind pudesse terminar de arquejar, Roma já havia se lançado para impedir que Orion caísse, segurando-o pelo outro lado.

— Ele está bem, ele está bem — apaziguou Roma, interrompendo antes que qualquer uma delas pudesse gritar de preocupação. — Deixe-me só... *por Deus*, por que ele é tão alto?

Roma colocou o corpo inconsciente de Orion de volta na cama. Em um movimento preocupante, ele colocou os dedos no pescoço de Orion para conferir seus batimentos. Rosalind travou completamente, já que havia falhado em considerar que a solução que injetaram nele poderia matá-lo. Porém, depois de alguns segundos, Roma retirou a mão e assentiu, confirmando que o coração de Orion ainda batia.

De qualquer forma, o medo havia adentrado, gelificado o corpo de Rosalind e congelado seus ossos.

— O que aconteceu? — perguntou ela com a voz áspera. — Por que ele não se lembra de nada? Achei que aquilo era a cura.

Juliette se aproximou lentamente. Passou por Roma, observando Orion como se fosse encontrar a resposta apenas ao vê-lo.

— A mãe dele injetou alguma outra coisa nele?

O quarto caiu no silêncio. Quando Rosalind tentou fechar a mão, não teve forças.

— Não sei — disse ela. — Todos os experimentos que ele sofreu aconteceram longe de mim...

Ela parou de falar. Não, isso não era verdade, era? Ela vira aquele último acontecimento no Armazém 34. Quando Orion não seguiu as ordens e resistiu, quando deixou Rosalind ir apesar de todas as ordens dizerem o contrário. A Senhora Hong injetara algo vermelho vivo nele. Antes disso, ele só entrava em transe quando necessário. Sua mente não havia sido apagada completamente.

— Acho que a cura que você deu apagou a primeira lavagem cerebral que a Senhora Hong fez nele — disse Rosalind em voz baixa. — Mas a perda de memória é algo novo. Um outro tubo de ensaio cheio de substâncias químicas.

Assim como a força dele também era uma coisa à parte. Até porque os experimentos da Senhora Hong já aconteciam havia algum tempo — um espaço de vinte e dois anos para alterar Orion ao seu próprio gosto.

Juliette parecia refletir profundamente. Estava encarando o chão e, quando Rosalind acompanhou o olhar da prima, encontrou a seringa, que havia rolado até parar na perna esquerda da mesinha de cabeceira.

— Se a cura de Lourens funcionou para a primeira versão da lavagem cerebral — falou Juliette, devagar —, quais são as chances de ele também conseguir curar essa amnésia?

— Não temos como *encontrar* Lourens — retrucou Rosalind de uma maneira muito mais ríspida do que pretendia. Uma camada fina de suor surgira na testa de Orion. Aqueles poucos minutos conscientes já haviam trazido consequências físicas para ele. Mesmo assim, ela não tinha coragem de tocá-lo. — Ele desapareceu da face da terra.

— Na verdade — disse Juliette —, temos o endereço dele.

Vocês... o quê?

— Acho que usá-lo é uma boa solução — acrescentou Roma, trocando um olhar com Juliette. — Se ele sabia como reverter uma mistura, deve saber como reverter outras também. De um ponto de vista químico, não devem ser tão diferentes. Deveríamos chamá-lo para vir até aqui.

Aquilo era um absurdo. A conversa havia pisado no acelerador, avançando em uma direção na qual Rosalind não tinha certeza se estava disposta a se arriscar. Ela passara *meses* procurando por Lourens. Passara tantas noites acordada, lendo os jornais nacionais e sentada nos terraços das estações de trem, tentando avistar um antigo cientista Rosa Branca movendo-se no escuro. Seja lá para onde ele tenha desaparecido, fizera um bom trabalho, porque ela não chegara nem perto de rastreá-lo. E depois de todo aquele tempo perdido, ouvir que Lourens poderia ser simplesmente *chamado*...

— Realmente duvido que seja tão fácil.

Talvez eles tenham fingido não ouvir o leve escárnio que adentrou seu tom de voz. Talvez Rosalind o tenha contido antes que transparecesse completamente, mordendo a língua até que o rancor voltasse para a boca. Quando o engoliu, havia um nó em sua garganta: cruel como um caco de vidro, preso sem a possibilidade de remoção, a não ser que ela rasgasse a pele e deixasse o sangue escorrer livremente.

Estava tão cansada de si mesma. Mesmo que enfiasse as unhas em seu corpo várias vezes, com a certeza de que nenhum dano a mataria, o sangue correria e a ferida se curaria, mas nem assim se livraria daquela sensação. Ela sempre foi assim, desde que as boates burlescas a engoliram, desde que renunciou ao seu coração, desde que traiu a própria prima — por mais que tentasse deixar para trás a garota da mansão Escarlate, a verdade era que estava presa àquela figura, então como poderia ir mais longe do que isso?

— Talvez seja bem difícil — concordou Juliette sem mudar o tom de voz —, mas não quer tentar?

A luz do dia entrava com cada vez mais força pelas persianas, lançando um tom dourado no rosto de Orion. Mesmo inconsciente, ele parecia estar sofrendo, as sobrancelhas franzidas.

É claro que Rosalind queria tentar. Mas se tudo acabasse destroçado em suas mãos, seria muito pior se nunca tivesse desejado o contrário.

— Tudo bem — concordou, por fim. — Tudo bem, chamem Lourens.

Eram quase 15h. Isso estava começando a ficar ridículo.

— Alguma mudança? — perguntou Celia, arrumando o cabelo.

Ela havia soltado as pequenas tranças ao estilo Rosalind, estremecendo toda vez que uma repuxava atrás de sua orelha. Seu couro cabeludo suspirou de alívio quando ela juntou todas as mechas na base do pescoço novamente, prendendo-as com um laço.

Oliver observava o que acontecia do lado de fora da janela. Os braços estavam cruzados em frente ao peito, e a expressão era a mais ranzinza que possuía.

— Juro que estão de guarda ali — murmurou. — Eles não têm nada melhor para fazer?

— Melhor do que pegar Comunistas? — argumentou Celia, indo até a janela também. — É claro que não. Eles devem saber que não conseguiríamos ir longe.

Mesmo após Celia e Oliver esperarem a noite passar, pensando que os Nacionalistas poderiam ser convocados para cuidar de algum assunto mais importante, não tiveram sorte. As ruas estavam lotadas de soldados à procura deles. Quando o sol raiou, mais homens chegaram em seus veículos militares verdes e estrondosos, e considerando que aquela era uma cidade pacata, isso significava que os dois estavam ainda mais cercados do que antes.

Depois de muito procurar, concluíram que não havia telefone no edifício. Nenhuma forma de se comunicar com o exterior. Que projeto de abrigo péssimo.

Os soldados abaixo estavam apontando ao redor enquanto conversavam. Apesar de não ser possível ouvir o que diziam de tão longe, não era difícil de adivinhar. Deviam ter anotado cada rota de fuga da cidade e colocado vigias em cada ponto.

Oliver começou a andar outra vez. Seus sapatos arranhavam o tapete, que agora estava de volta ao lugar.

— Quando cair a noite, poderíamos tentar a sorte e ir até o carro — sugeriu Celia. Hesitou. — Mas precisamos receber notícias antes disso, principalmente se não conseguirmos sair hoje à noite. Não podemos abandonar a operação em silêncio.

— Não temos nem como enviar uma mensagem. A não ser que sugira usarmos um pombo-correio.

— Há um telégrafo bem no fim da rua. Reparei no caminho até aqui.

Oliver parou de andar. Olhou para ela com atenção.

— Se estiver prestes a sugerir que vai sozinha…

— Eles prestarão menos atenção em mim. — Celia apontou para o guarda-roupa, onde havia alguns *qipao* pendurados. — Principalmente se eu me trocar. Mesmo se me parassem, não sei nem se me identificariam. Você, por outro lado, tem um rosto completamente reconhecível.

Oliver franziu os lábios, parecendo lutar para achar um argumento.

— É perigoso — disse, por fim.

— Que outra opção temos? — Celia foi até o guarda-roupa, escolhendo um *qipao* cinza e sem estampa. Perfeito. — Me ajude com os botões.

As árvores estão frias.

No interior, elas estremecem a cada rajada de vento. A luz do dia sai de cena mais cedo, roubada pelas nuvens como se uma sucção poderosa minasse todas as cores. Onde só há quilômetros e mais quilômetros de vegetação, o gelo pode entrar e sair quando quiser, grudando onde deseja, sossegando até a estação mudar.

Eles se estabelecem temporariamente em uma base a certa distância da cidade mais próxima. Quanto mais perto estiverem de cidades e centros urbanos, mais cuidadosos precisam ser. O senhor Akiyama logo chegará para conferir o progresso dela: ele utiliza uma rota mais segura para viajar, diferente da traidora, que estava em uma busca ao sul. Ela poderia seguir o caminho que quisesse com a milícia que lhe deram, desde que tivesse resultados compensadores. Ela os terá. Não aceitará outra alternativa.

— Pegue o telégrafo — esbraveja a traidora, tirando o casaco ao entrar no edifício.

Algumas partes do teto são feitas de palha. Ela consegue ouvir o farfalhar das árvores que crescem logo acima, folhas compridas que atingem as paredes exteriores. Quanto mais cedo deixarem esses alojamentos, mais feliz ela ficará. Ela quer seus armazéns. Quer os tetos altos e os metais intermináveis.

Eles lhe trazem a máquina. Seu coração acelera no peito. Ela sempre soube que não era possível produzir em massa essa substância de aprimoramento. Só há uma quantidade bem limitada do ingrediente principal. Mesmo se conseguirem aperfeiçoar a fórmula final, o elemento central precisará ser reabastecido.

Mas, na verdade, ela só precisa conseguir provar uma única vez que é possível. Só precisa entregar uma única cobaia bem-sucedida, e então seu trabalho terminará. Poderá pegar os fundos imensuráveis, desaparecer com sua família para algum lugar, e continuar estudando o que desejar. Quando inventar o que chamam de *imortalidade*, nenhum império poderá dizer que ela não fez o suficiente.

Ela escreve a mensagem com rapidez, datilografando com eficiência. É uma correspondência simples, porque esta troca também é simples.

Sua vez. Entrarei em contato quando chegar à cidade.

23

A rua Baoshan estava tomada pelo canto dos pássaros.

Silas se distanciava das criaturas com certa ansiedade, os olhinhos redondos seguindo-o conforme caminhava. Podia jurar que alguns deles se lançaram dos telhados apenas para cumprimentá-lo enquanto passava pela fileira de fábricas da Commercial Press, mergulhando direto no gramado ou se empoleirando nos muros que cercavam as instalações e as mantinham claramente divididas. Talvez estivesse com essa impressão porque havia muitos deles e quase nenhum pedestre. Quando possível, as pessoas costumavam se manter afastadas de áreas de conflito na cidade.

— Silas, está conseguindo me acompanhar?

Phoebe já estava alguns passos à frente, indo diretamente para a Biblioteca Leste. Com cinco andares, a construção se agigantava em comparação aos outros prédios ao redor, o exterior retangular tão sólido quanto um tijolo imóvel. Estavam ao norte da cidade, onde tecnicamente ficava Zhabei. Porém, no momento em que começaram a andar pelas fábricas, tudo ficara mais silencioso do que Silas estava acostumado, como se o asfalto estivesse prestando atenção em cada passo que davam. Havia uma sensação diferente na terra dali, separada das ruas residenciais com as conversas e o barulho. Esta terra soube que a guerra estava para voltar antes do resto da cidade — ou talvez fosse esperta o suficiente para se lembrar de que a guerra nunca foi embora.

— Como vou te acompanhar se está praticamente correndo? — respondeu Silas.

Seu instinto era de chutar um dos pássaros. Ele não era uma pessoa violenta, então não queria machucar a criatura. Talvez só lhe dar um empurrãozinho e mandá-lo para longe.

— Aprenda a correr também!

Phoebe havia insistido em visitar a Biblioteca Leste de Xangai, uma das poucas na cidade que não só estava sob o governo chinês, como também era aberta ao público. Ela dissera que alguns dos documentos de seu pai tinham sido guardados em uma das salas controladas pelos Nacionalistas, e *Silas, por favorzinho, pode dar um jeito de nos deixarem entrar?*

Talvez Silas tivesse um problema ao não saber dizer não para Phoebe Hong. Pelo menos, o pedido não havia sido muito difícil. Os Nacionalistas não fizeram perguntas quando ele fez uma ligação pedindo para que abrissem a sala. O que quer que estivesse sendo protegido, imaginava que não deveria ser tão importante, então não havia perigo em passar um dia lá dentro com ela. Era melhor do que sentir que estava sendo absolutamente inútil.

Alguns passos à frente, Phoebe soltou um gritinho, aproximando-se do prédio alto. Silas deu as costas para os pássaros e, sem olhar para onde ia, acabou esbarrando em outro homem.

— Desculpe-me — disse o homem rapidamente, recobrando o equilíbrio antes de Silas.

Ele estava com o mesmo uniforme que o resto dos funcionários da Commercial Press: um terno simples com uma gravata, acompanhado de um chapéu cinza.

— Não, a culpa foi minha...

O homem já estava indo embora. Silas olhou por cima do ombro, confuso. A rua era extremamente ampla. Talvez Silas estivesse distraído demais com os pássaros para ver onde ia, mas o homem havia avançado bem na sua direção, então como não percebera...?

— Silas! — chamou Phoebe. — Você não vem?

Ela passou pelos portões. Enquanto voltava a caminhar, um pensamento ocorreu a Silas: talvez o homem não tivesse esbarrado nele sem querer. Colocou a mão dentro da jaqueta, vasculhando todos os espaços que poderiam estar acessíveis durante aquele breve segundo em que se tocaram.

Seus dedos encontraram um pedaço de papel no bolso interno esquerdo. Ele o pegou. Retirou a mão sem revelar a folha, então abriu-a na frente do rosto como se estivesse somente se alongando.

> *MÁGICO:*
> *Estação Ferroviária de Suzhou. 14h.*
> *– SACERDOTE*

Ouviu o pulsar de seu coração nos ouvidos. Apesar de Silas não desacelerar o passo, fez uma careta quando deu uma olhada no relógio de pulso, que marcava doze minutos para as 14h. Dirigir até lá seria muito desgastante, especialmente porque precisaria achar um lugar para estacionar perto da estação. Se fosse a pé, levaria cerca de vinte minutos, mas ele poderia diminuir esse tempo pela metade se conseguisse pegar um riquixá. Porém, isso significava que precisaria ir imediatamente. E depois de um período tão extenso de silêncio, talvez Sacerdote estivesse entrando em contato com alguma explicação.

Phoebe havia parado na frente da biblioteca, esperando que ele a alcançasse. Silas amassou bem o bilhete na mão, guardando-o no bolso da calça enquanto se aproximava. Pensou em dizer que Sacerdote o chamara, mas não queria chatear Phoebe ao fazê-la pensar que estava escolhendo aquele encontro em vez dela. Ela já ficara chateada após ele mencionar a pista da estação de rádio. Não havia motivo para arriscar uma discussão desnecessária até que Silas conseguisse informações concretas, e ele *conseguiria*.

— Tudo bem se você for sozinha? — perguntou. — Preciso cuidar de um problema aqui por perto. Devo terminar ao mesmo tempo que você.

— Claro — respondeu Phoebe na hora. — Desde que me deixem entrar sem que você esteja junto.

Silas fez um gesto com a mão.

— Não vai ter problema. Já avisei que você seria a visitante principal.

O tempo era curto. Ele sentia cada minuto que passava, cada segundo marcado pelo farfalhar dos galhos finos que cresciam em frente à biblioteca. Todas as folhas haviam caído por conta do frio.

Brincando, Phoebe fez uma saudação militar. Seus lábios rosados se curvaram em um sorriso.

— Vou ficar bem. Nos encontramos no carro.

Silas imitou a saudação. Virou-se para ir.

— Espere, Silas...

Bem quando se virava para ela novamente, Phoebe jogou os braços ao seu redor, o abraço tão repentino que Silas entrou em curto-circuito, seus neurônios fritando até pararem de funcionar. Com aquela proximidade, ele podia sentir cada nota do perfume dela, desde a primeira onda de jasmim até os traços mais profundos de algo forte como uísque.

— Obrigada — disse ela, as palavras abafadas contra seu peito. — Não sei o que eu faria sem você.

Ele levantou a mão, depositando-a em suas costas.

— Sem problemas — disse Silas. Sua voz saiu calma de um jeito que ele com certeza não estava. — Isso está longe de ser uma tarefa árdua.

— Ainda assim — ela se afastou —, agradeço por me apoiar em minhas simples investigações. Sei que não são relevantes considerando a seriedade de tudo hoje em dia, mas é algo de que preciso de verdade. Então, obrigada. — Entrou pelas portas principais. — Te vejo no carro!

A Biblioteca Leste a engoliu. Silas se permitiu alguns minutos para recobrar o fôlego. Então, olhando o relógio de pulso novamente, saiu correndo em busca de um riquixá.

Phoebe sentia que o estava usando.

Bom, ela estava. Disso não tinha dúvidas. Amizades consistiam em usar um ao outro com amor, afinal de contas. Mas ela claramente estava usando Silas com más intenções, manipulando-o para fazê-lo pensar que daria uma olhada nos arquivos da família quando, na verdade, estava fazendo uma investigação secreta.

Tecnicamente, ela precisava *mesmo* encontrar os arquivos da família. Não era culpa dela se sua família estava extremamente envolvida na política atual do país e, já que ela não sabia o que poderia encontrar, havia afastado Silas usando a única isca que sabia que seria irresistível para ele. Mesmo assim, ela não precisava ter exagerado tanto.

Agradeço por me apoiar em minhas simples investigações.

Ai, ela era horrível. Dissera que as investigações *dele* eram inúteis poucos dias antes.

— É por aqui — disse o bibliotecário, destrancando a sala. — Wu Xielian não virá?

— Ele tinha um trabalho em outro lugar — disse Phoebe, olhando ao redor daquele tesouro.

As quatro paredes eram cobertas por estantes que iam até o teto, enquanto o centro da sala possuía três corredores separados por estantes mais baixas. O espaço em si era bem pequeno. Era possível ver tudo o que havia na sala de uma vez só. Não havia janelas.

O bibliotecário assentiu.

— Trancarei a porta para que não a incomodem, mas é possível abri-la por dentro. Se precisar de alguma coisa, estarei no primeiro andar.

— *Tài gǎnxièle* — disse ela entusiasmada, com um sorriso no rosto.

A porta se fechou. Ela se pôs a trabalhar.

Não parecia haver um sistema de catalogação ali. Havia poesias da Dinastia Tang organizadas bem ao lado de um calendário italiano. Um manuscrito alemão completamente desgastado e malcuidado estava em cima de uma pilha de periódicos de Xangai de 1923. Tudo ali fora entulhado onde havia espaço.

Phoebe cantarolou baixinho, agachando-se e explorando a última prateleira da estante do meio. Felizmente, apesar da falta de organização, ela estava procurando por algo específico, então perceberia quando o encontrasse. A coleção de livros certamente estaria guardada junta, e ela possuía lombadas características. Não seria tão difícil.

Phoebe continuou vasculhando as estantes.

Encontrou cartazes. Estatuetas. Grandes pilhas de livros didáticos obrigatórios pelo governo, muitos dos quais provavelmente eram primeiras edições cheias de erros, já que acabaram ali em vez de serem distribuídas.

Aleatoriamente, Phoebe começou a puxar as caixas de papelão na prateleira do meio. Na terceira, finalmente teve sorte.

— Aí está você — sussurrou, encontrando os livros de lombada dourada.

Na fotografia, sua mãe só estava segurando o primeiro. Phoebe o pegou e, jogando o cabelo para trás a fim de que nada caísse em seu rosto, aconchegou-se recostada na estante.

Ler aquele conteúdo com atenção não adiantaria de nada. Apesar de estar escrito em inglês e Phoebe compreender sua língua principal de estudo com maior facilidade, grande parte do livro parecia ser grego para ela, discutindo desde os princípios avançados da meiose até novas teorias de replicação cromossômica. Em vez disso, ela folheou as páginas rapidamente, procurando anotações. Assim como dissera para Dao Feng, sua mãe era uma anotadora ávida, e se tivesse lido alguma coisa, provavelmente teria deixado comentários perto da lombada.

Porém, Phoebe não achou nenhuma das anotações características de sua mãe. O que encontrou foram números.

— O que é *isso*? — murmurou.

Os números zero, um, dois e três foram escritos com frequência nas laterais das colunas. O zero era o que mais aparecia. O três mal era mencionado. Phoebe chegou ao fim do livro. Pegou o segundo volume imediatamente e encontrou a mesma coisa. Devia ter esperado por isso: sua mãe não deixaria evidências que a incriminariam em livros que, no fim, precisaria devolver. Mesmo assim, Phoebe havia esperado algo enigmático que ela conseguiria decifrar, não *números*. Aquilo poderia significar *qualquer coisa*.

O quinto livro se fechou em seu colo. Phoebe ficou sentada, imóvel, por um tempo, a atenção vagando. Em algum lugar da biblioteca, um relógio de pêndulo tocou alto, o som reverberando pelas paredes.

Ela olhou para baixo outra vez.

A fotografia havia registrado sua mãe segurando aqueles livros antes de Oliver nascer. Mas eles só haviam sido confiscados depois que o experimento da Senhora Hong fora cancelado, o que significava que, de alguma forma, eram relevantes, ou teriam voltado a estar disponíveis para o público. Isso significava que ela passara ao menos vinte anos lendo-os e tomando nota.

Há quanto tempo ela *começara* a fazer aqueles experimentos?

Pelo que me lembro, dissera Dao Feng, *sua mãe foi recrutada para os primeiros experimentos do Kuomintang porque já havia feito trabalhos similares.*

Phoebe deu uma olhada no resto da caixa. Não havia apenas livros. Também havia objetos aleatórios. Reconheceu o estetoscópio no canto porque, uma vez, quando criança, quase se enforcou enquanto corria pelas escadas com o instrumento em volta do pescoço.

Aquela caixa inteira devia ter sido confiscada de sua mãe quando o Kuomintang cancelou o projeto. Ainda mais curiosa, Phoebe pegou um diário com capa de couro, dando uma sacudida para se certificar de que as páginas não estavam soltas. Quando abriu a fivela, a primeira página mostrou um registro médico: pareciam ser registros de pressão arterial. Havia duas colunas. A da esquerda mostrava resultados normais; a da direita aparentava ser de alguém extremamente doente. Nenhuma informação biográfica acompanhava aqueles resultados. Nenhuma descrição de paciente ou o motivo pelo qual os registros foram feitos. Conforme Phoebe avançava, encontrou algo no rodapé das páginas que parecia descrever sintomas. *Tontura. Náusea. Arrepios.* Aquela era a caligrafia de sua mãe.

— O que isso *significa*? — sussurrou Phoebe para si mesma.

A Senhora Hong não era médica. Além disso, os Nacionalistas teriam notado pessoas entrando e saindo da casa, se sua mãe estivesse tratando pacientes lá, o que significava que teriam suspeitado dela muito antes.

Phoebe parou em uma página no meio do diário.

Não me lembro dos dez minutos que vieram logo após a rodada de hoje, mas isso é impossível de registrar corretamente sozinha.

— Espere um pouco — disse Phoebe de repente.

Aqueles resultados eram da própria Senhora Hong. Phoebe voltou para o começo dos registros, procurando a data. *16 de outubro de 1903.* Mais de dois anos antes de Oliver nascer.

Phoebe não tinha certeza se estava tirando conclusões precipitadas, mas um diário como aquele parecia registrar o *antes* e *depois* de um experimento. Não havia nada ali que declarasse isso explicitamente, porque, se houvesse, os Nacionalistas já o teriam queimado. Ainda assim, Phoebe não conseguiu afastar essa sensação.

Seus olhos se voltaram para os livros. Eles falavam de uma ciência que ela nem se atrevia a tentar entender. Talvez alguém com um diploma tivesse conseguido compreender os aspectos técnicos. Tudo o que Phoebe tinha eram os números anotados nas laterais.

Zero, um, dois, três.

Oliver, Orion, Phoebe.

— Caramba — sussurrou Phoebe.

O três não aparecia muito, afinal. Mas o zero aparecia repetidas vezes, em uma tinta desbotada que poderia ter sido traçada havia vinte anos. Será que os primeiros experimentos de sua mãe foram em *si mesma*?

Já passava das 14h. Silas olhou o relógio de pulso novamente, a outra mão tamborilando no banco abaixo dele.

Ou Sacerdote não apareceria, ou ele estava atrasado e ela já fora embora. O riquixá parara na Estação Ferroviária de Shuzou dois minutos depois das 14h. Certamente ela não iria embora depois de apenas dois minutos de atraso. Mas também, Silas não sabia que tipo de critérios assassinas Comunistas ultrassecretas possuíam.

Ele mordeu o lábio. Se não voltasse logo, Phoebe começaria a se preocupar.

A estação ferroviária fazia barulho a cada poucos segundos, fosse o das portas se abrindo ou o de um passageiro correndo para pegar o trem. Apesar de Silas permanecer alerta, ninguém olhou em sua direção enquanto ficou sentado ali, encarando o quadro de embarque e fingindo que esperava um trem chegar.

Em um movimento frenético, o quadro de embarque mudou, atualizando os novos horários. Silas suspirou, finalmente decidindo ir embora. Talvez algo tivesse dado errado. Sacerdote poderia ter sido seguida e precisaria se encontrar com ele em outro momento, principalmente considerando a quantidade de soldados Nacionalistas que faziam a segurança da estação. As ameaças de guerra aumentavam a cada dia. Por que ela escolheria se encontrar em uma estação de trem? Considerando a vigilância do Kuomintang, talvez aquele fosse o pior dos lugares.

Ele se levantou. Bateu a poeira da jaqueta e foi em direção à porta. Ou talvez fosse culpa dele. Talvez fosse Silas quem estivesse encarando aquilo da forma errada, e todo caminho correto que seguisse só o faria andar em círculos e mais círculos. Não eram essas as críticas que os jornais faziam ao Kuomintang? Que eles mal conseguiam fazer alguma coisa, porque ficavam desesperados para seguir as regras e botar panos quentes? Talvez Silas estivesse cometendo o mesmíssimo erro, pulando quando Sacerdote lhe dizia para pular, abaixando a cabeça na esperança de que ela escolheria compartilhar informações por vontade própria.

— *Xiǎo huǒzi!* Espere!

Silas franziu o cenho, parando. Um senhor o havia chamado do banco do qual ele acabara de levantar. Não era possível que aquele fosse Sacerdote...

— Isto é seu?

O senhor apontou para um pequeno objeto no banco. Silas não o havia visto antes, então devia estar sentado bem em frente a ele.

— Não é meu — respondeu, aproximando-se. — Tenho certeza de que alguém deixou cair enquanto ia embora...

Ele se interrompeu. Era uma latinha, talvez feita para guardar cigarros ou balas. Porém, desenhada na superfície, havia uma cartola. Do tipo comprida e cômica, que as pessoas usam para tirar coelhos de dentro.

— Ah, não. Isso é meu sim — disse Silas, pegando a latinha rapidamente. — Obrigado.

O senhor assentiu. Silas saiu depressa da estação com o objeto junto ao peito, abrindo caminho entre os grupos de passageiros — e o cheiro penetrante de castanhas assadas que vinha das barracas de rua que cercavam a área — até parar e abrir a lata.

Dentro, havia um único negativo de um rolo de filme. Silas o segurou contra a luz, completamente perplexo. Parecia ser um prédio. Não havia como decifrar mais nada até que fizesse uma cópia e mandasse ampliá-la, mas pelo menos o encontro não fora um fracasso total.

Colocou o negativo de volta na lata e apressou-se a voltar para a rua Baoshan.

Phoebe desceu as escadas da biblioteca correndo, segurando as saias para que pudesse ir mais rápido sem as camadas em volta dos joelhos. O prédio estava silencioso ao seu redor, com alguns outros visitantes trabalhando nos demais andares. Acadêmicos, provavelmente, olhando coleções e fazendo anotações. As janelas das laterais deixavam muita luz entrar. A tapeçaria grossa da escada amaciou seus passos, impedindo que ela atrapalhasse o trabalho que acontecia ao redor.

— Sabia que sua mãe era acadêmica? — perguntara Rosalind poucos dias depois de Orion ter sido sequestrado. Phoebe lhe levava comida, passando tempo no quarto enquanto Rosalind olhava pela janela, para os repórteres que se reuniam abaixo. — Ela fez uma pesquisa em Cambridge. Dei uma olhada ontem: havia um único artigo em Xangai que mencionava que a tese dela foi finalizada. Nada além disso.

— Acho que faz sentido — respondera Phoebe. — Mas não... eu não sabia. Ela nunca falava da vida que teve antes de nós.

— Parece que ela culpa a elite por isso. — Rosalind havia cruzado os braços. — Ninguém se importava, então ela passou a esconder a educação que teve.

Phoebe não sabia se concordava com isso ou não. Sua mãe era uma pessoa determinada. As coisas eram expostas se ela quisesse que o fossem. E mantidas em segredo se assim preferisse. Talvez, naquele momento, Phoebe tivesse falado por estar magoada com tanta coisa acontecendo com sua família sem que ela soubesse, mas não hesitou ao dizer:

— Acho que ela guardou esse segredo de nós porque não queria que as pessoas soubessem o dano que podia causar. Ela sabia que era capaz de algo terrível, e o fez mesmo assim.

Agora, Phoebe chegava ao primeiro andar. Foi diretamente até o balcão de informações, subindo na ponta dos pés para chamar a atenção do bibliotecário enquanto ele registrava devoluções.

— Fechei a porta quando saí — informou ela em vez de cumprimentá-lo. — Onde fica a seção de ciências naturais? De biologia, especificamente.

O bibliotecário levantou as sobrancelhas.

— No segundo andar, nas estantes à esquerda da escada. Encontrou tudo o que queria na sala?

— De repente, também fiquei interessada em conhecimentos gerais! — disse Phoebe por cima do ombro, já correndo até as escadas de novo.

Ela não perdeu tempo. Silas voltaria assim que encontrasse a latinha que outro agente deixara para ele, quando percebesse que Sacerdote não apareceria na estação no fim das contas.

Phoebe parou em frente aos livros de biologia. Alguns eram didáticos e escritos para estudantes; outros eram de descobertas acadêmicas, agrupados em teses e dissertações de doutorado. Com uma desculpa mental para os visitantes que estavam no térreo, ela puxou a prateleira com tudo e jogou toda a pilha no chão.

— Desculpe — sussurrou Phoebe, estremecendo com o barulho.

Imediatamente colocou os livros em mandarim de lado. Sua mãe havia estudado em Cambridge, então era mais provável que tivesse feito sua pesquisa em inglês. Phoebe começou a olhar os livros estrangeiros que restaram, passando o olho pelo sumário. Jogou de lado qualquer edição que estivesse escrita em francês ou, às vezes, holandês. Mesmo com toda a atenção voltada somente para àqueles escritos em inglês, a pilha de livros descartados se tornava cada vez maior conforme ela examinava edição por edição. Phoebe estava prestes a desistir, admitindo que havia sido um tiro no escuro. Então, no penúltimo livro que pegou, parou de súbito assim que leu o sumário.

Havia encontrado.

Seção 6: Jiang Lei — SERAMORINA:
UMA HIPÓTESE EM RELAÇÃO A MUTAÇÕES SANGUÍNEAS E TRANSMISSÃO GENÉTICA

O nome de solteira de sua mãe. Phoebe foi diretamente para a página correspondente. Apesar de seus ombros tremerem de ansiedade, seus dedos permaneceram firmes.

— *Apresentado pela Primeira Vez para a Universidade de Cambridge em 1901.* — Leu em voz alta.

O artigo era longo. Repleto de diagramas e gráficos. Mas só de ler o resumo, Phoebe percebeu que poderia ter encontrado tudo o que procurava.

> *... A criação da seramorina mudará nossa presente compreensão de mortalidade e humanidade. A própria ciência como prática terá que ser remodelada por completo, se quisermos buscar descobertas totalmente revolucionárias que possam desafiar a morte...*
>
> *Para que os elementos ativos da seramorina possam se estabilizar, é necessária uma mutação bem-sucedida em um hospedeiro original, seguida pela transferência para um segundo hospedeiro através do processo de meiose. Com a presença do sangue geneticamente modificado, outros avanços poderão ser feitos na criação de misturas...*

Phoebe precisava se certificar de que não estava entendendo errado.

— Dicionário, dicionário... — murmurou, levantando-se de sobressalto e seguindo direto para a seção de referências do outro lado do segundo andar.

O primeiro dicionário que pegou era muito pesado e complicado. Pegou outro, para crianças.

> *MEIOSE: (substantivo) processo de divisão celular para fornecer o material genético usado na reprodução.*

Phoebe encarou a definição. Não entendera errado. Na verdade, havia entendido o que sua mãe escrevera perfeitamente bem. A raiz dos experimentos começaram com ela, naquele pequeno diário que os Nacionalistas haviam escondido sem pensar duas vezes no conteúdo. Ela havia alterado o próprio sangue para hospedar algo estranho, transformando-o em uma mistura que em seguida criaria.

Então, só precisara do próximo componente: o sangue de sua prole, que carregava sua genética adulterada.

24

Celia havia encontrado uma cesta de compras no abrigo, o que lhe dava algo para ocupar as mãos enquanto passava pelos soldados do lado de fora do prédio.

Ela manteve a cabeça baixa. Sabia que Oliver estaria observando da janela, então não olhou para ele até contornar o prédio e sair do campo de visão, com receio de entregar o esconderijo deles caso se virasse naquela direção.

Um soldado a observou virar a esquina. Celia resistiu ao impulso de se retrair, mas puxou a gola do *qipao* para cima. Talvez devesse ter tirado o pingente do colar, para o caso de os soldados terem sido alertados a procurar por ele. Certamente muitos anos haviam se passado para que qualquer um se lembrasse com detalhes das vestimentas de Kathleen Lang. Porém, Celia nunca pensou que alguém voltaria a chamá-la desse jeito, e ainda assim, os canais Nacionalistas provavelmente estavam alvoroçados com o nome de sua irmã morta. Poderia ter sido pior. Poderia ser o nome que seu pai quisera lhe dar ao nascer — e, graças aos céus, ele não estava envolvido naquilo.

Celia entrou em um pequeno hortifrúti. Precisava agir naturalmente. Como se estivesse somente resolvendo problemas antes de ir ao telégrafo. Sua atenção passou das maçãs para os damascos e foi até os homens de guarda do outro lado da rua. Ela comprou um saco de damascos. Quando o colocou na cesta de compras, saiu do hortifrúti, de olho no telégrafo.

— Você aí!

Celia sentiu o estômago se revirar. Parou, dando uma olhada por cima do ombro para ver de onde vinha o grito. Quando percebeu que o soldado estava apenas parando o homem atrás dela, suspirou baixo, seguindo seu caminho como se a interrupção não tivesse sido nem um pouco estranha. Na verdade, seu coração estava batendo tão rápido que ela não ouviu a porta fechar atrás de si quando entrou no telégrafo, o baque apenas uma adição às batucadas em seu peito.

Já havia um cliente na bancada. Só havia um funcionário recebendo as mensagens, então o lugar estava silencioso, salvo pela conversa confusa a respeito do custo de enviar dois telegramas para dois locais diferentes que eles estavam tendo. Nem o funcionário nem o outro cliente prestaram atenção em Celia quando ela foi até a mesa e colocou a cesta no chão. Ela tentou acalmar a respiração. Sua letra saiu trêmula quando ela pegou a caneta presa ao tampo da mesa e rabiscou uma mensagem.

Definiu o endereço para um porto seguro que recebia todos os comunicados de missões que iam e vinham de Xangai. Era perigoso demais entrar em contato com uma estação de comunicação, já que um endereço físico poderia ser exposto e todos os comunicados seriam rastreados. Portos seguros, por outro lado, apenas encaminhavam as mensagens.

Foi por isso que, quando o outro cliente terminou e Celia levou sua carta à bancada, o funcionário olhou uma única vez para o endereço que ela escrevera e perguntou:

— Ah, chegou uma mensagem desse local também. É para você?

— Uma mensagem? — perguntou Celia. Quem estaria entrando em contato com *eles*? Não haviam ficado na surdina por tempo o suficiente para que o comando central começasse a se preocupar. — Quando chegou?

O funcionário se inclinou para olhar atrás da bancada. Depois que alguém do escritório traduzia o código Morse recebido, as mensagens eram colocadas na estante. O homem levou um momento para dar uma olhada na primeira prateleira, antes de achar a correta e pegá-la.

— Há meia hora. Está endereçada apenas para um senhor Yin. Estávamos prestes a olhar os registros à procura do destinatário.

O abrigo sem dúvidas estava no nome de um senhor Yin. Celia só não sabia se, na verdade, era uma mensagem para ela e Oliver — que alguém enviara para a última localização em que foram vistos, presumindo que estavam alojados no abrigo mais próximo —, ou se a intenção era que qualquer agente próximo a recebesse.

— Sim, é do meu pai — disse Celia. — Entregarei para ele.

Pagou pela mensagem que enviava e pegou o envelope que havia chegado, agradecendo ao funcionário. O exterior do envelope não ajudava a resolver o mistério: não havia marcas ou pistas do que seria, então ela o colocou na cesta junto com o saco de damascos. Bem quando descia os degraus do telégrafo, dois soldados passaram correndo por ela, e apesar de Celia abaixar a cabeça novamente, muito concentrada em se certificar de que os damascos estavam bem acomodados, eles mal lhe deram importância.

— *... veículo identificado. Vamos rebocar.*

— Ah, não — murmurou Celia.

Provavelmente era o carro deles. Aquilo era ruim. Muito, muito ruim.

Ela se esgueirou pelas sombras, andando pela última quadra até voltar ao abrigo. Assim que chegou em frente ao prédio, Celia largou a cesta e pegou o envelope, enfiando-o no *qipao*. Precisavam ir. Agora, seria muito arriscado esperar até o anoitecer.

— Sou eu. — Celia bateu várias vezes na porta. Continuou batendo até Oliver abrir, então quase o derrubou quando entrou. — Estamos indo.

— O quê? — questionou Oliver.

— Acharam nosso carro — disse ela depressa. — É praticamente uma confirmação de que estamos por perto, então precisamos fugir agora.

— *Sem* um carro?

Celia encontrou um cachecol volumoso no guarda-roupa e o jogou na direção dele.

— Iremos a pé até acharmos um veículo para roubar.

— Estamos numa área rural. Vamos desmaiar antes de acharmos um meio de transporte para roubar.

— Sei bem disso. — Celia encontrou outro cachecol volumoso e o enrolou no pescoço. — Mas não temos opção.

Naquele momento, ouviram uma agitação abaixo. Celia e Oliver correram até a janela, preocupados. Soldados lotaram o beco, metade entrando no prédio vizinho e a outra metade, no deles.

Merde.

— Estão batendo de porta em porta — declarou ele, simplesmente.

Oliver não parecia estar em pânico o suficiente para o gosto de Celia. Ela sabia que ele era uma pessoa introvertida, mas uma pequena demonstração de histeria por causa da situação terrível em que se encontravam teria sido bom.

— Terraço? — perguntou ela.

Oliver balançou a cabeça. Ele apontou para o alçapão embaixo deles.

— Temos que nos esconder.

— *Esconder*? Enquanto eles entram?

— Também não gosto disso, mas é como você disse: não temos opção.

Três saídas estavam dentro das possibilidades. A porta da frente, mas seria impossível andar pelo resto do prédio enquanto os Nacionalistas vinham daquela direção. A janela ao lado deles, porém havia soldados logo abaixo dos dois lados da viela. E, do outro lado do apartamento, havia uma janela no banheiro, que dava para outro beco sem saída que os Nacionalistas não tinham motivo para proteger. Celia, porém, havia dado uma olhada antes, e não parecia haver nenhuma forma de escalar a parede.

Sendo assim, não havia nenhuma saída. Como chegaram a esse ponto?

Proferindo um xingamento baixinho, Celia puxou uma ponta do tapete. Oliver abriu o alçapão.

Uma porta bateu no primeiro andar. Quando Celia se sobressaltou, sua respiração estava fria como gelo, uma sensação física descendo por sua garganta.

— Ande, ande — disse Oliver baixinho.

Com um gemido entrecortado, Celia atravessou o alçapão, entrando no esconderijo. Não era correto chamá-lo de porão quando estava espremido entre dois andares, mas se parecia o suficiente com um. O restaurante abaixo fora construído com um sótão para depósito, o que significava que havia lacunas na planta do andar que o apartamento podia preencher abaixo. O espaço só era o suficiente para que Celia ficasse de joelhos, e Oliver precisou manter a cabeça abaixada quando entrou. Havia um encanamento na lateral, gorgolejando uma saudação.

— Espere, escute — sussurrou Celia rispidamente.

Ela pegou o cotovelo de Oliver, impedindo-o de fechar o alçapão. A agitação no andar debaixo parecia estar... diminuindo. Ou talvez se dispersando, as vozes se espalhando de uma forma que tornava difícil rastreá-las.

Então, uma explosão de passos ecoou pelo apartamento, e Oliver puxou o alçapão, o clique ressoando. Feixes de luz, finos como agulhas, adentraram pelos espaços entre as tábuas.

Celia percebeu duas coisas ao mesmo tempo. A primeira: havia sangue no chão... uma grande mancha no canto, que também espirrou gotas na parede, e agora estava iluminada pela luz fraca. A segunda: não deveria haver nenhuma iluminação entrando no esconderijo, para começo de conversa. Porque, se havia luz adentrando pelas tábuas do chão, isso significava que o tapete não fora colocado em cima do alçapão e seu contorno estava visível, e não havia como recolocá-lo no lugar enquanto estavam escondidos.

O que fez ela chegar à terceira conclusão: se um conflito já acontecera ali no passado e alguém levara um tiro, então talvez aquele abrigo já estivesse no radar dos Nacionalistas.

— Celia — disse Oliver de repente.

Somente pelo tom, ela sabia que ele chegara à mesma conclusão.

— Vai ficar tudo bem — assegurou ela antes que ele pudesse continuar. — Não irão nos encontrar.

Passos subiam as escadas. Soldados, dando ordens e passando relatórios uns para os outros.

Oliver se virou rapidamente, vasculhando o pequeno espaço.

— Tem alguma coisa naquele cano?

— No cano? — repetiu Celia. Ela se arrastou dois passos para o lado, arranhando o joelho no piso áspero. — Não que eu esteja vendo.

Ouviu-se um baque no corredor do lado de fora. Apesar de Oliver ter feito a pergunta, seu olhar estava voltado para a porta do alçapão. Ela conhecia aquele olhar. Ele estava prestes a fazer algo terrível.

— Se estão olhando todos os prédios, não farão uma busca minuciosa — sussurrou Celia. — É pura lógica. Não estamos perdidos.

Oliver se virou para ela. Sua boca abriu e fechou, então Celia ficou ainda mais preocupada, porque Oliver raramente ficava assustado, e aquilo era o mais próximo disso que ela já vira. Como se ele já tivesse determinado que um soldado encontraria o alçapão e o abriria.

— Talvez esteja do outro lado — disse ele.

Celia não estava estendendo.

— O quê?

— Deixe-me ver — esclareceu Oliver, esticando o braço na direção do cano.

Ele passou a mão pela lateral mais próxima da parede. Intrigada, ela foi logo procurar também, mas seus dedos só encontraram poeira.

— Não tem nada aqui.

Um grito... estavam se aproximando.

— Por favor, não fique brava — disse Oliver de repente. — Talvez essa seja a última chance que tenho de fazer isso.

Antes que Celia pudesse perguntar do que ele estava falando, antes que pudesse entender o significado de suas palavras, Oliver colocou a mão na lateral de seu pescoço, e a beijou na boca.

Ela congelou.

Absoluta e completamente, como uma estátua feita com um toque quente e incompreensão. Talvez só tivesse sido necessário outro mero segundo para que ela saísse do transe e o beijasse de volta, mas nunca saberia, porque sentiu algo contornar seu pulso e a pressão do aperto de uma corda.

Quando ele se afastou, já havia usado aquele momento para amarrá-la ao cano.

— Não ouse — sibilou Celia imediatamente. Forçou a corda. Estava presa com firmeza, um nó duplo prendendo-a ali. — Oliver Hong, eu juro...

— Por favor, não grite. Não faça com que isso seja em vão. Por favor.

— *Oliver...*

Ele abriu o alçapão. Celia puxou a corda com o máximo de força possível, mas não conseguiu se livrar da amarração.

— *... pare!*

A porta se fechou. Assim que ele colocou o tapete no lugar, a luz se esvaneceu, e Celia foi deixada na escuridão completa.

DROGA, OLIVER, SEU MÁRTIR DE... COMMENT OSES-TU ESSAYER... PUTAIN DE BORDEL DE MERDE...

Ele havia pedido para não gritar, e Celia era racional o suficiente para seguir a solicitação, extravasando a raiva apenas com uma mínima batida do punho contra o cano. Mas não era raiva, não de verdade. No fundo, era pavor, porque ele acabara de se entregar para mantê-la em segurança, e ninguém sobrevivia ao ser capturado por Nacionalistas. Ela ficou sem fôlego. Seus pulmões estavam dolorosamente contraídos.

Durante todo aquele tempo juntos, Celia sempre soubera que permitir que alguém se importasse com ela resultaria naquilo. Jogariam-se de cabeça na batalha, agindo de forma contrária ao que era certo.

Odiava o mundo naquele momento, mas também odiava a si mesma. Ela havia causado aquilo. Ela.

Não, não, por favor, não faça isso... Volte...

Os sons dos passos dele foram até a janela. Ela ouviu o painel de vidro sendo aberto, e então Oliver andando na direção da porta em vez disso. Não sabia se ele estava tentando criar a imagem de que Celia já havia fugido. Tudo o que sabia era que precisou tapar a boca quando um soluço involuntário tentou escapar, mal sendo abafado pelos soldados que entravam.

Um tiro. O quarto irrompeu em gritos, tão altos que não era possível distinguir uma única voz em particular. Todos os instintos de Celia a mandavam gritar e simplesmente entregar sua localização, mas ela era uma agente, não uma criança. Para que a captura de Oliver significasse alguma coisa e ela conseguisse escapar, precisava sair dali ilesa. Não o matariam, não ainda. Os soldados teriam sido proibidos de executar alguém como Oliver com um tiro fácil. Seus superiores certamente deram instruções claras para casos como aquele: levar os inimigos de volta — e levá-los vivos. De que outra forma os torturariam para arrancar informações sobre o resto dos combatentes da resistência?

Outro tiro no quarto. Celia apertou a boca com mais força. As bochechas estavam molhadas, cada vez mais frias com o passar dos segundos, mas ela mal podia se mover para afastar as lágrimas. Havia uma fanfarra de movimentos abaixo dela: gritos, ordens e o ribombar de passos que chacoalhavam as tábuas de tal forma, que ela quase pensou que o alçapão fosse ceder e revelá-la de qualquer modo.

Então, ouviu uma voz sobrepondo-se claramente ao pandemônio:

— *Para Xangai. Vamos, vamos, antes que a parceira dele apareça!*

Eles o levariam para Xangai, onde estavam as celas e os generais. Onde poderiam celebrar a captura, eliminar cada sinal de oposição interna ao poder deles, um por um por um, sem se importar com o que se escondia nas fronteiras externas.

Os passos se afastaram. Agora, as vozes estavam distintas o suficiente para que fosse possível escutar as ordens para levar Oliver embora.

Lentamente, Celia reuniu coragem para abaixar a mão, o risco de fazer barulho havia passado. Ela puxou o braço amarrado mais uma vez, a corda em seu pulso finalmente se soltando, libertando-a do cano. Mal importava agora — a intenção de Oliver era de que fosse apenas uma restrição temporária, e não havia sentido em ir atrás dele quando ainda ouvia os soldados saindo do edifício.

Celia prestou atenção. Seus punhos estavam cerrados a ponto de sentir as unhas cortarem a pele, causando uma dor aguda em suas palmas.

O abrigo havia caído em silêncio. Ela esperou mais um minuto para se certificar de que haviam partido, de que não havia mais olhares no quarto.

Por favor, não fique brava, talvez essa seja a última chance que tenho de fazer isso.

— *Desgraçado...*

Celia enxugou o rosto bruscamente, afastando as lágrimas. Se Oliver estava decidido a se tornar o objeto de tortura deles, ela formaria um maldito batalhão para impedir que isso acontecesse.

Levantou o alçapão. Xingou baixinho, socando o tapete que tentou ficar preso no trinco.

— Vou te matar — murmurou Celia, saindo de debaixo do assoalho. — Vou te salvar, e então vou te matar. Cortarei você em *pedacinhos.* Vou dá-lo de comida para os *peixes.*

O abrigo estava silencioso. Assim como o resto do edifício quando ela adentrou o corredor com cuidado. Para Celia, parecia que ela havia saído de casa e esquecido de se vestir. Como se tivesse entrado no meio de uma batalha sem um escudo. Estar sem Oliver ao seu lado lhe causava uma sensação terrível.

Celia finalmente saiu. Ela estremeceu, enrolando bem o cachecol em volta do rosto. Em primeiro lugar, precisava encontrar um meio de transporte. Depois, precisava buscar ajuda, o que já estava em seu próximo destino de qualquer forma.

Zhouzhuang.

25

A noite estava pesada no distrito cercado pela água. As sombras eram densas como um nevoeiro, pairando baixas ao longo dos canais.

Orion havia acordado novamente.

Desta vez, parecia ter se recuperado melhor, permanecendo acordado por mais do que alguns minutos. Apesar de Rosalind ter ficado extremamente nervosa quando foi chamada de volta ao quarto — sua atenção presa a todos os movimentos dele por medo de que desmaiasse de novo, ou pior, surtasse de repente e aquela confusão fosse uma atuação planejada pela Senhora Hong —, não demorou muito para que ela começasse a relaxar.

Orion não deu ouvidos a nenhuma das insistências de que ele deveria se sentar e relaxar. Fez de sua missão pessoal xeretar a casa enquanto fazia dezenas de perguntas por minuto, questionando tudo, desde por que estava ali até o motivo de usar uma farda militar, e nenhuma das respostas era fácil. Apesar de Rosalind tentar explicar da melhor forma, Orion não estava prestando total atenção de todo modo. Ele apagava e acendia a luz e, para a confusão de Juliette, remexia em suas coisas. Rosalind tentou assegurar sua prima que futricar era um hábito comum de Orion. Concluíram que seu comportamento tinha que ser verdadeiro, porque mesmo que o Orion hipnotizado fosse um bom ator, era impossível que conseguisse imitar a expressão de pura felicidade que tomou seu rosto quando encontrou uma granada em um dos armários. Horrorizado, Roma retirara o objeto de suas mãos imediatamente, reprimindo-o ao dizer que aquilo não era um brinquedo.

Orion havia retornado — ao menos parcialmente. Rosalind reconhecia seus maneirismos a cada balançar de seu braço e a cada agachamento rápido. Quando ele não estava prestando atenção, ela se maravilhava com o que via, perdendo o fôlego com a forma com que ele fazia algo básico, como afastar uma cadeira da mesa.

Mas é claro que a amnésia era um problema. Orion podia estar livre das ordens de sua mãe, mas ele não era o mesmo se não conseguia relembrar sua vida ou quem qualquer um deles era. Não havia nenhuma urgência em seus trejeitos.

Ele não sabia que o irmão mais velho o procurava ou que a caçula estava na cidade, preocupada com ele; que seu melhor amigo se infiltrava cada vez mais no partido inimigo, em busca de uma solução; e que Rosalind… bem, ela não sabia o que era para ele, e talvez isso fosse um problema por si só.

— Não entendo — disse Orion. Deu um tapinha no pedaço de papel à sua frente. — Como me conhece tão bem se isso começou há menos de cinco meses?

Estavam sentados à mesa da cozinha. Rosalind precisou colocá-lo em uma cadeira antes que ele quebrasse mais objetos da casa, ou pior ainda, começasse a brincar com outra granada. Então, em um esforço para ajudá-lo a entender o problema em que estava, começara a desenhar em um pedaço de papel, sinalizando todas as pessoas que ele conhecia e como estavam conectadas.

— Morávamos juntos — respondeu Rosalind. Para ser sincera, ela estava desviando de algumas das perguntas dele. — Aprendi muitas coisas.

Orion pareceu pensar.

— E por que Alisa também sabia de tanto…?

— Colega de trabalho — resumiu Rosalind, estremecendo.

Ela ouviu uma risadinha vinda do sofá. Foi Juliette, que estava sentada com uma tigela entre as pernas, afiando a faca em sua base. Certas coisas nunca mudavam.

Orion assentiu, compreendendo. Sua atenção também havia se voltado para a risadinha de Juliette.

— Então, Juliette também fazia parte dos Nacionalistas?

— Ah, de jeito nenhum. — Com um suspiro, Rosalind tentou fazer com que a atenção dele se voltasse para o papel, em que, se ele tivesse olhado com cuidado, notaria a falta do nome de Juliette. — Ela esteve fora da cidade por anos. Roma também.

Como se tivesse sido invocado, Roma abriu a porta da frente, falando para que Alisa entrasse primeiro antes de segui-la. Haviam saído para dar um telefonema, pois Roma dissera que sabia exatamente como ligar para Lourens. Alisa o seguira imediatamente, querendo acompanhá-lo. No sofá, Juliette ergueu o olhar da faca que afiava, levantando a sobrancelha uma vez para fazer uma pergunta a Roma, e recebendo um aceno de cabeça em resposta.

— Então, como os conhecemos? — insistiu Orion enquanto isso.

— Você não os conhece, quem conhece sou eu.

— O quê?

— Juliette é minha prima. Roma é o marido dela.

— E irmão da Alisa?

— E irmão da Alisa.

— Por que conhecemos a Alisa, mas não o Roma?

Rosalind resistiu à vontade de jogar as mãos para cima.

— Olha, Orion. Roma e Juliette estão em algum lugar por aqui — ela mostrou as margens da folha, além da rede que havia desenhado —, e nosso foco precisa estar aqui. — Usou a caneta para bater no meio da página, em uma grande estrela com o nome ORION. — Esses dois são apenas parte do pano de fundo. Esqueça eles.

— Ai — disse Roma na porta.

— Somos sensíveis — acrescentou Juliette.

Alisa bufou. Ela correu até a cozinha enquanto seu irmão se juntou a Juliette, inclinando a cabeça para que os outros não escutassem o que ele dizia no ouvido dela. De qualquer forma, parecia que Alisa trazia as próprias informações quando parou em frente à mesa e perguntou:

— Posso interromper?

— Duvido que precise de nossa permissão para isso. — Rosalind baixou a caneta. — O que foi?

— Uma equipe está trazendo Lourens — disse simplesmente. — Mas levará mais de uma semana. Roma quer que fiquemos aqui enquanto isso.

Rosalind quase arquejou em voz alta.

— Uma *semana*? — questionou ela. — Por que diabos levaria uma semana?

— *Mais* de uma semana — corrigiu Alisa, como se fosse por isso que Rosalind estivesse chocada. — E é porque precisamos enviar meu primo para encontrá-lo primeiro. Benedikt... se lembra dele?

Rosalind apertou a ponte do nariz. Orion deu uma olhada no papel à sua frente, procurando, agitado.

— Você não mencionou nenhum Benedikt.

— Ele e Marshall já estão a caminho — continuou Alisa. — Acho que não podemos confiar em ninguém além deles para realmente convencer Lourens, então precisamos esperar que cheguem de Moscou.

Orion ergueu o papel da mesa.

— Ora, quem é esse tal *Marshall*?

Tanto Rosalind quanto Alisa o ignoraram.

— Phoebe e Silas devem estar mortos de preocupação — comentou Rosalind. — Quando a presença dos Nacionalistas diminuir na cidade ao lado, precisaremos partir. — Ela parou de falar. De repente, sentiu-se uma tremenda estúpida. — Quero dizer... eu e Orion sem dúvidas devemos partir. Não tenho autoridade nenhuma para te dizer o que fazer.

Alisa revirou os olhos.

— Pare de ser tão sentimental. Posso voltar sempre. Eles não têm como se livrar de mim agora.

— Temos sim! — gritou Roma da sala. — Arrumo suas malas ao primeiro sinal de rebeldia.

— Como eu estava dizendo — continuou Alisa, fingindo não ter escutado —, uma semana não é nada no grande esquema de nossas preocupações. Phoebe e Silas são pessoas compreensivas.

Era pura mentira. Ou talvez Alisa e Rosalind tivessem interpretações bem diferentes do significado de "compreensivo", especialmente em relação à Phoebe.

— A Senhora Hong ainda está à solta — disse Rosalind. — Não sabemos o que ela está fazendo, não sabemos o que está planejando, se só deixou Orion no local, sem protegê-lo ferozmente, porque então você pensaria que, se ela precisasse dele...

Rosalind parou de falar. Orion havia colocado a mão em seu braço, fechando os dedos em seu pulso. Ela encarou o gesto, então ele também se assustou ao olhar para baixo, como se não tivesse percebido o que estava fazendo. Enquanto tentava reacender sua memória, ela estivera fazendo um pouco de contato físico com ele: o cotovelo relando em seu ombro quando ia pegar um papel, a mão esbarrando na dele, as pontas dos dedos roçando-a ao lhe passar uma caneta. Ela precisava ter certeza de que ele não desapareceria, de que a imagem diante dela era real. Mas aquilo, de repente, era demais — *real* demais, invadindo todos os seus sentidos de uma só vez.

Orion a soltou.

— Desculpe — disse, envergonhado, e estremeceu. — Mas acho que tem algo que não entendi direito. Ainda estamos em uma missão?

— Nós dois? — perguntou Rosalind.

Ele assentiu.

Rosalind hesitou.

— Não. — Ela olhou para baixo, completamente focada numa pequena migalha sobre a mesa. — Quero dizer... minha única missão era viajar pelo país, e a abandonei. Você é, tecnicamente, um fugitivo.

— Claro. — Orion olhou para a folha de papel. Incluía todos que ele conhecia. Não incluía cada detalhe, cada crime que ele cometera sob o controle da mãe. — Eu assassinei várias pessoas.

Antes que Rosalind pudesse consolá-lo, pudesse fazê-lo se lembrar de que não fora *ele*, que Orion havia sido usado como um instrumento, quando deveria estar seguro com alguém que confiava, ele levantou o olhar novamente e perguntou:

— Se nenhum de nós está mais ligado à missão... quem ordenou essa necessidade de impedir minha mãe?

O tique-taque do relógio na parede se tornou tortuosamente alto. Era como o barulho metálico de um trem passando sobre trilhos quebrados, cada segundo ecoando com o retinir de um vagão em risco de descarrilar.

— Ninguém *ordenou* — disse Rosalind, na defensiva. Ela não sabia bem por quê. — Mas ela está prestes a dar ao Império Japonês uma pesquisa incrível e, se conseguir, será impossível vencermos a guerra que está por vir. Será mais fácil levantarmos logo nossas bandeiras brancas.

— Isso, eu entendi. — Orion passou um dedo pelo pedaço de papel, percorrendo a rede de nomes. — Mas não há outros agentes nessa missão?

— Muitas pessoas estão de olho nela — comentou Alisa. — Mas se há alguém realmente se esforçando para impedi-la? — Ela deu de ombros. — É discutível. Além disso, ela ainda não entregou nada ao governo japonês. Tudo o que fez foram experimentos nos próprios soldados, ou nos que foram roubados dos Nacionalistas, ou nos que pegou emprestado dos japoneses, e se estivermos falando de prender uma *hanjian*, há *muitos* nesse país.

Orion a encarou. Depois, o papel.

— Então ela *não* precisa ser impedida?

Rosalind soltou um muxoxo.

— Se visse uma vela queimando embaixo de uma cortina, prestes a pegar fogo, não a tiraria de lá?

— E se não fosse uma vela? — retrucou Alisa tão rápido quanto ela. — E se for um cano que superaquece durante o inverno, e que não pode ser retirado sem uma reforma completa na casa?

— Então, você deveria fazer uma reforma completa na casa — rebateu Rosalind.

— Mas você não é uma construtora — disse Alisa. — Não tem a licença para reformar.

— Talvez também possa tornar as cortinas à prova de fogo — acrescentou Orion.

Silêncio. O comentário foi tão ridículo que nem Rosalind nem Alisa poderiam continuar sem zombarias, e então tudo se tornou bem hipócrita porque, na verdade, a sugestão dele não era mais ridícula do que a troca delas. Juliette e Roma também estavam ouvindo, a atenção dos dois voltada para a cozinha. Rosalind não conseguia entender por que aquilo era uma discussão. Dao Feng teria concordado com ela. Dao Feng teria tornado tudo uma missão de verdade, e deixaria que ela impedisse...

Rosalind se recostou com força na cadeira, cruzando os braços em frente ao peito e forçando aquela linha de pensamento a parar de repente. Dao Feng não estava ali. Porque em vez de ser seu treinador, ele havia trocado de lado, e independentemente de qual partido estava certo ou errado, ou nenhum dos dois, de que importava o que ele aprovaria? Era óbvio que ele não se importava com o impacto que Rosalind tinha como Destino.

Ninguém mais controlava Destino. Ela sentiu a garganta se fechar ao inspirar, e ainda mais ao expirar. A casa se tornara sufocante. Quando foi que se tornara tão sufocante?

— Rosalind… — disse Alisa.

— Me deem um minuto. — Rosalind já estava de pé, andando até a porta da frente antes de terminar a frase. — Preciso de ar.

De onde estava, a água aparentava ser totalmente prateada.

Rosalind talvez estivesse inclinada a acreditar que o brilho na extremidade não era um reflexo da lua, e sim puro metal despejado sobre a superfície — porém, agachou-se na beira do lago repleto de algas e mergulhou sua mão, os dedos atravessando a água fria. Não era metal. Não era uma superfície impenetrável, apenas mais um fragmento da natureza, esperando que ela se inclinasse e quebrasse seu feitiço.

Rosalind respirou o ar frio da noite.

Agora que havia se acalmado, tinha de admitir que eles estavam certos. *Era* mais inteligente ficar ali. Esconder-se por uma semana, esperar Lourens chegar e descobrir como fazer Orion voltar ao normal. Mas Rosalind enlouquecia só de pensar nisso. Havia desperdiçado semanas, presa em seu apartamento a custo de nada. Mesmo que ajudassem Orion, a mãe dele ainda o procuraria. Por que se esconder, por que ter uma falsa sensação de segurança, se o mundo poderia se abrir aos pés deles no dia seguinte e levá-lo embora?

Rosalind pegou uma pedra e a jogou no lago. Ela fez um *ploft* vazio antes de adentrar a superfície prateada.

Uma única pessoa não poderia impedir a queda da cidade. Ela sabia disso. Era um assunto complicado demais, algo vasto, que atingia várias pessoas, e ela não poderia esperar mudar a opinião de todas. A política era tão inconstante quanto uma brisa na tempestade, seguindo a direção da maré e lançando navios contra a costa ao acaso. Mas ela sabia que, mesmo que tivesse pouco poder ali, isso não a impedia de querer tentar. Se conseguia ver um caminho, não deveria segui-lo? Encontrar a Senhora Hong, impedi-la, salvar o mundo? De que outra forma protegeria tudo aquilo com que se importava?

Jogou outra pedra. Arremessou-a, na verdade. O *ploft* seguinte não foi tão satisfatório.

Bufando, Rosalind deu as costas para a água e voltou a encarar a casa de Juliette. Não queria causar preocupação, e já estava ali há algum tempo. Pelo menos não tinha ido longe: qualquer um que espiasse do outro lado da casa a teria encontrado parada adiante, encarando a vastidão do lago. Perguntou-se como sua prima havia se acostumado a morar em um lugar assim — se ela realmente conseguia ser feliz longe do coração pulsante da cidade. Zhouzhuang era tão silenciosa que ela estava começando a alucinar que ouvia barulhos.

Rosalind começou a voltar pela margem. Quando estava indo em direção à porta da casa, levantou o olhar para o caminho até um grande salgueiro-chorão, onde havia uma silhueta sentada embaixo.

— Orion? — chamou, aproximando-se dele depressa.

Ele estava dormindo. As costas estavam apoiadas na árvore e a cabeça caída para a frente, as mãos repousando diretamente sobre a barriga. Com cuidado, Rosalind se agachou, cutucando seu peito como se ele pudesse estar só fingindo. Ele estava bem agasalhado com um casaco emprestado, a gola grossa e felpuda em torno do pescoço. Sua respiração estava pesada e uniforme. Ele não se mexeu quando ela cutucou seu peito outra vez, agora com mais força para o caso de o tecido do casaco ter amortecido o gesto.

Em vez de sacudi-lo para acordá-lo, Rosalind suspirou e se sentou ao lado dele. O ar noturno soprou, e ela também apoiou a cabeça contra o tronco da árvore, permitindo-se sentir a brisa fria em um dos braços e o calor natural do corpo de Orion no outro.

— Você é uma peste, sabia? — disse a ele.

Ele respondeu apenas com um ronco baixo. Rosalind colocou uma das mãos sobre a boca, e de repente lutava para conter uma crise, para manter a calma quando tudo o que queria era gritar até ficar rouca.

— Eu estava ótima antes de você — esbravejou, e então não conseguiu impedir as palavras de escaparem, colocando a culpa onde ela não merecia ser colocada. — Eu tinha um propósito. Não precisava prestar contas a ninguém naquela cidade, e ninguém naquela cidade se importava em prestar contas a mim. Tudo o que eu tinha que fazer era responder a Dao Feng. E então você apareceu. Pedindo minha opinião nas coisas mais tolas possíveis. Quantas pessoas fazem uma enquete sobre usar uma gravata preta ou azul, Orion? Pelo jeito, só você.

Acima, as folhas do salgueiro-chorão farfalharam, como se estivessem dando risadinhas em resposta ao comentário de Rosalind. Ela não se surpreenderia se, de repente, as árvores criassem vida para nenhum propósito além de rir dela. A natureza era testemunha de sua confissão, anotando suas palavras na casca daquela árvore, e talvez, algum dia, séculos depois, aqueles que olhassem para o salgueiro-chorão por tempo o suficiente também poderiam testemunhar os crimes dela.

Rosalind apertou bem os braços em volta de si. Sua ira se transformava em brasa, ganhando vida depressa, mas também se apagando depressa. Ela sabia quem era o verdadeiro alvo de sua raiva, e não era Orion.

— Na verdade, foi bom que você tenha me perguntado — sussurrou ela, derrotada. — Foi bom sentir que eu era tudo o que você precisava, mesmo que fosse só por um segundo, e para decidir a respeito de uma mera gravata.

A respiração de Orion mudou. Houve um resmungo — como se ele estivesse acalmando os próprios sonhos —, até que sua postura relaxou novamente. Rosalind esperou. Sua respiração escapou em uma nuvem opaca e branca, enevoando o ar ao redor deles.

— Quer saber o que eu acho? — Ela olhou para suas mãos. Mãos manchadas de sangue, causadoras de terror. — Na verdade, é mais fácil salvar o mundo. É mais fácil do que salvar a mim mesma. Mais fácil do que salvar você. Não estou tentando provar nada ao ir atrás de sua mãe. Ela é apenas a única ameaça que posso derrotar. Todo o resto… todo o resto parece uma causa perdida na maioria dos dias. No fim, vou me destruir. No fim, você vai acabar indo embora.

De repente, Orion levantou a cabeça, os olhos arregalados como se tivesse estado acordado o tempo todo.

— Eu não vou embora.

Rosalind deu um gritinho, recuando por causa do susto.

— Achei que estivesse dormindo!

— Eu estava — respondeu ele tranquilamente, sem nenhuma centelha de culpa em sua expressão. — Mas você começou a falar comigo, então acordei.

Há quanto *tempo* ele estivera ouvindo? Rosalind começou a se levantar, proferindo baixinho uma desculpa fajuta. Num piscar de olhos, Orion levantou o braço para impedi-la, a mão se fechando na barra de seu casaco para segurá-la.

— Eu estava esperando por você — disse ele depressa. — Não quis te assustar, então esperei que voltasse. Não vá.

Era terrivelmente estranho falar com ele cara a cara. Aquele era Orion, mas ao mesmo tempo, não era. Aquelas eram as expressões e os maneirismos de Orion e o rosto dele, tão lindo sob o luar prateado que doía, mas não havia nada de sua postura. Antes de começarem a se dar bem, trocaram farpas e zombarias como se fosse um esporte, farejando os pontos fracos um do outro como cães de caça procurando uma presa. Querendo ou não, ela conhecia o humor dele como a palma da mão, e ali só conseguia encontrar uma réplica — era o formato de Orion, mas sem sua carne e coragem.

— Você poderia ter simplesmente ido até mim — disse Rosalind.

— Eu não tinha certeza se podia — retrucou Orion.

Aquelas palavras pareciam resumir a situação em que se encontravam.

— Bem — ela deu de ombros —, aqui está sua permissão permanente.

Ele ficou em silêncio. Ela também. Orion havia se virado para encará-la. Teimosa, Rosalind continuava a olhar para o canal. Quando alguns segundos se passaram, ela ficou desconfortável o suficiente para bufar de leve, irritada.

— O que foi? — perguntou. — Está me deixando nervosa.

— Desculpe — disse Orion rapidamente. — É só que...

De repente, ele parecia tão pequeno — tão *murcho* —, que Rosalind se arrependeu de seu tom de voz antes mesmo de ele parar de falar. Apesar de conter uma careta, retirar as palavras ou se desculpar seria estranho demais, então ela finalmente se virou para ele. Orion piscou. A brisa havia aumentado novamente, bagunçando seu cabelo.

Orion Hong sempre fora *atraente* de um jeito convencional, mas Rosalind não se sentira atraída por ele — não no começo, não da maneira como aqueles que ele escolhia podiam ser seduzidos num estalar de dedos. Porém, naquele momento, havia uma batalha desconcertante na mente de Rosalind, porque ela passara a gostar dele de tal forma, que sentia uma dor física por estar tão perto dele e não poder tocar seu rosto — mas não foi *daquele* Orion que ela passara a gostar, então como poderia reconciliar essas duas versões separadas?

— O que foi? — perguntou de novo, desta vez num tom gentil.

— Acreditei em você quando falou que era minha amiga — disse ele lentamente. — Mas não é só isso, é?

Ah. Rosalind sabia que essa pergunta chegaria mais cedo ou mais tarde. Imaginou que tivera tempo de se preparar, mas, mesmo assim, jogar-se naquele catálogo completo de lembranças atrás de uma resposta que ele não se lembrava era como expor seu interior.

— Amada.

Orion piscou.

— Amada?

— Era assim que você me chamava. Não de Rosalind. De amada.

Uma folha fina caiu no ombro de Rosalind. Porém, assim que a afastou, ela foi parar na manga de Orion, e ele a encarou por um momento antes de pegá-la com cuidado, tratando a folha como se fosse um animal vivo antes de colocá-la no solo frio.

— Foi o que suspeitei — disse ele com calma.

Rosalind o encarou. O que *isso* queria dizer? Ele havia ficado feliz? Odiava a ideia? Não sabia exatamente o que esperava, mas estava pronta para pensar no assunto a noite toda... até que ouviu passos à distância.

Voltou sua atenção para cima, na direção da ponte de pedra que ligava a casa da prima ao resto do distrito adormecido.

— Que barulho foi esse?

Alguém vinha surgindo da viela do outro lado da ponte. Sob o luar, era difícil enxergar alguma coisa, até que a figura subiu na ponte e a cruzou correndo, chegando àquele lado do canal.

Rosalind se inclinou para a frente, semicerrando os olhos para se certificar de que estava vendo direito. Estava: Celia saltitou da ponte, então parou a fim de recuperar o fôlego. Aparentemente, as duas se reconheceram ao mesmo tempo, porque assim que Rosalind se levantou, na intenção de ajudar a irmã, Celia gritou:

— Ah, que bom que está aqui! — Sua irmã colocou as mãos nos joelhos, respirando com dificuldade. — Precisamos ir! A Senhora Hong está indo atrás de Oliver para fazer a próxima rodada de experimentos.

26

Dentro da casa, a notícia que Celia trouxera causou um frenesi. Enquanto todos buscavam entender o que ela tentava explicar, Rosalind prestou atenção na expressão da irmã. Podia ver com clareza: não importava a qual conclusão chegassem naquela noite, Celia iria atrás de Oliver.

— Recebi essa carta na cidade vizinha — disse Celia, depositando um pedaço de papel sobre a mesa da cozinha. Seis cabeças se reuniram ao redor dos quatro lados da folha. — Eu devia ter aberto imediatamente, mas os soldados nos cercaram e Oliver se entregou para afastá-los. — Ela parou. Estremeceu um pouco, escolhendo pular os detalhes. — Somente quando peguei carona na parte de trás de um caminhão é que me lembrei de abri-la. É de Sacerdote.

— Por que diabos Sacerdote enviaria uma correspondência? — perguntou Alisa. — Telegramas podem ser interceptados e lidos com facilidades.

— Foi uma emergência. — Celia virou o papel. — Ela provavelmente sabia que essa informação precisava chegar até Oliver antes que sua mãe o alcançasse. O problema é que os Nacionalistas o alcançaram primeiro.

Investiguei a Senhora Hong. Ela transforma os soldados em imortais com a "seramorina", que só pode ser produzida pela mutação genética encontrada no sangue humano. É impossível estabilizá-la sem dois tipos sanguíneos presentes: o original e a de descendentes geneticamente alterados.

<u>Ela deu a mistura original para si mesma.</u> Li sua tese do começo ao fim e, segundo ela, o suprimento de seramorina do descendente é limitado. Hong Liwen devia estar chegando próximo da inutilidade. De acordo com a descrição na apresentação, Hong Feiyi não possui o gene. Ela irá atrás de você para terminar a pesquisa e fazer a mistura completa em seguida.

Corra.

— Sacerdote.

Rosalind recostou-se quando terminou de ler, os pensamentos girando na mais alta velocidade. O primeiro experimento ilegal da Senhora Hong não fora em Orion, após os Nacionalistas retirarem o investimento. O primeiro experimento ilegal foi em si mesma, sabendo que teria que esperar para transmiti-lo para os filhos. Quando foi flagrada, o principal motivo de focar em Orion foi porque Oliver já havia se afastado da família e se juntado aos Comunistas.

— Hum — murmurou Rosalind.

Ainda não fazia total sentido. Talvez a Senhora Hong tivesse abandonado Orion na última parada, porque seu sangue não era mais útil para os experimentos. Agora, precisava ir atrás de Oliver para seguir colhendo aquele componente genético e continuar sua terrível pesquisa. Porém... não era como se Orion fosse um peso morto. Mesmo sem o sangue, ele também fora cobaia de outros experimentos. Ele era o primeiro de seus soldados incrivelmente fortes. Uma vantagem, de qualquer forma. Ela poderia ter ficado com ambos os filhos — não *precisava* ser um ou outro.

Quando os olhos de Rosalind se voltaram para Orion, ele já a observava. Sua respiração ficou presa na garganta automaticamente, apesar de ela conter a reação com rapidez. Constrangedor. Ele voltara havia só um dia e ela estava reagindo assim só por causa de seu olhar. Orion levantou uma sobrancelha, parecendo perguntar o que ela estava pensando. Ela balançou a cabeça, gesticulando que contaria depois. Ele não tinha as lembranças, mas continuava terrivelmente observador.

— Você realmente confia nessa Sacerdote? — perguntou Juliette depois de ler a carta, a questão direcionada a Celia. Sua prima parecia a mais descrente entre todas as pessoas na mesa. — Porque isso me parece várias informações íntimas que ela não deveria ter.

Celia franziu o cenho, aproximando a carta de si a fim de examiná-la novamente.

— Como assim?

— A parte sobre Hong Feiyi. — Juliette deu uma batidinha na linha em questão. — Como ela teria conseguido essa informação?

Orion cutucou Rosalind de leve.

— Essa é a minha irmã, certo? — sussurrou.

Rosalind assentiu.

— Não sei — respondeu Celia enquanto isso —, mas entre todas as pessoas que lutam por poder em Xangai, não imagino por que Sacerdote inventaria isso. Oliver é o treinador dela. Ela deve ter métodos para coletar informações.

Do outro lado da mesa, Roma se inclinou na direção de Alisa.

— Sabe quem é Sacerdote? — sussurrou.

— Se eu soubesse, irmãozinho querido — murmurou ela —, essa mesa estaria bem menos desconfiada e confusa neste momento.

— Estava me perguntando se talvez não seria você.

Alisa lhe lançou um olhar descrente.

— Como eu seria uma atiradora de elite se minha mira é uma porcaria? *Você* nunca me ensinou a atirar.

Rosalind sentia que estava tentando ouvir trezentas conversas diferentes ao mesmo tempo. Na verdade, eram apenas as vozes de Juliette e Celia que se misturavam enquanto discutiam a veracidade da carta, mas toda vez que vislumbrava a expressão perplexa de Orion, sua atenção se dividia mais uma vez.

— Tudo bem… quietos! — ordenou Celia.

A cozinha ficou em silêncio. Orion apoiou o queixo na mão.

— Eu não estava falando nada.

— Talvez devesse — rebateu Roma. — De todos nós, você é quem deveria ficar aqui.

— Concordo — disse Rosalind, no exato momento em que Orion piscou e exclamou:

— De jeito nenhum!

Alisa fez uma careta. Celia fingiu se distrair com a beirada da mesa. Orion, apesar de mal compreender a situação, empurrou os ombros para trás, ajeitando a postura.

— Oliver precisa de mim.

— Você não se lembra dele.

— Ele é meu irmão, não é? Com ou sem memória, como posso jogar meu irmão aos lobos?

— Irmão e inimigo, não se esqueça disso — complementou Celia baixinho. — E esses lobos são *seus* aliados.

Uma tensão desconfortável se estabeleceu. Alisa murmurou algo sobre querer fazer um chá, mas em vez de remexer nos armários, ela saiu da cozinha e foi para a sala de estar, procurando algo nas outras gavetas.

Orion entrelaçou os dedos à sua frente.

— Não vou alegar ter mais conhecimento do que tenho — disse ele. — Mas acho que precisam de mim para uma missão de resgate, porque aqui ninguém mais possui força bruta.

A Senhora Hong iria atrás de Oliver, mas ele estava sendo mantido em cativeiro pelos Nacionalistas. Se quisessem deixá-lo longe das garras da mãe, precisavam resgatá-lo dos Nacionalistas antes que ela o fizesse. E para isso, como Orion falara, realmente precisariam de alguém que faria o combate direto, porque só Deus sabia que invadir uma prisão Nacionalista não seria fácil.

Porém…

— Orion, realmente não é tão simples — disse Rosalind. — Celia está certa. Estamos divididos entre dois partidos. Quando sua memória voltar, talvez perceba que teria tomado uma decisão muito diferente. Salvar Oliver significa lutar diretamente contra seu próprio lado.

Uma resposta silenciosa surgiu na expressão de Orion. Os dois eram Nacionalistas, mas só estavam insistindo que ele repensasse a decisão.

— Pensei que todos eles me considerassem *hanjian*.

— Tecnicamente um *hanjian*, e só porque sofreu lavagem cerebral, então não é como se te culpassem *de verdade* — falou Alisa da sala de estar. Assim que todos se viraram para encará-la, ela baixou os ombros, acrescentando depressa: — Desculpe, desculpe, estou fora dessa conversa.

Alisa tinha um bom argumento. Rosalind hesitou.

— Eles te consideram uma vantagem perdida — explicou. — Mas sendo sincera, se soubessem que não está mais sendo controlado por sua mãe, provavelmente te aceitariam de volta entre as patentes. Os Nacionalistas são estratégicos. Pensam mais nos resultados do que nas doutrinas.

A rede que Rosalind desenhara ainda estava sobre a bancada. Orion a pegou novamente, o olhar pousando nas informações e percorrendo os nomes que foram rabiscados com setas e pontos de conexão.

— Até que recupere sua memória — continuou Rosalind —, provavelmente não deveria decidir se os trairá.

— Mas você vai nessa missão.

— É claro.

— Então também devo ir — concluiu Orion. — O meu lado é *você*. Não seria traição.

Rosalind piscou. Ele estava tomando aquela decisão sob a percepção de que os dois era uma só unidade, escolhendo não com base na razão, mas em sua fé nela. Como ele conseguia confiar nela com tanta facilidade? O que ela fizera para merecer isso, especialmente agora, quando ele nem se lembrava dela?

— Então está decidido — disse Celia quando Rosalind permaneceu calada por tempo demais. — Vamos logo.

Ninguém se moveu. Exceto por Celia, que deu alguns passos em direção à porta. Ela parou e se virou.

— *Eu* estava pronta para ir com você, Celia — comentou Alisa, prestativa.

Celia lhe lançou um olhar torto.

Orion de repente se afastou da mesa, balançando os braços. De súbito, Roma gesticulou para que ele esperasse, a expressão séria.

— Se insiste tanto em ir — disse Roma —, então deve voltar dentro de uma semana. Quando eu e Juliette conseguimos sua cura... nós nunca tivemos a oportunidade de testá-la. Não sabíamos para quem dá-la ou se valia a pena desperdiçar o pouco que tínhamos.

— O que Roma está tentando dizer é que não podemos prometer que sua mente permanecerá intacta — interveio Juliette, sem rodeios. — Lourens não fez aquela cura especificamente para você, e seu condicionamento pode ter sido diferente. Se não voltar quando ele estiver aqui para te examinar de forma adequada, não será culpa nossa se você perder o controle outra vez e assassinar alguém.

Rosalind ficou boquiaberta. Juliette viu sua expressão e levantou a sobrancelha, em um movimento que queria dizer: *O que foi? Só estou falando a verdade.*

— Entendo — disse Orion, assentindo. — Voltarei em uma semana.

— Trarei ele de volta — acrescentou Rosalind.

— O tempo está passando! — gritou Celia da porta.

— Você precisa voltar, mesmo que essa missão de resgate não dê certo. — Roma viu a folha cheia de nomes deixada sobre a bancada. Pegou-a, observando as linhas. — Não são só as pessoas ao seu redor que correm risco. Você também. Sua mente pode desmoronar.

Orion pensou na questão por um momento.

— Está tentando me apavorar de propósito?

Roma franziu o cenho.

— Não, é claro que não.

— Acho que poderia me ajudar, se você me assustasse. Seu olhar é tão penetrante que sinto meu coração acelerar, e isso faz com que eu pense melhor...

— Já entendemos, já entendemos — interrompeu Juliette, empurrando Orion para fora da cozinha e em direção à entrada. — Pare de flertar com o meu marido. Rosalind, controle esse homem.

Pela primeira vez naquela noite, uma risada quis escapar pela boca de Rosalind. Ela a conteve, mas considerando o sorriso que Orion abriu por cima do ombro, ele vira mesmo assim. Enquanto isso, na entrada, Celia viu que finalmente estavam se movimentando e abriu a porta com um floreio, gesticulando para que todos se apressassem. Ela saiu. Alisa também. Apenas Rosalind olhou para trás uma última vez, assentindo para Juliette.

— Uma semana — disse ela. — Eu prometo.

27

Quando Silas pensava em todas as pistas que reunira até aquele momento, sentia que a resposta final tinha que estar ao seu alcance. Ainda assim, ali estava ele, encarando a foto em sua mesa, perplexo além da conta.

Por que será que ele conseguia praticamente rastrear os passos semanais de Sacerdote pela cidade, mas não tinha nem ideia de como ela se movimentava? Por que será que conseguia rastrear a origem de suas fitas até o fabricante e a tinta de suas canetas até as lojas onde ela as comprara na Concessão Francesa, mas não conseguia seguir nenhuma pista além dessa, perdendo cada rumo que escolhia? A cada dia, o desafio se tornava mais árduo em sua mente. Era como se Sacerdote morasse lá, com os pensamentos dele para que nunca fosse capturada, sempre um passo à frente antes que conseguisse se aproximar dela.

Já havia um tempo que Silas não se considerava insuficiente. Essa costumava ser uma preocupação frequente em Londres, enquanto crescia ao lado de Orion e Phoebe. Não que qualquer um dos dois o fizesse se sentir insuficiente de propósito — mas, em comparação com duas pessoas que possuíam gênios capazes de mudar o mundo, Silas sempre se perguntara qual era sua serventia se não conseguia fazer o mesmo.

Ele superou isso rápido quando começou a trabalhar como agente. Preencheu aquele buraco vazio em seu peito com propósito e mudanças concretas.

Mas, nos últimos tempos, precisava admitir que o sentimento estava voltando com tudo. De repente, tinha 12 anos novamente, deparando-se com a vastidão da vida e duvidando que conseguiria lidar com ela. De repente, era só uma criança, avançando várias séries e entendendo conceitos muito complicados, sem compreender como exatamente os usaria. Tudo o que sabia era que precisava estudar muito para sair de Londres e voltar para casa mais cedo. Agora, tudo o que sabia era que precisava fazer *algo* para ajudar a encontrar Orion.

De que adiantava rastrear Sacerdote tão bem, se ainda não conseguira descobrir quem ela era? Como poderia ajudar sua cidade se não conseguia revelar um *nome*, muito menos determinar se ela prejudicou ou auxiliou a nação? Ele tinha uma única função como espião. Só *uma*.

A voz de sua mãe ressoou pelo corredor.

— Lian Lian, está em casa hoje?

Com um suspiro de frustração, Silas virou a foto para baixo, escondendo-a antes que ela pudesse ver.

— Estou. Achei que a senhora e *Bàba* ficariam fora até semana que vem

— Mudança de planos.

A mãe dele espiou dentro do quarto, com um sorriso no rosto. O senhor e a senhora Wu não eram pessoas ambiciosas — ou melhor, eles aproveitavam as oportunidades que batiam à porta, mas nunca faziam tempestade em copo d'água. Foi assim que seu pai se envolveu com a Sociedade Escarlate tantos anos antes, quando um tio distante estava recrutando mais pessoas para o círculo interno, e também foi assim que seus pais se retiraram com facilidade quando o trabalho dos gângsteres se tornou oficial junto ao governo. Eles não tinham inimigos, mas também não faziam amigos muito importantes.

Silas gostava disso. Significava que quando seus pais não estavam fora a trabalho, passavam o tempo em casa, lendo artigos ou ajudando os funcionários da cozinha a prepararem a comida. Ele já tinha muito com que se preocupar no trabalho. Sua vida familiar era a única coisa que sempre fora tranquila.

— Certo — respondeu ele. — Farei uma visita de cortesia para Feiyi à tarde.

Sua mãe sabia que isso geralmente era um código para trabalho. Em parte, porque ele também tinha pouquíssimos amigos, mas principalmente porque, desde que a tarefa não fosse confidencial, Phoebe costumava persuadi-lo a ir junto.

Às vezes, mesmo que *fosse* confidencial.

— São sempre visitas de cortesia. — A senhora Wu soltou um muxoxo. — Está ficando velho demais para sair assim, sem ter outras intenções, Lian Lian.

Silas piscou.

— *Māma*, só tenho 18 anos.

— Sim, a idade certa para se casar.

Ele sentiu as bochechas queimarem no mesmo momento.

— Agora, preciso de silêncio para trabalhar. Como sempre, foi ótimo conversar com a senhora.

Conseguiu ouvir os risinhos da mãe ressoando por todo o corredor enquanto ela ia embora.

— Jantar às 19h. Esteja em casa na hora!

Uma porta se fechou. Ela havia ido para outra parte da residência. Ainda bem.

Idade certa para se casar. Talvez essa também fosse a dica de Sacerdote ao lhe dar a foto de uma igreja. Na loja de impressão, pedira pela melhor qualidade possível, até que todas as variações de cinza do negativo pudessem ser identificadas. Apesar de conseguir ver todos os detalhes dos vitrais, isso não era muito útil, considerando que ele não sabia onde a igreja ficava. Talvez nem mesmo fosse em Xangai — com tantas das arquiteturas nas Concessões baseadas em influências coloniais, aquela poderia ser qualquer cidade antiga fora de Londres, ou de Paris. Talvez Sacerdote não tivesse lhe dado um ponto de encontro. Talvez fosse um sinal para que ele andasse logo e dissesse algo para Phoebe, antes que se transformasse em um velhote, o que, na mente de sua mãe, provavelmente seria na faixa dos 20 anos.

— O que está tentando me dizer? — falou consigo mesmo em voz alta. — Por que simplesmente não me dá um endereço?

Inclinou-se para mais perto. Não podia deixar de sentir que estava diante de um quebra-cabeça, e que Sacerdote estava brincando com ele até que conseguisse solucioná-lo. Mas para quê? Era um teste? Será que estavam desconfiando dele? Até onde Silas sabia, não fizera nada para levantar suspeitas, e ele *era* cuidadoso. Ser um agente triplo era difícil porque havia uma infinitude de pontas soltas que ele precisava acompanhar, mas também era mais fácil do que simplesmente ser um agente duplo, já que os Comunistas esperavam vê-lo por aí com os Nacionalistas. Ele não precisava se esconder. Só tinha de presumir que ambos os lados pensavam o melhor dele.

E era melhor que pensassem mesmo, porque estava esperando tanto de ambos os lados, que já estava se esticando até ficar fino como uma panqueca. Silas faria qualquer coisa para realmente agir — e, até o momento, não havia recebido informações de *nenhum* dos lados.

Silas se levantou da mesa. Começou a andar de um lado para o outro. A fotografia mostrava a lateral de uma igreja. Paredes, janelas, porta…

Ele parou. Pegou a foto novamente, colocando-a contra a luz. Se forçasse um pouco a imaginação, conseguia se perguntar se aquela mancha colorida na porta era uma fita adesiva. E se realmente quisesse forçá-la um pouco mais, talvez fossem os resquícios de uma fita de cinco anos antes, quando um surto terrível de infecção atingiu a cidade. Na época, foi chamado de insanidade — e o contágio se dava pelo toque —, então a Sociedade Escarlate havia colado um x vermelho nos estabelecimentos públicos de seus territórios que estavam em quarentena. Talvez. Talvez…

— *Māma*? — Silas saiu para o corredor, indo na mesma direção que sua mãe fora antes. — Onde a senhora está?

— Aqui, querido.

Encontrou sua mãe em um dos escritórios do outro lado da casa. Ela ergueu os olhos, parando de espanar os vasos de plantas quando Silas entrou.

— Onde estão seus antigos livros Escarlate?

A família Wu possuía algumas fábricas de água espalhadas na cidade. Quando as paralisações aconteceram cinco anos antes, sua mãe certamente fizera um registro das áreas atingidas.

— No terceiro quarto do segundo andar. Para que precisa...

Silas já havia saído correndo. A casa deles era tão organizada, que ele sabia exatamente aonde ir assim que entrou no quarto, passando o dedo pela fina camada de poeira na última prateleira e retirando os arquivos. Teria de ser uma área controlada por estrangeiros se havia uma igreja ocidental. Se houve um surto de insanidade cinco anos atrás, então teria que estar mais a leste da cidade. Ele só precisaria comparar as ruas que sua mãe registrou como bloqueadas na época, e então procurar por aquelas em que havia igrejas...

O telefone tocou. Distraído, Silas se levantou e atendeu, já que estava a apenas dois passou do telefone sobre a mesa.

— *Wèi?*

Era para ele. A princípio, sua atenção continuou focada na pasta aberta em sua mão, mas assim que a voz do outro lado da linha começou a falar, ele quase a deixou cair.

— *O quê?*

Phoebe deu uma mordida no *baozi*. Segurava a bolsa debaixo do braço enquanto as mãos enluvadas estavam ocupadas com a comida, e cada respiração que soltava era visível no ar frio. A rua ao seu redor estava agitada — os limites da Concessão Francesa que se juntavam ao território chinês no sul da cidade. Acima, uma fileira de lanternas coloridas das lojas tremulava com o vento, reluzindo em contraste com as nuvens opacas da tarde.

Ela já tinha planos de estar naquela área, então, quando Silas ligou na noite anterior para perguntar se ela estava livre, provavelmente se sentindo culpado por abandoná-la na biblioteca, Phoebe dissera que sim e pediu que ele a buscasse ali. Ele queria entrar na Concessão Francesa — e ela ainda não perguntara por quê, apesar de ter uma ideia. Nos últimos dias, nem vira Silas, pois estava ocupada demais enfurnada no quarto tentando entender uma tese de doutorado. Ela finalmente enviara a mensagem no dia anterior, usando um porto seguro. Naquela manhã, fora em uma estação de comunicação próxima conferir se houvera algum retorno, mas não havia nada. Como não queria levantar suspeitas para o caso de ter sido vista saindo do prédio, estava passeando pela rua, fazendo com que sua presença ali parecesse natural, espiando dentro de alfaiatarias e livrarias, perambulando por saguões de hotéis e cumprimentando fabricantes de chapéus.

Phoebe terminou o *baozi* e amassou o saco de papel. Torcia para que o telegrama tivesse chegado até Oliver a tempo. Torcia para que ele lesse seu aviso e se escondesse em algum buraco, de preferência por meses, ou até que a mãe deles se colocasse nos holofotes internacionais e o governo fosse realmente atrás dela. Era só uma questão de tempo a julgar pelas manchetes mais recentes. Cada nova semana trazia alguma manifestação contra a ofensiva japonesa em alguma parte diferente da cidade. Mesmo que os Nacionalistas fossem lentos e gostassem muito de métodos pacíficos, não poderiam continuar aceitando aquilo por muito tempo, especialmente se a filial secreta por fim encontrasse evidências de que a Senhora Hong estava em contato direto com o exército japonês.

A pergunta era quando isso aconteceria. Ou se a Senhora Hong chegaria a Xangai primeiro, onde todas as forças estrangeiras estavam reunidas.

Phoebe tirou a bolsa de debaixo do braço, as luvas frias como gelo quando se dobraram contra sua pele. Ela havia combinado de encontrá-lo em frente ao Cinema Celestial, então parou ao lado dos dois cartazes da entrada, que mostravam os únicos filmes em exibição. Ela aguardou. O resto da rua continuava a fervilhar.

Por que não podia ter sido *dela* que sua mãe estava indo atrás? Sabia que era um pensamento absurdo, mas talvez, se fosse Phoebe e não os irmãos mais velhos, teria uma chance de convencer a mãe a se afastar do caminho que seguia. Tiveram um bom relacionamento: poderiam sentar e conversar a respeito. Talvez pudessem até caminhar por um parque juntas, como nos velhos tempos. Phoebe poderia mostrar à mãe como sua mira era ótima agora — tão diferente da garotinha que havia pedido para aprender com uma espingarda de pressão aos 11 anos —, e ela ficaria muito orgulhosa. Orgulhosa o suficiente para se lembrar de por que dera uma espingarda para Phoebe, para começo de conversa. Oliver e Orion não saberiam como falar com a mãe do mesmo jeito que ela. Não conseguiriam imaginar como ela provavelmente fora encurralada diversas vezes, até só conseguir enxergar o que estava diretamente à sua frente. Phoebe *conseguiria*.

Mas a tese da Senhora Hong era clara. Aqueles que possuíam a mutação genética tinham batimentos cardíacos acelerados em um nível fora do normal, se comparados a uma pessoa comum. Ela havia medido a própria pulsação várias vezes, e até pediu que Ah Dou o fizesse para ela também, mas os dois chegaram à mesma conclusão.

Havia um motivo para Phoebe estar ali, refletindo sobre a possível compreensão da mãe, enquanto os irmãos provavelmente pensariam o contrário. Certa vez, a Senhora Hong dissera que tudo o que sempre quis eram os três filhos. *Seus irmãos são minhas maiores conquistas na vida, feitos para coisas grandiosas,* dissera, tocando o nariz de Phoebe com o dedo. *Mas você é minha maior recompensa, garantindo a felicidade no final, como uma sobremesa.*

Na época, Phoebe simplesmente riu. Compará-la com um doce pareceu tão bobo. Só conseguiu entender ao que sua mãe se referia quando expuseram os experimentos. E só conseguiu compreender *totalmente* no exato momento em que chegou à conclusão da tese. Oliver e Orion eram criações valiosas desde o nascimento, inventados para um propósito e criados em nome da ciência. Talvez a Senhora Hong não tenha previsto que Oliver fosse embora, mas Orion continuava lá para ser usado como substituto.

Você é minha maior recompensa, garantindo a felicidade no final, como uma sobremesa.

Phoebe desgastou a sola do sapato ao chutá-lo contra a calçada. Que horrível sua mãe considerá-la uma recompensa, um bônus depois de três crianças, enquanto isso só significou que Phoebe fora tratada igual a qualquer criança normal.

Pelo canto do olho, uma figura comum chamou sua atenção. Quando se virou, reconheceu Silas à distância, falando com uma vendedora de rua. Era uma garota que provavelmente tinha a idade deles, e parecia muito animada com qualquer que fosse o assunto da conversa dos dois.

— Mas o que é isso? — murmurou Phoebe, indo na direção deles.

— ... grande admiração — dizia a garota quando ela se aproximou.

Phoebe tocou o braço dele. A barraca ao lado possuía uma vitrine brilhante de colares, e apesar de Silas estar olhando a vitrine, a garota olhava para ele.

— Tenho certeza de que eu não disse para me encontrar aqui.

Silas deu um pulo de surpresa. Se foi por sua aparição repentina ou porque Phoebe havia segurado seu braço, ela não tinha certeza. Ambos estavam bons para ela. Apertou-o com mais força, os dedos presos em sua manga como uma videira.

— Ah, olá — disse a vendedora com cautela.

Phoebe também se inclinou para olhar a vitrine. Colocou um sorriso no rosto por reflexo, mas ele quase falhou quando ela percebeu o que eram os colares.

— O que é isso? — perguntou Phoebe, fingindo ignorância.

A vendedora pigarreou. Ela havia dado um pequeno passo para trás.

— Eu estava apenas explicando sobre esse novo modelo — respondeu ela. — Foram feitos pensando em clientes chineses, não ocidentais. Por toda a cidade, há um interesse em apoiar aqueles que lutam por liberdade. Ninguém quer ser acusado de apoiar partidos inimigos, então símbolos sutis têm vendido bem.

Havia cruzes penduradas em cada colar. Algumas pequenas e de madeira. Outras maiores e encrustadas com pedras falsas. Phoebe suspeitava que aquilo era um grande sacrilégio, mas o povo de Xangai não era realmente devoto. Assim como a vendedora explicou, aquele era o símbolo de outra pessoa, alguém proeminente na cidade.

— Não tinha percebido que Sacerdote capturara a atenção do público dessa forma — murmurou Silas.

— É claro que capturou! — exclamou a vendedora. — Você não viu as colunas de fofoca?

Phoebe puxou o braço de Silas. Já não aguentava mais aquilo.

— Tenho certeza que você vai encontrar joias menos vagabundas em outro lugar — disse, de maneira ríspida. — Eu quero ir embora.

Ele a deixou conduzi-lo para longe. Seu carro estava estacionado no fim da rua, e Phoebe os guiou naquela direção rapidamente, tentando bloquear a imagem dos colares brilhando. Ele devia ter estacionado e se distraído com a barraca. Se ela estivesse prestando atenção, talvez o tivesse visto andar até a vendedora em vez de ter que interromper a conversa pouco depois.

— Como você está? — perguntou Phoebe, quebrando o silêncio.

— Tenho más notícias.

Aproximaram-se do carro. Silas abriu a porta do carona para ela.

— Ah, céus — disse Phoebe, entrando no carro com um farfalhar das saias. Estava usando um vestido azul-claro, mas a bainha reta que ia até suas panturrilhas escondia o grosso forro dele. — Também estou bem, Silas, obrigada.

De repente, Silas pareceu se sentir repreendido.

— Eu não quis...

— Estou caçoando. — Ela fechou a porta. Esperou que Silas desse a volta e entrasse pelo lado do motorista. — É fácil demais te enganar.

— Você... — Silas suspirou, admitindo a derrota para as mudanças bruscas de Phoebe. Em uma série de manobras, ele ligou o motor e pisou no acelerador, colocando o carro na estrada. — *Isso* é uma piada? Devo me desculpar antes de começar a falar, para o caso de você ficar com raiva de mim depois?

— Preocupe-se com isso mais tarde. Quais são as más notícias?

Silas seguiu em frente, observando as linhas do bonde para ter certeza de que nenhum deles apareceria em seu caminho.

— Perdemos contato com Rosalind.

Ela piscou. *O quê?* Quando falou com Dao Feng pela última vez, o relatório preliminar dos Comunistas era de que Orion havia escapado da mãe deles, e Phoebe achou que Rosalind estava com ele. Então como agora haviam perdido contato com ela?

— Durante a turnê?

— Houve um incidente com a sua mãe. O alto-comando diz que Rosalind desapareceu, mas ainda não sabemos se foi por vontade própria ou porque foi capturada pela Senhora Hong. — Silas esticou a cabeça para ver melhor pelo para-brisa, verificando a esquina antes de virar. — Há relatos de que Orion apareceu, porém os agentes que tínhamos no local não conseguiram ver nada quando o conflito começou. Bombas de fumaça, aparentemente. Acho que precisaremos esperar para ver se Rosalind voltará a entrar em contato para entendermos o que aconteceu. Quem sabe... talvez esteja com Orion e eles estejam a caminho.

Phoebe duvidava, e Silas também não parecia muito convencido. Voltar sem entrar em contato com os Nacionalistas primeiro era... no mínimo, estranho. A não ser que algo diferente tenha ocorrido na estrada. O que aconteceu entre o relatório preliminar que Phoebe ouviu e aqueles novos desdobramentos?

— Então, para onde estamos indo? — perguntou Phoebe.

Ela poderia fazer a própria investigação depois. Talvez Dao Feng tenha ouvido algo mais.

— Para a igreja na rua Lafayette.

Silas abriu o porta-luvas, deixando a própria Phoebe remexer ali dentro e pegar o saco de papel. Era fino e continha apenas uma fotografia. Quando Phoebe tirou a imagem do saco, fingiu que era a primeira vez que a via.

— Deixe-me adivinhar — disse ela, seca. — Sacerdote, de novo?

Silas virou o volante.

— Como acertou a charada? Foi por causa da igreja?

— Claro. Com certeza não foi o fato de você estar obcecado por ela. — Antes que seu comentário sarcástico virasse uma discussão, Phoebe girou a fotografia, encontrando uma superfície branca do outro lado. Seu resmungo não foi totalmente fingido quando continuou: — O que é isso, então? Vou poder conhecer a obscura Sacerdote?

— Não tenho certeza — respondeu ele. — Só recebi a foto. Nenhum detalhe, nem horário, ou data de encontro. Tive que caçar o endereço sozinho.

— Como conseguiu isso?

Silas freou. Com um sentimento momentâneo de pânico, Phoebe pensou ter perguntado muito repentinamente e deixado o real motivo de sua curiosidade transparecer, mas então percebeu que o carro parara porque haviam chegado. Uma igreja agigantava-se à esquerda, contornada por um cercado marrom descascando.

— Como localizei a igreja dessa foto? — perguntou Silas. — Há uma fita adesiva na porta que a coloca na lista de edifícios que entraram em quarentena há cinco anos. Só precisei dar uma olhada nos registros da minha mãe.

Às vezes, ela ficava surpresa com o quanto Silas se atinha às direções certas. Ele estava explicando sua linha de raciocínio como se fosse algo muito óbvio, mesmo que fosse uma pista que Phoebe nem mesmo percebera que deixara na foto. Aquilo a fazia se perguntar o que mais não havia percebido nele... ou o que mais deixara escapar sem querer.

— Não é uma conexão simples. — Ela segurou a foto em frente ao rosto. — Tenho certeza de que a maioria das pessoas passaria semanas indo em todas as igrejas da cidade atrás da resposta. *Semanas.*

Como ela pensou que ele passaria.

— Foi preciso ser criativo — concordou Silas. Ele abriu a porta, afastando uma pilha de neve suja com o sapato. — Vamos.

A rua estava limpa do lado de Phoebe. A neve geralmente derretia rápido nas cidades, mas, quando não derretia, amontoava-se em calotas duras e enlameadas nas calçadas. Ela se aproximou do cercado mais lentamente do que Silas, ficando para trás a fim de observar o entorno. Uma fileira de árvores balançava com a brisa, os galhos pontudos como gelo. Phoebe aprendera a atirar em árvores como aquelas, porém carregadas com muito mais neve, cujos respingos a atingiam a cada vez que acertava o alvo.

— Você vem, Feiyi?

Silas havia avançado muito mais enquanto Phoebe observava as árvores. Ela se apressou adiante, segurando as saias e parando ao seu lado na porta da frente.

De perto, a igreja parecia abandonada. Aquele pedacinho de fita adesiva continuava preso no canto da grande porta dupla, e Silas o retirou.

— Ainda não entendi o que estamos fazendo aqui — disse ela. — Não escutei ninguém lá dentro.

— Se Sacerdote estiver lá dentro, duvido que nos gritaria um "olá".

Phoebe ferveu de raiva. Ele ficava tão *respondão* quando se tratava desse assunto — de onde aquilo *vinha?*

— Vamos lá, então. — Ela gesticulou para que ele fosse em frente e batesse à porta.

Os nós dos dedos dele bateram na madeira, e o som oco ecoou. Eles esperaram.

Nada. Trinta segundos se passaram. Ele bateu novamente. Um minuto. Não houve movimento algum lá dentro que pudesse ter indicado uma presença. Chegando ao limite da paciência, Silas empurrou as portas, que se abriram com um rangido e um gemido colossal.

Apesar do teatro que estava fazendo, Phoebe sentiu um arrepio, os pelos de sua nuca se eriçando. Poderia ter colocado a culpa no frio, mas seu olhar se voltou para Silas enquanto ele observava a cena diante deles, os lábios entreabertos em admiração ao contemplar os vitrais e bancos que não eram limpos há anos.

Olhe para mim, queria gritar uma parte dela. *Sei que conseguiria me enxergar se tentasse.*

Silas entrou na igreja.

— Está vazia — disse, a decepção tomando conta de sua voz.

Sim, pensou Phoebe, seguindo-o adiante. Soprou as mãos, tentando esquentá-las. *E como você já foi direcionado para cá, vai seguir tentando descobrir o porquê, e não investigará o orfanato a duas ruas de distância, se algum dia ouvir boatos sobre um esconderijo numa igreja.*

— Não entendo — continuou Silas, vagando mais entre os bancos em ruínas. Uma pilha de escombros havia se acumulado no canto — a igreja estava muito mais destruída do que aparentava pelo exterior. Talvez nunca tenha funcionado, construída com o dinheiro de missionários e logo abandonada quando os investidores desistiram.

— Silas — chamou ela em voz baixa. — Acho que isso é para você.

Phoebe apontou para os escombros, onde um único envelope estava equilibrado em cima dos tijolos. Uma fina camada de poeira já havia se acumulado sobre ele. Ela permaneceu a uma distância considerável, certificando-se de que aparentava não conseguir ver nada quando Silas o pegou e leu MÁGICO na frente. Foi só quando ele virou o envelope e retirou o papel de dentro que Phoebe aproveitou a oportunidade para se aproximar casualmente, ficando ao lado de seu ombro.

A carta continha uma única linha datilografada:

Acredito que seja melhor encerrarmos nossa tutoria.

— Encerrar? — A voz de Silas reverberou com força pela igreja, ecoando várias vezes. — Mal começamos.

Phoebe esperou um momento. Então, levantou uma das mãos e deu um tapinha no braço de Silas.

— Pense por esse lado — disse. — É melhor que uma assassina termine com você do que uma parceira de verdade. É como um teste prático.

— Phoebe.

Silas havia proferido seu nome em inglês. Só esse fato já deveria ter servido de aviso. Ele e Orion sempre foram diferentes dela quanto a essa escolha. Enquanto Phoebe começava suas frases em inglês por natureza, eles sempre seguiam o caminho que fazia mais sentido de acordo com a situação. Chegar em Londres aos 8 anos significava que os garotos viam o mandarim como sua língua materna. Ser enviada aos 6 anos significava que Phoebe às vezes tinha dificuldade em entender metáforas e ditados, misturando aqueles em mandarim com os que aprendera com seu tutor britânico.

Ela continuou, ignorando o aviso de Silas:

— Lembra quando Orion se lamentou por um mês inteiro depois de terminar com… Como era o nome dele? — Phoebe colocou o dedo no queixo. — Matthew? Maxwell?

— *Phoebe* — disse Silas de repente, e de uma maneira tão severa que poderia muito bem ter gritado com ela. — Pode me dar um minuto?

Phoebe recuou. Digeriu o pedido. Não havia muito que pudesse dizer além de:

— É claro.

Afastou-se em silêncio, seguindo para o outro lado da igreja, onde sabia que havia uma cadeirinha esperando depois dos bancos. Provavelmente foi feita para crianças, mas ela se sentou mesmo assim, observando os sapatos e sentindo uma queimação peculiar no fundo da garganta.

Ela não gostou de ver a tristeza no rosto de Silas. Não gostou de ouvir a descrença em sua voz quando ele leu o anúncio do rompimento deles. E nenhum desses sentimentos eram as análises racionais e profissionais que ela deveria ter como Sacerdote. Aqueles sentimentos eram o tipo de negligência calorosa e descuidada que ela possuía como Phoebe Hong. Que parte disso Silas não conseguia entender? Sacerdote não os salvaria. Sacerdote não era *real*. Ela aparecia como a imagem de uma garota, mas era uma representação bidimensional que desmoronaria no momento em que alguém olhasse por outro ângulo e ampliasse o alcance. Nada naquela situação poderia transformá-la em uma heroína.

— Está pronta para ir?

Phoebe levantou a cabeça, abraçando o próprio corpo com força. Silas estava andando na direção dela, mas havia devolvido o envelope para o topo dos escombros. Apesar de não ter observado, ela ouvira o ruído da caneta no papel. Ele tinha deixado uma resposta.

— Acho que vou ficar mais uns minutos. Gosto do que sinto aqui.

A igreja amplificava cada som, cada ruído de pequenos insetos correndo pelo piso de pedra, cada rangido de outro pedaço podre de alvenaria tentando se separar do teto. Quando Phoebe se ajustou na cadeira, as pernas de trás soltaram um grasnado feio.

Silas ajustou os óculos.

— Ficar? — Um pensamento pareceu lhe ocorrer. — Juro que não quis ser grosseiro com você, Feiyi. Eu simplesmente precisava pensar, e não conseguia fazer isso naquele momento. Não teve nada a ver com…

— Não, eu entendo — interrompeu Phoebe com gentileza.

Ela engoliu a verdade. Enterrou a frustração fervilhante antes que explodisse.

Por mais que ela se revirasse de irritação por Sacerdote ser apenas um fruto da imaginação, Phoebe Hong não era a mesma coisa? A última filha em uma família de bens preciosos — a garota que deveria ser a recompensa final, e que havia se transformado em alguém a ser consumido em uma única mordida. Se as pessoas não viam alguém doce, então enxergavam uma pessoa completamente diferente, e que ela não sabia quem era.

Silas se agachou, colocando-se cara a cara com ela enquanto Phoebe estava sentada na pequena cadeira. Ele franziu o cenho.

Ande, pensou Phoebe. *Me chame de mentirosa.*

Ele não fez isso.

— Não está brava? — perguntou.

Estou furiosa. Mas não com ele. Com o mundo, por prendê-la naquela charada infinita em que ela não tinha permissão para ficar furiosa.

— Entendo que precise de um momento em silêncio para pensar. — Phoebe jogou a cabeça para trás, olhando o teto. Havia muitas teias de aranha nos cantos, mostrando reflexos cristalinos onde a luz adentrava a janela e atingia as linhas finas. — Assim como eu quero aproveitar um momento aqui, agora. Me deixe refletir.

Ela gesticulou para que ele fosse embora.

— Tudo bem. Estarei no carro quando estiver pronta. Não fique muito tempo... não sabemos quem pode aparecer — disse Silas.

Ele se afastou, observando-a com cautela até que seu ombro bateu nas portas da frente, e ele não teve outra escolha além de se virar e sair da igreja.

Assim que as portas se fecharam, Phoebe se levantou, indo até o envelope nos escombros.

— Por que você esconderia uma resposta de mim?

Ela passou o dedo pela aba com facilidade. Tirou o papel de dentro, virando-o do lado contrário, onde Silas havia escrito um bilhete.

Phoebe sentiu o estômago se revirar.

Os Nacionalistas capturaram Oliver Hong.

Se não resgatá-lo, ele morrerá.

Se confiar em mim, posso te ajudar a entrar.

28

Se formos nessa direção, há um abrigo a oeste da cidade que deve estar vazio. O único problema é que teremos que atravessar o Rio Suzhou.

— E por que isso é um problema? — perguntou Orion.

A expressão de Celia se tornou incrédula, como se uma pedra tivesse criado uma boca e começado a falar pensamentos de pedra com ela. Rosalind passou o braço pela cabeça de Orion e colocou a mão sobre seus lábios, impedindo que ele continuasse.

— Juro, de todo o coração, que ele costuma ser mais inteligente — disse para a irmã. Uma guinada na estrada os fez balançar, mas ela se esforçou para aguentar, mesmo enquanto Orion tentava falar contra sua mão. — Você vai ver quando ele recuperar a memória.

Alisa soltou uma risadinha. Estava trançando uma mecha de cabelo para afastá-lo do pescoço.

— Tem certeza disso, Janie Mead?

Rosalind tentou chutar a garota sem olhar. Com um gritinho, Alisa puxou as pernas, abraçando os joelhos contra o peito para se manter fora do alcance de Rosalind. A garota havia pegado as calças de Juliette emprestado, então conseguia rastejar facilmente pelo chão forrado de serrapilheira. Enquanto isso, Rosalind e Celia lidavam com desconforto com a caçamba do caminhão, mudando de posição de vez em quando para se ajustarem em meio à palha e aos sacos. Alguns dos botões nas costas de Rosalind estavam abertos. Na noite anterior, ela abrira o *qipao* com bastante pressa enquanto esperavam na beira da estrada, apenas o suficiente para alcançar o ombro e arrancar os pontos. Seu corpo já havia eliminado a maior parte do veneno quando estavam saindo de Zhouzhuang. Foi fácil puxar uma ponta solta do fio e retirar o resto, deixando sua pele fechar os buracos. Celia testemunhara o processo inteiro com terror absoluto, piscando apenas quando a irmã jogou a linha nas árvores. Não houve muito tempo para conversarem a respeito, porque logo depois ouviram um caminhão na estrada, e se apressaram a fim de pará-lo e pedir uma carona.

O motorista era um produtor de cenouras que já ia para o leste fazer entregas em Xangai, então não se importou em dar carona para quatro passageiros na traseira do caminhão por um dinheirinho a mais. Tentaram descansar durante a noite, mas ninguém conseguiu dormir — Rosalind sabia disso porque ficou o tempo todo acordada.

Agora era o final da manhã, e Celia havia pegado um mapa para prepararem a entrada. O motorista teria que deixá-los antes da fronteira da cidade. O risco de serem vistos se ele os deixasse mais perto era grande demais, especialmente no centro da cidade, onde havia olhos em todos os cantos.

— Para responder à sua pergunta — disse Rosalind a Orion enquanto apertava ainda mais sua boca —, o Rio Suzhou cerca a Concessão Internacional, e a maior parte das pontes possui vigilância da Marinha Japonesa. Não sabemos quem estará nos procurando.

— Houve um incidente em Zhabei na semana passada — acrescentou Celia. — Estar contra os japoneses nunca esteve tão em voga entre o povo de Xangai. Há manifestações quase diariamente, e os Nacionalistas estão tentando controlá-las. — Ela parou de falar, batendo no mapa. — Foco em "tentando". Sem dúvida, as relações internacionais na cidade estão prestes a entrar em crise.

Orion disse algo. Desta vez, Rosalind não conseguiu adivinhar quais foram suas palavras, então, retirou a mão para permitir que ele falasse, mas ainda assim não compreendeu. Ele estava falando em japonês.

— O que disse?

— Acabei de dizer: *eu não sabia que conseguia falar japonês*. Que outra língua sei falar?

Rosalind voltou a colocar a mão em sua boca. Sendo esperto, em vez de levar aquilo como uma reprimenda, Orion deitou a cabeça em seu ombro, e de repente parecia que ela o estava abraçando, e não calando sua boca.

Ela retirou a mão na hora. Orion manteve a cabeça ali. Ele estava sentado no chão como Alisa, então ficaram em um ângulo perfeito para que ele pudesse descansar com conforto.

— Acho que teremos mais sorte se pegarmos aquela ponte na saída da fronteira da Concessão Internacional — disse Rosalind, tentando ignorá-lo. — Aquela próxima à refinaria de petróleo.

— Concordo — disse Celia. — Talvez, se entrarmos com um dos protestos, tanto os japoneses quanto os Nacionalistas estarão distraídos demais com a confusão para nos verem passar.

Alisa se aproximou do mapa. As bordas estavam desgastadas porque aquela era uma versão antiga que estava nos pertences de Celia.

— De quem temos mais medo agora? — perguntou Alisa. — Dos Nacionalistas ou do exército japonês?

— Não temos *medo* dos Nacionalistas. — Rosalind indicou Orion com o polegar. — Só não podemos ser capturados, porque eles farão as coisas do próprio jeito, o que significa milhares de horas de papelada e Orion trancado numa cela para que consigam informações.

— Tecnicamente, também não temos medo dos japoneses — acrescentou Celia. — Considerando tudo o que aprendemos sobre a Senhora Hong, acredito que ela só tenha serventia para o império deles se puder fazer essa mistura antes de uma invasão oficial. Então ela deve ter contatos entre os militares... não sabemos quem está em campo e responde a ela, nem se uma unidade virá atrás de nós se nos verem.

Alisa esperou um momento.

— As duas acabaram de dar a definição do que é ter medo de algo — concluiu. — Entendi. Estamos fugindo de todos.

De repente, o caminhão freou, jogando os quatro para a frente. Orion segurou Rosalind rapidamente, impedindo que ela batesse no chão. Celia tinha um bom equilíbrio e conseguiu se estabilizar. Apenas Alisa se esparramou, optando por ficar abaixada uma vez que caiu no chão, rolando e colocando as mãos sobre a barriga.

— Garota abatida! — declarou Alisa.

Celia deu um tapinha em sua panturrilha.

— Pare de drama. Prepare-se. Talvez tenham nos parado.

Alisa se levantou na hora, tirando algo de dentro da jaqueta. Celia continuou a falar, aproximando-se da porta.

— Temos que... meu Deus, de *onde* tirou *isso*?

Alisa havia pegado uma arma minúscula.

— Acabamos de sair da casa do meu irmão... por que está surpresa?

— Ele deixou você pegá-la?

Alisa soltou um risinho nervoso.

— Não.

A porta se abriu, interrompendo o resto da bronca de Celia. Rosalind ficou tensa, colocando-se em frente a Orion, mas era apenas o produtor de cenouras espiando a caçamba do caminhão.

— Está tudo certo? — perguntou Celia.

— Infelizmente, vocês precisarão descer aqui — disse ele. — Estão verificando documentos mais à frente. Se seguirem para o norte, há uma estação rural que pode levar vocês para mais perto da cidade.

— Estão verificando documentos tão longe da cidade? — perguntou Rosalind, atônita.

— As autoridades declararam lei marcial ontem — informou o agricultor. — As Concessões Internacionais estão fechando as fronteiras. Tem arame farpado e sacos de areia por toda parte. Também está mais difícil entrar na cidade.

Aquilo… não era bom. Não era nada bom.

— Obrigada — disse Celia ao motorista, pulando do caminhão.

Rosalind seguiu a irmã, acenando para que Alisa e Orion se apressassem antes de pegar o mapa. Os campos eram infinitos nos arredores de Xangai, faixas de marrom e verde crescendo sob a camada de gelo do inverno. Quem sabe — talvez, em algumas décadas, as fábricas também chegariam até ali, despejando cimento e pavimento na terra que parecia aguardar a interrupção.

— Uma estação de trem não é uma opção — murmurou Alisa quando o motorista foi embora. — Não tenho documentos falsos.

— Eu tenho — disse Celia. Ela assentiu para Rosalind. — Tenho dois e você pode usar um.

— Quem diria que ser gêmea seria tão útil como fugitivas? — comentou Rosalind. — Mas e Alisa e Orion?

Celia observou o entorno. Estavam em uma encruzilhada na estrada, um caminho se estendendo em cada direção. Havia pequenos flashes coloridos no horizonte — uma bandeira tremulante, que o motorista do caminhão deve ter visto e concluído que havia um ponto de fiscalização. Dentre eles, Celia era a que tinha mais experiência em se esconder e não chamar a atenção de oficiais. Rosalind estava muito mais disposta a seguir as instruções da irmã do que dar a própria opinião sobre como deveriam prosseguir.

— Escondam-se no último município pelo qual passamos, a oeste daqui — decidiu Celia, apontando para onde vieram. — Eu e Rosalind entraremos na cidade e acharemos um carro. Então voltaremos para encontrar vocês e planejaremos nossa reentrada, para que possamos retornar sem passar por um ponto de fiscalização no caminho.

Não houve objeção. Três cabeças assentiram para ela.

— Ótimo.

Celia gesticulou para que Rosalind a seguisse, partindo para o norte a fim de colocar o plano em ação sem hesitar. Enquanto isso, Rosalind parou, virando-se para Orion.

— Faça tudo o que Alisa mandar.

Orion ergueu uma sobrancelha.

— Se for preciso.

— Estou falando sério. Não quero que se machuque.

Ele pareceu considerar as palavras dela com mais seriedade, a leveza em sua expressão desaparecendo.

— Vai ficar tudo bem. Volte logo, e então você mesma poderá me proteger.

— Certo — disse Rosalind.

— Certo — repetiu Orion.

— *Mèimei, allons-y*! — chamou Celia de longe.

Ela já havia avançado tanto que sua voz estava distante.

— O que disse?! — exclamou Rosalind, correndo atrás dela. — Eu nasci primeiro! Continuo sendo *jiějiě* para você!

Tudo ficou quieto quando Rosalind e Celia desapareceram à distância. Um pássaro piou. O gelo rangeu.

— Então — disse Alisa, quando ela e Orion começaram a seguir para o oeste —, quer saber de todas as fofocas da história que Rosalind pulou?

Orion abriu um sorriso largo.

— Ah, e *como* quero.

29

Rosalind teve uma ideia brilhante para se certificar de que ninguém perguntaria por que ela não estava idêntica à pequena foto de Celia no canto dos documentos falsificados: arranhou o rosto até sangrar.

Dez cortes decoravam suas bochechas como lágrimas. Quando eles ficaram bons e realistas, ela se certificou de também cuidar do resto dos espaços vazios no rosto, fazendo com que parecesse que havia acabado de sair de uma cirurgia ou que estivera envolvida em um experimento desastroso de beleza. Ela havia se inspirado bastante no corte envenenado que marcara sua bochecha depois da briga com Orion, na parada da turnê. Apesar de o corte ter fechado em algum momento da noite anterior, quando o veneno foi eliminado e o processo de cura voltou a entrar em ação, havia sido bizarro observar a si mesma enquanto o ferimento estivera ali. Cada vez que olhava no espelho e via o corte vermelho, era como encarar um rosto completamente diferente, um que não pertencia a um experimento imortal.

— Por aqui — disse Celia baixinho, depois que o maquinista conferiu os documentos, guiando Rosalind para a direita. Entraram no vagão da classe baixa, olhando ao redor rapidamente para fazer um inventário. Estava longe de ser luxuoso, mas já era de se esperar. Naqueles tipos de trens rurais, que iam principalmente de uma cidade à outra com poucas paradas no caminho, todo vagão era de classe baixa. — Cuidado onde pisa…

Apesar do alerta de Celia, Rosalind ainda assim tropeçou em uma protuberância do tapete, xingando baixinho. As ataduras improvisadas que enrolara no rosto eram, na verdade, pedaços de tecido que ela havia rasgado do forro do *qipao*, e obstruíam sua visão. O sangue havia secado e as ataduras marrom-avermelhadas grudavam em suas bochechas, ao redor de sua testa e no queixo. Apesar de sua pele já ter se curado, Rosalind precisava continuar com as faixas até que o maquinista a perdesse de vista.

— Você podia ter deixado sua testa em paz — murmurou Celia quando se sentaram.

Os assentos rangeram abaixo delas. Alguém havia arrancado o estofado de dentro dos apoios de braço.

— Não é como se realmente fossem deixar cicatrizes — argumentou Rosalind, fazendo careta ao colocar os braços no colo.

O trem era extremamente frágil. Ela não se espantaria se aquele vagão inteiro se despedaçasse antes de concluir o curto caminho até a cidade.

Sua irmã soltou um muxoxo.

— Mas não *doeu*?

Rosalind afastou a faixa que estava perto de seu olho, tentado desobstruir parte da visão. O trem começou a andar. O transporte ferroviário nunca se atrasava nem um segundo. Um homem acabara de embarcar bem a tempo, sentando-se do outro lado do corredor.

— Bem, doeu — admitiu ela. — E daí?

Celia balançou a cabeça.

— Às vezes — ela suspirou levemente —, sinto que você se esquece de que não precisa sentir dor só porque a aguenta.

O vagão do trem balançou. As conversas continuaram em um zumbido baixo pelos corredores, idosas falando sobre cuidados capilares ao fundo e, à direita, um casal discutindo enquanto jantava. Nesse meio tempo, o espaço entre Rosalind e Celia caiu em silêncio, e Rosalind engoliu em seco. Em vez de ignorar ou desviar do assunto e falar de amenidades, de repente, ela perguntou:

— Desde quando você sabe?

Árvores e campos passaram em um borrão verde pela janela. Do outro lado do corredor, o homem que havia entrado por último estava tossindo, fazendo uma algazarra. Rosalind não se estendeu em maiores explicações: Celia sabia exatamente o que ela estava perguntando.

— Fui eu quem os tirou de lá.

As palavras da irmã foram gentis. Rosalind levou um momento para absorvê-las.

Celia os tirara de lá. Enquanto isso, vai saber o que Rosalind estava fazendo naquele momento — provavelmente se lamentando ou chorando em algum canto. Reunindo toda aquela raiva e arrependimento que, depois, resultariam no que os Nacionalistas haviam usado para transformá-la em Destino. Ela expirou com dificuldade, as mãos em seu colo cerrando-se em punhos.

— Fico feliz. Que ela tenha tido você.

Celia arquejou, se retraindo.

— Juliette quis te contar, Rosalind. Tantas vezes, mas...

— Não, foi bom que ela não tenha contado — interrompeu. Ela não teria confiado um segredo de tal magnitude à garota que era naquela época. Não tinha o que era preciso para lidar com um problema em que era necessária uma amiga no lugar de uma traidora. — Eu precisava dar conta de mim mesma primeiro.

Fora preciso se lembrar de quem era. Arrastar-se para fora do buraco que seu erro abrira, andar pela escuridão por quilômetros e mais quilômetros.

Verdade seja dita, ela não tinha tanta certeza se já havia abandonado a escuridão completamente. Mas seus pés se moviam, e tudo o que ela podia fazer era torcer para que fossem na direção certa.

— Senhor, terá que retirar sua mala do outro assento. Isso é um risco para a segurança.

A ordem repentina da funcionária do trem assustou Rosalind. Cautelosamente, ela se virou para conferir qual era o problema e encontrou a mulher conversando com o homem que tossia, porém, ele agia como se não a escutasse. Seus óculos escuros cobriam a maior parte de seu rosto.

— O senhor me entendeu? Por favor, retire a mala.

Mesmo com os olhos cobertos, algo na falta de resposta fez Rosalind ficar nervosa. Ela se inclinou para fora do assento.

— Se eu precisar pedir a um policial para subir a bordo...

— Peço desculpas — disse o homem. — Eu vou... retirar a mala.

Seus movimentos eram lentos. E suas palavras possuíam um sotaque, mesmo que Rosalind não tivesse certeza de qual deles estava identificando.

— Celia — disse ela, devagar, virando-se para frente e recostando a cabeça com força no assento. — Há alguma chance de estarem nos seguindo?

— Seguindo? — repetiu Celia, também abaixando o tom de voz para um sussurro. — Quem?

— Os homens da Senhora Hong — respondeu. — Eu e Alisa os guiamos diretamente até Zhouzhuang, depois de abandonarmos a parada da turnê.

— Teríamos notado se estivéssemos sendo seguidos em Zhouzhuang. A cidade é pequena demais.

— Mas e se eles ficaram do lado de fora? Podem ter se escondido sob a cobertura das árvores, esperando o momento em que aparecêssemos novamente.

Um pensamento terrível lhe ocorreu. O único momento em que poderiam tê-los rastreado fora logo antes de entrarem na caçamba daquele caminhão. Se Rosalind e Celia foram seguidas, então, quando o grupo se separou, Alisa e Orion provavelmente também haviam sido.

— Vou tentar atraí-lo para longe e ver se minha suspeita está certa — murmurou ela, levantando-se.

— Espere, espere. — Sua irmã pegou seu cotovelo, impedindo-a um segundo antes de Rosalind se levantar totalmente. — O que vai fazer em um espaço tão apertado? *Assassiná-lo*?

— Se ele passou pela lavagem cerebral, está praticamente morto — respondeu. — Só vou dar o golpe final.

Celia balançou a cabeça.

— É provavelmente isso o que os generais de guerra dizem a respeito de seus soldados descartáveis. "Eles já se alistaram, então estão praticamente mortos".

— Lavagem cerebral com certeza não é o mesmo que o alistamento.

— E ainda assim o Orion de alguém pode estar entre eles — rebateu Celia. — Como saberemos se algum deles se voluntariou?

Rosalind hesitou, a boca abrindo e fechando, mas sem emitir nenhum som. Ela não podia pensar nessas coisas. Não... *Destino* não podia pensar nessas coisas, porque um trabalho bem-feito significava atacar sem questionar, e a cada pergunta feita sobre como alguém havia escolhido seu lado, cada rosto na guerra se tornava um debate infinito. É claro que cada soldado tinha suas próprias motivações. Ter empatia não significava ter misericórdia.

— Posso tentar — disse ela, batendo no pulso de Celia para que ela a soltasse. — Mas, às vezes, simplesmente teremos que discordar, *mèimei*.

Celia largou seu cotovelo, e Rosalind se levantou.

Ela abriu a porta do vagão, entrando na passagem entre os dois carros. O vento rugia através do fole de borracha que impedia a entrada de elementos estranhos. Um pequeno amontado de neve havia se infiltrado, mas Rosalind não sabia como ainda não derretera. Em vez de perder tempo, ela avançou para o próximo vagão. Ali funcionava uma lanchonete, que vendia pequenos lanches e refeições prontas. Enquanto Rosalind esperava, arrancou as faixas do rosto, usando os dedos para esfregar as bochechas com força. Sangue seco caiu em seu colo, um punhado de flocos escarlates se acumulando no tecido claro de seu *qipao*. Ela os limpou com a mão.

A porta do vagão se abriu. Ela soube, sem precisar olhar, que o homem a havia seguido, os passos cuidadosos no corredor enquanto procurava por ela.

Rosalind não se levantou ou começou uma briga. Discreta como um rato, ela retirou um grampo do cabelo e segurou-o no meio, para que apenas metade do metal ficasse disponível para uso. Então, bem quando o homem passou por ela, alfinetou sua perna.

Ele soltou um murmúrio, mas Rosalind o puxou para sua fileira de assentos no mesmo instante. Se qualquer outro passageiro estivesse prestando atenção, poderia ter pensado que ela conhecia o homem e que estavam brincando.

O homem tropeçou. Rosalind colocou uma das mãos sobre sua boca, segurando-o enquanto ele se debatia. Por sorte, ele não deve ter tido sua força aprimorada, porque ela conseguiu manter seu aperto até que o veneno fizesse efeito e o homem parasse de se mover, ficando inconsciente.

Não havia motivo para interrogá-lo a respeito de quando ou por que viera atrás dela. Considerando Orion, a mistura da Senhora Hong não o daria liberdade para responder às perguntas. Era mais fácil nocauteá-lo e ver o que encontrava.

— Nenhuma morte — murmurou Rosalind, como se Celia pudesse ouvi-la do outro vagão. — Espero que esteja orgulhosa.

Os bolsos dele estavam vazios. Rosalind logo abandonou a busca, colocando o homem no assento e se retirando, jogando as faixas de seu rosto no chão e voltando para seu vagão original.

— O que aconteceu? — sibilou Celia quando ela voltou. — Eu o vi se levantar e...

— E ele deixou a mala — disse Rosalind, retirando-a de debaixo do banco dele, depois, voltou para a irmã, abrindo a bagagem.

Uma farda militar japonesa estava guardada ali dentro. Tanto ela quanto Celia a encararam, uma quantidade inumerável de palavrões passando por suas mentes.

— Vamos precisar achar um carro depressa — decidiu Celia.

— E não podemos esperar mais tempo por uma distração. — Rosalind afivelou bem a mala. — Teremos que causar uma.

Orion e Alisa haviam se refugiado em uma casa de chá e, para a surpresa dele, ela conhecia o dono, acenando alegremente quando se aproximaram dos primeiros degraus e se afastando para conversarem. A não ser que Orion não estivesse entendendo alguma coisa, não compreendia como ela havia feito amigos ali antes, mas a probabilidade de Orion não entender algo era alta.

Ele jogou a laranja que estava em suas mãos para cima. Pegou-a quando estava caindo. Alisa continuava no balcão da frente.

Orion não queria comentar nada a não ser que fosse absolutamente necessário, mas sua dor de cabeça piorava. Começara como um mero incômodo quando estavam na caçamba do caminhão. No percurso até o município, sentiu uma dor mais aguda na parte de trás da cabeça. Agora, a dor vinha com flashes de luz em sua visão periférica — feixes de alucinações e partes de conversas do passado zumbindo em seus ouvidos. Era de se pensar que sua memória estava voltando, mas ele mal conseguia discernir se algum desses flashes eram lembranças reais ou invenções completas.

Vou comprar um anel. Do que você gosta? Prata? Ouro?

Orion apertou as têmporas. Desde que acordara em Zhouzhuang e vira Rosalind Lang o observando, vinha procurando por ela em cada brecha de sua mente. O problema era que havia *muitos* esconderijos ali. Ele rastreou a sombra dela o máximo que pôde, seguiu o espaço iluminado que ela deixava de lembrança em lembrança. A dificuldade não era encontrá-la. O problema era que, cada vez que se aprofundava naqueles vestígios fracos, o resto se dissolvia, carregado demais de muitos outros detalhes que queriam se desvanecer, e de muitas outras pessoas que não assumiam suas formas.

Ele a conhecia, isso era uma certeza. Sentia o grande espaço que ela ocupava, o som de seu sarcasmo e a cor de seus lábios, o cheiro de seu cabelo e a cadência de sua voz. Ele não conseguia descrever em palavras como ela existia em sua mente, mas o sentimento se agigantava em seu peito a qualquer invocação — um sentimento leve, doce, menos como açúcar e mais como a primeira brisa da primavera.

Ainda assim, apesar de tudo, nada queria fazer sentido. Nenhuma ordem vinha daquela confusão. Se seu passado realmente era uma rede de conexões como aquela que Rosalind desenhara, então ele não havia sofrido uma amnésia completa, mas, na verdade, estava sentindo cada linha se quebrar, cada nome ser jogado em um saco e embaralhado em letras incoerentes.

— Ai — murmurou, erguendo os dedos para apertar a curva do nariz.

Comece por algo simples, insistiu consigo mesmo. Estava se sobrecarregando ao tentar juntar todos os fragmentos ao mesmo tempo, então se fosse para o primeiro...

— *Puis-je avoir un morceau?*

A garota que esperava do lado de fora do cinema parecia ter por volta de sua idade. Nove anos, ou talvez fosse mais velha, pelo fato de ser um pouco mais alta. Ela se virou ao ouvir a pergunta dele, oferecendo o saco de pipoca que segurava sem dizer nada.

Mediu-o com os olhos. Seu cabelo estava preso em duas tranças bem-arrumadas.

— *Huárén ma?*

Orion havia assentido. Passara a falar mandarim também.

— Tenho sotaque? Ainda estou aprendendo a falar francês.

A garota deu risada. Era mais um risinho abafado do que algo que realmente possuísse humor, um simples *ha* que deixou Orion intrigado no mesmo instante. Ele tinha o incessante hábito de tentar conquistar as pessoas: quanto mais difícil a tarefa, mais satisfação ele sentia. Alguns chamariam de personalidade disfuncional. Para ele, isso o fazia conquistar muitos amigos.

— Claro — disse ela suavemente. — Perguntei se era chinês porque seu sotaque te entregou. Não foi sua cara, nem nada assim. — A garota puxou o saco de pipoca, então o ofereceu de novo para Orion pegar mais uma. — Não somos muitos por aqui.

Ele pegou uma pipoca e a comeu. Estava um pouco queimada, mas nada que alterasse o gosto.

— Só vim para visitar meu irmão mais velho. Eu moro em Londres.

— Ah. *Eu* moro aqui. — A garota não soou muito feliz. Seus olhos percorreram a estrada. Usou o saco de pipoca a fim de apontar para um prédio. — Com meus tutores. São pessoas cansativas.

— É por isso que está se escondendo do lado de fora de um cinema?

O lábio dela havia se curvado. Desta vez, também não fora uma demonstração direta de divertimento, apenas uma insinuação. Como se para mostrar que alguém *poderia* fazê-la rir se tentasse o suficiente. Apenas um esforço digno seria recompensado, e nada além disso.

— Minhas irmãs estão lá dentro assistindo a um filme. Não sou fã de tragédias.

— Prefere os melodramas da vanguarda?

— Comédias, na verdade.

Orion abriu um sorriso. Alguém chamou a garota de dentro do cinema, no mesmo momento em que alguém o chamou no fim da rua — sua mãe, seu irmão ou sua irmã, ele não sabia. Esta parte não queria ficar clara. Porém, ele se lembrava de gritar rapidamente:

— Espere!

A garota parou entre as duas portas pesadas. Ele se lembrava dos raios de sol alaranjados que vinham das nuvens e de seus olhos castanhos ficando praticamente dourados no mormaço.

Foi com aquela idade que ele passara a prestar atenção nas pessoas. E aquela garota foi a primeira pessoa que causou um sentimento estranho em seu estômago e uma leveza em seu peito. Pequenos interesses, mais inocentes, que vinham com simples anseios por um toque de mão ou pelo esbarrão de um ombro.

— Qual é o seu nome? — perguntou ele, voltando ao francês.

A menina lançou um pequeno sorriso por cima do ombro.

— Rosalind. — Ela acenou. — Tudo bem se esquecer de mim. *Au revoir.*

Quando Orion voltou ao presente, perdeu a jogada de sua laranja que estava no ar. Ela caiu com um baque no piso de madeira. Ele se levantou de supetão. Aquela era a *mesma* Rosalind. Por que ele nunca havia percebido antes? Apesar de a lembrança só ter retornado naquele momento, ele achou um absurdo o fato de não ter feito a conexão assim que se reencontraram. A recordação estava enterrada tão profundamente debaixo de todos os outros acontecimentos em sua vida, que se esforçara para vir à tona, mas agora, com tudo bagunçado...

— Alisa! — berrou ele. — Eu me lembrei de algo...

Alisa já não estava mais na bancada da frente. Confuso, Orion olhou para todos os lados, mas a casa de chá estava vazia.

— Mas que diabos...? — murmurou.

Ele correu até os fundos. Havia um chefe na cozinha, cuidando da própria vida enquanto mexia uma panela. Orion se aproximou da janela suja que havia ali, mas não viu nada no beco, então voltou para o hall principal e saiu correndo pelas portas, fazendo as duas lanternas vermelhas balançarem uma de cada lado.

— *Humpf!*

Ouviu um resmungo distante. Não vinha do beco à esquerda, onde estava a cozinha, mas de um à direita, entre a casa de chá e um grande prédio residencial de pedra.

— Alisa?

Orion correu até a outra viela, alerta. Encontrou Alisa. E dois homens fardados no chão, além de um terceiro sendo empurrado. Assim que os soldados pararam de se mover, Alisa limpou a testa, afastando o suor.

— De nada. — Ela arfou. — Isso porque você falou "precisam de mim nessa missão porque ninguém mais possui força bruta".

Orion ficou boquiaberto.

— Eu nem sabia que você estava lutando aqui fora!

— Pelo jeito, esses homens também não. Peguei eles de surpresa. São do tipo que passaram apenas pela lavagem cerebral, não possuem força aprimorada.

— O que... você... pensei que não possuísse treinamento.

— Não possuo. Só sou muito boa em pular em ombros e bater com força.

Alisa correu até ele, agitada enquanto o empurrava a fim de apressar a saída deles da viela.

— Vamos. Chega de casas de chá. Precisamos nos esconder.

30

O Exército da Décima Nona Rota aguarda em Xangai.

Cada dia mais impaciente desde o ultimato dos japoneses. Embora os Exércitos de Rota sejam de jurisdição Nacionalista, o sentimento de satisfação com a liderança não poderia estar mais fraco. Aqueles no alto da cadeia de comando querem que o país entre em acordo. Acalme-se. Permita uma conciliação. *Será que não preferiríamos alcançar a pacificação interna antes de avançarmos contra a resistência externa?* Antes de ser transferido para cá, o Exército da Décima Nona Rota já havia lutado bravamente em Jiangxi. Lá, foi contra os Comunistas. Um conflito civil, esforçando-se para controlar o centro enquanto sua fronteira é reduzida a pedaços. Os soldados não se sentem menos raivosos agora que estão em um novo ambiente. Eles têm sede de sangue, exaustos de verem imperialistas correrem livres pelas ruas.

— Bando de diabos fingindo ser humanos — diz o homem de sapatos arrebentados.

Ele está tentando remendar um buraco que se abriu na costura de sua camisa, porque não recebem uniformes novos há séculos e, além disso, existem problemas mais importantes.

— Quem? — questiona outro soldado.

Este trouxe sapatos sobressalentes de casa por garantia. Os dois homens vieram do mesmo lugar, uma unidade cantonesa, mas são tão diferentes quanto a noite e o dia.

— Os japoneses. Quem mais seria? — questiona o primeiro soldado. — Já está começando, e ainda não estão nos deixando lutar.

Quem mais seria? Engraçado. Na verdade, havia muito mais.

As partes chinesas da cidade estavam cedendo. Zhabei oscilava no ponto crítico de uma invasão, seu povo exigindo a saída do exército japonês e o império usando mais força como forma de retaliação. É preciso que haja um conflito declarado para que os soldados do Exército da Décima Nona Rota possam agir. Há alguns dias, a liderança oficialmente criou o Quinto Batalhão para Xangai. Os comandantes do Exército da Décima Nona Rota mudaram de posição para acomodá-los. Cada um deles consegue sentir o cheiro da guerra, mas a declaração ainda não veio. Eles esperam. Eles anseiam.

— Ainda não houve ação militar de nenhum lado — diz seu amigo.

Ele está repetindo as informações que foram repassadas entre as fileiras militares. Um tipo de alento, como se devesse ser algo bom.

Pode não ter ocorrido uma ação militar ainda, mas os conflitos se iniciaram havia algum tempo. Tudo começou com a resposta negativa da cidade à invasão da Manchúria, um império tentando declarar poder sobre uma terra que não lhe pertencia. Tudo começou com os japoneses reunindo as forças voluntárias — os *ronin* —, que assumiram a responsabilidade de agirem como policiais nos territórios de Xangai governados pelo Japão.

O soldado termina de remendar a camisa. Ela arrebentará novamente. Assim como se partiu das últimas vezes. Mas, talvez, esse nó mais firme aguente mais tempo.

— Não houve ação militar — repete ele simplesmente. — Mas vários *ronin* espalhados por aí. Espancando. Estuprando. Executando. Ninguém ajudará o povo à mercê deles, se toda ação for considerada uma manobra.

Um ribombar estranho soa à distância. Os soldados que estavam descansando se empertigam, atentos à interrupção. Por algum motivo, ainda estão nas periferias da cidade. Foram retirados daquelas áreas, graças ao medo que cobriu as pessoas malfadadas o suficiente para morarem em uma zona de guerra iminente.

Isso tem que parar. Não importa como, ninguém pode ter permissão para causar o caos dessa forma. Em Zhabei, o corpo de voluntários começa a despertar, reunindo pessoas para o que está por vir. Nas Concessões Internacionais, enquanto os ocidentais estão distraídos, os resquícios de um domínio gângster distribuem armas e dinheiro, recrutam assassinos de elite de todos os cantos da cidade a fim de se prepararem.

Estou pronta, sussurra a cidade. *Posso sangrar. A cada ferida, eu lhe afogarei.*

— Deve ser um caminhão — comenta o soldado, recolocando a camisa. — Vamos voltar para a base.

Eles caminham. Do céu, cai uma leve chuva, apagando as marcas de passos no solo, rearranjando os galhos no lugar a cada fio d'água. As estradas ficam encharcadas, toda a lama das marcas de pneus indo parar no acostamento, e o cascalho segue intacto.

Eles esperam.

31

Silas sabia, sem sombra de dúvidas, que algo estava errado.

— Sua casa? — perguntou, lançando um olhar para Phoebe quando finalmente quebrou o silêncio.

Já estavam na estrada há algum tempo, e Phoebe estivera sinistramente quieta desde que deixaram a igreja. Primeiro, Silas pensou que ela poderia estar guardando rancor por conta do tom de voz que ele usara com ela, mas quando tentou se desculpar novamente, Phoebe fez menção de que não era nada e voltou a encarar a janela.

Phoebe podia ser indiscernível às vezes, mas deixá-lo dirigir em silêncio completo era uma resposta muito clara. O dia estava bem escuro para aquela hora da tarde. No inverno, Xangai já era cinzenta, e ficava ainda mais sombria quando nuvens de tempestade pairavam pesadas no céu.

— Minha casa — confirmou Phoebe.

Ela ainda estava com o rosto virado para a janela. Silas continuava dirigindo para o norte nas estradas lúgubres.

— Está me deixando nervoso, Feiyi — disse ele, desacelerando no sinal vermelho. — É mais fácil dizer logo qual é o problema.

Ele se perguntou se ela o ignoraria. Se fingiria que não era nada e mudaria de semblante, ou riria como se não entendesse do que ele estava falando.

Phoebe puxou a aba circular do chapéu. O acessório não parecia esquentar muito quando ela o abaixou sobre as orelhas avermelhadas, extremamente frias por causa do tempo que passaram do lado de fora.

— Quero saber por que você esconderia notícias sobre o Oliver de mim.

Silas sentiu o estômago se revirar. Queria se virar para ela, analisar a expressão que tinha enquanto falava, mas o sinal abrira, então ele manteve a atenção adiante, pisando no acelerador.

— Você leu o bilhete que deixei.

Um tom de acusação havia tomado sua fala. Assim como um de reclamação, porque aquilo não era para os olhos dela, mas Phoebe foi bisbilhotar mesmo assim.

— E o que eu deveria ter feito? — perguntou ela. — Pelo jeito, foi necessário, ou quem sabe quando você teria me contado.

— Você me coloca em uma posição impossível — retrucou Silas, apertando o volante com mais força. — No fim das contas, você não é uma *agente*, Feiyi. Eu não devia te contar essas coisas.

— Ele é meu *irmão*.

Silas não conseguia entender. Não compreendia a volatilidade que sempre irrompia quando Phoebe reagia àquele assunto.

— E eu estou resolvendo tudo para salvar seu outro irmão. Por que não confia que posso fazer isso?

A casa da família Hong era dobrando a esquina. A entrada de automóveis se aproximava, uma longa faixa de cascalho cercada por roseiras e magnólias que permaneciam sempre verdes no inverno. Ele havia feito esse caminho muitas vezes, mas nenhuma fora assim.

— Você está tentando usar Oliver para atrair Sacerdote — respondeu Phoebe com frieza. Era um tom de voz pouco familiar. Como se viesse de outra pessoa, mas, ao mesmo tempo, combinava com a voz dela, então talvez fosse Silas que sempre escolhera não escutá-lo. — Está colocando Oliver em risco por algo que pode não dar resultado algum. Vai fazê-la resgatá-lo, e depois o que acontece? O Kuomintang percebe a fuga e atira nos dois?

— Também não quero fazer isso — disse Silas. A cidade estava em guerra, e em momentos de crise, os agentes precisavam recorrer à última opção. — Acredite, eu realmente gostaria muito de fazer as coisas da maneira correta. Preferiria me sentar com Sacerdote do que entregá-la…

— Está falando *sério*?

Silas entrou na garagem. Cada estalo de pedra ressoou alto sob os pneus depois da interrupção de Phoebe.

— Escute…

Phoebe balançou a cabeça.

— Não posso. Não posso continuar a ver você tratá-la como uma divindade. É um absurdo… ela não merece isso.

— *Merece*? — Silas freou. Vendo que haviam chegado, Phoebe saiu do carro imediatamente, mas ele logo a seguiu, gritando: — Pare bem aí!

Phoebe parou. Ele quase ficou surpreso. Pensou que ela não lhe daria ouvidos. Nunca havia gritado com ela antes.

— Qual... — disse Silas, quase sem fôlego enquanto baixava o tom de voz, cada palavra flutuando no ar ao redor dele em uma nuvem branca visível — é a queixa aqui?

Silas não se importava se Phoebe não o amava da mesma forma que ele a amava. Mas agora parecia que ela estava brincando com ele. Quem era ela para decidir o que era ou não merecido? Por que Phoebe estava agindo como se a crença dele em outra a afetasse de alguma forma? Se conseguissem capturar Sacerdote, seria o melhor cenário. Se conseguissem capturar Sacerdote, ele teria cumprido uma missão para os Nacionalistas e estaria um pouco mais perto de salvar Orion. Se conseguissem capturar Sacerdote... só esse fato não seria uma recompensa em si? Finalmente encontrar alguém que evitara o resto do mundo inteiro aquele tempo todo?

Phoebe se virou lentamente para encará-lo. Os lábios dela estavam contraídos, os olhos brilhavam como se mal pudesse conter as lágrimas.

— Phoebe... — Ele contornou o capô do carro, chegando ao lado dela. Cada passo foi lento. Cuidadoso. Não podia fazer com que ela fugisse. — Prometo que tenho meus motivos. Eu *preciso* falar com Sacerdote. Preciso encontrá-la cara a cara. Se eu conseguir falar com ela, conseguirei ajudar Orion.

— E eu prometo que está errado. — Apesar de ele ter ficado com medo de assustá-la, foi Phoebe quem avançou quando ele se aproximou, tão rápido que ele arquejou ao sentir o contato de suas mãos frias e enluvadas em seu rosto. Ela apertou com mais força, forçando-o a olhar para ela. — *Confie em mim*. Você não precisa dela. Deixe Sacerdote em paz.

Silas afastou as mãos dela. Considerando que aquele toque era algo que desejava, mal pôde compreender sua reação, mas naquele momento, seguido daquelas palavras, pareceu mais uma distração, e ele já não aguentava mais.

— Por que está tão preocupada? — perguntou. — Me conte e eu te escutarei.

Phoebe tremia. Ele não se aproximou para consolá-la. Ela não tentou tocá-lo novamente. Em vez disso, os punhos dela estavam cerrados, como se ela precisasse se preparar para uma briga.

— *Inferno*, Silas, é porque *eu* sou...

Com um baque alto, a porta da frente da mansão da família Hong foi escancarada, batendo na parede exterior e os interrompendo.

— *Xiǎojiě!* — gritou Ah Dou de dentro da casa. — Você recebeu uma ligação de Lang Shalin!

32

Rosalind usou o marca-texto para traçar o mapa que estava em seu colo, circulando seu destino final: Zhabei. Lá, fariam sua jogada. Afinal, uma guerra nada mais era do que o movimento de peças de xadrez gigantes, usando a cidade como tabuleiro enquanto seguiam regras e ordens. Em Xangai, nenhum ataque era permitido nas Concessões Internacionais. Apenas o território chinês estava apto à negociação. Se — *quando* — a guerra estourasse, qualquer um sentado às margens de um rio dentro da jurisdição da Concessão Internacional poderia assistir à batalha se desdobrar sem se preocupar com consequências.

Elas teriam que evitar as áreas protegidas. Ficariam seguras caminhando em meio ao caos, pois era assim que passariam desapercebidas.

Ela colocou a tampa de volta na caneta. Celia, que estava no banco do motorista, começou a frear, desacelerando em frente à entrada do distrito e olhando pelo para-brisa à procura de Alisa e Orion.

— Está vendo eles?

— Acho que não.

Celia parou completamente. Quando Rosalind abaixou o mapa na intenção de sair do carro e ir procurá-los, ouviu uma batida no porta-malas.

— Meu Deus…

Pularam de susto, mas era apenas Alisa chamando a atenção delas.

— Vamos, vamos — disse Alisa, abrindo a porta traseira. — Entre, Orion.

Orion entrou com dificuldade. Tentou ajeitar a postura.

— Esse carro foi feito para formigas?

— Primeiro de tudo, nossa grana é *curta* — disse Celia. — Segundo, Hong Liwen, você tem sorte de o seu irmão ter me ensinado a dirigir. Pare de reclamar ou vou acabar nos jogando de um penhasco. *Prontos?*

Celia pisou no acelerador assim que Alisa também entrou no carro e fechou a porta. Rosalind arregalou os olhos, segurando a alça do teto. Sua irmã estava ficando feroz ultimamente. Ela gostava disso.

Orion se remexeu para frente, esbarrando no assento de Rosalind à procura de uma posição mais confortável. Ao mesmo tempo, ela virou o pescoço a fim de olhar para trás.

— Vocês não se meteram em problemas?

A intenção dela era que a pergunta parecesse uma provocação, mas, em vez disso, seu tom saiu suave e gentil. Como se estivesse murmurando um pedido íntimo.

— Fomos seguidos — respondeu ele. — Mas Alisa resolveu tudo antes que eu precisasse mover um dedo. A área ficou limpa depois disso.

— Que bom — disse Rosalind.

Era bem possível que aqueles perseguidores fossem apenas os soldados que estiveram presentes na parada da turnê. Talvez estivessem seguindo a ordem anterior que lhes fora dada, mas agora todos já haviam sido desarmados.

Porém, se pelo menos um deles tiver conseguido escapar e se comunicar, a Senhora Hong logo saberia que eles estavam prestes a retornar a Xangai.

— Vocês também foram seguidas? — perguntou Orion.

— Apenas por um. Foi fácil de nos livrarmos.

Os lábios dele se contraíram.

— Que autoconfiante.

Rosalind lhe lançou um olhar bem-humorado.

— E eu não deveria me sentir assim?

— Claro que deveria.

— Ah, é?

— Estou concordando com você.

— Parece que está me desafiando.

— Eu? Nunca!

— *Crianças* — interrompeu Celia —, se já terminaram de flertar, podemos discutir a pequena mudança de planos?

Alisa deu uma risadinha. Rosalind franziu as sobrancelhas, sentindo que fora acusada muito injustamente.

— Eu *não* estava flertando...

— Eu estava. — Orion se ajeitou no lugar novamente, tentando não bater com a cabeça no teto. Antes que Rosalind pudesse reclamar, ele voltou direto aos negócios, perguntando: — Vamos mudar os planos?

— Precisaremos mudar nossa rota. — Celia deu uma rápida olhada pelo retrovisor. Pareceu confirmar que não havia nada de preocupante no entorno. — Há um abrigo em Zhabei que podemos usar como base de operações. Lá está caótico demais para que qualquer um consiga nos ver.

— Isso não significa que teremos que entrar na cidade pelo norte? — perguntou Alisa.

Rosalind havia traçado o plano ao telefone com Silas muito rapidamente, então só podia torcer para que não tivessem se esquecido de nada na programação. Mesmo que tivessem, agora já era tarde demais para fazerem qualquer ajuste.

— Sei que parece perigoso — disse Rosalind. O céu pairava, ameaçador, no horizonte. Eram 17h. Se a chuva não transformasse o dia em sombra, a noite logo cairia. — Mas os horários devem bater. Silas recebeu a informação de que uma organização estudantil marchará em protesto contra os japoneses perto de uma das ruas principais. Ele e Phoebe estacionarão nos arredores e esperarão por nós, e ele vai usar a identidade de Nacionalista para nos ajudar a passar. Se formos parados, qualquer unidade Nacionalista estará distraída demais para duvidar da palavra dele e nos impedir de passar. Haverá coisas mais importantes na qual prestarem atenção.

— Mas se eles não estiverem distraídos o suficiente e decidirem olhar para os nossos rostos... — rebateu Alisa. — Isso não significa que seremos capturados?

O carro caiu em silêncio. Os céus vibraram em movimento. Uma única gota de chuva caiu com força no para-brisa. Apesar de o pingo logo deslizar, o som foi alto como um tiro.

— A vigilância pode ser menor a oeste, mas tudo também é mais calmo. Se formos capturados lá, não teremos nenhuma rota de fuga — disse Celia lentamente. — Precisamos acompanhar as multidões. É nossa melhor opção.

Devagar, Alisa assentiu. Rosalind começava a sentir um nó de ansiedade no fundo de seu estômago, e não achava que ele desataria tão cedo.

Ela sentiu um tapinha no braço. Inclinou um pouco a cabeça e viu Orion ali, próximo de seu assento, a mão pendendo em seu ombro. Ele não disse nada, só manteve o corpo próximo a ela como uma presença física.

O carro seguiu em frente, ao longo das áreas rurais e casas dilapidadas. Alisa fechou os olhos para descansar, Celia se concentrou totalmente na estrada adiante e, naquela quietude, Rosalind estendeu a mão em direção ao ombro, tocando a de Orion o mais levemente possível, de modo tão fraco que poderia ter sido sua imaginação, de modo tão hesitante que poderia ter passado despercebido com facilidade.

Orion entrelaçou os dedos nos dela com firmeza.

Phoebe conseguia ouvir o som distante de protestos de onde estavam estacionados.

Ela estava no banco traseiro, vigiando a esquina da rua. Assim que avistassem o veículo que Rosalind descrevera, dariam a partida. Não havia tempo a perder.

— Feiyi — chamou Silas, do banco do motorista.

— Humm?

— Vai fingir que não estávamos falando sobre nada antes de Ah Dou nos interromper?

Phoebe encarou a rua firmemente. Estava tentando invocar o veículo de Rosalind com pura força de vontade. Já estava um breu. Um único poste de luz iluminava o espaço acima do carro deles.

— Do que está falando? — perguntou ela de maneira descontraída.

— Ah, então está *mesmo* fingindo.

— Não sei nem o que estou fingindo.

Silas ficou em silêncio. Phoebe voltou a vigiar pelo para-brisa. Depois de exatos três minutos — ela sabia disso porque estava contando —, Silas respirou fundo. Ela se preparou.

— Você realmente acha — começou ele — que eu acredito nessa fachada que você cria para o mundo?

Aquela tensão era culpa dela por ter cometido um deslize antes. Dao Feng fora claro quando a alertara em relação à sua identidade, e ela havia concordado. Phoebe não deveria ter perdido a cabeça. Era mais esperta que isso.

— Eu te conheço desde os 6 anos — continuou Silas. — *Por favor*, me dê um pouco de crédito. Talvez pareça igual para alguém de fora, mas te observo a tempo o suficiente para saber quando você troca de faceta. Você não me engana.

Mas Phoebe enganava. Estivera enganando-o desde que aceitara ser Sacerdote, e ainda assim ele não a enxergava, então o que isso significava? Que ele realmente não percebia? Que a faceta que ele melhor conhecia era a mais diferente de quem ela realmente era?

Phoebe viu um flash de luz na esquina.

— Eles chegaram.

Silas soltou um murmúrio de frustração.

— Feiyi...

— Não, é sério. — Ela passou para a frente. — Chegaram! Dirija!

Ele sabia que era melhor não discutir. Silas ligou o motor e pisou no acelerador na mesma hora, entrando na estrada em frente ao pequeno carro que havia aparecido. O veículo os seguia de perto, acompanhando Silas discretamente. Phoebe tentou ver Orion pelo retrovisor, mas ele devia estar sentado no banco traseiro.

— Nosso caminho pega as estradas mais estreitas, certo? — perguntou Phoebe, nervosa.

— Definimos uma rota que se aproxima relativamente do local do protesto — respondeu Silas, as mãos apertando o volante. — Sem dúvidas encontraremos *algo*. Estamos torcendo para que não levantemos suspeitas.

Mesmo para chegar aos arredores de Zhabei, Silas e Phoebe passaram por dois pontos de fiscalização. Os soldados não chegaram a fechar a estrada e conferir os documentos de cada veículo que passava, mas os Nacionalistas precisavam manter a vigilância nas saídas e entradas da cidade. Se não era para controlar a própria população e se certificar de que não estavam provocando os estrangeiros a ponto de causarem um confronto direto, era para procurar Comunistas. Era impossível evitar completamente um ponto de fiscalização enquanto voltavam à cidade — a questão era se os deixariam passar sem uma inspeção mais minuciosa.

— Ali está o primeiro — murmurou Phoebe.

Adiante, o ponto de fiscalização, cercado por arame farpado, parecia tão convidativo quanto a toca de um predador.

Silas se inclinou para fora da janela, desacelerando ao se aproximar dos postes de madeira. Um grande edifício semelhante a um moinho de algodão se agigantava à esquerda. Ele deu um aceno pequeno e educado para o soldado mais próximo, e sinalizou o carro que vinha atrás; o soldado gesticulou, distraído, para que ele seguisse o caminho estreito entre os postes de madeira. O barulho do protesto ficava cada vez mais alto.

— Não demonstre tanto nervosismo — murmurou Silas quando passaram. — Vão pensar que somos espiões.

— Não estariam errados — retrucou Phoebe.

Ela nem parecia estar tão nervosa, só observava o espelho retrovisor com ansiedade. Não havia muito que ela pudesse fazer além de respirar aliviada quando o carro atrás deles também seguiu entre os postes.

— A não ser que o próximo grupo de soldados tenha tirado a noite de folga — disse Silas —, deve haver mais um ponto de fiscalização.

O carro deles saiu das ruas mais acidentadas e entrou em estradas maiores e asfaltadas. Um coro ritmado pairava na noite. Quando Phoebe abaixou o vidro, os gritos do protesto estavam próximos o suficiente para que palavras discerníveis entrassem no carro.

— *Boicote! Boicote! Não vamos mais acatar aos interesses dos japoneses!*

— Acho que nem todos tiraram a noite de folga. — Phoebe semicerrou os olhos para além do para-brisa. O segundo ponto de fiscalização apareceu. Os arredores estavam ficando mais agradáveis, com tijolinhos que cercavam pequenas vizinhanças e outdoors publicitários que flamulavam ao vento, as abas dos tecidos batendo sob as luzes elétricas. — Mas pelo menos metade foi enviada para o protesto. Veja como são poucos.

Havia muito menos homens ali do que quando tinham saído. Phoebe considerou como um bom sinal quando Silas abaixou o vidro e repetiu o mesmo gesto de antes.

Porém, desta vez, o soldado sinalizou para que ele parasse, e se aproximou da porta.

— Está tudo bem — sussurrou Silas para acalmá-la. — É um procedimento de rotina.

Mas tudo o que passava pela cabeça de Phoebe era: *meu Deus, meu Deus, meu Deus...*

— Boa noite — cumprimentou o soldado, baixando a cabeça para dar uma boa olhada no veículo. — De onde estão vindo?

— Viemos de Nantong esta tarde — respondeu Silas. Ele apoiou o cotovelo na janela, despreocupado. — Estamos seguindo as ordens do General Yan. Estou trazendo algumas vítimas de tráfico de volta.

O soldado assentiu. Parecia que os deixaria seguir em frente, mas então outro membro da unidade abandonou a conversa que estava tendo ao lado do poste de madeira e perguntou:

— Qual é o problema?

— Vítimas de tráfico. Presumo que está indo para o quartel-general?

— Direto para o quartel-general — confirmou Silas. — Logo sairemos do seu caminho.

Enquanto o primeiro soldado estava pronto para deixar que passassem, o segundo franziu o cenho. Uma rajada cruel de vento soprou, arrancando uma fileira de bandeiras do restaurante à esquerda. Porém, não havia nenhum traço de desconfiança no rosto do segundo soldado; parecia mais preocupação do que qualquer outra coisa.

— Esta área está se transformando em um pandemônio — disse, olhando ao redor. — Podemos enviar uma escolta com vocês. Assim nos certificamos de que chegarão ao quartel-general e não ficarão presos nos protestos.

O coração de Phoebe subiu à garganta. Ela também sentiu Silas congelar, mas ele se recuperou rápido.

— Não há necessidade. Não queremos tirar homens da fiscalização aqui.

— Bobagem. — O segundo soldado gesticulou para que passassem. — Siga em frente e espere na esquina. Eu mesmo escoltarei vocês.

Se Silas discutisse, pareceria suspeito. Não havia nenhuma desculpa sensata que pudesse dar. Só o que ele podia fazer era engolir em seco, e então, lentamente, manobrar o carro adiante.

— Isso é ruim — murmurou Silas para Phoebe. — É muito ruim.

Eles não iam realmente para o quartel-general. Não podiam ter uma escolta *seguindo-os* por Zhabei até um abrigo Comunista, cujo endereço fora dado pela irmã de Rosalind.

Phoebe pensou rápido. Virou-se no assento, certificando-se de que o veículo atrás deles também os estava seguindo, garantindo que Orion havia conseguido entrar na cidade. Assim que Silas começou a desacelerar na esquina, a irmã de Rosalind imitou a manobra, mas, considerando como freou de forma mais instável, ela claramente ficou surpresa por ele ter feito isso.

Do outro lado do ponto de fiscalização, o motor de um veículo militar roncou e seus faróis se acenderam. Os pneus se moveram pesadamente, indo na direção deles para ser acrescentado como o terceiro carro da procissão.

— Encontro vocês no abrigo.

— Como é? — questionou Silas no mesmo instante.

Phoebe abriu a porta.

— Posso distraí-lo. Forçá-lo a sair da nossa rota. Talvez eu me jogue na frente dele e chore.

Para crédito dele, Silas não a questionou. Também não perguntou como ela esperava que um plano como aquele funcionasse.

— Tem certeza? — perguntou simplesmente.

— Não faça desvios, mas, se puder, vá devagar. — Ela engoliu em seco. — Só confie que, quando chegar ao abrigo, ele não estará mais nos seguindo.

Silas ajustou os óculos. Teria sido difícil ver sua expressão no escuro, mas o veículo militar chegou à fila, e os faróis brilharam com força o suficiente para alcançá-los. Havia admiração nos olhos dele, e Phoebe não sabia se deveria ficar surpresa por testemunhá-la.

Ela fechou a porta, considerando o silêncio de Silas como uma resposta positiva. Antes que o soldado pudesse vê-la, ela se enfiou na viela mais próxima e saiu correndo. Agora que realmente havia entrado na cidade, Phoebe podia se mover pelos becos menores, fazendo um caminho mais rápido do que faria pelas ruas principais. Desde que Silas não dirigisse muito depressa, ela conhecia uma boa esquina onde colocar seu plano em ação, no meio da rota planejada.

Phoebe se esforçou para aumentar a velocidade. Colocou a mão no bolso do vestido e retirou uma pistola.

Naquela esquina, uma torre de relógio se agigantava entre outros edifícios. E a rua ali era perfeita, pois contornava completamente a torre em um formato de U, e era estreita o suficiente para que três carros em uma procissão tivessem que passar um de cada vez.

Phoebe passou por restaurantes e bordéis vazios. Blocos residenciais silenciosos e perturbadores, muitos com as janelas tapadas depois dos avisos de protestos.

Ela podia ouvir os gritos dos estudantes se esvanecendo ao vento conforme entrava e saía das vielas, seus olhos acompanhando os movimentos das nuvens e as placas das ruas nas paredes para se certificar de que estava indo ao lugar certo.

Ali. Já conseguia ver a torre do relógio.

Pelo outro lado, no espaço curto entre a torre do relógio e o centro comunitário vizinho, também podia ver o carro pequeno de Celia, já roncando na curva da estrada. *Merda.* Ela chegaria tarde demais.

Com um suspiro, Phoebe passou correndo pelo prédio e abriu caminho pela passarela que ficava na lateral, posicionando-se nas sombras que a torre do relógio projetava na estrada. Imediatamente, jogou-se no chão para evitar ser vista, resfolegando para recuperar o ar, levantando a pistola e estabilizando sua mão. O cotovelo estava pressionado com força no cimento. Seu joelho estava arranhado, e era provável que tivesse começado a sangrar com o esforço.

O veículo militar fez a curva.

Passou roncando, depois virou, mostrando a traseira para a arma de Phoebe.

Ela atirou, acertando o pneu traseiro esquerdo. Mais rápido do que um piscar de olhos, moveu a pistola alguns centímetros e atirou no direito. O veículo estremeceu. Parou, ficando totalmente desequilibrado, incapaz de seguir adiante enquanto as rodas perdiam ar e se achatavam no chão.

O soldado saiu do banco do motorista. Ele correu até as rodas traseiras, gritando, confuso, que os dois haviam estourado.

Com um sorriso, Phoebe se levantou com dificuldade e voltou para as sombras, espanando a terra das saias.

33

Oliver não sabia o que lhe haviam dado, mas era terrível para caramba. Deveria ser algum tipo de sedativo, ou não seria tão impossível manter a cabeça erguida. O suor frio cobria seu pescoço, fazendo com que estremecesse ao mesmo tempo em que sua pele queimava. Os soldados Nacionalistas o empurravam para frente sem dar muita prioridade a prestar atenção por onde andavam, então não era como se se importassem.

Eles o jogaram na cela. Oliver ouviu as grades serem fechadas com um estrondo. Não conseguia manter os olhos abertos por tempo o bastante para confirmar. Sentiu o chão áspero abaixo de seus dedos. Úmido. O gotejar em *staccato* de uma torneira apontava a causa.

Quanto tempo será que passaram viajando? Ele não conseguiu prestar atenção. Desde que enfiaram aquela agulha em seu pescoço, não foi capaz de acompanhar os próprios pensamentos por mais do que alguns segundos. Por um momento naquele veículo escuro, estivera convencido de que não fora o Kuomintang que o capturara, e sim sua mãe. Desde quando os Nacionalistas *sedavam* os Comunistas que detinham? Não havia motivo. Era só enfiar uma mordaça em sua boca e ameaçá-lo com uma arma. Não era como se ele fosse causar problemas quando sabia que aquilo significaria ganhar uma bala no meio da testa.

Ainda assim, continuaram injetando-o com a substância sempre que o efeito da sedação passava. Ele já estava preparado para seu destino final ser a instalação de sua mãe. Seu coração estivera martelando quando o veículo desacelerou, o que era ainda mais desconcertante já que o restante de seu corpo só conseguia se mover a passo de tartaruga.

Então, ele ouviu os soldados darem ordens uns aos outros. Ele abrira um pouco os olhos e conseguira ver que estavam adentrando um quartel importante do Kuomintang em Xangai. No fim das contas, não era sua mãe, mas ele podia sentir sua presença por toda parte.

— Pastor enviou ordens para que o amarrássemos.

Pastor?, pensou Oliver com dificuldade. Esse era o amigo de sua irmã. O agente triplo. O Nacionalista leal. Que poder ele tinha ali? Espiões podiam até ter algum tipo de relevância na cadeia de comando, mas isso raramente incluía supervisionar prisioneiros inimigos.

— Amarrá-lo? — repetiu outro soldado. Ele soou igualmente pasmo. — Como isso vai fazê-lo falar?

— Não vai — respondeu o primeiro.

Oliver sentiu um puxão firme em seus ombros, o que o fez se levantar. Empurram-no contra uma mesa de metal, e uma chapa congelante atingiu suas costas.

— Mantenha-o desacordado. Um médico logo chegará.

Antes que ele pudesse tentar resistir, a agulha seguinte já estava adentrando seu pescoço, sua corrente sanguínea. Ele não podia ceder totalmente àquilo. Quem sabe o que fariam com ele? Quem sabe se sobreviveria o suficiente para despertar daquele torpor?

Algo se fechou em seus pulsos. Em seus tornozelos. Estavam prendendo Oliver à mesa, murmurando entre si. O suor desceu por sua coluna, fazendo-o congelar. Para ele, era como se aquela sala estivesse cheia de gelo, entorpecendo-o totalmente.

Ele pensou em Celia. Então, não pensou em mais nada.

Ela conseguira. De alguma forma, realmente conseguira.

Silas passara o tempo todo de olho nos retrovisores, e mesmo assim não tinha ideia de como Phoebe havia conseguido causar a distração. Em um momento, o soldado estava dirigindo atrás deles. No outro, seu carro desaparecera completamente.

Com medo de que fosse apenas um atraso temporário, e sem querer se aproximar do abrigo antes de ter uma confirmação, Silas parou no acostamento, observando a curva na estrada.

Nada aconteceu. Um minuto se passou. O soldado realmente havia sido despistado.

Silas piscou o farol, indicando para Celia que continuaria. Desta vez, ele acelerou. Seguiram o resto do caminho sem nenhum problema, e antes que a lua surgisse por trás das nuvens espessas, ele estacionou em frente ao endereço do abrigo.

Ele saiu do carro. Rosalind e Celia também, sussurrando algo enquanto abriam as portas. Sem mais nenhuma paciência, Silas tomou a iniciativa de correr até a porta traseira do outro carro e abri-la antes de Orion.

Ele havia ensaiado várias palavras de consolo na própria mente. Mas quando viu o melhor amigo ali dentro, uma das mãos parada como se estivesse prestes a puxar a maçaneta, tudo o que pôde fazer foi encará-lo sem conseguir acreditar que finalmente todos os esforços para resgatá-lo deram resultado. Nada havia sido fácil, mas também nenhum dos grandes sacrifícios que ele imaginara foram necessários. Como Silas tinha propensão ao exagero, qualquer resultado menor do que o que ele imaginara o deixava chocado.

— Olá — disse Orion, devagar. Ele desceu do carro. — Peço desculpas por não me lembrar de você, mas desde que não tenhamos sido namorados, tenho certeza de que posso me redimir agora.

Silas soluçou em meio a uma risada.

— Sou novo demais para você. — Ele estendeu os braços, envolvendo Orion firmemente. Apesar de no momento não saber nada sobre Silas, Orion retribuiu o gesto com a mesma intensidade. — Todos nós estamos muito felizes por você estar vivo.

— Eu também — respondeu Orion baixinho.

Silas vislumbrou um movimento à sua direita. Ele demorou para reagir, e teria sido terrível se aquilo fosse uma ameaça, mas de repente havia outro par de braços envolvendo ele e Orion, acompanhados de um aroma familiar.

— *Gēge*. — Phoebe soltou um soluço dramático. — Senti sua falta.

Silas soltou uma risada. Ele se afastou, deixando Phoebe pendurada nos ombros do irmão. Se Silas estivesse sedento e faminto, aquela simples imagem teria sido suficiente para satisfazê-lo. Ele poderia perder tudo o que tinha no mundo, e não se importaria. O mundo poderia passar a considerá-lo descartável, fraco ou covarde, e não se importaria. Tudo o que precisava era ver as pessoas que amava inteiras e bem na sua frente.

— Ah. — Orion pareceu surpreso, mas se adaptou depressa. — Você deve ser Phoebe.

— *Você deve ser Phoebe* — imitou ela. — Como se eu não tivesse acabado de fazer a melhor performance da minha vida para tirar aquele soldado da sua cola. Agora me carregue. Estou exausta.

O abrigo ficava no terceiro andar do quinto complexo de um edifício residencial comprido. Apenas uma das janelas tinha vista para a viela dos fundos, o que Rosalind logo se atentou para o caso de precisarem sair do local rapidamente, mas Celia lhe assegurou que havia outra passagem secreta que dava direto para a viela através de uma porta escondida no escritório.

Enquanto Rosalind foi até lá para avaliar a tal passagem, o resto do grupo estava quase desmaiando e piscando com força para se manter acordado. Não seria bom se esforçarem ao ponto da exaustão, então agora o abrigo estava em silêncio para dormirem: Celia, Alisa e Phoebe haviam se amontoado na cama, Silas estava cochilando na poltrona da sala, e Orion...

Quando o vira pela última vez, Orion havia decidido dormir na banheira. Entrara principalmente como piada, mas então Rosalind havia bufado e dito a ele o quanto seria desconfortável dormir ali.

É claro que, para provar que ela estava errada, ele se aconchegou e fechou os olhos.

Rosalind passou as mãos pelas estantes. Era a da direita que abriria a porta secreta, já que todos os livros estavam colados aos painéis vermelhos das prateleiras de interior oco. A da esquerda continha livros verdadeiros — alguns romances chineses comprados em livrarias e algumas edições estrangeiras de clássicos europeus. Era difícil ler os títulos direito com apenas uma vela tremeluzindo na mesa. Ela não queria acender a lâmpada porque o abrigo era pequeno, e uma fonte de luz incomodaria os outros. Só porque era incapaz de dormir não significava que precisava arrastar todos consigo.

Rosalind pegou o que parecia ser um conto de fadas infantil. Pareceu-lhe familiar conforme ela o folheou: uma garota em uma busca, e o príncipe encantado que aparecia no meio do caminho. *Il était une fois...*

Uma tábua do assoalho rangeu no escritório. Rosalind se virou com um arquejo, fechando o livro com tudo.

— Desculpe, desculpe, não quis te assustar — sussurrou Orion à porta.

Rosalind soltou o ar.

— Não achou a banheira uma cama boa?

— Achei uma cama ótima. A melhor cama em que já dormi.

— Uau. Esse é um grande elogio considerando que você já esteve em muitas.

Orion estava tendo dificuldade para manter o rosto sério. Ele cruzou os braços.

— Não sei se você está me insultando.

— Eu nunca te insultaria. — Rosalind se sentou na beirada da mesa, imitando a postura dele ao abraçar o livro junto ao peito. — Está tudo bem?

— Claro — respondeu Orion.

Ele entrou no escritório, olhando rapidamente para a porta secreta antes de ir se sentar na mesa ao lado dela. Ela quase desejou que ele não o fizesse — não porque não o queria por perto, mas porque não conseguia se concentrar quando Orion se aproximava, já que parecia ouvir uma música constante que vinha de sua presença.

Como se pudesse ler sua mente, Orion de repente mudou de posição e foi se sentar no chão, recostando-se na mesa. Porém, pareceu estranho que Rosalind ficasse de pé, então ela se juntou a ele, acomodando-se no tapete.

— Não consegui dormir — admitiu Orion. — Fico tendo flashes de lembranças.

Rosalind se virou para ele rapidamente.

— E isso não é bom?

Talvez o processo de cura só estivesse lento. Talvez sua memória voltasse naturalmente ao longo do tempo.

— Não sei. É difícil saber o que são lembranças verdadeiras e o que não são. Todas parecem ser da minha infância. Nós nos conhecemos no passado, certo?

— *Nós*? — repetiu Rosalind. Antes de serem forçados em um casamento? Ela certamente achou que Orion Hong lhe parecera familiar, mas presumiu que ele deveria ser um cliente das boates Escarlate quando ela ainda era dançarina. — Não sei. Talvez. Se nos conhecemos, foi de passagem. A elite nesta cidade não é assim tão grande.

— Não, não em Xangai. — Orion esticou a mão lentamente. Quando ele tocou o título da capa, ela percebeu que era para pegar o livro no colo dela. Ela o observou traçar aquelas inscrições douradas, sentindo a ilusão de seu toque a cada movimento. — Em Paris. A cena se repete sem parar na minha mente. Fico sempre tentando me lembrar dos acontecimentos que me contou, mas não me recordo de nada da Imprensa Turquesa, ou de seu apartamento, ou das discussões aos berros. Tudo o que me vem à mente é você com duas trancinhas, usando um vestido cor-de-rosa com babados, as bochechas coradas por conta do calor. Você, em frente a um cinema, resmungando sobre seus tutores que moravam ali perto e me oferecendo um pouco de pipoca.

Rosalind sentiu o estômago embrulhar. Não teria como ele saber daqueles detalhes se não tivesse estado lá. Não achava que já tinha falado de Paris daquela forma para ele, porque quando Orion descobriu que ela não era Janie Mead, uma mulher criada nos Estados Unidos, e sim Rosalind Lang, antiga Escarlate, já havia tantas coisas acontecendo na missão que ela tivera pouco tempo para lhe contar sobre sua verdadeira vida. Não poderia ser a mente dele confundindo detalhes que ela deixara escapar, porque ela não deixara *nada* daquilo escapar.

— Como eu disse — continuou Orion, soando quase preocupado quando ela ficou quieta por tempo demais —, podem ser lembranças falsas. Talvez minha mente esteja inventando coisas para preencher o vazio.

— Não — disse Rosalind baixinho.

Ela também se lembrava do cinema, daquele dia quente de verão quando estava comendo pipoca do lado de fora porque Celia e Kathleen queriam ver um filme no qual ela não tinha interesse. Tinha 11 anos e ainda não havia perdido o interesse no mundo. Houvera um garoto, um pouco mais novo, com um olhar animado e sapeca. Ela o procurou nas outras vezes em que foi ao cinema, mas nunca mais o viu.

— Era mesmo *você*?

O sorriso repentino de Orion foi algo radiante. Como se ele tivesse conquistado um prêmio por se lembrar de algo do qual ela não se recordava, e por um momento — só por um momento —, Rosalind se perguntou se seria assim tão ruim se ele nunca recuperasse a memória e eles simplesmente decidissem começar tudo de novo. Quando ele estava assim, não sentia a dor por sua mãe tê-lo usado, não carregava o rancor de precisar brigar com o irmão o tempo todo.

— Não se sinta mal. Precisei ter uma amnésia para poder me lembrar.

Rosalind revirou os olhos, mas agora o pensamento a estava realmente incomodando. Esqueça começar tudo de novo: ela poderia deixar Orion em paz — não era como se ele *precisasse* se lembrar dela. Rosalind poderia livrá-lo do condicionamento a que estava preso, certificar-se de que estava livre das garras da mãe e deixar que ele virasse uma nova página. Por que mantê-lo preso a ela? O codinome que compartilhavam, Maré Alta, havia se desfeito. O casamento falso não existia mais. Ela era uma garota imortal, que o perderia mais cedo ou mais tarde se ficasse por perto. Restaurar o tempo que passaram juntos significava que ele também seria arrastado para aquela dor.

Em vez disso, ela poderia existir em suas lembranças apenas como a garota que dividiu sua pipoca com ele em um dia de verão parisiense. Não seria bem mais agradável?

— No que está pensando? — perguntou Orion, observando o rosto dela. Ele colocou a mão de volta na lateral do corpo. — Está com uma cara bem estranha.

— Não é possível que você já saiba identificar minhas caras estranhas — retrucou Rosalind.

— Não é tão difícil. Você não as esconde.

O livro estava começando a escorregar de seu colo. Quando Rosalind foi tentar impedi-lo, ele caiu no tapete com um baque baixo.

— Não vá pensando que descobriu a resposta — murmurou. — Sem dúvidas não começou assim.

— E como começou?

Rosalind levantou uma sobrancelha. Já havia contado a ele. Todas as estratégias implementadas pela filial secreta Nacionalista, e a conspiração que precisaram investigar...

— Não, não a missão — esclareceu Orion antes que ela pudesse dizer qualquer coisa. — Nós.

Ah. A boca de Rosalind se contraiu.

— Você tentou me conquistar desde o começo. Desde o momento em que nos apresentaram, na verdade.

— Não duvido nem um pouco disso. — Ele se mexeu, cruzando os tornozelos. — E você?

— Eu?

— Quando eu finalmente te conquistei?

Rosalind estava dando toda a sua atenção para um ponto acima do ombro dele.

— Não podemos simplesmente esperar até que recupere a memória?

— Quero ouvir de você.

Orion esperou. Pacientemente como uma correnteza suave. Se ela fosse explicar, teria que contar todos os detalhes. Todos os detalhes dela.

— Vou explicar da seguinte maneira — disse ela num tom de voz baixo —, para mim, a atração é um idioma desconhecido. Eu ouvia você falando coisas completamente sem sentido durante grande parte da missão, o que me irritava profundamente, já que eu só queria fazer o meu trabalho.

Orion estava tentando disfarçar sua confusão. Ela havia percebido pela pequena contração em sua sobrancelha antes de ele relaxá-la.

— Mas… — continuou Rosalind. — Às vezes, eu entendo algumas frases. Se você falar devagar o bastante, com paciência o suficiente. Se eu as escuto pelo tempo necessário para que me cativem, começo a entender o que está sendo dito.

— Preciso perguntar — interrompeu Orion. — Não estamos realmente falando de um idioma estrangeiro, certo? Porque ainda estou tentando descobrir se falo italiano.

Rosalind soltou uma risadinha.

— Não, Orion. Estou tentando dizer que mantive certa distância porque eu sabia que não reagiria a você como as outras pessoas, e não queria brincar com fogo. Mas então, em algum momento entre nossa última discussão fútil e a quinta vez em que você dormiu no meu ombro, eu me apaixonei por você, e agora que já estou tão envolvida, tenho tentado entender tudo o que me diz, não importa qual seja o idioma.

Ele inspirou fracamente. A vela tremeluziu na mesa. Então se extinguiu por completo, como se uma respiração invisível tivesse apagado sua chama.

— Queria poder me lembrar — disse ele no escuro. — Queria poder me lembrar da primeira vez em que me disse isso.

O coração de Rosalind doeu. Era ele, mas também não era. Havia dois Orions divididos: um do passado, sobreposto àquele do presente. Se ela amava um deles, será que amava o outro também? Onde faria a separação?

— Então tenho boas notícias. — Mal era possível ouvir as palavras dela. — Essa foi a primeira vez que eu disse isso.

Orion se inclinou para a frente. Descruzou os tornozelos.

— Ainda assim, eu queria conseguir me lembrar, porque se as circunstâncias fossem outras e você dissesse que me ama, eu teria te beijado.

Antes que Rosalind pudesse ceder e permitir mesmo assim, deixar-se fingir que só havia um Orion e não duas versões dele, ele recuou e recostou a cabeça no ombro dela. O gesto se pareceu com todas as outras vezes em que ele fizera isso no passado, mas havia outra camada ali, como se Orion tivesse fisicamente se colocado em outro lugar para que não ficasse tentado a se inclinar.

— Tudo bem se eu ficar assim? — perguntou ele.

Ela assentiu. Ele não conseguia vê-la, mas foi capaz de sentir seu movimento.

— Pode dormir se quiser — murmurou ela. — Ficarei acordada a noite toda, de vigia.

— Me acorda quando o sol nascer?

— Pode deixar.

O escritório ficou em silêncio. Rosalind pensou que Orion havia dormido.

— Rosalind? — chamou ele.

— Hum?

Uma pausa. Ele estava pensando — ou hesitando.

— Mesmo que minhas memórias nunca mais voltem — disse ele lentamente —, vou te amar de novo. Decidi te avisar com antecedência.

Ela sentiu a garganta se fechar. *Não diga isso*, pensou Rosalind. *Não dificulte as coisas além do necessário.*

— Você nem me conhece — murmurou ela.

— Conheço o suficiente — argumentou. — Desde o momento em que me ofereceu a pipoca e disse que não gostava de assistir tragédias, eu conheci o suficiente. — Orion se remexeu, aproximando-se mais do ombro dela. — Boa noite.

Rosalind soltou um suspiro trêmulo. Pensou no passado, em cada noite sombria que passara sozinha, considerando-se culpada do que acontecera com ela, considerando-se uma pessoa inferior e que fora punida de acordo. O arrependimento sempre a cobriria com uma mortalha pesada, sempre mudaria a maneira como ela se movia e encarava o mundo.

Mas o amor também o faria. E ele era mais quente, mais grosso.

— Boa noite.

34

O sol raiou, irrompendo entre as nuvens de tempestade. Depois que Rosalind despertou Orion com tapinhas gentis, ela assumiu a responsabilidade de acordar os outros também — o que foi uma tarefa difícil. Estava bem cedo. Apesar de todos se levantarem na hora, sem reclamações, ela e Alisa eram as únicas pessoas no abrigo que não bocejavam a cada dois segundos.

— Como *você* pode estar tão desperta? — perguntou Rosalind.

— Sou uma pessoa matinal — respondeu Alisa alegremente.

É claro que era.

Alisa saiu para encontrar comida; Silas, para fazer cópias das plantas de uma instalação que seria relevante para os planos deles. Agora, o sol estava firme no céu azul e frio, e havia sacos de *yóutiáo* na mesa em frente a eles, junto às plantas da estação militar Nacionalista. Rosalind traçou o dedo pelo mapa maior, tentando compreender os símbolos. Não achava que era necessário entender a rota de entrada — só precisaria entrar em combate enquanto outra pessoa os guiava. Destino era uma assassina, não uma agente da inteligência.

— … estaremos aqui e entraremos na instalação por este túnel — concluiu Silas, explicando a disposição da estação.

Com poucos telefonemas, ele havia confirmado o local onde Oliver estava preso, bem no limite oeste da Concessão Internacional e surpreendentemente próximo à residência da família Hong. A boa notícia era que a instalação era grande, o que significava que as chances de serem pegos se entrassem escondidos seriam menores. A má notícia era que aquela era uma estação importante e, sendo assim, bem protegida, o que significava que as chances de serem pegos se entrassem escondidos seriam maiores.

Orion se aproximou da mesa. Franziu o cenho.

— Estou confuso — disse ele. — Não somos agentes Nacionalistas?

Celia deu um pequeno passo para trás, fisicamente se separando daquela alegação.

— Não me inclua nessa.

Alisa a imitou.

— Da última vez em que apareci por aqui, os Nacionalistas me prenderam, então...

Com isso, sobraram Rosalind, Silas e Phoebe em volta da mesa, entreolhando-se com respostas mais complicadas.

— Eu com certeza não sou uma agente — falou Phoebe.

— Imagino que, agora que abandonei a turnê, sou uma agente fora de serviço — acrescentou Rosalind. Ela coçou o olho com cuidado, tentando não borrar a maquiagem mais do que a noite cansativa já o fizera. — Acho que Silas é o único agente Nacionalista ativo entre nós.

Silas prestou uma pequena continência para ela.

— Certo, então por que estamos planejando tanto? — Orion pegou uma das plantas, colocando-a de lado e revelando uma ainda mais complicada por baixo. — Por que Silas não pode simplesmente entrar e pedir para que Oliver seja libertado por achar que minha mãe está vindo?

— Porque então eu precisaria explicar como essa informação chegou até mim — respondeu Silas. — E, considerando minha missão atual, isso significaria criar uma evidência falsa e fingir que foi *Sacerdote* quem me contou, e não que a ouvi de Celia Lang, com quem eu nem deveria estar em contato.

De repente, Silas soou irritado. Rosalind fez uma careta, desviando o olhar para que ele não visse a pena em seu rosto. Nos últimos meses, ele gastara muito tempo e energia procurando por Sacerdote, na crença de que ela poderia trazer seu amigo de volta, mas, no final, Sacerdote se manteve completamente afastada do resgate de Orion.

— Para soltar Oliver, ele também precisaria da aprovação dos superiores — acrescentou Rosalind, pigarreando enquanto dava uma olhada na planta que Orion segurava. — Mesmo que falsificar uma carta seja fácil, os Nacionalistas levaram meses para decidir se queriam me aposentar. A Senhora Hong já teria até ido embora quando começassem todo o processo.

— Sabemos onde ela está neste momento?

Foi Phoebe quem perguntou, baixinho. Enquanto os outros debatiam, ela havia se afastado, quebrando o círculo e indo até a janela. O vidro estava gelado, embaçado pelo frio e por anos de falta de cuidado. Não era possível ver muito da rua além de manchas coloridas, mas, mesmo assim, Phoebe a encarava com atenção.

Silas hesitou.

— Ela não foi vista, mas unidades que possivelmente estão sob seu controle, foram. Acredito que ela já esteja aqui.

— Fomos perseguidos até chegarmos à cidade — disse Celia. Ela olhou para Alisa, que fez uma careta e abaixou as mangas para esconder os arranhões que ainda estavam ali por causa da briga nos limites de Zhouzhuang. — Isso deve significar que ela também está por perto.

Phoebe soltou um murmúrio reflexivo. Ela não disse nada: simplesmente continuou a encarar o vidro.

— Sei que há... preocupações quanto a como isso funcionará — disse Silas. Seu olhar se voltou para Phoebe. Ela não reagiu. — Mas já haverá uma distração nessas celas. Sacerdote tentará libertar Oliver ao mesmo tempo que nós.

Alisa soltou um resmungo apavorado. Celia também. Apenas Rosalind e Orion permaneceram em silêncio — Rosalind, porque não gostava de sua rival assassina por princípios, e Orion, porque ficou completamente confuso. Agora dava para entender o motivo de Silas ter soado daquela forma antes. Ele ainda estava atrás dela. Àquela altura, ele provavelmente só queria encontrá-la para fazer um trabalho bem-feito.

— Como conseguiu isso? — perguntou Rosalind, seca.

— Não foi difícil — respondeu Silas, ajustando os óculos. — Oliver já havia sido capturado. Seria uma pena desperdiçar a oportunidade.

Celia resmungou, enojada.

— Ele não é uma *isca*.

— Não, não é.

A atenção de Silas se voltou para a mesa, para as plantas espalhadas na superfície bamba. Algo tomou rapidamente sua expressão: algo determinado e firme, quase frio na forma com que se estabeleceu. Rosalind sempre parecia se esquecer de que cada um deles era qualificado para estar entre os níveis mais altos de espionagem. Então, quando via alguém como Silas semicerrar os olhos, de repente se lembrava de que aquela não era uma sala cheia de pessoas interligadas por relações sanguíneas e amigos de família — aquela sala poderia determinar o destino do país.

Seu olhar se voltou para a janela. Todos, exceto, tecnicamente, Phoebe, mas Rosalind não tinha certeza se a garota deveria ser desqualificada. Phoebe estava traçando o dedo sobre o vapor do vidro, o movimento em perfeita sincronia com o de Silas enquanto ele pegava uma caneta e desenhava um grande círculo em uma planta no centro da mesa.

— Oliver é o motivo pelo qual os Nacionalistas estarão distraídos — continuou Silas. — Sacerdote não deixará que seu treinador apodreça na prisão. E os Nacionalistas não permitirão que Sacerdote escape de suas mãos, se ela se entregar de bandeja na porta deles. Assim que ficarem sabendo que uma assassina Comunista está tentando invadir a estação, todos os esforços estarão concentrados nela. — Ele colocou a tampa de volta na caneta e a baixou. — Todos saem ganhando. O Kuomintang finalmente captura a assassina que vem escapando deles há anos, e nosso caminho fica livre para resgatarmos Oliver.

A sala ficou em silêncio. Silas estava certo. Era um bom plano.

Porém, Rosalind não demonstrou que concordava. Enquanto sua irmã suspirou e assentiu, enquanto Alisa e Orion vacilaram e hesitaram antes de aceitarem, ela focou no outro lado da sala, esperando pacientemente pela reação de Phoebe. Era o irmão dela que estava preso em uma cela. E era um de seus confidentes mais próximos que criara um plano que dava importância a segundas intenções — que ajudava Silas a capturar uma garota que o evitava há meses —, em vez de se concentrar totalmente na missão de resgate. É claro que Phoebe tinha algo a dizer a respeito.

Mas Rosalind não percebeu nada.

Interessante.

— Tudo bem, vai dar certo — concordou Celia, por fim. — Quando entrarmos na instalação, haverá uma porta automática do lado norte das celas, e uma manual do lado sul. — Ela apontou para a planta, usando o dedo para traçar um caminho reto. — Diga à Sacerdote que você abrirá a porta norte para ela a partir da torre de controle, deixando que ela disperse a atenção enquanto os guardas vão combatê-la. Depois, entraremos pela porta sul para buscarmos Oliver.

— E se houver guardas na porta sul? — perguntou Alisa.

Rosalind finalmente tirou os olhos de Phoebe, voltando a atenção para o debate da mesa.

— Podem deixar isso comigo.

— E comigo — acrescentou Orion.

Silas assentiu.

— Então, chegamos a um plano. O alto-comando já sabe que Sacerdote estará presente. Hoje entrarei em contato com ela para combinarmos os detalhes. — Ele olhou para o calendário pendurado na parede, que exibia uma data por dia do calendário lunar. Claramente ninguém aparecia naquele abrigo havia um tempo, porque o ano ainda era 1927. — Na sexta-feira, faremos a troca.

— Não — disse Celia imediatamente. — Tem que ser antes. A cada dia que deixarmos Oliver lá, é mais um dia em que sua mãe pode aparecer antes de nós.

O que sua irmã falou em voz alta era o que convenceria a todos os presentes naquela sala, mas Rosalind ouviu o que acompanhava o pânico. A cada dia que o deixassem lá, era mais um dia em que ele seria torturado, ou ainda pior.

— Será essa noite, então — disse Silas. Ele fez uma careta, parecendo preocupado com a velocidade com que teriam de agir. — Às 21h.

Alisa foi a primeira da mesa a assentir. Todos a acompanharam, exceto Phoebe. Considerando planos em geral, os mecanismos daquele eram sólidos: Pastor, um agente Nacionalista, diz ao Kuomintang que, depois de todos aqueles meses conquistando sua confiança e tentando fazê-la se revelar, Sacerdote aparecerá como um ratinho em direção à ratoeira. Ele levantará a porta norte com uma permissão oficial, e assim que ela entrar no complexo Nacionalista, os soldados estarão prontos para atacá-la, desviando sua atenção para a intrusa. Ninguém esperaria que a verdadeira invasão fosse acontecer na porta sul.

Rosalind hesitou.

— E se a fuga de Oliver lhe trouxer consequências? — perguntou ela. — Você terá uma conexão com ela. Poderão desconfiar que você teve uma participação.

Silas não pareceu preocupado.

— Vou me fingir de bobo e direi que não tinha como saber. Há espiões Comunistas em todos os postos Nacionalistas. Ninguém se surpreenderia se, de alguma forma, o plano vazasse e um segundo grupo de resgate fosse enviado. Eu já terei entregado Sacerdote a eles. Não é culpa minha se alguém usou minha armadilha para resgatar Oliver.

— Não acha que um grupo de regaste Comunista também pensaria em alertar Sacerdote se recebessem informações sobre uma armadilha?

Um chiado extenso e baixo percorreu o abrigo. Algum apartamento vizinho estava abrindo as portas, as dobradiças rangendo pelos pisos e paredes cobertas de poeira.

— Acho — respondeu Silas, baixo — que as pessoas sempre estão dispostas a sacrificar certas peças do jogo quando se importam mais com outras. E se, por exemplo, o Kuomintang achar que Celia Lang colocou um espião entre os Nacionalistas e ficou sabendo sobre uma armadilha para capturar Sacerdote, então é claro que ela nos daria uma assassina sem identidade para recuperar Oliver Hong. Não se preocupe. Faz sentido.

Rosalind olhou de relance para a irmã. Ao ouvir o próprio nome ser usado de forma tão hipotética, ela pareceu um pouco enjoada, mas não reclamou. Se a coisa apertasse, Silas provavelmente estaria certo.

Eles eram agentes, mas ainda eram pessoas. Apenas pessoas — capazes de serem egoístas e de amarem, com os mesmos instintos de preservação e proteção que os primeiros exploradores que caminharam por esta terra.

— Certo, para isso dar certo, precisaremos de disfarces. — Rosalind bateu na manga com exagero, como se tivesse pó em seu punho. — Hong Feiyi, quer ir às compras comigo?

Phoebe olhou rapidamente para ela. Surpresa tomou conta de seu olhar por um minuto, antes de ela piscar para afastá-la e ele brilhar. No mesmo instante, Phoebe saltitou pela sala.

— Claro. Vamos, *săozi*.

Rosalind soltou um muxoxo. Havia uma pistola na prateleira, deixada como decoração do abrigo, e ela logo a pegou e guardou no casaco. Alisa e Celia estavam murmurando juntas sobre diferentes caminhos que poderiam tomar para chegar ao complexo maior. Silas e Orion analisavam diferentes plantas, conversando baixinho sobre opções de contingência.

— Achei que tinha lhe dito para parar de me chamar de *săozi*.

— É, ao menos até que eu realmente a peça em casamento — acrescentou Orion da mesa, os olhos ainda nas plantas.

Ele realmente disse...

Rosalind ficou boquiaberta. Um segundo se passou. Sem encontrar nenhuma resposta boa para dar, ela se virou sem dizer nada e abriu a porta, levantando os ombros para esconder as bochechas coradas.

Os passos de Phoebe ressoaram atrás dela no corredor.

— *Săozi*, espere!

35

Rosalind e Phoebe não ousaram: os primeiros itens que compraram foram lenços de seda e óculos escuros, apesar de Phoebe ter reclamado sobre como as lentes redondas a deixaram estranha. Rosalind dissera para que ela amarasse o lenço ao redor da cabeça com mais força — o que fez com que ela ficasse menos estranha, porque então ficou parecendo uma criança fantasiada.

— Quer saber… — Rosalind suspirou. — É melhor tirar.

Haviam pegado riquixás até o centro da cidade, aproveitando para usar a agitação da rua Nanquim como disfarce. Seria muito difícil alguém reconhecê-las considerando a quantidade de pessoas que entrava na Wing On todas as manhãs, então Rosalind e Phoebe vasculharam as prateleiras da loja de departamento, rapidamente dispensando qualquer funcionário que lhes oferecesse ajuda.

— Ai, que ótimo! — respondeu Phoebe, aliviada, tirando os óculos de sol. — Estavam machucando meu nariz.

— Não vamos usá-los para ficarmos bonitas.

— Fale por si mesma. Nem todo mundo é naturalmente glamourosa como você. Prefiro ser presa a parecer ridícula.

Pelo menos, mesmo que Phoebe fosse reconhecida, era só ela se separar de Rosalind e dizer que estava passeando. Ninguém estava à procura dela, diferentemente da maneira como o Kuomintang deveria estar coçando a cabeça e se perguntando onde Rosalind fora parar.

— Precisamos achar uns chapéus — comentou Rosalind. Ela deu uma olhada nas sacolas que já segurava nos braços. — Procure naquele setor do outro lado do corredor. Irei na outra.

— Dando início à busca por chapéus.

Phoebe saiu andando. Rosalind seguiu para o próximo setor, olhando as cabeças dos manequins e as caixas de chapéus.

Dez minutos depois, Phoebe apareceu ao seu lado novamente.

— Encontrou algo? — perguntou ela.

— São todos muito coloridos ou — Rosalind mexeu no chapéu mais próximo — cobertos de penas. E você?

Phoebe balançou a cabeça.

— Acho que as penas estão na moda. Mas achei um que pode ficar bonito em Silas.

— Silas não entrará disfarçado. Precisa procurar algo para o seu irmão.

— Meu irmão tem uma cabeça excepcionalmente grande.

— O que...? — Rosalind pensou a respeito. — Isso simplesmente não é verdade.

Phoebe abriu um sorriso.

— Quanto mais repetirmos, mais ele acreditará. Entre na brincadeira.

— Não vou entrar na brincadeira se você comprar um chapéu grande demais.

— Lang Shalin, por que tem que estragar a minha felicidade desse jeito?

Havia algo em Phoebe Hong que sempre causava em Rosalind a mesma sensação engraçada daquele primeiro dia em que a conheceu, quando ela entrou na Imprensa Turquesa com aquela cesta na mão: identificação. Algumas pessoas eram muito boas em se voltar para o que era esperado delas. Mas se fizessem isso bem demais, centelhas surgiam na ilusão. Um espelho hiperbólico era tão desconcertante quanto um que não refletia todas as suas partes.

— Ah, então *agora* que estou te dando uma bronca sou Lang Shalin, e não sua *sǎozi*. — Rosalind pegou um chapéu preto. Poderia servir em uma invasão. — Está preocupada?

A pergunta foi tão repentina que Phoebe não percebeu a mudança de assunto. Houve uma pausa, então ela lhe lançou um olhar de confusão, tirando uma caixa de chapéus do final da pilha.

— Por levar bronca?

— Não — disse Rosalind. — Por Silas estar focado em Sacerdote mesmo depois de Orion ter sido resgatado.

Silêncio. Assim que Rosalind se virou, viu que Phoebe estava disfarçando a expressão em seu rosto.

— Não tenho nada a ver com isso.

— É claro que tem. — Rosalind afastou algumas das caixas para ajudar Phoebe a pegar a última. — É um pouco egoísta da parte dele estar preocupado com o trabalho enquanto Oliver está em perigo.

De repente, os dois lados do rosto de Phoebe foram sugados, como se ela estivesse mordendo o interior das bochechas. Depois de alguns segundos, ela as soltou.

— Acho que o resgate de Oliver será bem-sucedido — disse ela.

— Ah, eu também acho — disse Rosalind. — Isso não significa que você não pode ficar chateada com as prioridades de Silas.

— Não estou *chateada*.

Rosalind não estava nem um pouco convencida.

— Está sim. Eu vi.

— No máximo, estou um pouco embasbacada, está bem? — Phoebe bufou. — Ele está obcecado por ela. Eu já disse isso antes. Acho bizarro.

— Você está com ciúmes.

— O que... *não*. Que absurdo.

— Então, por que é apenas Sacerdote que te incomoda? Ele também está obcecado em manter o posto com os Nacionalistas. Não te vejo ficar irritada quanto a isso.

Phoebe cruzou os braços com força. Ela quase derrubou a pilha de caixas com o cotovelo, e uma vendedora que estava próxima lhe lançou um olhar irritado.

— Ao menos isso faz sentido — retrucou Phoebe. — Trata-se de sua carreira e de seu ganha-pão. Enquanto isso, o que ele conseguirá com essa única missão? Finalmente ele vai revelar a identidade de uma assassina. *E daí?* Você é uma assassina. E não é tão diferente do resto de nós.

Rosalind levantou uma sobrancelha.

— Na verdade...

A mão de Phoebe logo se ergueu.

— Tudo bem, tudo bem... foi um exemplo ruim.

Havia uma parte naquela conversa que era um tanto engraçada. Phoebe não conseguia ver como estava agora: tinha duas manchas vermelhas em seu rosto e as sobrancelhas estavam franzidas para baixo.

— Dê um ultimato se quer que ele esqueça esse assunto — disse Rosalind gentilmente. — Ele nunca escolheria Sacerdote em vez de você.

— Eu não teria tanta certeza disso. — Phoebe pegou um chapéu azul e o colocou na cabeça. Ele lançava sombras em seus olhos, e havia um laço na lateral. — Nunca pensei que Oliver nos abandonaria. Também nunca pensei que minha mãe acabaria sendo uma traidora da nação, mais interessada em progredir no próprio trabalho do que em qualquer outra coisa. Então, não sei. As pessoas me surpreenderam várias vezes.

Rosalind estremeceu.

— Bem... — começou, exaltada, antes de se interromper de imediato, o olhar avistando algo atrás do ombro de Phoebe.

De repente, toda aquela conversa pareceu irracional. Ela se abaixou para desaparecer de vista e Phoebe, para seu próprio crédito, a seguiu imediatamente.

— O que aconteceu?

— Soldados — sibilou Rosalind.

— Na Wing On? — Phoebe esticou o pescoço, tentando olhar os corredores sem projetar muito a cabeça. — Vamos sair pelos fundos?

— Vamos esperar um segundo. Ele ainda está lá.

Mas assim que o soldado no corredor se virou, ficando de costas para elas, dois outros surgiram ao seu lado, também aparecendo na linha de visão delas. O que estava acontecendo? Por que o Kuomintang estaria vigiando uma loja de departamentos?

— Vamos — disse Rosalind. — Pelo corredor, agora.

Elas se abaixaram, correndo para os fundos. Fizeram uma curva acentuada à esquerda, depois pegaram um atalho pelas estantes de um setor. Rosalind quase conseguia ver as portas que davam para a saída quando se virou com pressa e deu de cara com um soldado.

Ela congelou. Um discurso se formou em sua língua, mas foi deixado de lado quando ela viu os olhos do soldado. Conseguiu notar a diferença na hora. Apesar da farda Nacionalista, aquele era um dos homens da Senhora Hong.

— Olá — cumprimentou ele.

— Ele está falando — sussurrou Phoebe, segurando o braço de Rosalind enquanto elas davam um passo para trás. — Por que ele está falando?

— Eles ainda *conseguem* falar — respondeu Rosalind baixinho.

Será que os soldados causariam um escândalo? Será que estavam uniformizados para que a Senhora Hong pudesse jogar a culpa no Kuomintang quando uma briga em público acontecesse?

— É, mas...

— *Feiyi.*

Phoebe apertou o braço dela com mais força, puxando a manga de Rosalind em pânico. Rosalind colocou a mão sobre a dela, tentando acalmá-la.

— *Feiyi, espero que se junte a mim por vontade própria. A família vem em primeiro lugar.*

— Meu Deus — murmurou Phoebe. — É a minha mãe. Essas palavras são dela.

O soldado falava em inglês, mas com um sotaque japonês e todas as entonações erradas. Ele não sabia o que dizia. Estava apenas copiando sons em vez de palavras.

— Deram um roteiro para que ele repetisse — disse Rosalind. Ela empurrou as sacolas na direção das mãos de Phoebe. — Corre. Vá, depressa.

— Mas...

O soldado atacou. Tiveram o vislumbre de uma faca. Rosalind mal reagiu a tempo de empurrar seu braço, afastando o golpe.

— Corre, Phoebe!

Phoebe saiu em disparada. Arquejando, Rosalind não teve tempo de evitar o golpe seguinte, que fez um corte de seu pescoço até seu ombro. *Meu Deus*. Aquilo era um ferimento grande demais em sua pele.

Ela se jogou para trás, colocando a mão no casaco à procura da pistola. Um grito veio de outro corredor, o que significava que o resto dos soldados estava a caminho. Ali não era o lugar para uma luta — e ela estava em desvantagem, de qualquer forma. Rosalind empunhou a pistola para atirar uma única vez de perto, e saiu correndo assim que o soldado cambaleou para trás graças ao tiro que levou na barriga.

— Por favor, que não esteja envenenado — murmurou Rosalind, a mão se erguendo para segurar o ombro.

Seu braço inteiro latejava e pungia. Apesar de sentir sangue quando passou o dedo pelo rasgo no tecido do *qipao*, parecia que a pele estava se fechando.

Rosalind manteve a cabeça baixa, abrindo caminho entre os outros clientes com o único objetivo de chegar até a saída. Ignorando protestos e gritos de preocupação, ela saiu pela porta lateral, cambaleando em uma viela.

— *Rosalind!*

Ela ergueu a cabeça. Avistou Phoebe no final do beco e voltou à ação, pegando um cabo de vassoura que estava próximo aos sacos de lixo e enfiando-o pela maçaneta da porta. Aquilo não aguentaria por muito tempo, mas era o suficiente para que ela corresse, ofegante, até Phoebe.

— Aqui. — Phoebe tentou lhe devolver as sacolas. — Te encontro no abrigo. A filial secreta precisa saber que minha mãe está na cidade.

— O quê? — questionou Rosalind. Ela não pegou as sacolas. — Você vai para o quartel-general do Kuomintang?

— Sou a única que *pode* — respondeu Phoebe, empurrando as sacolas com mais força e obrigando Rosalind a pegá-las, ou cairiam direto no chão. — Sei que eles são praticamente inúteis, mas minha mãe está à solta agora. Eles podem reunir forças. Entrar no caminho dela. Temos que mantê-la afastada do resgate dessa noite, e eles são a melhor solução possível.

Rosalind lançou um olhar nervoso para a porta lateral que levava à Wing On. O dia seguia normalmente de ambos os lados da viela, a agitação nem de longe interrompida pelos soldados que estavam prestes a irromper pela saída. Phoebe estava certa. A Senhora Hong aparecer na cidade, e fazer joguinhos estranhos ao tentar atrair a filha para seu lado, significava que ela estava pronta para o próximo passo. Ela iria atrás de Oliver.

— *Merde* — sibilou Rosalind. — *Merdemerdemerde*…

A porta estremeceu. A vassoura escorregou. Se Rosalind se movesse naquele instante, poderia pegar um riquixá e desaparecer antes que a vissem.

— Vá! — sibilou Phoebe, empurrando-a. — Te vejo em breve.

Rosalind começou a andar.

— Sairemos para a instalação às 21h! — exclamou por cima do ombro. — Você tem que voltar antes disso.

— Voltarei — prometeu Phoebe. — Vá!

Rosalind se virou e correu o mais rápido possível.

Phoebe correu na direção oposta, apesar de já saber que seria avistada. Sua saia em tom pastel fazia volume ao redor dela de forma tão exagerada, que não ajudava em nada a escondê-la quando ela parou na esquina de um dos setores, a fim de verificar para onde os soldados iriam.

Um estrondo alto ecoou pela viela. Eles haviam arrombado a porta da loja de departamento. Pelo menos, àquela altura, Rosalind já teria desaparecido. Ou ela teria se misturado à massa de consumidores da rua Nanquim, ou já estaria em um riquixá. Os soldados não conseguiriam segui-la até o abrigo.

Phoebe respirou fundo. Em vez de correr até o quartel-general Nacionalista, ela saiu da esquina, aparecendo na rua em plena vista. Colocou as mãos acima da cabeça. Ergueu o queixo bem alto assim que um dos homens a avistou, as lapelas de seu uniforme refletindo a luz da manhã.

— Não atire — ordenou Phoebe com calma. — Vou com vocês.

Xangai estremece com o frio.

Ao menos os edifícios principais são bem insulados — revestidos de lã e ouro. Esses teatros e hotéis não sentirão a temperatura invernal que se aproxima com o anoitecer, não ouvirão os gritos do norte, onde as correntes e os vendavais sopram com força.

Nas periferias é outra história. Algumas lojas fecham as venezianas. Outras escondem seus pertences e roem as unhas, considerando os custos de se mudar e de ficar, e a desgraça iminente que está por vir.

As páginas do calendário têm mudado em uma velocidade vertiginosa. Não importa o quanto o prefeito as ordene que parem, os dias continuam a passar, até que o tempo acaba e os navios de guerra pressionam as margens da cidade com um baque pesado.

— Eles estão tentando nos dominar assim como fizeram com a Manchúria!

— Um estudante universitário violou as regras estabelecidas para o seu período de estágio, achando impossível apenas observar e fazer anotações. A reunião acaba e ele se afasta do grupo. Ele vai atrás do prefeito, o cordão de seu crachá tremulando atrás dele, cada um de seus passos ecoando pelos longos corredores. — Como podemos concordar com isso? *Como?*

Os prédios municipais estarão protegidos se houver violência. De qualquer forma, não é o centro que será atingido primeiro. As portas são pesadas; os pilares, estáveis. O prefeito foge do estudante e, infelizmente, ele sabe que qualquer tumulto ali será abafado pelas paredes lisas. Colidirá com os ecos que já sobem pelas ripas do teto: *sim, haverá compensações monetárias para perdas de propriedade sofrida pelos cidadãos japoneses*; *sim, daremos um fim a todos os protestos antijaponeses*; *sim, haverá uma censura pública a todos os cidadãos chineses que se rebelarem a respeito.*

— Traidor! — grita o estudante. Soldados aparecerem para o escoltarem até a saída. — O senhor é um traidor!

O calendário marca o dia 28 de janeiro. Não há um jeito fácil de a cidade falar a respeito. Não importa o que façam, não importa a quais ordens se submetam e como tentem impedir a mudança, a invasão chegou.

36

Apesar de suas melhores tentativas, o que incluía se cobrir com um pequeno cobertor, a dor de cabeça de Orion havia voltado. Uma corrente de ar estava entrando no abrigo por algum canto que ele não conseguia encontrar, embora tenha conferido janelas e portas. De poucos em poucos minutos, uma brisa atravessava a sala principal, adentrando seu ouvido e atingindo seu cérebro como um picador de gelo.

— Por que não se senta? — perguntou Alisa.

Ela estava parada na soleira do lavabo, penteando o cabelo.

Enquanto isso, Orion estava sem rumo, parado no meio da sala analisando as paredes.

— Estou procurando uma rachadura — disse ele. — O vento não para de entrar.

— Acho que você está imaginando coisas.

Orion semicerrou os olhos. Antes que ele pudesse criar caso, Celia deu uma tossidinha educada da mesa, calando os dois novamente. Já era a terceira vez que faziam isso. Alisa cuidava da própria vida, Orion insistia que havia um problema a ser resolvido, e Celia revirava os olhos enquanto continuava a mexer nas escutas à sua frente.

— Como está indo? — perguntou Alisa, indicando as escutas.

Metade dos fios não estava funcionando como deveria, o que era ruim se quisessem se comunicar enquanto invadiam a instalação naquela noite. Silas dissera que não tinha tempo para sair atrás de mais escutas, porque precisava ir ao quartel-general do Kuomintang e colocar a última parte do plano duplo em ação. Assim, agora era função de Celia consertar aquelas que não tinham som.

— Acho que sei o que quebrou — respondeu Celia. — Agora a questão é se consigo consertar.

Bem quando Orion estava prestes a sugerir que ela arrancasse todos os fios e começasse do zero, uma batida rápida soou na porta: três batuques acelerados para indicar que alguém estava de volta.

Alisa foi atender. Antes que ela pudesse abrir caminho, Rosalind entrou e fechou a porta, seu peito subindo e descendo.

— Onde está Phoebe? — perguntou Alisa.

— No quartel-general — respondeu Rosalind com dificuldade. — A Senhora Hong está aqui.

O leve zumbido no ouvido de Orion ficou mais alto.

— O quê? — questionou Celia. — Na cidade?

— Sim. Seus soldados nos acharam. Ela deve ter criado uma base secreta.

Rosalind avançou pela sala, largando as sacolas que estavam em seus braços e desatando o lenço de seda que estava amarrado em seu cabelo. Assim que ele foi retirado, Orion pôde ver o sangue respingado em seu *qipao*, uma mancha escarlate que ia do ombro ao cotovelo. Antes que qualquer um pudesse fazer qualquer comentário, Rosalind já foi explicando:

— Estou bem. Foi só uma faca. Nós conseguimos sair e Phoebe não está ferida. Ela foi alertar os Nacionalistas.

Orion queria ir até Rosalind. Não sabia se tinha permissão. Por um momento, ele oscilou com a indecisão, observando-a franzir o cenho enquanto analisava o tecido úmido em seu ombro. Então, ele avançou, decidindo que se estivesse passando dos limites, poderia simplesmente levar uma bronca.

— Aqui — disse, colocando a mão no bolso para alcançar um lenço.

Rosalind o pegou, lançando-lhe um breve olhar de gratidão. Em resposta, uma sensação calorosa se moveu pelo peito dele, distraindo-o brevemente antes de a pulsação em sua cabeça atrair sua atenção outra vez. Ele precisava dar um jeito naquilo. Ou de fato enfiar um picador de gelo pelo outro ouvido — talvez isso ajudasse a diminuir aquela sensação fantasma.

— Achei que nossa reclamação contra os Nacionalistas era de que são muito lentos — comentou Alisa, agachando-se e inspecionando o que Rosalind trouxera. Ela ainda segurava a escova de cabelo, então a usou para cutucar as sacolas como se talvez houvesse um animal vivo esperando ali dentro.

— E são — respondeu Rosalind, limpando a mancha de sangue em seu pescoço. — Porém, ainda será muito vantajoso se estiverem à procura dela. Não acredito que serão de grande ajuda, mas devemos usar todos os recursos disponíveis.

Na mesa, Celia colocou uma das escutas no ouvido, testando o som. Ela não pareceu satisfeita. Ainda não estava funcionando.

— Uma fuga da prisão já será bem difícil — murmurou Celia. — Não podemos nos dar ao luxo de travar uma batalha ao mesmo tempo, se a Senhora Hong *também* aparecer esta noite.

E ainda assim, pelo que Orion estava percebendo, as chances de ela aparecer eram bem altas. Ela já estava na cidade — que motivo tinha para *não* aparecer?

— E o que podemos fazer? — rebateu Rosalind. Ela se aproximou de um vaso na lareira, usando a superfície refrativa para conferir o quanto ainda estava suja de sangue. — Nossa prioridade é Oliver. Tanto pelo bem de sua vida quanto para impedir que contribua para algo horrível. Sem querer ofender, Orion.

— Não ofendeu.

Apesar de sua voz continuar gentil, sua dor de cabeça agia separadamente a ele, parecendo ficar bastante ofendida. O espaço entre suas orelhas chiou com um ruído hediondo e imaginário, e ele quase não resistiu a cair de joelhos. Levou a mão à ponte do nariz. Apertou-a, torcendo para que a pressão atenuasse a dor.

Enquanto isso, Celia afastou a cadeira, indo até a prateleira junto à porta da frente. Ali, pegou um jornal, trazendo-o de volta à mesa com um farfalhar.

— Mais cedo, eu estava lendo a primeira página de hoje — disse ela calmamente. — Escutem só: "O ultimato de dez dias emitido pelos japoneses chegou ao fim. Embora as autoridades garantam que nenhum conflito acontecerá, e o prefeito esteja impedindo movimentos de boicote antijaponês, as Concessões estão reagindo de forma a indicar o contrário. Mais de vinte unidades se organizaram na Concessão Internacional, incluindo, mas não se limitando, a Companhia Norte-Americana, a Xangai Escocesa, a Companhia Portuguesa, e um regimento russo. — Celia levantou o olhar do jornal. Seu rosto estava pálido. — A guerra está por vir. A Senhora Hong pode ouvir as notícias tanto quanto nós. Os japoneses agirão mais cedo ou mais tarde, o que significa que ela precisa lhes dar *algo* para a primeira onda de ataques se quiser ficar do lado deles. Ela vai atrás de Oliver essa noite. Eu garanto.

Orion se lembrou de respirar. Nos últimos dias, aguentou todas as dores de cabeça ao enfrentá-las. Elas sempre diminuíam quando a dor chegava no auge.

— Ei.

Um pequeno sussurro, à sua esquerda. Ele não percebeu que havia fechado os olhos até abri-los novamente, encontrando Rosalind ao seu lado. Ela colocou a mão em seu braço.

— Você está bem? — sussurrou ela.

Orion assentiu. Ele não confiava em si mesmo o suficiente para falar. Celia e Alisa não haviam notado que ele estava se esforçando para disfarçar a careta, e se pudesse, preferiria que continuasse assim. Elas ainda estavam discutindo o assunto, quando Alisa anunciou:

— Tenho uma ideia. — Ela fez uma pausa. — Mas você não vai gostar, Celia.

Celia levantou as sobrancelhas.

— Certo, então não quero ouvir...

— Deveríamos causar uma confusão generalizada — continuou Alisa como se Celia não a tivesse respondido. — Vamos avisar aos Comunistas também. Diremos a eles que Orion ainda está com a Senhora Hong, que ela entrou na cidade. O serviço de inteligência a encontrará num instante. Eles também entrarão no caminho dela se ela agir essa noite.

Espere. O quê?

Orion soltou o nariz rapidamente, uma careta se formando em seu rosto.

— Por que acreditariam que ainda estou com ela?

— Foi a última informação que tiveram. Ninguém do nosso lado sabe o que aconteceu depois do ataque na parada da turnê — respondeu Alisa. Ela indicou Celia. — Nossos agentes nunca entraram em contato.

— Eu pretendia entrar em contato quando salvasse Oliver — disse Celia, baixando o jornal com firmeza. — Mas você quer que eu faça mais do que omitir informações. Quer que eu minta.

— Aumentaria nossas chances de sucesso essa noite. Usamos Sacerdote para tirar os Nacionalistas do caminho. Usamos os Comunistas para tirar a Senhora Hong do caminho. Criamos distrações de todos os lados para termos um acesso livre ao Oliver.

Celia não parecia convencida.

— Agentes morrerão ao enfrentá-la.

— Voluntariamente — respondeu Alisa. — O comando central disse para a filial secreta priorizar a obtenção das invenções da Senhora Hong. Eles sabem que isso pode mudar o rumo da guerra civil.

— Mas continua sendo uma mentira. — Orion sabia que, ao falar isso, Celia gesticulava para ele, mas seus olhos estavam praticamente fechados outra vez. — Orion não está mais com a Senhora Hong. Eles estariam indo em direção à morte por nada.

— Não, eles morreriam pelo dever. Ninguém vai à guerra acreditando que cada movimento será relevante para o campo de batalha. — Alisa deu de ombros. — Nosso lado quer uma descoberta científica nunca antes vista pelo ser humano. Tudo bem. Agora se esforçarão para consegui-la.

Celia ainda parecia hesitar. Rosalind também estava em silêncio há algum tempo, mas Orion não sabia se era porque ela decidiu ficar de fora por ser uma agente Nacionalista, ou se porque estava mais preocupada em observá-lo de perto. Ele podia sentir seu escrutínio. Ele estava usando toda a sua energia para não demonstrar dor.

— Estamos enganando-os.

— Estamos enganando a liderança — contrapôs Alisa. — Mas para os agentes em campo, seria mesmo uma enganação? Pergunte a qualquer um deles se preferem fazer nada ou impedir que a Senhora Hong dê armas aos japoneses. A maioria escolheria impedi-la, certo?

Orion não ouviu a resposta de Celia. A pontada seguinte na base de seu crânio foi insuportável, e ele soltou um murmúrio, quase sufocando quando soltou o ar. Ele estava ciente de que Rosalind dizia algo para ele, agitada, apavorada, mas todos os seus sentidos estavam abafados, sua visão tornando-se branca e transformando sua dor de cabeça em algo muito pior.

Quando seu foco voltou por um momento, Rosalind estava à sua frente, as mãos apertando o rosto dele. Ele havia caído de joelhos. Quando foi que havia caído de joelhos?

— Venha comigo, agora.

Ela o levantou, conduzindo-o até o escritório. Tudo girava. A porta se fechou com um baque.

— É a sua cabeça? — perguntou Rosalind.

Algo naquela cena lhe parecia familiar. Como se Rosalind já tivesse feito essa pergunta antes. Como se Orion já tivesse mantido a mão naquela exata posição, agarrada à têmpora, sentindo como se estivesse se equilibrando à beira da morte porque não conseguia recuperar o fôlego.

— Tudo bem — disse Rosalind quando ele não conseguiu responder. — Vamos tomar um ar fresco.

Ele a sentiu pegar sua outra mão. Um rangido soou no escritório: a estante se abrindo para revelar a porta, e a porta se abrindo para revelar as escadas que davam para o beco. Embora Orion mal pudesse ver aonde estava indo, Rosalind o conduziu, avançando até que saíssem.

A luz do sol estava cinzenta. A tarde era fria e coberta de neve.

Ele inspirou e seu peito se contraiu. Ele inspirou e não havia oxigênio.

— Ros...

Ela pressionou os lábios nos dele. De repente, ele parou de tentar inspirar desesperadamente — de repente, esqueceu até que precisava respirar ao sentir a suavidade da presença dela e o gosto forte e aromático em sua língua, espalhando-se como ouro derretido. As costumeiras batidas alucinantes de seu coração desaceleraram. Seu corpo se acalmou como uma arma atenuada pelo calor.

Apesar de nenhum dos dois ter respirado durante o beijo, para Orion era como se ela tivesse transferido um sopro vital para seus pulmões.

Rosalind se afastou. Lenta e cautelosamente. Os olhos de Orion se abriram e sua visão clareara, o mundo nebuloso apenas nos cantos. Para além do beco, ele ouviu o eco baixo de algo que parecia uma buzina marítima.

— Eu devia ter feito isso antes — sussurrou ela.

Rosalind manteve os olhos fechados. A bochecha encostada em seu ombro.

— Na frente da sua irmã?

Rosalind riu. Uma vez. Era o mesmo som de sua memória, aquele de que realmente se lembrava.

— No escritório, depois que eu fechei a porta, cabeçudo.

Ele expirou. Inspirou. A pior parte da dor de cabeça havia diminuído, transformando-se na pontada que ele vinha suportando desde que acordara em Zhouzhuang.

— Orion?

Ele ficara em silêncio por tempo demais. Sem se dar brecha para hesitar, ele a abraçou e agradeceu ao universo quando Rosalind deixou que ele a puxasse para si o máximo possível.

— Sim?

Rosalind hesitou. Quando falou de novo, foi muito baixo, a voz abafada pelo tecido de sua camisa.

— Tem uma coisa que não citei quando estava explicando a situação em Zhouzhuang. Você foi uma das primeiras cobaias dos experimentos de fortificação da sua mãe, o que significa que precisa receber novas doses dessas modificações com frequência. Sem elas, as dores de cabeça são um sinal de que seu corpo está sendo consumido. A ação é lenta, mas você está deteriorando.

Orion havia suspeitado de que as dores tinham relação com o que sua mãe fizera. Não estava surpreso por ouvir a constatação na voz de Rosalind. Ela já havia testemunhado uma dor de cabeça assim antes.

— Achei que era causada pelo condicionamento mental — disse ele. — Mas isso também faz sentido.

Rosalind suspirou, afastando-se do abraço. Ela olhou para ele por alguns segundos antes de levantar a mão e segurar seu rosto gentilmente. A palma da mão em seu queixo, quatro de seus dedos em uma bochecha e o polegar pressionando a outra de leve, o suficiente para que ele sentisse o calor de sua pele e não o peso de sua mão.

— Talvez tenha relação — disse ela com pesar. — Se você estiver mais fraco fisicamente, isso pode permitir que o condicionamento que ainda permanece em sua mente volte à tona.

Orion fez uma careta. Queria que Rosalind voltasse a se aproximar. Não queria pensar naquelas dores de cabeça, ou no que causavam à sua mente sem que ele soubesse.

— Está vendo algo preocupante? — perguntou ele.

Ela ainda estava segurando o rosto dele. Mantendo-o próximo para observá-lo. A mão dele, quase que distraidamente, traçou uma flor costurada na cintura do *qipao* dela. Ele estava tentado a pegá-la como se Rosalind também fosse uma flor, a ouvir sua risada genuína e guardá-la em algum lugar onde ninguém a tiraria dele. Ele não ousaria, é claro — ela provavelmente o morderia se tentasse.

O que também era tentador.

Rosalind observou seus olhos. Talvez estivesse esperando encontrar algo pior, porque pareceu menos preocupada.

— Não. Você não parece estar chorando lágrimas de sangue ou vomitando lodo.

— Que imagem assustadora.

Isso lhe rendeu um sorriso.

— Não se preocupe. Você continua bonito.

A vontade de abraçá-la o dominou. Talvez ele devesse se envergonhar por seu desejo ser tão forte, sendo que Rosalind estava certa: sem a maior parte de suas lembranças, sabia pouquíssimo sobre ela. Mas seus instintos se lembravam do que sua mente esquecera, da mesma forma que ele ainda sabia andar ou falar.

— Você roubou minha fala. Eu estava prestes a lhe dizer isso.

— Agora já é minha. Encontre outra para você.

— Certo. — Ele não conseguia se controlar. Começou a se aproximar mais. — Uma joia, então...

O ruído da escada escondida os interrompeu, a porta se abrindo para a viela. Antes que qualquer um dos dois pudesse se mover, Alisa espiou o beco, observando a cena.

— Olá. Vim ver se precisavam de ajuda.

— Não — disse Rosalind. Sua mão ainda estava espalmada na bochecha dele. — Está tudo bem. Só estamos conversando.

— Ah, entendi. — Alisa não se moveu. — E sobre o que nós estamos conversando?

A garota sabia exatamente o que estava fazendo. Um sorriso lentamente tomava conta de seu rosto.

Orion pigarreou.

— Nada muito interessante...

— Mas eu estou *muito* interessada — interrompeu Alisa. — Quero a fofoca completa. Não deixem nenhum detalhe de fora.

— Alisa... — alertou Rosalind.

— Sim, senhorita Lang?

Rosalind se desvencilhou completamente de Orion, tirando um grampo do cabelo e empunhando-o como se fosse um machado.

— Como ousa zombar de uma assassina? Terá de responder pelos seus crimes...

Alisa soltou um gritinho, subindo as escadas. Rosalind saiu correndo atrás dela. Por um momento, Orion só conseguiu ficar atônito. Então, ele se apressou a enfiar o pé no vão da porta antes que ela o trancasse do lado de fora, entrando logo em seguida.

— Esperem por mim!

37

O pôr do sol já se prolongava sobre a Concessão Francesa, tingindo as casas com um tipo delicado de azul. Phoebe ouviu o coro de pássaros cantando na rua seguinte. Segundos depois, toda a revoada disparou para o céu violeta, voando na forma de uma flecha até desaparecer ao sul.

O veículo parou. No banco da frente, os soldados esperaram alguns segundos antes de desembarcarem. Também havia dois sentados no banco de trás, mas não estavam fazendo grandes esforços para vigiá-la. Afinal, ela viera por vontade própria.

Phoebe observou os soldados quando eles desceram do carro, tomando cuidado com as saias quando abriram a porta para ela. Ela passou o tempo em que atravessaram a cidade observando-os, mas não conseguiu determinar se todos estavam sob condicionamento químico ou não. Os soldados não falavam muito, e ninguém falou com eles. Um deles, porém, passou a viagem cantarolando baixinho. Outro havia arrumado o cabelo olhando o reflexo da janela. Pela forma como Rosalind descrevera, Orion havia se tornado uma pessoa completamente diferente quando estava sob efeito do condicionamento. Mesmo antes de a mãe deles induzi-lo à completa amnésia, ele escapava para o quartel-general e perdia a noção da realidade até ter completado sua missão. Nada o desviava daquilo.

As portas do carro bateram. Um casal de pássaros empoleirados na árvore mais próxima também alçou voo, misturando-se à noite que caía depressa. Pelo jeito, haviam estacionado em frente a uma mansão, mas não era possível ver muito da residência através do portão. Lá dentro, já havia soldados esperando por sua chegada, abrindo os portões com rangidos longos e baixos nas dobradiças.

— Onde estamos? — perguntou Phoebe.

Ela não sabia se alguém responderia. Não responderam. Phoebe conseguira acompanhar o caminho até a curva fechada havia cinco esquinas, e então perdeu a noção de onde estavam. Tudo o que sabia era que com certeza ainda estavam na Concessão Internacional, porque não passaram por nenhum ponto de fiscalização, e o entorno continuava tranquilamente silencioso. Uma batalha nunca se desenrolaria em território estrangeiro, então as ruas ali permaneceriam ociosas e bonitas, não importava o que acontecesse no norte.

O que implicava na pergunta: como a Senhora Hong conseguira se estabelecer ali?

Os homens esperaram ao lado do portão aberto, indicando que Phoebe prosseguisse. Ela poderia correr naquele instante. Virar-se e ir o mais longe possível em vez de se arriscar. Mas aquela não seria a atitude de uma agente, então Phoebe juntou as mãos e seguiu em frente, os saltos estalando no caminho de pedra. Alguns dos soldados a seguiram em uma fila dispersa. Outros continuaram na entrada, parados em silêncio para vigiar a rua.

Nenhum deles se parecia com as marionetes controladas que Phoebe havia imaginado. Pareciam apenas... um pouco submissos. Cada soldado claramente ainda possuía a própria personalidade. Se ela, de repente, pegasse uma faca e avançasse em um deles, ele não ficaria ali, esperando ser golpeado — ele desviaria do ataque. Se todos fossem ordenados a voltar para casa, para seja lá qual fosse a rotina que tinham antes de serem recrutados para a milícia da Senhora Hong, conseguiriam fazer isso.

Um vento forte e gelado atingiu seus olhos, fazendo-a lacrimejar. Seu coração acelerou abaixo das costelas — selvagem, agitado. *Cuidado*, sussurrou uma voz sarcástica em seu ouvido. Parecia-se muito com Sacerdote. *Não queremos que ela pense que, de repente, você desenvolveu o gene.*

Phoebe continuou a avançar. Antes que percebesse, chegara à porta, encarando a cor bege por um momento antes de bater os nós dos dedos contra ela.

— Pode entrar — disse um dos soldados atrás dela. Em inglês. — Ela está te esperando.

Phoebe não conseguia acreditar naquilo. Empurrou a porta, quase esperando que ele estivesse mentindo, mas ela se abriu facilmente.

Ali dentro, o hall de entrada estava vazio, sem móveis. Um tapete circular decorava o chão. Pouca coisa naquele lugar lembrava uma casa comum: nada de sapatos nos cantos ou quadros nas paredes. Nenhum dos soldados a seguiu, então Phoebe estava sozinha quando atravessou o piso de mármore e entrou na sala, prendendo a respiração. Cortinas brancas esvoaçavam ao longo das portas abertas da varanda. O terreno da mansão se estendia indefinidamente além do vidro, ocupando o espaço de uma forma que com certeza sinalizava o perímetro da Concessão Internacional. Onde *estavam*? E por quê?

Um tilintar melódico soou do canto da sala de estar. O olhar de Phoebe se voltou para lá na hora, encontrando outra porta que havia sido deixada entreaberta.

Deu um passo a fim de se aproximar. Então outro. Teria pensado que ali ficava algum depósito escondido na lateral da ala principal, mas, quando abriu a porta, deparou-se com um laboratório completo: paredes brancas brilhantes e mesas de metal polido. E de pé, ao lado de uma das estantes...

— Feiyi — cumprimentou sua mãe com total naturalidade, como se tivesse saído por um momento para preparar o jantar e não abandonado Phoebe por *sete anos*.

— *Māma* — falou Phoebe, a voz rouca.

A Senhora Hong não havia mudado nada. Na verdade, estava igualzinha: desde o penteado meticuloso até o brilho astuto em seus olhos. Phoebe costumava pensar que a mãe podia ler seus pensamentos. Que cada um de seus segredos viria à tona assim que sua mãe desse uma batidinha em seu nariz.

A Senhora Hong largou a prancheta que tinha nas mãos. Ela se aproximou. Diminuiu a distância entre as duas em menos de três passos. Quando levantou a mão para afastar o cabelo de Phoebe e poder ver melhor seu rosto, parecia que até seu cheiro permanecia o mesmo — o aroma fraco de perfume que ela nunca encontrara nas lojas, não importava o quanto procurasse —, e Phoebe não conseguiu se segurar. Apesar de saber qual era a situação atual, apesar de saber de tudo que sua mãe fizera, ela se inclinou para um abraço.

Sua garganta estava apertada com as lágrimas. Ela se agarrou à mãe e, de repente, tinha 12 anos novamente. O tempo não havia passado e nada dera errado. A Senhora Hong envolveu-a em seus braços, e Phoebe pôde fingir que estavam na casa deles e não em um laboratório. Pôde fingir que Oliver e Orion estavam prestes a entrar por aquelas portas, perguntando quem estava abrindo o berreiro.

Aquele último pensamento foi o que ela precisou para se afastar. Ela estava quase soluçando quando levou a mão à boca, contendo o som.

Sua mãe não tentou impedi-la. Phoebe se recompôs depressa, inspirando e engolindo em seco. Outra área havia sido isolada com cortinas à sua direita, ao lado das prateleiras. No silêncio, o tecido ondulava suavemente, atingido pela brisa que soprava do hall. Não havia nada particularmente confidencial pelo que Phoebe podia ver. Caixas, caixotes, pastas.

— Sei que deve ter muitas perguntas — disse a Senhora Hong. — Acredite, Feiyi, eu teria entrado em contato se pudesse.

Por um longo momento, ela não soube o que dizer. Várias versões dela queriam tomar a frente. A Phoebe que mantinha a paz quando estava entre adultos, cujo instinto era o de igualar o tom de voz calmo da mãe. A Phoebe de quem ninguém nunca suspeitaria ser uma assassina Comunista, instigada a se fazer de boba e agir como se não soubesse o que sua mãe fazia ali. Em algum lugar, sombrio e profundo, também havia a garota feroz e estúpida o suficiente para ser Sacerdote, e *essa* queria pegar uma arma.

Phoebe baixou a mão.

— Só tenho uma pergunta — disse ela, e sua voz saiu muito mais firme do que esperava. — Valeu a pena? Valeu a pena destruir nossa família inteira por conta de sua pesquisa?

A Senhora Hong levantou uma sobrancelha. Naquele momento, Phoebe soube que nada que dissesse causaria impacto, nada chegaria nem perto de um ataque. A mãe dela quase parecia irritada, com a mesma expressão que usava quando Phoebe entrava na cozinha com os sapatos enlameados, a mesma reservada para crianças que não sabiam das coisas.

— Hong Feiyi — disse a Senhora Hong. — Você sabe qual é o rumo que este país está tomando?

— O da *guerra*? — esbravejou Phoebe.

— Sim — respondeu sua mãe com tranquilidade. — Este país já sabia que estava desmoronando bem antes de você nascer. Se os japoneses não conseguirem, não acha que outros tentarão nos dominar, mais cedo ou mais tarde? Pense em nossa terra. Pense no estado em que Xangai esteve durante o último século. — Ela colocou uma prancheta na prateleira, ajeitando-a até ficar reta. Havia uma longa coluna no papel, mas Phoebe não conseguia ler o que dizia. — O governo me chama de traidora nacional. Tudo bem. Se olhar por outro ângulo, só estou protegendo a minha família. Estou ficando do lado vencedor antes da vitória. Não se lembra do que eu te disse?

Phoebe se lembrava. Na última vez em que viu a mãe, foi durante o pior período do inverno londrino. O céu parecia com o daquela noite: baixo, cinza e escuro. Elas estavam cercadas pela neve no parque da vizinhança, e quando a Senhora Hong se despediu, convocada para negócios em Xangai, ela pedira à Phoebe para cuidar de si mesma e do irmão mais velho.

Algumas pessoas lutam pela nação, dissera sua mãe. *Nós lutamos por nós mesmos.*

— "Proteger a família é o mais importante" — repetiu Phoebe, sem emoção, relembrando o conselho que a mãe dera antes de partir. — O que aconteceu com essa parte?

— Acha que não estou protegendo todos vocês? — rebateu sua mãe. — O que acha que vai acontecer quando o Japão tomar o poder? Quem você acha que vai sobreviver: aqueles que os ajudaram ou aqueles que se opuseram a eles?

— Os japoneses teriam mais dificuldade em *tomar o poder* se pessoas como a senhora não os ajudassem — sibilou Phoebe.

Não podia acreditar que estava tendo essa discussão. Não podia acreditar que tudo se resumia a algo tão simples quanto sua mãe duvidar que seu país pudesse caminhar com as próprias pernas. A guerra civil já acontecia há anos, sem que nenhum partido cedesse. Aquilo não significava alguma coisa? Por mais terrível que a guerra fosse, aquilo não dizia algo a respeito da energia que pulsava em cada parte daquela terra?

A Senhora Hong balançou a cabeça.

— Não serei transformada em vilã só por ser realista. Eu me esforcei para criar nosso espaço na nova ordem social. Contribui com pesquisas imensuráveis para me certificar de que viveríamos confortavelmente.

— A senhora *usou* Orion como seu soldado particular.

— Ele foi criado para isso — respondeu a Senhora Hong, ríspida. Ela finalmente estava perdendo a calma. — Ele não é um cidadão comum, e não será tratado como um.

Durante todos aqueles anos, Phoebe tratara a promessa que fizera à mãe como a coisa mais importante do mundo. Porém, no fim das contas, a havia interpretado de maneira completamente errada. Ela havia se comprometido a proteger Orion, considerando-se muito heroica por isso, quando na verdade sua mãe queria que ela protegesse sua *arma*.

Aquele tempo todo, a maior ameaça que Phoebe devia ter enfrentado era a que ela idolatrava.

— Li sua pesquisa, *Māma*.

Sua mãe inclinou a cabeça, semicerrando os olhos.

— Leu?

— Do começo ao fim. Quem diria, não? Depois de todos aqueles anos de aulas particulares, acabei ficando esperta. — Phoebe fechou os punhos nas saias, o que a impedia de tremer. — A senhora começou seu trabalho bem antes de o império japonês começar a se aproximar. Então, diga a verdade. A senhora quer descobrir a imortalidade. Todo o resto é uma desculpa.

A Senhora Hong suspirou.

— Não podem ser as duas coisas, querida?

— Não. — Phoebe avançou. Sua mãe não a impediu de retirar a prancheta da prateleira. De dar uma olhada graças à forte necessidade de ver o que estava escondido bem debaixo do seu nariz. — Ou a senhora nos colocou no mundo como pessoas capazes de fazerem as próprias escolhas, ou nos colocou no mundo como elementos a serem usados. Não podem ser *as duas coisas*.

Nada nas páginas da prancheta fazia sentido. Apesar de Phoebe ter um conhecimento prévio suficiente para entender a tese da mãe, ela não compreendia os números e as letras desenhados ali, como fórmulas transversais e diagonais.

— Podem, sim. — A Senhora Hong pegou a prancheta de volta quase que gentilmente. — Você sabe como Liwen é. Se desse a ele a opção de sentir um pouco de dor para que o resto de nós estivesse protegido, é o que ele escolheria.

— Mas ele não *escolheu*. Foi a senhora.

— É a mesma coisa, não é?

— Não! — esbravejou Phoebe. — A senhora nos abandonou. Me disse várias coisas sobre como a família vinha em primeiro lugar, e depois nos deixou por sete anos.

— E qual é a diferença de enviá-la ao exterior para estudar? — retrucou a mãe.

— Porque pensamos que estivesse *morta*!

A Senhora Hong balançou a cabeça.

— Foi um sacrifício que eu estava disposta a aguentar. Temos um único objetivo, Feiyi. Se quisermos ficar seguros no final, então eu posso renunciar a tudo que é temporário. Não entende?

Ter aquela discussão era uma causa perdida. Phoebe inspirou fracamente, depois inspirou outra vez, e sentiu que estava desistindo da mãe, como se aquela perda fosse uma sensação física; sentiu a imagem de sua família se quebrar em pedaços tão afiados quanto uma flecha em seu coração. Não existia essa história de estar totalmente segura, assim como não existia uma realidade onde Phoebe pudesse ter ficado nas sombras protegendo Orion para sempre. No fim, as pessoas tinham que enfrentar seus próprios perigos. No fim, um país tinha que travar suas guerras.

— A senhora acha que vale a pena. — Phoebe poderia gritar que sua mãe enlouqueceu, poderia xingar, berrar e acusá-la. Seria inútil. A mãe sempre fora assim. Phoebe simplesmente era jovem demais para enxergar. — Mas eu não. Teremos que aceitar o fato de que discordamos.

— Não importa o que você pensa, tudo acabará em breve. — Sua mãe colocou a prancheta no lugar. — Todos vocês voltarão para o meu lado quando tudo terminar. Nada será capaz de nos separar quando eu tiver produzido algo tão valioso.

— Nunca fomos uma família, para começo de conversa — disse Phoebe, baixinho. Em algum lugar da casa, houve a batida de uma porta. Será que outra pessoa havia chegado? O barulho viera do hall? — E qualquer pessoa que a ajude é tão *hanjian* quanto a senhora.

— É mesmo? — O olhar da Senhora Hong se voltou para a porta. Os passos se aproximaram, vindo na direção delas. — Feiyi, se esconda atrás da cortina.

— Como disse?

A Senhora Hong indicou a cortina, como se Phoebe precisasse de instruções.

— Vá. Você verá.

Phoebe não estava gostando disso. Ela precisava voltar logo. Iriam para a instalação às 21h — e estavam tentando manter a Senhora Hong longe. Será que Phoebe deveria fazer algo? Será que sua mãe a deixaria ir embora?

De repente, ter aparecido ali sozinha pareceu uma ideia terrível. Toda a área estava protegida. Se Phoebe tentasse fugir, não chegaria muito longe. Sua mãe lançou-lhe outro olhar penetrante e Phoebe correu para trás da cortina, desaparecendo de vista no momento em que outra pessoa entrava no laboratório.

— Está atrasado — disse a Senhora Hong.

— Peço desculpas — respondeu a nova voz. — Tive que fazer algumas paradas antes deste encontro, é claro.

Phoebe piscou rapidamente, tentando registrar as palavras, tentando dar sentido ao que ouvia. Algo estava muito, muito errado.

— Tudo certo na sua parte da negociação? — perguntou sua mãe.

— Sim. Tenho supervisionado cada sessão de coleta desde a captura. Haverá sangue o suficiente quando eu resgatá-lo essa noite. A senhora não precisa comparecer pessoalmente.

O que diabos estava acontecendo?, pensou Phoebe. Não podia ser. Aquele não podia ser quem ela pensava que era.

Lentamente, ela alcançou a cortina. Seus dedos se curvaram no tecido, puxando apenas o bastante para revelar quem havia entrado no laboratório.

Não. Não não não não não...

— Ótimo — disse a Senhora Hong. — Obrigada, Xielian.

Silas assentiu, abrindo um pequeno sorriso.

38

Estavam cada vez mais perto das 21h, mas nem Silas nem Phoebe haviam retornado.

— Talvez tenham se encontrado no quartel-general — sugeriu Celia.

Rosalind encostou o ombro na parede, soltando a respiração em uma lufada opaca. Havia um poste de luz a alguns metros. No escuro, eles se sentiam seguros o suficiente para rondar do lado de fora do abrigo, vigiando a esquina até terem o primeiro vislumbre do retorno de Silas ou Phoebe. Até agora, Rosalind só vira soldados passarem correndo em direção a algum lugar. O que lhe parecia um péssimo sinal.

— E então se sentaram para relaxar e tomar uma xícara de chá? — retrucou Rosalind. — Não deveriam estar demorando tanto.

Celia não tinha muito a dizer em resposta. Ela imitou a posição de Rosalind na parede e voltou a atenção para a esquina da rua. O abrigo era cercado por fábricas, edifícios de tijolos expostos e barreiras de arame farpado. Zhabei já estava começando a parecer uma zona de guerra, e os soldados chineses posicionados ao longo do perímetro só contribuíam para essa atmosfera. A maioria vinha do Exército da Décima Nona Rota. Bem quando Rosalind estava remexendo na manga comprida novamente, outro grupo passou, com certeza congelando com o tecido fino dos uniformes. A temperatura havia começado a despencar desde o pôr do sol.

— Eles parecem tão jovens — sussurrou Celia.

Rosalind permaneceu em silêncio. A primeira página do jornal que Celia estivera lendo no dia anterior dissera que o Exército da Décima Nona Rota trouxera mais de trinta mil homens para a cidade. Para alcançar um número tão grande, não se podia ser exigente. Alguns dos homens no grupo nem carregavam armas. As cores de seus uniformes eram desbotadas por terem sido lavados vezes demais. Seus quepes estavam amassados e os sapatos tinham buracos.

— Câmbio para Destino. Responda, Destino.

Rosalind revirou os olhos, apertando a escuta para ativar o microfone.

— Orion, o sinal desse rádio é fechado. Não precisamos usar codinomes.

— Olhe, eu não me lembro de nada sobre como ser um agente. Pegue leve comigo.

Sua voz vinha acompanhada de uma estática constante. Celia finalmente havia consertado as escutas — o que significava que funcionavam, mas não muito bem.

— Faltam dez minutos para as 21h — continuou Orion. Ele estava dentro do abrigo, então poderia tranquilamente ter saído para se comunicar, mas a novidade de usar escutas o estava divertindo. — Alisa está perguntando qual é o nosso plano.

— Não conseguiremos entrar sem Silas — respondeu Celia, apertando o próprio microfone. Todas as escutas estavam conectadas ao mesmo sinal. Quando alguém falava, todos os outros escutavam. — O que podemos fazer além de esperar?

Rosalind cruzou os braços com mais força. Soltou a escuta para que só a irmã escutasse sua pergunta.

— Você acha que eles foram capturados ou algo assim?

Entre eles, Celia era quem estava mais ansiosa em relação ao rumo dos acontecimentos, mas não demonstrava. Rosalind só percebia porque conhecia a irmã. Conseguia interpretar os movimentos mais minuciosos: a tensão constante em seus dedos conforme abria e fechava as mãos, o jeito que virava a cabeça para a esquerda e para a direita, a cada poucos segundos, a fim de analisar o entorno. Mesmo antes de Rosalind sugerir que fossem para a rua vigiar a esquina, Celia exibira o mesmo comportamento dentro do abrigo. Isso lhe provou que ela não estava buscando perigos ao redor deles; em vez disso, estava procurando, por costume, por Oliver. Rosalind e Celia poderiam começar a se revezar para adivinhar qual parceiro de missão desapareceria.

— Capturados por quem? — perguntou Celia em voz baixa. — Eles são Nacionalistas. As únicas pessoas que poderiam pegá-los são seus comparsas. E tanto Silas quanto Phoebe estão daquele lado... certo?

— Bem, sim — disse Rosalind. — Mas e se a filial Comunista chegou até eles primeiro?

Celia havia aceitado o plano de Alisa com relutância. Ela dera um telefonema para o comando central, informando que a situação atual de Oliver era desconhecida e que Orion continuava com a mãe. Sem falar diretamente, ela deixara implícito que a Senhora Hong estava na cidade, então a filial secreta dos Comunistas devia ter enviado seus agentes.

— Duvido — disse Celia. — Eles têm coisas mais importantes para fazer. — Então, com uma careta, acrescentou: — Batalhas mais importantes nas quais morrer.

A noite ficou silenciosa. À distância, as nuvens ressoaram com o zumbido do que parecia ser um avião, até que o barulho desapareceu. Apesar de Rosalind ter levantado a cabeça para inspecionar as estrelas, não viu nada que lhe causasse preocupação imediata.

— Você fez a coisa certa, sabia?

— Eu sei — respondeu Celia. Ela suspirou, passando a mão em uma mecha de cabelo e puxando-a até alisá-la. — Oliver teria odiado, mas ele não está aqui.

Ele não estava. Mas em uma hora, estaria, e então teriam todos os elementos necessários para enfrentar a Senhora Hong. Talvez não pudessem derrotar um império inteiro, mas com sete agentes com certeza conseguiriam derrotar uma grande ameaça.

— Ele vai ficar bem — garantiu Rosalind. Afastou-se da parede. — Eu prometo.

Os olhos de Celia acompanharam seu movimento, severos e observadores. *Você não tem como me prometer isso*, era o que pareciam dizer. Ainda assim, Rosalind precisava fazer essa promessa, se não para enganar a irmã, para enganar o próprio universo e fazê-lo lhe obedecer. Ela ajeitou a faixa em seu cabelo, cutucando a cabeça para ter certeza de que cada um dos grampos estava preso no lugar. Tirando o penteado firme de Rosalind e as tranças frouxas de Celia, elas pareciam mais gêmeas naquele momento do que jamais pareceram. Ambas estavam vestidas como fugitivas nas roupas que Rosalind comprara mais cedo: calças escuras e jaquetas grossas no lugar do *qipao* que a sociedade aprovava. Quando se aproximassem da instalação, colocariam tecidos sobre o rosto para esconder suas identidades.

— Sou eu de novo — disse Orion no ouvido de Rosalind.

Rosalind apertou a escuta.

— Tudo bem, Caçador. Divirta-se. O que foi?

— Está com fome?

— O quê?

— Encontrei doces. Está com fome?

— Não muita, mas...

Um clarão de faróis apareceu na esquina. Rosalind e Celia se empertigaram imediatamente, esperando para ver quem vinha.

— Eles estão aqui! — anunciou Celia na escuta. — Desçam, já!

— Espere — disse Rosalind baixinho.

O carro parou. Quando a porta se abriu, viram que era apenas Silas.

— Desculpem, desculpem — disse Silas depressa, correndo até a frente do carro. — Não pensei que levaria tanto tempo para confirmar a missão com o quartel-general. Está tudo pronto. Vamos.

O plano ainda estava de pé. A instalação militar também ficava em Zhabei, a uma curta distância a oeste. Silas entraria pela torre de controle dos Nacionalistas como um agente participando de uma missão de apreensão. Rosalind, Celia, Alisa e Orion precisariam encontrar o caminho pela parte externa da instalação por conta própria, depois de serem deixados em algum lugar nos arredores. Quando Silas enviasse o sinal de que os guardas estavam distraídos com a aparição de Sacerdote, eles invadiriam o interior da instalação e seguiriam direto para Oliver.

— Onde está Phoebe? — questionou Rosalind.

Ela deveria ficar de vigia durante a fuga, esperando do lado de fora para se certificar de que a saída deles estaria livre.

Silas franziu o cenho.

— Do que está falando? Pensei que ela tivesse saído com você.

Alisa e Orion saíram do abrigo. Vestidos em trajes pretos, eles se misturaram à escuridão, os rostos já cobertos.

— Aqui — sussurrou Alisa, colocando-se entre Rosalind e Celia, segurando dois pedaços de tecido.

Celia pegou o dela. Rosalind ainda estava um pouco confusa, tentando compreender o que Silas dissera.

— Você não a viu no quartel-general?

— *Phoebe*? Por que ela estaria no quartel-general?

Algo estava errado. Rosalind não conseguia identificar por quê. Para onde mais Phoebe poderia ter ido? Era possível que apenas não houvessem se encontrado? O quartel-general do Kuomintang era relativamente grande. Mas Phoebe sabia que Silas estaria lá... então não teria procurado por ele quando chegasse?

— Precisamos ir — incitou Celia. — Ou perderemos nossa deixa.

O sentimento de pânico em Rosalind se formou lentamente, e então atingiu seu auge de uma vez. De repente, estava exaltada — e se Phoebe estivesse enrascada? E se nem tivesse conseguido chegar ao quartel-general?

Orion tocou seu cotovelo.

— Esse resgate levará menos de uma hora — disse ele baixinho, para que apenas ela ouvisse. — Se minha irmã estiver com problemas, podemos ajudá-la depois. A culpada mais provável é minha mãe, e não me parece que ela a machucaria.

— Espere aí — interrompeu Silas, tendo escutado o comentário de Orion. — O que aconteceu com Feiyi?

— Não *sabemos* — esbravejou Rosalind. — Talvez, se estivesse menos preocupado em capturar Sacerdote, a teria encontrado quando foi repassar informações ao quartel-general. A Senhora Hong está na cidade. Os soldados dela tentaram ir atrás de Phoebe.

— Certo, querida. — Orion segurou seus braços, correndo as mãos por eles em um movimento tranquilizante. — Vamos entrar no carro.

Silas piscou. Uma. Duas vezes. Ele não se abalou nem um pouco por Rosalind ter perdido a paciência com ele. Não houve nenhum vestígio de insulto em sua expressão — apenas choque e horror. Talvez soubesse que não precisava reagir como se estivesse errado. Fora Rosalind quem a havia deixado. Fora Rosalind quem se apressara a voltar para o abrigo, deixando que Phoebe fugisse sozinha.

— Está querendo me dizer que a mãe de Phoebe foi atrás dela?

— Quero dizer que a mãe provavelmente *está* com ela.

— Mas... mas como...?

Celia bateu na superfície do veículo com a mão. O som ecoou pela noite com tanta força quanto a rajada de vento que se seguiu.

— Primeiro, resgatamos o irmão de quem a Senhora Hong quer extrair o sangue — disse Celia. — Depois, resgatamos a irmã cuja última localização nós sabemos. *Vamos!*

Celia tinha razão. Precisavam se mexer, porque discutir era perda de tempo. Cada um deles se amontoou no carro, deixando Silas voltar ao banco do motorista, os olhos ainda arregalados de descrença. Alisa se inclinou para a frente, oferecendo-lhe uma das escutas.

— Vai precisar disso? — perguntou ela.

Silas balançou a cabeça.

— Vai parecer muito suspeito. Ativarei um alarme que atingirá a instalação inteira, e esse será o sinal de vocês. Quando todos terminarmos, vou encontrá-los aqui no abrigo.

Alisa assentiu. Celia e Orion também. Rosalind deve ter permanecido em silêncio por tempo demais, porque Alisa assumiu a responsabilidade de lhe dar um cutucão na perna, fazendo-a soltar um "Ai!"

— Entendi — murmurou Rosalind. — Entrar e sair. Seremos rápidos.

O olhar de Silas se voltou para o espelho retrovisor, encontrando o dela. Ele assentiu para indicar que concordava com sua instrução, mas havia insegurança naquele gesto. Quando Silas pisou no acelerador, Rosalind sentiu o estômago embrulhar, como se ele tivesse ficado na calçada.

Céus. Ela estava com um pressentimento horrível.

Phoebe enxugou as lágrimas das bochechas, mas imediatamente novas caíram para substituí-las, geladas contra seu rosto, que estava sendo atingido pelo vento. Ela se permitiu chorar durante o passeio de riquixá. Depois disso, assim que chegasse, precisaria parar.

— O que foi aquilo? — perguntara Phoebe à sua mãe. Assim que abrira a cortina, o laboratório pareceu triplicar de tamanho pela forma como sua voz ressoou. — Por que Silas estava aqui?

Ela havia esperado até que a porta da frente batesse, até que o eco percorresse toda a mansão. Ela esperara até que ele saísse do local, porque não sabia o que Silas faria se a visse ali. Sua mãe a mandou se esconder de propósito. Ela parecia até satisfeita ao ver o choque de Phoebe, agindo de forma astuta como se a resposta para aquela pergunta fosse óbvia.

— O que você acha? — respondeu a mãe dela. — Ele está trabalhando comigo. Me arranjando o que preciso.

E isso era o sangue de Oliver. A Senhora Hong nem precisaria competir com a missão de resgate daquela noite — ela já tinha alguém infiltrado, alguém entre os Nacionalistas que poderia deixar Oliver desacordado nas celas e retirar seu sangue. Meu Deus. Phoebe sentia vontade de vomitar, de cuspir as entranhas no chão polido do laboratório de pesquisas da mãe.

— O que ele ganha com isso? — perguntou Phoebe. A voz dela tinha se tornado estridente. — Por que ele a ajudaria?

A Senhora Hong parou. Analisou a atitude da filha.

— Isso você terá que perguntar a ele. Mas tenho certeza de que pode adivinhar. Ele concluiu que vale a pena. Você deveria seguir o exemplo dele, Feiyi.

Phoebe queria gritar com Silas. Proferir as palavras em um volume alto o bastante para que elas se propagassem dos jardins até as ruas, para que chegassem até ele quando estivesse entrando no carro e dando a partida. *Não há* nada *que faça essa traição valer a pena. Foi por isso que ela libertou Orion com tanta facilidade? Por sua causa? Por que você ofereceu outra vítima como garantia?*

Phoebe dera um passo em direção à porta. Então outro — cada um mais cauteloso, aguardando as consequências que viriam a seguir. Tinham organizado todas aquelas peças para invadir a instalação e quase nenhuma seria necessária. Já haviam praticamente perdido. Phoebe não podia fazer nada além de posicionar o último jogador, deixar que Sacerdote aparecesse e tirasse Oliver de lá.

— Estou saindo — declarou Phoebe. — Não vai me impedir?

A Senhora Hong lhe lançou um olhar incisivo.

— Tem liberdade para ir se quiser, Feiyi. Não sou uma tirana. Sou apenas a sua mãe. — Ela se virou. Seu trabalho exigia sua atenção novamente. — Mas você voltará. Isso eu prometo.

Agora, Phoebe praticamente saiu cambaleando do riquixá, pagando o puxador antes de esfregar o rosto pela última vez para limpar as lágrimas. O abrigo estava escuro. Eram quase 21h15, o que significava que estava atrasada. Eles já haviam ido para a instalação.

Phoebe fungou com força. Subiu as escadas correndo e usou o ombro para abrir a porta do abrigo vazio. Já havia chorado o suficiente. Phoebe Hong já não era mais bem-vinda ali. Ela precisava do pulso firme e da mira precisa. Precisava do coração desacelerado e da pulsação estável, nada que a atrapalhasse quando apontasse seu fuzil. Phoebe rapidamente enfiou a mão na bolsa que fora deixada ao lado da porta e tirou o último conjunto de roupas pretas, trocando-se depressa. Pouco antes de sair do abrigo, ela avistou a escuta que havia sido deixada em cima da mesa.

Colocou-a no ouvido. Bateu nela com força, ouvindo apenas a estática. Não conseguiria entrar em contato com os outros até que estivesse em um alcance mais próximo. Não conseguiria alertá-los quanto ao traidor entre eles.

Seu coração estava partido em dois. Ela não conseguia entender nada daquilo.

— *Tā mā de* — murmurou. Então, já que aquilo não fora satisfatório o suficiente, ela saiu pela porta e berrou algo completamente incompreensível. — Você me quer? Tudo bem! *Tudo bem!*

Sacerdote se lançou para a noite.

39

Silas dirigiu com cuidado. Zhabei inteira estava tensa. Apesar de as ruas estarem moderadamente silenciosas, a quietude era causada por um manto de nervosismo. Alguém poderia colocar o ouvido junto às lojas e escutar uma vibração cruel. Os cidadãos haviam decidido se calar não porque aquela era uma noite tranquila, mas porque tinham receio de que fazer barulho demais atrairia atenção indesejada.

Seus olhos se voltaram para o espelho retrovisor. Todos dentro do carro também passaram a maior parte da curta viagem em silêncio. Já estavam quase no local do perímetro onde desceriam, no qual parte deles usaria uma porta lateral para entrar na parte externa da instalação. De lá, Silas seguiria para a torre de controle. Ele assumiria o papel de Pastor.

A lua apareceu detrás de uma nuvem. Quando seus olhos foram para o espelho retrovisor novamente, Rosalind o encarava com uma expressão estranha, mas ele não tinha como saber se foi isso ou sua própria culpa que causaram os arrepios em sua nuca.

Eles não sabem, pensou. *Como saberiam?*

— Chegamos, Silas.

Silas freou, quase perdendo a curva.

— Desculpe — pediu, depressa. — Eu enxergo mal à noite.

Celia abriu a porta.

— Sem problemas — respondeu. — Boa sorte. Vamos.

Alisa também saiu. Depois Rosalind. Por fim, Orion deslizou pelo assento para chegar até a porta, colocando uma das mãos no ombro de Silas.

— Tenha cuidado — alertou.

— Você também — respondeu Silas.

Atravessaram o perímetro da instalação com facilidade. A parte difícil seria realmente entrar.

Orion fez uma careta, balançando o punho. A porta lateral não se movera nem um centímetro.

— De que diabos isso é feito? De ouro puro?

— O ouro é um metal macio — explicou Celia simplesmente. — É bem fácil de quebrá-lo. Só é pesado.

Quando Orion olhou para trás, sem acreditar que recebera uma correção científica em um momento como aquele, Rosalind gesticulou por cima do ombro de Celia para que ele a ignorasse e seguisse em frente.

— Tente a maçaneta, bobinho — disse Alisa.

Orion franziu o cenho. Quando atingiu a porta outra vez, mirou mais para baixo, na direção da maçaneta, e apesar de a porta continuar firme, a maçaneta se quebrou, caindo no alpendre de concreto.

— Eu teria tido essa ideia em algum momento.

— Continue dizendo isso para si mesmo.

Ele chutou a porta com força, abafando o resto das piadas de Alisa. Ela se escancarou, fazendo um barulho ao bater na parede. Aquela parte da instalação não deveria ser muito vigiada, porque ficava longe de tudo o que era importante ali dentro, então, não havia muito motivo para que alguém tivesse escutado a entrada deles. Porém, quando entrassem na base, teriam de presumir o tempo todo que estavam próximos de serem capturados.

Alisa entrou primeiro, já que havia ficado com o papel de reconhecer os arredores.

— Sou bem mais rápida do que qualquer um do grupo — dissera ela quando estavam planejando. — Deixem que verifico o setor primeiro. Então, volto com o melhor caminho para seguirmos.

Quando ela desapareceu, não virou no corredor como uma pessoa normal viraria. Ela chutou a parede para dar um impulso para cima e se segurou em um respiradouro no teto, afastando a grade com os pés e entrando no túnel.

— *Mon Dieu* — murmurou Rosalind, assistindo a Alisa sumir de vista. — Temos certeza de que ela também não é super-humana?

— Talvez ela tenha nascido com genes de aranha — comentou Celia.

— Estava pensando em um gato.

— Já reparamos se ela tem um rabo?

Orion as encarou.

— Estamos brincando, certo? — perguntou ele. — Por favor, me diga que estamos brincando.

Rosalind deu um tapinha em seu braço.

— Espero mesmo que seja brincadeira.

Alisa manteve a respiração baixa apesar do esforço que fazia ao rastejar pelos dutos de ventilação. Ela havia decorado as plantas assim que Silas as colocara à sua frente, então não foi difícil encontrar os caminhos exatos que precisava investigar.

— Ai, merda...

Sem dar indícios, o painel adiante quase cedeu sob a pressão de sua mão, oscilando antes de ela colocá-la junto ao peito e parar. Vozes entravam pelas brechas, com instruções para que vigiassem a área. Segundo alertas, movimentos foram avistados. Essa foi rápida. Não disseram para Sacerdote vir mais tarde?

Alisa esticou a mão com cuidado, tirando o painel solto do lugar. Um dos parafusos permanecia firme, mas ela girou o painel no sentido horário, e então no sentido anti-horário, remexendo-o continuamente até que o parafuso caiu, atingido o piso de linóleo com um clique.

Ela pulou. Continuou segurando o painel como um escudo improvisado, olhando em volta de onde havia aterrissado. Parecia ser a sala das caldeiras. Talvez o vapor tenha deixado o painel de ventilação mais frouxo.

Ela espiou pela porta. Também havia algumas celas ali, mas estavam vazias, as portas abertas.

Ouviu o som de passos no fim do corredor. Alisa voltou para a sala das caldeiras, esperando o som se dissipar antes de entreabrir a porta outra vez e ver os soldados passarem pelo pavilhão, desaparecendo por um par de portas controladas automaticamente. Todas aquelas portas recebiam sinais que vinham da torre de controle, mas Silas dissera que ao lado delas havia interruptores que, se desconectados, interromperiam a comunicação.

Tudo aqui é, no máximo, primitivo. Você deve presumir que, se quebrar algo, uma porta voltará a ser manual.

Se Alisa ainda estava de frente para o norte, então atravessar aquelas portas deveria levá-los para as instalações internas. Talvez funcionasse.

Ela começou a percorrer correndo o caminho que fizera, traçando os corredores até voltar.

Celia mordeu o lábio, seguindo Alisa adiante. Havia um embrulho em seu estômago. Um embrulho feito de lâminas, penetrando seus órgãos internos e deixando-a louca de preocupação.

— *Mèimei*, pare de retorcer suas mangas assim — sussurrou Rosalind atrás dela.

— O quê? — sussurrou Celia de volta. — Não estou retorcendo nada.

Alisa colocou o braço diante da fila que formavam, sinalizando que parassem enquanto vozes ressoavam pelo corredor seguinte. Quando Celia parou, sua irmã se aproximou dela, dando um tapa em sua mão esquerda.

— Do que acabei de afastar sua mão, então?

— Da *bainha* da minha blusa, tecnicamente.

— Ainda é *alguma coisa.*

— Se vocês duas não ficarem quietas — disse Alisa —, farei essa missão de regaste sozinha.

Celia franziu os lábios. As vozes pareciam ter se afastado, então ela gesticulou para que Alisa seguisse em frente.

— É muita coragem da sua parte falar com sua superiora desse jeito — murmurou Celia.

— Eu sei — retrucou Alisa, movendo-se novamente. — Você não me pune o suficiente, então criei coragem... Ai, *merda*, para trás!

Bem quando Alisa sibilou a ordem, um alarme ressoou pelo corredor, alto o bastante para causar um forte choque nos tímpanos de Celia. Era o sinal de Silas. A porta norte havia sido aberta, o que significava que a porta sul ficaria livre de guardas. Celia se abaixou, escondendo-se quando um grupo de soldados passou correndo em pares, sem prestar atenção aos quatro intrusos que se escondiam ao lado da parede. Pelo canto do olho, Celia viu Rosalind se comunicar em silêncio com Orion, e o embrulho em seu estômago piorou. A cena lhe era terrivelmente familiar, não porque já tivesse visto alguma interação da irmã com Orion antes, mas porque aquilo lhe lembrava outra pessoa.

— Vamos — disse Alisa, e apesar de sua intenção provavelmente ter sido sussurrar, ela quase gritou para ser ouvida acima do alarme. — A área ficará vazia até chegarmos à porta sul.

Depararam-se com um espaço mais amplo, onde havia um teto alto e duas escadas que davam para uma plataforma que contornava o salão retangular. O centro era aberto — Celia conseguia perscrutar além das plataformas e um segundo andar de celas vazias. Teias de aranha haviam começado a se formar entre algumas das grades, o que significava que não eram tocadas há algum tempo. Esse pensamento deveria tê-la apaziguado, mas um arrepio percorreu seus ombros.

— Orion, você fica com o interruptor — ordenou Alisa.

— Fico?

— Quebre-o!

Ele deu um soco firme nele. O metal ficou amassado, e logo depois faíscas piscaram no topo da porta. Celia e Rosalind recuaram, assustadas, mas Alisa já estava explorando o local ao redor deles, murmurando baixinho. Ela encontrou o cassetete de um guarda e o entregou a Orion.

— De novo — disse ela. — Dessa vez, primeiro na maçaneta.

Orion lhe lançou um olhar de desgosto. Ele atingiu a maçaneta com o cassetete e, quando o metal se soltou, as dobradiças rangeram com o empurrão de Alisa.

Havia soldados de guarda no corredor seguinte.

Todos se viraram com a agitação, notando a chegada de intrusos.

— A gente dá um jeito nisso — disse Rosalind, colocando uma das mãos no cabelo. — Alisa, Celia, sigam em frente.

Apesar de Celia hesitar brevemente, Alisa não o fez. Ela pegou o pulso de Celia e, enquanto Rosalind e Orion se dividiam em dois como uma única criatura feita para a luta, puxou-a para frente, seguindo direto pelo corredor.

A porta sul se abriu com facilidade. Não havia tranca, nem barreira. Apenas o ranger das dobradiças. Celia observou o próximo setor da instalação, tentando entender sua disposição.

Estava escuro. Feixes de luar entravam pelas janelas, que não eram bem janelas, mas recortes retangulares feitos nas paredes de pedras, alinhados por grades de metal. Estavam em uma plataforma elevada: um par de escadas levava às celas do nível inferior. Ouvindo o tumulto, um guarda gritou para outro que estava abaixo, mas aparentemente só restaram eles dois, deixados para vigiar enquanto a porta norte tomava a atenção de todos.

— Rápido — disse Alisa. — Antes que nos vejam.

Tenha piedade de mim. Faço o que é necessário quando há coisas importantes em jogo...

Celia pegou a pistola, mirou acima da grade, e atirou nos guardas, matando-os.

— Tenho tudo sob controle — disse ela, já correndo pela plataforma em direção às escadas. — Volte para ajudar Rosalind!

Alisa assentiu e saiu pela porta novamente. Antes que se fechasse, Celia ouviu um grito abafado do outro lado. Ela não deixou que isso desacelerasse sua descida rápida pelas escadas. Tudo o que podia fazer era torcer para que o som não fosse de algum deles.

— Oliver?

Ela derrapou em frente à primeira cela. Não era ele. Era outra pessoa, com roupas esfarrapadas e presa ao chão por algemas. A maioria dos outros presos não reagiu à sua presença, apesar de nenhum deles parecer estar à beira da morte. Uma mulher mal levantou a cabeça, e Celia só pôde presumir que era a exaustão que os mantinha nos cantos das celas e não balançando as grades, exigindo saber o que acontecia do lado de fora.

— Oliver!

Finalmente, ela o encontrou em uma das últimas celas, a única que continha algum tipo de cama. O guarda havia caído morto perto dali, e Celia tirou as chaves de seu cinto, enfiando cada uma delas na fechadura da cela de Oliver até que alguma servisse. Ela ouviu um clique. Com um empurrão rápido, as grades se abriram, retinindo.

Por que Oliver estava *amarrado*?

— Oliver, está me ouvindo?

Ela pegou a primeira amarra que viu e tentou soltá-la. Não cedeu. Abaixo delas, as roupas brancas que colocaram em Oliver estavam manchadas de vermelho — não tanto para que se pensasse que ele vinha sendo cortado em pedaços, mas o suficiente para ser bem preocupante.

Ela tirou um canivete da bota. Oliver pareceu voltar à consciência enquanto ela cortava as amarras, os olhos se abrindo com dificuldade. A mão dele estremeceu. As pernas também.

— Celia? — murmurou ele. — Estou alucinando de novo?

— Não, sou eu mesma. Deixe-me soltar essa última...

Ela cortou a amarra em seu ombro. Livre das restrições, Oliver tentou se mover, mas ele estava delirante com o que quer que tenham feito com ele, quase caindo direto no chão.

— Ei, ei, *espere*... — Celia o pegou. Ele estava tão quente que era como tocar uma fornalha. — Vou te tirar daqui, está bem? Mas você precisa me dizer o que consegue fazer. Consegue andar? Consegue enxergar?

— Eles disseram... eles disseram...

Ela consideraria isso como um não para as duas perguntas. Era como se ele tivesse notado sua presença, mas não estivesse entendendo que aquilo era um resgate. Para ser justa, se Oliver estivesse consciente, teria lhe dado uma bronca assim que a visse ali. Ele teria lhe dado um sermão, dizendo que invadir uma fortaleza Nacionalista era inconsequente, e Celia estava extremamente chateada por não estar ouvindo essa lição de moral, pois isso significava que ele estava machucado demais para fazê-lo.

— Oliver — disse Celia com firmeza. — Você consegue...

— Eles saíram correndo para evacuar as alas externas — murmurou. — Cuidado.

Celia colocou o dorso da mão na testa dele. O calor fez sua pele arder. Ele estava queimando em níveis inacreditáveis.

— Do que está falando?

Oliver se apoiou nela. Com um arquejo, Celia agarrou seus ombros, segurando-o com firmeza. Ela conseguia ouvi-lo se esforçar a cada respiração trêmula e a cada tentativa de levantar a cabeça.

— Oliver — chamou ela. Aquilo era importante demais para deixar passar. Se ele lutara dessa forma para alertá-la, então ela sabia que precisava entender. — Por que estão evacuando a instalação?

Ele inspirou. Exalou.

— O Japão. O Japão vai nos bombardear.

40

Alô? Alguém está me ouvindo?

Rosalind colocou a escuta no ouvido rapidamente, tentando entender aquele fragmento de som. Um guarda atirou em sua direção, errando por pouco. Ela já estava com pelo menos três balas no tronco. Levaria, no mínimo, um minuto para que a primeira fosse expelida. Esperava que vencessem aquela briga nesse meio-tempo.

— Meu Deus — disse ela em voz alta. Aproximou-se da parede, tomando um momento para respirar, antes de falar na escuta: — Phoebe?! É você?

Ouviu mais sons indiscerníveis. As paredes eram grossas, impenetráveis. Além de as escutas já estarem quebradas, era difícil manter o sinal estável.

— *... agora!... minha mãe!*

Rosalind golpeou o guarda mais próximo quando ele avançou nela. Ele caiu no chão. Olhando por cima do ombro, viu que havia mais dois com Orion, porém, Alisa entrou pela porta e correu até ele para ajudá-lo. Rosalind permaneceu onde estava, afundando a escuta no ouvido.

— Phoebe, não consigo te ouvir!

— *... eu disse que estou aqui! Estou na instalação!*

— O quê? — indagou Rosalind. — Como conseguiu chegar aqui?

— *... siga ele. É... não pode.*

Apesar da péssima transmissão, Rosalind conseguia ouvir Phoebe arquejando, como se estivesse correndo para salvar sua vida enquanto falava.

— Preciso que vá para algum lugar com um sinal melhor.

Rosalind soltou o grampo que tinha nas mãos e foi pegar outro. Era preciso reabastecer o veneno depois de usá-lo umas cinco vezes. Perto dela, Orion derrotou o último oponente, então pegou o cotovelo de Rosalind para chamar sua atenção. Ele gesticulou para as janelas, sem querer interromper Phoebe. Do lado de fora, um zumbido se aproximava cada vez mais. Aviões.

—*... distração... torre de controle.*

— Espere, espere — ordenou Rosalind. Ela apertou o botão do microfone com força, como se assim fosse conseguir ouvir Phoebe com mais clareza. — Sua transmissão ainda está entrecortando. Já achou Silas?

— SILAS É O PROBLEMA. — De repente, a voz de Phoebe ressoou alto. Ela havia entrado em algum local com o sinal perfeito. — *Ele é cúmplice da minha mãe! Ela não virá esta noite! Silas fez algum tipo de negociação para entregar o sangue de Oliver para ela... não podemos apenas resgatar Oliver... temos que destruir tudo o que tiraram dele!*

Quando Alisa derrubou o último soldado em frente à porta, a luta no corredor parou de repente. Completamente chocados, os três trocaram olhares, incapazes de acreditar no que tinham acabado de ouvir.

Celia também devia estar escutando do outro lado, porque sua voz interceptou a linha.

— Meu Deus — murmurou ela primeiro. Então acrescentou: — Certo. Saíam daí depressa. Saíam daí *agora*. Os japoneses invadiram Zhabei.

Rosalind tirou a mão da escuta.

— O quê?

Como se o destino estivesse esperando aquela deixa para agir, um estrondo colossal atingiu a instalação. O chão tremeu. Do teto, choveram pedaços de destroços. Rosalind arquejou, erguendo as mãos, enquanto Orion xingou alto, jogando-se no chão para pegar a arma de um dos soldados caídos.

— Meu Deus! — exclamou Alisa. — Isso não poderia estar acontecendo numa hora pior.

Ouviram outro estrondo. Houve um clarão vermelho na noite lá fora, como se algo tivesse pegado fogo ao pousar. Estavam sendo bombardeados. Bombas caíam em Zhabei.

— Rosalind! — gritou Celia na escuta. — Venha até aqui agora!

Eles precisavam ser rápidos. Precisavam tirar Oliver e eles mesmos dali, porque se o distrito que circundava a instalação se transformasse em um campo de guerra *enquanto* resgatavam Oliver da prisão, ficariam presos em Zhabei.

— Vamos, vamos, vamos — sibilou Rosalind.

Empurraram a porta sul para abri-la, entrando na plataforma que ficava acima das celas. No andar inferior, estavam Celia e um Oliver semiconsciente e coberto de manchas de sangue.

— Eu carrego ele — disse Orion quando desceram correndo, tirando Oliver de Celia com facilidade. — Por onde vamos?

— Pelo mesmo caminho por onde viemos — respondeu Alisa.

— Espere — disse Celia. Ela hesitou. — Phoebe disse que precisamos destruir todo o lote.

Alisa fez uma careta.

— Não está na cela?

— Não. A cela está vazia.

A instalação tremeu de novo, desta vez com mais força. O bombardeio estava se aproximando. O que aconteceria se uma bomba caísse bem em cima deles? Será que a fundação da instalação aguentaria?

— Eu posso ir procurar — disse Alisa. — Sou mais rápi...

— Eu vou — interrompeu Rosalind. — É bem mais seguro.

Celia já estava se virando.

— Eu vou...

— Não, *não* — esbravejou Rosalind. — Certifique-se de que Orion consiga sair com Oliver. Esperem na mesma porta lateral pela qual entramos.

— Mas...

— Eu sou imortal. Vou sozinha — interrompeu Rosalind. — Fim de papo. Saiam primeiro.

— Rosalind...

Quando o próximo estrondo os atingiu, parecia que a instalação inteira havia se inclinado. Apesar de se endireitar rapidamente — era apenas um tremor causado pelo impacto, e não a fundação do edifício se movendo —, a sensação assustou Rosalind o suficiente para fazer com que um suor frio escorresse por sua coluna.

— Celia, não adianta discutir — sibilou Alisa. — Não é preciso mais do que uma pessoa para quebrar alguns frascos.

— Tudo bem. — Celia se virou para Rosalind. Seus lábios se franziram em uma linha fina. — Caso se depare com perigo, dê meia-volta e vá embora, entendeu? Não vale a pena arriscar a própria vida.

Rosalind assentiu. Teria assentido mesmo se não tivesse entendido. Talvez sua irmã soubesse disso, porque lhe encarou com uma ferocidade que se equiparava ao bombardeio que ocorria em volta da instalação.

— Aqui. — Alisa deu sua pequena arma a Rosalind.

Ela aceitou sem reclamar. Quando encontrou os olhos de Orion, ele permaneceu quieto, mas não parecia feliz.

— Não vou demorar, prometo — disse ela.

Antes que qualquer um pudesse dissuadi-la, Rosalind disparou na outra direção, adentrando ainda mais a instalação.

Phoebe recarregou a espingarda, levando a mão até o nariz por um momento para coçá-lo sob o tecido que cobria seu rosto. Estava um calor sufocante naquela parte da instalação. Ou talvez o estresse da situação a estivesse afetando, fazendo suas bochechas corarem debaixo do disfarce.

Ela puxou o gatilho. Liquidou mais um soldado no saguão principal da ala norte.

— Phoebe? — A voz de Rosalind falhou em seu ouvido. — Onde você está?

Phoebe ativou o microfone.

— Não se preocupe comigo. Encontrou o lote?

— Ainda não, estou a caminho da torre de controle. Não sei se vou conseguir entrar na parte interna da instalação com tranquilidade.

— Siga em frente — disse Phoebe. — Você tem que passar pela porta norte. Ela está aberta.

Sua voz produzia um pequeno eco, apesar de o resto da instalação estar um completo caos, os alarmes ressoando no volume máximo. Ela estava em uma plataforma mais alta, escondida por uma porta que seguia para o leste. Naquele curto período de tempo em que Rosalind e Celia estavam lutando na porta sul e deixaram o canal de comunicação inativo, Phoebe havia entrado pela porta norte. Ela já sabia quais seriam as táticas — não foi difícil vir preparada com uma espingarda que roubou de um dos guardas que protegiam o perímetro, esconder--se nas sombras e derrubar os soldados que esperavam por ela.

Phoebe respirou fundo, fazendo uma careta quando a instalação estremeceu mais uma vez. Normalmente, nunca se permitia passar muito tempo nas cenas que abandonava. Seu trabalho era entrar e sair: mirar, atirar, correr. O trabalho de uma assassina tinha de ser rápido. O que quer que acontecesse depois não tinha nada a ver com ela. Apenas aquele primeiro tiro era sua responsabilidade.

Ela estava começando a sentir um tremor nas mãos. Phoebe não era uma soldada. Não fora treinada para a guerra, para se colocar em um lugar e aniquilar vários oponentes. Se continuasse a ver homens caírem mortos, as imagens ficariam gravadas em sua mente para sempre. Cada tiro deixava para trás a carne imperfeita e cadáveres.

Phoebe ajustou a postura. Coçou o nariz novamente. Parte dela se sentia uma traidora por estar atirando ali dentro enquanto inimigos estrangeiros bombardeavam a cidade lá fora. Outra parte dela sabia que aquele sempre fora seu trabalho. Ela era uma assassina Comunista: desde o começo, sempre contribuíra para os conflitos internos.

De repente, viu Rosalind passar pela porta e surgir no corredor. De ambos os lados, as celas foram liberadas. Phoebe se ajustou rapidamente, colocando outra vez o olho na mira. Ouviu sons na porta norte. Havia novos soldados correndo para tapar os buracos que Phoebe abrira, o que significava que haveria combatentes indo encontrar Rosalind. O alarme de invasores da instalação continuava a soar.

Phoebe pressionou a escuta novamente.

— Siga em frente.

A expressão de Rosalind foi tomada pelo medo. Ela levou a mão à orelha.

— Tem soldados aqui.

— Eu cuido disso.

— O quê?

Phoebe soltou a respiração. Mirou. Quando dois soldados caíram, ela apertou a escuta de novo.

— Mexa-se!

Rosalind claramente estava articulando palavrões no andar de baixo. Sem ativar a escuta, nenhum som chegava lá em cima, então Phoebe só pôde supor o que ela estava xingando em francês.

Rosalind disparou. Phoebe se ajeitou na plataforma, virando-se para o outro lado e apontando seu rifle para os soldados na porta norte. Ela estava entregando a própria localização ao atirar daquele jeito. Mesmo assim, atirou, contando cada tiro que acertava o alvo. Phoebe sabia no que estava se metendo quando entrou naquele combate. Afinal de contas, no abrigo, concordara com todos à mesa.

Aquele era um plano infalível para prender Sacerdote e resgatar Oliver ao mesmo tempo. Os soldados esperavam que *ela* fosse atrás de Oliver, e enquanto estivessem distraídos com essa invasão e lutando com Phoebe, isso os manteria longe da rota de fuga que Oliver realmente tomaria. Era um sacrifício que ela estava disposta a fazer. Se significasse que ele ficaria em segurança, ela se sacrificaria um milhão de vezes.

Um baque veio do outro lado da plataforma. A porta se escancarou. Phoebe se levantou, exposta de ambos os lados quando os soldados cruzaram a plataforma, cercando-a pela entrada separada. Apesar de ela estar no canto, eles a avistaram imediatamente, o que significava que alguém os enviara até ali, por fim encontrando sua localização.

Se sairia dali viva ou não, agora era uma questão do destino. Phoebe já havia se conformado com isso... Sacerdote nunca fora criada para ser uma divindade imortal. Fora criada apenas para servir àqueles que amava.

Phoebe tocou a orelha.

— Vou parar de me comunicar. Ficarei bem — disse ela.

Tirou a escuta e a jogou no chão antes que pudesse ser confiscada pelos soldados. Quando eles a cercaram, Phoebe pisou na escuta e a sentiu se partir em dois.

— Mãos para o alto, Sacerdote — ordenou um deles. — Acabou.

Ela não pôs a mão no gatilho novamente. Colocou o rifle no chão e as mãos para cima.

Vou parar de me comunicar. Ficarei bem.

Rosalind não entendeu o que havia acabado de acontecer. Quando falou na escuta de novo, não recebeu uma resposta nem de Phoebe nem dos outros. Provavelmente estavam fora do alcance do sinal.

A torre de controle estava assustadoramente vazia. Cada setor ecoava o próprio som vazio, os corredores escuros e as janelas fechadas. A evacuação já esvaziara a maior parte daquelas salas. Havia grandes chances de aquela base se transformar em destroços até o fim da noite, então não fazia muito sentido protegê-la. O som das bombas caindo era tão alto que seus tímpanos estavam perto de estourar, isso se o alarme que ressoava já não tivesse alcançado esse objetivo.

Rosalind parou de repente ao virar o corredor. Um grupo de soldados estava bem à frente. Ela recuou mais rápido do que um tiro, encostando-se na parede, ofegante. A instalação tremeu novamente. A área bramia a canção da carnificina. Quando Rosalind teve certeza de que não tinha sido vista, voltou a espiar o corredor, tentando ver quem eram aquelas pessoas. Era difícil demais ouvir o que diziam, mas ela percebeu as roupas escuras, que eram diferentes daquelas que os Nacionalistas que vigiavam a instalação estavam usando. Metade foi em uma direção; a outra foi para a esquerda, passando por Rosalind no canto. Ela prendeu a respiração. E a soltou quando eles desapareceram de vista.

Celia havia lançado o alerta, então eles sabiam que aquilo aconteceria. Um grupo Comunista também entrara na instalação, na esperança de sequestrar Orion ou conseguir um frasco que ainda acreditavam existir. Pensando bem, aquilo era muito irritante, porque não havia necessidade de terem adicionado mais esse reforço à missão deles, mas pelo menos eles não seriam uma ameaça. O resgate continuaria.

— Continue — murmurou Rosalind para si mesma.

Os Comunistas pareciam estar se separando para procurar o que queriam. Ela só precisava evitá-los.

A tranca estava firme na primeira porta que tentou abrir. Ela cronometrou para que seu tiro saísse no mesmo momento que o próximo estrondo, então chutou a porta para abri-la, sem se importar se ficasse óbvio que havia sido arrombada. Não teria importância depois daquela noite.

Dentro da sala, havia um armário acoplado à parede mais distante. Um carrinho hospitalar vazio, exceto por uma pilha de lenços de papel, bloqueava a passagem.

O edifício estremeceu novamente. O som das bombas estava ficando mais alto. Mais próximo.

Rosalind tirou o carrinho da frente. Abriu a porta do armário, que estava completamente vazio. Ela voltou a se mover, retornando ao corredor e tentando abrir a porta seguinte.

Não havia muitas salas na torre de controle, então sua busca foi rápida. Rosalind estudara as plantas o suficiente para saber que o lugar mais provável em que Silas poderia ter guardado algo era no andar mais baixo. A sala de controle ficava, na realidade, no andar de cima, junto aos cabos e às luzes que controlavam as portas da instalação. Não havia lugar onde esconder uma dúzia de frascos. Tinha de estar ali em algum lugar, a não ser que estivesse *com ele...*?

Ela invadiu outra sala, uma que estava lotada de cobertores e uniformes surrados de prisioneiros. Não havia armários ou prateleiras a explorar, então soube no mesmo instante que não encontraria o que queria.

Olhou para baixo. Na pia, havia três cacos de vidro e uma mancha vermelha. Como se alguém tivesse derrubado um frasco, quebrando-o, e o tivesse deixado ali em vez de perder tempo limpando. Aquilo era sangue? Será que o lote estivera ali antes e agora estava em outro lugar?

Rosalind ficou paralisada, indecisa. O que deveria fazer? Encontrar Silas? Arrancar uma resposta dele, usar força bruta para impedi-lo? Ele já devia até ter deixado a instalação.

O chão estremeceu com força, quase fazendo-a perder o equilíbrio. Aquilo era resposta o suficiente: estava na hora de ir embora. O resto poderiam determinar depois. Um barulho apavorante invadiu a instalação, penetrando os alarmes. As paredes de pedra ganhavam vida, rangendo com um grito que parecia ter sido tirado do estômago de uma criatura secular.

— Merda. Merda...

Rosalind saiu correndo. O mundo não parava de tremer. Ela voltou pela mesma rota que viera, mantendo distância das paredes caso alguma delas cedesse. O piso tremeu. Pedaços do teto começaram a cair. Quando retornou à fileira de celas de onde haviam resgatado Oliver, deparou-se com uma parede de fumaça.

A princípio, não conseguiu entender o que havia acontecido. Ouviu o som de um tiro. Vozes. Então, tropeçou em um corpo que estava em seu caminho e caiu, a mão encontrando um peito ensanguentado. Uniforme Nacionalista. O soldado estava morto.

— *Recuar! Nenhum sinal do alvo!*

Rosalind havia corrido direto para uma batalha entre Nacionalistas e Comunistas. Uma sensação paralisante e apavorante a fez congelar. Ela mal teve tempo de recuar ou encontrar outro caminho, quando, de repente, uma luz branca incandescente tomou conta das celas — por fim, haviam sido atingidos diretamente.

O barulho foi espantoso. Metal, pedra e tijolos se fundiram, até que tudo começou a cair, cercando-a.

Rosalind gritou, jogando o braço sobre os olhos. Apesar de a luz ter diminuído rapidamente, uma impressão vívida do que o mundo se tornou ficou gravada em sua visão. Tudo estava duplicado: a parte das celas que havia caído à sua esquerda, a parte das escadas que cedera no meio... e o homem que estava de pé a apenas alguns passos de distância, mirando a pistola em sua cabeça.

— *Lang Shalin, abaixe-se*!

A instalação grunhiu. Detritos voaram por toda parte. Quando o homem atirou, foi o começo e o fim do mundo. Daquela distância, a bala deveria ter acertado uma parte superior de seu corpo. Algum lugar próximo de sua garganta. Deveria ter estourado sua cabeça.

Mas ela não sentiu nada. Só o que viu foi a aparição repentina de uma pessoa à sua frente, as mãos segurando seus ombros, o rosto coberto por um tecido. Ele ficou parado por um segundo. Então, desmoronou.

O instinto tomou conta dela. Antes que o soldado pudesse mirar novamente — ela nem mesmo tinha tempo para descobrir de que lado ele estava, não conseguia interpretar seu uniforme ou ver detalhes em meio à fumaça —, Rosalind tirou a própria arma da manga da blusa e atirou nele, estremecendo com a maneira como seu braço recuava a cada tiro. No terceiro, o homem caiu.

O que foi isso? O que aconteceu?

Ela sabia quem era aquele na frente dela.

— Não, não, não... — Rosalind caiu de joelhos. Ela arrancou o tecido do rosto de Dao Feng. — Qual é o seu problema? Por que faria isso?

— Achei que te encontraria aqui — respondeu Dao Feng.

Apesar de não estar respirando bem, ele falou com facilidade, como se estivesse feliz em vê-la depois de alguns meses distante, viajando de férias.

Era óbvio que ele teria aparecido naquela tentativa de resgate. Era óbvio que ele estaria entre os Comunistas que tentariam capturar Orion — como achavam que ele ainda estava sob o efeito da lavagem cerebral, Dao Feng era quem o conhecia melhor, então talvez pudesse recuperá-lo.

— Não posso acreditar que fez isso. — Rosalind arfou. Sua intenção era lhe dar uma bronca, mas acabou soluçando. — Você me ensinou que Destino poderia sobreviver a qualquer coisa! — Mesmo que soubesse que se tivesse sido atingida, seria fatal. Mesmo que soubesse que ele havia acabado de salvar sua vida. Mesmo assim, ela questionou: — Por que não deixou que me atingissem? De todas as pessoas, *Destino* era aquela que poderia aguentar.

Dao Feng balançou a cabeça levemente. Sangue emergiu de seus lábios. Um fio escorreu pela lateral.

— Eu não estava protegendo Destino — murmurou. — Estava protegendo Lang Shalin. Você é primeiro uma pessoa, depois uma... agente. Quantas vezes já te dei essa lição?

A bala devia ter atingido suas costas. Havia tanto sangue. O tecido da calça dela absorvia o círculo vermelho crescente. Um dos lados estava recuando ao redor deles, mas ela não fazia ideia de qual. A fumaça estava muito espessa, turvando a cena.

— Como ousa me dar uma lição de vida agora? — sibilou Rosalind. — Deveria ter me encontrado antes. Deveria ter se explicado.

Rosalind já estivera naquela mesma posição antes: ajoelhada naquele beco sobre o corpo moribundo de Dao Feng, gritando por ajuda. Desta vez, nenhuma ajuda viria. Desta vez, não importava o quanto chorasse, pois só havia ela para testemunhar.

Dao Feng estremeceu. Ele levantou a mão, e ela se apressou a segurá-la, apertando-a com força.

— Estou feliz de ter uma chance de falar com você.

Rosalind colocou a mão livre sobre a boca, tentando conter as lágrimas. Elas caíram mesmo assim, apesar de ela estar em silêncio.

— Eu *sinto* muito — disse Dao Feng, o tom de voz ficando mais baixo, quase um sussurro. — Eu teria tentado te convencer a vir comigo se fosse fácil. Mas você... não foi feita para esse tipo de trabalho, e eu não poderia afastá-la do dever que você mesma assumiu.

Rosalind tentou puxar o ombro dele.

— Pare com isso — ordenou ela. — Vou tirar você daqui, vamos até um hospital

— Escute o que está acontecendo lá fora, Lang Shalin. — A respiração dele estava presa. Era um som horrível: a bala devia ter atingido seus pulmões. Havia sangue demais escapando de sua boca. — Todos os hospitais... cheios de corpos. Está tudo bem. Está tudo bem.

— *Por favor...*

Outro tiro zuniu por cima deles. Com um arquejo, Rosalind olhou na direção de onde viera, mas foi Alisa quem surgiu na fumaça, os olhos se arregalando quando finalmente a avistou.

— Rosalind — disse Alisa, abaixando a arma e correndo até eles. Seus olhos estavam cheios de pânico. — Rosalind, pegaram Sacerdote... o alarme parou. Os Nacionalistas se reunirão a qualquer momento para tirar os Comunistas da instalação. Não podemos ser vistas aqui.

Os olhos de Dao Feng se fecharam. Ele arquejou.

— Vá, Lang Shalin.

Rosalind queria bater nele. Não... ela queria que ele se sentasse e desse um peteleco na testa dela, que dissesse que era tudo uma piada e que os últimos meses não haviam passado de um teste muito bem elaborado.

— Como pôde fazer isso comigo? — perguntou Rosalind.

Alisa puxou o cotovelo dela.

— Rosalind.

Dao Feng havia parado de se mover.

— Não! Você não pode morrer! Você deveria ser o meu treinador! A quem eu vou dar ouvidos agora? *A quem*?

Vozes surgiram em meio à fumaça. Alisa soltou um murmúrio sufocado, a cabeça virando de um lado para o outro à procura de Nacionalistas. Rosalind sacudiu o ombro de Dao Feng novamente, mas ele não reagiu.

— Dao Feng! *Acorde*!

— Rosalind — repetiu Alisa. Ela pegou seu braço. — Sinto muito... sinto muito, mas temos que ir. *Temos que ir!*

Rosalind mal a escutou. Ela sabia que aquilo a tornava egoísta, mas a única coisa que se repetia sem parar em sua mente naquele momento era: *Você não pode me deixar. Você não pode me deixar* de novo.

— Vamos!

Finalmente, Alisa conseguiu segurar Rosalind com força e a fez se levantar. A mão dela soltou a de Dao Feng. Alisa a levou para longe do corpo, das celas.

A última coisa que Rosalind viu em meio aos destroços foi aquela mancha vermelha, e então seu treinador sumiu de vista, deixado para trás em meio às ruínas.

41

Confirmamos a captura. Pastor, dê início ao confinamento. Os outros invasores estão tentando um resgate.

Silas abaixou os primeiros interruptores à sua frente, assistindo às mudanças no painel de exibição. Bem quando ia pegar o rádio comunicador para verificar se realmente haviam trancado Sacerdote — já que ela era esperta o bastante para escapar na cara deles —, uma unidade de agentes secretos voltou à sala de controle.

— Depressa, depressa — disse um deles. — Dê início ao confinamento antes que escapem.

Grande parte da base estava sendo atingida pelo bombardeio. Aquilo começou num péssimo momento, mas não era como se os japoneses fossem perguntar qual era a melhor hora para darem início a uma conquista.

— Claro — respondeu Silas.

O painel de exibição mostrou as luzes para ele. Ele sabia que os outros invasores eram Comunistas, que vieram após receberem o relatório de Celia. Considerando o barulho do caos que chegava pelo rádio, os Nacionalistas pensavam que eles estavam tentando tirar Oliver dali. Da torre de controle, era possível saber quais portas estavam abertas, quais estavam fechadas e quais não funcionavam. Ao seguir as luzes vermelhas que indicavam as portas que precisavam de manutenção, ele conseguiu rastrear o caminho exato que seus amigos fizeram para entrar. Porém, quando Silas olhou melhor, havia diversas portas que não estavam funcionando, em lugares que seus amigos não tinham passado. Era necessário acionar um confinamento geral para bloquear aquelas rotas.

Porém, ele não podia fazer isso até que a missão de resgate acabasse.

— Pastor, iniciar confinamento — ordenou seu superior novamente, a saída do rádio cheia de estática. — Por que está demorando tanto?

Estremecendo, Silas moveu os interruptores no painel de controle, observando as luzes de cada setor mudarem de cor. Não havia muito o que ele pudesse dizer para ganhar tempo. Tudo o que podia fazer era torcer para que seus amigos tivessem agido rápido. Se já estivessem do lado de fora da instalação, aquilo não os afetaria.

Ele fechou o tampo de vidro, impedindo o acesso ao painel de controle principal. Agora, não poderia fazer mais nada quanto àquela parte. Havia outra questão, bem mais importante.

Silas se levantou. Deu uma olhada nos outros agentes, ocupados com o próprio trabalho. O bombardeio havia se acalmado.

— Vou supervisionar o fim da captura de Sacerdote.

Um dos agentes levantou o olhar.

— Eles a colocaram na ala oeste. A infraestrutura continua firme lá, apesar do bombardeio — contou. — Os soldados disseram que foi como lidar com um animal selvagem. Ela quase arrancou o dedo de Jiang a dentadas quando ele tentou tirar seu disfarce.

Silas franziu o cenho.

— E por que ele encostou nela?

— Olha, não tenho nada a ver com isso. — O agente ergueu as mãos em sinal de paz. — Só estou tentando facilitar seu trabalho, está bem? Você pode resolver como quiser.

Para falar a verdade, ele não quisera entregar Sacerdote. Não quisera entregá-la para os Nacionalistas, deixá-la à mercê de soldados que tinham total permissão para torturá-la se não ouvissem o que queriam. Mas o que deveria fazer? Haviam lhe atribuído aquela tarefa. Antes de tudo, capturar Sacerdote fora a missão principal de Pastor. Era uma questão de aumentar a união nacional, resolver os problemas internos antes que o país pudesse combater os invasores estrangeiros. A culpa era dele por ter se apegado. Era culpa dele por ter desviado do caminho em algum momento, tentando preencher aquele buraco em seu coração. Antes, a responsabilidade para com a nação era suficiente. Agora, ele estava se distraindo com um deslumbramento pessoal, agindo como se Sacerdote fosse uma amiga de quem ele precisava cuidar, e não uma inimiga a ser capturada.

O que havia acontecido com ele?

Silas afastou os pensamentos, pegando um rádio portátil para o caso de seus supervisores precisarem contatá-lo novamente. Ele saiu da sala, descendo as escadas até o térreo da torre de controle. As luzes haviam se apagado nos corredores. Uma fileira de lanternas a gás iluminava a entrada, em tons variados de dourado e branco-azulado. A batalha que ocorrera ali já havia acabado. Ainda assim, os corredores pareciam ameaçadores no escuro. As paredes de pedra davam eco, mas os corredores cobertos de metal não ficavam atrás, parecendo jaulas enormes.

Silas cumprimentou os soldados de guarda no setor oeste. Um deles estava coberto de sangue, mas não parecia ferido.

— Terceira cela — disse o soldado, gesticulando para que Silas prosseguisse. — Grite se precisar de nós.

Silas conseguia sentir sua pulsação latejando no pescoço. Não era como se estivesse *nervoso*. Era difícil descrever o que sentia, porque a junção de tanto trabalho culminava naquele resultado diante dele, mas se ele fosse honesto consigo mesmo, não tinha certeza do que esse resultado lhe traria. Capturar Sacerdote não ajudaria mais a recuperar Orion. Somente a captura de Sacerdote não os ajudaria a vencer a guerra civil.

Ele precisava vê-la. Era só isso. Precisava saber que tivera um propósito naquela cidade, e que foi capaz de alcançá-lo.

Silas andou até a cela. O rádio em sua mão zuniu.

— *Pastor, câmbio.*

Ouviu uma onda de estática. Ignorou-a.

Sacerdote estava no canto. Vestida de preto, assim como os amigos dele quando invadiram a instalação.

— Olá — disse ele. — Precisará me perdoar por enganá-la assim. Foi uma questão de necessidade.

— Eu poderia ter te perdoado. — A voz de Sacerdote foi um choque. Era muito mais doce do que ele esperava. Muito mais... familiar do que ele imaginara. Ela continuava de costas para ele, encarando o canto da cela. — Mas será que isso foi o pior que você fez?

— *Pastor. Pas... responda... Pastor?*

Silas desligou o rádio, a incompreensão desacelerando seus movimentos. Ele conhecia aquela silhueta. Sabia exatamente quem estava à sua frente.

Houvera um engano. Capturaram a pessoa errada, fizeram uma confusão na instalação quando os soldados estavam perseguindo intrusos.

Silas segurou as grades.

— Não se preocupe — falou depressa. — Não se preocupe. Vou te tirar daqui.

— Por quê? — Phoebe se virou. — Se esforçou tanto para me colocar aqui, Mágico.

42

Cada corredor que atravessavam estava se trancando diante de seus olhos: as portas ficavam vermelhas e as grades desciam pelo mecanismo do teto. Rosalind quase não conseguiu evitar que seu pé ficasse preso sob uma placa de metal que baixava, cambaleando para frente e se salvando por um triz.

— Segure a minha mão — disse Alisa, com dificuldade, à frente, estendendo o braço.

— O quê? Por quê? — Apesar da confusão, Rosalind esticou a mão e segurou a de Alisa. — Está vendo alguma coisa?

— Não. — Elas passaram pelo próximo corredor. — Estou oferecendo apoio emocional.

A situação era tão absurda que Rosalind quase deu risada. Porém, parecia que qualquer reação forte provocava o nó em sua garganta, porque, em vez de rir, ela soluçou novamente.

Alisa estremeceu. Considerando as marcações nas portas, já estavam perto, ou na parte exterior da instalação. Rosalind estava contando com Alisa para levá-las até a saída. Embora também tenha decorado as plantas, naquele momento, não tinha capacidade para identificar por quais setores já haviam passado, especialmente quando grande parte das áreas estava coberta de fumaça e poeira. O dano fora bem pior em outras partes da estrutura.

— Entendo que queira ficar em posição fetal e chorar. Acredite, entendo *mesmo* — disse Alisa. — Mas agora você precisa parar de fungar, porque isso vai afetar sua visão. E se quisermos sair daqui, você precisa enxergar direito.

Rosalind limpou bem os olhos. Isso clareou sua visão, mas não muito. Pelo menos segurar a mão de Alisa, firmar-se a algo sólido, algo preso ao mundo real, a ajudou a se orientar.

— Estamos muito longe?

— Não muito. O portão de metal que quase te cortou ao meio foi nossa saída para a instalação externa.

As paredes estavam obscurecidas. Fumegantes. Apesar de a pior parte do ataque aéreo parecer ter passado, o chão ainda estremecia a certos intervalos de tempo conforme era atingido pelos tremores em outros locais.

— Vire à esquerda.

Rosalind obedeceu Alisa. Mal podia sentir os próprios passos àquela altura. O mundo era feito de ecos e sombras, e ela se movia de acordo com ele.

— Já estamos quase... *aaah!*

Pararam abruptamente, logo antes de um pedaço do teto quase cair sobre elas, atingindo uma pilha de escombros em vez disso. A maior parte da instalação externa era feita de metal e ferro, o que significava que o colapso de uma parte do teto também fizera cair um duto de ventilação inteiro em seu caminho.

— Para onde? — perguntou Rosalind, sem fôlego. — Não vamos conseguir passar.

Alisa tentou empurrar os escombros. Eles se moveram um mísero centímetro.

— Esse é o *único* caminho.

Rosalind tentou ajudá-la a empurrar. Elas se esforçavam para mover um corredor inteiro. Não ficou surpresa quando nada cedeu.

— Tem que haver outro caminho.

— Precisaríamos dar a volta. — Alisa deu um chute no duto. Algo ecoou do outro lado, mas não parecia ter sido provocado pelo mesmo movimento. — *Ai*, cadê o Orion quando precisamos dele?

— *... aqui... tenham paciência.*

Uma voz fraca surgiu dos escombros. Rosalind avançou para se aproximar da barricada, tentando ouvir o som novamente.

— Orion?

Um pedaço de ferro saiu do caminho. Um buraco circular se abriu na obstrução.

— Como eu dizia — comentou ele —, estou aqui. Afastem-se, por favor.

Rosalind e Alisa se distanciaram dos escombros no mesmo instante. Orion empurrou com dificuldade, e então um pedaço do duto se soltou da pilha, abrindo um pequeno caminho.

— Venham — chamou ele.

Alisa escalou a pilha primeiro, xingando baixinho quando uma mecha de seu cabelo ficou presa em um pedaço afiado de metal quebrado. Do outro lado, Orion a ergueu, tirando-a de cima de um grande pedaço de metal, então gesticulou para que Rosalind viesse logo.

Ela escalou. Depois, pousou na pilha de destroços.

— Ei, ei, ei — chamou Orion, parando-a assim que Rosalind alcançou o lado dele. Ele levantou seu queixo, dando uma boa olhada em seu rosto. — O que aconteceu lá?

Rosalind sentiu a garganta se fechar. Ela balançou a cabeça. Orion não esperou até que ela conseguisse responder. Puxou-a para seus braços, abraçando-a junto ao corpo.

— Está tudo bem — sussurrou em seu cabelo. — Está tudo bem, amada.

— Dao Feng. Ele está morto. — Suas lágrimas haviam secado. Só o que restava era o vazio que elas deixaram, consumindo suas entranhas. — Ele tinha que me salvar, aquele *tolo*.

Apesar de Orion não ter lembranças de quem Dao Feng era, apesar de não saber nada além das poucas informações que Rosalind lhe dera para resumir sua última missão, ele a abraçou com mais força, como se compartilhasse de sua dor.

— Aquele velhote — murmurou Orion, imitando a descrição que ela fizera quando desenhou a rede de nomes. — Um pé no saco até o último momento.

Rosalind soluçou com uma risada morosa. Foi patética e miserável, mas era exatamente assim que seu coração se sentia.

— Vamos — disse Orion, olhando para a barricada de escombros. O edifício tremeu de novo. — Antes que sejamos soterrados.

Rosalind assentiu. Foi exaustivo abrir caminho pelo último corredor, e a saída estava praticamente intacta. Por fim, quando saíram, o ar estava tão quente que sufocava. Uma pequena aura vermelha cobria o céu inteiro. O horizonte parecia brilhar com tantas luzes.

Não, não eram luzes... era fogo.

— Graças a Deus — disse Celia. Ela estava na grama, ajoelhada ao lado de Oliver. — Quase desmaiei de medo quando a passagem despencou.

— Ela foi bombardeada depois que vocês saíram? — perguntou Alisa, franzindo o cenho.

Ela levantou a cabeça, tentando entender a situação.

— Não, o bombardeio já passou por esta área — respondeu Orion. — Alguns minutos depois de sairmos, tudo veio ao chão. A base inteira tem danos que levarão um tempo para serem contidos.

Rosalind abraçou a si mesma. Todos os pelinhos de sua nuca estavam eriçados. A fumaça, espessa e impenetrável, obstruía o horizonte.

— Alguém sabe o que aconteceu com Phoebe? Ou como ela sabia que Silas nos entregou?

Ou melhor ainda, *por que* Silas faria algo assim?

Fez-se silêncio na clareira. Alguns minutos depois, Alisa pigarreou.

— Eu estava dentro do alcance quando fui procurar você — explicou ela. — Ouvi a última conversa entre vocês duas. Me pareceu que Phoebe estava se escondendo até as coisas melhorarem. Deveríamos fazer o mesmo.

Nada fazia sentido. Mas Alisa tinha razão: eles precisavam partir. Precisavam encontrar o veículo que Silas deixara nas redondezas e ir embora antes que os Nacionalistas os pegassem ou a guerra os incinerasse.

— Como está Oliver? — perguntou Rosalind.

Ele parecia estar consciente o bastante para reagir ao próprio nome, balançando o braço em resposta. A cabeça, porém, estava abaixada enquanto ele se sentava no gramado. Se Rosalind não soubesse o que acontecera, teria dito que ele estava extremamente cansado ou muito bêbado.

— Está com uma ferida grave na lateral da barriga — informou Celia, estremecendo. — Precisa de cuidados médicos, mas não é grave o bastante para causar esse estado de... não sei nem que estado é esse. Temo que ele tenha sido envenenado.

— Deixe-me ver.

Rosalind correu até ele, imitando Celia, que estava agachada do outro lado de Oliver, e colocando os dedos em seu pulso. Quando o assunto era veneno, ela era especialista. Aqueles sintomas não se pareciam com o de nenhum veneno que ela conhecesse.

— Celia — balbuciou ele, tentando empurrá-la. — Ai.

— Não sou a Celia — respondeu Rosalind.

Oliver continuou a resistir. Rosalind o segurou por mais alguns segundos e depois colocou a mão em sua testa. Estava queimando de febre.

— Não é veneno — afirmou ela. — Arrisco dizer que é uma hemorragia grave, mas...

— Posso fazer uma transfusão — disse Celia, imediatamente. — Temos o mesmo tipo sanguíneo. Tivemos que fazer um teste para o caso de haver uma emergência no meio de uma missão, por isso...

— Espere. — Rosalind afastou a camisa dele lentamente, observando seu ferimento. Não haviam feito um curativo da última vez que tiraram o sangue dele. A lesão redonda estava vermelha e inflamada, mas a área que a cercava era de um azul-acinzentado. Celia estava certa: seria necessário fazer uma cirurgia, de preferência o mais rápido possível. — Se fosse uma hemorragia, seu corpo estaria frio, não quente. E os batimentos dele estariam acelerados, mas estão completamente normais no momento, o que...

Rosalind não concluiu o que dizia. *O que, na verdade, não era nada comum para Oliver.*

— Orion, venha aqui.

Orion obedeceu. Ele se ajoelhou e Rosalind colocou uma das mãos em seu pescoço, contando seus batimentos. Ela não conseguia acreditar que nunca havia percebido aquele detalhe antes das descobertas de Phoebe. Houve diversas ocasiões em que ela estivera junto ao coração dele, o batimento cardíaco retumbando no ouvido dela, e Rosalind sempre culpava a situação em que se encontravam.

O coração dele estava batendo muito, muito mais rápido do que o de Oliver. E desta vez, ela não achou que a situação em que estavam era a culpada. Aquela era a velocidade normal do coração dele. A velocidade de um sangue modificado.

— Acho que tiraram muito em um tempo curto demais — sussurrou Rosalind. — Sangue demais, porém, mais do que isso, muito do material criado *no* sangue dele pela mutação genética. — O corpo dele estava reagindo a essa perda. Essa pulsação normal não era o normal para Oliver, então o resto de seu sistema estava tentando corrigir os danos. — Uma transfusão não vai ajudar, porque o corpo dele não precisa só de sangue, precisa produzir mais daquela sera-sei-lá-o-que a Senhora Hong passou para ele.

Oliver levantou a cabeça com esforço, tentando participar da conversa. Porém, quando piscou, finalmente viu Orion pela primeira vez e franziu o cenho na hora, confuso.

— *Liwen?*

Orion pareceu atormentado. Dividido entre abrir um sorriso automático e, ao mesmo tempo, fazer uma careta de desdém por conta do que lhe disseram sobre o passado dos dois. Acabou escolhendo um meio termo, trincando os dentes em uma expressão neutra.

— Desculpe, *gē*. — Sua expressão ficou ainda mais estranha. — Estou com uma amnésia terrível.

— O quê? — murmurou Oliver.

Sua cabeça pendeu para a frente novamente. Havia gastado toda a sua energia naquela troca curta.

Celia parecia apavorada.

— Se ele está assim porque lhe falta aquela substância genética misteriosa em seu corpo, como faremos para ajudá-lo?

— Não sei. — Rosalind procurou uma resposta boa, alguma maneira de acalmar a irmã. Mas não conseguiu pensar em nada. — Vamos esperar que o próprio corpo se reabasteça, eu acho. Os hospitais devem estar em ruínas neste momento. Nossa melhor solução é encontrar um abrigo e nos refugiarmos.

Rosalind se levantou com dificuldade. Ela estendeu uma das mãos para ajudar Orion — mais para ter algo a fazer, e não porque ele realmente precisava do auxílio —, mas ele aceitou mesmo assim, erguendo-se do chão.

— Eu dirijo — declarou ele.

43

Os refugiados seguiam em direção ao distrito de Zhabei, tentando chegar aos arredores da Concessão Internacional. A maioria seria impedida — por causa do medo do caos que isso poderia gerar, os estrangeiros não permitiriam que uma parte tão grande das massas entrasse ali. Afinal, aquele território era deles e podiam decidir quem passava ou não. De onde estava, Rosalind conseguia ver alguns estrangeiros circulando próximo aos hotéis e restaurantes do outro lado do Rio Suzhou, curiosos quanto ao que acontecia na jurisdição chinesa.

O som de tiros ressoava continuamente próximo à Estação Ferroviária de Suzhou, e chegava até onde eles estavam escondidos. Rosalind estremecia a cada impacto e estrondo, os punhos se contraindo. Ela espiou a esquina da viela novamente, observando o grupo que estava reunido ao lado ponte. A cena não havia mudado muito desde as últimas cinco vezes em que olhara. Os soldados municipais eram muito cuidadosos com quem deixavam atravessar a barreira. Os chineses que passavam estavam sempre muito bem-vestidos e com certeza detinham propriedades na Concessão Internacional. Ou alguma conexão com os estrangeiros, podendo dar um telefonema que os retiraria da zona de guerra que destruiria todos aqueles sem contatos e dinheiro. Aqueles que cruzavam a barreira e realmente eram estrangeiros — e que estavam em quantidade muito menor —, eram rapidamente conduzidos assim que se aproximavam do arame farpado da ponte, sem a necessidade de dizer uma única palavra.

Mesmo que tentassem fazer com que Alisa atravessasse a ponte primeiro, ainda faltaria o resto deles. Além disso, naquele estado, um soldado municipal só precisaria dar uma olhada nela para saber que ela não era uma estrangeira *ocidental*, o que era uma necessidade para se entrar na Concessão Internacional.

— Oi — disse Celia baixinho, parando ao lado de Rosalind.

Ela havia deitado Oliver no beco, deixando-o descansar enquanto Orion o vigiava.

Rosalind engoliu em seco com força.

— Oi — respondeu. — Como Oliver está?

— A hemorragia não está piorando, mas também não está melhor. Precisamos de um abrigo de verdade.

— Eu sei. — A voz de Rosalind virou um sussurro, mas não propositalmente. Ela estava começando a ter dificuldade para falar. — Estou tentando pensar.

Eles não podiam permanecer em Zhabei. Mesmo que voltassem ao abrigo, ou achassem um cantinho confortável, ou se refugiassem em uma loja vazia. O bombardeio não pararia. À distância, outra onda havia começado, e o combate entre a Marinha Japonesa e o Exército Chinês da Décima Nona Rota estava dominando as ruas. Mal conseguiram chegar ao sul com o carro, entrando nas ruelas até perceberem que não poderiam avançar mais sem se depararem com algum tipo de barricada como aquela à sua frente, lotada de cidadãos gritando.

Uma dor se estendeu nas palmas de Rosalind. Ela não havia notado que ela mesma a estava causando até olhar para baixo e ver, surpresa, marcas de unha cravadas na pele.

— Temos como ajudá-los? — perguntou Rosalind.

Sua voz falhou com aquela simples pergunta. Sua irmã não precisou perguntar do que ela falava. Celia cruzou os braços com força em frente ao corpo.

— Acredite, eu também quero — respondeu. — Mas mal podemos nos ajudar. Não há muito o que possamos fazer aqui.

Celia era muito melhor em conter o tremor na voz, apesar de ele tentar se fazer presente em suas palavras. Sempre fora assim? Ou esse contraste era novo? Em sua mente, Rosalind conseguia visualizar os dias em que seguia pelo mundo com indiferença, quando costumava pressionar seus dedos em lugares sensíveis, sem nunca se importar com os hematomas que provocava. Antes era tão mais fácil. Seu coração sempre parecera estranho e isolado, mas se aquilo também significava que agora estaria livre dessa terrível *dor*...

— Eles morrerão — sussurrou Rosalind. Acima, um avião voou pela noite avermelhada. Ele zunia como um inseto assassino, porém em um volume centenas de vezes mais alto, pairando sobre o mundo com sua picada venenosa. — Tantas pessoas morrerão.

Enquanto aquela parte da cidade se tornava um campo de batalha, as pessoas lidavam com as consequências. O Japão marchava para anunciar sua invasão e lutava desesperadamente por território, mas não era o solo que sangraria; eram pessoas vivas e reais.

Celia estendeu o braço. Com cuidado, pegou a mão esquerda de Rosalind e começou a puxá-la, insistindo para que ela desfizesse aquele punho terrível.

— É preciso lembrar — continuou Celia, puxando um dedo após o outro — que nosso trabalho é diminuir os danos. Apagar incêndios antes que se espalhem. Construir barragens antes que haja enchentes. Não somos um exército. Não somos um governo.

— Também não somos pessoas comuns — rebateu Rosalind, rispidamente. Agora que a palma de sua mão estava aberta, ela parecia estar separada do corpo. Fria e insensível, mal percebendo o toque de Celia. — *Eu* não sou.

Havia uma mulher no fim da multidão tentando empurrar o filho para a frente. Vários civis a ajudaram, a comunicação indo e voltando aos gritos, as palavras afunilando-se no vento. Era difícil dizer a que decisão chegaram quanto ao assunto, porque apesar de os soldados municipais não terem levantado a barricada, um avançou e se apressou a levar a mulher para outro lugar, como se houvesse uma rota alternativa. Parte da multidão decidiu segui-lo. O resto permaneceu onde estava, decidindo apostar na ponte que já haviam escolhido.

— Você pode até ser imortal — disse Celia. — Mas não é um exército.

— Celia...

— Não, escute bem. — Sua irmã estava firme. Inflexível. — Pode usar a sua imortalidade para nos fazer atravessar a ponte? Qual seria a sua ideia? Se jogar na frente de um monte de balas? Qual seria o resultado, além de um belo espetáculo? Não há espaço para heróis na guerra, Rosalind. Na guerra, sobrevivemos até que aqueles acima de nós consigam nos exaurir.

O rosto de Dao Feng apareceu em sua mente. Sua respiração trêmula, suas últimas palavras.

Você é primeiro uma pessoa, depois uma agente. Quantas vezes já te dei essa lição?

Rosalind queria despedaçar o céu, destruir todos aqueles que pairavam acima deles. Mas era uma única garota, não um exército, e não podia fazer nada além de olhar para as nuvens e torcer para que os céus não caíssem sobre ela.

— Sei que mal estivemos em contato nos últimos anos — continuou Celia suavemente enquanto Rosalind permanecia em silêncio. — Então, me perdoe se parece que estou te dando um sermão. No começo, eu também tive que aprender. Oliver demorou quase um ano para me fazer entender. Se eu for fazer o bem, preciso estar em paz com meus próprios limites. Senão eu perderia o foco.

Um estrondo alto atingiu o distrito, depois a viela. Quando Rosalind fechou os olhos brevemente, duas lágrimas rolaram de cada um de seus olhos, mas foi só isso.

— Sinto muito.

Apesar de não poder ver a irmã, sabia que Celia estava confusa.

— Pelo quê?

— Eu devia ter mantido contato. Não fazia ideia.

A noite estremeceu. Celia soltou sua mão, mas só para que pudesse apertar seu cotovelo.

— Agora você faz.

Rosalind abriu os olhos. Observou a ponte outra vez.

— Certo — disse, e sua voz ressoou, alta. Virou-se na viela, dirigindo-se aos outros. — A batalha não pode chegar à Concessão Internacional, a não ser que os japoneses também queiram declarar guerra contra os estrangeiros ocidentais. Por isso, devemos tentar achar um refúgio lá dentro, até decidirmos os próximos passos.

Alisa colocou as mãos nas laterais da cabeça.

— Eu poderia fingir que sou britânica.

— Alisa Montagova — respondeu Rosalind, seca. — Você não parece britânica.

— Eu poderia *fingir*.

— Seria mais fácil eu acreditar que você é chinesa do que britânica.

Alisa suspirou.

— O problema são as sobrancelhas, não é?

Rosalind não teceu comentários. Ela olhou para Orion em seguida, que permanecia com os braços cruzados.

— Eu não sou de nenhuma ajuda... não lembro nada da geografia da cidade. Mal sei para onde o Rio Suzhou corre.

Oliver murmurou alguma coisa. A cabeça dele pendia, então suas palavras se tornaram abafadas, mas Orion se agachou imediatamente, cutucando o irmão e perguntando:

— O que disse?

— Casa. Nossa casa. É bem ali.

Rosalind piscou. Olhou para além da viela novamente, observando a ponte e as margens que ficavam do outro lado. Ele tinha razão. A residência da família Hong ficava *na* Concessão Internacional. De onde estavam, daria pouco menos de dez minutos depois da fronteira.

— Como não pensei nisso? — disse ela em voz alta. — Temos um motivo perfeitamente razoável para atravessar. E um local seguro aonde ir.

— Claro — disse Celia. — Isso se não reconhecerem nossos rostos e nos prenderem assim que nos aproximarmos da ponte.

Rosalind olhou para a fileira de lojas do outro lado da viela. Algumas das vitrines estavam quebradas. Precisariam ser rápidos, antes que mais soldados chegassem. Antes que tiros começassem a ser disparados. Embora ela pudesse se arranhar novamente e usar isso como desculpa, talvez fosse muito suspeito se todos o fizessem. Mas, ainda assim...

— É inverno — disse Rosalind, simplesmente. — Quem disse que precisamos mostrar os rostos?

A noite estava incandescente no norte. Orion nunca quisera tanto poder invocar sua memória de volta. Daria qualquer coisa — *qualquer coisa* para ser útil, só não queria ficar de guarda na porta da loja de roupas enquanto todos os outros discutiam e planejavam conforme procuravam roupas.

Ele estava preocupado com Rosalind.

A mais velha das irmãs, sussurrou uma voz em sua nuca. Ela gaguejou, parou, e então emitiu o eco de outra pessoa em seu ouvido: *Às vezes você me lembra Oliver. A seriedade. O mundo nos ombros.*

Ele piscou, tentando se aprofundar nos fragmentos vagos daquela memória. Por dedução, parecia que o próprio Orion dissera aquilo para Rosalind. Mas sua mente era uma bagunça tão grande, que era impossível discernir a realidade da ficção, as partes que continham a verdade de seu passado e as partes que ele devia ter criado para tentar compreender o presente. Ele se lembrava de compará-la a Oliver. Mas se sua relação com o irmão era ruim, então por que…

— Merda.

Uma dor terrível se manifestou em sua testa. Apareceu e sumiu, como um sinal elétrico. Sua respiração formou uma fumaça branca ao seu redor, criando uma névoa que se misturou ao frio que adentrava a loja. Mal precisaram invadir: tinha sido fácil demais enfiar a mão na janela quebrada e abrir a porta por dentro. A julgar pela xícara de chá que continuava quente na mesa da recepção, a loja de roupas tinha acabado de ser abandonada.

Orion tentou virar a cabeça. Porém, assim que viu o irmão recostado na parede no canto mais distante, a dor voltou a despontar. Em sintonia, suas memórias o pressionaram para serem ouvidas e, como consequência, ele não conseguia ouvir nada além dos vislumbres mais altos. A questão não era que ele tivesse uma relação ruim com Oliver, queria dizer o bramido. Ele sentia raiva e fora traído, mas cada palavra grosseira e cada ameaça de violência que proferia, eram porque sentia muita falta de Oliver, porque havia sido deixado para trás, quando só queria seu irmão mais velho para levá-lo para passear em Paris e comprar sorvete…

— Orion!

Ele saiu do torpor em que se encontrava. De repente, Rosalind estava à sua frente, dando um tapinha em seu rosto.

— Chamei seu nome várias vezes — disse ela com cautela. — Você está bem?

— Sim — respondeu Orion na hora. Ele ignorou a nova dor que crescia em seu crânio. — O que está acontecendo?

Rosalind colocou um cachecol em volta dele, aconchegando o tecido próximo ao seu pescoço. Ela vinha trazendo roupas aos poucos enquanto as procurava, vestindo-o primeiro conforme os outros murmuravam sugestões. Casacos pesados de lã e coletes elegantes. Um par de meias. Orion perguntara que soldado repararia nelas, mas Rosalind insistira, dizendo que o disfarce precisava ser perfeito até o último detalhe, já que diriam que moravam na Concessão Internacional.

— A parte mais engraçada — cochichara Rosalind mais cedo — é que essas são as suas roupas de sempre, sabia?

Orion não entendia por que aquilo era engraçado.

— As peças que estamos furtando?

— Nem deveria contar como furto. Estamos te reunindo com seu estilo de sempre. Você tinha um colete igualzinho a esse. — O lábio de Rosalind se curvou quando ela o ajudou a vesti-lo. — É claro que eu sei, considerando a quantidade de espaço do meu armário que suas roupas tomavam.

Ela estivera silenciosa desde que escaparam da base, os olhos um pouco avermelhados. Orion sentia que essa falsa sensação de normalidade era mais para o bem dos outros do que para o dela, para se certificar de que ela fosse a última pessoa com quem se preocupassem. Mesmo quando ele tentou demonstrar zelo, esticando o braço para dar uma olhada em um pouco de sangue que havia atrás de sua orelha, Rosalind o dispensou, dizendo que não era nada que precisasse de atenção. Fosse arranhão ou ferimento, já havia se curado faz tempo. Não ficara nem marca nem cicatriz.

— Isso aqui também é para você — disse Rosalind, depois de ajeitar o cachecol dele. Ela abriu a palma da mão, revelando um par de abotoaduras. — Pulsos, por favor.

Orion estendeu os pulsos, obedientemente. Sentiu o lampejo de uma lembrança. Pelo menos, aquela não vinha acompanhado de dor.

— Você parece estar muito acostumada a me vestir — comentou ele. — Me sinto uma criança gigante.

— Um bebezão, digamos assim — concordou Rosalind. Ela esperou um segundo, então usou o dedão para traçar a parte interior do pulso dele. O gesto fez com que ele se arrepiasse instantaneamente, mas Rosalind pareceu não perceber. — Não, estou caçoando. Você se vestia sozinho. Eu só gostava de auxiliar com os detalhes.

Ela colocou uma das abotoaduras. Orion estava se esforçando muito para entender o que aquilo significava.

— Como abotoaduras.

— Sim, como abotoaduras. — Rosalind encaixou a segunda. — Da última vez que fiz isso, você disse que eu estava agindo como uma esposa de verdade.

Orion franziu o cenho.

— Eu falei com maldade? Peço desculpas.

Rosalind levantou o olhar. Tinha terminado com as mangas, mas ainda não o havia soltado.

— Não. Eu fiquei brava porque você tinha razão, e eu não queria admitir que gostei.

Antes que Orion pudesse responder, a irmã de Rosalind chamou a atenção dela, carregando uma pilha gigantesca de chapéus pela loja. Rosalind obviamente não foi rápida o bastante para ajudar Celia, porque a pilha caiu bem quando ela chegou em Alisa, que soltou um gritinho e jogou a mão sobre o rosto enquanto era soterrada por chapéus.

— Não liguem para mim — disse Alisa, as palavras abafadas. — Eu sempre quis seguir carreira como cabideiro.

Celia revirou os olhos. Ela enfiou a mão na pilha e tirou Alisa de lá.

— Estamos prontos — decidiu. Escolheu um chapéu de aba particularmente larga e o colocou na cabeça de Alisa. Então, escolheu um para si mesma. — É melhor cobrir o cabelo. Esconda o máximo que puder.

Alisa assentiu, pegando um punhado de cachos loiros e enfiando-o no chapéu. Enquanto isso, Rosalind suspirou, levantando a mão para arrumar o cachecol de lã de Orion novamente.

— Lembre-se — alertou ela —, isso não pode sair do seu rosto. Preciso que você comece a tremer como se fosse se transformar em um floco de neve, se algum soldado sugerir abaixar esse tecido.

Orion assentiu. Ele seguiria os passos dela. Ou os de Celia, na verdade, já que era mais difícil reconhecê-la e, sendo assim, menos provável de serem pegos.

Rosalind levantou o próprio cachecol, cobrindo o rosto.

— Vamos.

Eles deixaram a loja, um atrás do outro, e Alisa fechou bem a porta. Ao atravessarem a rua novamente e se aproximarem da multidão na ponte, Orion sentiu que estava se movimentando em um sonho. Era como se alguém puxasse as cordinhas para mover seus membros, inclinando sua cabeça para o céu escuro e fazendo-o observar o sangue vermelho-carmesim percorrer as nuvens noturnas até se fundir à calçada.

— Você cuida dele agora — sussurrou Celia, empurrando Oliver com gentileza na direção dele.

Era como se ela tivesse dado a Orion uma granada ativa. Ele se apressou a segurar o braço do irmão.

— Eu?

— Faça com que pareça natural. Se eu segurá-lo, vai ficar óbvio que ele fica caindo no sono.

— Eu *não* estou caindo no sono — resmungou Oliver.

Orion mordeu a língua. De fato, Celia era vários centímetros mais baixa, então, nem com todo o equilíbrio que tivesse, faria com que Oliver andasse em linha reta. Já Orion poderia passar o braço de Oliver por seu ombro e arrastá-lo facilmente. Como se estivessem mais unidos que nunca, juntinhos em um abraço fraternal enquanto caminhavam.

— Não estou te machucando, estou? — perguntou Orion.

Oliver bufou, como se a mera possibilidade fosse absurda.

— Acha que sou feito de porcelana?

— Não me faça testar.

— Você não ousaria.

Orion fingiu tropeçar.

— Liwen! — esbravejou Oliver.

Aquele tom de bronca era bastante familiar. Um reconhecimento vívido percorreu a coluna de Orion como um arrepio. Era a mesma sensação que ele tinha ao olhar as ruas daquela cidade, a mesma sensação que tinha quando Rosalind tocava sua mão. As lembranças estavam bem *ali*, ao seu alcance, mas ele não parecia conseguir pegá-las sem que se esforçasse mais do que aguentava.

— Tropecei num pedregulho — provocou Orion.

Vendo que estavam se dando bem, Celia correu para a frente e deu o braço para Rosalind, entrando no personagem antes de se aproximarem da multidão.

Orion segurou Oliver com mais firmeza. Lançou uma única olhada para o irmão. E então, mais uma.

— Desculpe-me se for uma pergunta tola. — Não era a hora nem o lugar para terem aquela discussão, mas de repente Orion não conseguia se impedir. Antes que pudesse pensar melhor, continuou: — Mas houve uma grande oposição quando insisti em me juntar ao seu resgate. Todos pareciam pensar que, se eu tivesse minha memória, não teria feito isso.

— Sim — respondeu Oliver num instante. — E estão certos.

Orion franziu o cenho.

— Por quê?

— Liwen, da última vez que me viu, você me ameaçou fisicamente. E da vez anterior, também. E da vez anterior a *essa*.

Seu irmão parecia cansado. Talvez fosse aquela situação; talvez fosse consequência da multidão os engolindo, frenética, preocupada e apavorada. Celia e

Rosalind haviam começado a abrir caminho, murmurando pedidos de desculpas pelo incômodo.

— Por quê? — repetiu Orion.

Estava sendo tão difícil para ele imaginar a si mesmo daquela forma. Ele não sentia que era do tipo propenso à violência, especialmente em relação às pessoas próximas a ele. De qualquer forma, tudo o que ouviu lhe dava a impressão de que odiava o próprio irmão.

Oliver ficou em silêncio por um momento. Pareceu que não responderia, exausto demais por manter a fachada de uma aparência normal para gastar energia com aquela conversa. Foi só quando estavam quase na frente que Oliver suspirou e disse:

— Porque eu te abandonei. Te abandonei uma vez, e segui te abandonando a cada vez que te deixava para lutar por si mesmo. — Ele parou de falar. — Sempre suspeitei que nossos pais eram mais culpados do que os tribunais haviam concluído. Sempre suspeitei que *Māma* estava mais envolvida do que dizia, que *Bà* não poderia ter planejado aquilo sozinho. Você me pegou vasculhando o escritório dele há alguns meses.

Oliver estremeceu, virando-se para ver se Orion lembraria de alguma coisa ao ouvir aquilo.

Não. Orion não conseguia se lembrar.

— Você estava atrás de evidências para entregá-lo?

Oliver olhou para a frente. Uma rajada de vento fria os atingiu.

— Não. Não me importava com quem o Kuomintang prendia ou não. Eu estava atrás de evidências para mostrar a Feiyi. Porque se ela tivesse provas, poderia convencer você também, e assim os dois poderiam se afastar. Eu deveria ter sido mais rápido. Deveria ter tomado isso como prioridade e procurado além dos lugares mais óbvios. Sinto muito... Mesmo. Quando achei provas concretas do trabalho de nossa mãe no Armazém 34, tanta coisa já estava acontecendo que era tarde demais para ir atrás de você. Eu poderia ter impedido isso desde o princípio.

Aí está, pensou Orion de repente. Ali estava o motivo de ter tido aquela lembrança de si mesmo dizendo a Rosalind que ela o lembrava Oliver. Os dois tinham exatamente a mesma atitude. Carregavam o mundo inteiro nos ombros, e então culpavam a si mesmos quando ele se tornava pesado demais.

— Temos esse gene desde que nascemos — respondeu Orion simplesmente. — Você não poderia ter impedido nada.

— E ainda assim, foi você quem passou por experimentos — rebateu Oliver. — Não eu.

— Estou literalmente carregando metade do peso do seu corpo no momento, porque há um buraco nas suas costelas.

Oliver franziu o cenho, pronto para discutir, mas então Celia gesticulou para que prestassem atenção adiante, e os dois se empertigaram, observando a barreira. Apesar de ninguém poder ver sua expressão por trás do cachecol, Orion pareceu fazer uma careta de remorso quando avançou, ajustando a mão que segurava o braço de Oliver para que seu irmão se movesse com ele.

Celia chegou à frente. Ela fingiu tropeçar, alcançando a barreira e segurando-a antes de recuar, sibilando. Rosalind fingiu acudi-la. Orion estava prendendo a respiração quando dois soldados municipais se aproximaram.

— Por favor, oficial. — A voz de Celia soprou com o vento. O primeiro soldado municipal era chinês, mas seu companheiro que vinha atrás era estrangeiro. Ela passou a falar francês e a suplicar para esse último, em vez disso. — Nosso pai ficará tão preocupado. Só saímos para passear. Não pensamos que ficaríamos presos.

— Quem é seu pai? — perguntou ele.

O homem avançou. Seu tom de voz era gentil, respondendo também em francês.

— O General Li — disse Celia, mentindo com tanta facilidade que Orion teria acreditado nela, se não tivesse testemunhando o plano de escolherem o nome mais genérico possível e torcerem para que tudo desse certo. — Moramos na rua Bubbling Well. Precisamos chegar em casa.

O soldado levantou o olhar, encarando-os por cima do ombro dela.

— Quem são seus companheiros?

— Meus irmãos.

— Todos eles?

— Somos uma família grande.

Os olhos dele pararam em Alisa.

— Menos Lisabeth, que é uma amiga — acrescentou Rosalind, seu francês muito mais enferrujado que o de Celia. Ela fingiu sentir um grande arrepio, afundando na pelúcia em seus ombros. — Nossa vizinha. Sua mãe também deve estar morrendo de preocupação, não é?

— Ela deve estar respirando em um saquinho de papel — suplicou Alisa. — Temos mesmo que voltar.

Enquanto a atuação acontecia diante dele, Orion trocou o peso do corpo de um pé para o outro, afastando o mínimo possível o braço de Oliver para evitar que parecesse que o apoiava. Já que estavam parados, ele tinha grandes esperanças de que Oliver conseguiria se manter firme — ou, pelo menos, que não cairia para a frente.

— Vou te soltar um pouco — alertou Orion, sussurrando.

— Vou ficar bem — murmurou Oliver de volta.

Ele obviamente estremeceu, o braço se movendo para se apoiar no lado ferido. Apesar de o casaco cobrir a maior parte, um pedaço da camisa que Rosalind dera para ele estava à vista. A camisa deveria ser branca. Não branca com listras vermelhas.

— Meu Deus, você está *sangrando* — murmurou Orion, inclinando-se para colocar a camisa debaixo do casaco novamente.

Ao mesmo tempo que Celia continuava a falar, um dos soldados se aproximou para inspecioná-los. Orion pôde sentir os olhos dele passarem direto pelas garotas e caírem direto nele. Não podia deixá-lo perceber que estava ajudando Oliver. Não podia nem mesmo deixar transparecer que Oliver estava ferido.

— Não é grave.

Orion conteve o olhar de incredulidade. Seu irmão era um idiota.

— Não estou com medo de segurar sua mão se você começar a se afastar, *dàgē* — sibilou Orion.

— É difícil parecer ameaçador para alguém que costumava trocar suas fraldas.

O outro soldado pareceu ficar satisfeito com a rápida inspeção. Ele se afastou, a atenção voltada para uma idosa que queria falar com ele, e Orion passou o braço de Oliver por seus ombros novamente, apressando-se a voltar a segurá-lo. Ele franziu o cenho.

— Posso não ter memória — murmurou —, mas sei fazer contas. Não tem como você ter trocado *tantas* fraldas assim.

Por que estavam demorando tanto? Já vinham conversando havia tempo o suficiente para levantar suspeitas. Se realmente fossem filhos da elite da Concessão Internacional, não permitiriam que aquilo continuasse. Os soldados claramente *acreditaram* neles, quando Rosalind, Celia e Alisa falaram francês com tanta fluência. Mas, mesmo assim, os soldados não levantaram a barreira.

Orion foi até a frente. Ele se colocou entre Rosalind e Celia, interrompendo a conversa. Céus, realmente torcia para que seu sotaque tivesse melhorado desde aquela sua lembrança de Rosalind em frente ao cinema…

— Senhor, se preferir, podemos encontrar uma linha telefônica e pedir para que nosso pai ligue. — *Graças a Deus.* Seu francês tinha um leve sotaque britânico, mas era aceitável. Orion se apoiou em Oliver, como se estivesse chamando-o para que ele concordasse. — Porém, temo que se ele perguntar por que não nos permitiram passagem para começo de conversa, isso vai causar mais problemas para o seu lado, especialmente quando ainda há tantas pessoas para atender…

Orion acenou para trás de seu ombro descontraidamente. Para apoiá-lo, Oliver soltou um murmúrio bem ambíguo em francês.

Um segundo se passou. O vento frio soprou. O céu barulhento estremeceu.

O primeiro soldado municipal finalmente assentiu. Ele gesticulou para que o companheiro movesse a barricada de madeira. Para que afastasse o arame farpado e abrisse caminho a fim de que passassem. Funcionou. Havia *funcionado.*

Orion resistiu à celebração prematura, mantendo a expressão neutra. Celia passou. Rosalind e Alisa também.

— Um momento.

Orion congelou antes que pudesse começar a caminhar. Seu coração veio à boca. Ameaçou sair do peito e ir parar diretamente na ponte. Ele cairia no cascalho como um órgão latente, pulsando em alta velocidade, e então toda aquela charada seria descoberta quando os soldados vissem como seu coração batia rápido e deduzissem que ele era uma cobaia adulterada.

— A senhorita deixou isso cair.

O soldado se abaixou, pegando algo do chão. Quando se levantou, estendeu a mão para Celia, e o poste de luz acima mostrou que ali havia um pequeno brinco. Devia ter caído de sua orelha quando o cachecol empurrou a tarraxa.

— Ah, *merci* — disse Celia, aceitando-o. — É caro. Teria sido terrível perdê-lo.

Atrás deles, a multidão resmungava com ferimentos, machucados e roupas rasgadas. Muitos carregavam seus pertences junto ao peito em bolsas de tecido, tudo o que lhes era precioso reunido de uma só vez e levado porta afora.

— Tenham cuidado — disse o soldado municipal.

Orion os liderou, entrando na ponte. Oliver conseguiu manter o passo firme. Apesar de Orion olhar por cima do ombro e observar os soldados colocarem a barreira de volta no lugar, ele rapidamente olhou para a frente de novo enquanto caminhavam. Pareceria suspeito demais encarar por mais tempo. A expectativa era de que se apressassem, que tirassem Zhabei de vista.

— Sinto que acabamos de conspirar com o inimigo — murmurou Orion.

Ele havia feito isso bastante nos últimos meses. Aparentemente, foi *só* o que fizera, tendo sido usado como arma para questões que não podia controlar. Mas por que, mesmo agora que voltara a ter livre-arbítrio, sentia que estava nadando com a maré e não contra ela?

— Terá que superar — respondeu Oliver, sem maldade.

Orion olhou para trás mais uma vez. *Uma última vez*, disse a si mesmo, guardando na memória a cena que deixavam às suas costas. Do contrário, os soldados municipais realmente perceberiam.

— Achei que você, dentre todas as pessoas, concordaria. Olhe bem para nós. Conseguimos passar porque falamos francês, enquanto todos os outros ficam presos.

— Olhe bem para nós. Conseguimos passar porque somos agentes trabalhando em vista de objetivos maiores para o país — corrigiu Oliver.

Ele tinha acabado de ser resgatado de uma cela de prisão, e sua mente ainda estava no trabalho. Ou talvez não houvesse um único segundo em sua mera existência que *não fosse* trabalho, porque no momento em que nasceram foram transformados em recursos vivos e maleáveis para o uso de outra pessoa.

Orion ajustou o braço do irmão, segurando-o de forma mais confortável.

— Poupe o fôlego. Ou você realmente vai ter uma hemorragia.

— Nascer em meio ao privilégio não é um crime — murmurou Oliver como se não o tivesse escutado. — O que importa é utilizá-lo em vez de fechar os olhos para ele.

Orion se forçou a não ouvir a nova onda de gritos que começou atrás deles. Andou com mais rapidez, até terem atravessado a ponte e entrarem na Concessão Internacional.

— Vamos lá. Chegamos.

44

— Tem alguém aí?

A rua permaneceu sinistra. Cada batida à porta da frente da residência da família Hong ricocheteava na noite, em sintonia com os estalos distantes do tiroteio. Apesar de a batalha não atravessar as fronteiras da Concessão Internacional, os impactos das bombas ressoavam pelo resto da cidade como um trovão.

— *OLÁ?*

Enquanto Celia batia à porta, Rosalind baforava as mãos enluvadas. Precisavam levar Orion de volta a Zhouzhuang — a Lourens — para que sua mente não detonasse. Precisavam levar Oliver a um hospital, para o caso de ele estar com alguma hemorragia interna e Rosalind ter lhe dado um diagnóstico errado.

O problema era que não tinham como saber quando o bombardeio pararia — *se* pararia —, então como poderiam planejar seus movimentos seguintes? Sem contar que Rosalind estava muito preocupada com o paradeiro de Phoebe, e com o que a Senhora Hong estava fazendo se Silas já tivesse lhe dado todo o sangue de Oliver. Quanto tempo tinham para impedi-la? Com que velocidade ela agiria?

— Não podemos arrombar? — perguntou Alisa. — Parece que aquelas janelas se quebrariam com facilidade.

— Eles têm um mordomo — respondeu Celia. — Está tentando fazer com que Ah Dou tenha um ataque do coração?

— Talvez ele já tenha ido para casa.

— Para casa? No interior? Quem trocaria a *Concessão Internacional* pelo interior quando estamos prestes a sofrer uma invasão?

Enquanto Celia e Alisa continuavam a discutir em frente à porta, batendo insistentemente, Rosalind cruzou os braços para manter o calor do corpo, observando Orion e Oliver com nervosismo. Apesar de Oliver ter alegado que recobrou um pouco da consciência e estar conseguindo caminhar sozinho, Orion ainda o rondava, fazendo uma careta a cada mero movimento do irmão.

Era extremamente confuso observar os dois juntos. Rosalind tinha uma dor de cabeça crescente só de olhar a cena. Também viu Orion fazer cara feia, mas sempre que ela perguntava se ele estava bem, ele insistia que não havia nada de errado... apesar de sua expressão dizer o contrário.

— Está bem tarde — insistiu Alisa. — Talvez ele esteja dormindo enquanto...

A porta se abriu de repente. Celia quase tropeçou na escada que dava para a casa antes de conter a próxima batida, retraindo o braço. Dentro da residência, havia um homem idoso vestindo pijamas, com uma das mãos ainda na maçaneta e a outra esfregando os olhos embaçados. Ele olhou para Celia, depois por trás do ombro dela.

— *Shàoyé* — disse Ah Dou, arregalando os olhos ao ver Orion. Então, seu olhar se voltou para Oliver, e o antigo mordomo teve que olhar duas vezes, balbuciando novamente: — *Shàoyé?*

Ele colocou a mão na testa. Quando, em seguida, sua atenção foi de Celia para Rosalind, o mordomo claramente começou a duvidar de que estava acordado.

— Será que estou vendo dobrado? Não pensei que minha visão tivesse se deteriorado tanto nos últimos tempos.

Celia lhe ofereceu a mão.

— Não, o senhor está vendo corretamente. O senhor não me conhece, mas sou a parceira de missão de Lifu, Lang Liya. Podemos entrar?

Ah Dou aceitou sua mão, e então a puxou pela porta, indicando que todos os outros se apressassem também. Rosalind entrou na frente de Orion para que pudesse chamar o mordomo no canto por um momento.

— Liwen perdeu a memória. Não se preocupe se ele não se lembrar do senhor.

— Ele... ah, céus. Deixe-me preparar um chá. E a senhorita é?

— Lang Shalin.

— Ah, a esposa. Que ótimo.

Ah Dou entrou na cozinha, deixando Rosalind sozinha, atônita. Não teria dado tempo de Orion revelar a identidade dela para o mordomo. Ah Dou provavelmente só sabia quem ela era por suas leituras dos jornais

— Acho que está tudo bem. — Alisa fechou a porta da frente, recostando-se nela por alguns segundos. — Não parece que há ninguém atrás de nós por enquanto.

Rosalind assentiu, já estudando a sala de estar. Assim que entraram no hall, suas vozes ecoaram pelo vazio, ricocheteando nos vasos abaixo do relógio, atingindo fracamente o tapete fino estirado em frente ao sofá de couro.

Então, Orion crescera ali. Ou melhor, fora ali que havia crescido antes de ser enviado para Londres, onde estão suas lembranças mais felizes antes de tudo ficar cinza.

Parecia bem vazio.

— ... *aqui*!

Rosalind se sobressaltou com o repentino tom de voz alto, voltando a atenção para Orion e Oliver. Por instinto, todos os seus nervos ficaram tensos, mas não havia nenhum problema. Bem, claramente havia algum problema, mas não era uma ameaça imediata. Os irmãos só estavam discutindo.

— Não estou dizendo para você subir no meu ombro para que eu te jogue para lá e para cá — esbravejou Orion. — O que estou dizendo...

— Eu sei, Orion. E *eu* estou dizendo que não preciso que fique piando atrás de mim como se eu fosse um pintinho...

— Um pintinho! — berrou Orion. Ele levou a mão ao pescoço. Outra pessoa teria considerado um gesto qualquer, mas Rosalind sabia o que era. Ele estava com dor. Era a cabeça dele novamente. — Se quer saber, estou cacarejando atrás de você como um *galo*...

— Já chega, já chega — repreendeu Celia. — Pare com isso. Oliver já tem que lidar com o bastante no momento.

Rosalind estremeceu. Sentiu suas defesas se erguerem.

— Ei — intrometeu-se. — Orion não fez nada de errado. Só está tentando ajudar.

Com ou sem memória, ele era o tipo de pessoa que sempre precisava ter algo a fazer ou dizer. Ele provavelmente estava enlouquecendo por não ter conseguido planejar o caminho até a cidade ou contribuir para um plano de fuga ou, diabos, até mesmo por não saber identificar qual casa era a dele.

— Se você diz — falou Celia, mas não parecia muito convencida.

Nem Oliver, pelo jeito. Ele estava encostado no sofá, usando-o para se equilibrar, um de seus braços apoiado no encosto e o outro em volta da barriga.

— Para onde Phoebe foi esta noite? — indagou ele de repente.

A sala de estar ficou silenciosa.

— Ela está lá. — Orion recuou, distanciando-se do irmão. Apesar de Rosalind observá-lo, seus olhares não se encontraram quando ele se aproximou. Em vez disso, ele levantou a cabeça, olhando para o relógio, e ela soube que ele estava tentando esconder a pontada de dor que tomou conta de sua expressão. — Na instalação. Ela foi conosco.

O olhar de Oliver se tornou duro.

— Por que ela não saiu?

Alisa agora entrava no hall — lentamente, a passos deliberados. Parecia muito interessada em como Oliver reagiria àquela notícia.

— Ela usou uma entrada diferente do resto de nós — respondeu Rosalind. — Não faço ideia de onde está. Não tivemos tempo para procurá-la enquanto saíamos.

— Então trocaram Phoebe por mim — entoou Oliver.

A testa de Rosalind se franziu. O rancor abriu caminho por seu estômago e sua garganta, remexendo-se como um inseto com centenas de pernas querendo escapar. Que tipo de comentário era aquele? Tinham acabado de arriscar a vida para resgatá-lo, e sua resposta era culpá-los?

— Ela nem deveria ter entrado — disse Rosalind com frieza. — Era *você* quem precisava de resgate.

Celia arregalou os olhos, como se não acreditasse no que tinha acabado de escutar.

— *Rosalind.*

— O que foi? Se ele vai sair culpando outras pessoas, talvez também devesse assumir um pouco da responsabilidade.

— Qual é o seu problema? — indagou Celia. — Acha que ele pediu para ser capturado?

Quando Orion cruzou os braços, seus dois punhos estavam cerrados com tanta força que os nós de seus dedos ficaram brancos.

— Tecnicamente — disse, intrometendo-se antes que Rosalind pudesse responder —, *sim*. Ele pediu. Quando vocês escolheram o lado em que estão.

A temperatura na sala despencou. Aquilo estava ficando perigoso.

— Que injustiça — disse Celia com frieza. — Não preciso ouvir de um Nacionalista que merecemos ser presos.

— Ele não está falando como um Nacionalista — retrucou Rosalind. — Acabamos de matar uma unidade Nacionalista inteira para tirar Oliver de lá.

Celia soltou um muxoxo.

— Isso não muda o fato de que são vocês que estão sempre em segurança nesta cidade.

— Está de brincadeira? — Rosalind apontou para a porta. — Não está ouvindo aquelas bombas?

— E *quem* aquelas bombas atingirão? — rebateu Celia. — Não serão os comandantes que vivem nesta mesma rua.

— Sem esses comandantes, perderíamos esta cidade inteira para os japoneses nesta noite mesmo.

— Sem nenhum comandante, talvez eu não tivesse quase morrido em um massacre há cinco anos!

— *Chega*!

Assim que Alisa se colocou entre eles com um grito, Rosalind recuou, arquejando, libertando-se de sua fúria. Celia também piscou com força, como se, de repente, tivesse percebido o quanto havia exagerado.

— Vou precisar que *todos* — Alisa abriu os dois braços, mantendo-os separados — se acalmem agora mesmo. Pelo amor de Deus, há uma guerra acontecendo lá fora. Por que diabos estão atacando uns aos outros aqui dentro?

Rosalind sentiu os pulmões extremamente apertados. Alisa estava certa. Eles estavam fazendo o que ela sempre reclamava que a própria nação fazia: atacando uns aos outros e fazendo escolhas horríveis, enquanto o perigo real pairava bem próximo dali. Eles não eram os partidos dos quais faziam parte. Ela *sabia* disso.

Ainda assim, a frustração deixara sua língua inteira amarga. Ela não aguentava mais ficar ali jogando conversa fiada, mesmo se essa fosse a opção mais sensata. Rosalind não teria nada de gentil a dizer, se Celia continuasse a fazer comparações assim.

Em vez disso, virou-se em direção à escada.

— Essa é uma boa ideia! — comentou Alisa, com entusiasmo, atrás dela. — Descansar é uma ótima opção.

Ela ouviu alguns passos, e então Orion estava logo atrás dela, o braço em seu cotovelo, apontando para a frente enquanto tentava adivinhar qual era o seu quarto. Ela quase ficou chocada com o tamanho do alívio que sentiu com sua presença, em vez de um aborrecimento ainda mais intenso. No andar debaixo, ouviu Celia murmurar, e então ela e Oliver foram para o outro lado da casa. Uma porta bateu no primeiro andar.

— Não é necessário usar tanta violência nesta casa! — continuou Alisa na sala de estar, o tom de voz animado. — Respirem fundo! E lembrem-se que amo todos vocês!

Mesmo com toda a empolgação de Alisa, Rosalind adentrou o segundo andar como uma tempestade. *C'est quoi ce bordel, quem eles pensam que são…*

Ela parou em frente à porta do suposto quarto de Orion, deixando-o entrar primeiro. Então, em resposta à irmã, bateu a porta o mais forte possível.

Alisa estremeceu.

Eles podiam superar aquela situação. Os irmãos sempre superavam. Todos só estavam estressados depois da noite que tiveram. E porque havia bombas caindo do céu.

— Quanto drama — comentou Ah Dou.

Ele havia acabado de voltar da cozinha e segurava uma bandeja com xícaras de chá.

Alisa foi ajudar o mordomo, colocando a bandeja na mesinha ao lado sofá. O aroma era delicioso. Ela pegou o bule, servindo duas xícaras.

— Se quer ver drama de verdade, deveria conhecer o *meu* irmão — comentou Alisa. Ela devolveu o bule à bandeja. — Faz tempo que o senhor trabalha na residência da família Hong?

— Muito tempo. — Ah Dou pegou o chá. Parecia estar gostando do fato de Alisa ter se sentado com ele para conversar. — Desde antes de Lifu nascer.

— Ah.

Ela deixou que os minutos passassem confortavelmente enquanto bebia o chá. Em sua mente, Alisa fazia a conta em silêncio, tentando se lembrar qual era a diferença de idade entre os irmãos da família Hong. Tanto ela quanto Phoebe nasceram no ano do boi — disso ela já sabia. Se sua memória não lhe falhava, Orion tinha 22 anos. Considerando as estatuetas de cavalo, galo e boi que estavam alinhadas acima da lareira, podia usar um processo de eliminação para chegar à conclusão de que Oliver faria 26 naquele ano. Era realmente uma boa diferença.

— Não quero me intrometer… — começou Alisa com cautela — mas o senhor sabia que ele iria embora?

Ah Dou mexeu o chá.

— Está falando de *Dà shàoyé*? — certificou-se ele, referindo-se a Oliver. — Eu não sabia, mas não foi uma surpresa. Acho que é possível sentir esse tipo de coisa.

Alisa pensou em sua própria residência durante a infância. Não fora um lugar infeliz, mas era instável. Quando seu irmão estava enrascado, ela conseguia pressentir, como se o granizo estivesse entrando pelas paredes. Se o primo estivesse com raiva do mundo, ela a ouvia a cada ranger dos pisos e a sentia no calor de suas palmas se tocasse as portas depois dele.

— Já sentiu isso com Feiyi?

Ah Dou a encarou.

— Com *xiǎojiě?* Não, é claro que não.

A lembrança da missão de resgate voltou à mente de Alisa. Quando saíram, seus ouvidos ressoavam com a conversa que entreouviu. Enquanto Alisa percorria os corredores devastados pelo bombardeio, Rosalind e Phoebe ocupavam o sinal da escuta.

— *Siga em frente.*

— *Tem soldados aqui.*

— *Eu cuido disso. Mexa-se!*

Rosalind não pareceu achar nada estranho. Quando estavam em segurança, não comentou a respeito dos tiros que se seguiram às instruções de Phoebe. Curiosa, Alisa esperara a noite inteira para ver se Rosalind tocaria no assunto, mas ela estava com a cabeça cheia naquele momento.

Alisa não via problemas em assumir esse papel por ela.

Ela bocejou.

— Não tinha reparado que estava tão cansada.

Ah Dou terminou o chá em um só gole.

— Vou colocá-la no quarto de Feiyi. Tenho certeza de que ela não vai se importar. Se precisar, o banheiro fica logo ao lado.

Ele a guiou escada acima, abaixo do grande lustre pendendo sem vida de seus cabos. Alisa levantou o queixo para contemplar a casa: o papel de parede desbotado e as marcas no piso deixadas onde móveis pesados costumavam estar. Também havia formas retangulares nas paredes, blocos onde o verde-escuro e as estampas florais douradas eram mais vívidas, no tamanho perfeito para indicar que retratos haviam sido retirados.

— A casa já esteve em condições melhores — comentou Ah Dou, acompanhando seu olhar.

— Acho que está sendo perfeitamente bem cuidada — insistiu Alisa.

Ah Dou sorriu com tristeza.

— É bondade sua dizer isso. Para falar a verdade, o Kuomintang certamente confiscará tudo em breve. Por que não o fariam?

Alisa ficou em silêncio. Quando passaram pelas portas no corredor, ela ouviu vozes vindo dos aposentos de Orion, em um debate acalorado. Ah Dou abriu a porta do quarto de Phoebe, e então fez uma careta ao ver o estado em que ela o havia deixado.

Ele lhe desejou boa noite. Alisa agradeceu e retribuiu a gentileza. Quando ouviu os passos do mordomo se afastando, finalmente ficou livre para fechar a porta com firmeza e arregaçar as mangas.

Alisa se virou lentamente para observar o cômodo. No tapete, havia todo tipo de objeto espalhado: embalagens de batom, laços de cabelo e meias furadas no local onde ficava o dedão. O quarto aguardava num interlúdio, segurando a respiração enquanto sua proprietária não retornava.

Ela deu atenção à penteadeira. Ao espelho inclinado na parede. Às portas do closet. Nada se destacava.

Em vez disso, seu olhar se demorou no baú de roupas aos pés da cama de Phoebe. Ele brilhava sob a iluminação acima, cravejado de pedras cor-de-rosa chamativas. Alisa se aproximou com cautela, então levantou o tampo com apenas um dedo. Ali dentro, achou saias de diversos estilos dobradas cuidadosamente, todas as quais podiam ser encontradas nas revistas de moda mais recentes.

Alisa as afastou, revelando a caixa que estava embaixo, fechada com um trinco simples. Era o tipo de trinco usado por alguém que não esperava intrusos. O tipo de fechadura que alguém colocava sabendo que ninguém nunca iria explorá-la.

— Não pode ser — murmurou Alisa. — Não é possível...

Ela abriu a fechadura. Dentro da grande caixa, havia dois rifles, duas pistolas e infinitas munições. Perfeitamente polidas. Nenhum vestígio de poeira à vista.

— Uau.

Alisa não podia *acreditar* que não havia suspeitado desde o início. Como levara todo aquele tempo para descobrir? Céus, ela *ouviu* entre os boatos Comunistas que Oliver era o treinador de Sacerdote. E mesmo assim, ainda não tinha feito a conexão. Era inacreditável.

Ela colocou as mãos nos quadris. Pensou na situação diante dela.

Com um suspiro profundo, Alisa levantou a caixa.

— Phoebe Hong, você vai ficar me devendo essa.

45

Para a surpresa de Celia, no quarto de infância de Oliver havia um kit de primeiros socorros com tudo de que ela precisava para fazer um curativo improvisado, mesmo que o antisséptico parecesse tão antigo que talvez estivesse fora do prazo de validade.

Porém, considerando o chiado que Oliver emitiu quando ela pressionou a gaze em seu ferimento, ela achou que estava funcionando bem o suficiente. De qualquer forma, aquela era apenas uma solução temporária. A ferida só melhoraria quando um médico desbridasse o local.

— O que usaram em você? — perguntou ela em voz baixa. — Parece que a seringa tinha a grossura de um dedo.

— Não sei nem por onde começar — resmungou Oliver.

Quando ele tentou se afastar da gaze, Celia lhe lançou um olhar penetrante, apertando-a com mais força. Pelo menos, agora ele estava totalmente consciente. Mesmo que estivesse se movendo com certa lentidão, a temperatura de seu corpo havia voltado ao normal e seu pulso batia em uma velocidade acelerada e saudável. Agora que tinha tempo para se reabastecer, seu corpo devia ter voltado a produzir os componentes adicionais.

Oliver estremeceu.

— Está tentando me torturar ainda mais?

Celia cedeu, decidindo que a ferida não ficaria mais limpa do que aquilo. Ela havia forçado Oliver a se deitar na cama, onde os lençóis eram cinzentos e cobertos por desenhos de estrelas. Ah Dou entrava ali para faxinar regularmente, mesmo que fizesse anos que Oliver não voltava para casa. Com um roçar gentil do dedo, Celia cutucou a ferida circular, certificando-se de que estava seca antes de cobri-la.

Arrepios surgiram onde ela o tocou. Celia se afastou por um segundo, colocando a gaze na tampa da caixa de primeiros socorros. Enquanto se ajoelhava ao lado da cama, teve um pouco de medo de perder o equilíbrio e cair, apesar de o móvel ser bem baixo — fora feita para a altura de uma criança e continuara assim durante todos aqueles anos. Um único abajur no canto do quarto iluminava o ambiente. A cúpula havia sido mordida pelas traças, mas o tom de azul-claro sobrevivera ao tempo, assim como as esculturas em miniatura de três ursos que ficavam de sentinela ao seu redor na mesa. O tempo todo, Celia jurava que ouvia tiroteios do lado de fora, mas sabia que só podia ser sua imaginação. Haviam se afastado demais do conflito, a muitas ruas de distância, com diversos edifícios lindos e protegidos pela lei internacional.

— Me desculpe por ter feito aquilo.

A cabeça de Celia se ergueu.

— O quê?

— A discussão com a sua irmã — esclareceu Oliver. — Não era a minha intenção culpá-la. Phoebe vai ficar bem. Conheço ela.

Por um momento, Celia ficou decepcionada por ele estar se referindo àquilo. Pensou que fosse outra coisa. Como o motivo de ele ter um ferimento após ter sido mantido preso em uma cela. O motivo de ela ter precisado resgatá-lo das mãos dos Nacionalistas. O motivo de ele ter estado naquela posição para começo de conversa.

— Não tem problema.

Celia pegou uma gaze limpa. Colocou-a no tronco de Oliver com um tapa sonoro. Ele se retraiu, lançando a ela um olhar perplexo que perguntava por que era tratado com tanta grosseria, mas Celia o ignorou, pegando um pedaço de esparadrapo e colando a gaze no lugar.

— Mesmo?

— Acabei de dizer que não tem, não foi?

Ela pegou um rolo de ataduras. Estava coberto de poeira, e ela tentou afastá-la antes de perceber que era só desenrolar as camadas exteriores e descartar aqueles pedaços sujos.

— Não sei, não, querida. — Oliver se apoiou no cotovelo e Celia o encarou imediatamente, mas ele não se deixou abalar. — Você está sendo um pouquinho agressiva.

— Estou sendo agressiva porque preciso agir como enfermeira, mas meu paciente está dificultando as coisas. Deite-se.

— Não preciso ficar sentado para você passar a atadura ao redor do meu corpo?

Celia parou. Ele tinha razão. Droga. Ela puxou uma grande quantidade de atadura limpa, depois a tirou do rolo. Gesticulou para que Oliver viesse para a frente, e ele colocou as pernas para fora da cama até que estivesse sentado diante dela.

— Braços para cima — murmurou Celia.

Ele obedeceu. Fez uma leve careta quando o movimento repuxou seu ferimento. Celia se aproximou para que pudesse posicionar a atadura no local certo, mas decidir como dar a volta em uma das pontas pareceu uma tarefa excruciante.

Oliver estava tão... sem camisa. Ele já estava sem camisa quando ela começou a limpar o sangue, mas agora não havia sangue, apenas pele e, de alguma fora, parecia menos como se ela estivesse brincando de enfermeira e mais como se simplesmente houvesse um Oliver sem camisa à sua frente.

Meu Deus. Celia tentou manter o foco. Não conseguia ver outra alternativa além de se aproximar e pegar a outra ponta da atadura depois de dar a volta nele, afastando-se rapidamente.

Oliver abaixou os braços. Observou-a enquanto ela ajustava a bandagem. Apesar de não haver sinal de hostilidade da parte dele, ele permaneceu tão quieto que foi Celia quem cedeu, esbravejando:

— Vai fingir que não sabe o que fez?

— Como assim?

Ele era impossível. Ela o mataria. Jogaria ele numa vala e diria aos superiores que Oliver havia simplesmente caído em uma armadilha inimiga.

— Você — Celia puxou bem a atadura, apertando-a — se entregou por mim. *Por quê?*

Aquilo ia contra todo o treinamento que tiveram. Talvez, se Oliver tivesse bolado um plano B, a questão fosse outra, mas não bolou. A única coisa na qual ele pensou naquele momento foi em se certificar de que *ela* escaparia. Segundo o treinamento, os dois deveriam esperar, recusar-se a correr qualquer risco heroico desnecessário. Se Celia fosse honesta, segundo o treinamento, no fim das contas, deveria ter sido *ela* a fazer o sacrifício, porque Oliver sem dúvidas era o agente de quem mais precisavam.

— Celia — disse Oliver, simplesmente. — Por que você acha?

Ela estava tendo dificuldade para dar um nó na atadura. Seus dedos não eram flexíveis o bastante para passarem uma ponta dentro da outra.

— Tenho uma hipótese — sussurrou. Sua voz quase não a obedeceu. A coragem que tivera antes criou pernas e saiu correndo, subindo pela janela e fugindo de vista. — Não quero estar correta.

O quarto de Oliver zunia com um tipo de silêncio provinciano, que ressoava nos ouvidos de Celia quando ela não estava falando. Eles estavam no térreo, escondidos no corredor atrás da sala de estar, cercados pelos quartos dos criados e por armários de limpeza. Qualquer barulho feito na casa não chegava até ali.

— Por quê?

Era impossível interpretar seu tom de voz. Ele fez um som que lembrava um arquejo, mas pode ter sido causado pela pressão da dor quando Celia ajustou a gaze.

— Acho que minhas palavras foram muito pesadas. — Finalmente, ela havia conseguido prender a atadura. — Talvez o correto seja dizer que me assusta.

Oliver ficou em silêncio outra vez. Celia recuou, colocando as mãos no colo e cerrando-as com firmeza. Aquela conversa acabaria ali. Não era necessário que se magoassem mais do que já estavam fragilizados.

— Por acaso eu já te contei — disse Oliver de repente, bem quando Celia estava prestes a se levantar — que entrei nesse trabalho como um ato de rebeldia contra o meu pai?

Com cuidado, Celia colocou os curativos de volta na caixa e fechou a tampa.

— Não. Nunca.

Um tipo diferente de silêncio tomou conta do quarto. Uma certa hesitação — como se Oliver não pudesse acreditar que começara aquela conversa, mas fosse tarde demais para voltar atrás. Ele se reclinou, tentando disfarçar a careta quando precisou mudar a posição do tronco. Celia teria esbravejado para que ele tomasse cuidado, mas a cama era tão pequena que ele já estava apoiado na parede. Seus olhos encontraram os dela, então ele inclinou a cabeça para o lado. Queria que Celia se sentasse com ele.

— Bem, foi um ano ruim quando começaram a acusar meu pai de ser *hanjian* — continuou Oliver. — Orion e Phoebe ainda estavam em Londres, mas eu já tinha idade o bastante para ter voltado. Meu pai havia me colocado debaixo de sua asa como seu protegido: o filho pródigo que tinha tudo o que era preciso para ser exatamente o que ele era na alta sociedade. Para ser sincero, acho que eu não odiava aquilo nem um pouco.

Oliver gesticulou para Celia novamente, desta vez com mais insistência. Então, ela cedeu e se sentou nos cinzentos lençóis estrelados, colocando uma perna sob o corpo da forma mais elegante e educada que conseguiu. Os lençóis eram tão macios quanto seda.

— Mas comecei a me importar quando as coisas começaram a ir pelos ares. Mesmo que nunca ele tenha admitido, eu podia sentir sua culpa. A cada gesto que ele fazia e a cada conselho que tentava me dar à mesa de jantar, eu sabia que meu pai jogaria o que fosse necessário para debaixo do tapete, se aquilo significasse manter seu posto na sociedade. Eu odiava o que via. Tanto ele, quanto minha mãe... o que eles amavam não era a nossa família, mas o resultado final do que poderíamos ser. Quando éramos crianças, enfiaram todos aqueles idiomas nas nossas cabeças até começarmos a andar, até virarmos recursos nas sociedades estrangeiras. Quando crescemos, colocaram as carreiras certas em nossas mãos, e apresentaram os convidados em jantares que precisavam ser entretidos para o caso de serem úteis no futuro. Se eu continuasse naquele caminho, seria exatamente quem eles queriam que eu fosse. Teria me tornado o meu pai.

Os olhos de Oliver se fecharam. Apesar de estar com a aparência cansada, aquele não era um gesto de descanso.

— Ele foi liberado das acusações porque encontrou as pessoas adequadas que fizessem os telefonemas certos. Naquele mesmo dia, decidi me certificar de que me tornaria algo completamente diferente. Na verdade, eu seria o exato oposto, e começaria dali em diante. Mas sabe como é. Sempre existe a antiga geração e seus defeitos, e a nova geração que quer consertá-los. Então, a nova começa a ficar velha, começa a adquirir os próprios defeitos, e talvez se torne até pior, e o ciclo recomeça.

Os olhos de Oliver se abriram. Celia sentiu que perdera algum detalhe, que ele havia pulado do primeiro argumento para o terceiro, e ela não entendera onde foi o salto. Ela esperou um momento para ver se Oliver continuaria falando. Em vez disso, ele olhou para a frente, os braços envoltos frouxamente na barriga para se manter aquecido enquanto sua temperatura corporal continuava a se adaptar.

— O que está tentando dizer? — perguntou Celia, por fim.

Lentamente, o olhar de Oliver se voltou para ela. Estavam tão próximos que Celia quase desejou não ter falado e atraído sua atenção, porque havia algo extremamente assustador no fato de ele encará-la sem desviar o olhar — de ele *observá-la*, e ela não poder se esconder dele.

— O que estou tentando dizer é que pensei que se eu me juntasse ao partido rebelde da guerra, isso me diferenciaria do meu pai. Se eu trabalhasse com algo que não fosse egoísta. Ele só se importava consigo mesmo, então eu nunca faria isso. — A expressão de Oliver suavizara. — Mas então, quando escuto a maneira como você me vê, Celia, temo que eu não seja assim tão diferente. Por que tem tanto medo de mim? De *nós*?

— Eu nunca disse que tinha medo de *você* — protestou ela.

— Então qual é o problema? — perguntou Oliver. — Se não é o dever que você coloca acima de mim, de onde vem esse medo?

Celia não deveria ter se sentado. Deveria ter dado vários passos para *longe* dele e colocado certa distância entre os dois. Apenas o luar cobria os ombros de Oliver, e mesmo assim estava fraco, muito encoberto pela fumaça nos céus. Ela queria se aproximar. Seus dedos ansiavam para se revoltar contra a razão, para se abrirem e...

— Olhe só o que acabou de acontecer — sibilou Celia. — Você se entregou por mim, e se machucou. Já tenho problemas com a quantidade de segredos que você guarda, Oliver. Já tenho problemas quando você decide bagunçar o mundo e só me conta depois. Não vou deixar que faça o mesmo com a sua própria vida.

Pelo olhar de Oliver, parecia que centenas de pensamentos diferentes passavam por sua mente enquanto ele tentava escolher apenas uma resposta. Celia ficou tão ocupada lhe dando uma bronca, que se esqueceu de ter medo de seu escrutínio, e agora ela o encarava de volta com igual descaramento.

— Por quê? — perguntou Oliver.

— Por que o quê? — retrucou Celia.

Ela realmente tinha que se afastar. Estava começando a se perder nos próprios pensamentos.

— Por que não deixa que eu faça o que quiser da minha vida?

Celia queria estrangulá-lo. Queria abrir a cabeça dele e dar uma boa examinada para entender o motivo de ele fazer tais perguntas.

— Porque eu te conheço — esbravejou ela. — Sei o tipo de mártir perfeito que você é. E me recuso a ser o motivo de você ir contra tudo em que acredita, e acabar morto porque me coloca acima de todo o resto.

Celia começou a se levantar. Imediatamente, Oliver a impediu, as duas mãos em seus braços. Com certeza ele havia repuxado a ferida ao fazer isso, e ela começou a repreendê-lo, porém, ele já estava balançando a cabeça, silenciando-a.

— É isso o que pensa? — perguntou ele. — Que te amar é uma sentença de morte?

Todo o oxigênio do quarto havia desaparecido. Nada restava além do vazio nos próprios pulmões de Celia.

— Eu te enfraqueço.

— Não, Celia, diga a verdade. — Oliver a apertou com mais força. Levantou uma das mãos, afundando-a em seu cabelo solto. — Falou certo da primeira vez. Você tem medo. Eu digo repetidas vezes que te quero, mas você inventa desculpas para mim. Digo que me recuso a admirar a imagem de decoro do meu pai, mas você transforma isso em uma questão de segurança. Se eu quiser, vou te amar. Transformarei você no meu altar, te colocarei acima de qualquer coisa neste mundo. Vou me deleitar em cada pedaço do qual você é feita. É simples... diga que não sente o mesmo e eu desisto. Mas não aceitarei nada além disso. Não aceitarei que me rejeite fingindo que é por causa do nosso trabalho.

Ele era impossível. Absolutamente impossível, e talvez Celia fosse igual, porque olhou para ele sob o luar, a presença dele como um apelo do universo, e soube que não conseguiria se impedir de se inclinar e colar os lábios nos dele, transmitindo cada sentimento que não sabia comunicar — *minha nossa, Oliver, eu te amo. Te amo tanto que morreria se você morresse, e o problema é exatamente esse.*

Ela se afastou no mesmo instante. Os olhos arregalados, os lábios zunindo pelo contato breve. Porém, no momento em que se afastou, Oliver fez um som na garganta e a puxou para perto novamente, murmurando:

— *Nossa*, demorou bastante para perceber, querida.

Então, ele a beijou de verdade. Não foi como o contato breve que tiveram no abrigo, frenético, desesperado e à beira da morte. Suas mãos se moveram para a cintura dela, segurando-a com firmeza, e apesar de Celia ter pensado que não teria ideia do que fazer, sua resposta foi fácil como suspirar. Nas missões, ela sabia prever o próximo passo de Oliver e entrar em sintonia com ele, e beijá-lo não era diferente. Ele era quente e seguro, e quando pararam de se beijar, Celia nem pensou em se preocupar. Ficou ali parada, na beira da cama, no abismo de algo que se desdobrava em um território desconhecido.

— Talvez eu *tenha* medo — sussurrou ela. — Como vou aguentar minha própria presença se algum dia você se machucar por minha causa?

Oliver usou a mão para acariciar sua bochecha. Traçou o espaço macio abaixo de seu olho, como se estivesse afastando as estrelas que haviam caído entre eles.

— Você aceita — respondeu ele, simplesmente. — Porque estar vivo é assim. Lutar por algo é assim... amar alguém é assim. O país é valioso o suficiente para que nos sacrifiquemos por ele. Por que você não seria?

Celia suspirou. Estremeceu. Oliver pareceu achar graça, pois seu lábio se curvou.

— Isso é tão mórbido.

— É a verdade — retrucou Oliver. — Ou você a aceita ou nos condena a viver tristes para sempre.

Celia tentou encará-lo. Ele não pareceu abalado. Ele esperou — esperou porque claramente havia mais na mente dela. De alguma forma, ela teve coragem de beijá-lo, mas agora as palavras estavam presas em sua garganta. Ela sentia que precisava soltar o pingente em seu pescoço. Sentia que precisava sair correndo e se esconder, achar um canto para se enfiar, mas era *Oliver*, e se ela não pudesse responder a Oliver, o que mais poderia fazer nesta vida?

— Você sabe — disse Celia com cuidado, a voz quase rouca — que ficar comigo seria diferente de ficar com outra mulher?

Oliver não hesitou antes de segurar seu queixo, mantendo-a parada, impedindo-a de fugir.

— Que ótimo. E deveria ser diferente, porque é *você* a mulher por quem estou apaixonado, e não outra.

Ah. Certo.

— Ah. — Também foi tudo o que Celia conseguiu dizer. — Certo.

O sorriso que ele abriu em resposta foi completamente novo em relação a qualquer coisa que ele já havia mostrado a ela. Ousado. Quase tímido, em perfeita concordância com o que seu quarto revelava sobre quem ele deveria ter sido no passado.

— Certo — repetiu ele. — Isso já está entendido? Posso te beijar de novo?

Oliver a puxou mais para cima, sem se importar com o ferimento. Ela lhe lançou um olhar ríspido de alerta. Assim que ele lhe devolveu um olhar de ressentido, ela cedeu e foi até ele, contendo a risada. Teriam tempo o suficiente para sentirem medo no campo de batalha. Uma vida toda para sentirem medo.

— Me beije. Por favor.

46

Phoebe abraçou os joelhos junto ao peito, tentando resistir à vontade de se balançar para a frente e para trás. Ela sabia que havia guardas do lado de fora da cela, mas não conseguia vê-los de dentro das grades. Era como se tivesse sido deixada ali para morrer.

Phoebe se levantou novamente, batendo a poeira das calças e balançando as pernas. Estivera alternando entre ficar sentada e andar, sempre em movimento — ou, o máximo de movimento que conseguia naquela lata de sardinha chamada de cela. Ela podia ir de uma parede à outra em dois passos. Não era nem um pouco satisfatório. Se fossem fazer algo, queria que fizessem de uma vez. Será que a estavam deixando ali como um tipo de tortura psicológica?

Assim que Phoebe chamara Silas de "Mágico", ele dera meia-volta e saíra do pavilhão. Sem perguntas, sem apelos, sem nem mesmo pedir uma informação. Simplesmente… fora embora.

Phoebe não sabia o que pensar. Será que ele não se *importava*?

Como se conjurado pelos pensamentos dela, de repente houve um retinir no pavilhão. Phoebe se lançou contra as grades, encostando-se no metal. Até agora, nenhum outro Nacionalista viera falar com ela. Sua identidade estava protegida — o rosto ainda coberto por uma faixa de tecido.

Uma figura se aproximou. Silas. Ele estava de volta.

Phoebe segurou as grades com força. O suficiente para ondas de dor percorrem seus braços.

— Mantenha-a fechada — ordenou ele aos guardas à porta. — Não deixe que ninguém mais entre.

A porta se fechou atrás dele. Só havia os dois no pavilhão. Só Phoebe e Silas, e eles aparentemente não sabiam nada um do outro, apesar de todos os anos de convivência.

Silas havia se trocado. Tirara o uniforme e colocara uma vestimenta de civil. Ele havia deixado a instalação? Reportado à mãe dela, entregado o sangue de Oliver?

Quando ele parou em frente às grades, o primeiro instinto de Phoebe foi estender o braço, pedir consolo. Ela continuou próxima, jogando consigo mesma para ver por quanto tempo conseguia se iludir. Conseguia fingir que estavam prestes a dar uma volta. Que ela não estava esperando em uma cela, mas no fim de sua garagem, deixando Silas andar até ela com um sorriso adorável.

— Você está enfrentando diversas acusações de assassinato a funcionários do Estado — começou Silas como forma de saudação. — Isso é traição nacional, Feiyi.

Phoebe ficou em silêncio por um momento.

— Eu sei, Xielian. Esse é meio que o motivo de eu agir sob uma identidade secreta.

O olhar dele endureceu. Quando os olhos dos dois se encontraram, não havia mais chance de se desvencilharem.

— Como pode agir como se não fosse nada? Você cometeu *traição.*

— Está mesmo reclamando de *traição* comigo? — questionou Phoebe. Ela nunca sentira a raiva vir à tona assim antes, nem havia falado com Silas com tanta ira. Em um movimento súbito, Phoebe lançou o braço pela grade, mas em vez de um pedido de consolo, ela estava praticamente espumando pela boca, os dedos se flexionando na esperança de agarrar o pescoço dele e arrancar seu sangue com unhadas. — Você nos traiu! Está trabalhando com a minha mãe!

Silas recuou. Ele não negou.

— Estamos trocando acusações agora? — O volume da voz dele também estava aumentando. — Era você no Armazém 34. Cada um daqueles bilhetes foi você. Você me deixou acreditar em Sacerdote quando sabia a verdade o tempo todo.

— E eu não tentei te avisar? — retrucou Phoebe. — Tentei te alertar para se afastar dela desde o princípio.

— Podia ter dito *por quê.*

— Não, não podia. — Phoebe puxou o braço de volta. A parte interior de seu cotovelo estava ardendo, mas ela não sabia onde o havia arranhado. — Você teria me entregado. Teria corrido para os seus superiores imediatamente.

Ele contraiu a mandíbula. Pareceu ficar meio ofendido com a alegação.

— Eu não faria isso.

— Seu maldito — Phoebe chutou as grades — *mentiroso!*

O barulho ecoou pelo pavilhão inteiro. Silas se virou, encarando a outra parede e direcionando seu suspiro penoso para lá.

— Faz sentido que você não me conheça — disse ele. Silas estava tentando não perder a paciência. Estava tentando não quebrar a dinâmica que tiveram a vida toda, mas Phoebe havia chegado com um martelo, e estava determinada a destruí-la completamente. — Pelo jeito, também não sei nada sobre você. O que foi fingimento, Feiyi? Sobre o que mais você mentiu?

A respiração de Phoebe estava acelerada. Praticamente arfava naquele espaço apertado. Não havia lugar ali para aquelas perguntas, como se ele tivesse direito a alguma explicação. Seus dezoito anos de vida foram construídos com peças remendadas. Era isso o que ele queria ouvir? Ela sabia do que gostava e do que não gostava. Adorava solucionar quebra-cabeças. Era boa em ser uma ilusão para outras pessoas. Não queria viver uma vida puritana, nem participar da alta sociedade. Sua comida favorita era morango. A cor de que menos gostava era laranja. Possuía personalidade o bastante para criar algo que parecesse real, mas quando se deparava com a pergunta de quem ela era e no que acreditava, Hong Feiyi era apenas parte de uma imagem construída, dividida várias e várias vezes por diferentes pessoas até ter perdido a noção de onde cada peça estava posicionada.

Não existia uma imagem completa. Porque ninguém se importaria o bastante em gostar dela dessa forma.

— Foi *tudo* fingimento — disse ela com crueldade. — Você não sabe nada sobre mim.

— Mentira — respondeu Silas num instante. Ele se virou rapidamente, encarando-a outra vez. — Sei sobre Sacerdote.

Phoebe rangeu os dentes com força.

— Ela é uma invenção.

— E ela é você. Você nunca me deixou expressar o que penso sobre ela. Se tivesse me ouvido falar dela, acreditaria em mim. Talvez eu não conheça Phoebe, mas conheço Sacerdote.

Silas avançou lentamente. Aproximou-se das grades da cela, exalando intensidade, seu comportamento totalmente distante daquele garoto que ela costumava conhecer, o garoto que ela estava sempre ajudando a ajustar os óculos. Por acaso ele queria assustá-la? Ele sempre tratara Phoebe com muito zelo para repreendê-la, e ela sempre se ateve demais a manter sua figura descontraída para levantar a voz para ele. Agora, aquelas ilusões haviam se partido. Bombas caíam do céu, uma invasão tentava tomar a cidade, e de alguma forma era aquilo — Phoebe completamente exposta diante de Silas — que ameaçava destruí-la.

Ela odiava aquela sensação. Era como se fosse uma criança novamente. Uma criança ranhenta e rabugenta que não sabia quando parar de chorar, que não controlava como era vista pelos outros.

— Para dizer a verdade — falou Silas —, em certo momento parei de pensar em trazer Sacerdote aqui por causa da missão. Uma parte fanática e perturbada de mim só queria conhecê-la. A garota que continuava a escapar das minhas mãos. A garota que ria de alguma piada que fazia enquanto passava informações confidenciais. — Ele parou. Engoliu em seco. — Você estava certa. Em nenhum cenário encontrar Sacerdote teria ajudado a salvar Orion. Eu estava tentando enganar a mim mesmo. Justificar meu próprio desejo.

Ela não sentiu nenhuma satisfação ao ouvi-lo admitir isso. Afinal, Phoebe o havia alertado, e não fora o *bastante*.

— Certo — disse ela. — Sacerdote era um beco sem saída. Então, em vez disso, você decidiu trabalhar com a minha mãe.

Silas não reagiu. Apenas ficou irritado, cruzando os braços atrás do corpo.

— Você pode trabalhar para o outro lado, mas eu não?

— Do que está falando? — indagou Phoebe. — Eu estava protegendo Orion!

— E eu o estava salvando.

— Ao trair nosso *país*...

Uma porta bateu sonoramente do outro lado do pavilhão. Apesar de Phoebe nem notar o barulho, Silas olhou para cima depressa, uma expressão de medo tomando conta de suas feições.

— Não tire isso — sibilou, gesticulando para o tecido no rosto dela. — Não diga nada. Entendeu?

Phoebe permaneceu em silêncio. Outro homem apareceu, e ela se afastou das grades, abrindo distância como se fosse ela quem estivesse fora da jaula e houvesse predadores que mal poderiam ser contidos rondando do outro lado.

O homem vestia um uniforme. Phoebe concluiu, pelas medalhas e faixas, que era algum general. Ele era extremamente parecido com seu pai, mas todos eram. Além da estatura, eles também costumavam compartilhar da mesma conduta. Tinham o mesmo brilho nos olhos ao encarar uma mera garota do outro lado das grades.

— Já descobriu alguma coisa? — perguntou ele a Silas.

Silas levou um momento para se recompor. Para qualquer outra pessoa que o observasse, ele apenas demorou para responder. Phoebe, porém, vira o cerrar de seus punhos. A inalação dupla antes de ele soltar o ar.

— Não. Pode deixar isso comigo.

A tortura, ele queria dizer. Extrair informações da forma pela qual os Nacionalistas eram conhecidos.

— Tudo bem — disse o general facilmente. Ele olhou de novo para Phoebe. Ela resistiu à vontade de se mover, de fazer qualquer coisa que indicasse algum desconforto. — Não será muito difícil. Primeiro, é melhor que ela saia para a contagem, é claro.

Antes que Phoebe pudesse se afastar, o homem retirou um instrumento metálico do cinto, chacoalhando-o uma única vez para que a ponta elétrica aparecesse. A arma zuniu. O coração dela se retraiu. Apesar de pensar que estava preparada, no momento em que ele enfiou a arma entre as grades e a colocou em contato com sua pele, o mundo de Phoebe se transformou em um branco-azulado, totalmente indistinguível.

Phoebe segurou o grito. Aguentou a dor, tão silenciosamente quanto o sudário da morte, tão quieta quanto as névoas que envolviam a cidade.

Então, ela caiu no chão frio da cela.

47

A manhã adentrou a janela do quarto de Orion poucos minutos após a alvorada, com um atraso preguiçoso causado pelas nuvens cinzas. Rosalind a viu tomar forma na parede, um leve brilho alaranjado iluminando o tom claro da tinta creme. Ela não tinha certeza se as escolhas decorativas de Orion a surpreendiam.

Orion se moveu em seu colo. As cortinas não foram fechadas durante a noite, e seus olhos se abriram lentamente, incomodados pela luz. Apesar de Orion ter insistido que não estava nem um pouco cansado, havia se deitado enquanto Rosalind permanecia sentada, de pernas cruzadas, em meio aos travesseiros. Ela simplesmente se tornara mais uma entre suas almofadas quando os olhos de Orion começaram a se fechar e ele começou a reclamar, entre bocejos, dizendo que só descansaria por um minuto, nada além disso.

— Quando foi que eu dormi?

Rosalind deu uma risadinha.

— Em algum momento enquanto discutíamos se há pinguins no hemisfério norte.

Orion se sentou. A parte de trás de seu cabelo estava espetada em todas as direções. Rosalind se aproximou para arrumá-lo.

— Você ficou acordada esse tempo todo? — perguntou ele, perplexo.

— Sim. — Ela terminou de abaixar o cabelo dele. Era fácil colocá-lo no lugar. É claro que alguém como Orion tinha um cabelo obediente. — Orion, *eu* não durmo.

O rosto dele permaneceu um tanto confuso. Como se ele tivesse deixado parte de si mesmo nos sonhos, amarrado por um cordão curto que não se romperia até que o sol estivesse brilhando mais alto no céu.

Ouviram uma movimentação no andar de baixo. Rosalind se ajeitou na cama, dando um leve cutucão em Orion para que ele se recostasse de novo.

— Descanse mais. Você precisa. Ainda está cedo.

Rosalind se levantou. Antes que pudesse se afastar, Orion segurou a mão dela, e apesar de ter sido um gesto simples — mais um instinto para chamar sua atenção do que o indício de algo urgente — ela parou, preocupada.

— Você não vai longe, não é? — perguntou ele.

— É claro que não. — Rosalind inclinou a cabeça em direção a porta. — Estarei lá embaixo.

Orion soltou a mão dela lentamente. Havia uma certa expressão em seu olhar que fez Rosalind querer perguntar se ele estava bem, mas, àquela hora, a manhã transformava coisas leves em duras e trazia novas cores à realidade. Quando Orion piscou, pareceu completamente normal outra vez. Rosalind abriu um pequeno sorriso. Estava tudo bem — ela provavelmente havia imaginado aquela expressão. Ela saiu do quarto dele, os passos silenciosos conforme descia as escadas.

O barulho vinha da cozinha. Ela esperava que fosse Ah Dou remexendo nas coisas no amanhecer que despontava. Em vez disso, encontrou a irmã colocando a chaleira no fogo e investigando os armários.

— Oi.

Celia se virou, dando um gritinho.

— Meu Deus do céu — sibilou quando viu Rosalind. — Será que dá para fazer algum tipo de barulho enquanto anda?

— Meus inimigos não me chamam de sombra da noite à toa, *mèimei*.

Rosalind se recostou na soleira da porta, cruzando os braços. Olhou para a irmã com mais atenção. Havia algo de diferente nela.

— Você acordou cedo — comentou Celia, virando-se para ajustar a chama da chaleira.

— Sendo justa, eu nem mesmo *acordei*.

O que foi que lhe chamara a atenção? As roupas de Celia eram as mesmas da noite anterior. Nada em sua aparência havia mudado, mas havia *algo*...

Celia colocou uma mecha de cabelo atrás da orelha, distraída.

— Eu sei — disse ela, gentilmente. — Mas você tem que descansar.

Rosalind juntou as peças. Não conseguiu conter o sorriso que tomou conta de seu rosto.

— Celia.

Celia olhou por cima do ombro, desconfiada. Sua irmã a conhecia bem demais: ela ouviu o tom pomposo que tomou conta da voz de Rosalind quando a chamou pelo nome, o sinal de que o assunto havia mudado.

— O que foi?

— Está competindo comigo para ver quem entra para a família antes?

Celia pegou a colher de pau mais próxima, jogando-a na direção da irmã.

Rosalind deu um gritinho, desviando do talher.

— *Você está*!

— Não fale tão alto! Estão todos dormindo!

Rosalind fingiu sair correndo para a sala de estar.

— Alisa! Alisa, prepare as flores!

Celia a alcançou, envolvendo sua cabeça com um dos braços e cobrindo sua boca com a mão.

— Eu deveria ter te absorvido no útero.

Apesar da ameaça, Celia estava segurando o riso, e elas lutaram de brincadeira por alguns segundo até que, finalmente, ela soltou Rosalind, deixando-a se recompor com uma risadinha. As duas se encararam por um momento até que Rosalind ficou séria, lembrando-se da última conversa que tiveram naquela mesma sala de estar.

— Eu estava torcendo para te encontrar aqui embaixo — disse ela baixinho. — Queria me desculpar.

Celia se apoiou na parede.

— Somos irmãs, Rosalind. Não tem que pedir desculpas para mim.

— É claro que tenho. — Ela imitou a posição de Celia, inclinando um dos ombros para o lado. Quando entrou em contato com a parede, houve um baque surdo, como o som de um corpo atingindo o chão. Como o fim de um massacre, com cadáveres e mais cadáveres caindo. — Sei pelo que você passou. Fui eu que te tirei do meio da carnificina... eu deveria entender melhor do que ninguém. Não havia motivo para discutir com você daquela forma.

Quase cinco anos haviam se passado desde a revolução, mas Rosalind ainda carregava grandes cicatrizes nas costas, e Celia tinha a marca de uma bala na lateral do corpo. Quando os Nacionalistas romperam a aliança e se viraram contra os Comunistas, eles atiraram nos manifestantes, sem se importar com os civis que estavam presos no meio do jogo dos líderes dos partidos. Celia estava em meio a eles. Ela estava prestes a ter uma hemorragia quando Rosalind a encontrou e a levou até onde a ajudassem. O benefício de nunca dormir é que ela não tinha mais pesadelos — nas semanas seguintes à recuperação de Celia, e antes de Rosalind ser transformada em Destino, ela sonhava com aquele incidente sem parar. Com abrir caminho entre as pilhas de mortos, seus sapatos chapinhando nas poças de sangue, encontrar cadáveres desconhecidos atrás de cadáveres desconhecidos, mas nenhum era sua irmã.

— Se vai se desculpar, então eu também vou — disse Celia. — Sei onde estava seu coração. É óbvio que eu só quis começar uma discussão porque me senti melhor gritando do que sentada ali sem fazer nada.

Rosalind abriu um pequeno sorriso. Celia fez o mesmo, e então ofereceu a mão para a irmã pegá-la. Poderiam brigar, se separar e ir cada uma para um lado do universo, mas, no fim, ainda encontrariam o caminho de volta. Não havia nada que realmente conseguiria afastá-las.

A porta da frente se abriu com um baque.

— *Shàoyé?* — A voz de Ah Dou entrou no ambiente.

Ele chamou por Orion antes mesmo de dobrar o corredor, um vestígio de pânico em seu tom.

— Não, somos nós — respondeu Rosalind. — Está tudo bem?

O velho mordomo se apressou até a sala de estar, uma cesta de compras cheia de legumes e verduras pendurada no braço.

— Tenho péssimas notícias — disse. — Veículos Nacionalistas estão subindo a rua.

Uma batida alta tirou Alisa de seu sono tão repentinamente, que seu pescoço estalou quando levantou a cabeça. Ela murmurou algo indecifrável.

De alguma forma, Rosalind a entendeu do outro lado da porta.

— Sim, agora! Depressa!

O sol nem havia raiado completamente. Alisa pensou que poderiam esperar a luz do dia até alguém voltar a persegui-los. Saiu da cama, afastando os lençóis com babados. Encarando-se no reflexo do espelho, ela jogou o cabelo para o lado uma vez antes de abrir a porta, apressando-se até o corredor.

Saiu bem a tempo de ver Orion também se retirar do quarto ao lado e cair de joelhos.

— Ei! — exclamou Alisa. Ela correu até ele, agachando-se. — O que foi?

— Está ouvindo isso? — Ele arfava.

A única coisa que ela conseguia ouvir era a conversa em um tom preocupado de Celia e Rosalind no andar de baixo. Por algum motivo, não achava que ele se referia àquilo.

— Ouvindo o quê? — perguntou, olhando em volta do corredor.

— Vozes.

Antes que Orion pudesse continuar, ele levou as mãos às orelhas, apertando--as com força.

Alisa se afastou.

— Hong Liwen — disse ela, agitada. — Por favor, não ceda ao condicionamento ainda. Isso seria terrível. Nem sabemos se conseguiremos sair da cidade.

Orion disse algo em meio a um arquejo. Alisa não entendeu da primeira vez, apenas na segunda tentativa.

— *Chame... a... Rosalind.*

Alisa partiu no mesmo instante.

— Rosalind! — Ela saiu correndo pelas escadas. — Rosalind, socorro!

Assim que chegou ao patamar e se virou para entrar na sala de estar, Alisa deu de cara com alguém. Duas mãos dispararam para estabilizá-la. Quando olhou para cima, encarava Oliver Hong, que estava tão confuso quanto ela.

— Por que estão todos gritando e correndo? — indagou Oliver.

— Porque precisamos ir — respondeu Celia, surgindo do outro lado do corredor. — Os soldados do Kuomintang estão no fim da rua, investigando. Eles baterão na porta a qualquer segundo.

Isso não faz nenhum sentido, pensou Alisa. Àquela altura, fazia meses que ela fugia dos Nacionalistas. Sabia como eles operavam. Ela nunca tinha visto uma unidade se formar com tanta rapidez, especialmente quando não sabiam para onde ir. A não ser que alguém na residência tenha dado um telefonema — e disso ela duvidava, porque mesmo se alguém ali tivesse motivos para fazê-lo, ela havia dormido no quarto ao lado do telefone, então teria escutado.

Os olhos de Oliver se voltaram para as escadas. Ao contrário dela, ele não estava procurando pelo telefone. Estava olhando diretamente para o quarto de Phoebe, com preocupação no rosto.

— Eu me livrei de tudo.

A atenção dele se voltou para Alisa.

— O que quer dizer?

Alisa não achava que era seguro explicar ali. Simplesmente fingiu ser devota e fez o sinal da cruz como se, de repente, tivesse adotado uma religião.

— Eu me livrei de tudo — repetiu —, não se preocupe. É bom você dar uma olhada em Orion... ele está estranho.

Oliver assentiu, tanto para indicar que havia entendido o que ela deixara nas entrelinhas quanto o que ela declarou diretamente. Rosalind logo seguiu para o corredor também, ouvindo a parte final da instrução de Alisa. Sem pedir por mais detalhes, ela seguiu Oliver escada acima, deixando apenas Celia e Alisa no corredor.

— Ah Dou me disse que há dois veículos na garagem, então eu e Rosalind vamos nos separar — explicou Celia. — Presumo que queira encontrar seu irmão com Rosalind.

— Não — respondeu Alisa.

Celia pareceu confusa. Enquanto isso, a linha de raciocínio de Alisa continuava a pular de uma conclusão à outra na velocidade da luz, tentando formar uma rede, e falhando todas as vezes. Enviar uma unidade militar para a Concessão Internacional era terrivelmente arriscado. Se o Kuomintang suspeitava que seus próprios traidores tinham voltado para casa, teriam enviado uma filial secreta. Um único agente, de espreita nos terraços para confirmar o palpite e retornar com a informação. Não enviariam *soldados*. Para um partido cujo tempo no poder era definido por movimentos pequenos e inofensivos, por que arriscariam irritar os estrangeiros por acidente?

— Você vai levar Oliver para um hospital clandestino? — perguntou Alisa discretamente.

Havia algo de errado. A explicação completa estava logo ao seu alcance.

Celia assentiu.

— Ele precisa ver um médico de verdade, por mais que insista que não. O sangramento para e recomeça com muita frequência.

Um baque soou na escada. Alisa e Celia se viraram para olhar. Oliver com certeza voltaria a sangrar se continuasse a se lançar pelos cantos daquela forma, arrastando Orion consigo.

— Para o carro, para o carro — dizia Rosalind, a voz agitada conforme se apressava atrás deles.

— Rosalind, você sabe dirigir? — perguntou Alisa.

— É claro que sei *dirigir*. — Ela abriu a porta que dava para a garagem, empurrando Oliver e Orion para que passassem. — Sei tudo o que o painel do carro faz. Na teoria.

Isso sem dúvidas significava que, uma vez, os Nacionalistas a ensinaram a dirigir e ela nunca havia tentado pegar a estrada. Pelo amor de Deus, Alisa estava tentada a ir com eles só para impedir que batessem o carro.

— Se não vai com Rosalind — continuou Celia —, isso quer dizer que você vem comigo?

— Não — repetiu Alisa. Ela inclinou a cabeça para o lado, prestando atenção. Pelo estrondo, veículos militares se aproximavam. — Vou me reunir com vocês depois. Quando estiverem na estrada, vá até as estações de comunicação... entrarei em contato com vocês dessa forma.

Celia hesitou. Por um momento, Alisa teve medo de que ela insistiria em levá-la junto de qualquer forma. Mas sua superior deve ter percebido que arrastar Alisa a qualquer lugar que ela não quisesse ir seria o equivalente a brigar com um gato irritado, então concordou.

— Tenha cuidado. Entre em contato ainda hoje, mesmo que não haja novidades.

Alisa levantou uma sobrancelha.

— Por que você está parecendo Roma?

Celia segurou sua mão.

— Porque, quando as pessoas se importam, elas cuidam de você. — Ela a apertou uma vez, então colocou uma pequena laranja na palma de Alisa. — Peço isso porque me preocupo, não para te limitar. Tenha cuidado, certo? E coma isso antes de ir a qualquer lugar. Senão vai morrer de fome.

Alisa assentiu. Satisfeita, Celia se apressou até a garagem, abrindo a porta do motorista do primeiro veículo. Enquanto isso, Rosalind entrou no segundo, despedindo-se de Alisa com um rápido aceno.

Alisa viu Celia tirar o veículo primeiro. Rosalind saiu logo em seguida, tendo que dar partida e deixando o carro morrer bem mais vezes, mas ela manobrou no caminho e fez uma grande curva para pegar a rua na parte de trás da casa, evitando os soldados que vinham pela rua principal.

No silêncio que se seguiu, Alisa não voltou à casa. As palavras de Celia ainda se repetiam em sua mente, ecoando enquanto ela descascava a laranja e colocava cada gomo em sua boca. A natureza de Alisa era ser instável. Precisava de parâmetros abertos para ser livre. Era assim que funcionava.

Ela cantarolou. Colocou o último gomo de laranja na boca. Supunha que, para algumas pessoas, aceitaria dar *algumas* satisfações.

Assim que os veículos militares apareceram à vista, ribombando e abrindo caminho entre os jardins, Alisa limpou as mãos e saiu da garagem, respirando fundo o ar da manhã. Então, encontrou um ponto de apoio nos canos e escalou rapidamente.

Alisa se escondeu atrás de uma das chaminés. Esperou, observando enquanto o primeiro caminhão estacionava do lado de fora da residência da família Hong, assistindo conforme os outros o seguiam. Apesar de estar a alguns metros de distância, não foi necessário ver melhor os homens que desciam dos veículos. Eles bateram à porta e pediram que Ah Dou desse licença para que inspecionassem a casa. Quando se espalharam para fazer a busca, seus movimentos lhe disseram o suficiente.

Mas é claro. Aquele não era o Kuomintang. Eram as forças da Senhora Hong.

Alisa pulou do telhado sem emitir nenhum barulho, caindo na traseira de um caminhão e se escondendo em um canto.

48

Rosalind bateu o carro pouco antes de chegarem à fronteira de Xangai. Não se iludia em relação às próprias habilidades como motorista, então não ficou surpresa quando se chocaram contra um poste telefônico e o veículo não deu mais partida. Para ser sincera, simplesmente se sentiu grata por ter sido um poste aleatório em uma rua tranquila a oeste da cidade, e não um cercado de arame farpado em um dos pontos de fiscalização.

— Como está se sentindo?

Orion a encarou. Estavam em frente ao veículo amassado, tentando decidir se havia alguma chance de conseguirem salvá-lo. O capô dianteiro ficara completamente côncavo. Um dos pneus parecia estar furado.

— Eu? — respondeu Orion. — Não estou machucado. Estou mais preocupado com você. Praticamente voou pelo para-brisa.

— Está bem, não exagere. Eu não *voei*.

— Voou, sim. Bateu essas asinhas fofas de anjo e se jogou de cara no vidro.

Rosalind o fitou. Ninguém naquela vizinhança adormecida pareceu ter ouvido a batida no poste e saído para investigar, porém era só questão de tempo até que uma testemunha passasse por ali. Qualquer intervalo de tempo a céu aberto significava uma oportunidade para um de seus inúmeros inimigos atacá-los. Se fossem abandonar o veículo, precisavam seguir em frente.

— Estava me referindo à sua cabeça. Está melhor?

Orion colocou as mãos nos bolsos. Ela suspeitava de que ele tinha entendido sua intenção na primeira vez que fizera a pergunta, só estava se fazendo de bobo. Orion não fora muito atingido pela colisão — o que provavelmente tinha a ver com o fato de que estava sentado no banco traseiro, cuidando da dor de cabeça.

— Não é uma dor debilitante — murmurou ele, o que não chegava a responder à pergunta, mas pelo menos era uma resposta.

Rosalind observou o céu. Podia sentir o estrondo da guerra. Mesmo que ali, tão a oeste, não estivessem nem um pouco próximos do local da batalha, a sensação percorria o espaço acima da cidade, cada zumbido dos aviões de combate ecoando pelas nuvens espessas. Ela havia seguido aquela direção de propósito, optando por ficar em território estrangeiro o máximo de tempo possível. Mas, em algum momento, precisariam passar por um ponto de fiscalização, e para isso, ou poderiam se esconder em um veículo cuja passagem já havia sido liberada, ou poderiam simplesmente atacar os soldados que estavam de guarda na fronteira da cidade.

— Tenho uma ideia — disse Rosalind.

No fim da rua, havia uma pousada. Tinha uma aparência simples o suficiente. Talvez fosse um negócio de família, passado de geração em geração.

Ela estendeu a mão.

A princípio, Orion não se moveu. Apesar de seus olhos imediatamente se voltarem ao que lhe fora oferecido, suas *mãos* continuaram nos bolsos. Tanto cautela quanto anseio tomaram conta de seu olhar. Ele olhou para a frente da mesma forma que ladrões de primeira viagem observavam joias de alto valor protegidas em redomas de vidro, desejando avaliá-las com avidez, mas ainda com medo do risco.

Rosalind abriu e fechou a palma com mais determinação. Era só sua mão.

— Eu não mordo — disse ela.

— Morde, sim.

Ainda assim, ele parecia não estar mais em conflito consigo mesmo. Orion tirou uma das mãos do bolso e segurou a dela lentamente. Rosalind sentiu a palma da mão formigar com o movimento. Os dedos dos dois se entrelaçaram, seus pulsos se saudaram com um sussurro. Apesar de ter sido ela a oferecer tal proximidade, a importância lenta e intencional que deram àquele gesto pareceu íntima demais para uma manhã cinzenta, parados no meio da rua ao lado de um veículo destruído.

— Me diga se a dor de cabeça piorar.

— Está tudo sob controle — assegurou-lhe Orion. Ele fingia estar confiante, mas Rosalind podia sentir a vibração que percorria seus dedos, o tremor involuntário que perpassou seu braço. Ele estava com medo. Não pelo seu bem-estar... mas *de si mesmo*. — Minha mente está bem tranquila.

— Certo — disse Rosalind. Ela começou a caminhar em direção à pousada, levando-o junto. — Então, você vai interpretar o papel de marido novamente.

A cada virada repentina que o caminhão dava, Alisa quase era jogada para fora de seu esconderijo entre as duas caixas de madeira. Já teria escorregado várias vezes se seu tronco estivesse mais fora de forma, mas, felizmente, conseguiu se segurar num pedaço ínfimo de uma tampa, mantendo-se escondida nos fundos.

Anos antes, Alisa Montagova havia decorado um mapa de Xangai, mas a forma como conduziam fazia com que fosse muito difícil para que ela traçar a rota que seguiam. Eles faziam uma curva fechada à esquerda, depois duas à direita, o que contrariava diretamente a manobra anterior. Ela não tinha como dizer se o caminho havia sido longo, ou se parecia assim porque estavam andando em círculos para evitar serem seguidos.

Alisa se moveu assim que o caminhão parou. Jogou-se para o lado, ficando junto aos pneus, esperando para ver se alguém a vira. A maioria dos soldados desembarcou normalmente. Ninguém gritou um alerta.

Ela não pensou que chegaria tão longe. Nem sabia onde estava. Eles haviam passado por um par de portões altos. Uma mansão se agigantava adiante.

Um movimento chamou sua atenção do outro lado do veículo. Apesar de estar confusa, Alisa precisava agir com rapidez, porque hesitar seria apenas uma perda de tempo. Xingando baixinho, ela se lançou para a frente, correndo a toda velocidade. Tudo bem se a vissem. O importante era chegar a um esconderijo depois disso. Ela nunca havia perdido no esconde-esconde em sua vida.

— *Ei*!

Essa foi rápida.

Alisa fez uma careta, olhando por cima do ombro. Permitiu-se dar uma olhada rápida para contar quantos soldados estavam se empertigando. Então, virou-se novamente, avançando. A mansão havia sido construída em uma ladeira, os fundos eram mais altos do que a frente. Os quartos pareciam ser posicionados ligeiramente acima do chão para acomodar o declive da colina. Alisa pulou assim que alcançou a lateral da mansão, segurando a grade da varanda presa ao primeiro andar. Ela se lançou sobre o parapeito e entrou pela janela aberta. Fácil, fácil.

Enquanto os soldados continuavam sua busca, ela caiu em um quarto empoeirado e vazio, salvo por uma única cadeira no canto. No teto, os soquetes não possuíam lâmpadas, apenas os fios de eletricidade expostos. Alisa logo foi para o closet, balançando as mãos em volta do rosto para afastar a poeira.

A parte irritante das casas bonitas nas Concessões era que tinham uma boa construçao, com plantas cuidadosamente arquitetadas. Era o completo oposto dos tipos de casa em que ela crescera, nos quais os apartamentos se compactavam e fundiam graças à natureza da arquitetura do centro urbano, deixando brechas e lacunas entre os pisos e as paredes.

Pelo menos, podia-se encontrar espaço para o isolamento térmico entre os andares nas construções da Concessão. E, geralmente, era possível acessá-los no primeiro andar, por causa da manutenção.

Alisa avistou o pequeno retângulo no teto do closet. Ouviu um grito no corredor. Com uma velocidade frenética, ela correu até a cadeira solitária do quarto, levando-a para o closet. Subiu primeiro no assento, depois no encosto. Quando finalmente alcançou o pequeno retângulo, levantou as mãos e retirou o revestimento, abrindo um pequeno buraco para sua passagem. Depois, chutou a cadeira para longe, a fim de não indicar sua rota de fuga.

— Sucesso — murmurou ela, enfiando-se no conduto.

Ela colocou o revestimento de volta no lugar. Soltou o ar.

Alisa parou por um momento a fim de escutar. Os soldados entraram no quarto do qual ela havia acabado de sair. Eles se espalharam, chamando uns aos outros, confusos. Era raro alguém conferir os condutos. Era raro as pessoas terem conhecimento de que eles *existiam* nas casas. Ela ouviu uma movimentação. Mais gritos. E então, o barulho de passos deixando o quarto para irem checar outras partes da mansão.

Lentamente, ela começou a se mover também. Engatinhando, Alisa tateou as vigas de madeiras, tomando cuidado para seguir entre as partes firmes e não aplicar pressão no gesso do teto. Era bom saber que não tinha perdido o dom de se esgueirar em espaços pequenos. Quando criança, costumava passar horas fazendo isso. Entreouvindo a conversa de todos na casa. Descobrindo todos os segredos do irmão mais velho, porque ele sempre falava em voz alta ao escrever suas cartas particulares.

Alisa parou depois de alguns minutos. Considerando a direção em que engatinhava, estava próxima do hall de entrada, em algum lugar perto do átrio principal. Havia uma agitação abaixo. Vozes subiam até o teto. Alisa não conseguia escutar o que estava sendo dito, então, lentamente se abaixou na viga e se aproximou de um dos forros do teto. Colocou o olho entre as fendas. A sala tomou forma: pisos polidos, mesas de metal... e soldados presos a elas.

— Ah, não — sussurrou Alisa.

No canto mais à direita, havia uma mulher ao lado de um soldado. Da soleira da porta, três homens em ternos escuros supervisionavam a cena. A mulher usava uma seringa para injetar algo no soldado, e Alisa semicerrou os olhos e viu o resto de uma mistura verde desaparecendo em seu braço — um verde-escuro familiar, como aquele que Alisa carregara por meses enquanto fugia. Depois de retirar a seringa, a mulher rapidamente atravessou a sala, explicando algo de maneira apressada aos homens de terno. Enquanto tentava escutar com mais atenção, Alisa percebeu que o motivo de não estar entendendo nada não era porque não ouvia as palavras. A mulher falava em japonês.

Aquela só podia ser a Senhora Hong. Ela parecia uma palestrante nos últimos minutos de sua apresentação, enrolando para terminar o assunto que começara, uma única mecha de cabelo escapando do penteado firme.

Apesar da falta de compreensão de Alisa, era possível entender, só pela entonação, que a Senhora Hong estava defendendo a si mesma. Ela fez um gesto indicando o soldado em quem havia acabado de injetar a mistura, e quando um dos homens fez uma pergunta, ela balançou a cabeça enfaticamente. Ela suspirou de maneira profunda. Antes que pudesse se explicar, o soldado acordou.

Ele começou a gritar. Alisa mal conteve o arquejo de surpresa, a mão indo até a boca. Porém, ninguém no laboratório abaixo parecia surpreso, como se aquilo já tivesse acontecido algumas vezes. Quando a Senhora Hong voltou a se aproximar do soldado e foi pegar algo no carrinho hospitalar, pareceu ressentida. Sua mão pairou sob os conteúdos antes de passar direto pelos frascos verdes, pegando um transparente no lugar. Alisa pensou que ele estava vazio, até que a Senhora Hong soltou a tampa e pegou uma seringa para coletar o líquido. Era uma substância incolor e, a julgar pelo modo como subia pela seringa, viscosa.

A Senhora Hong se virou e a injetou no soldado deitado à sua frente. Segundos depois, ele parou de gritar.

Pronto, pareceu dizer ela. Alisa se retesou, tentando escutar tudo o que podia, esforçando-se para decifrar a situação ao ouvir qualquer som similar que identificasse.

Hanten shi ta, a Senhora Hong havia dito antes. Pareceu muito com *hòutuì*, em mandarim. Ela não estava dizendo *revertido*, estava?

Quando a Senhora Hong se aproximou do carrinho novamente, Alisa se apoiou com mais força no teto. De repente, as tábuas rangeram, protestando contra o esforço. O barulho fez com que um dos homens olhasse para cima... e seus olhos foram diretamente para onde Alisa se escondia.

Merda.

49

Em primeiro lugar, Rosalind precisava dar um jeito no fato de que seu rosto estampava cada cartaz desde onde estava até o Rio Huangpu. Ela considerou todas as opções que tinha. Poderia se encher de ataduras novamente. Poderia fingir que estava com uma gripe bem séria e colocar um lenço em frente à boca.

Mas aquilo não resolvia o fato de que Orion também era uma pessoa reconhecível. Então, o que ela acabou fazendo foi tão óbvio, que ficou surpresa por ter funcionado.

— Já é a terceira vez que me confundem com aquela assassina essa semana — berrou Rosalind quando entraram na pousada. — Será que parecemos tanto assim com eles? Eu não vejo essa semelhança.

— Acho que é seu penteado, *qīn'ài de* — respondeu Orion. — Eu não lembro nem um pouco aquele *hanjian*. Simplesmente sou arrastado para essa situação por andar com você.

Eles estavam falando com sotaques nortistas muito mal fingidos. A tentativa de Orion precisava de algumas melhorarias. Já a de Rosalind era bem treinada, mas irritante ao ouvido — o resultado de suas noites com Celia e Juliette quando, no passado, não tinham muito o que fazer além de conversar umas com as outras como se viessem de uma família de damas de Pequim. Em Xangai, não havia maneira mais fácil de se destacar do que falar de forma diferente. E assim que alguém expunha que era diferente, era difícil considerá-lo nativo de Xangai, difícil superar a arrogância inerente que aquela cidade possuía — para o bem ou para o mal.

— Um quarto, por favor. — Rosalind abriu um sorriso afetado quando se aproximou da mesa da recepção. Antes que a senhora de cabelos grisalhos, dona da pousada, pudesse dizer qualquer coisa, Rosalind fungou a contragosto e virou-se para Orion. — Por que sua irmã insistiu em se mudar para cá? Olhe bem como Zhabei está uma bagunça. Ficaremos presos dentro da cidade *para sempre*.

— Acha que eu quero ficar aqui? — Orion falhou um pouco. Uma marca dos sotaques nortistas eram as ondulações das palavras, as sílabas mais graves adicionadas sempre que possível. O sotaque xangainês, por outro lado, era direto demais, e o final da frase de Orion não se estendeu. Discretamente, Rosalind pisou no pé dele. A lufada de ar que ele soltou disfarçou o erro. — A culpa é daquele cretino com quem ela se casou. Que exemplo de *mèifū*, nos expulsando daquela forma.

— Posso abrir uma vaga para vocês — informou a dona da pousada à mesa, parecendo compadecida. Ela olhou para o caderno de registros à sua frente, traçando o dedo pela página. — Mas com certeza não poderão sair daqui em breve. Conhecem alguém para quem possam pedir um favor?

O que ela estava dizendo era: *Conhecem alguém no Kuomintang para quem possam ligar?*

Rosalind balançou a cabeça.

— Somos pessoas de pouca importância. Nossa maior esperança é conseguir uma carona. — Ela fingiu pensar no assunto. — Por acaso a senhora não conhece nenhum viajante que entre e saia da cidade com frequência?

— *Eu* não conheço. — A dona da pousada pegou uma chave embaixo da mesa, então gesticulou para que eles a seguissem. — Mas podem falar com minha sobrinha quando ela voltar. Ela conhece muitas pessoas.

Rosalind assentiu. Eles não podiam apressar as coisas. Falhar agora seria a diferença entre saírem dali em segurança e serem enfiados em uma cela do Kuomintang. Eles seguiram a dona da pousada até um quarto pequeno, entrando e agradecendo em uníssono. Depois de apontar onde as comodidades estavam localizadas, a mulher saiu e fechou a porta.

Rosalind se virou para Orion.

— Qual é o problema? — perguntou ele imediatamente.

— Por que você acha que tem algo de errado?

Rosalind foi até a janela, abrindo a cortina e olhando a beira da estrada. Era uma pousada muito pitoresca. Decorada com pinturas de aquarela e iluminada com velas pela metade. O teto era baixo e o assoalho rangia, o que significava que seria difícil alguém se esgueirar por ali, já que seus passos poderiam ser ouvidos a quilômetros de distância.

— Bem...

Ele não terminou de falar, gesticulando vagamente — quase que de um jeito tímido — na direção dela. Ela sabia o motivo da pergunta: era como se seu corpo todo estivesse inquieto. Mas talvez ele tenha decidido não expressá-lo em voz alta com medo de soar ofensivo, e pensar naquilo fez Rosalind sentir uma onda peculiar de calor. Apesar da bagunça em sua cabeça, Orion continuava extremamente cuidadoso. Apesar de tudo, ele simplesmente era assim.

A careta constrangedora de Orion de repente se transformou em um barulho de dor. Rosalind soltou a cortina, dando passos largos até ele e segurando seu rosto.

— Está ruim? — perguntou ela.

— Não — respondeu ele, os olhos fechados. — Não, está tudo bem.

— *Orion.*

Seus olhos se abriram. Foi por um momento breve, mas Rosalind viu aquela centelha, aquele segundo de ausência em que não havia ninguém olhando para ela. Porém, assim que seu olhar se ajustou, ele voltou ao normal, e aquelas íris castanho-escuras mais uma vez brilharam sob a luz do dia que entrava pelas cortinas.

Rosalind não conseguiu se segurar. Suspirou, envolvendo o pescoço dele com os braços e enterrando o rosto em seu ombro. Orion abraçou sua cintura automaticamente, também apoiando-se nela.

— Estou bem. Mesmo.

— Eu sei — murmurou ela.

E sabia que ele ia fazer o possível para esconder mesmo que não estivesse. Que ele era o tipo de pessoa que odiava parecer estar com problemas, porque passara a vida toda sem ter permissão para isso, mesmo que não se lembrasse de nada.

Ela precisava levá-lo de volta a Zhouzhuang. Aquilo não resolveria as dores de cabeça até que houvesse uma solução para os experimentos de força da Senhora Hong, mas eliminaria a possibilidade de que ele adentrasse fundo demais em uma crise e sua mente caísse em um vazio permanente. Lourens precisava ajudá-lo. Rosalind tinha o terrível pressentimento de que, de outra forma, perderia Orion.

Lentamente, ela se afastou, soltando-se de seu calor, de seu batimento selvagem e firme. Orion não a soltou de pronto, então, por um momento, ficaram cara a cara, a cabeça dele inclinada para baixo, sem avançar, e a dela inclinada para cima, parando o tempo.

Rosalind soltou o ar devagar.

— Descanse um pouco — disse ela. — Vou encontrar uma saída.

A questão era o que aconteceria primeiro: se Rosalind acharia uma saída ou se os Nacionalistas encontrariam o veículo deixado na estrada. Poderia levar um tempo até encontrarem o proprietário do veículo, mesmo que já tivessem rebocado os destroços. E quando o rastreamento levasse até a família Hong, quem garantiria que encontrariam aquela pousada?

A sobrinha da proprietária só retornou no dia seguinte. Apesar de Rosalind perguntar por ela pela manhã, aparentemente a garota tinha uma rotina de sono estranha, e Rosalind acabou voltando a cada dez minutos para conferir, até que ela acordasse.

— Procuramos uma forma de sair da cidade e não somos nem um pouco exigentes — disse, os dois cotovelos apoiados na mesa, quando finalmente teve a oportunidade de falar com a garota.

Ela era jovem — sem dúvidas mais jovem do que Rosalind. As nuvens de uma tempestade de fim de tarde que se aproximava escureceram a pousada, roubando as horas do dia e oscilando mais cedo em direção à noite. O rádio falava sem parar sobre a invasão. À distância, Rosalind ouviu um trecho que dizia que a capital deixaria de ser Nanquim e passaria a ser Luoyang. Os Nacionalistas estavam preocupados que, dada a disposição do Japão em atacar Xangai, Nanquim seria o próximo alvo. Enquanto isso, as forças ocidentais tentavam organizar um cessar-fogo, já que estavam preocupadas demais com os próprios interesses para ficar de braços cruzados enquanto a cidade fervia com uma batalha.

— A senhora não está encrencada, está? — perguntou a garota, de maneira relaxada.

— É claro que não — respondeu Rosalind na mesma hora. — Só queremos voltar para casa. Meu marido tem uma condição de saúde. Ele precisa da própria cama. De bastante descanso.

Não era bem uma *mentira*.

A sobrinha da dona da pousada se inclinava para trás na cadeira, equilibrando-se nas duas pernas traseiras. Mal parecia prestar atenção na conversa. Em vez disso, sua cabeça estava direcionada para o rádio.

— Para qual direção? — perguntou ela.

Rosalind hesitou. Ainda estava fingindo o sotaque nortista. A melhor resposta teria sido para o norte, só para ver quem poderia ajudá-los a passar pelos pontos de fiscalização da cidade. Mas estavam com pouco tempo.

— Para o oeste — decidiu. — Em direção a Suzhou.

Se a garota achou estranho, não falou nada. Deu uma batidinha no nariz com uma caneta, pensando.

— Ah, isso é fácil. Nosso distribuidor traz alimentos de uma fazenda em Suzhou toda semana. Imagino que ele não verá problemas em levar vocês quando estiver voltando. Nossa pousada é sempre sua última parada.

— Quando ele virá?

— Na quarta-feira. — Ela deu uma olhada no caderno de registros acima da mesa. — Dia 3 de fevereiro, se levarmos em conta o calendário ocidental.

Rosalind hesitou. Na quarta-feira, já faria oito dias desde que saíram de Zhouzhuang. Quanto mais tempo ficassem ali, maiores eram as chances de serem pegos. Mas se Rosalind insistisse em investigar, se saísse perguntando por rotas que saíssem da cidade mais rapidamente, aquilo também poderia colocá-la no radar do Kuomintang. Precisaria se contentar com aquela data. Pelo menos poderiam se esconder na pousada até lá.

Rosalind se afastou da mesa da recepção.

— Obrigada — agradeceu. — Está ótimo.

— Você não me é estranha — disse a garota de repente. Foi um comentário espontâneo, feito enquanto ela ainda se balançava naquelas pernas traseiras, mas Rosalind congelou mesmo assim. — Por acaso nós nos conhecemos de algum lugar?

— Imagino que não.

Ela imaginou todas as possibilidades. A pior delas passou como um filme fotográfico diante de seus olhos: os Nacionalistas invadindo a pousada, sequestrando Orion, mantendo-o preso até que ele deteriorasse e não fosse mais possível salvá-lo.

A garota deu de ombros.

— Tudo bem. Se precisar de mim novamente, meu nome é Millie.

Não foram os Nacionalistas que apareceram batendo à porta um dia depois. Foi um mensageiro. E apesar de Rosalind ter dado um pulo para trás no instante em que abriu a porta e viu o rosto que não conhecia, o garoto levantou as mãos, mostrando que vinha em paz.

— *Espereespereespere*… fui enviado!

Ele virou um pedaço de papel que tinha nas mãos, mostrando-o a Rosalind antes que ela pegasse o cabideiro e o atacasse com ele. Havia dois caracteres escritos em linhas pequenas e apertadas: 姐姐. Era a caligrafia de Celia.

— O quê? — indagou Rosalind, logo se afastando do cabideiro.

Orion ouviu a comoção e se levantou da mesa, parando atrás do ombro dela enquanto ela pegava o papel e o desdobrava para ler a mensagem.

Seguros. Costurado. E o seu? Sabe de Alisa?

Era como se ela estivesse falando em códigos, mas em vez de seguir um criptograma, Celia sabia que Rosalind entenderia exatamente o que ela queria dizer, mesmo que encurtasse muito a mensagem. *Costurado* significava que estavam no hospital e que Oliver havia passado por uma cirurgia por causa do ferimento. *E o seu?* era uma pergunta a respeito de Orion.

— Como diabos ela me encontrou?

O mensageiro tinha uma expressão astuta.

— Temos nossos segredos. Quer que eu leve uma resposta? Tenho alguns minutos de sobra.

Rosalind foi até a mesa, procurando uma caneta.

— Sim, sim. Fique aí.

Seguros também. Tentando sair. Não... sabe de Phoebe?

A resposta da irmã veio algumas horas depois.

Não. Preocupada.

Rosalind também estava. Quando o mesmo garoto perguntou se precisava levar uma nova mensagem, Rosalind balançou a cabeça. Não podiam fazer nada além de esperar.

Na segunda-feira, Rosalind se aventurou a sair com um lenço cobrindo a cabeça. Seu veículo destroçado havia sido removido. Dois policiais municipais estavam no local da batida, investigando os cacos de vidro na estrada.

Rosalind logo se afastou, entrando em um pequeno hortifrúti. Ela comprou um saco de maçãs.

Na terça-feira, Orion já havia quase terminado o saco inteiro de maçãs.

— Você é ridículo — disse ela quando ele começou a tirar a casca da última. — Essa é uma quantidade absurda de maçãs.

— Eu insisti para você comer também — protestou Orion, como se essa fosse a questão.

Ele arregaçou as mangas, dobrando-as no cotovelo para tirá-las do caminho.

— Comerei uma maçã por dia, e já é o suficiente.

— Então para que comprou um saco inteiro? Hein? Xeque-mate.

Rosalind soltou um muxoxo, virando-se na cadeira para voltar a ler o jornal que a dona da pousada entregara mais cedo. Pelo canto do olho, viu Orion abrir um sorriso largo para ela, e apesar de se esforçar muito para continuar com a carranca, ela perdeu a compostura.

— Ahá. — Orion estendeu o braço, oferecendo a maçã sem casca. — Morda.

— Você é ridículo — repetiu ela.

Ainda assim, inclinou-se e deu uma mordida.

Quando a quarta-feira chegou, ela e Orion esperavam pacientemente nos fundos da pousada, depois de pagarem pela estadia com um colar. Nenhum dos dois estava carregando dinheiro o suficiente — Orion, era de se compreender, não estava carregando nada —, e ir a um banco convocaria o Kuomintang mais rápido do que se colocassem um holofote no céu. De qualquer forma, Rosalind não sentiria falta do colar. Ela o comprara há anos, com dinheiro Escarlate, e o único valor sentimental era o fato de que durara todo aquele tempo antes que ela pudesse encontrar um bom uso para ele.

— Ali — sussurrou Orion, avistando o caminhão que virava à esquina.

Convencer o fazendeiro a levá-los foi fácil. Rosalind fez sua melhor cara de choro, perguntando se, por acaso, ele estava indo para o oeste, em direção a Zhouzhuang. Ela soluçou, dizendo que seu marido estava doente e que eles precisavam ver um médico especialista fora da cidade.

— Entrem, entrem — disse o fazendeiro, tirando um lenço do macacão jeans desgastado e praticamente jogando-o em Rosalind. — Não precisa chorar. Tenho espaço o suficiente para uma emergência.

Rosalind lançou um olhar de satisfação para Orion, limpando os olhos com o lenço. Apesar de Orion apertar a ponte do nariz para enfatizar a doença que ela alegara, ela suspeitava que parte da tensão em sua expressão não era mais fingimento. Sua cabeça realmente tinha começado a doer, como vinha acontecendo com frequência nos últimos dias.

— Acha que vão conferir nossos documentos? — perguntou Rosalind, quando o fazendeiro terminou de descarregar as mercadorias da pousada.

Seu tom de voz continuou recatado. Ela perguntou como se por curiosidade, e não preocupação.

— Ah, nesse caminho ninguém se preocupa com isso — respondeu o fazendeiro. Ele bateu no joelho. — A não ser que a senhorita seja uma criminosa.

Rosalind riu de nervoso.

Então, não havia necessidade de irem na carroceria. Havia espaço no grande banco da frente do caminhão, e Rosalind se sentou ao lado do motorista, arrastando Orion para ficar perto dela. Ela puxou conversa fiada com o fazendeiro.

Orion inclinou a cabeça para a lateral do caminhão. Não havia janela. Só o que ele podia fazer era fechar os olhos e aguentar o cruel frio invernal que o atingia.

Horas se passaram na estrada. Agora, estavam quase chegando ao seu destino, e Rosalind não podia acreditar em como estavam próximos... então, é claro que foi naquele momento que os problemas começaram a surgir. Ela os sentiu primeiro na forma como Orion respirou de maneira intensa. O fazendeiro estava bem distraído, falando de suas galinhas e respondendo a qualquer pergunta que Rosalind lhe fizesse. Ela, no entanto, estivera dividindo sua atenção entre conversar com ele e monitorar Orion o tempo todo.

— O que está acontecendo? — sussurrou ela quando, acima, as árvores se tornaram mais densas. A estrada estava repleta de galhos que se quebravam sob as rodas do caminhão, preenchendo o espaço com sons e fazendo o motorista grunhir reclamações conforme se concentrava em avançar. — O que está ouvindo?

— Tantas coisas — murmurou Orion. — Vou ficar bem.

Ele não parecia acreditar naquilo.

— Tem certeza?

Ele não respondeu. Quando Rosalind tocou seu ombro, forçando-o a olhar para ela, seus olhos ficaram vazios. Ela se empertigou no assento. Orion piscou, retomando o foco. Naquele meio segundo que se passou entre os dois, o pânico ficou vívido na expressão dele, ciente de que por pouco havia escapado do que estava prestes a possuí-lo.

Ah, merda.

— Existe alguma forma — disse Rosalind, animada, ao se virar para o fazendeiro — de o senhor ir um pouco mais rápido?

— Estou indo o mais rápido que posso, *tàitài* — comentou ele.

— Eu entendo, e sou muito grata — disse Rosalind. Mantinha uma felicidade tão falsa na voz, que ela potencialmente criaria asas e sairia voando. — Porém, se tiver algum jeito de acelerar um pouco...

Antes que ela pudesse terminar a frase, sentiu uma rajada de vento ao seu lado. Virou-se bem a tempo de ver Orion abrindo a porta e se lançando para fora do caminhão.

Ela ficou boquiaberta.

— Que *diabos*...

Rosalind o imitou e pulou atrás dele, mal se apoiando antes de rolar pelo cascalho áspero. O caminhão seguiu em frente — talvez o fazendeiro mal tivesse registrado aquela série de eventos, ou quem sabe não tivesse a força de vontade necessária para fazer algo pelos dois citadinos tolos o bastante para se jogarem de um veículo em movimento.

O ombro dela atingiu uma pedra grande. Ela parou abruptamente.

— Está maluco? — gritou para Orion, apoiando-se em um cotovelo.

Um fio de sangue que escorria lentamente escureceu a visão de seu olho esquerdo. Devia ter cortado a testa na pedra, mas ela afastou o sangue, mal dando atenção àquilo.

— Sim! — gritou Orion de volta, a alguma distância. Ele havia parado perto de um galho de árvore pendurado que invadia a estrada. — Por isso eu me joguei!

Pelo barulho na estrada, parecia que outro carro estava se aproximando. Rosalind correu até Orion e segurou o ombro dele em uma tentativa de levantá-lo.

— Vamos, Orion.

— Não posso — disse ele com dificuldade. — Se eu me mover, vou perder o controle.

— Tudo bem. — Rosalind lhe deu outro puxão. — Pode me esfaquear de novo. Não me importo.

— *Eu* me importo.

O ronco do veículo que se aproximava ficou mais alto.

— Anda, anda — disse Rosalind, agitada. — Seremos atropelados.

Tarde demais. O veículo fez a curva e foi na direção deles. Com um xingamento na ponta da língua, Rosalind pegou Orion e lançou o braço para cima, como se aquele único membro pudesse aguentar o impacto. Apesar de ter aceitado que o carro não os veria a tempo, ela ouviu o guincho ensurdecedor de seus freios.

O eco reverberou pela floresta, pelas árvores.

O para-choque do carro parou a centímetros de tocá-la.

Rosalind abaixou o braço, o movimento lento e hesitante. Sua respiração estava trêmula, a adrenalina correndo como uma torrente por seu corpo.

A porta traseira do carro se abriu. O homem que saiu do veículo era extremamente familiar. Demorou um tempo para que Rosalind se lembrasse que, da última vez em que o vira, estava amarrada a uma cadeira em Zhabei, esperando o mundo atingi-la.

— Olá — disse Benedikt Montagov despretensiosamente. — Existe algum motivo para estarem no meio da estrada?

Rosalind engoliu em seco. Quando Orion se moveu sob seu toque, havia algo de ansioso em seus trejeitos.

Aguente firme, implorou ela, *por favor. Você já resistiu por tanto tempo.*

— Não se aproxime — alertou ela. — Ele está...

Outra porta se abriu. Quando Lourens Van Dijk saiu e olhou por cima do carro com cuidado, Rosalind não pôde acreditar nos próprios olhos.

— Ah — disse o senhor. — Hong Liwen. Lembro-me de trabalhar nele.

... O quê?

— Você o quê? — perguntou Rosalind em voz alta

A mão que segurava Orion intensificou seu aperto. Não tinha certeza se sua intenção era contê-lo ou manter os outros longe.

Lourens deu um passo à frente. Outro homem abriu rapidamente a porta do motorista para ficar ao lado dele, seu cabelo escuro todo bagunçado. Aquele era Marshall Seo — apesar dos raros encontros que tiveram em Xangai quando as gangues ainda existiam, Rosalind só podia presumir que a pessoa que sempre acompanhava Benedikt era seu atual marido.

— Espere, Lourens. Acho que não deveria...

Rosalind não teve tempo para concordar com o aviso dele. Orion se levantou com tanta rapidez que ela foi forçada a largá-lo, cambaleando, surpresa. Em um momento, ele estava estirado no cascalho, no outro, avançava até Lourens. Agindo por puro instinto, Rosalind chutou a parte de trás do joelho de Orion. Ele perdeu o equilíbrio, e sua investida não atingiu o cientista por um fio.

— Para trás! — gritou Rosalind.

Ela não esperou para ver se Lourens a ouviria. Com um grunhido de esforço, ela mergulhou na direção de Orion, com a intenção de prendê-lo ao chão. Porém, assim que sua mão se fechou em seu ombro, ele se virou para encará-la. Orion mal roçara no cotovelo dela ao golpeá-la. Ainda assim, ele era tão forte que Rosalind saiu rolando pelo cascalho, caindo com tanta força que lascas perfuraram sua pele.

— *Ai!* — esbravejou. — Orion!

Ele não a ouviu. Não estava escutando mais nada, perdido dentro do que o havia possuído. Talvez completamente perdido, mas Rosalind não podia pensar daquela forma ou pararia de lutar, ou abriria bem os braços e aceitaria qualquer que fosse a consequência enquanto ele se erguia sobre ela. Pelo menos agora, tinha chamado a atenção dele.

Pelo canto do olho, conseguiu ver Benedikt sacar uma pistola.

— Pare! — gritou Rosalind imediatamente. — Guarde isso, já!

— Senhorita Lang, ele vai *matá-la*...

— Guarde — Rosalind tirou um grampo do cabelo — *isso*.

Orion avançou, mas, desta vez, Rosalind estava preparada. Ela não desviou do contato; foi direto ao encontro de seu ataque, segurando o pulso dele antes que ele pudesse atingi-la e usando o próprio ímpeto de Orion contra ele ao passar a perna por seu tornozelo, desequilibrando-o mais uma vez. Não havia problema se não conseguia se equiparar à sua força. Só precisava que ele ficasse ao seu alcance por um momento para injetar o sedativo.

Rosalind alfinetou o ombro dele com o grampo.

— Meu Deus — falou, com esforço. — Sabe a *sorte* que tem — ela retirou o metal — por me ter?

Por um momento, pareceu que Orion teria energia o suficiente para atacar antes de o sedativo fazer efeito. Mas então, seus olhos estremeceram. Rosalind finalmente relaxou, apressando-se a estender a mão para amortecer o impacto quando a cabeça dele atingiu o chão.

À sua esquerda, passos trituraram o cascalho. Lourens parou atrás dela, observando Orion em silêncio.

— Não irei carregá-lo — declarou Marshall ao lado do carro.

Rosalind precisou de um segundo para recuperar o fôlego. Quando olhou por cima do ombro, Benedikt havia guardado a pistola, observando a cena com cautela, o braço estendido na frente de Marshall para proibi-lo de se aproximar.

— Ele está desmaiado — disse Rosalind. O ressentimento fez com que sentisse um gosto pungente na língua. — Não precisa se preocupar.

Ela saiu de cima de Orion, mas não se distanciou. Não estava disposta a abandoná-lo até que tivesse algumas respostas, então, até mesmo quando se virou para Lourens, sua mão continuou em volta do braço de Orion.

— Mais cedo — incitou —, o que quis dizer quando falou que *trabalhou nele*?

Por um longo momento, Lourens não respondeu. Ele envelhecera tremendamente desde a última vez que Rosalind o vira. Uma espécie de exaustão havia tomado conta de seu rosto.

— Assim como trabalhei em você — respondeu Lourens. — Ajudei a mãe dele com sua pesquisa, antes de ela deixar o país.

50

Havia tantas coisas acontecendo dentro da casa, que Rosalind se forçou a se retirar e permanecer em frente ao canal, os punhos cerrados e enfiados embaixo dos braços.

Lourens trouxera uma mala inteira cheia de misturas e substâncias químicas, tudo o que possivelmente fosse necessário para ajudar Orion. Era somente isso o que impedia Rosalind de avançar nele naquele momento, somente isso o que a controlava depois de ele ter admitido, como se não fosse nada, ter feito parte dos experimentos que mudaram Orion.

Bem... e o fato de Juliette ter chegado ao local a tempo de conter Rosalind fisicamente assim que ela soltara Orion e se lançara adiante com os braços estendidos. Sua prima a segurou com toda a força, mal compreendendo o maldito motivo de Rosalind estar tentando atacar Lourens, até Benedikt e Marshall gritarem uma rápida explicação, a voz de um se sobrepondo a do outro. Xingando baixo, Juliette só precisou olhar para Orion no chão para compreender.

— *Primeiro,* precisa deixar que Lourens produza a cura. Depois, pode decidir o que ele merece — dissera a prima.

Juliette tinha razão: a cura vinha primeiro. Ao lado do canal, Rosalind soltou a respiração, mantendo os olhos fechados diante da agitação do vento. Todos os outros estavam do lado de dentro. Não deveria demorar tanto tempo. Lourens não pareceu nem um pouco preocupado quando abrira a maleta. Ou ele já tinha uma solução que funcionaria, ou não tinha. Ou havia algo que já fora inventado e que poderia trazer Orion de volta, ou Lourens precisaria de todo um laboratório e anos de pesquisa.

— Rosalind.

Era a voz de Juliette. Quando Rosalind ignorou o chamado, decidida a escutar apenas a natureza e os estrondos da tempestade que estava por vir, movendo-se pelas nuvens da tarde, sua prima pigarreou. Com o som, vinha um aviso. Rosalind abriu os olhos.

Juliette inclinou a cabeça na direção da casa.

— Entre.

— Preciso mesmo?

Não sabia o que faria se Lourens declarasse que não havia nada que pudesse fazer por Orion. Ela voltaria para a cidade? Esconderia Orion em algum lugar para mantê-lo longe do alcance da mãe? E, de qualquer forma, o que fariam em relação à Senhora Hong? Iriam atrás dela antes de serem provocados, sabendo que em *algum momento* um passo seria dado, ou esperariam o problema aparecer?

— Lourens diz que...

— Há algo que eu possa fazer? — interrompeu Rosalind subitamente.

Juliette pareceu confusa.

— O quê?

— Cartas a entregar, compras a buscar, inimigos a matar...

— Em primeiro lugar — Juliette colocou as mãos na cintura —, tenho pessoas que fazem isso para mim. O que está acontecendo?

Ela não podia continuar ali.

— Não consigo — murmurou Rosalind.

Ela se virou. A vontade de correr vibrava em seus ossos, causava desconforto em cada centímetro de sua pele. *Não consigo*, dissera ela em voz alta, mas a continuação não explícita dessa frase era: *não consigo encará-lo se ele me esquecer mais uma vez.* Era muito pior ficar na expectativa. Muito pior ficar com frio, tremendo, e ser deixada para trás do que ficar escondida nas sombras. Afinal, no fim das contas, agora que não havia mais espaço para pensar se ele ficaria melhor sem ela, era preciso admitir: recuperá-lo significava tudo. Como Rosalind aguentaria se ela permanecesse um nada para ele?

Ela correu na direção da ponte.

— Será que eu poderia pelo menos terminar o que eu dizia? — berrou Juliette atrás dela. — Lourens diz que ele está *acordado*.

Rosalind se virou, uma de suas mãos já no corrimão, um de seus pés já no primeiro degrau de pedra. Sua atenção se voltou para a soleira da porta, para sua prima que a aguardava, bem a tempo de ver Orion surgir atrás dela, os olhos arregalados e os cabelos bagunçados, os botões da camisa abertos e nenhum casaco à vista.

Ela não estava respirando. Talvez, quando Lourens a alterou há cinco anos, não a tenha deixado apenas sem sono e sem envelhecer; talvez ela simplesmente nunca tenha notado que sobreviveria perfeitamente bem se nunca respirasse...

— Aonde está indo? — gritou Orion.

Rosalind deu um passo para longe da ponte. No tempo em que levou para se virar totalmente, Orion avançara, colidindo com ela e tomando-a nos braços antes que ela pudesse registrar o que estava acontecendo. Era como se ar fresco adentrasse diretamente seus pulmões. Como se tivesse pulado do precipício esperando se chocar com a morte e, em vez disso, tivesse desenvolvido a habilidade de voar.

— É você mesmo? — perguntou Rosalind, mesmo que já soubesse, soubera assim que os braços dele a envolveram.

— Eu te amo — disse Orion em resposta, a substituição perfeita para uma resposta direta. — Eu te amo, eu te amo, sinto muito por todas as coisas idiotas que eu disse. Não acredito que perguntei o motivo de não podermos atravessar o Rio Suzhou.

Ela se engasgou com a própria risada, finalmente levantando os braços para agarrá-lo. Permitiu-se ser abraçada por alguns segundos, concentrando-se na sensação que preenchia seu peito e na existência sólida de Orion sob seus dedos. Então, com a consciência de que estavam sendo observados, ela se afastou, voltando a olhar na direção de sua prima parada na soleira.

Rosalind se sobressaltou. Para onde Juliette fora?

— Ela voltou para dentro? — perguntou Orion sem olhar, interpretando a surpresa em sua expressão.

A voz de Juliette flutuou até o lado de fora da casa, ficando cada vez mais distante.

— *Roma, meu amor, pegue o abridor de cartas para lermos os bilhetes de Ah Cao. Ele as fechou com muito afinco. E mantenha Marshall longe de Hong Liwen... tenho medo do estado em que essa casa ficará se os dois se tornarem amigos...*

Foi um comentário tão espontâneo que Rosalind não resistiu a uma risadinha, erguendo o olhar para Orion, a fim de ver se ele também havia escutado a mesma coisa. Ele, porém, não parecia estar prestando atenção ao que acontecia atrás dele. Sem mais testemunhas, aproximou-se e a beijou, tentando compensar cada dia que perderam, cada dia que lhes foi roubado, cada mês em que estiveram separados. Assim como ela soubera pelo tom da voz dele que sua memória havia voltado, logo ficou claro que havia uma diferença naquele *beijo*: a vibração em sua pele onde se tocavam, a pura familiaridade quando ele segurou sua nuca e ela ficou na ponta dos pés.

Eles se afastaram lentamente, deixando apenas um centímetro entre os dois. Orion soltou a respiração, mas não se afastou mais.

— Desculpe — sussurrou. — Não resisti.

Rosalind sempre se considerara uma artista — uma atriz. Quando se permitiu dar risada, quando se permitiu segurar Orion e trazê-lo para si, pela primeira vez na vida pareceu ter achado a cortina que dava para as coxias, onde podia tirar a máscara e mostrar sua verdadeira face.

— Odeio ter que interromper.

Era uma voz diferente. Definitivamente, não era Juliette. Rosalind se afastou, olhando por cima do ombro de Orion enquanto ele também se virava. Benedikt Montagov estava apoiado na soleira da porta, os braços cruzados em frente ao peito de forma descontraída, a sobrancelha levemente arqueada. Apesar de suas palavras, ele não parecia odiar sua interrupção. Pelo contrário, parecia ter gostado de ter sido ele que interrompera.

— Odeia? — perguntou Orion, percebendo a mesma coisa.

Os lábios de Benedikt se curvaram. Ele se afastou da parede e voltou a entrar.

— Tinha que ser eu, todos os outros são molengas demais para isso. Venham... chegou uma mensagem.

A mensagem era de Celia, trazida com urgência pelos contatos de Juliette e Roma na cidade. Porém, no estado em que a fronteira se encontrava, qualquer correspondência urgente era de pelo menos um dia antes, o que significava que a mensagem de Celia era ainda mais importante.

> *Alisa entrou em contato. Ela encontrou a base de operações da Senhora Hong na Concessão Internacional. Os experimentos deram certo: há uma nova mistura. Se conseguirem voltar à cidade até o pôr do sol, darei um jeito de dispersar a milícia dela para vocês.*
>
> *Rua Arden, número 7.*
>
> *Obs.: Alisa também diz que "я не хочу принимать ванну."*

Rosalind piscou ao ler a última linha da mensagem. Olhou para Roma.

— Foi você quem transcreveu isso?

Ele balançou a cabeça. Parecia refletir a respeito, virando e desvirando o bilhete como se houvesse algum tipo de explicação atrás.

— Veio assim. Não fiquei com preguiça e comecei a escrever em russo.

Por que Celia de repente passara a escrever em russo para lhes dizer que Alisa não queria tomar banho de banheira? Ou será que a própria Alisa havia repassado aquela única frase em russo? Que coisa bizarra de se incluir.

— O que diz aí? — perguntou Orion, inclinando-se por cima da mesa.

Rosalind balançou a cabeça. Não podiam perder tempo com algo que provavelmente acabaria se revelando uma piada qualquer. Sua prima e Roma estavam concentrados, refletindo a respeito da situação à mesa. Benedikt e Marshall, por outro lado, pareciam muito intrigados, parados sem entender nada ao lado da bancada da cozinha. Apenas Lourens permanecia na sala de estar, cochilando no sofá.

— Orion e eu precisamos voltar — decidiu Rosalind. — Se sairmos na próxima hora, chegaremos mais ou menos ao pôr do sol.

Juliette pegou o bilhete de Roma. Suas mãos foram gentis quando colocaram o papel na mesa, o conteúdo virado para baixo.

— Vamos com vocês.

Uma onda de terror atingiu Rosalind naquele momento. Considerando como aquilo atravessou seus órgãos de maneira visceral, a sensação poderia muito bem ter sido física.

— Como é? — indagou ela. — Acho que acabei de ouvir você dizer que vai também.

— Foi exatamente o que eu disse — respondeu Juliette.

— De jeito nenhum — rebateu Rosalind. — Está brincando? A cidade está sendo invadida. O norte não para de ser bombardeado.

— Na verdade, isso aumenta nossas chances de passarmos despercebidos sem problemas — disse Roma simplesmente.

— *Não* — esbravejou Rosalind. — Da última vez em que os dois estiveram em Zhabei, vocês *morreram*.

Desta vez, o silêncio que recaiu sobre a cozinha foi desconfortável, intensificado pelo chiado de Marshall e por Benedikt dando-lhe um chute para calá-lo. Rosalind bufou. Juliette a observou, esperando que ela cedesse.

— Não vou fingir que sei o que ocorreu no passado — disse Orion, tentando quebrar a tensão —, mas essa pode ser uma guerra dentro da guerra. Minha mãe tem a força de combate de uma milícia. Ela é um dos braços da invasão japonesa.

— E é por isso que vocês precisam de nós — disse Juliette. — Chega de discussões. Não quero saber.

Rosalind suava frio de medo. Havia *acabado* de aceitar que sua culpa não era tão grande quanto acreditara nos últimos anos. Como eles podiam ser tão descuidados a ponto de segui-la?

— Tenho uma pergunta — disse Benedikt, de repente. Apesar de todos na cozinha se virarem para ele, seu olhar estava direcionado para a sala de estar. — Lourens.

— Hum? — respondeu Lourens, empertigando-se.

Em seguida, para a surpresa de Rosalind, Benedikt inclinou a cabeça na direção dela.

— Você modificou a senhorita Lang, não é?

— *Modificar* não é bem a palavra certa. — Lourens pigarreou. Ele podia sentir o olhar que Rosalind direcionava a ele. Ela não se importava se aquilo a tornava uma ingrata. Independentemente do bem que ele fizera no passado, o que havia feito com Orion cancelava tudo. — Fica parecendo que eu estava fazendo um experimento rotineiro. Não estava. A senhorita Lang estava morrendo. Precisei encontrar o que fosse funcionar mais rápido para manter o coração dela batendo.

— Claro. — Benedikt estendeu o braço sobre a bancada, pegando aquele primeiro bilhete de Sacerdote que alertava Oliver de que a Senhora Hong estava atrás dele. — Minha única curiosidade é o motivo de continuarmos a falar do perigo dessa nova invenção da Senhora Hong, quando a sua já existe. Para estabilizar a dela, é necessário colocar — ele procurou em uma das linhas — *seramorina* em alguém e retirar a versão modificada de sua prole para ser utilizada. Por que ela demorou vinte anos e duas gerações tentando coletar um ingrediente antes de criar soldados imortais? O que *você* usou?

Rosalind cerrou bem os punhos. Ao lado dela, Orion se aproximou e usou as mãos para acariciar as dela, o polegar roçando o interior de seu pulso. Nenhuma pompa acompanhou o gesto. Na verdade, ela quase suspeitava que ele não percebia o que estava fazendo. Ele simplesmente sentira sua agitação e quisera acalmá-la, familiarizado demais com seus pequenos sinais.

— Você sabia — Lourens se levantou, aproximando-se para ler o telegrama de Sacerdote — que me aproximei de Hong *tàitài* porque nós dois estávamos trabalhando nesse tipo de pesquisa? Li a tese dela quando foi publicada. Descobertas fascinantes.

— Lourens — disse Roma secamente. — A pergunta não foi essa.

— Encontrá-la foi muito difícil porque ela publicava usando o nome de solteira, e quando identifiquei quem era, ela já havia ido morar no interior — continuou Lourens. — Ela achou que um espião pudesse ter me enviado. Por fim, apenas uma troca ganhou sua confiança. Quando comecei a compartilhar a minha tese, ela se sentou para falar sobre a dela. A mulher tinha muito interesse no que se poderia conseguir com o condicionamento químico da mente.

Orion estremeceu. Agora foi a vez de Rosalind apertar a mão dele para tranquilizá-lo, entrelaçando os dedos aos dele. Roma deve ter percebido o movimento pelo canto do olho, porque quando olhou para o cientista novamente, estava franzindo o cenho em desaprovação.

— Lourens — incitou novamente, com mais rispidez.

Lourens se sobressaltou. Ele ergueu os olhos arregalados do telegrama, como se estivesse surpreso que ainda houvesse outras pessoas na sala enquanto tagarelava.

— Perdão?

Benedikt tamborilou os nós dos dedos na bancada.

— A mistura para a imortalidade — insistiu ele. — O que *você* usou?

— Ah. Certo. — O velho cientista acariciou a barba. — Existe uma quantidade limitada de ciência neste mundo, sabe? Eu tinha os mesmos ingredientes base, mas meu método estava completamente errado. Após vinte anos e duas gerações, a invenção da Senhora Hong está, como disse Benedikt, estabilizada. A verdadeira imortalidade. — Com uma careta, o olhar dele se voltou para Rosalind. — A minha não era estável. Rosalind Lang só tem mais alguns anos extras antes que a mistura a mate.

51

Ninguém estava tão nervoso quanto Orion, e ele não conseguia entender por quê.

Todos se espalharam pela casa. Haviam determinado a programação, a ordem na qual reentrariam em Xangai. Benedikt e Marshall seguiriam para o oeste a fim de começarem a viagem de volta para casa, passando por uma loja clandestina de aluguel no caminho para enviar um motorista contratado. Além do motorista, a loja sabia como providenciar documentações governamentais falsificadas, uma solução rápida para que se certificassem de que o carro poderia transportar as pessoas de volta à cidade enquanto estivesse protegida.

Rosalind pedira licença para ir ao toalete arrumar o cabelo. Como já era de se esperar, Orion se levantou e a seguiu, e apesar de Rosalind ter lhe lançado um olhar que dizia "*é sério?*", ela não o mandou sair. Ele andou de um lado para o outro no banheiro. Com calma, ela refez as pequenas tranças em frente ao espelho, prendendo cada uma delas no lugar.

Talvez Rosalind estivesse se esforçando para reprimir uma reação. Lourens dissera que ela *morreria* em breve. Que teria, na melhor das hipóteses, alguns anos de sobra como a Destino que não envelhecia nem dormia, e na pior, poderia cair morta naquele exato momento. Antes dessa informação, eles acreditavam que ela era *imortal*, e agora, de repente, isso nunca foi verdade. De repente, a verdade era que o experimento a estivera destruindo aquele tempo todo. Como Orion poderia aceitar isso?

— Tem de haver alguma cura — dissera ele. Enquanto Rosalind permaneceu relativamente indiferente, Orion se lançou para a frente. — Não há?

— Para desfazer algo, é necessário ter um elemento estável antes de se produzir o antídoto — respondera Lourens. Ele não havia se sentido incomodado com a agressão de Orion, nem parecera particularmente intimidado. — Posso curar o condicionamento de sua mente porque o que sua mãe usou derivava do meu trabalho, então possuo os materiais para produzir o antidoto. Porém, sua mãe nunca compartilhou toda a extensão do trabalho dela comigo depois de inventar a mistura de fortalecimento. De forma similar, não tenho como curar Lang Shalin quando não fui bem-sucedido com o elemento inicial.

— Não é possível curar algo que, tecnicamente, não existe — murmurou Rosalind quase que para si mesma.

— Sim — disse Lourens, estalando os dedos para ela como se Rosalind tivesse dito algo para contribuir com sua aula. — Apenas parte de você existe.

Orion fez um som horrorizado.

— Por que o senhor *diria* algo assim...

Rosalind segurou o cotovelo dele, balançado a cabeça para repreendê-lo. Não valia a pena debater, era o que ela parecia estar dizendo. O que ela não sabia era que Orion estava disposto a discutir com uma pedra se suspeitasse que o objeto a insultara de alguma forma.

— Se quer uma cura, a única forma de avançarmos é conseguindo a imortalidade verdadeira primeiro — continuou Lourens. Ele havia voltado para o sofá, cansado. — Estabilizando a solução que coloquei em você há cinco anos, e então, eliminando-a. A essa altura, a única pessoa capaz de fazer algo assim é a sua mãe, Hong Liwen.

Misericórdia.

Agora, tudo o que restava a Orion era andar de um lado para o outro no banheiro. A mãe dele era a única capaz de salvar Rosalind. Conseguir os resultados completos das pesquisas dela era a única esperança para que Rosalind sobrevivesse. Aquilo era tão perverso.

— Orion, será que dá para ficar quieto? — disse Rosalind.

— Vou explodir se eu ficar quieto — respondeu. — Como *você* pode estar tão calma?

Ela colocou um dos grampos no lugar.

— Já morri uma vez — respondeu em voz baixa. — Acho que sempre aceitei que meus dias aqui eram contados.

Orion andou até ela sem aviso.

— Me escute bem — disse ele, segurando o rosto de Rosalind com as duas mãos. — Você está unida a mim em matrimônio. Se quebrar essa conexão e for para outro plano de existência, eu te *perseguirei* e te trarei de volta.

Por um longo momento, Rosalind apenas o encarou, os olhos arregalados. O silêncio durou tanto tempo que ele começou a se perguntar se tinha ido longe demais, se soara muito ameaçador, mas então, ela bufou.

— Sabe que não estamos realmente unidos em matrimônio, não é?

— Quem disse?

Rosalind suavizou a expressão, fingindo indiferença. Ela até pode tê-lo enganado quando todas as suas lembranças estavam dispersas, mas não podia mais fazê-lo. Ele tinha todos os momentos que passaram juntos registrados. Cada piada compartilhada quando os olhares dos dois se encontraram no escritório da Imprensa Turquesa; cada momento de vulnerabilidade à meia-luz no apartamento da Concessão Francesa, quando o sol estava se pondo, mas ainda não tinham disposição para se levantarem e acenderem as luzes. Por mais infalível e corajosa que fosse, ela precisava dele. Precisava dele da mesma forma que alguém precisava que seus fardos fossem carregados por outra pessoa de tempos em tempos. Assim como ele precisava dela — e agora que Orion a tinha, ele se recusava a deixá-la ir.

— O governo, talvez? — retrucou Rosalind.

— E desde quando nos importamos com o que o governo diz?

— A outra opção seria um matrimônio religioso, mas não acho que nenhum de nós acredite em alguma coisa.

Eu acredito em você, pensou Orion. *Antes de depositar minha fé em qualquer coisa, depositaria ela em você.*

— A questão continua — disse ele com firmeza. — Você não vai morrer. Daremos um jeito nisso.

Rosalind simplesmente torceu o nariz.

— Bem, também me preocupo com você. Sua mente pode estar livre, mas seu corpo não está. As dores de cabeça piorarão com o tempo.

— Daremos um jeito — disse Orion, tranquilo.

Agora que as dores de cabeça não o fariam surtar e atacá-la, ele não estava preocupado. Já havia sofrido crises piores no passado.

— Como? — perguntou Rosalind. — O caso é o mesmo, não é? A solução está com a sua mãe. Ou isso ou Lourens te estabilizaria com o que usou em mim.

— Daremos um jeito — repetiu ele. — No meu caso, a ação é lenta. A sua situação é prioritária.

Rosalind não refutou, mas também não concordou. Seu olhar se dispersou, pousando em outro lugar do banheiro. Orion apertou a mão que estava no rosto dela, pedindo o retorno de sua atenção gentilmente.

Quando seu olhar se voltou para ele, Rosalind pareceu meio entretida pelo pedido. Ele conseguiu se ater àquele brilho em seu olhar por um simples momento, antes que ela voltasse a encarar o mesmo ponto atrás do ombro dele. E então, finalmente ele a soltou, virando-se também.

— O que foi? — perguntou ele. — Para onde está olhando? Para a banheira?

— Não — respondeu Rosalind imediatamente. — Só estou pensando. Pode sair por um momento?

Orion logo ficou desconfiado. Ao ver o franzir de suas sobrancelhas, ela apontou para as peças de roupa que pegara emprestado no guarda-roupa de Juliette e trouxera para o banheiro.

— Preciso me *trocar*, querido.

— Certo, certo.

Ele deu licença a ela. Fechou a porta quando saiu, então tentou não entrar em pânico. Orion precisava se recompor. Determinado a manter sua respiração controlada, caminhou pelo corredor, voltando à sala de estar e se apoiando na entrada.

— Aí está você.

O homem que havia se apresentado como Marshall estava falando com ele enquanto remexia em uma pequena pasta sobre a mesinha de centro. Quando Orion olhou ao redor do corredor, como se ali pudesse ter mais alguém, Marshall revirou os olhos e gesticulou para que ele se aproximasse.

— Eu? — disse Orion.

— Você mesmo. Logo partiremos, então pensei em lhe dar isso.

Marshall jogou um objeto para ele. Orion o pegou com facilidade, então olhou para a palma da mão e encontrou um carimbo.

— Roubei do meu pai há um tempo, e acho que ele nunca descobriu que está comigo — contou Marshall. — Ele é um general do Kuomintang. Agora é seu. Use nos papéis falsificados, deve ajudar.

— Obrigado — disse Orion, com sinceridade.

O pai dele tinha um igual. Porém, não podiam sair por aí usando o *dele* nos papéis, considerando que o General Hong estava encarcerado.

Orion colocou o carimbo no bolso. Pelo canto do olho, viu Benedikt Montagov sair da cozinha, após terminar de organizar o necessário.

— Já nos conhecemos antes, não é?

Marshall piscou, surpreso ao ouvir a pergunta repentina de Orion. Uma expressão de imensa curiosidade também tomou o rosto de Benedikt. Ele parou ao lado de Marshall, as mãos nos bolsos.

— Já? — perguntou Marshall. — Será que sou eu que tenho amnésia agora?

Orion vasculhou as memórias. Com seu passado inteiro restaurado ao mesmo tempo, algumas partes se embaralharam, trazendo à tona seus anos mais jovens e dificultando determinar a sequência linear dos acontecimentos. Ele precisava pensar profundamente nos detalhes de cada cena para descobrir quando exatamente haviam acontecido, mas parecia se lembrar de Marshall Seo de muito tempo atrás, quando os Rosas Brancas ainda estavam por aí e ele acabara de voltar à cidade...

Orion estalou os dedos, chegando a uma recordação.

— No Podsolnukh. Você pagou uma bebida para mim.

Na cozinha, Roma de repente soltou uma risadinha, e Juliette colocou a mão sobre a boca dele para impedir que risse mais alto. Orion não entendeu qual era a graça até que Benedikt se virou para Marshall e lhe lançou um olhar, e àquela altura Marshall sem dúvidas se lembrava do que Orion estava falando. Ele ficou parado por um bom tempo. A expressão dele congelou, como se sua mente estivesse repassando a noite *após* a bebida.

— Ah, graças a Deus. — Suspirou um segundo depois. — Jogamos cartas, não foi?

— E ganhamos um bom dinheiro — confirmou Orion.

— Vamos jogar de novo quando tudo isso acabar. A Transiberiana é rapidinha. Você é bem-vindo sempre que quiser. — Marshall pegou a mala, dizendo apenas aquilo como despedida. Ele pegou o pulso de Benedikt para conduzi-lo, acrescentando: — Tire esse bico da cara, *nae sarang*. Está estragando seu lindo rosto.

— Meu rosto é tão bonito assim? — retrucou Benedikt. Ele também pegou a mala, então acenou para Roma e Juliette. Parecia que nenhum dos dois queria criar grandes cerimônias em relação às despedidas. — Estava bonito na noite em que você foi a um cabaré dos Rosas Brancas em vez de ficar em casa?

— Faltava um *ano* para que você dissesse alguma coisa para mim...

— Então agora é culpa *minha* que você estava por aí flertando com outros homens?

— Você fica tão fofo quando está com ciúmes...

A porta se fechou atrás deles. Orion se sentiu um pouco acanhado.

— É claro que você seria o responsável por causar uma briga.

Orion se sobressaltou. Não havia escutado Rosalind sair do banheiro. Ela era sinistramente silenciosa quando queria.

— Não se preocupem. Eles fazem isso o tempo todo. — Juliette se levantou, parando em frente ao fogão. — Tudo serviu?

— Como uma luva. — Rosalind inspecionou a sala de estar e franziu o cenho. — Onde está Lourens?

— Saiu para caminhar um pouco — disse Roma. Apesar de ter respondido distraidamente, mais concentrado em ler o mapa disposto à sua frente na mesa da cozinha, ele levantou a cabeça depois de um momento, como se tivesse percebido a própria resposta. — Estranho. Já faz um tempo.

Não levariam o cientista junto com eles, então não importava se ele se perdesse em algum lugar perto do lago. De qualquer forma, havia deixado a mala ali. Não poderia ter se afastado muito.

— Espero que ele fique longe — resmungou Rosalind.

Ninguém discordou dela. Os outros estavam mais familiarizados com Lourens do que Orion, e pelo jeito, descobrir o quanto ele havia contribuído para aquela ciência terrível era uma experiência desconcertante.

— O que fará em relação a ele? — perguntou Juliette para Rosalind, que balançou a cabeça.

— O que posso fazer? Chamar as autoridades? Duvido muito que o Kuomintang queira levá-lo a julgamento.

— Na verdade, estava me referindo ao fato de eu ter te impedido de quase matá-lo mais cedo.

Orion se virou, surpreso. Ele tinha poucas lembranças do que acontecera após ter se jogado do caminhão do fazendeiro. Havia um branco em sua memória até ele voltar à consciência naquela casa, com Lourens à sua frente segurando uma seringa.

— Não se preocupe, não estou planejando assassiná-lo — respondeu Rosalind sombriamente. — Deveria, mas não vou.

— Acho que não iremos culpá-la se estiver considerando fazer isso — acrescentou Roma. Ele fez uma careta, e quando continuou, estava falando com Orion. — Se for de algum consolo, enquanto estava em Vladivostok, Lourens pareceu ter notado o erro que cometeu. Mas isso não muda o fato de que foi ele quem inventou todo esse negócio de condicionamento químico.

Talvez Lourens só tivesse parte da culpa no que ocorrera com Orion. Talvez ele tivesse toda a responsabilidade por trazê-lo de volta e retirar o que a Senhora Hong colocara nele. Ainda assim, aquilo não fazia com que ele se tornasse nem um pouco querido para Orion. Na experiência dele, os jogadores que se mantinham neutros eram perigosos das formas mais imprevisíveis, e Lourens Van Dijk era exatamente isso.

Orion não disse nada em resposta. Deixou o assunto morrer, voltando às preparações que estavam fazendo.

— Enfim, venham tomar um chá — disse Juliette. — Logo partiremos.

Orion se aproximou da cozinha. Rosalind fez o mesmo, mas ela andou com mais intenção, indo ajudar a prima a pegar xícaras de chá.

— *Xièxiè, mǔqīn.*

Juliette revirou os olhos.

— Não sou assim *tão* velha.

— *Venham tomar um chá, crianças* — imitou Rosalind, colocando as xícaras na mesa.

— Hilário.

— Eu sei.

A prima de Rosalind pareceu não notar o tom de voz dela, dando um tapinha no cotovelo de Roma para indicar que colocaria o porta-copos ao lado dele e pedindo para que ele movesse o mapa mais para o centro. Orion, no entanto, percebeu num instante que havia algo de errado, como uma única nota desarmônica em meio a uma sinfonia.

O que está havendo?, perguntou Orion em silêncio. Rosalind não conseguia ver a expressão dele, então não tinha como responder. Não importava o quanto ele a encarasse da entrada da cozinha, ela não olhava na direção dele. Parecia concentrada apenas em servir o chá, tomando cuidado para não respingar nenhuma gota.

— Então, precisamos evitar a área da Estação Ferroviária de Suzhou, ou estaremos pedindo para nos metermos em problemas — disse Roma, traçando o mapa na mesa com uma caneta vermelha. — Mas a rua Arden fica a leste da Concessão Internacional. Talvez tenhamos que contornar a cidade e entrar pelo sul.

— Ainda assim, encontraremos a *garde municipale* — refletiu Juliette, sentando-se na cadeira. — Mas acho que é melhor do que encontrar a Marinha Japonesa, que está participando ativamente da invasão.

Por fim, Orion também se aproximou da mesa, desviando a atenção de Rosalind para olhar o mapa.

— Então, suponho que seguiremos por Xujiahui? — Ele franziu o cenho, aproximando o nariz das pequenas letras... tão perto que quase encostou no papel. — Está escrito *Siccawei* aqui? Que tipo de mapa é esse?

— Do tipo antigo e britânico. Não julgue — disse Roma, dispensando-o. — Mesmo sob um governo chinês, o controle francês em Xujiahui é forte. Assim que entrarmos, devemos presumir que seremos parados e interrogados a qualquer momento.

Rosalind colocou uma xícara de chá na frente de Roma. E outra na frente de Juliette. Quando Orion se afastou da mesa e se ofereceu para ajudá-la, ela desviou dele com esperteza, dispensando-o e colocando o cotovelo junto ao corpo.

A desconfiança dele aumentou ainda mais.

— Amada, o que está tramando?

— O que quer dizer?

Ela colocou a chaleira de volta no lugar. Apressou-se a guardar as folhas de chá no terceiro armário à direita.

Orion abriu e fechou a boca. Estava observando o cotovelo dela. Era como se Rosalind estivesse tentando esconder algo de volta na manga.

— Você estava...

Ele ouviu um pequeno baque atrás dele. Orion se virou e encontrou Roma caído sobre a mesa. Segundos depois, Juliette também caiu, os braços já estirados e servindo como travesseiro sob sua testa.

Orion entendeu. O coração dele doeu com a compreensão, com o senso de cuidado que Rosalind teve mesmo com algo tão dissimulado quanto colocar sedativos no chá para que eles não os acompanhassem na missão de retorno à cidade.

A cozinha ficou em silêncio. O fogão continuava aceso, a chaleira fervendo com um apito baixo, então Orion apagou a chama. De repente, o silêncio se tornou esmagador, deixando o espaço cada vez menor até que estivesse a segundos de uma implosão.

Rosalind fungou. Seus olhos estavam úmidos. Ela levou uma das mãos à boca, a pele do rosto tão pálida que estava quase esverdeada.

— Não podia deixar que fossem também — sussurrou ela. — Eles conseguiram escapar mesmo quando eu quase os destruí. Não podia deixar que se arriscassem novamente. Esse problema é meu para resolver.

Orion deu um passo na direção dela.

— É meu também — corrigiu ele gentilmente.

A princípio, ele não tinha certeza se Rosalind havia escutado. Ela estava imóvel como um cadáver. Então, ela deitou a cabeça no ombro dele suavemente.

— Estou cometendo um erro? — sussurrou.

Sua voz estava meio rouca. O medo fez suas palavras tremerem, seu corpo todo tremer, mas ela não permitiu que a umidade em seus olhos caísse. Devia ter começado a nevar do lado de fora da casa, pois a luz da cozinha diminuiu alguns tons, cobrindo-os com um céu velado de cinza.

— Se você acha que fez a coisa certa, é porque fez. Simples assim.

O relógio na parede badalou. Rosalind levantou a cabeça, lançando um olhar para ele. Orion a observou.

— Certo — disse Rosalind. Ela endireitou a coluna e, com aquele único movimento, se recompôs. Com aquele único movimento, se tornou uma agente outra vez: Destino, que fazia o que era preciso por seu país. — Precisamos ir.

Orion assentiu.

— Vamos

Juliette foi a primeira a acordar. Ela pigarreou, sem conseguir usar a saliva para dispersar a secura e a aspereza que ficaram ali. Havia um toque alaranjado entrando pela janela. Já era quase o pôr do sol.

— Meu Deus — chiou ela, levantando a cabeça da mesa. Com o olhar embaçado, estendeu a mão para sacudir Roma, vendo tudo dobrado. — Rosalind nos *envenenou*?

Roma se mexeu. Seus olhos tremularam e então se abriram de uma vez, surpreso por estar deitado sobre a mesa.

— Que horas são?

Tarde demais para persegui-la. Horas haviam se passado, o que fora exatamente a intenção de Rosalind. Juliette xingou baixinho e se arrependeu na hora, pois precisou tossir de novo. Quando se levantou, sua cabeça estava tão pesada quanto uma pedra. Ela cambaleou.

— Cuidado, cuidado — disse Roma, levantando-se da cadeira para segurá-la.

Juliette soltou o ar, tentando clarear a mente enquanto se apoiava em Roma. Então, reencontrou o equilíbrio, recompondo-se. Ela correu até a sala de estar e vasculhou ao redor da mesa, à procura da lista de contatos.

— Eles devem estar chegando em Xangai agora.

— Se formos rápidos — sugeriu Roma —, ainda podemos chegar atrasados.

Juliette balançou a cabeça.

— Chegar tarde não ajudaria de nada. A luta já teria terminado, e alguém já teria ganhado ou perdido.

Ela respirou fundo, encontrando a lista. Estava cheia de antigos números de telefone. De gângsteres e homens de negócios. De motoristas e antigos soldados nacionais.

Assim que Roma viu o que ela havia encontrado, ele foi até o quarto, pegando a segunda lista que estava ali.

— Espero que ninguém precise do telefone por um tempo — disse ele com o aparelho em mãos. — Para onde enviaremos as pessoas? Para o local onde Rosalind estará ou para vigiar de maneira geral?

Juliette tentou se acalmar, a preocupação rondando seu peito. Ela teria uma conversa séria com a prima depois disso.

— Para o local onde Rosalind estará — disse ela, contendo o nó em sua voz. — Mesmo que ela tente nos afastar, não a deixaremos sozinha desta vez.

52

Phoebe acordou com um soar agudo e hediondo em seus ouvidos. Levou um tempo para que percebesse que vinha de fora, e não de dentro da cela. Um alarme que alcançava a instalação inteira ressoava novamente, mas era diferente daquele que disparara durante a missão de resgate. O ombro dela estava dormente. A visão, ainda embaçada — só conseguia ver tons escuros e as grades da cela.

O que estava acontecendo? Naqueles últimos dias, na maior parte do tempo, a haviam deixado sozinha. Aquele choque elétrico lhe causara um impacto pesado, e mesmo depois de Phoebe voltar à consciência, recobrar os sentidos foi extremamente penoso. Tudo girava. Ela não conseguia fazer nada a não ser voltar a fechar os olhos e ficar em posição fetal, entrando e saindo de um sono agitado em um esforço para aliviar a tontura. Nas poucas vezes em que ergueu a cabeça do chão, foi quando passaram comida e água pelas grades. Ela consumira o mingau rançoso com um vago medo de que talvez fossem desistir e envenená-la. O fato de que ninguém vinha interrogá-la era estranho. Era ainda mais estranho que ouvisse vozes distantes discutindo no corredor, mas que não houvesse mais tortura.

— Está acordada?

De repente, Phoebe sentiu uma presença na cela com ela. Uma mão tocou seu braço. Seus olhos se arregalaram, o corpo todo se afastando. Sim, estava acordada — por fim, desta vez, quando se sentou direito, sua cabeça não estava mais girando.

— Sou eu, sou eu — sibilou Silas rapidamente.

— Isso não faz com que eu me sinta muito melhor — resmungou Phoebe. Os céus ganhavam vida ao alertá-los, o que significava que estavam sendo bombardeados novamente. — Você está aqui para me torturar?

Silas murmurou algo. Enquanto Phoebe tentava conter a onda de náusea que subiu à sua garganta e se endireitava, ele se aproximou de joelhos, as mãos espalmadas mostrando que vinha em paz.

— Estive *impedindo* que viessem te torturar.

— Ah, *meu herói*! Como posso te agradecer?

Silas fez uma careta. Ele olhou por cima do ombro.

— Não temos muito tempo — disse ele. — Estive aguardando essa nova onda de bombardeios para tentar te tirar daqui. Os soldados estão evacuando a instalação. Precisamos sair ao mesmo tempo, enquanto as portas estiverem abertas.

Phoebe estava com dificuldade para acreditar que aquilo também não era algum tipo de artimanha. A desconfiança havia adentrado sua mente, alterado cada percepção que tinha de Silas com o rancor da traição.

— Não vou a lugar nenhum com você — sussurrou ela. — Você machucou Oliver.

— Ele estava sedado...

— Você deu algo tenebroso à minha mãe! Os japoneses irão nos invadir por sua causa!

— Eu contaminei todos os frascos!

O alarme ressoou mais alto. Provavelmente estava no volume médio antes, porque a capacidade máxima era ensurdecedora, quase abafando a primeira bomba que atingiu as proximidades da base. As paredes estremeceram.

— O quê? — sussurrou Phoebe.

Silas balançou a cabeça. Vendo que ela não cooperaria, ele segurou seu braço, usando a força para colocá-la de pé. Ele dobrara as mangas da blusa. Quando Phoebe cambaleou para manter o equilíbrio, seus olhos focaram a dobra de seu cotovelo, onde havia um curativo.

— O que aconteceu foi o seguinte... — disse Silas, puxando-a pela porta da cela e levando-a até o corredor. Estava vazio. Os guardas haviam desaparecido. — Sim, eu entrei em contato com a sua mãe. Tanto o serviço de inteligência Nacionalista quanto o Comunista determinaram que ela seguia tentando entrar em contato com Oliver, mas ninguém conseguia entender por quê. Então, eu arrisquei. No começo da turnê, Rosalind disse que Oliver a estava seguindo, trabalhando por conta própria. Onde quer que Rosalind fosse, ele também estaria. Então, fiz o papel de traidor. Fiz um acordo com a sua mãe: prometi que levaria Oliver até ela, se libertasse Orion.

Um tremor monstruoso tomou conta do corredor. No momento em que estavam fazendo uma curva, um pedaço do teto se soltou, caindo no caminho deles e arrancando os canos das paredes. O calor adentrou o pequeno espaço. Phoebe tossiu, levantando o braço para proteger o nariz da fumaça, e Silas xingou, recuando para seguirem por outro caminho.

— A princípio, ela disse que pensaria no assunto. Eu não havia entendido o que ela realmente estava fazendo. Só sabia que estava tentando chegar até Oliver, apesar de essa ainda não ser sua prioridade. Foi só quando o último frasco foi destruído durante a turnê que sua mãe mudou de ideia e concordou. Ela só devolveria Orion para nós se eu conseguisse manter Oliver em cativeiro e retirasse uma certa quantidade de seu sangue.

Outro estrondo chacoalhou a instalação. Estavam se movendo tão rápido que Phoebe mal conseguia recuperar o fôlego. Ela quase tropeçou em algo no caminho, mas Silas a desviou com facilidade, deixando que ela recobrasse o equilíbrio.

— Se precisa sentir raiva de mim, sinta por eu estar disposto a arriscar a segurança de Oliver para recuperarmos Orion. Mas eu sou um traidor duplo, triplo, quádruplo, por natureza. Eu nunca a ajudaria completamente. Eu conseguiria o que queríamos, daria a ela a ilusão de que cooperei, e então puxaria o tapete dela.

Com outro tremor, uma rachadura se abriu na parede à esquerda deles. Quando passaram por um corredor secundário, ouviram gritos, e Silas acelerou, apertando mais o braço dela.

— Eu sinto — murmurou Phoebe. — Eu *sinto* raiva de você por isso.

Mas não podia negar que, sem ele, provavelmente nunca teriam Orion de volta. Sem ele, a Senhora Hong provavelmente teria prendido o filho para sempre, mantendo-o sob seu controle.

Silas parou em uma bifurcação no caminho. Olhou para as duas opções, depois para ela. Sua boca se curvou em uma expressão de preocupação, e então ele saiu correndo de novo, seguindo para a esquerda. Phoebe suspeitava que havia um incêndio em algum lugar da instalação. Podia sentir o cheiro pungente em seu nariz, trazendo lágrimas aos seus olhos.

— A questão é — continuou Silas —, eu extraía uma pequena quantidade do meu próprio sangue sempre que os soldados pegavam o de Oliver. Quando davam os frascos para mim, eu misturava os dois. — Ele os guiou pelo corredor com ainda mais rapidez. Considerando apenas o barulho, estavam chegando à parte externa. — Sua mãe até pode ter o suprimento agora, e tudo pode parecer que dará certo quando ela testar a presença da seramorina, mas assim que ela usar o sangue para os experimentos, não vai durar. As proporções estão todas erradas. É a sabotagem perfeita.

Outro choque fez a instalação balançar. Silas estava se explicando como se a questão fosse simples. Como se não fosse ser imediatamente assassinado caso qualquer um dos lados tivesse percebido o que ele estava fazendo.

— Você devia ter me contato — disse Phoebe, a voz rouca. — Eu poderia ter ajudado.

Se tivessem trabalhado em conjunto e não um contra o outro, o quanto o trabalho deles poderia ter sido mais fácil? Com que rapidez poderiam ter encontrado o que precisavam, juntado as peças? Era tarde demais para esse pensamento.

E uma ideia impossível, de qualquer forma, porque em momento algum Phoebe suspeitara que Silas fosse capaz *disso.*

Silas parou em frente a uma porta. Já havia uma mala esperando.

— Você vai sair por aqui.

Ela olhou para a mala. Não conseguia imaginar seu conteúdo — era longa e volumosa, com um formato estranho em uma das pontas.

— O quê?

— Estou te libertando — disse Silas lentamente.

Ela precisou de toda ênfase dada às palavras, porque elas não estavam entrando em sua cabeça. Ele havia trabalhado tão duro para finalmente prender Sacerdote... e agora estava abrindo mão de sua captura?

— E você?

— Preciso ficar. — Ele colocou a mão dentro da jaqueta e tirou uma pistola. Antes que Phoebe ficasse com medo de ele atirar nela, ele a entregou pelo cabo. — Me bata.

Phoebe ficou boquiaberta.

— Como é que *é*?

— Faça com que pareça de verdade. Direi a eles que você me forçou a achar uma saída e depois me deixou de lado. Bata com força.

— Você é *louco* — sibilou ela.

— Vamos logo — incitou Silas. A instalação estremeceu. Se enrolassem mais um pouco, a construção inteira poderia despencar em cima deles. — Sacerdote me bateria.

Phoebe ficou chocada. Ele não tinha acabado de dizer isso. Com certeza não.

— *Não* venha me dizer o que Sacerdote faria ou deixaria de fazer.

— Por que não? — desafiou Silas. Ele quase parecia estar achando graça. — Ela bateria mesmo. É por isso que é tão fácil gostar dela.

Phoebe resistiu à vontade de bater o pé.

— Não consigo acreditar — vociferou — no quanto você é estúpido por pensar que gosta dela.

— Eu gosto.

— Está enganado!

Um zumbido baixo e persistente tomava conta dos corredores. Apesar de Phoebe e Silas terem que praticamente gritar para serem ouvidos, a conversa parecia encantada, inabalada pelo mundo que desmoronava. Silas a observou por um momento. Então, pareceu perceber que ela estava realmente ofendida pelo que ele dissera.

— Está falando sério? — perguntou ele por fim.

Ela se empertigou.

— Mas é óbvio.

Silas balançou a cabeça. Desdenhou dela. Então, entrou diretamente na frente de Phoebe.

— Hong Feiyi, você não vê o motivo de eu não conseguir desistir de Sacerdote? Não sou um agente perfeitinho. Tentei me convencer de que eu era apenas devoto ao país, mas então te vi naquela cela e tudo finalmente fez sentido. — Ele baixou o olhar. — É claro que meu comprometimento com ela ia além do que era aceitável para a missão. Minha fascinação era tão grande, porque eu podia enxergar as *suas* partes nela. Eu amei *você* esse tempo todo, mas dividida em duas.

Pela primeira vez, Phoebe não tinha uma resposta pronta. Sua boca se abriu e fechou. Quando cerrou o punho em volta da pistola, ela finalmente seguiu a instrução de Silas e atingiu o rosto dele com força.

O metal entrou em contato com a pele com um baque violento.

Silas recuou, logo levantando a mão para tocar o rosto. Um tom roxo florescia em seu maxilar, a cor já aparecendo depois de poucos segundos. Uma mancha de sangue surgiu na lateral de seu lábio, onde o impacto rasgou a pele. Quando ele abaixou os dedos, estavam pintados de vermelho.

— Misericórdia, sei que pedi para você me bater, mas poderia ter me avisado...

Para se desculpar, Phoebe o beijou. Apesar de ainda ter a pistola em uma das mãos, ela enfiou a outra no cabelo dele, trazendo-o para o mais perto possível, os lábios pressionados bem onde podia sentir o gosto do sangue. Por um momento, Silas ficou paralisado, sem reação.

Então, ele também se aproximou, as mãos segurando as laterais do rosto dela. Seus lábios capturaram os de Phoebe com uma ferocidade pouco característica dele, mas ela achava que toda aquela situação estava cheia de comportamentos pouco característicos, os dois tirando o disfarce que estiveram usando e descobrindo que, por baixo, eram iguais. Ele a beijou, e ela reconheceu o ritmo, mesmo que o tom fosse diferente. Ela o beijou, e o sentimento foi tão eletrizante quanto segurar uma pistola de verdade pela primeira vez.

Phoebe se afastou. Respirou fundo. Silas a observava com os óculos tortos, e ela os ajeitou.

— Eles te punirão por isso?

— Não importa — respondeu ele sem hesitar. — Minha missão nunca foi mais importante do que você.

O coração dela estava fazendo um alvoroço contra suas costelas.

— Não morra — sussurrou. — Ainda tenho que bater mais em você.

Silas deu uma risada pesarosa.

— Vou me lembrar disso. Agora, vá. Saia de Zhabei.

Ele se afastou para pegar a mala, entregando-a para ela. Assim que Phoebe a pegou e ouviu o barulho no interior, percebeu o que ele havia preparado. Era um rifle. Muita munição também, se o peso fosse algum indício.

Ela olhou para ele. Silas já sorria, satisfeito consigo mesmo quando abriu a porta, deixando entrar a noite escaldante. O horizonte estava tomado pelo vermelho. O fogo queimava infinitamente por causa do bombardeio.

— Vá!

Phoebe assentiu. Correu porta afora, cruzando o pequeno terreno ao redor do perímetro da instalação e olhando de um lado para o outro, seguindo até a rua. Ela correu sem parar, abaixando-se quando vislumbrava grupos de pessoas, desviando quando soldados nacionais e inimigos se aproximavam demais na noite.

Phoebe precisava atravessar um batalhão inteiro antes de conseguir chegar à Concessão Internacional. Escutava gritos vindos de todas as direções, tão altos que podiam ser ouvidos mesmo através do rugido dos aviões acima. Na vizinhança toda, os civis foram cercados pelo exército invasor e recebiam ordens para não resistir, mesmo enquanto seus vizinhos permaneciam presos nos prédios em chamas, a fim de eliminar a resistência antes que ela pudesse surgir.

Phoebe parou. Desacelerou na esquina de uma rua, observando um grupo de militares na intersecção. Os *ronin* — japoneses que auxiliavam o exército — usavam braçadeiras para serem diferenciados, e consideravam responsabilidade deles colocar ordem nas ruas de Zhabei. Ela observou o grupo conforme eles gritavam noite adentro, seguindo em direção a um amontado de civis com malas nos ombros. Os moradores claramente buscavam segurança, apressando-se em direção à fronteira da Concessão Internacional na intenção de escapar.

Ela abriu a mala. Carregou o rifle. O primeiro *ronin* nem mesmo fez barulho antes de cair, uma bala enfeitando sua cabeça.

Phoebe Hong tinha um lugar aonde ir, mas isso não significava que não podia abrir caminho conforme avançava. Ela soltou o ar, acalmando os batimentos frenéticos.

Mirou novamente e atirou.

Até mesmo o hospital clandestino estava começando a ficar sem vagas. Celia deu uma olhada no relógio, mordendo o lábio inferior. Apesar de aquela localização permanecer oficialmente em segredo, o caos completo que irrompia em Zhabei e Hongkou naquele momento talvez tenha feito com que boatos a respeito de um último recurso se espalhassem, já que os hospitais adequados estavam em completa desordem.

— Certo, você está liberado — disse o médico depressa, voltando com uma garrafa de algum líquido em mãos. Ele era terrivelmente jovem. Talvez tivesse acabado de se formar, ou quem sabe ainda estivesse na graduação. Não era como se um lugar daqueles pudesse ser caprichoso em relação a qualificações. — Mas precisa parar de forçar a ferida. Fique de repouso por pelo menos uma semana. Limpe duas vezes ao dia.

Ele entregou a garrafa a Oliver, que a aceitou, encarando-a como se tivessem lhe dado algo de outro planeta.

O médico deixou a sala. Havia outro paciente no canto que passara os últimos dez minutos gemendo, mas ele provavelmente estava no final da fila. Não havia mais do que três quartos no hospital, e Celia contou apenas dois médicos. Mal havia conseguido chegar ali a tempo de Oliver ser tratado. O sangramento dele piorara exponencialmente durante a viagem, e o médico logo lhe dera um sedativo. Levou dois dias até conseguirem os materiais necessários para que ele fosse operado. Apesar de Oliver ter acordado pouco tempo depois, sentindo-se bem, o médico o proibira de ir embora até que ele fosse capaz de ficar em pé sem ajuda, o que ele conseguiu naquele dia.

— Certo — disse Oliver. Ele saiu da cama improvisada, levantando a voz para ser ouvido em meio ao tumulto, em meio aos pais preocupados e idosos agitados, às crianças chorando e aos civis que gritavam apenas para libertar o pânico do peito. — Vamos.

— Não ouviu o que o médico acabou de dizer? — questionou Celia. — Você tem que parar de forçar a ferida.

— Vou ficar perfeitamente bem.

Celia cruzou os braços. Oliver fez uma careta, como se soubesse que havia passado de algum limite.

— Qual é a alternativa? — perguntou. — Ficar de fora?

— Não. É claro que não.

Já havia um plano se formando na mente dela. Ela ficara com as escutas que usaram na missão de resgate, e havia guardado as de Rosalind também, quando a irmã precisou deixá-las em algum lugar enquanto saqueavam a loja de roupas. Celia sabia o que tinha na manga quando se tratava de causar uma distração na Concessão Internacional, assim como prometera a Rosalind. O único problema era que também tinha outra preocupação.

— Pegue isso — pediu ela, segurando uma das escutas. Antes que Oliver pudesse protestar, ela a colocou no ouvido dele, prendendo-a com firmeza. — Vá para a estação de comunicação que fica a três ruas daqui. Seu próximo objetivo é descobrir onde Alisa está.

Oliver franziu o cenho. Mais cedo, fora Celia quem entrara em contato com a estação de comunicação mais próxima e descobrira que Alisa havia lhe deixado uma mensagem. Celia a repassara, agindo o mais rápido possível.

Somente agora, depois de refletir um pouco, era que ela estava começando a ficar confusa. De onde Alisa havia feito a ligação? Ela precisaria ter encontrado um telefone em algum lugar, o que significava que não tinha como ainda estar vigiando a Senhora Hong. Para onde foi depois disso? Por que não fora encontrá-los?

— O que a localização de Alisa Montagova tem a ver com o problema em questão? — perguntou Oliver. — Ela disse que minha mãe está gerando soldados. O foco deveria ser esse.

— Agora mesmo, minha irmã está indo combater a sua mãe — respondeu Celia. — Posso ajudá-la. Posso fazer a nossa parte. Só preciso que fique fora disso. Por favor, Oliver.

Ele hesitou. Aquele pedido ia contra todos os instintos dele, e ela sabia. Oliver queria ignorar a própria saúde. Queria insistir para fazer o contrário, desde que isso significasse que poderia estar no campo de batalha. Naquele momento, Celia ficou apavorada de que não conseguiria convencê-lo.

Então, ele esticou a mão e acariciou a bochecha dela de leve. Um gesto de aceitação, como o levantar de uma bandeira branca.

— Você — disse ele em um tom angustiado — está me lançando o maior olhar de súplica, sabia?

Celia fingiu que não fazia ideia a que olhar de súplica ele se referia. Ela segurou a mão dele, a própria palma deslizando entre seus dedos.

— Se o que temos der certo, precisa me deixar decidir o que é bom também — disse ela baixinho. — Não pode me deixar de fora dos assuntos importantes. Você me deixa participar, e aceita se eu discordar. Se, em vez disso, eu quiser planejar.

Um segundo se passou. O barulho ressoava pelo hospital, de repente mais tumultuado do que nunca quando um avião surgiu acima e se ouviu o som de tiros à distância. As outras pessoas que estavam na sala gritaram, apavoradas, mas Oliver e Celia continuaram parados — atentos, aguardando. Talvez ele não fosse aceitar. Talvez, no fim das contas, aquilo não fosse o que ele queria.

— Vai dar certo, eu prometo — disse Oliver, por fim.

Ele foi tão gentil que o coração de Celia se arrepiou. Ela podia sentir a promessa adentrar profundamente, enterrando-se na essência de seu ser. Durante aquele momento vulnerável, ela pôde ver os medos e as preocupações na expressão dele, mas Oliver ainda assim concordou.

Celia subiu na ponta dos pés e roubou um beijo. O mundo tremeu, luzes piscaram no hospital. Bombas recomeçaram a cair lá em cima.

— Tenha cuidado — sussurrou Oliver no ouvido dela.

Ele pressionou mais um beijo em sua testa. Depois, foi embora, apressando-se antes que a próxima onda de aviões causasse um caos do lado de fora. Celia aguardou um minuto para o caso de haver agentes inimigos esperando para pegá-los. Quando tempo o suficiente havia se passado, ela também correu até a saída.

Quando passava pela mesa da recepção, porém, uma secretária acenou, chamando sua atenção ao identificá-la. Ela estava segurando o fio do telefone, o receptor pendurado frouxamente.

— Para mim? — confirmou Celia.

A secretária assentiu sem dizer nada. Todos ali estavam na mesma folha de pagamento — o hospital possuía ligação direta com a estação de comunicação. Celia pegou o telefone e o levou ao ouvido.

— *Wèi?*

— A informação chegou há dois minutos da estação de comunicação em Xujiahui — disse a voz do outro lado. — Destino foi vista entrando na cidade. Retome a sua missão. Proteja o Caçador quando ele aparecer.

Celia acusou o recebimento e desligou o telefone.

Sim... tinha uma missão a qual retomar.

Não tiveram problemas ao entrar na Concessão Internacional com a documentação falsificada. Rosalind passou pelo ponto de fiscalização lentamente e subiu o vidro da janela, os olhos se voltando para o espelho retrovisor.

— Pode sair. Já passamos.

Orion saiu de debaixo dos bancos traseiros, bufando.

— Não acredito que tive que me esconder quando tenho documentos falsificados *perfeitos*.

— Não para se esconder do Kuomintang no ponto de fiscalização — murmurou Rosalind, semicerrando os olhos para o para-brisa e acelerando. — Haverá olheiros dos partidos observando cada fronteira. Não quero que os Comunistas descubram a sua presença e tentem vir atrás de você. Podemos voltar à guerra civil depois que essa ameaça for eliminada.

Se pelo menos fosse fácil assim deixar os assuntos internos para trás enquanto uma invasão internacional coagia a cidade. Orion passou para o banco da frente.

— Quer que eu dirija?

Rosalind freou caoticamente, deixando que uma revoada de pássaros levantasse voo na intersecção antes de voltar a acelerar.

— Não, está tudo bem.

Ele fez uma careta, parecendo temer pela segurança deles. Sabiamente, não disse nada. Não demorariam a chegar na rua Arden, mesmo que Rosalind não conseguisse se manter na estrada. O verdadeiro problema eram os passos seguintes. Não entrariam em Zhabei, mas ainda assim entrariam em uma guerra. A Senhora Hong tinha uma milícia, a maioria deles mais perigosa que soldados comuns, já que estavam condicionados a seguirem os comandos dela, não importava quais fossem as consequências.

Passaram por algumas garotas. Devia ser algum grupo voluntário, já que usavam braçadeiras da equipe médica e carregavam algo parecido com lençóis nos braços.

— Estou preocupado com Phoebe — disse Orion.

Rosalind fez uma curva rápido demais. Os pneus cantaram.

— Há grandes chances de a encontrarmos com a sua mãe. E se não for o caso... isso provavelmente significa que ela está segura em uma sala Nacionalista.

Orion fez uma careta. Cerrou os punhos no colo.

— Ela vai estar muito enrascada quando isso acabar. Não havia motivo para ela ter entrado na instalação e se colocado em perigo.

Mas, naquele momento, havia pouco que podiam fazer quanto àquela situação além de ordenar uma busca geral na cidade por Phoebe Hong. E considerando que a Senhora Hong estava perto de destruir o mundo com sua pesquisa, precisavam priorizar isso.

— Concluiremos nosso plano primeiro, depois nos preocupamos com o que vem em seguida — decidiu ela, mantendo a voz firme. Se estava tentando convencer a si mesma ou Orion, não tinha certeza. — Como eu disse, talvez a encontremos lá.

— Não sei se isso é algo bom.

Rosalind olhou para ele. Pensou que só tinha tirado os olhos da estrada por um mero segundo, mas passou por uma grande lombada do lado direito e ela logo retomou a atenção. O que foi aquilo? Alguém deixou o sapato na estrada?

— Acha que ela machucaria Phoebe?

Orion estava apoiado na janela.

— Não. Isso nunca foi um risco. Especialmente porque Phoebe não tem utilidade para os experimentos. Minha maior preocupação é que minha irmã se envolva. — Ele fez uma careta, tirando sua testa do vidro da janela. A condução de Rosalind era muito inconstante para descansar pacificamente. — Ela é uma granada humana. Você escutou o que ela disse pelo canal de comunicação?

Rosalind ficou quieta, mais preocupada em prestar atenção à próxima curva. Enquanto isso, Orion continuava murmurando sozinho, imitando a irmã.

— *Vou parar de me comunicar. Ficarei bem.* Por que Phoebe diria isso? Parecia uma agente treinada.

Rosalind sentiu um arrepio nas costas. Eles caíram em silêncio.

— Falando em irmãs — disse Orion depois de um tempo, voltando ao tom de voz normal —, como Celia vai entrar em contato com você?

— Ela dará um jeito — respondeu Rosalind.

Do lado de fora da janela, a maior parte da Concessão Francesa parecia seguir a vida como sempre. Não havia nenhum indício de que alguns dos estrangeiros caminhando por aquelas ruas soubessem que havia bombas caindo no norte. Rosalind cerrou o maxilar, apertando o volante com mais força.

— Ei.

Rosalind lançou outra olhada rápida para o lado. Achou que Orion lhe diria para relaxar ao volante, mas quando passou pela fronteira da Concessão Francesa e entrou na Internacional, Orion não estava observando a estrada. Ele esticou a mão e colocou uma mecha de cabelo atrás da orelha dela.

— O que foi? — perguntou ela.

— O que quer que aconteça, eu te amo.

— Ah, cale a boca.

Orion piscou.

— *Rosalind...*

— Não diga nada que se pareça com um substituto para *adeus* — interrompeu Rosalind.

Ela puxou o volante. Eles quase se chocaram com uma esquina antes de ela desviar, acelerando de novo. Os edifícios passavam por eles em alta velocidade. Entre as vielas, tinham vislumbres do Bund, onde navios de guerra e batalhões estavam pressionados contra o calçadão.

— Não foi o que eu quis dizer.

Rosalind tentou relaxar os ombros. Era uma tarefa impossível. Talvez tivessem ficado permanentemente fundidos em sua postura de pavor.

— Então, temos uma vida inteira para você me dizer isso — disse ela em voz baixa. — Primeiro, vamos enfrentar essa batalha.

Os rumores de que havia um atirador de elite em Zhabei se espalharam em um instante.

— Sabe alguma coisa a respeito? — perguntou Celia.

Ela apertou a escuta com força, transmitindo o que ouvia das multidões que corriam ao evacuar a cidade.

— Sim — respondeu Oliver. — É Sacerdote.

— Ordens suas?

— Não. Outros atiradores de elite também estão aqui, enfrentando a milícia japonesa. Foram enviados pela Sociedade Escarlate. Acho que Sacerdote é simplesmente mais eficiente.

Celia franziu o cenho, movendo-se pelas ruas depressa. Para todos os efeitos, a Sociedade Escarlate havia se dissolvido, funcionando apenas como um braço dos Nacionalistas. Só se usava aquele termo quando se tratava de atividades clandestinas. O exército chinês precisava seguir o governo oficial. Assim como o exército japonês. Mas quando ajudantes como os *ronin* agiam de maneira independente, a cidade precisava pagar com a mesma moeda. Assim que Celia parou em frente à fachada de uma loja para fazer um inventário do pandemônio, ouviu uma série de tiros vindos de uma das janelas, atingindo um grupo de milicianos japoneses.

Aquilo havia se tornado uma verdadeira zona de guerra.

— Com certeza há mais de um atirador aqui — murmurou ela. — Já descobriu alguma coisa?

Enquanto Celia abria caminho até seu destino, Oliver estava se comportando, permanecendo na estação de comunicação para investigar. A questão certamente lhe havia chamado mais a atenção do que o esperado. Meia hora antes, ele informara Celia que encontrara o agente que atendeu à ligação de Alisa — agora, só precisava rastrear a entrada no centro operacional.

— Me dê um momento. Estou recebendo uma ligação a respeito do mandado de busca que ordenei.

Oliver ficou em silêncio no ouvido dela. Celia finalmente chegou ao abrigo, o mesmo em que haviam se escondido para planejar a missão de resgate. O saco de papel permanecia na porta. Quando Celia espiou ali dentro, soltou um murmúrio de surpresa ao perceber que a última muda de roupa havia desaparecido. Então, Phoebe devia ter ido ali antes de aparecer na instalação. Fazia certo sentido. Phoebe precisaria ter pegado o último par de escutas também, para conseguir se comunicar com eles quando chegou, e ele fora deixado em cima daquela mesa.

Celia afastou o móvel. Havia um depósito no chão, visível apenas se alguém pressionasse a tábua com força e abrisse a trava. Ela não dissera a nenhum dos outros que aquilo estava ali porque era irrelevante para a missão, mas certamente era necessário agora. Com dificuldade, Celia levantou a tampa do depósito, revelando uma caixa. Não era à toa que sua prima era a mais infame comerciante de armas da região.

— Ainda está aí?

Celia colocou o ouvido no ombro, pressionando o microfone. Precisava das duas mãos livres para retirar a caixa.

— Para onde mais eu iria, Oliver?

— Só estou me certificando de que você não foi raptada, querida. Tenho notícias confusas.

Celia franziu o cenho. Começou a examinar os explosivos, pegando aqueles que achava que funcionariam melhor.

— O que isso significa?

— Alisa pareceu estar com problemas quando entrou em contato?

— Não faço ideia. — Alguns dos dispositivos precisavam ser montados. Ela foi rápida, juntando partes, tirando travas de segurança, colocando-os um depois do outro em sua bolsa. — Quando a estação de comunicação repassou a mensagem para mim, não disseram nada a respeito. — Celia parou. — Só o que notaram de estranho foi que ela falou uma frase em russo no final. A estação a transcreveu foneticamente. Fui eu quem a desvendei antes de enviá-la para Rosalind.

— Era algo de importante?

— Nem um pouco. Algo relacionado a um banho de banheira. Era o resto da mensagem que carecia de atenção. Passei quase tudo a Rosalind. "*Encontrei a base de operações da Senhora Hong. Rua Arden, número 7. Os experimentos dela deram certo. Vá o mais rápido possível.*" — Celia fechou o zíper da bolsa. Estava pronta. Sua escuta estava silenciosa. — Oliver.

— Bem — disse ele lentamente —, segundo minhas descobertas, a ligação veio da rua Arden, número 7. Então, a não ser que Alisa Montagova seja sorrateira o suficiente para usar um telefone na base de operações da minha mãe, devo me questionar se essa ligação foi mesmo feita por ela.

53

A rua Arden havia sido bloqueada.

— Eu acho que estamos dentro da área residencial japonesa — sussurrou Orion.

Apesar de permanecerem no carro, dirigindo lentamente para esquadrinhar os arredores, ele manteve o tom de voz baixo.

— Acho que sim. — Rosalind esticou o pescoço, semicerrando os olhou para ver adiante. Barreiras haviam sido erguidas na entrada da rua Arden, protegidas por soldados japoneses uniformizados. O estômago dela se revirou ao ver aquilo. — Eles têm permissão legal para ficarem aqui sob proteção enquanto a batalha continua.

No mapa, a área residencial japonesa se estendia desde o extremo leste de Zhabei até uma parte da Concessão Internacional, convergindo na curva do Rio Huangpu. Estavam tão perto do combate que era possível ouvir o barulho fracamente. Ainda assim, as ruas ali possuíam uma sensação inerente de segurança, a consciência de que as fronteiras imaginárias entre as jurisdições restringiam a entrada do conflito.

— Legal ou não — murmurou Orion —, como passamos?

Sem aviso prévio, um *boom!* reverberou à distância, fazendo um clarão iluminar a noite. Rosalind pulou de susto no banco, girando para investigar o barulho. Vinha da fronteira da Concessão Internacional. E aquilo… não era permitido.

— Ah — disse Rosalind de repente. — Só pode ser Celia.

Os soldados que estavam no final da rua Arden correram para examinar a ameaça. Apesar de não haver muitos civis naquela área residencial, alguns veículos na rua desaceleraram para ver o que estava acontecendo. Rosalind aproveitou essa oportunidade para dirigir até o acostamento e parar o carro naturalmente, torcendo para que não chamassem atenção. Os outros carros seguiram adiante. Ela assentiu para Orion. Juntos, os dois saíram para a noite.

— Que diabos Celia está fazendo? — sussurrou Orion.

Pegou a mão dela, fingindo caminhar de maneira descontraída. A explosão viera de trás deles. A rua Arden se estendia adiante, em direção ao sul. Apesar de a calçada ser levemente inclinada, as árvores de ambos os lados da rua se agigantavam à frente, ansiosas para crescerem, mesmo que tortas.

Rosalind olhou por cima do ombro. Outra série de explosões sucedeu a anterior, apesar de não fazerem tanto barulho quanto o bombardeio fizera. Ali onde estavam, o céu permanecia completamente escuro — nenhuma chama subindo às nuvens. Não parecia ser um ataque às fronteiras. Se Rosalind tivesse que adivinhar, Celia estava interferindo nos pontos de fiscalização e rompendo as barreiras que mantinham as pessoas longe da Concessão Internacional.

— Sei o que ela está fazendo — informou Rosalind, apertando o passo. — Prepare-se para correr.

A princípio, o estrondo foi baixo — depois, foi ficando cada vez mais alto. Enquanto Rosalind e Orion prosseguiam com cuidado pelo acostamento, uma multidão apareceu à distância, avançando em massa. Eram os moradores de Zhabei. Refugiados e fugitivos, alguns carregando tudo o que podiam enquanto outros só tinham a si mesmos.

Muitos decidiram dar meia-volta ao avistarem o bloqueio na rua Arden, separando-se do grupo e pegando ruas paralelas agora que haviam entrado no terreno estrangeiro protegido. Porém, uma grande maioria continuou seguindo em frente, dominando completamente os poucos mais de dez soldados que protegiam a área residencial japonesa.

Aproveitando a distração, Rosalind puxou a mão de Orion, juntando-se ao tumulto. Ela não sabia se a multidão se dispersaria ou se continuaria na rua Arden para garantir uma rota de fuga mais rápida. Eles precisavam aproveitar a distração enquanto era tempo.

Foram rápidos. Avançaram bem, passando por belas casas e cercados brilhantes.

Então, um tiro cruzou a rua.

— Pare, pare — sibilou Orion, puxando Rosalind para perto.

A multidão gritava. Com o coração na boca, ela rapidamente estudou o entorno, tentando ver de onde vinham as balas naquele completo caos. Enquanto isso, Orion os levou para trás de uma caixa do correio, usando-a como abrigo temporário.

Um grupo à frente deles se dispersou. No cume da rua Arden, uma nova fileira de soldados chegara para impedir a multidão. Entre eles, um homem vestido com um terno ocidental, e era ele que segurava a arma, andando dois passos à frente dos soldados uniformizados. Quando pareceu que a maioria dos civis estava assustada o suficiente para dar meia-volta e achar um caminho alternativo, ele baixou a arma e disse algo em japonês.

— O que ele está dizendo? — sussurrou Rosalind.

— Está ordenando aos soldados que se apressem e liberem a rua... não podem ter uma confusão aqui — respondeu Orion cautelosamente.

Rosalind apertou a mão dele.

— Acho que Celia não tem outra distração na manga.

— Seria esperar muito. — Orion estremeceu. Ele arriscou dar uma olhada por onde vieram. A multidão estava começando a se dispersar. Ele devia ter se dado conta do dilema ao mesmo tempo que Rosalind: se quisessem ter alguma chance, precisavam fazer algo naquele momento em que os humores ainda estavam aflorados e o caos ainda abafava o ar. — Certo. O que acha de tentarmos entrar à força?

Eram apenas dois. Havia pelo menos quinze soldados à frente.

Em vez dos grampos, desta vez Rosalind pegou uma faca envenenada.

— Fique atrás de mim.

Celia estava determinada a atingir cada ponto de fiscalização a leste do Rio Huangpu.

Ela aguardou o barulho. No momento em que seu explosivo irrompesse na noite, no instante em que os Nacionalistas ou estrangeiros que vigiavam os pontos de fiscalização, protegidos com arame farpado, recuassem alarmados e dessem o grito de ordem, ela sairia correndo. As multidões sempre conseguiam resolver o resto. Elas só precisavam de um leve empurrãozinho antes de entender seu papel — antes de saírem correndo e aproveitarem a deixa. Os pontos de fiscalização logo seriam recuperados, é claro. Eram muito bem guardados para serem pegos de surpresas por tempo demais, e geralmente apenas alguns minutos eram necessários para que a ordem fosse restabelecida. Porém, até os oficiais soprarem os apitos e bloquearem os pontos outra vez, pessoas o bastante já teriam passado, a ponto de criarem um fluxo constante a caminho da Concessão Internacional.

Celia só podia torcer para que aquilo bastasse. Ela jogou outro explosivo. Cronometrou o tempo e virou a esquina, desaparecendo de vista.

— *... apareça. Querida?*

Ela apertou a escuta.

— Estou aqui.

— Recebi informações do campo de batalha de que os *ronin* começaram a atirar em qualquer um. É um bom momento para sair daí.

Celia xingou baixinho, olhando ao redor. Estava nos arredores de Hongkou. Pelo que testemunhava, supunha que aquela área sofreria a maior parte da evacuação. Os moradores que estavam ali não tinham outra forma de se proteger a não ser fugir e torcer para que isso fosse o bastante para poupar suas vidas.

— Envie mais agentes para ajudar na nossa linha de resistência em Hongkou — instruiu ela. — Preciso entrar na Concessão Internacional.

— Considere feito. — Um chiado de estática pôde ser ouvido através da escuta. — Você vai atrás da sua irmã?

— Ainda não.

Celia precisava levar algum tipo de defesa consigo se fosse para a batalha com Rosalind. A ligação de Alisa viera da base, então ela ainda estava lá. E se ela ainda estava lá, havia algo errado, algo fora planejado dois passos à frente do que Celia enxergava, o que indicava que talvez Rosalind e Orion estivessem caminhando direto para uma armadilha. Ainda assim, não era como se pudessem simplesmente *não* aparecer na base de operações da Senhora Hong, quando havia o risco de a fase final dos experimentos ser disseminada. Mas eles haviam sido convocados, e *por que* seriam convocados...?

Tiros ressoaram acima da cabeça de Celia. Ela se agachou, abrigando-se por um curto momento, até que uma ideia lhe veio à mente.

— Oliver — chamou ela de repente. — Pode me colocar em contato com Sacerdote?

A escuta ficou silenciosa. E permaneceu silenciosa por um tempo tão grande que Celia pensou que havia perdido o sinal, até que Oliver ativou seu lado de novo, pigarreando.

— Posso fazer isso. Ela, hã, na verdade, ela já está indo na sua direção. Não surte.

Celia piscou.

— Por que eu surtaria?

— Vou começar dizendo que *sou* um irmão responsável...

Desde que Rosalind conseguisse manter aquelas balas longe de Orion, eles conseguiriam avançar por aquela unidade rapidamente.

Não tinha como negar: era impossível uma arma derrotar alguém capaz de jogar um soldado do outro lado da rua. Orion não precisava debilitar ninguém diretamente. Entraram em um ritmo simples — Rosalind dava um golpe superficial com a faca, entrando no caminho do inimigo por tempo o suficiente para que ela fosse atingida pelos tiros iniciais. Assim que ela se abaixava, a fim de permitir que Orion assumisse o controle, ele os derrubava e se livrava deles, seguindo para o próximo alvo.

Rosalind pensou que estavam progredindo bem. Ela arrancou a faca rápido, diretamente do ombro de um soldado, virando-se para dar espaço a Orion.

Então, sentiu algo gelado ser pressionado em sua nunca e congelou no mesmo instante, sem fôlego.

— Orion — alertou.

Ele girou. Xingou baixinho, levantando as mãos para mostrar que estava desarmado.

— Acho — disse a voz atrás de Rosalind em inglês — que já é o suficiente.

Os soldados pararam. A rua teria caído em silêncio se não fosse a batalha à distância. Apesar de Rosalind não poder ver quem a tinha na mira de uma arma, pelo som de sua voz profunda e de seu sotaque, supunha que era o homem de terno.

— Poderia ter caminhado até a mansão — continuou ele, falando com Orion. — Tudo isso foi bem desnecessário.

Os olhos de Orion continuaram em Rosalind. Ele parecia estar a segundos de avançar, e ela silenciosamente pediu que ficasse onde estava em vez de arriscar.

— Acho difícil acreditar nisso — disse Orion com cuidado.

Ele passou a falar em japonês. Apesar de Rosalind não conseguir entender o que ele disse em seguida, ela sabia que ele estava pedindo para que ela fosse libertada.

Como esperado, o homem não moveu a arma. Um suor frio escorreu pela nuca de Rosalind. Seu poder de cura tinha um limite, e ser baleada à queima-roupa o superava. Ainda assim, era melhor que ele mantivesse a arma apontada para ela do que para Orion.

— Sua mãe estava esperando por você — disse o comandante, ainda falando em inglês. — Todos estávamos.

Orion hesitou. Franziu o cenho, tentando compreender o que estava acontecendo.

— Ela não precisa mais de mim.

— Ah, precisa sim. Bela trapaça a do seu amigo.

Silas, Rosalind se deu conta em um instante.

— Do que diabos está falando?

O homem não lhe respondeu. Mas só aquilo já parecia ser resposta o suficiente: se o sangue de Oliver fora adulterado, então os experimentos ainda não eram um sucesso. Eles ainda não tinham completado a mistura.

Então, por que Alisa dissera o contrário?

Um buraco estava se abrindo no estômago de Rosalind. Ficou ainda pior quando ela e Orion trocaram um olhar, e ela vislumbrou a derrota cruzar a expressão dele. O olhar dele se suavizou.

— Certo — disse, devagar. — Se ela precisa de mim, aqui estou.

— *Orion*! — exclamou Rosalind, chocada.

— Diga a minha mãe que proponho uma troca — continuou. — Dê a Rosalind a cura para os experimentos feitos nela. Então, serei sua cobaia pelo tempo que ela precisar. Não protestarei. Ela nem precisará me forçar.

— Mas de jeito nenhum — vociferou Rosalind. — Orion, você enlouqueceu...

O homem segurou a nuca dela. Antes que Rosalind pudesse resistir, antes que pudesse rosnar, lutar ou tirar um grampo do cabelo, sentiu uma dor horrível no ombro. Ele injetara algo frio como gelo no ombro dela.

E seu mundo se tornou escuro num instante.

54

Os braços dela haviam sido amarrados nas costas.

Quando Rosalind conseguiu recobrar a consciência, não sabia se estava mais surpresa ao encontrar Alisa encarando-a do outro lado da sala, contida de forma similar, ou que suas pálpebras continuassem pesadas, como se tivesse dormido pouco.

— Alisa? — chamou Rosalind com dificuldade.

— Que bom que finalmente acordou — disse Alisa. — Estava te esperando. Precisamos nos mexer. Acho que a Senhora Hong está prestes a pegar Orion e sair da cidade.

Cada palavra naquela frase parecia mais incompreensível do que a outra. Rosalind estremeceu, tentando recobrar os sentidos. O casaco que usava estava retorcido de forma desconfortável com os braços presos daquele jeito, prendendo sua circulação. Quando ela mudou de posição, o tecido não se mexeu, mas ela quase perdeu o equilíbrio, virando-se contra a parede em que estava apoiada.

— Parece que tem algodão na minha garganta — resmungou. — O que aconteceu? O que quer dizer com *finalmente*? Por quanto tempo fiquei desacordada?

— Só estou exagerando. Não foram mais do que quinze minutos. Acho que seu sistema consumiu o sedativo bem mais rápido do que eles esperavam. É o cenário ideal. Podemos pegá-los de surpresa.

Do lado de fora da janela, a noite havia caído completamente. Estava um breu, as nuvens cheias e imóveis, nenhuma estrela aparente. Rosalind tentou puxar a corda em seus pulsos. Não cedeu. Também podia sentir a tensão se estendendo por seus braços. Não havia somente um nó em volta de suas mãos — a corda prendia seu tronco inteiro, como se ela estivesse prestes a ser estripada e servida à mesa.

— O quê?

Alisa usou a cabeça para indicar a porta. Parecia impaciente com a imensa confusão de Rosalind, como se ela devesse ter prestado atenção enquanto estivera inconsciente durante aqueles quinze minutos. Rosalind não escutou barulho nenhum vindo do corredor, mas ouvia os gritos que vinham da janela. Parecia que havia uma multidão na rua novamente.

— Eles estiveram discutindo. Orion estava pedindo uma cura... para você, se ouvi bem. A mãe dele disse que isso levará tempo, pois "não é meu trabalho". A última coisa que ouvi foi ele concordar em partir com ela.

— Partir com ela? — repetiu Rosalind, horrorizada. Começou a sentir os braços formigarem. O sangue voltava a circular agora que ela se mexia, comichões subindo por seus cotovelos e indo na direção de seus ombros. — Para *onde*?

— Não sei. Mas, ao que parece, para fora de Xangai... para algum lugar onde ela possa continuar trabalhando rapidamente sem ser capturada pelos Nacionalistas. Eles estão resistindo à invasão com mais sucesso do que o esperado. Logo os japoneses contra-atacarão com mais força. Se ela não lhes der resultados antes disso, cortarão seus investimentos.

Rosalind tentou se colocar de pé. Não eram só seus braços que estavam dormentes. As pernas estavam tão fracas que não tinha certeza se conseguiria se levantar, apesar de terem deixado seus tornozelos livres. Por um momento, perguntou-se por que não tinham medo que ela se levantasse e saísse correndo, mas então, olhou por cima do ombro e percebeu que a corda que a prendia estava amarrada a um anel de metal fixado ao chão.

— *Merde* — murmurou Rosalind. Ela deu um puxão com o ombro. A corda não afrouxou nem um pouco. — Você está bem? Está ferida?

Alisa balançou a cabeça.

— Desculpe ter te atraído para cá assim. — Ela olhou para o próprio colo, o gesto acanhado de modo pouco característico. — Me pegaram em um esconderijo há alguns dias. Fui mantida prisioneira até que usaram uma arma para me forçar a entrar em contato.

Rosalind balançou a cabeça.

— Teríamos aparecido assim que tivéssemos alguma informação sobre a localização dela, mesmo que soubéssemos que a Senhora Hong estava montando uma armadilha para Orion. Só fico feliz que você esteja a salvo.

— A salvo é um pequeno exagero. Levei algumas coronhadas.

Rosalind fez uma careta.

— Se faz com que se sinta melhor, não parece ter levado coronhadas.

— Na verdade, faz, sim. Sou resistente. — Alisa contraiu os lábios, examinando Rosalind de cima a baixo. — Pelo menos permitiram que eu mesma fizesse aquela ligação. Você encontrou? Atrás da banheira?

Com cuidado, Rosalind voltou a apoiar o ombro na parede. Sentiu a pressão do vidro no braço — um frasco liso e inteiro — e suspirou de alívio.

— Sim, está na minha manga.

Ela não havia entendido o motivo de Alisa ter incluído uma frase em russo até Orion ter perguntado o significado. Ele não conseguiu entender. O que significava que, fosse qual fosse o motivo, Alisa direcionara aquilo apenas para os olhos de Rosalind. Apesar de não ter feito sentido a princípio, ela ficou desconfiada quando seus olhos se voltaram para a banheira no toalete de Juliette. Depois de expulsar Orion, ela se aproximou da banheira com cuidado, sem saber o que encontraria. Que grande surpresa fora achar o frasco escondido ali, nem um pouco quebrado, completamente intacto, o líquido verde brilhando.

— Sua trapaceira.

Alisa deu uma risadinha.

— Obrigada. Agora, escute bem: acho que a Senhora Hong já possui uma cura.

Rosalind franziu o cenho.

— O quê? Por quê?

— Não sei exatamente o que *é*, mas eu a vi fazendo experimentos em um soldado antes de me pegarem. No momento em que as coisas deram errado e o homem começou a gritar, ela injetou um líquido transparente nele que cortou os efeitos.

Rosalind não se lembrava de ter visto um líquido transparente quando estavam investigando a Imprensa Turquesa ou vasculhando o Armazém 34. Tinha de ser algo novo.

— Estive tentando entender o motivo pelo qual ela discutiria com Orion quanto a precisar de mais tempo para ajudar você — continuou Alisa. — Não consigo parar de pensar na frase que a Senhora Hong usou: *ela não é meu trabalho*. Rosalind, deve existir uma cura. Porém, você não é invenção dela, então, o que ela disse a Orion é que, para curar *você*, ele precisa deixá-la usá-lo indefinidamente. Deixá-la fazer a mistura de novo, dá-la a você, para então curá-la.

A compreensão a atingiu em cheio, tirando seu fôlego. Era como Lourens dissera: *Se quer uma cura, a única forma de avançarmos é conseguindo a imortalidade verdadeira primeiro. Estabilizando a solução que coloquei em você há cinco anos, e então, eliminando-a.*

— Por acaso parecia que Orion estava elaborando algum plano? — indagou Rosalind. — Tem de ser um plano, certo? Ele não pode estar disposto a deixá-la usá-lo de cobaia. Se ela criar a mistura, nós perderemos. A nação cairá.

Alisa permaneceu quieta por alguns instantes.

— Acho que ele está, Rosalind — disse ela por fim. — Não me pareceu que ele estava mentindo.

Aquilo era inacreditável. A vida de Rosalind não valia tudo isso. Ele não podia dar à mãe dele o material para a imortalidade *completa* apenas para salvar Rosalind. A mistura seria usada para propósitos terríveis. Propósitos que poderiam destruir o mundo. Ele não podia colocá-la acima do mundo inteiro.

— Não posso deixar que ele faça isso.

— Para ser sincera — disse Alisa —, se você aparecer com esse frasco agora, vai dar tudo o que ela quer. É a única versão completa em que a força e a imortalidade foram combinadas com sucesso. Ela pode entregar isso para os japoneses. A missão dela chegaria ao fim.

— Não — disse Rosalind imediatamente. — Isso está fora de questão.

Alisa assentiu. Não insistiu mais no assunto, então ficou claro que só dera aquela sugestão para ver qual era a opinião dela. Havia um motivo pelo qual Alisa deixara aquela mensagem apenas para Rosalind. O mesmo motivo pelo qual passou meses fugindo em vez de dar o frasco para Celia, quando desconfiou que Oliver poderia se intrometer. Alisa confiava em quem confiava, e dificilmente era convencida a aumentar esse grupo de pessoas.

— Vamos impedi-los, então.

Era mais fácil falar do que fazer. Rosalind suspirou. Forçou as cordas.

— Como?

— Acho que a ajuda está a caminho. — Alisa usou o queixo para indicar a janela. — Está ouvindo isso?

Rosalind ouviu com mais atenção. Eram os mesmos sons de antes: gritos distantes, mas que chegavam cada vez mais perto.

— A batalha em Zhabei?

— Não. Se viesse de Zhabei, não estaria ficando cada vez mais alto. Enquanto você estava inconsciente, também ouvi dois projéteis atingirem a mansão. Uma multidão se aproxima. Acho que estão prestes a atacar.

Rosalind não compreendia o que Alisa estava dizendo, e desta vez, não achava que podia culpar o sedativo em seu sistema. Uma multidão tentando atacar a casa significava pessoas do lado *deles*, não da Senhora Hong. Significava pessoas lutando contra os soldados japoneses e as unidades de guarda do lado de fora.

— Quem estaria atacando? — perguntou Rosalind finalmente.

Ela ficou de joelhos, tentando espiar pela janela. Apesar de suas tentativas, estava tudo um breu. Não poderia ser o Kuomintang, porque tinham outra guerra no norte com que se preocupar. Mas também não podiam ser os Comunistas, porque não tinham pessoas o suficiente para se incomodarem com algo assim. Quem mais sobrava?

Alisa deu de ombros.

— Não sei. Mas quando entrarem, nós agiremos. Suponho que levará mais cinco minutos.

De repente, a mansão estremeceu, como se algo tivesse atingido sua lateral. Outro projétil, assim como Alisa dissera. O efeito não era o de algo imenso como o das bombas que os japoneses estavam jogando, mas mesmo assim parecia intenso, acertando algumas das torres mais altas da casa.

— Ainda tem este — Rosalind balançou os braços, gesticulando para as cordas — problema.

— Já faz dois dias que estou desamarrada, na verdade.

— Como é?

— É. — De repente, Alisa levantou as mãos e todas as cordas ao redor dela se desenrolaram e caíram no chão. — Continuei fingindo porque ainda não tínhamos uma rota de fuga, então achei que era melhor me fazer de indefesa.

Rosalind não queria nem mesmo perguntar como Alisa conseguira aquilo. Ela só se sentiria mal com suas próprias habilidades como agente.

Levantando-se depressa, Alisa se aproximou, então examinou o cabelo de Rosalind, pensando por um momento antes de retirar um grampo.

— Este está envenenado?

— Só a ponta. Segure no meio, com cuidado.

Alisa o fez, depois inclinou o grampo de modo a alfinetar as cordas de Rosalind. Ela trabalhou rápido, cortando os fios e afastando os pedaços que se soltavam. Quando Rosalind ficou livre, um baque oco reverberou pela construção. Então, vozes adentraram a mansão, fazendo, junto com os tiros, os pisos vibrarem.

Alisa ajudou Rosalind a se levantar. Rosalind mal teve tempo de pegar um grampo e se armar também, quando Alisa abriu a porta, olhando para a esquerda e para a direita, a fim de analisar a situação delas. Não havia mais guardas de vigia. Vozes ecoavam pelo corredor à esquerda.

Alisa gesticulou para a direita. Rosalind a seguiu, mantendo-se próxima. Ao redor delas, a mansão parecia ter o tamanho de um labirinto, cada curva se estendendo por quilômetros, as paredes se alongando com um branco contínuo. Ela podia ouvir o som de tiros dentro da casa.

Outro tremor fez o teto estremecer. Alisa olhou para cima por um momento, franzindo o cenho. Apesar de Rosalind ter parado, na intenção de perguntar o que ela havia notado, Alisa balançou a cabeça antes que ela tivesse a chance, indicando que seguissem em frente. A curva de um corrimão de madeira apareceu na dobra do corredor. Elas desceram as escadas.

Assim que chegaram ao saguão do segundo andar, foram totalmente envolvidas pelo clamor da batalha, finalmente entrando no combate. Alisa abaixou bem a cabeça quando seguiu adiante. Rosalind não tinha ideia do que ela estava fazendo, mas mesmo assim, imitou Alisa... bem a tempo de evitar uma saraivada de tiros que foram exatamente na direção de onde as cabeças das duas estiveram.

— *Mon Dieu* — murmurou Rosalind. — *Mon Dieu...*

Alisa puxou a mão dela, fazendo com que se apressasse. Um grito soou abaixo dos pés delas. Do balaústre que dava para o primeiro andar, veio o som sincronizado de novos soldados levantando as armas.

— Anda, anda, tenha um pouco de instinto de sobrevivência, pode ser?

— *Instinto de sobrevivência?* — sibilou Rosalind. — Eu não sou uma espiã! Sou uma assassina! Meu lugar é nas sombras!

Naquele exato momento, duas pessoas em uma luta corpo a corpo saíram de um corredor próximo e entraram no caminho delas. Alisa deu um gritinho, recuando para sair da frente. Havia outra escadaria que descia adiante. Um homem de chapéu preto chutou um dos soldados japoneses, fazendo-o rolar pelos degraus. Quando o homem limpou o sangue do rosto e avançou escada abaixo com o rifle, Rosalind o encarou, uma centelha de reconhecimento disparando por sua mente. Um segundo depois, percebeu de onde o reconhecera.

— O homem de chapéu — disse, a voz trêmula pela descrença. — É um antigo membro da Sociedade Escarlate.

Alisa franziu o cenho. Como se tivesse acabado de ter uma ideia, ela olhou para além do corrimão que dava para o primeiro andar, para a zona de guerra abaixo delas.

— Antigo Rosa Branca ali. E ali.

Agora, Rosalind havia entendido. Ela entendia quem mandara o batalhão atrás deles. Era claramente um trabalho de Roma e Juliette. Rosalind quase sentia vontade de chorar por causa daquele gesto, porque tomara uma atitude bem traiçoeira para afastá-los, e ainda assim, eles enviaram todos os recursos que tinham para ajudá-la.

No andar de baixo, as portas de vidro se abriam para jardins vastos. Enquanto Rosalind estudava o caos do lado de dentro, avistou Orion e a Senhora Hong no exterior. Apesar de estar escuro nos jardins, todas as luzes da mansão estavam acesas, lançando um brilho azulado longe o suficiente para alcançar o limite das árvores. A Senhora Hong tinha uma caixa nas mãos. Orion fincara os pés na grama. Dali, Rosalind não conseguia entender o que ele dizia, mas o conhecia bem o suficiente para interpretar aquela postura. Ele estava furioso, no meio de uma discussão.

— Vou até lá — anunciou Rosalind.

— Espere, espere — sibilou Alisa, segurando seu braço antes que ela pudesse dar um único passo. — Qual é o plano? Não deveríamos ir atrás do lote de sangue?

— Silas já o contaminou. Mas não sei como. Só sei que não poderão usá-lo. Foi provavelmente por isso que você viu a Senhora Hong revertendo os experimentos. Ela prefere usar os soldados sem aprimoramento do que tê-los mortos, como aconteceu nos assassinatos químicos. — Rosalind olhou brevemente para outra porta próxima das de vidro. Havia uma pilha de papéis na soleira, espalhados pelo piso, a borda de alguns manchada de sangue. Devem ter sido empurrados na pressa. — Agora, a única maneira que temos de impedi-la é não deixá-la sair daqui com Orion.

Assim que Alisa soltou o braço dela, uma das portas de vidro se estilhaçou completamente, uma saraivada de tiros atingindo o centro. Havia coisas demais acontecendo para determinar quem atirou, se viera de dentro ou de fora. Rosalind, considerando a cena desastrosa como uma deixa, desceu as escadas correndo, parando por um momento apenas para pegar uma pistola que fora deixada ao lado de um homem morto.

— Sinto muito — murmurou. Ela se virou e olhou por cima do ombro. — Alisa?

Alisa inclinou a cabeça de repente, escutando alguma coisa específica. Quando Rosalind parou, também ouviu: sirenes. Sirenes policiais, muito provavelmente enviadas pelo Conselho Municipal. Não era uma surpresa, já que a mansão se tornara uma guerra e aquele era território estrangeiro. Um vizinho ou outro acabaria chamando a polícia. O Kuomintang logo apareceria também, e quando isso acontecesse, ninguém escaparia ileso.

— Pegue Orion — instruiu Alisa, descendo os degraus. Seus olhos estavam fixos na porta interna, onde havia pedaços de papéis ensanguentados espalhados. — Vou esvaziar a mansão. E destruir cada parte da pesquisa dela.

Rosalind assentiu. Elas se separaram imediatamente. Alisa arregaçou as mangas, xingando baixinho enquanto desviava de um gângster com uma faca. Rosalind se abaixou, tornando-se pequena conforme atravessava aquele andar.

Assim que saiu pelas portas de vidro e adentrou a noite, a Senhora Hong a viu.

E Rosalind ergueu a pistola.

55

Você não vai atirar — disse a Senhora Hong imediatamente.

Ela colocou a caixa branca que tinha nas mãos no chão. Estava lacrada com uma trava metálica, e era do tipo que enfermeiras cirúrgicas carregavam em hospitais.

Orion se virou, os olhos arregalados. Rosalind não tentou discutir com a mãe dele. A questão não era se ela atiraria ou não. A ameaça só precisava estar ali.

— Orion. Vamos — respondeu ela simplesmente, na quietude.

Mas Orion não se moveu. A respiração de Rosalind formou uma nuvem. Por vários segundos, ele apenas a encarou — encarou fixamente, como se tentasse guardá-la na memória. Então, Orion balançou a cabeça.

— Não posso — disse, com calma. — Não posso dar as costas para a única maneira de te salvar.

— Sim. Você pode. — Segurou a arma com mais firmeza. A Senhora Hong moveu a mão, e Rosalind deu um passo à frente. — *Não* se mexa.

As sirenes estavam ficando mais altas. Na frente da mansão, um grito rasgou a noite.

— Precisamos ir agora, senhorita Lang — informou a Senhora Hong, tranquila. — Se os Nacionalistas chegarem, levarão Liwen embora. É isso o que quer?

Era, se isso fosse mantê-lo seguro. Era, se fosse mantê-lo longe da mãe. Seria fácil para Rosalind enrolar até lá.

— Orion — chamou ela outra vez. — Minha vida não tem tanto valor. Você não pode se entregar. Há muito em jogo. O *país* está em jogo.

Rosalind podia ouvir ordens sendo dadas dentro da mansão. Instruções para a retirada, então supunha que uma boa parte da milícia da Senhora Hong havia sido derrotada. Nenhum gângster aposentado podia ser encontrado ali quando as autoridades chegassem. Um tiroteio ricocheteou alto na frente da casa, mas parou com uma rapidez assustadora.

— Como posso dizer isso de uma forma que você me perdoe? — questionou-se ele em voz baixa. — Se eu fizer isso, sei que vou sentir o peso das consequências na minha consciência para sempre. Mas o peso será bem pior se você cair morta de repente, quando eu poderia ter feito algo para impedir. Se eu for com ela, talvez o país ainda tenha uma chance de resistir — ele engoliu em seco —, mas se eu não for, tenho medo de que você não tenha.

A noite estava gelada, mas não foi a temperatura que fez um arrepio percorrer sua coluna. Durante muito tempo, Rosalind quisera ser uma prioridade aos olhos de alguém. Desejara o calor de ser indispensável. Mas *aquilo*... aquilo tinha um custo alto demais.

Rosalind colocou a mão na manga. Ela o mandara se afastar, mas também não conseguia deixá-lo ir. Se as circunstâncias os trocassem de lugar, ela teria feito a mesma coisa que ele tentava fazer agora, e se aquilo tornava a consciência dela igualmente pesada, então teria que aceitar. Os dois nunca foram feitos para lidar com responsabilidades capazes de mudar o curso da nação. Indivíduos comuns não eram *feitos* para tomarem decisões tão grandes.

— Tudo bem — disse Rosalind, mas não estava mais se dirigindo a Orion. Falava com a mãe dele enquanto retirava o frasco da manga, deixando que a luz fria que saía da mansão refletisse no vidro. — Isto muda as coisas?

A Senhora Hong piscou. E então, piscou mais uma vez, como se não acreditasse no que via.

— Como...?

— Vou lhe propor uma última barganha — continuou Rosalind. — Devolverei o frasco. Seu último frasco, o único teste da sua pesquisa com a seramonina que deu certo. Mas a senhora não pode entregá-lo aos japoneses. Deixe-os e desapareça. Era isso o que queria, não era? Criar uma nova ciência? Agora que já utilizou os recursos deles para descobri-la, não há nenhuma cláusula que diga que eles precisam se beneficiar.

— Lang Shalin — disse a Senhora Hong calmamente. — Sabe bem o que está fazendo?

— Tenho plena consciência. — Rosalind se perguntou se seria mais fácil puxar o gatilho. Sem inventora, sem ciência. Sem inventora, sem soldados invencíveis que eram terrivelmente fortes e capazes de se curar de qualquer ferida. Ainda assim, aquela era a mãe de Orion. Como poderia ser Rosalind a atirar e fazer isso com ele? — Tome sua decisão. Antes que eu destrua este frasco também, como deveria ter feito há muito tempo.

— Amada — sussurrou Orion. — Não...

Passos ecoaram atrás dela. Rosalind não se distrairia, não enquanto tinha o frasco na palma da mão, mas tanto a Senhora Hong quanto Orion olharam por cima de seu ombro.

— Senhor Akiyama — disse a Senhora Hong, e um leve sinal de preocupação penetrou sua voz. — Estamos prontos para partir.

— Ah, é? — disse o senhor Akiyama. Apesar de Rosalind não ter se virado, ela reconheceu a voz do mesmo homem que encontraram na rua. Aquele que lhe injetara um sedativo. Pelo som, podia sentir que ele estava em frente às portas de vidro. — Não parece que seu filho está cooperando.

— Um pequeno problema logístico.

A Senhora Hong olhou mais adiante. Outros sons de passos se espalharam, passando pelas portas e saindo para a grama. Rosalind não tirou os olhos da mãe de Orion, mas, pelo canto do olho, viu soldados os cercarem. O que estava acontecendo? A Senhora Hong não controlava aqueles homens?

— Não tem por que forçá-lo — disse o senhor Akiyama. — Olhe, a solução não está bem ali?

Tā mā de, pensou Rosalind. Ele estava falando do frasco nas mãos dela.

— Independentemente do que temos agora — respondeu a Senhora Hong de forma brusca —, primeiro precisamos buscar abrigo.

O único alerta que Rosalind teve foi o arquejo repentino de Orion. Nem houve tempo para perceber a ameaça antes de tiros ressoarem na noite, e então Rosalind sentiu uma dor dilacerante explodir por seu corpo. Uma bala atingira seu ombro. Outra, perto de seu quadril. Sua visão se tornou um breu; seus ouvidos zuniam com um vazio. Quando ela tombou de joelhos, largou tanto o frasco quanto a arma na grama. Ela mal percebeu que caíram.

— *Rosalind!*

— Não — falou ela com dificuldade, mas Orion não escutou.

Ele se lançou na frente dela, deslizando de joelhos para segurar seus braços.

— Ros...

— Vou me curar. — Ela arquejou, tentando empurrá-lo. Antes, o senhor Akiyama havia atirado de longe, mas se ele se aproximasse... — Vou me curar, está tudo bem, está tudo bem, se *afaste*...

Uma sombra caiu sobre eles. Naquele terrível momento, ela soube o que estava por vir. Sentiu o perigo se aproximar como uma ferida latejante, e ainda assim, não pôde impedir aquele homem quando ele pegou outra arma no bolso da jaqueta. Ainda assim, estava desamparada quando ele se aproximou de Orion e o esfaqueou com tanta crueldade, que um respingo vermelho saiu da lâmina, atingindo o pescoço de Rosalind em um risco horizontal.

Não. Nãonãonãonão...

Orion envolveu o tronco com a mão. Na mesma hora, o sangue vazou por seus dedos. Pingou no chão, pintando-o de um escarlate lamacento.

— O que está fazendo? — indagou a Senhora Hong.

Apesar de ela não se mover, o terror fez sua voz falhar, tornando-a aguda e aterrorizada. Parecia incompatível com o resto de sua postura costumeira, em desacordo com a mãe negligente que Rosalind havia muito tempo a julgava ser. Quando Rosalind olhou ao redor, sem saber o que fazer, percebeu que a Senhora Hong permanecia parada não porque não quisesse correr até Orion, e sim porque os soldados tinham as armas miradas na direção dela, os olhos atentos e alertas, esperando os próximos comandos do senhor Akiyama.

De maneira insensível, o senhor Akiyama usou o sapato para chutar o frasco. Ele rolou uma pequena distância.

— Vá em frente — disse ele. — Cure-o.

— Aquele é meu *filho*...

— A quem você pode curar. Injete a mistura nele. Assim, ele ficará bem. Finalmente teremos uma cobaia bem-sucedida e poderemos mandá-lo para o exterior para ser estudado.

Orion respirava com dificuldade. Ele apertou o tronco com mais força, os olhos no frasco. O senhor Akiyama poderia ter usado a arma em Orion também, mas mudara para uma faca de propósito. Ele não queria uma morte rápida — queria provocar um ferimento letal, que desse tempo para forçar a Senhora Hong a agir.

— Rosalind. — Orion arfou. — Pegue o frasco.

— Não se mexa — pediu ela em resposta.

Àquela altura, seus próprios ferimentos já estavam quase todos curados. Lembranças da morte de Dao Feng lhe vieram à mente. Dao Feng, sangrando até a morte na frente dela, atingido por uma bala que não era para ele.

— Pegue! — ordenou Orion, ficando mais irritado. — Ou...

Rosalind xingou baixinho, lançando-se atrás do frasco antes que Orion pudesse terminar de falar. Era como se outra pessoa tivesse possuído seu corpo. Destino entrara em ação, movendo-se apesar da dor. Um segundo depois, o senhor Akiyama rosnou e tentou pegar o frasco também, mas ela já alcançara o vidro, a superfície congelante em sua palma.

Com a mão se fechando no espaço vazio, o senhor Akiyama se virou antes mesmo de se endireitar. Em vez do frasco, ele pegou a pistola que estava no chão.

— Pare com isso! — exclamou a Senhora Hong. — Pare...

O senhor Akiyama pressionou a arma contra a cabeça de Orion. Apesar de Orion ficar imóvel, seus olhos ardiam, presos no frasco que estava na mão de Rosalind. Uma coisa era falar daquela substância de forma abstrata, pensando em um futuro hipotético. Outra bem diferente era simplesmente entregá-la.

— O que vai fazer, atirar em mim? — vociferou Orion em forma de ameaça. — Não haverá outros frascos como aquele. Minha mãe pode aperfeiçoar a mistura o quanto quiser, mas não conseguirá produzir o componente mais importante sem mim.

— Somos pacientes — respondeu o senhor Akiyama. — Se tivermos um único frasco, conseguiremos criar os ingredientes nós mesmos, com facilidade.

A Senhora Hong claramente não gostara disso.

— Não conseguirão — disse ela entredentes. — Levaria décadas.

— O tempo não é nada quando a questão é construir um império. — Ele olhou para baixo. Observou-as por sobre o nariz, como se manter Orion à mercê de uma arma fosse como cheirar um papel sujo que ficou preso em seu sapato. — Mas se quiser facilitar as coisas para todo mundo, peça para a sua mãe pegar uma seringa. Peça para a sua companheira entregar o frasco.

— Não — disse ele. — Me mate.

— Liwen, basta — ordenou a Senhora Hong. Ela já estava mexendo em sua caixa, tirando uma seringa. — Lang Shalin, por favor, me entregue isso. Pelo bem dele.

Rosalind estava sem fôlego. Não havia solução. A pistola estava encostada bem na têmpora dele. Ela não podia empurrar Orion para o lado e levar o tiro por ele. Não sem puxar o gatilho.

— Certo — sussurrou Rosalind.

Ela estendeu o braço. Devagar, seus dedos soltaram o vidro, o que pareceu extremamente errado, como se estivesse entregando o mapa para o fim do mundo.

A Senhora Hong pegou o frasco.

— Não aceitarei que injete isso em mim — esbravejou Orion. — Eu me recuso.

Os soldados ao redor deles estavam inquietos. Estavam ficando sem tempo: as sirenes haviam parado bem em frente à mansão.

— Liwen, cale a *boca* — ordenou a mãe dele.

Mas Orion não se calou. Pelo contrário, ele ficou ainda mais atrevido, provocando sua mortalidade e gritando na cara dela. Ele encontrou o olhar de Rosalind. A doçura em seu olhar não combinava com seu tom de voz — aquela expressão era só para ela, para se desculpar pelo sacrifício que ele estava disposto a fazer.

Pare, queria pedir Rosalind.

— Me mate! — pediu Orion. A mão dele foi até a arma. Ele agarrou o lugar onde o senhor Akiyama segurava o gatilho, tentando ele mesmo disparar. — Vamos! Atire!

Pare. Pare pare pare pare...

Um tiro irrompeu na noite.

Rosalind berrou.

56

O senhor Akiyama não foi ao chão imediatamente.

A bala formou um círculo perfeito em sua testa. Primeiro, foi apenas um anel escuro. Depois, uma única gota de sangue pingou em seu nariz, em seu lábio, e deslizou até chegar na grama.

Então, quando o sangue começou a sair do buraco e escorrer em pequenos fios, ele finalmente caiu, sem se mover. E não parou por aí: assim que a primeira bala foi atirada, outras a seguiram em rápida sucessão, cada uma acertando seu respectivo alvo continuamente. Os soldados que cercavam o local desabaram. Nenhuma bala foi desperdiçada — cada uma eliminou um inimigo na mesma hora.

— Que diabos foi isso? — sussurrou Orion, erguendo a cabeça para procurar o atirador.

Os tiros vinham do alto. Do telhado da mansão.

Uma última bala atingiu o espaço ao lado dos pés da Senhora Hong. Ela arquejou, afastando-se, mas ficou claro que o erro fora proposital. O jardim ficou em silêncio por breves segundos. Então, uma tremenda gritaria começou do outro lado da mansão, sinalizando a chegada da polícia. As sirenes irromperam na noite. Os carros faziam cores brilharem na escuridão. Rosalind daria poucos minutos até que entrassem no jardim e os encontrassem. Menos ainda se os Nacionalistas estivessem com eles, pois os Nacionalistas saberiam por quem procurar.

— Mas não era a polícia — murmurou Rosalind, quase que para si mesma.

Finalmente, encontrou o atirador. Uma pessoa de corpo pequeno, espreitando ao lado de uma das torres. Quando ela se levantou, rapidamente escorregou pelas telhas de ardósia, parando na beirada do telhado antes de se agarrar a um dos canos e usá-lo para descer.

Mesmo no escuro, Rosalind reconhecia aqueles aneizinhos.

— Sacerdote — disse ela em voz alta, confusa.

Ela se lembrou da missão de resgate na base Nacionalista. Dos combatentes caindo, abrindo caminho só para ela. Ela se lembrou do Armazém 34, e de como ela e Orion permaneceram vivos, apesar de todos os motivos para serem assassinados.

Quando Phoebe se virou, levantou o rifle novamente na direção de sua mãe, mantendo-a sob sua mira.

— Como ele está? — perguntou Phoebe, se aproximando e se dirigindo a Rosalind.

— Mal — respondeu Rosalind simplesmente.

— Como *eu* estou? — repetiu Orion com dificuldade. — Você é *Sacerdote*, Feiyi? Pelo amor de Deus, eu vou te matar...

— Poupe o fôlego — instruiu Phoebe. — Primeiro, se preocupe em sobreviver, depois pense em matar.

— E então eu vou matar Oliver — continuou Orion, praticamente resfolegando para terminar de falar. — O fato de ele ter sido seu treinador esse tempo todo...

— Posso salvá-lo — interrompeu a Senhora Hong. — Só tenho que dar isso a ele.

Em algum momento em meio ao caos, ela havia colocado o conteúdo do frasco na seringa. Ela segurava o instrumento com cuidado, a agulha apontada para o céu.

Quando Orion inspirou, pareceu que o ar estava escapando de seus pulmões, como se eles tivessem sido perfurados centenas de vezes.

— Me deixe dar isso a você — implorou a mãe dele. — *Por favor*.

As sirenes pararam de repente. No lugar delas, escutaram os gritos conforme as unidades eram instruídas a se dispersar e vasculhar. Quanto tempo ainda tinham? Será que os Nacionalistas os encontrariam assim: fugitivos e agentes inimigos reunidos, uma família destruída no meio?

— Tudo bem — concordou Orion finalmente. Seus olhos se voltaram para Rosalind. — Pode se aproximar?

Ela já estava a apenas alguns passos de distância, praticamente estirada na grama enquanto Orion se equilibrava nos joelhos, o braço direito apertando a ferida. Ela não questionou o pedido. Aproximou-se, esticando a mão para tocar seu ombro e confortá-lo. Do outro lado, a Senhora Hong se agachou, levando a seringa até o braço dele.

Rosalind não percebeu o que ele estava fazendo até sentir uma picada no braço. Não percebeu o movimento repentino quando ele pegou a seringa da mão da Senhora Hong e a injetou em *Rosalind*.

A Senhora Hong soltou um resmungo de indignação. Tudo o que Rosalind conseguiu fazer foi encarar, descrente, a seringa vazia. Um segundo depois, arrancou-a do braço e a jogou na grama, quebrando-a ao meio. Uma última gota foi derramada no chão. O solo a absorveu.

— Por que você fez isso? — Rosalind estava em um pesadelo. De alguma forma, as mãos dela já estavam cobertas pelo sangue dele, que havia deixado uma marca no vidro do frasco quebrado. — Orion, o que foi que você *fez*?

— Chega de ciência — decidiu ele. — Ela não resolve nada.

— Resolveria o fato de que você está sangrando até a morte — vociferou Rosalind.

Merde. Ele era tão *estúpido*. E altruísta. Um Orion estúpido e altruísta. *Meu Deus...*

Ela podia sentir a mistura se mover por seu corpo. Essa não queimava da mesma forma que o experimento de Lourens. Essa fazia parecer que seu sangue estava vindo à tona, oprimindo cada parte de seu corpo até ela se tornar completamente líquida.

Um grito percorreu a mansão. Mais um.

— Procure ajuda para ele — ordenou a Senhora Hong de repente. — Vão, agora, ou os Nacionalistas não deixarão vocês partirem.

Ela estava certa. A presença Nacionalista se aproximava. Eles prenderiam Orion e sua mãe antes de qualquer coisa. Quando chegassem ao ponto de ajudá-lo, ele já estaria morto.

— Por onde? — perguntou Rosalind.

Ela manteve o tom de voz firme. Segurou o cotovelo de Orion, pronta para se levantar e arrastá-lo com ela a qualquer momento.

— Entre na casa e pegue o corredor mais à direita. Você chegará a uma porta lateral. Fique próxima à cerca e conseguirá chegar ao portão principal sem problemas.

— *Por aqui! Cerquem todas as saídas!*

Rosalind trincou os dentes. Mudou de posição.

— Feiyi, você precisa largar essa arma nos próximos dez segundos, ou sua identidade será exposta — continuou a Senhora Hong.

Era impressionante o quanto ela soava prática. Se não fosse pelo leve tremor em suas mãos quando Rosalind tirou Orion de seus braços, ela acreditaria que não havia sobrado nenhum resquício de amor na mãe dele. Mas sobrara. Rosalind o havia testemunhado, mas não queria tê-lo feito, porque aquilo dificultava a sua crença de que foram parar ali simplesmente por causa do egoísmo e da traição da Senhora Hong.

— Ah, claro — zombou Phoebe. Apesar de suas palavras, ela parecia estar à beira das lágrimas. — Vou largar a arma. E assim você também poderá fugir.

Rosalind levantou Orion. Ele estremeceu. Assim que ele mudou a forma como segurava o ferimento, o sangue jorrou. Ela não deveria ter se surpreendido com a facilidade que foi levantá-lo, mas ainda assim, quase tropeçou nos próprios pés.

— Ela tem razão, Phoebe — disse Rosalind. Agora, era uma questão de confiança. Uma confiança completamente injusta, mas estavam encurralados e não havia outra opção. — Largue a arma agora. Ou descobrirão que você é Sacerdote.

— *Ali!*

Olhando por cima do ombro e mal contendo um xingamento, Phoebe jogou o rifle no chão. Ela mal abrira distância entre si mesma e a arma, mas logo parecia completamente separada dela, como se a proximidade do objeto fosse mera coincidência. Não tinham tempo para ficar por ali e descobrir o que a Senhora Hong faria agora que não havia nenhuma arma apontada para ela. Rosalind assentiu para Phoebe.

— Rápido — murmurou para Orion, arrastando-o de volta para a mansão.

— Não quero te preocupar — disse Orion, ofegante —, mas não estou sentindo meus braços.

— Estou *bem* preocupada.

Rosalind virou no corredor. De cara, esbarrou em alguém. Antes que pudesse entrar em pânico e tentar usar sua nova força para lutar, a pessoa deu um gritinho, levantando as mãos.

— Sou eu! — exclamou Alisa. — Que diabos aconteceu lá fora? Por que você está coberta de sangue?

— Tenho boas notícias — comentou Orion atrás dela. — O sangue é meu.

Se não fosse de um completo mau gosto estrangular alguém seriamente ferido, Rosalind teria feito isso.

— Os Nacionalistas estão aqui — informou ela, depressa. — Você se livrou de tudo?

Alisa assentiu. Ela provavelmente só precisou dar uma olhada na situação para entender o que havia acontecido enquanto expurgava a mansão da pesquisa. Rosalind arrastava Orion sem nenhuma dificuldade; Orion havia escapado da mãe.

— O último passo é jogar gasolina na papelada e nos livros, por segurança — informou Alisa. — Os materiais químicos... tanto líquidos quanto sólidos... eu destruí. Exceto...

Houve um movimento no andar de cima, e Alisa ergueu o olhar. Rapidamente, ela se inclinou, colocando um vidro frio na palma de Rosalind. Quando Rosalind olhou para baixo, segurava um frasco com um líquido transparente.

— Ele fez tudo isso para se certificar de que a cura funcionará em você — sussurrou Alisa. — Não a desperdice.

Ela saiu correndo.

Rosalind se permitiu um momento para respirar fundo. Então, colocou o frasco no bolso, fazendo Orion avançar novamente.

— Como estão os braços?

— Rosalind — disse Orion, ignorando a pergunta. — Use a cura.

— *Agora* não.

Eles entraram correndo em um saguão, onde Rosalind finalmente avistou a porta lateral. Desta vez, quando saíram para a noite, o frio era extremo. O vento fazia o rosto dela formigar de forma dolorosa. Ela respirou com dificuldade. No fim da cerca, os militares Nacionalistas entravam pelos portões principais. Como sairiam dali? Não havia a mais remota possibilidade de *escalarem* a cerca com Orion naquele estado.

— *Jiějiě!*

Os gritos estavam distantes, mas chegaram aos ouvidos de Rosalind com uma rapidez extrema. Celia saiu do meio de alguns arbustos, a expressão horrorizada. Havia uma mala pendurada em seu ombro e uma pistola em sua mão.

— Phoebe encontrou você a tempo…

— É claro que foi você quem trouxe Phoebe — retrucou Rosalind. — Preciso levar Orion…

— Para o carro. Rápido, rápido.

Rosalind mal precisava terminar uma frase para que Celia soubesse o que ela diria. Da mesma forma, Celia não precisava concluir um pensamento para que Rosalind entendesse os detalhes. Sua irmã deu uma única olhada em Orion, e se acomodou embaixo de seu outro ombro, conduzindo-os pelos limites do território da mansão.

— Juro que ainda consigo andar sozinho — comentou ele, arfando.

— Calado! — disseram Rosalind e Celia ao mesmo tempo.

Eles se moveram o mais rápido possível. Pararam pouco antes de onde os Nacionalistas talvez pudessem vê-los.

— Como conseguiremos sair daqui? — sussurrou Rosalind.

Celia apontou para além do portão. Havia um pequeno veículo do outro lado da rua Arden, distante da maior parte do caos que se instalava na frente da casa.

— Ali está o carro que usei para vir até aqui com Phoebe. Está destrancado. Seja rápida.

— E você…

Celia colocou a mão na mala.

— Primeiro de tudo, não posso ser vista ajudando você, então vou achar outro jeito de escapar. Ainda tenho mais dois explosivos. Ao meu sinal. Vá!

Desta vez, Rosalind não deixou Orion insistir que aguentaria o próprio peso. Ela o carregou, contornando o portão no escuro, sincronizando o movimento deles com o bramido agitado do fogo que irrompia em frente à mansão. O cascalho estalava onde a calçada de concreto fora construída de forma mais frouxa. Quando Rosalind olhou para trás, viu que Orion estava deixando uma trilha fraca de sangue em seu encalço.

Ela o enfiou no banco traseiro.

— Rosalind, eu…

— Não — interrompeu ela, batendo a porta na cara dele. Quando deu a volta e entrou no lado do motorista, continuou: — Poupe o fôlego e a energia. Não diga mais nada.

— Só estou tentando…

— Confissões de amor e pedidos de casamento estão *proibidos* — disse Rosalind, perdendo a paciência. Seu próprio tom de voz poderia ter sido uma sentença de morte. Ela pisou no acelerador. O carro avançou imediatamente, afastando-se dos veículos militares que seguiam na outra direção. — Está *tentando* morrer?

Orion produziu um barulho que quase se pareceu com uma risada.

— Estou ficando previsível demais — murmurou.

A questão era que ela o conhecia bem demais. E por conhecê-lo tão bem, também sabia que ele era forte o suficiente para aguentar firme.

— Vou achar ajuda. — Ela fez uma virada brusca. — Diga para o seu coração parar de bater tão rápido.

— Não dá — respondeu ele fracamente. — Ele enlouquece quando você está por perto.

Rosalind apertou o volante com mais força. Sentiu a garganta apertar, as lágrimas ameaçarem escorrer de seus olhos. Não podia perder a compostura. Orion dependia dela. Quando ele estivesse bem, ela poderia se acabar de chorar por causa do pavor que crescia em seu peito.

Mas nem um segundo antes disso.

57

O diplomata japonês que Phoebe matara estava estirado no chão ao lado dela, o rosto para baixo.

Ela não sabia se era necessário se afastar ainda mais. Se os Nacionalistas seriam capazes de sentir o cheiro da pólvora em suas mãos quando se aproximassem.

— Poderíamos ir embora.

A postura de Phoebe ficou rígida. A falta do rifle fazia com que ela se sentisse exposta, como se tivesse saído à noite sem colocar um casaco.

— Você sempre será sufocada aqui — continuou a Senhora Hong. — É minha filha. Sei exatamente como sua vida se desdobrará.

— *Māma* — disse Phoebe em voz baixa. — Por favor. Já chega.

Os policiais as avistaram. Aproximaram-se com cautela. Tinham as armas apontadas e observavam os corpos espalhados pelo jardim. Quando fizessem o inventário da cena, a quem culpariam? Como explicariam aqueles ferimentos perfeitos que se diferenciavam do resto da batalha que irrompera ali?

— Você encontrou uma única tese e entendeu minha pesquisa inteira — continuou a mãe dela. — Se interessou por atirar e se tornou uma assassina inigualável. Seu potencial é ilimitado. Por que se manter nas amarras da sociedade desta cidade? Por que ficar em um lugar que será consumido pela guerra nos próximos anos?

Phoebe cerrou os punhos. Desta vez, quando sua atenção se voltou para o homem morto novamente, percebeu que a pistola que Rosalind deixara cair continuava no chão. Metade do cano estava escondido por um tufo de grama.

— Não é tão ruim quanto a senhora faz parecer — respondeu Phoebe em voz baixa.

Durante grande parte de sua vida, havia se desdobrado para conseguir a aprovação da mãe, considerara a forma que a mãe via o mundo — e o lugar que Phoebe ocupava nele — como perfeitos. Phoebe não tinha certeza se fora a idade ou o completo choque causado pelos últimos meses que lhe haviam tirado esse ímpeto. Mas agora, sabia de algo que sua versão mais jovem nunca soubera. Ela vira o mal que sua mãe podia criar — e com que intuito? A busca pelo poder? Por que a mãe não considerava os limites daquela cidade bons o suficiente?

— Poderíamos ir embora — repetiu a Senhora Hong. Ela estava olhando para algum lugar por cima do ombro de Phoebe, o que significava que observava a mansão através das portas de vidro. — O que te impede?

— E a senhora ainda precisa perguntar? — questionou Phoebe, furiosa. — Porque eu não *quero*. Não quero suas aspirações. Quero amor. Quero segurança. Quero sentir como se meu mundo não fosse desabar ao meu redor a qualquer minuto, o que, a propósito, começou quando *a senhora* nos abandonou.

A Senhora Hong voltou seu olhar para Phoebe lentamente. Alguém pisou no vidro nas portas da mansão. Apesar de os policiais se moverem de forma lenta pela lateral do jardim, a pessoa que passara pelas portas vinha em uma velocidade constante.

— Fui embora pelo bem da nossa família — respondeu a Senhora Hong. — Fiz um sacrifício para que vocês pudessem estar próximos de mim no futuro.

Phoebe balançou a cabeça. O cabelo esvoaçou em seu rosto, cada anelzinho impecável apesar da quantidade de dias que se passaram desde que os fizera. Fora sua mãe quem a ensinara a arrumar o cabelo assim. Ela passava horas deixando Phoebe tentar por si mesma. Não foi só a técnica que ela lhe ensinou, mas a paciência de se certificar que Phoebe realmente aprendera.

— Será que a senhora não sabe o mal que causou?

Essa era uma pergunta que ela queria fazer desde o dia em que sua mãe partiu. Ela apodrecera a parte mais profunda de seu coração, a área obscura que se perguntava se fora uma escolha, se, no fim das contas, o que restava na cidade simplesmente não era o suficiente para sua mãe. Como seus filhos.

O olhar da Senhora Hong se levantou novamente, depois se voltou para Phoebe.

— Acho que não considerei — disse ela de forma suave — que, apesar de serem meus filhos, vocês não param de viver enquanto estão fora da minha vista. Foi um erro meu.

— Hong Feiyi.

O novo chamado ecoou com tranquilidade atrás dela. A voz lhe pareceu familiar, então, relutante, Phoebe deu as costas para a mãe e se virou para o recém-chegado. Um Nacionalista uniformizado estava ali, sem se aproximar demais. O rosto dele despertou sua memória imediatamente. Um segundo depois, quando seus reforços saíram da mansão, um nome lhe veio à mente.

— Eu diria para você ter cuidado — continuou Jiemin. — Mas, na verdade, não sei o que está fazendo aqui para começo de conversa.

Sua conduta estava impregnada de desconfiança, desde o tom de sua voz até sua postura, com as mãos atrás das costas. Seus soldados entraram em posição de sentido assim que se alinharam ao lado dele.

— Vasculhamos os quartos. Não há nada além de alguns pequenos incêndios. Há diversas baixas — informou um deles.

— Entendido. — Jiemin refletiu sobre a informação, então inclinou a cabeça para Phoebe. — Por favor, afaste-se, senhorita Hong. Acabou.

Phoebe suspirou. Havia acabado. Aquele era o fim da linha.

Porém, assim que deu um passo para longe de sua mãe, sentiu um aperto em seu braço e o toque frio de um cano de arma em seu pescoço. Phoebe congelou. Arregalou os olhos, encarando Jiemin em um pedido silencioso de ajuda.

A expressão dele mudou. Ele fora relaxado. Não havia esperado aquilo, não quando os Nacionalistas já haviam cercado o perímetro tão meticulosamente que qualquer resistência seria inútil. Em algum momento, a Senhora Hong se abaixara, pegara a pistola e ninguém notara.

— Phoebe!

Era a voz de Silas, vindo de algum lugar na lateral da casa. Phoebe não podia virar a cabeça para localizá-lo, mas ele parecia estar sem fôlego, recém-chegado ao local.

— *Māma*, por favor — sussurrou Phoebe. — Eles te matarão. Atirarão em retaliação se a senhora não se render.

Sua mãe a ignorou.

— Vocês nos deixarão partir — ordenou ela.

— A senhora está cercada — disse Jiemin com calma. — Aonde pensa que vai?

— Vocês podem sair do caminho, não?

Phoebe arriscou virar a cabeça muito de leve. Ali estava Silas, silenciosamente sinalizando para que os soldados se dispersassem, ficassem atrás delas. Ela confiava que ele agiria quando chegasse a hora: ordenaria que um tiro fosse dado assim que conseguissem uma boa mira na mãe dela.

— Ah, aqui está ele — disse a Senhora Hong de repente. Tinha acompanhado o olhar de Phoebe. Agora, também encarava Silas. — Suponho que esteja muito orgulhoso de si mesmo.

— Não estou — respondeu ele sem emoção. — Fiz o necessário.

— Fez mesmo. — A Senhora Hong segurou Phoebe com mais força. — Já tem Liwen de volta. Não se importará se eu ficar com a minha filha.

Silas deu um passo à frente. Pareceu ser mais um instinto do que um gesto consciente. Seus lábios estavam contraídos. Enquanto ele procurava freneticamente por uma solução para aquela situação, examinando o jardim a fim de determinar quem seria o menos provável a errar um tiro, Jiemin balançou a cabeça e gesticulou para indicar todos os soldados.

— Infelizmente, essa não é uma situação em que negociaremos. Se deseja colocar a vida da sua própria filha em risco, fique à vontade. Mirem.

Rifles foram levantados em todas as direções ao redor delas. Phoebe arquejou. Silas lançou-se para a frente.

— Não ouse...

— Pastor, afaste-se agora mesmo...

— Há uma *civil* no meio do fogo cruzado...

— *Māma* — falou Phoebe com dificuldade. — Como acha que isso vai acabar?

— Eu te disse, não foi? — De repente, o metal gelado da pistola desapareceu. Em seu lugar, Phoebe sentiu um toque suave, tão leve que poderia ter sido sua imaginação se ela não tivesse reconhecido o gesto. Na época em que sua mãe costumava ensiná-la a atirar com a arma de pressão, ela ajustava a cabeça de Phoebe dessa maneira. O polegar de um lado, o dedo médio do outro. Uma mudança de ângulo sutil, que de fora não parecia ter mudado nada, mas fazia toda a diferença em sua mira. — Não sou uma bárbara. Apenas sua mãe. — E em uma voz mais baixa, que mal teria sido ouvida se Phoebe não estive tão próxima, acrescentou: — E agora não suspeitarão mais de você.

A Senhora Hong jogou a pistola na grama, levantando os braços acima da cabeça. Phoebe não se moveu conforme policiais e soldados as cercaram, avançando e prendendo sua mãe. Eles deixaram Phoebe em paz. Deixaram-na ali, sem demonstrar nenhum interesse nela mesmo quando a Senhora Hong se virou por cima do ombro, dando-lhe uma última olhada.

— Seja boazinha — disse ela simplesmente.

Eles a algemaram. Os homens a conduziram pela mansão, gritando se era responsabilidade da jurisdição internacional ou chinesa processá-la. No final de tudo, nenhuma palavra se formava na língua de Phoebe. Nenhum pensamento se criava em sua mente. Só havia o desejo de correr atrás de sua mãe. Apenas a aceitação de que, talvez, ela sempre existiria naquele espaço em que Phoebe a amava e odiava ao mesmo tempo.

— Feiyi!

Phoebe liberou o pavor que sentia em uma respiração trêmula. Levantou o olhar, procurando por Silas, o som de seu chamado. Ele tentava abrir caminho entre um grupo de soldados, e ela foi até ele imediatamente.

— Ela fez de propósito — disse Phoebe de uma vez, colidindo com Silas e abraçando-o com força. Ele a segurou pelos ombros assim que ela se afastou um centímetro, examinando-a por inteiro. — Ao fazer aquilo, ela os despistou do fato de que eu estava envolvida.

— Está machucada? — questionou Silas.

Phoebe balançou a cabeça. A queda da adrenalina a atingiu com força. Seus lábios começaram a tremer, uma enxurrada de lágrimas enchendo seus olhos.

— Ah, não, não, não... — Silas a abraçou novamente, pressionando-a com firmeza contra seu corpo. — Está tudo bem, você está bem.

— Eu sei — disse Phoebe, entre soluços. — Mas ninguém mais está. Orion está gravemente ferido. Oliver estava gravemente ferido. O que diabos devemos fazer?

Silas a deixou chorar. Permaneceram parados enquanto os soldados no jardim começaram a se dispersar, gritando uns para os outros para que vasculhassem o perímetro atrás de agentes Comunistas suspeitos de estarem no local.

— Eu vi Celia e Alisa fugindo daqui antes de entrar — disse Silas em voz baixa. — Está tudo acabado. Não há mais nada que possamos fazer aqui.

Sua mãe seria julgada por seus crimes. Os experimentos terminaram. As misturas químicas foram destruídas.

Mesmo assim, cada vez que Phoebe piscava, via Orion apertando a lateral da barriga, o sangue pingando no chão.

— Parece que a onda de invasão continua — disse Phoebe, levantando a cabeça para o céu.

Ela não conseguia ouvir nada, mas podia sentir a fumaça que se alastrava pela cidade, podia sentir o cheiro do ar contaminado pela guerra.

— Esse novo ataque pode durar algum tempo — respondeu Silas. Um pensamento pareceu lhe ocorrer. Ele deu uma olhada por cima do ombro para conferir se havia algum Nacionalista os observando. — Feiyi... acho que Zhabei ainda pode precisar da sua ajuda.

Phoebe se engasgou com a simples risada que deu. Quando limpou os olhos, suas lágrimas desapareceram, permitindo que a noite voltasse a ter uma clareza estonteante.

— Você vai precisar me arranjar mais munição.

— Considere feito. — Ele beijou a testa dela, e a sensação afastou todo o peso que tentava puxá-la para baixo. — Te dou o mundo se você precisar.

58

Rosalind temia que dirigir pelas vias principais faria com que fossem parados. Em vez disso, seguiu pelas ruas menores, estremecendo sempre que ouvia o ronco de uma viatura ou as luzes da patrulha militar. Era mais seguro ficar nas concessões internacionais, mas aquilo não significava que era impossível serem enquadrados e presos.

— Onde fica? — murmurou. — Podia jurar...

Ela sabia que era o pânico que estava atrapalhando sua condução. Achava que tinha um pequeno hospital naquela esquina, mas agora que faziam a curva, não havia nada à vista. Ela não tinha tempo para isso. Orion não tinha tempo para isso. De qualquer forma, não importava o quanto Rosalind implorasse, suasse e procurasse, não podia fazer com que um hospital surgisse do nada.

Quando resgatara Celia depois do massacre todos aqueles anos antes, levara ela até a clínica mais próxima. Havia seguido para o sul, tentando encontrar uma região conhecida. Ali... tinha sido ali, certo? Aquela era uma área familiar. Nos últimos meses, também estivera por perto, porém, da última vez viera do sul após aqueles homens tentarem matá-la...

Então, também era ali que ficava o antigo laboratório de Lourens. Lá estava a construção, no meio da rua, as janelas trancadas e as portas lacradas com jornais... e a luz acesa do lado de dentro.

Rosalind freou imediatamente. Orion estremeceu ao ser jogado de um lado para o outro no banco traseiro.

A história se repetia.

— Fique aqui — ordenou Rosalind, abrindo a porta.

— Felizmente, não tenho mais para onde ir — disse Orion atrás dela.

Ela correu até as portas do laboratório. Empurrou o vidro com firmeza. Esperava que estivesse trancada. Pensou que talvez fosse precisar bater com força para arrombá-la. Em vez disso, as portas se abriram facilmente sob sua mão, como se ela fosse uma visita esperada.

— Que diabos...?

Sua primeira suposição foi de que talvez os Nacionalistas tivessem invadido o laboratório à procura do que Alisa estava destruindo na mansão. Sua suposição seguinte foi a de que eram os Comunistas que estavam ali, levando os recursos que podiam.

Porém, quando entrou no vestíbulo, nada poderia tê-la preparado para o fato de que foi *Lourens* quem espiou do escritório, piscando.

— Foi para *cá* que você veio? — gritou Rosalind. — Como conseguiu entrar na cidade?

— Lang Shalin, sou um homem idoso. — Ele saiu do laboratório semicerrando os olhos para a rua. — Qualquer um está disposto a me dar uma carona.

Não havia tempo para o resto de suas perguntas. Rosalind recuou. Voltou para o carro e abriu a porta traseira, ajudando Orion a sair.

— Ainda está consciente? — indagou ela.

— Continue flertando e ficarei bem, amada.

Ela queria sacudi-lo. Em vez disso, carregou-o adiante. Foi mais difícil fazê-lo andar aqueles poucos passos até o laboratório do que arrastá-lo por todo o caminho até ali. Quanto sangue ele havia perdido? Qual seria a profundidade da facada? Era como se anos tivessem se passado. Eras inteiras, correndo na velocidade da luz.

— Ele está com um sangramento causado por uma facada — disse a Lourens assim que entrou pelas portas novamente. — Ajude-o. Por favor, ajude-o.

Um indício de preocupação passou pela expressão de Lourens. Ele não discutiu. Em silêncio, apenas gesticulou para que ela se apressasse e entrasse em sua estação de trabalho. Rosalind se lembrava de quando saíra dali. Não se lembrava de quando fora trazida, já muito mal por causa da febre, mas estava completamente recuperada quando foram embora — o mundo possuía uma saturação extra e o ar parecia estranho em sua pele.

— A senhorita entende que eu não sou médico?

— Você é um cientista com conhecimento o suficiente de anatomia humana para inventar coisas que nunca deveriam ter sido inventadas — retrucou Rosalind, irritada. — Você pode salvá-lo, sei disso.

Lourens resmungou algo baixinho, em uma língua que não se parecia com nenhuma que ela conhecesse. Ele colocou um lençol na mesa. Orion foi empurrado para cima dela. Sem qualquer alerta, Lourens injetou uma seringa nele, depois outra em seu tronco, exatamente no local da ferida.

— O que está fazendo? — perguntou Rosalind, apavorada.

— Sedando-o para que ele possa descansar — respondeu Lourens.

— Espere, Rosalind... — Os olhos de Orion começaram a se fechar, e ele parou de falar.

Ela sentiu o pânico envolver sua garganta e apertá-la com toda a força. Aquilo era errado. Estava tudo acontecendo muito sem cerimônias, e mesmo que Rosalind soubesse que precisavam agir rápido, a possibilidade de que talvez Orion fechasse os olhos e nunca mais os abrisse lhe atingiu como um tapa na cara.

Ela não havia escutado o que ele queria dizer. Nem falara o que *ela* precisava dizer.

Orion ficou inconsciente, sua cabeça pendendo para o lado com delicadeza.

— Mas...

— Depois, congelarei a ferida para poder suturá-la — continuou Lourens. — Isso é arriscado, Lang Shalin. Não é como a febre que a senhorita teve. Isso... — O velho cientista pegou uma bandeja, os instrumentos de metal se chocando uns contra os outros. Bisturis, agulhas e tesouras. — É provável que ele não sobreviva.

— Não *diga* isso.

— Quer minha opinião médica ou não, mocinha?

Ela passou as mãos pelo cabelo. Puxou as pequenas tranças, arrancou cada nó que estava embaraçado naquela bagunça que se formara em sua nuca. Lourens o examinava com rapidez, checando seus batimentos cardíacos, medindo seus sinais vitais.

— Na verdade, é preciso levá-lo para um hospital de verdade — disse Lourens.

— É impossível fazer isso agora — respondeu ela. Um tom agudo terrível tomava sua voz. Ela não conseguia evitar. — Há uma nova onda de combate em Zhabei... a maioria dos hospitais da área não tem leitos disponíveis. O que acontecerá se precisarmos tentar vários deles até encontrarmos uma vaga?

— Mas ele precisa de uma transfusão de sangue. — Lourens gesticulou na direção de Orion. — Não temos sangue aqui.

Rosalind pegou um bisturi.

— Use o meu.

Lourens a encarou.

— De jeito nenhum. Para começo de conversa, não temos o equipamento necessário para uma transfusão. Segundo, se o sangue dos dois não for compatível, a senhorita o acabará matando.

— Somos compatíveis.

— O quê? Como a senhorita sabe?

Rosalind gesticulou com o bisturi nas mãos.

— Porque tenho o mesmo tipo que Celia, e Celia me disse que tem o mesmo tipo que Oliver, então, estou disposta a apostar na estatística de que ele e Oliver também têm o mesmo tipo sanguíneo. *Use o meu.*

Antes que Lourens pudesse dizer qualquer coisa em resposta, Rosalind levou o bisturi ao braço e se cortou. Ela mal titubeou, vendo a pele se abrir. Sangue saiu do corte. Mas fora muito superficial. Em segundos, a ferida se fechou.

— Droga — sibilou Rosalind. — Droga...

Ela avançou até a mesa ao lado, abrindo a gaveta em que Lourens havia remexido antes.

— O que está fazendo, senhorita Lang? — perguntou ele.

Rosalind não respondeu, pegando uma seringa nova. Encarou-a por um momento. Sua pulsação era quase dolorosa na garganta. Se fizesse aquilo, perderia toda a segurança que cultivara com o passar dos anos. Se fizesse aquilo, havia a possibilidade de simplesmente cair morta ou de seu corpo retornar ao estado em que estivera quando ela fora trazida para aquele laboratório cinco anos antes, delirante e febril.

— Certo — sussurrou Rosalind.

Ela tirou o frasco transparente do bolso e enfiou a seringa no líquido. Puxou o êmbolo. Posicionou a agulha no braço.

Lourens pigarreou.

— Isso é...?

— Se parecer que não vou sobreviver — sussurrou Rosalind —, salve Orion primeiro.

— *Como* é...

O bisturi ainda estava posicionado entre dois de seus dedos. Os outros dois seguravam a seringa.

— Prepare-se.

— Senhorita Lang, tenha muita certeza do que está fazendo...

Rosalind enfiou a agulha.

A cura correu por seu fluxo sanguíneo como se fosse gelo. Abriu caminho por suas células com a rapidez de uma tempestade. Rosalind mal conseguiu se impedir de cair de joelhos, de colar a testa no piso e gritar no chão. Mas resistiu. Manteve-se firme.

E sem perder tempo, arrastou o bisturi pelo braço.

A dor explodiu em uma intensidade cruel... então, o corte se abriu em um escarlate brilhante. O sangue correu. E continuou correndo. Não havia nenhum indício de que a ferida se fecharia.

A cura realmente havia funcionado.

Rosalind já não era mais Destino.

— *Tiān a*...

Lourens ficou confuso por um momento, depois se apressou até um armário na parede dos fundos, abriu uma gaveta e tirou uma bolsa de sangue vazia. Ele correu até ela e abriu a parte de cima, então colocou-a embaixo do braço dela para recolher o sangue que escorria.

— Segure isso — disse Lourens, entregando-lhe a bolsa.

Apesar de haver uma via intravenosa presa ao outro lado, ela era curta. Rosalind passou o outro braço para o lado, erguendo-o, e segurou a parte de cima da bolsa, como instruído por Lourens.

Ele pegou a via intravenosa e a esterilizou com um pano. Bufou.

— É melhor que esteja certa quanto a isso.

Sem mais delongas, ele enfiou a via no braço de Orion.

Rosalind estava prendendo a respiração. Embora não fosse descobrir se estava certa até que o sangue tivesse tempo de correr, não conseguiria respirar normalmente até que Orion estivesse em segurança.

— Continue segurando essa bolsa — instruiu Lourens. — Direi quando for o bastante.

Lourens passou a noite trabalhando. Pedira para que Rosalind colocasse um curativo no corte depois de coletar seu sangue na bolsa por cerca de uma hora, observando-a pelo canto do olho com preocupação e vendo o quanto ela ficara pálida. A princípio, ela começou a perder muito sangue por causa da forma descontrolada com que se cortou. Mas quando colocou um pedaço de gaze sobre a ferida, conseguiu diminuir o sangramento o suficiente para que escorresse em um fluxo mais lento e constante, pingando na bolsa e se movendo pela via intravenosa que estava no braço de Orion.

— Aperte bem a atadura — dissera Lourens quando Rosalind finalmente se afastou. — Se a senhorita desmaiar, não tenho como ajudá-la.

Então, com uma lanterna presa em sua testa, ele voltou para a sutura.

Agora, Rosalind o vigiava, a gaze grossa em seu braço. Havia se esquecido de como era precisar de uma atadura. Esbarrava nela sem querer toda hora e reabria a ferida, o que a fazia enrolar outra camada de gaze no braço.

Um som metálico e agudo ecoou da mesa de trabalho de Lourens. Ele havia jogado o bisturi na bandeja, deixando-o afundar dentro de um recipiente com água. Depois de alguns segundos, ele se levantou e retirou a lanterna da testa, esticando os braços.

— Fiz tudo o que podia.

— O que isso significa? — questionou Rosalind.

— Significa que ele não está mais sangrando, interna ou externamente. — Lourens afastou a bandeja com os equipamentos cirúrgicos. — Que agora a sobrevivência de Hong Liwen depende totalmente dele mesmo.

Deveria haver mais alguma coisa. Algo que pudesse ajudá-lo, algo a fazer, algo a...

Lourens já estava balançando a cabeça antes que Rosalind pudesse fazer qualquer sugestão desesperada.

— Faça companhia a ele — sugeriu, retirando as luvas. — Se ele acordar, será antes de amanhecer. Deve-se lembrar de que ele já estava fraco sem as novas doses de suas modificações. Mesmo que ele se recupere desse ferimento, pode ser que seu corpo o faça piorar.

— Por que você tem que... — Parou de falar.

Ela não sabia se ficava grata por Lourens ser tão direto ou se odiava a pouca esperança que ele tinha. Se não acreditassem que Orion pudesse ficar bem, como poderiam contar com o próprio Orion para se salvar?

Lourens deixou o laboratório, murmurando consigo mesmo que precisava achar uma pia. Rosalind continuou a andar de um lado para o outro pelo piso de linóleo. Fora mais cedo, naquele mesmo dia, que ela repreendera Orion por fazer a mesma coisa na casa de Juliette. E agora ali estava ela, imitando-o.

Ela correu até ele. Apoiou-se na lateral da mesa, esforçando-se ao máximo para não cair no chão e ficar ao seu lado.

— Você foi teimoso a ponto de dizer que iria até outro plano espiritual me buscar, se eu morresse — vociferou ela, como se ele pudesse ouvi-la, como se ele estivesse bem e saudável para receber a reprimenda. — Não era para ser assim, Orion. Por que está trocando nossos lugares?

Ele tinha o coração de ouro. Ela era a confusão cataclísmica. Se lhe pedissem para reverter a situação e escolher a vida de Orion no lugar da dela, ela o faria, mas não sabia *como*. Rosalind não fora feita para ser a heroína — era só uma garota com medo do mundo, até que Orion havia aparecido para tirá-la do poço que ela havia cavado para si mesma.

Uma onda de dor percorreu seu braço. Ela estremeceu. Com relutância, afastou-se da mesa, tirando a pressão do membro e trocando o peso dos pés. Ela puxou uma cadeira. Colocou-a com firmeza em frente a Orion.

— Então, me ajude. — Rosalind pegou a mão dele, entrelaçando os dedos dos dois. — Nunca vou te perdoar se tiver trocado nossas vidas.

Não havia nada a fazer além de esperar.

— Não me deixe — sussurrou para o silêncio. — Por favor, não me deixe.

Nos sonhos de Rosalind, ela estava em pé entre os bancos de uma igreja, observando os vitrais. Não sabia onde estava, mas achava que era Paris.

O órgão de tubos tocava na brisa do verão. Cada nota era longa, baixa e percorria a igreja como se tivesse todo o tempo do mundo. Havia um cheiro doce no ar, e quando ela olhou para baixo, encontrou um buquê de narcisos em sua mão. Que encantador. Eram cheirosos e amarelos.

Exceto pela gota de sangue na lateral. Rosalind tentou limpá-la. O sangue não saiu. Apenas se espalhou, formando uma mancha, e quando ela fez uma tentativa agitada de limpá-lo no vestido, percebeu que seu tronco inteiro também estava coberto de sangue, manchando o tecido branco com um vermelho horrível.

Rosalind se virou. Os bancos estavam cobertos de corpos. Cadáveres empilhados nos assentos e nos corredores. Esparramados uns por cima dos outros, os olhos encarando o teto, feridas de bala em todas as partes de seus corpos...

Rosalind acordou, arfando, levantando a cabeça da lateral da mesa. Sua testa estava marcada. Ela estava tonta, desconcertada. Racionalmente, sabia que estava sentada no laboratório de Lourens, observando Orion durante a noite, mas ainda assim sentia o cheiro fraco do sangue que saíra da cena em sua mente.

Ela não sonhava há anos. Mal se lembrava de como era a sensação.

— Não é real — murmurou para si mesma. — Nada daquilo foi real.

Ainda assim, as imagens continuaram a assombrá-la.

— Isso não é bom.

Rosalind acordou com um sobressalto pela segunda vez. Apesar de ser difícil dizer, graças à iluminação fluorescente do laboratório, a névoa da madrugada chegava ao corredor exterior. Ela não achara que conseguiria dormir novamente depois daquele sonho aterrorizante. Mas, de alguma forma, seu corpo voltou a ser arrastado, cansado demais para resistir. Ela se perguntou se seria possível se acostumar àquilo de novo, ou se sempre ficaria chocada quando seus sonhos se dissolvessem e ela se lembrasse de que não vivia em duas realidades, de que as pessoas normais sempre pairavam naquela linha tênue entre o faz de conta e a realidade.

— Do que está falando? — indagou Rosalind.

Lourens estava acima de Orion com um estetoscópio. Ele o movia lentamente.

— Ele começou a ficar pálido há meia hora — disse Lourens. — Achei que fosse só a luz.

— E não é?

Lourens franziu o cenho. Rosalind não gostou nem um pouco daquela expressão. Sentiu um suor frio escorrer por sua nuca. O que Lourens havia dito...

que se Orion fosse acordar, seria antes de amanhecer? O céu estava clareando. Tempo o bastante havia se passado para afastar a noite, para diminuir o som da guerra lá fora.

— O coração dele está desacelerando.

O coração de Rosalind, por outro lado, subiu à garganta.

— *O quê?*

— Pegue os fios nos fundos do laboratório.

Rosalind estava paralisada.

— O que quer dizer...

— Agora!

O tom de urgência a fez entrar em ação. Ela correu para os fundos do laboratório, fazendo uma busca desesperada até avistar o nó de fios vermelhos e entender o que Lourens queria dizer. Porém, quando ela os pegou e levou até Lourens, ele fez uma careta, balançando a cabeça.

— Eu peguei a coisa errada? — questionou Rosalind.

— Não — respondeu Lourens. — É isso mesmo. Mas estão desgastados. O prédio ficou abandonado por muito tempo.

Rosalind fungou com força. Meu Deus. Quando foi que ela começara a chorar? Nem havia percebido.

— O que estava tentando fazer?

— Enviar uma corrente elétrica ao coração dele. Senão ele vai parar.

Ela olhou desesperada ao seu redor, como se fosse capaz de identificar outra ferramenta que funcionasse mesmo aquela sendo a única ali.

— Parar? — repetiu.

Ela havia escutado perfeitamente bem. Mas não conseguia digerir a informação.

— Sim, Lang Shalin. — Lourens tirou o estetoscópio. — Arritmia cardíaca. Seus batimentos estão muito lentos. Seus órgãos começarão a falhar em breve.

— Hospital — murmurou Rosalind. Respirou fundo. — A essa altura, podemos encontrar um hospital.

— A que distância fica o mais próximo?

— Dez minutos. Perto do corpo de bombeiros.

Lourens balançou a cabeça.

— Ele não vai aguentar.

Não. Rosalind se recusava a acreditar. Ele havia aguentado até agora, e seria *ali* que não resistiria? Orion não era do tipo que definhava em um pequeno laboratório que estava abandonado há anos. Orion era como fogueiras brilhantes e estrelas vivas, e quando sua hora chegasse, não seria *ali*, por causa de uma simples facada.

— Vou levá-lo — esbravejou Rosalind. Ela colocou a mão debaixo da cabeça dele. Aproximou-se e disse: — Minha vida é sua e a sua é minha... está me entendendo? Você não tem *permissão* para morrer.

Lourens tentou impedi-la, sua expressão tomada pela derrota. Porém, assim que colocou a mão no peito de Orion, em um esforço para mantê-lo deitado e impedir que Rosalind agisse com imprudência, ele parou, sua postura mudando completamente.

Rosalind também congelou. Um momento se passou.

— Lourens? — perguntou ela, trêmula. — Por que está com essa cara?

Lourens piscou. Por um momento, não respondeu, como se pensasse que estava enganado.

— Ele está estabilizando — disse, finalmente.

Ele se apressou a pegar o estetoscópio outra vez. Pressionou-o contra o peito de Orion, auscultando.

— Ah — concluiu Lourens em voz baixa. — Ah, entendi.

E então...

Os olhos de Orion se abriram.

— Quem estava gritando comigo? — disse, a voz rouca. — Consegui ouvir lá do além.

Rosalind ficou feliz por ter deixado a cadeira por perto. Ela praticamente caiu em cima dela, tantas emoções correndo por seu peito que só o que conseguiu foi proferir um grito longo e silencioso.

— Quem você acha? — murmurou ela.

— Parecia a minha esposa.

Se ele não tivesse acabado de acordar de seu leito de morte, Rosalind o teria segurado e sacudido. Uma garra de ferro lentamente afrouxava o aperto dentro de sua garganta, derretendo até se tornar líquida e deslizar para seu estômago.

— Você precisa conservar sua energia — alertou Lourens, apontando uma luz para os olhos de Orion. — Quase não acordou.

Orion recuou da luz. Aquilo pelo menos parecia ser um bom sinal.

— O que aconteceu? — perguntou ele com a voz fraca. — Me sinto estranho.

— Talvez seja a facada enorme que te deram na lateral do seu tronco — disse Rosalind.

— Também pode ser seu novo sangue.

Rosalind piscou. Orion também teria piscado se não estivesse semicerrando os olhos contra a luz de Lourens.

— Novo... sangue?

— A senhorita Lang fez um corte no próprio braço para que pudéssemos fazer uma transfusão. Pensei que seu corpo estivesse apenas sofrendo com perda de sangue. Não me dei conta de que a cura também seria transferida.

Lourens desligou a lanterna. Quando a abaixou, pareceu satisfeito consigo mesmo por ter solucionado o mistério do que ocorrera em sua mesa de trabalho.

— A cura age rapidamente quando injetada na forma líquida — continuou —, mas seu corpo bombeou o sangue que possuía o material em vez disso. Deve ter passado a noite toda se replicando, levando tempo para fazer efeito. Temi que você estaria muito fraco enquanto não recebesse uma nova dose do aprimoramento de força de sua mãe, e que não conseguiria se recuperar de um ferimento grave. Mas quando a cura entrou em ação, ela restaurou seu corpo antes que ele pudesse se destruir. Você não precisa de mais doses. Os experimentos de sua mãe desapareceram.

Rosalind estava perdida de tão perplexa. *Desapareceram.*

Orion esticou o braço. Quase sem pensar, Rosalind estendeu os dedos para encontrá-lo no meio do caminho, e ele segurou o pulso dela, observando a atadura.

Destino sem se curar. O Caçador sem sua força. O mundo em si parecia prender o fôlego com essa mudança em sua natureza, mas os céus não caíram e o solo permanecia firme. Agora, eram pessoas comuns, civis das ruas de Xangai.

— Preciso pegar mais ataduras limpas — declarou Lourens. — Volto logo.

Ele deixou o laboratório. Rosalind mal sabia como reagir ao silêncio, nem o que dizer — ou se Orion sentiria falta da pessoa que ele foi por tanto tempo.

— Eu não falei que não te deixaria?

Rosalind se aproximou.

— Você me ouviu mais cedo?

Orion balançou a cabeça. Ele suspirou, levantando a mão dela e pressionando seus dedos no rosto dele.

— Não ouvi nada antes de acordar. Estou me referindo ao que você me disse depois que perdi a memória. *No fim, você vai acabar indo embora.* Não irei Nunca. Acabei de desafiar a própria morte para provar.

Ela não via arrependimento em sua expressão. Apenas satisfação.

— Phoebe e Silas devem querer saber que você está bem — disse Rosalind. — Oliver também. E Celia e Alisa, por falar nisso.

— Eles não saberão o que fazer comigo — disse Orion, parecendo satisfeito. — É como se eu tivesse renascido no mundo.

O lábio de Rosalind se contraiu.

— Acho que renasceu. O que significa que precisa de um novo codinome. Quer tomar essa decisão antes de eu fazer as ligações?

Lentamente, Orion esticou a outra mão, tomando cuidado para não forçar as suturas na lateral do tronco. Quando limpou o rosto dela, Rosalind sentiu as marcas das lágrimas desaparecerem. Pela primeira vez, mal se importava que ele pudesse vê-las.

— Chega de codinomes — disse ele num tom sério e gentil. — Desta vez, começamos com a verdade. — Ofereceu a mão para cumprimentá-la. — Sou Liwen, mas também sou conhecido como Orion. *Enchanté.*

Rosalind deu uma pequena risadinha. Ela aceitou sua mão, as palmas de ambos se apertando com força.

— Sou Shalin. Mas também me chamam de Rosalind.

EPÍLOGO
MAIO DE 1932

As ruas estavam repletas das flores veranis de maio: magnólias, florescendo nas árvores farfalhantes. Havia algum tempo que já não fazia tanto calor, o que significava que todos haviam saído para passear, caminhando pela rua Nanquim para aproveitar o dia.

Rosalind estava em uma esquina, aguardando. Ela vinha sendo discreta ultimamente. Passava a maior parte do tempo no apartamento, lendo ou ouvindo rádio, atualizando-se com as notícias da cidade. A Batalha de Xangai terminara em março, os destroços sendo reparados e os incêndios em Zhabei, apagados. No dia anterior, enfim haviam assinado o acordo oficial de cessar-fogo, o que Rosalind ficou sabendo primeiro pelos canais clandestinos antes de ouvir nos noticiários.

— Gostaria de algumas flores, *xiǎojiě*?

Um buquê apareceu à sua esquerda, carregado por uma garotinha que as vendia aos montes. Rosalind balançou a cabeça com gentileza e a garota seguiu em frente, indo atrás de outros clientes em potencial, esperando na esquina movimentada. Se alguém considerasse as risadas e a movimentação na rua principal, não saberia o que acontecera nos escritórios do governo perto dali.

Eles não perderam, mas também não ganharam. Todas as tropas chinesas haviam sido retiradas de Xangai. Disseram que a cidade fora desmilitarizada, em um esforço para fazê-la prosperar sem conflito e deixar o comércio operar sem medo. Os britânicos, os franceses e os estadunidenses não precisariam se preocupar com a destruição de seus negócios lucrativos, não como o dano terrível que enfrentaram enquanto a luta acontecia fora de suas concessões. Eles não queriam pensar nas baixas causadas pelo exército japonês, ou na violência das milícias auxiliares, então, a solução encontrada foi a Liga das Nações declarar neutra aquela zona inteira e proibir a presença de tropas.

De qualquer forma, foi permitido que algumas unidades do exército japonês permanecessem. Como se a ideia deles de neutralidade fosse permitir que o invasor ficasse com um pedacinho da terra e imaginassem que, assim, todos ficariam felizes. Depois do dano e dos corpos deixados em Zhabei, aquilo era uma injustiça terrível e pavorosa, mas não havia nada a ser feito, certamente não por uma única agente, nem mesmo por uma filial inteira deles.

Rosalind abandonara o trabalho com os Nacionalistas por completo. Mesmo que a filial secreta já não quisesse deixá-la, ela não conseguia aguentar mais nada daquilo. O mundo giraria sem ela, e ela precisava permiti-lo. Talvez nunca conseguisse relaxar seus ombros de novo, caso insistisse em carregar cada pedaço dos destroços sobre eles.

Na verdade, sair não fora tão terrível quanto esperava. Ela passava algumas noites em claro, pensando nas mortes, na guerra e na próxima invasão que surgiria, mas agora Rosalind *conseguia* dormir. E depois de um tempo, esses pensamentos eram afastados quando buscava consolo na pessoa ao seu lado e fechava os olhos. Não era a solução perfeita — longe disso. Mas era um momento forjado em suor e lágrimas, esculpido dolorosamente do solo que sussurrava que era hora de ela aprender a se perdoar, e Rosalind estava tentando escutá-lo.

Era uma tarefa em andamento, mas mesmo assim uma tarefa.

— *Xiǎojiě*.

A vendedora de flores estava de volta, estendendo um buquê cor-de-rosa para ela.

— Não quero mesmo, obrigada — disse Rosalind. Não havia espaço no apartamento para colocá-lo. Precisaria comprar um vaso. — Mas é lindo.

— Não, é para você — insistiu a garota, colocando-o nas mãos dela. — Já pagaram por ele.

A garota foi embora. Rosalind piscou, encarando o buquê em suas mãos.

— Não gostou?

A voz a chamou de certa distância, mas Rosalind ainda a ouviu como se ela tivesse falado diretamente em seu ouvido. Ela se virou e viu Orion atravessar a rua, uma das mãos no bolso e a outra segurando a lapela do paletó, que estava jogado sobre seu ombro de forma descontraída.

— Você não tem mais um trabalho bem remunerado — disse Rosalind quando ele parou à sua frente. Um tumulto passou por eles: um grupo de ciclistas se misturando e acelerando em meio ao resto do tráfego. — Tem certeza de que deveria estar gastando com tão pouca responsabilidade?

Orion logo abriu um sorriso. Ele levou um tempo para tomar coragem e ir até o quartel-general naquele dia. Fazia sentido, considerando que aquele fora o local de sua lavagem cerebral. Pelo menos, não o haviam apressado. Depois que a Senhora Hong foi capturada, que sua milícia se dissolveu e que suas conexões com os diplomatas japoneses do país foram cortadas, depois que toda a papelada foi enviada e o alto-comando se juntou em volta de uma mesa para discutir como suas acusações de traição nacional seriam apresentadas, Orion foi inocentado. Enquanto a Senhora Hong esperava por um julgamento, o qual Orion estava fazendo o que podia para ignorar, o Kuomintang lhe dissera que ele podia voltar ao trabalho quando quisesse. Poderia voltar a ser o Caçador quando terminasse de descansar — mesmo que a alta sociedade que ele costumava espionar sempre fosse suspeitar dele, considerando que os jornais expuseram seu serviço secreto com todos os detalhes.

— Ainda vou *receber* por trabalhar no escritório, amada — respondeu Orion, passando um braço pelo ombro dela. — Talvez não seja tanto quanto seu novo salário chique, mas mesmo assim é um salário digno.

Rosalind riu. Ele não quisera sair totalmente. Não quando a outra opção era se misturar à elite sem espioná-la, e Orion ainda parecia pensar que precisava *ficar de olho* na nação. Então, naquele dia, ele fora oficialmente transferido para o setor administrativo do governo, tentando gerir o que podia, mas mantendo-se sempre atento caso as circunstâncias mudassem. Ele e Rosalind já tinham bolado um plano de fuga. No momento em que as coisas começassem a piorar, no instante em que surgissem murmúrios sobre guerra naquela cidade, eles partiriam. Não haveria negociação.

— Se você diz. — Ela levou o buquê ao nariz. — Obrigada.

— Claro — disse Orion gentilmente. Os olhos dele se voltaram para outro item em sua mão: um pequeno cartão. — O que é isso?

Rosalind entregou a ele sem explicações. Ela recebera de *seus* novos patrões naquela manhã. Alisa o trouxera até sua porta, porque agitações o bastante causaram turbulências na cidade para que ninguém notasse ela saindo e entrando de Zhouzhuang, trabalhando como assistente de viagens para Roma e Juliette depois de ter abandonado os Comunistas. Ao estilo de Alisa, ela decidira que queria conhecer mais do país em vez de fazer um trabalho no qual já era boa. Agora, sempre que traficantes de armas precisavam que correspondências ou produtos fossem entregues do outro lado do país, ela se movia como uma máquina. Por sorte, Rosalind tinha outro papel: era a representante deles em Xangai. Afinal, não havia motivo para gastarem recursos contratando olhos e ouvidos de várias fontes quando poderiam posicionar apenas uma pessoa em quem confiavam.

— O que é isso? — perguntou Orion, semicerrando os olhos para o cartão. — Era para ser o desenho de duas pessoas? O que um deles está segurando… *ah*.

Quando Rosalind abrira o envelope pela primeira vez, pensou que aquela carta era uma tarefa assim como as últimas que recebera, mas não havia nada escrito no cartão. Apenas duas pessoas desenhadas como bonecos palitos, segurando o que ela achava que deveria ser um bebê.

— Acho que é um anúncio — respondeu Rosalind, pegando o cartão de volta. — Mas com os talentos de desenho de Juliette, não tenho como ter certeza.

— Talvez estejam esperando uma abóbora.

Rosalind assentiu, fingindo seriedade.

— Vou me lembrar de perguntar sobre a abóbora da próxima vez que os vir. — Eles começaram a caminhar pela rua, afastando-se do quartel-general que Orion havia acabado de deixar. Ela hesitou antes de voltar ao assunto anterior. — Foi tudo bem? Com a transferência?

O braço de Orion ficou um pouco tenso. Ela sentiu a contração em seus próprios ombros e, por instinto, entrelaçou seus dedos aos dele, o polegar acariciando-o.

— Acho que não esperavam que eu aparecesse com esse pedido — disse ele. — Depois de meses descansando, devem ter pensado que eu estava me preparando para voltar ao trabalho.

— Se esse for o caso, são uns descuidados.

Rosalind sentiu uma onda de raiva justiceira. Vários dos superiores deles nem mesmo *notaram* que Orion sofria uma lavagem cerebral a cada vez que ia ao quartel-general, e agora tinham a audácia de se perguntar o motivo de ele ter demorado tanto para pôr os pés naquele prédio novamente.

Ele usou o dedo para dar uma batidinha no dorso da mão dela. Como se estivessem se revezando para consolar um ao outro.

— Está tudo bem — disse ele. — Fizeram algumas perguntar sobre Oliver, mas fingi ignorância. Não houve nenhum outro problema. O fato de Silas ainda ser altamente confiável dentro da filial secreta ajuda muito.

Eles não passavam muitos dias sem ouvir notícias de Silas, o que divertia muito Rosalind, mas deixava Orion confuso. Não tinham notícias dele frequentemente sem motivo: era porque Phoebe era a maior desordeira, e fizera de sua missão pessoal lhe causar problemas. Sacerdote ainda estava na ativa, apesar do Kuomintang não ter culpado Silas por sua fuga, já que sabiam como ela era astuta. Todas as vezes em que recebiam notícias de seus movimentos na cidade, mandavam Silas atrás dela. Sempre que as pistas ficavam muito quentes, ele entrava em pânico e tentava alertá-la. Sempre que Phoebe ignorava seus alertas, Silas pedia a Orion para dizer à irmã que se comportasse, ao que ele respondia revirando os olhos e dizendo que não tinha controle algum sobre o que ela fazia.

Da última vez em que Rosalind perguntara a Phoebe qual era a natureza da relação dela com Silas, ela dera de ombros. Era complicado, presumia Rosalind. Phoebe não abaixaria as armas, e Silas continuava ligado ao governo. Ainda assim, quando Phoebe tinha um tempo livre ela ia escondida até a casa dele. Quando ele estava no trabalho, convenientemente perdia as evidências das atividades de

Sacerdote que passavam por ele. Da última vez em que Rosalind perguntou a Orion o que *ele* sabia sobre a relação dos dois, ele levou as mãos às orelhas e disse que era melhor se não soubesse de *nada* do que sua irmã e seu melhor amigo aprontavam no tempo livre.

Rosalind sorriu ao se lembrar disso, e Orion lhe lançou um olhar que parecia perguntar o que ela achava de tão engraçado a respeito de Silas ainda estar trabalhando na inteligência. Não era da conta dela, então não diria nada, mas imaginava que só havia um motivo para Phoebe não deixar Xangai para trabalhar, apesar do risco de ser exposta. Afinal, Oliver havia permanentemente se estabelecido em um pequeno município nos arredores de Xangai. A garota poderia ir morar com ele se quisesse. Mas ela ficava porque Silas estava ali, e mais cedo ou mais tarde, Phoebe precisaria admitir.

— O que eles disseram em relação a Oliver? — perguntou Rosalind. — Nada preocupante, eu espero.

Orion balançou a cabeça. Ele desviou de uma poça na calçada, tirando Rosalind do caminho da água também, para que não fosse atingida por nenhum respingo.

— O de sempre. O que o coração não vê, o coração não sente.

Apesar de Celia e Oliver continuarem a trabalhar para os Comunistas, os dois também não eram mais agentes indo em missões, e sim as pessoas no comando de uma base de operações. O que significava que não eram mais responsabilizados por questões como seus irmãos Nacionalistas famosos. Também significava que eles não se mudavam com frequência, e Rosalind podia visitar a irmã facilmente, levando Orion consigo e forçando sua reconciliação com Oliver por pura proximidade. Ele não podia ir lá e *não* falar com Oliver.

Mesmo que a relação fraternal dos dois continuasse danificada e desgastada pelo peso do passado, o coração congelado de Orion aos poucos se derretia. Naquele mesmo dia, Rosalind o vira falando ao telefone com Oliver. Por vontade própria, ainda por cima.

— O que eles não veem? — perguntou ela, aproximando-se dele e levantando o olhar em sua direção. — Que segredos vocês trocaram pelo telefone essa manhã?

Um sorrisinho surgiu no canto da boca dele.

— Nenhuma informação relevante para o Estado, com certeza — respondeu. — Ele estava me perguntando quando estaríamos disponíveis para comparecer ao casamento deles.

Rosalind parou na mesma hora.

— *Como é que é?*

Orion também parou, confuso.

— Celia ainda não te contou...? — Ele piscou, então percebeu o próprio erro. — *Ah*. Ah, então ele ainda não fez o pedido.

— Hong Liwen, você está tão enrascado...

— Não conte, não conte, porfavorporfavorporfavor — implorou ele de forma dramática.

Rosalind avançou correndo.

— Eu vou contar.

Ele a puxou para perto rapidamente, tirando-a do chão sem parar de andar.

— Mas não vai mesmo.

Em momentos como aquele, Rosalind ficava extremamente impressionada consigo mesma por achar que se garantiria contra Orion quando ele tivera a força aprimorada. Porque mesmo agora, quando ele voltara a ser uma pessoa comum, ele a levantara como se ela não fosse nada.

— Orion, você está me carregando como se eu fosse uma bolsa.

— Jure segredo. Depois te colocarei no chão.

Rosalind fingiu passar um zíper sobre a boca e jogar fora a chave. Suspirando, Orion a colocou de volta no chão, mas a mão dele permaneceu em sua cintura.

— Sabe — disse ele —, poderíamos roubar o holofote deles.

— Ah, é?

Com as consequências de tudo o que aconteceu na cidade — seus pais presos e aguardando um julgamento do Kuomintang, que certamente duraria para sempre —, Orion havia herdado a casa e todos os bens que ainda lhes restavam. Ele contratara pessoas para a manutenção, o que significava que Ah Dou tinha ajuda de verdade e colegas com quem conversar enquanto regava os jardins e polia as paredes. Já não era mais um velho mordomo sozinho naquele grande patrimônio, e sim um grande patrimônio cheio de vida e barulho... apesar de o próprio Orion quase nunca aparecer. O quarto de Phoebe sempre estava cuidadosamente arrumado para que ela pudesse ir e vir quando desejasse, mas Orion sempre era atraído para um prédio na Concessão Francesa, para um apartamento no segundo andar.

Tecnicamente, o apartamento de Rosalind fazia parte de uma missão Nacionalista, mas Lao Lao ainda era a proprietária do edifício, e ela foi firme ao dizer a Rosalind para que não se mudasse... a não ser que fosse para um lugar maior, o que Lao Lao sempre dizia como uma cutucada óbvia na direção de Orion. Eles abandonaram a Maré Alta meses antes, e não havia nenhuma tarefa que os prendesse juntos, mas mesmo assim, Rosalind e Orion agiam como se ainda fossem casados, o que não era exatamente correto de acordo com as normas da sociedade.

Ainda não haviam discutido o assunto abertamente. O que não tinha importância para Rosalind. Mesmo. Não era como se ela *precisasse* de um pedido verdadeiro. Ou de um certificado de casamento real. Ou, diabos, até mesmo de um anel.

Mas seria bom ter todas essas coisas, porque não importava quantas vezes Orion pedisse para que ela fosse morar com ele a fim de tomarem conta de uma casa, parecia muito estranho darem os passos do cortejo ao contrário. Ela sabia como era a respiração dele ao dormir, mas não sabia como se referir a ele. Orion a entretinha durante suas manhãs, em um monólogo sobre seu amor eterno e imortal, mas eles nunca foram juntos a uma cafeteria nas Concessões, porque os rostos dos dois eram muito fáceis de se reconhecer e havia muitas chances de alguém abordar a mesa deles por curiosidade. Além disso, Destino tinha muitos inimigos. Apesar de ter se livrado daquela parte dela, Rosalind ainda aguentava as consequências de seu antigo trabalho. Se mostrasse o rosto em público com muita frequência, aquilo poderia fazer com que caçadores de vingança saíssem das sombras, o que não era o ideal agora que os jornais finalmente haviam se cansado de escrever sobre ela.

— *Ah, é?* — imitou Orion, soando entretido. — O que quer dizer com isso?

— Exatamente o que falei — respondeu Rosalind. — Uma interjeição para que você continue falando. Está me pedindo em casamento, Orion?

Ela nunca fizera essa pergunta de forma tão direta. No mês seguinte a quase morte dele, o foco tinha sido se certificar de que ele estava se curando bem. Os dias deles foram tomados pela preocupação a respeito de Oliver e Celia terem conseguido sair da cidade e se instalar em algum lugar seguro. Depois, em relação a Phoebe e Silas e seus movimentos agitados no tabuleiro que era aquela eterna guerra civil.

Conforme as semanas foram esquentando, os problemas passaram a se acalmar. Quando o verão começou, Rosalind de repente pensava cada vez mais nos dois, os últimos com quem se preocupar agora que todos os outros já haviam seguido com suas vidas.

— Talvez. — Orion estava com um sorriso engraçado no rosto. — O que diria se eu estivesse?

Rosalind revirou os olhos.

— Você claramente não está.

— Não?

Um estrondo ressoou à distância. O primeiro instinto de Rosalind foi se preocupar, relembrando-se dos ruídos dos aviões de guerra voando acima da cidade e jogando bombas nas ruas. Porém, quando levantou a cabeça, avistou um único avião voando no dia claro, e seus nervos se acalmaram. O céu brilhava com tanta claridade, com um azul tão vivido que nenhuma nuvem podia ser vista. Pelo menos, não até que o avião começasse a deixar grandes arcos de fumaça por onde passava.

O avião fez uma pirueta no ar. Rosalind franziu o cenho, inclinando a cabeça.

— Está um pouco tarde para mudar a data agora — disse Orion, e ela ainda não estava entendendo. — Então, eu deveria esclarecer que isso já estava planejado, e o comentário sobre roubar o holofote foi uma piada.

Palavras. O avião estava usando a trilha de fumaça para formar *palavras*, belos traços de caligrafia formando um caractere após o outro, cada um aparecendo rapidamente.

我愛你... 你願意嫁給我嗎?

Rosalind ficou boquiaberta enquanto olhava para o céu. O avião deu uma última volta, então desapareceu depressa, voando para longe a fim de deixar a pergunta flutuando no azul vívido.

Eu te amo... quer se casar comigo?

A multidão ao redor deles também estava começando a notar. Senhoras idosas apontavam, animadas; criancinhas batiam palmas enquanto tentavam ler em voz alta.

— Que coincidência — murmurou Rosalind. — Alguém por aqui também devia estar conversando sobre pedidos de casamento.

Orion mal conseguiu conter a risada. Ele segurou os ombros dela, abaixando sua cabeça para que ela o encarasse.

— Amada, é para você.

Rosalind piscou de maneira teimosa.

— Não é, não.

Ele colocou as mãos em suas bochechas. O gesto fora tão tenro que a respiração de Rosalind ficou presa na garganta, seus olhos se levantando novamente para ler as palavras. A fumaça ainda não havia se dissipado, apesar de as bordas terem ficado um pouco borradas.

— É para você — repetiu ele, desta vez em um tom de voz mais baixo.

Seu entretenimento se transformou em sinceridade. Ele devia saber que ela não estava sendo teimosa para se fazer de difícil. Rosalind vivera uma longa vida sendo mantida em segredo, e os hábitos eram difíceis de abandonar, as expectativas, difíceis de reconstruir. Rosalind encarou o pedido milhares de vezes, mas as palavras não desapareceram, nem os murmúrios e os gritinhos vindo de toda parte na rua, os compradores virando-se em busca da receptora da pergunta.

O olhar de Rosalind se voltou para baixo. Orion continuava a observá-la, esperando com paciência.

— Desculpe-me por ter demorado tanto — disse ele, e Rosalind não tinha certeza se Orion se referia ao janeiro anterior ou ao momento em que começaram a trabalhar juntos como Maré Alta, quando Orion perguntou se ela preferia prata ou ouro. Ele soltou o rosto dela e colocou algo entre os dois, que reluzia com a luz do sol. — Eu quis mandar fazer customizado. O centro se abre em um compartimento secreto... viu? É possível colocar pós ou líquidos aqui dentro. Sei que você não é mais Destino, mas seria uma pena desperdiçar seus talentos.

Ele estava segurando um anel. Um anel brilhante e cintilante, com um fino aro de ouro e um círculo de rubis cercando o diamante. Ele *realmente* não estava brincando. Rosalind enfim compreendeu.

Era lindo. O anel mais lindo que ela já vira.

— Também sei que você odiaria se eu ficasse de joelhos, porque isso acabaria nos jornais — continuou Orion. — Assim, farei uma concessão. Evitarei ser uma peste, louco por atenção, se você permitir que eu demonstre meu afeto em público. O próprio céu está declarando meu amor. Eu te amo desde antes de termos nos casado, e não aguento viver mais um único dia na mentira. Por favor, Rosalind, me liberte desta angústia.

Ela inspirou. Expirou.

— Dentre todas as coisas que você acha que eu odiaria que acabassem no jornal, acha que eu me importaria com isso? — indagou ela, finalmente conseguindo falar.

Então, Rosalind avançou, surpreendendo Orion. Felizmente, ele entendeu em um instante — ele a *segurou* em um instante, o buquê preso entre os dois.

No momento em que ela o beijou, não havia como se esconder do mundo. Rosalind passou um braço pelo pescoço dele, Orion a ergueu do chão, e de repente houve uma comoção por todos os lados. Talvez tenha havido um flash, talvez alguém tenha registrado a cena para especular como os antigos agentes da cidade foram parar ali, suas identidades expostas e fazendo uma rara aparição em público antes de desaparecerem novamente. Fosse lá o que estivessem dizendo, Rosalind mal podia ouvi-los.

— Então, isso é um sim? — sussurrou Orion quando se separaram.

A qualquer momento, os alarmes poderiam disparar, obrigando-os a pegar suas malas e fugir. O chão poderia se abrir sob seus pés, o céu poderia perder seu tom azul e se transformar em cinzas. O mês seguinte era incerto, e o dia seguinte também, mas já não seriam passados nas sombras, escondidos do amor.

— Sim — sussurrou ela. — É um "sim".

NOTA DA AUTORA

Na introdução de *Como Gostais*, da coleção *The Norton Shakespeare*, a acadêmica Jean E. Howard escreve que: "O final [da peça] não contribui com um plano de reforma social, mas celebra um momento utópico de perdão, reconciliação e esperança." Ao planejar os eventos de *O Coração do Caçador*, digitei essa frase e a coloquei no fim da página do meu documento, porque esse seria o final de um mundo alternativo com o qual eu vinha brincando há cinco anos, e era assim que eu queria terminar minha história. Não posso mudar a década que está por vir. Não posso evitar o início de uma possível guerra, nem mesmo a destruição que está prestes a chegar à cidade quando a invasão seguinte vier. Porém, dentro de toda escuridão, existem momentos de recuperação, a felicidade no presente, e essa também era a verdade que eu via para esses personagens.

Como dito na nota da autora de *A Dama do Destino*, o plano de fundo desta duologia é uma época real na história: a invasão japonesa na Manchúria e sua subsequente entrada no resto da China. *O Coração do Caçador* começa em janeiro de 1932, quando a agitação política atingia seu ápice. Os protestos contra os japoneses — e os boicotes liderados por organizações estudantis chinesas e sindicatos furiosos com a ocupação — estiveram ocorrendo em Xangai desde o Incidente de Mukden, em setembro de 1931, e os representantes japoneses queriam pôr um fim ao boicote.

O capítulo 9 descreve o ápice dessa situação que, por fim, levaria ao incidente de 28 de janeiro, no clímax do livro. O que acontece saiu diretamente das páginas da história. A Senhora Hong é um fruto da minha imaginação (e as forças dela não existiram na realidade para piorar o problema), mas Xangai realmente entrou em crise no dia 18 de janeiro, quando o Japão declarou um ultimato de dez dias. Em 26 de janeiro, as autoridades chinesas declararam lei marcial e mobilizaram defesas para proteger a cidade contra as forças japonesas que entravam no território. Apesar de o prefeito ter aceitado os termos do ultimato japonês em 28 de janeiro e tentado impedir os boicotes contra os japoneses, eles não ficaram satisfeitos e, sob a pretensão de quererem proteger a ordem, enviaram forças do exército até Zhabei para invadir a Estação Ferroviária do Norte da cidade.

A instalação militar que os personagens invadem durante o resgate de Oliver no capítulo 39 é uma invenção, mas o caos que tomou conta de Zhabei naquela noite é real. A linha do tempo em *O Coração do Caçador* foi resumida para incluir muitas ondas de ataques rápidas na primeira noite, mas, na realidade, houve ataques pesados de artilharia e bombardeios durante semanas, que destruíram Zhabei e mataram milhares de civis com bombas indiscriminadas. Também fui fiel à história no capítulo 43, quando os refugiados tentam escapar para a Concessão Internacional, pois estariam "seguros" assim que entrassem na jurisdição ocidental — há relatos de que os estrangeiros do outro lado do rio assistiram à batalha da Concessão Internacional como se fosse um evento esportivo.

Os atiradores de elite a quem Phoebe se junta no capítulo 52 são adaptados da realidade. Para evitar o confronto militar nas Concessões Internacionais, os soldados chineses precisavam se manter afastados de certas áreas, então atiradores de elite foram enviados no lugar deles. Entre eles, muitos faziam parte da Gangue Verde (que inspirou a Sociedade Escarlate em *Prazeres Violentos*), então fiz uma adaptação de forma a incluir antigos Escarlates entrando na batalha. Os *ronin* japoneses mencionados também foram reais — grupos de justiceiros cuja responsabilidade era manter a paz dos cidadãos japoneses, subsequentemente famosos pela violência brutal contra a população chinesa. Quando a batalha começava, se eles suspeitassem que havia um atirador chinês dentro de um prédio, o edifício inteiro seria incendiado.

Finalmente, o capítulo 53 se passa em um lugar chamado rua Arden. Esta não é uma rua verdadeira de Xangai, mas uma referência à Floresta de Arden, do livro *Como Gostais*. Outros lugares que aparecem nesta obra, como a rua Baoshan e a rua Seymour, são reais e ainda existem em Xangai (agora com nomes diferentes). A Biblioteca Leste de Xangai, citada no capítulo 23 e visitada por Phoebe, também existe — foi bombardeada durante a invasão japonesa a Zhabei e destruída.

O epílogo se passa em maio de 1932, no final desse conflito. A Liga das Nações exigiu um cessar-fogo no dia 4 de março, mas os combates continuaram enquanto as negociações duraram algumas semanas. Em 5 de março, o Acordo de Cessar-fogo de Xangai foi assinado, o que significa que a paz retornou a Xangai e os negócios voltaram a todo vapor. Apesar de as histórias da série Xangai Secreta terminarem por aqui, a realidade não tem um felizes para sempre: o ano de 1937 marcou o início da Segunda Guerra Sino-japonesa, com a Batalha de Xangai, que também trouxe o começo da Segunda Guerra Mundial para a Ásia. Os cidadãos chineses sofreriam atrocidades terríveis. Nós nos despedimos de nossos personagens durante um período de paz, para que prossigam com suas vidas mesmo que logo sejam cercados por tragédias — assim como todos devemos enfrentá-las de certa forma durante nosso tempo na terra.

É claro que devo enfatizar que *A Dama do Destino* e *O Coração do Caçador* são obras de ficção, que usam a realidade para explorar a própria história, não para fornecer um relato didático da época. Se alguém tiver interesse nos eventos que ocorrem neste livro e além dele, recomendo fortemente que procure por fontes de não ficção. O Virtual Shanghai Project também é uma ótima fonte, e pode ser acessado no site virtualshanghai.net. A Xangai dos anos 1930 pode não ter tido supersoldados e misturas químicas, mas havia uma boa quantidade de espiões, facções e política que são incrivelmente fascinantes de se ler a respeito.

AGRADECIMENTOS

Conseguimos! Estamos mortos, mas sobrevivemos! Foi o fim de uma era, e nem consigo começar a expressar a gratidão que sinto por ter o privilégio de escrever estes agradecimentos... já que isso significa que o livro está pronto. O universo de quatro romances, mais uma coleção de contos, está completo, enviado ao mundo para decorar estantes, e isso só foi possível com o apoio e a dedicação dessas pessoas maravilhosas.

Agradeço à minha agente, Laura Crockett: faz metade de uma década desde que começamos a trabalhar juntas, e este universo fictício só floresceu e se tornou o que é hoje por sua causa. Mal vejo a hora de criar mais universos com você. Obrigada a Uwe Stender, Brent Taylor e todos na TriadaUS: sempre serei grata pelo trabalho que fizeram para que este livro e os anteriores fossem lançados em diferentes formatos e traduções. Agradeço à minha editora, Sarah McCabe: você é uma treinadora perita para uma agente esforçada. Quero dizer, trabalhar com você para que meus manuscritos tomem forma é um exercício em que você sempre salva a minha vida, e por isso sou muito grata. Obrigada também a Anum Shafqat. Obrigada às minhas agentes publicitárias Nicole Russo, Anna Elling e Lindsey Ferris. E obrigada a Justin Chanda e à minha equipe editorial na Margaret K. McElderry Books, incluindo Karen Wojtyla, Anne Zafian, Bridget Madsen, Elizabeth Blake-Linn, Michael McCartney, Chrissy Noh, Caitlin Sweeny, Lisa Quach, Bezi Yohannes, Perla Gil, Remi Moon, Amelia Johnson, Ashley Mitchell, Yasleen Trinidad, Saleena Nival, Lisa Moraleda, Christina Pecorale e sua equipe de vendas, e Michelle Leo e sua equipe de educação/bibliotecas — e uma lembrança especial para Emily Ritter e Amy Lavigne, do marketing digital, que me aguentaram cometendo assaltos ao escritório todas as manhãs a cada poucos meses. Obrigada à equipe Hodderscape, no Reino Unido, a Hachette Aotearoa, na Nova Zelândia, e a cada equipe responsável por traduzir e publicar *O Coração do Caçador* em idiomas diferentes.

Como sempre, eu não estaria aqui sem o apoio dos meus pais, da minha família e dos meus amigos. Obrigada. Não listarei os nomes porque eu ficaria aqui para sempre, e vocês sabem quem são, mas aqui vão alguns agradecimentos especiais. Este livro é dedicado a Tashie Bhuiyan, que moldou o curso desta série com ideias gritadas pelo nosso apartamento em Nova York e mensagens surpresas, me perguntando se "a Rosalind sabe que ela é minha PCG (personagem da Chloe Gong) favorita?" que recebo às 2h da manhã. Não sei como eu sobreviveria ao mundo editorial sem você, e este livro é infinitamente melhor graças à sua influência. Se pudéssemos publicar emojis, eu colocaria aqui aquele de mãos dadas com customizações. Você sabe qual é. No meu coração, sempre seremos colegas de quarto. E por falar em pessoas que me mantém sã, obrigada ao d.a.c.u, e a Alex Aster e Dustin Thao — nunca haverá happy hour demais para nós. E finalmente, Jackie Sussman, Kushal Modi e João Campos: amo vocês por terem lido estes livros para me apoiarem. Obrigada por ficarem comigo até o final.

Estarei para sempre em dívida com os livreiros, bibliotecários, professores e ativistas da literatura que colocam estes livros no mundo. Obrigada por tudo o que fazem. Finalmente, terminarei com um grande obrigada a todos os meus leitores — tanto aqueles recém-chegados com *A Dama do Destino*, quanto os que estão aqui desde *Prazeres Violentos*. Eu me diverti como nunca sendo uma gângster e uma espiã com vocês. Obrigada, obrigada e obrigada por lerem.